Gerd Schilddorfer
Heiß

Thriller

| Hoffmann und Campe |

1. Auflage 2013
Copyright © 2013 by Hoffmann und Campe Verlag, Hamburg
www.hoca.de
Satz: Pinkuin Satz und Datentechnik, Berlin
Gesetzt aus der Albertina und der Univers
Druck und Bindung: GGP Media GmbH, Pößneck
Printed in Germany
ISBN 978-3-455-40426-5

Ein Unternehmen der
GANSKE VERLAGSGRUPPE

Sail away, sail away,
three sheets to the wind
Live hard, die hard,
This one's for him.

Kenny Chesney, *Hemingway's Whiskey*

Es ist Winter,
geh' nicht in die Berge,
steig' nicht hinauf,
wo die Feen Dich holen werden.

Volkslied der Kalash

Die Hölle ist leer,
alle Teufel sind hier.

William Shakespeare

PROLOG

> **9. November 1965,
> Adrar-Plateau / Mauretanien**

Sand und Geröll rutschten nach, mit der Unerbittlichkeit einer Dampfwalze und dem Geräusch einer zornigen Kobra. Die ganze Welt schien erfüllt von einem Zischen und Rumpeln, das immer lauter wurde. Es hörte sich an, als wäre der halbe Berg in Bewegung.

Mit dem Gewicht der Steine kam der Tod, die tonnenschweren Blöcke verschoben sich wie die Bauklötze eines Kinderspiels. Die Falle war genial und tödlich zugleich. Selbst nach Hunderten von Jahren war sie noch immer so gefährlich wie am ersten Tag.

Nur diesmal schnappte sie zu.

Ali Ben Assaid, der sich gerade durch den schmalen Zugang in die große Höhle retten wollte, riss instinktiv den Kopf zurück, als er ein knirschendes Geräusch hörte.

Keine Sekunde zu früh.

Über ihm löste sich ein Steinquader, schien einen Augenblick zu zögern und fiel schließlich, dem Gesetz der Schwerkraft und dem brillanten Plan der Erbauer folgend, mit einem ohrenbetäubenden Knall an seinen vorbestimmten Platz. Damit war der erste der Eingänge verschlossen und die große Fackel unter dem riesigen Block zerquetscht und ausgelöscht. Mit einem Schlag war es stockdunkel bis auf das fahle Licht seiner Stirnlampe.

Assaid fluchte laut und lief tiefer in den unterirdischen Komplex hinein. Doch er hatte sich die Position der anderen Zugänge nicht gemerkt und wusste, dass es eine sinnlose Reaktion war. Einfach nur das simple Bestreben, irgendetwas zu tun und nicht tatenlos dazustehen und zu warten, bis er lebendig begraben wurde.

Was hatte er bloß übersehen?

Und wo waren die Aufzeichnungen, die Kisten, die Reichtümer eines Königs, von denen das Dokument berichtet hatte?

Von allen Seiten drangen die gleichen Geräusche in die runde, unterirdische Kammer. Es war, als würden nacheinander Dutzende Türen zugeworfen. Als verschränkten sich zwei überdimensionale Muschelhälften nahtlos ineinander, knirschend, endgültig. Gänge wurden blockiert, Räume des weitläufigen unterirdischen Komplexes verschlossen.

Wo war der Auslöser gewesen, den er unbewusst betätigt hatte? Was um Allah willen hatte die Falle zum Zuschnappen gebracht? Und wie hatten es alle anderen vermieden, hier lebendig begraben zu werden?

In seinem Kopf überschlugen sich die Gedanken. Während er rannte und versuchte, nicht über herabstürzende Steinbrocken zu stolpern oder von ihnen erschlagen zu werden, überlegte Assaid fieberhaft, was er falsch gemacht hatte. Mit einem Mal jedoch stutzte er, blieb stehen und legte den Kopf schief, um besser zu hören.

Die riesige Kammer, die wie eine flache Trommel geformt war, stöhnte unter dem Ansturm der Geröllmassen. Ein lautes, unheimliches Geräusch, das dem Ägypter alle Haare zu Berge stehen ließ. Selbst die sieben monumentalen Steinfiguren, die in einem weiten Kreis um das Zentrum der Kammer standen, wankten im irrlichternden Kegel seiner Lampe.

»Was zum Teufel ...«, murmelte der schlanke, junge Mann mit dem dichten Schnurrbart und den stechenden Augen verzweifelt, als er den feinen Schotter durch unzählige quadratische Löcher wie unaufhaltsame Wasserstrahlen herabschießen sah. Auch das Zischen war wieder zu hören, lauter denn je. Mit erschreckender Schnelligkeit begann sich der runde Raum mit Geröll zu füllen.

Assaid quetschte sich zwischen den Figuren der Wächter durch, hörte den Stoff seines Hemdes reißen und spürte einen stechenden Schmerz an seiner Schulter. Im fahlen Lichtschein seiner Lampe sah er den Sarkophag, gläsern und unberührt. Er war bis zum Rand gefüllt mit einer gelblichen, dickflüssigen Substanz, in der ein einbalsamierter Körper wie eine Mücke in Bernstein schwebte.

An den langen Seiten des reich mit Figuren und Blumenornamenten verzierten Steinsockels, auf der das Wunderwerk stand, führten Treppen ins Dunkel. Wenigstens waren im Notfall nicht alle Wege versperrt, hatte Assaid gedacht, als er sie das erste Mal erblickt hatte. Nun schickte er ein inbrünstiges Stoßgebet zu Allah. Die beiden Gänge waren sein letzter Ausweg, und er hasste die Endgültigkeit letzter Optionen.

Und er hasste Skorpione.

Bevor er die schmale Treppe betrat, sah der Ägypter genauer hin, und die Stirnlampe folgte seinem Blick. Die Stufen schienen sich zu bewegen, eine schwarze Masse, die hin und her wogte. Tausende von schwarzen Skorpionen bewachten dicht gedrängt den Eingang in die Unterwelt. Hatte die Seele des Toten im Glassarg diesen Pfad vor ihm genommen, vor Tausenden von Jahren?

Assaids Nerven waren zum Zerreißen gespannt. Das Zischen und Rumpeln erfüllte die Luft wie eine massive Wand aus Schall. Panik schüttelte seinen Körper, seine Hände zitterten unkontrolliert.

Bald wird die Kobra der Berge zustoßen, fuhr es dem schmächtigen Mann durch den Kopf, und ich werde sterben. Allein, begraben in einem Berg, inmitten einer Landschaft, die wie aus einer anderen Welt schien. Schroff, wasserlos, rotbraune Erde ohne jede Vegetation.

Ein Berg inmitten von Hunderten anderen Bergen, die alle gleich aussahen.

Unauffindbar, für immer verschollen in der Steinwüste, wie William »Bill« Lancaster und so viele andere namenlose Piloten, Karawanen oder Patrouillenreiter.

Mit den Tonnen von glühend heißem Stein kam die Hitze in die riesige runde Gruft, ein Zeichen dafür, dass loser Oberflächenschotter nachrutschte.

Assaid brach der Schweiß aus. Unwillkürlich hielt er sich am Sarkophag fest, als er in den dunklen Abgang hinunterblickte, seine Überlebenschancen abwog.

Erschrocken riss er die Hand wieder zurück.

Das Glas war kalt, eiskalt.

Verwirrt sah Assaid zuerst auf seine Handfläche und dann auf das kunstvolle Gebilde aus Glas. Erneut legte er seine Hand auf den Sarkophag und hatte das Gefühl, einen tiefgekühlten Quader zu berühren. Das ist unmöglich, sagte ihm sein Gehirn, aber es blieb ihm keine Zeit mehr, darüber nachzudenken. Kleine Ströme von Sand schlängelten sich zwischen den Sockeln der Figuren hindurch, wurden schnell breiter und höher, bewegten sich auf die letzte Ruhestätte des geheimnisvollen Unbekannten zu.

Dann kamen die größeren Steine ...

Was, wenn die beiden Abgänge nur zu einem kleinen Kultraum unter dem Sarkophag führten? Der junge Mann wagte es nicht, daran zu denken. Er verfluchte seine Besessenheit, die ihn beharrlich bis in die Mauretanische Wüste geführt hatte.

Und direkt in den Tod.

Rasch ergriff er eine der Fackeln, die er noch an seinem Gürtel hängen hatte, und entzündete sie. Ihre rußende Flamme loderte hell auf, und der Sarkophag schien in dem flackernden Licht zu leuchten. Assaid sah genauer hin, und der Atem stockte ihm. Fremdartige Zeichen erschienen im Glas, wie von Geisterhand gezeichnet. Es war, als schwebten sie rund um die einbalsamierte Leiche, eine magische Barriere aus unbekannten Buchstaben und Symbolen, dazu bestimmt, den Toten zu beschützen.

Und alle zu verfluchen, die ihm zu nahe kamen.

Der junge Ägypter riss seinen Blick von dem mysteriösen Körper los und leuchtete in den linken Abgang. Die Stufen der engen Treppe verloren sich in der Dunkelheit, die Luft roch schal und abgestanden. Farbige Malereien in Ocker und Königsblau bedeckten die Wände des Ganges.

Die Skorpione schienen das flackernde Licht der Fackel nicht zu mögen. Sie versuchten der Flamme zu entkommen, wichen zurück, kletterten aufeinander, stapelten sich schließlich an der Wand übereinander. Sie wurden aggressiver, richteten die Stacheln auf, doch die lebendige schwarze Masse wusste nicht, wohin sie ausweichen sollte.

Einzelne Tiere zogen sich zurück, krabbelten über die Stufen weiter hinunter in die Tiefe, aufgescheucht und angriffslustig, aber ihr Instinkt schien sie vor der Steinflut zu warnen.

Die ersten Sandströme erreichten die beiden Abgänge links und rechts des Sarkophags, und dünne Fäden rieselten über die obersten Treppenstufen. Das scheuchte die Skorpione noch mehr auf. Ahnten sie das drohende Unheil?

Assaid leckte sich über seine trockenen, aufgesprungenen Lippen.

Es blieb ihm nicht mehr viel Zeit für Entscheidungen. Oder besser gesagt, er hatte keine Wahl: Der Tod war hinter ihm, neben ihm und vor ihm. Assaid kam das Bild einer Sanduhr in den Sinn, aber er konnte nicht einmal mehr darüber lächeln.

Die Skorpione wichen ihm aus, als er sich hinabbeugte, den Kopf einzog und – die Fackel vor sich erhoben – die erste Stufe betrat. Das unentwegte Zischen des hereinströmenden Gerölls in seinem Rücken trieb ihn zur Eile an.

Wie hatte sein Freund John Finch, der blutjunge Pilot aus Peterborough, zu ihm gesagt, als er erfahren hatte, dass Assaid in die westliche Sahara reisen wollte? »Lass es bleiben. Die Wüste ist ein Ort ohne Erwartungen.« Da hatten sie an der klimatisierten Bar des Hotels Continental-Savoy in Kairo gesessen, vor drei Wochen.

Assaid kam es vor wie eine Ewigkeit.

Jetzt verwünschte er sich dafür, dass er Finch nichts von Chinguetti verraten hatte, von dem Dokument und von allem anderen. War seine Vorsicht nicht fast krankhaft gewesen? Eine übertriebene Geheimniskrämerei angesichts der unglaublichen Entdeckung, die der Zufall ihm in die Hand gespielt hatte? Oder hatte er im Grunde seines Herzens die wirre Erzählung des alten Mannes, der ihn in die Bibliothek geschickt hatte, doch nicht recht geglaubt? Wie sollte man auch eine Fata Morgana, das Ergebnis einer überhitzten Fantasie, rational erklären?

Nach anfänglichen Zweifeln hatte bei Assaid die Neugier gesiegt, und er war der vorgezeichneten Spur gefolgt. Oder war es die Gier gewesen, die ihn getrieben hatte? Alles war eigentlich ganz einfach gewesen.

Zu einfach, wie sich jetzt herausstellte.

Der Geschichtenerzähler auf dem Marktplatz der alten Karawanenstadt Atar, eine zusammengesunkene Figur in einem fleckigen hellblauen Burnus, hatte es gewusst. Er hatte ihm tief in die Augen gesehen, als Assaid vor zwei Tagen am Ende seiner Erzählung aufgestanden war und sich bedankt hatte. Es war ihm vorgekommen, als könne der unrasierte Alte mit dem stechenden Blick bis tief in seine Seele schauen, als er den Zeigefinger gehoben und nur gemeint hatte: »Le sable mange tout!«

Dass der Sand alles auffrisst, das bekam Assaid nun am eigenen

Leib zu spüren. Der Alte hatte seine Zukunft gesehen – und sein Ende.

Doch noch war es nicht so weit, und er stieg weiter in die Tiefe. Der erste Skorpion zerplatzte unter den Sohlen seiner Stiefel mit einem ekligen Geräusch, dann der nächste. Der Ägypter stolperte nach unten. Wie in einem Kaleidoskop zogen an den Wänden links und rechts von ihm seltsame Malereien vorbei, eine Abfolge von Wandbildern, über deren Alter und Entstehung der Abenteurer nur spekulieren konnte. Sie sahen völlig anders aus als die Höhlenmalereien im Tassili n'Ajjer im Herzen der Sahara, die er im letzten Jahr besucht hatte. Diese hier stammten definitiv aus einer anderen Epoche.

Bei jedem Schritt tiefer in den Fels hinein änderte sich auch der Stil der Malereien, bis sie schließlich ganz aufhörten. Die Steinstufen waren einem ungleichmäßigen Boden aus Fels, Sand und Steinen gewichen, der sanft, aber stetig bergab führte. Der Tunnel, dem Assaid nun gebückt folgte, war niedrig und schmal. Stellenweise schien er von Menschenhand geschaffen, aus dem rohen Fels geschlagen, dann wieder führte er streckenweise durch höhlenartige, unregelmäßige Hohlräume, wand sich durch den Untergrund wie ein ausgetrockneter Bachlauf.

Und dann war er mit einem Mal zu Ende.

Assaid stand keuchend vor einem rötlichen Felsen, der die gesamte Breite des Ganges einnahm.

Kein Weg führte daran vorbei.

Der schmale Tunnel endete in einer Sackgasse. Frustriert schlug der junge Ägypter mit der Faust gegen den Stein, drehte sich um und eilte zurück. Hatte er den falschen Abgang gewählt? War der Weg auf der rechten Seite des Sarkophags der ›rechte Weg‹ und der andere führte Grabräuber und unerwünschte Eindringlinge ins Verderben? Gab es eine Abzweigung, die er übersehen hatte?

Assaid fluchte, während er die Flamme der kleinen geteerten Fackel in seiner Hand beobachtete, die immer schwächer wurde. Er hastete zurück. Kein einziger Gang zweigte ab, da war nichts als massiver Fels. Dann kam er zurück zu den Wandbildern, die Malereien schienen im flackernden Licht zum Leben zu erwachen. Primitiv gemalte Kühe grasten, Giraffen hatten ihre Köpfe in Bäumen, Menschen mit runden Köpfen ritten auf Kamelen. Dann erkannte Assaid die ersten Übermalungen. Seltsame Kopfbedeckungen ... Er wandte sich ab und hastete weiter. Die Stufen mussten bald beginnen.

Doch an die Stelle der massiven, in den Stein geschlagenen Stufen war eine schräge Wand aus Sand und Schotter getreten, der unaufhörlich nachrieselte.

Dann erlosch die Fackel, und Assaid schaltete mit fiebrig-tastenden Fingern die Stirnlampe ein. Im gelben matten Licht der kleinen Glühbirne sah er, wie sich überall Skorpione aus dem Sand hervorwühlten. Es war, als schien sie der Sand auszuspeien. In Strömen bewegten sie sich langsam auf ihn zu, ein schwarzer Teppich aus dünnen Beinen und kampfbereit erhobenen Stacheln.

Assaid drehte sich um und rannte los.

Zwei Stunden später waren die Batterien seiner Stirnlampe leer, und das letzte Licht erlosch. Undurchdringliche Schwärze umgab ihn. Es war totenstill, selbst das Zischen des rieselnden Sandes war verklungen. Nur noch die Leuchtziffern seiner Armbanduhr waren Assaid geblieben. Am Ende des Ganges, am Fuße des schwarzen Felsens zusammengekauert, wartete er auf die Ankunft der Skorpione.

Er würde sie nicht sehen können, aber vielleicht hören.

Dann würde alles sehr schnell gehen.

1
DIE SCHATTEN
DER VERGANGENHEIT

> Ostermontag 2011, AEG-Turbinenfabrik,
> Berlin-Moabit / Deutschland

Die Huttenstraße in Berlin-Moabit war wie ausgestorben. Der Abend war hereingebrochen, und der kühle Nordwind hatte nach einigen fast schon sommerlichen Tagen die Terrassen der Cafés und Bars wieder geleert. Dunkle Wolken, aus denen von Zeit zu Zeit ein wenig Regen fiel, zogen über die Hauptstadt.

»Bleib aufrecht, ich bin dann mal weg!«, winkte einer der beiden Portiers der Sicherheitsmannschaft seinem Kollegen zu, bevor er die schwere Glastür hinter sich zuzog und sich auf den Heimweg machte. Das Siemenswerk lag dunkel und verlassen da. Der Ostermontag war einer der wenigen Tage im Jahr, an denen in dem Werk und der Turbinenhalle daneben nicht gearbeitet wurde. 1909 von der AEG erbaut, war sie ein Denkmal des Fortschritts und der Größe des Unternehmens nach der Jahrhundertwende. Im Zweiten Weltkrieg war sie trotz zahlreicher Bombenangriffe auf Berlin nicht zerstört worden und existierte mehr als hundert Jahre später nach wie vor – eines der wenigen Industriebauwerke, die noch immer ihre ursprüngliche Bestimmung erfüllten. Siemens montierte nach wie vor Turbinen in der historischen Halle, nun allerdings moderne Gasturbinen.

Der schlanke Mittfünfziger in seinem hellblauen Hemd und einer dunkelblauen Hose packte seine Tasche auf den Gepäckträger des Fahrrads und schielte misstrauisch zum Himmel. Dann zog er nach einigem Überlegen seufzend doch eine Plastikpelerine hervor, streifte sie über und schwang sich aufs Rad.

Nachdem er die ersten Meter auf dem Gehsteig gefahren war, schwenkte er nach links und zögerte kurz. Kein Fußgänger war zu sehen, und auf der Fahrbahn der Berlichingenstraße war ebenfalls kein Verkehr. So schlängelte er sich zwischen den schräg geparkten Wagen durch und trat in die Pedale. Auf der Straße würde er schneller vorankommen. Bis nach Hause waren es immerhin 35 Minuten, und er wollte einen guten Teil der Strecke zurückgelegt haben, bevor es anfing zu regnen.

Der dunkle Golf, der aus der Parklücke herausschoss, traf ihn völlig überraschend. Er versuchte im letzten Moment auszuweichen, aber es gelang ihm nicht. Ein stechender Schmerz durchzuckte sein linkes Bein, dann wurde er nach rechts abgedrängt, prallte erneut gegen den VW und hörte Glas und Knochen brechen, bevor er auf das Pflaster stürzte.

Die beiden Männer, die aus dem Golf sprangen, trugen schwarze Tarnanzüge und sprachen kein Wort. Während der eine sich umsah und zufrieden feststellte, dass kein Mensch zu sehen war, beugte sich der andere zu dem Verletzten hinunter, der leise stöhnte, sein Bein hielt und gleichzeitig versuchte, sich unter dem verbeulten Rad herauszuwinden.

Doch der Mann wollte dem Gestürzten nicht helfen. Blitzschnell zog er ein Messer aus der Tasche und schnitt dem Radfahrer mit einer geübten Handbewegung die Kehle durch. Als ein Schwall Blut auf das Straßenpflaster spritzte, trat er seelenruhig zwei Schritte zurück und wartete einen Augenblick. Dann riss er die Tasche vom Gepäckträger, öffnete sie, schaute hinein, suchte ein wenig und nickte schließlich befriedigt.

Ohne sich umzublicken, zog er die Tür des Golfs auf, schleppte den Toten bis zum Wagen, hievte ihn auf den Beifahrersitz und deckte ihn mit einer vorbereiteten Decke zu. Danach löste der andere Mann die Handbremse und ließ den dunklen Wagen wieder lautlos in die Parklücke zurückrollen. Aus dem Kofferraum holte er schließlich ihre Ausrüstung, schloss die Türen des Wagens ab und warf die Schlüssel des gestohlenen Golfs durch das nächste Kanalgitter. Dem heftigen Rauschen nach zu urteilen, würde es nur wenige Minuten dauern, bis sie in die Spree gespült würden und auf Nimmerwiedersehen verschwanden.

Die Berlichingenstraße war noch immer ruhig und menschenleer, niemand hatte den Vorfall bemerkt.

Nur wenige Minuten später standen die Männer im toten Winkel des Eingangs zur Siemens AG und warteten, unsichtbar im Schatten der hohen Bäume. Es dauerte nicht lange, und ein Jogger bog pfeifend um die Ecke der Turbinenhalle, seinen Walkman im Ohr. Er lief an den beiden Männern vorbei und bog dann unvermittelt zur Pförtnerloge ab. Vor der schusssicheren Scheibe mit dem kleinen, runden Klappfenster blieb er stehen. Der Nachtwächter, ein untersetzter dunkelhaariger Mann mit Dreitagebart, sah ihn fragend an. Im Hintergrund dudelte Radio Paradiso.

»Guten Abend!«, sagte der Jogger freundlich, »ich habe die wunderschöne alte Turbinenhalle aus AEG-Zeiten bewundert und wollte Sie fragen, ob es darüber irgendwelche Informationen gibt. Ich bin Fotograf und würde gerne im Inneren Bilder machen, wenn das möglich ist.«

Der Pförtner lächelte kurz und öffnete das kleine Fenster. »Ja, warten Sie, wir haben ein kleines Merkblatt über den Bau und den Architekten. Ich muss es nur finden!«

Er stand auf, ging zu einem Wandschrank und begann zu suchen.

Der Jogger winkte den beiden Männern zu, die blitzschnell herbeieilten, sich bückten und unterhalb des Fensters am Empfang vorbeihuschten. Der eine stellte sich vor eine Glastür mit der Aufschrift »Für Unbefugte Zutritt verboten«, wo ihn der Pförtner nicht sehen konnte, während der andere in die Hocke ging, einen kleinen Zylinder aus seiner Tasche zog und einen dünnen Schlauch unter der Tür durchführte. Dann nickte er dem Jogger zu und öffnete das Ventil.

»Sie müssen wissen, ich interessiere mich seit Jahren für Industriearchitektur, und diese Halle ist einfach unglaublich gut erhalten«, rief der Jogger dem Pförtner zu, der noch immer nach dem Prospekt suchte. »Läuft eigentlich die Produktion noch immer in den alten Mauern, oder ist es nur noch eine leere Hülle?«

Der Nachtwächter, der inzwischen die untersten Fächer des Wandschranks erreicht hatte, richtete sich mit triumphierender Miene wieder auf. »Ich wusste ja, wir haben da etwas ...« meinte er, hielt eine dünne Broschüre in die Höhe, kam zu der großen Glasscheibe zurück und reichte sie durch die Öffnung. »Da steht alles drin, was Sie interessiert. Die Halle ist ein Industriedenkmal ersten Ranges in einer Stadt, die nach den Bomben des Krieges nicht mehr so viele davon hat. Ich glaube allerdings nicht, dass Sie drinnen fotografieren können, die

Produktion läuft noch immer, und ich bin sicher, die Geschäftsleitung hätte etwas dagegen.« Er lächelte entschuldigend und zuckte die Achseln.

»Trotzdem vielen Dank!«, rief ihm der Jogger zu und winkte kurz. Dann lief er weiter und verschwand in der Dunkelheit.

Das Betäubungsgas wirkte Minuten später. Der Wachmann gähnte und lehnte sich in seinem Sessel zurück, schließlich fiel sein Kopf schwer auf die Brust.

Einer der Schlüssel vom Bund seines toten Kollegen öffnete die massive Glastür, und die beiden Männer in den schwarzen Tarnanzügen betraten den kleinen Raum. An einer der Wände hing ein Dutzend Monitore, die zwischen den Bildern der Überwachungskameras auf dem Siemens-Gelände hin und her schalteten. Die Männer beachteten den Bewusstlosen nicht, sondern wandten sich der Elektronik zu und blickten nicht einmal auf, als der Jogger wieder zurückkehrte und wortlos seinen Sportanzug abstreifte. Darunter trug er ein hellblaues Hemd und eine dunkelblaue Hose. Er hievte den Wachmann aus seinem Sessel, zog ihn außer Sichtweite und ließ sich auf den Stuhl fallen. Dann begann er das Kreuzworträtselheft zu studieren, das unter der Leselampe lag.

»Die Verbindung zu den Kameras in der Halle ist unterbrochen«, murmelte einer der beiden Männer in Schwarz, bevor er mit seinem Kollegen aus dem Raum lief und über den Hof rannte. Wenige Minuten später standen die beiden vor einem hohen Tor, das elektronisch gesichert war. Einer der beiden zog einen kleinen Zettel aus seiner Tasche, las den Code ab und tippte ihn ein. Mit einem leisen Klicken sprang die Tür auf, und die Männer betraten die riesige, mehr als zweihundert Meter lange Halle, deren Metallkonstruktion mit ihren grün gestrichenen Nieten und Trägern an ein Bahnhofsgebäude erinnerte. Durch die meterhohen Fenster zur Berlichingenstraße hin fiel das Licht der Straßenbeleuchtung herein.

Die beiden Männer orientierten sich kurz, dann liefen sie los, zählten die Pfeiler. Bei der siebten Metallstrebe hielten sie an und zogen zwei kleine Leuchtdioden-Lampen aus einer Tasche ihres Tarnanzugs.

»Die siebte Niete von unten«, murmelte einer von ihnen.

»Da sind Doppelnieten, jeweils ein Paar. Welche?«

»Wohl kaum die rechte«, antwortete sein Partner mit einem ironischen Unterton. »Beginnen wir also mit der linken.« Dann zog er ein scharfes Stemmeisen und einen Hammer aus seiner Sporttasche, setzte das Eisen an und schlug zu. Mit einem singenden Ton prallte die Klinge ab. Der Nietenkopf hatte sich keinen Millimeter bewegt.

»Falsch geraten, also doch die andere«, meinte der Kleinere der beiden und trat zur Seite. Der nächste Schlag traf die rechte Niete und sprengte den Kopf ab. Dahinter kam ein Hohlraum zum Vorschein, der einen Durchmesser von etwa drei Zentimetern hatte. Der kleinere Mann leuchtete hinein und zog dann eine große Pinzette aus seiner Brusttasche, mit der er zupackte. Ein dünner, aber langer Zylinder kam zum Vorschein, der mattsilbern im Licht der Straßenlaternen glänzte. Wortlos steckte der Mann ihn ein. Dann suchte er kurz nach dem abgesprengten Nietenkopf, während sein Partner eine kleine Tube Klebstoff aus der Tasche zog und die dickflüssige, durchsichtige Paste dünn um den Rand des Lochs verteilte.

Als der Kopf wieder an seinem Platz war, blickten die Männer auf ihre Armbanduhren und warteten. Genau eine Minute später zog der Größere der beiden einen kleinen Tiegel mit Farbe und einen Pinsel aus seiner Tasche. Geschickt übermalte er die Spuren des Meißels. Niemand würde bei Arbeitsbeginn etwas bemerken, selbst aus nächster Nähe nicht.

Nachdem sie die Tür der Halle wieder sorgsam verschlossen hatten, liefen sie zurück zum Eingang.

»Setzt den Portier zurück auf seinen Sessel, die Kameras habe ich wieder eingeschaltet. Sollte jemand etwas bemerken, dann werden alle an einen kurzen Ausfall glauben«, forderte der Jogger sie auf und streckte sich. »Ich laufe dann weiter.«

Als der Nachtwächter wenige Minuten später wieder zu sich kam, blickte er verwundert auf und schüttelte den Kopf. Er runzelte die Stirn, stand auf, kontrollierte die Glastür, die fest versperrt war, warf einen Blick auf die Elektronik, die mit regelmäßig flackernden grünen Leuchtdioden ihre fehlerfreie Funktion meldete, kontrollierte die Bilder auf den Monitoren und zuckte schließlich die Schultern.

Es war ihm schon lange nicht mehr passiert, dass er im Dienst eingeschlafen war.

Zum Glück war niemand da, der ihn beobachtet haben könnte. Peinlich, peinlich, dachte er sich und beschloss, niemandem davon zu erzählen. Der Job hier war viel zu gut bezahlt, um ihn aufs Spiel zu setzen.

Kopfschüttelnd wandte er sich wieder seinem Kreuzworträtselheft zu, das er vom Frühdienst übernommen hatte. Eines der Silbenrätsel auf der Seite war bereits gelöst. In großen Blockbuchstaben stand da ein Aphorismus: »Misstrauen kommt nie zu früh, aber oft zu spät.«

»Babylon Café«, São Gabriel da Cachoeira, Rio Negro / Brasilien

---

John Finch war betrunken.

Böse Zungen hätten behauptet, sternhagelvoll. Oder zumindest so gut wie.

Noch war er klar genug im Kopf, um feststellen zu können, dass außer ihm noch jemand aus der Flasche Laphroaig Islay Quarter Cask Whisky getrunken haben musste.

Aus der einen Flasche? Oder auch die anderen drei Flaschen, die nun leer vor ihm standen?

Drei Flaschen?

Er kratzte sich stirnrunzelnd am Kopf. Allein konnte er unmöglich drei Flaschen an einem Abend geleert haben. Vor dreißig Jahren vielleicht, ja, aber nicht heute. Selbst nicht zur Feier seines Abschieds vom Arsch der Welt, und das war São Gabriel nun einmal. Am Ufer des Rio Negro gelegen, rund achthundert Kilometer stromaufwärts von Manaus, war der kleine Ort für mehr als vier Jahre John Finchs Heimat gewesen. Der Pilot hatte mit seiner Albatross, dem legendär robusten Wasserflugzeug, die unmöglichsten Aufträge geflogen und versucht, vom Ersparten und den mageren Einnahmen zu überleben. Er hatte

Abenteurer in den Urwald gebracht, Arbeiter und Manager zu den Bauxitminen, Angler zu den Fischgründen der Nebenarme des Rio Negro. Bis zu dem Tag, an dem jemand sein Flugzeug in kleine Stücke gesprengt hatte, mitsamt den Passagieren. Das lag nun fast ein halbes Jahr zurück. Aber das war eine andere Geschichte ... ein Auftrag, bei dem gleich von Anfang an alles schiefgegangen war und den er nur mit knapper Not überlebt hatte.

John Finch spürte immer noch den Zorn in sich hochsteigen, wenn er an das Bild der Leichen und der völlig zerstörten Albatross dachte.

»Roberto, du verschlafener Fuselverwalter«, Finch winkte den Barkeeper zu sich, »wie viele Löcher hast du in meine Whisky-Flaschen gebohrt, während ich nicht hingeschaut habe?«

Der Barkeeper wischte weiterhin seelenruhig mit einem speckigen Lappen die Gläser ab, während er John Finch mit einem nachsichtigen, ein wenig herablassenden Ausdruck anschaute.

»Du solltest wissen, wann du Lokalrunden wirfst, alter Mann«, erwiderte Roberto ungerührt und sah sich in dem fast leeren Lokal um. »Selbst an schlechten Tagen hängt hier zumindest ein Dutzend Kampftrinker herum, die sich die Gelegenheit nicht entgehen lassen, sich endlich einmal anständiges Zeug hinter die Binde zu kippen.«

John Finch nickte langsam. Das erklärte die drei leeren Flaschen.

Wenn er seinen Kopf bewegte, kippte die Bar nach rechts wie in einer scharf geflogenen Linkskurve. Er erinnerte sich mit einem Mal an die Tage im Hotel Continental-Savoy, damals, in den sechziger Jahren in Kairo, als er die Suite 101 gleich für einen ganzen Monat gemietet hatte. Ein Jahr später war er noch immer da gewesen, in derselben Suite, ganze neunzehn Jahre alt und hungrig nach Abenteuern. Damals war er für alle geflogen, Hauptsache er blieb nie zu lange am Boden. Die Erinnerung an die heißen, endlosen Nächte, bei Sakkara Bier und Whisky, in Gesellschaft reicher Engländer, vorsichtiger Deutscher und zwielichtiger Mädchen, denen die Gier aus den Augen leuchtete, begleitete ihn noch heute, im Dschungel des Amazonas.

Nein, es war höchste Zeit zu gehen, zurück nach Nordafrika.

Wäre nicht das »Baby« gewesen, er hätte seine Zelte schon vor Monaten abgebrochen und wäre verschwunden. Aber so ... Das Babylon Café war eine der letzten Spelunken alten Zuschnitts zwischen Valparaíso und Beirut, die alle Fährnisse der Zeit überlebt hatten. In den zwanziger Jahren nach dem Vorbild der Oper in Manaus erbaut und nach vielen Jahrzehnten ein verstaubtes, heruntergekommenes Theater, war das Babylon in den fünfziger Jahren nach und nach in eine einzige Bar umgewandelt worden – erst einer der beiden Pausenräume, dann das gesamte Parkett und schließlich das komplette Haus.

Das »Baby«, wie es bei den Eingeweihten und Stammgästen hieß, war zu einem schäbigen Etablissement verkommen, das sich an seine besten Zeiten nicht mehr erinnern konnte. Schon als Theater war es zu groß für São Gabriel gewesen, als Bar war es das nach wie vor. Das Babylon litt unter dem Einwohnerschwund entlang des Rio Negro wie alle anderen Geschäfte. Es erinnerte an einen halb toten, hungrigen Kraken, der mit letzter Kraft und sicherem Griff stets neue Opfer an die längste Bar des Rio Negro holte.

Die Glücksritter waren schon lange weg, nur die zerstörten Illusionen waren hiergeblieben, verlangten nach einem Tribut aus billigem Fusel. Und der floss im Haus am Rio Negro in Strömen.

Theater wurde im Babylon schon lange nicht mehr gespielt. Die Logen waren verwaist, und die roten Samttapeten verrotteten in der feuchten Luft des Amazonasgebiets. Einige Plakate der letzten Aufführungen, fleckig und verblasst, waren als Reminiszenz an alte Zeiten hängen geblieben. Die meisten der einst komfortabel gepolsterten Sitze waren vor langer Zeit an Tischen aufgereiht worden, in den ehemaligen Garderoben der Sänger und Schauspieler hatten sich Huren eingemietet, die für wenige Real ihre Dienste auf den durchgelegenen Matratzen feilboten. Meist standen sie, nur leicht bekleidet, in den schmalen Gängen herum, warteten auf Kundschaft und nippten an Cocktails.

Seltsamerweise hatten alle Besitzer des »Babylon« die Bühne unangetastet gelassen. Man munkelte, dass die Kulissen von 1943, dem Jahr der letzten Aufführung, noch immer hoch unter der Decke hingen. Gesehen hatte sie niemand. Nur ein völlig Verrückter hätte es gewagt, den komplizierten Mechanismus der Laufrollen und Hebewerke in Gang zu setzen und dabei Gefahr zu laufen, von dem schweren, rostigen Gestänge erschlagen zu werden.

Über die gesamte Breite des Parketts, wo sich einst der Orchestergraben erstreckt hatte, stand nun die Bar. Riesig, überdimensioniert und respekteinflößend, war es ein Ungetüm aus Holz, das sich wie eine satte Schlange durch den Raum wand. Darüber, stets in Zigarettenrauch gehüllt, baumelten die Lampen mit den grünen Glasschirmen an ihren meterlangen Kabeln und standen nie still. Sie schwangen stets leicht im Luftzug, und die gelben Lichtinseln wanderten in ihrem ganz eigenen Rhythmus über die zerkratzte Platte aus schwarzem Marmor, der angeblich aus Italien mit dem Schiff bis zur Amazonas-Mündung und dann den Rio Negro hinauftransportiert worden war.

John Finch registrierte dankbar, dass Roberto den letzten Rest Whisky in sein Glas kippte. Dann drehte er das Glas in seiner Hand, um den Laphroaig anzuwärmen. Er saß an seinem Stammplatz, ganz am linken Ende der Bar. Mitternacht war lang vorbei, es war spät geworden, oder besser gesagt früh, und das Babylon hatte sich geleert bis auf ein paar Unverdrossene, die nicht mehr nach Hause gehen wollten oder konnten.

Auf der halbdunklen Bühne, von einem einzelnen Scheinwerfer in ein mystisches Zwielicht getaucht, quälte ein Mann in schwarzen Hosen und weißem Hemd eine Ziehharmonika. Weil sich niemand beschwerte, machte er unbeirrbar weiter.

»Es ist also wahr? Du gehst zurück nach Afrika?«, erkundigte sich Roberto müde. »Wir werden dir fehlen.«

»Träum weiter«, gab Finch grinsend zurück, »es gibt Dinge, denen weint man nicht nach. Die versucht man, so schnell wie möglich zu vergessen.«

»Red dir den Abschied nur schön«, gab der Barkeeper zurück und nahm ein weiteres Glas in Angriff, dem er hingebungsvoll Schlieren verpasste. »Eine Bar wie das Baby wirst du in der Wüste bei den Wilden nicht finden.«

»Zum Glück«, erwiderte Finch trocken. »Die haben dort Geschmack.«

»Kochen die da noch immer über Kameldung?«, erkundigte sich Roberto mit unschuldiger Miene. »So viel zum Geschmack ...«

Finch verdrehte die Augen und leerte sein Glas. Eine wohlige Wärme breitete sich in seinem Magen aus. War es die Vorfreude auf seine alte Heimat oder nur der Laphroaig? Wie auch immer, dachte er und lehnte sich vor. »Du warst es doch, der dieses Kaff als Arsch der Welt bezeichnet hat, von dem aus es nirgends mehr hin geht. Wenn ich mich recht erinnere, dann hast du mir zugeredet wie einem kranken Pferd, endlich meine Sachen zu packen und zu verschwinden.«

»Ach was, das ist wie bei den Frauen«, winkte Roberto ab. »Man sagt vieles, wenn die Nacht lang ist. Das ist doch eine alte Geschichte.«

Ja, alte Geschichten, dachte John Finch, hielt sich vorsichtshalber an der Theke fest und blickte zur stuckverzierten Decke, die sich gelblich verfärbt hatte. Dieses Haus war voll davon. Sie hatten sich in allen Ecken und Nischen eingenistet, wie Schwalben, die nie mehr südwärts fliegen wollten. Hemingway sei einmal hier gewesen, so munkelte man, habe alle unter den Tisch getrunken und dann die Zeche geprellt. Evita Perón habe eines Abends plötzlich auf der Bühne gestanden und eine flammende Rede gehalten, eine Lanze fürs Frauenwahlrecht gebrochen.

Und Caruso erst ...

Alte Geschichten.

Je später der Abend, desto abenteuerlicher wurden sie. Was tatsächlich stimmte, das blieb für immer das Geheimnis der ätherischen Jugendstil-Engel auf der Empore, die mit unbewegter Miene nun seit fast einem Jahrhundert über die Besucher wachten.

Er würde sie vermissen, diese Geschichten, die Patina und die Atmosphäre von Dekadenz und Verfall. Sonst nichts und niemanden, außer Fiona vielleicht, aber auch das war noch nicht geklärt.

John Finch schob sein Glas über die Theke, fuhr sich mit der flachen Hand über die kurz geschnittenen grauen Haare und rutschte vom Hocker. »Zeit zu verschwinden, diesmal für immer. Bleib anständig und trink ab und zu einen auf mich.«

»Wann geht dein Flug?«

»Morgen, erste Maschine nach Rio, dann Direktflug nach Kairo«, antwortete Finch.

»Du hast noch zwei Flaschen bei mir gut«, erinnerte ihn Roberto.

»Heb sie auf, wer weiß? Zahlst du Zinsen? Vielleicht werden drei daraus mit den Jahren«, sagte Finch lächelnd und streckte die Hand über die Theke. »Es wird Zeit, die Bar zu wechseln.«

»Das hast du vor sechs Monaten schon einmal gesagt«, erinnerte ihn der Barkeeper. »Und doch hat dich das Baby wieder zurückgeholt.«

»Diesmal ist es ernst«, gab Finch zurück. »Ich bin schon weg.«

Roberto stieß sich vom Flaschenregal ab, hängte sich das fleckige Tuch über die Schulter und schüttelte dem Piloten die Hand. »Ich wiederhole mich ungern, aber pass auf dich auf, alter Mann«, sagte er lächelnd, »und schreib eine Ansichtskarte. Ich hab noch immer einen Magneten auf meinem Kühlschrank frei.«

Finch winkte grinsend ab. »Angeber, du hast gar keinen eigenen Kühlschrank.«

»Touché«, gab Roberto zurück und widmete sich wieder seinen Gläsern, »aber wie du siehst, arbeite ich daran jeden Tag bis spät in die Nacht.«

Hochtal Rumbur, nahe Chitral, nordwestliche Grenzprovinz / Pakistan

Der alte Mann mit den wachen blitzblauen Augen legte seine Axt beiseite, zündete sich eine Zigarette an und zog die gestrickte Mütze vom Kopf. Während er sich den Schweiß von der Stirn wischte, blickte er nachdenklich von seiner Hütte auf den kleinen Ort hinunter. Graue Steinhäuser, sauber und adrett angelegt, gruppierten sich um eine Brücke über den Fluss, der im Frühjahr gefährlich anwuchs und das Schmelzwasser von den zahlreichen Berggipfeln bis in das Tal von Chitral beförderte. Nun spielten Kinder an den Ufern und scheuchten lachend ein paar Ziegen durch die Gegend.

Shah Juan von Rumbur lebte trotz seines Alters von fast fünfundachtzig Jahren den Sommer über in seiner Hütte am Rand eines der großen Eichenwälder. Mit der Schneeschmelze und den ersten warmen Sonnenstrahlen zog es ihn auf den Berg, in das roh gezimmerte Häuschen mit der großen Feuerstelle, dem blanken Fußboden und den stummen, lebensgroßen Wächtern. In der kleinen Ansiedlung unten im Tal war es ihm zu eng, und als einer der bekanntesten Künstler seines Volkes, der viel bewunderte monumentale Holzskulpturen mit jahrtausendealten Symbolen erschuf, genoss er die Nähe der Natur. Der Wald war sein Freund, die Bäume seine Vertrauten. Und die reglosen Figuren mit den seltsamen Kopfbedeckungen waren seine Gefährten.

Juan wandte den Kopf und blickte hinauf zu den Bergen, die den Abschluss des Tales und zugleich die Grenze nach Afghanistan bildeten. Die meisten ragten über fünftausend Meter hoch in den azurblauen Himmel, wie steinerne Wächter im Norden, die beschlossen hatten, nie wieder fortzuziehen und sich für immer hier niederzulassen.

Die drei Täler, in denen sein Volk, die Kalash, lebte, waren seit jeher fruchtbar und von der Natur verwöhnt. In einer kargen, steinigen und lebensfeindlichen Berglandschaft waren die »Drei Paradiese«, wie man sie auch nannte, bekannt für ihre überreichen Ernten an Trauben, Nüssen, Äpfeln und Aprikosen. Die warmen Sommer in der Hochgebirgsregion und die oft harten und kalten Winter, das glasklare Wasser der zahlreichen großen und kleinen Flüsse und der Fleiß der Kalash hatten das Gebiet zu dem gemacht, was es heute war: ein friedlicher, geschützter Ort an einer gefährlichen Grenze. Denn trotz der Abgeschiedenheit und des einfachen Lebens, des Versuchs, die Traditionen zu bewahren und ihrer altertümlichen Religion lebten die Kalash keineswegs hinter dem Mond. Auch in ihrem kleinen Gebiet wurde der Druck durch die Taliban immer größer, die Übergriffe der islamistischen Tablighi Jamaat häufiger, die Parolen extremistischer, die Stimmung aggressiver.

Die Grenze zu Afghanistan war nahe, die alten Schmugglerpfade waren unkontrollierbar und nur den Eingeweihten bekannt. Sie boten eine rasche Rückzugsmöglichkeit in ein Gebiet, das die pakistanische Regierung schon seit langem als unüberwachbar eingestuft hatte. Der Hindukusch war eine einsame, raue Region, in der andere Regeln galten.

Ältere, ja oft archaische Regeln.

Zwei kleine Falken zogen ihre Kreise am frühen Nachmittagshimmel, und Juan sah den Vögeln zu, wie sie geschickt ihren Flug an die aus dem Tal aufsteigende warme Luft anpassten. Dann wandte er sich wieder dem großen Stück Holz zu, das unter einem Vordach im Schatten lag. Die Kalash, die Ungläubigen, sprachen ihre eigene Sprache, aber sie konnten sie nicht schreiben. So gab es keine Aufzeichnungen, und es hatte auch nie welche gegeben. Alles wurde mündlich weitergegeben, von Generation zu Generation, sorgfältig bewahrte Geschichten aus dem Dunkel der Zeit; Geheimnisse aus längst vergangenen Jahrhunderten.

Das war einer der Gründe, warum der Arbeit des Shahs so große Bedeutung zukam. Er hatte sein ganzes Leben damit zugebracht, den Alten zuzuhören und ihre Erzählungen in Symbolen festzuhalten. Die Geschichte der Kalash, die keiner glaubte, aus einer Vergangenheit, die viele belächelten, die jedoch die Wissenschaftler verunsicherte. Weil sie nach langen Untersuchungen gestehen mussten, dass die alten Legenden wahrscheinlich stimmten.

Juan lächelte versonnen und strich über sein immer noch volles, etwas angegrautes dunkelblondes Haar. Nach der Annexion der Chitral-Region durch Pakistan war er es gewesen, der sich selbstsicher für die Respektierung der Kalash als nicht-islamische Minorität durch die neue Regierung eingesetzt hatte. Es hatte nicht wenige verwundert, dass er mit seinem Vorhaben Erfolg hatte. Die Behörden hatten sein Volk von Anfang an unterstützt und respektiert, das Ansehen des bescheidenen, aber wortgewandten Shahs Juan war stetig gewachsen. Er traf regelmäßig mit einflussreichen Politikern und Persönlichkeiten zusammen, um an die Kultur und die Traditionen der Kalash zu erinnern. Ob Prinzessin Diana oder Benazir Bhutto, Präsident Musharraf oder General Zia-ul-Haq – Juan hatte allen die Hände geschüttelt und eloquent die Sache der Kalash vertreten. Sein Urteil wurde von den lokalen Clans ebenso bedingungslos akzeptiert wie von der Distriktregierung, seine Klugheit weithin geschätzt.

Gewalt war für den großen, weisen Mann der Kalash nie eine Option gewesen, sondern nur ein Weg ins Verderben. Die Entwicklungen in Pakistan und die verlustreichen Kriege in Afghanistan hatten ihm recht gegeben. Frustriert von der Unbelehrbarkeit der Mächtigen dieser Welt hatte er sich immer öfter in die Wälder zurückgezogen, wo er schweigen und doch Zwiesprache halten konnte mit all dem, was ihm heilig war, fern vom Trubel der großen Politik und den Fernsehkameras.

Der alte Mann fuhr fast zärtlich mit der Hand über das Holz, aus dem sein wichtigstes Werk entstehen sollte. Er hatte lange darüber nachgedacht, abgewogen und überlegt, fast drei Jahre hatte er sich dafür Zeit genommen. Waren seine Symbole und Figuren bisher verständlich für alle gewesen, die sich mit der Geschichte der Kalash beschäftigt hatten, so musste er nun vorsichtiger sein. Juan wollte nicht zu viel verraten, das würde er sich niemals verzeihen. Nein, dieses Werk musste subtiler sein, unterschwelliger, und durfte seine Botschaft nur den Eingeweihten offenbaren.

Selbst wenn die Sprache der Kalash irgendwann in naher Zukunft ganz verstummen sollte.

Die fünf Männer in ihren schmutzigen, traditionellen Umhängen und ausgebleichten Turbanen lagen hinter einigen Felsbrocken in Deckung. Zwei von ihnen beobachteten durch Feldstecher die kleine Hütte am Waldrand, während die anderen drei die Umgebung sicherten, den Finger am Abzug ihrer Kalaschnikows. Ehemals rote Tücher, die durch den jahrelangen Gebrauch in den Bergen des Hindukusch ockerbraun geworden waren, verhüllten ihre Gesichter bis auf die Augen.

Auf ein Zeichen ihres Anführers sprangen sie auf, schnelle, lautlose Schatten zwischen den Steinen. Der Hang senkte sich gleichmäßig zur Talsohle hin, in der Ferne konnte man den kleinen Ort am Fluss erkennen und ein paar Frauen, die unbekümmert plaudernd beisammen standen. Doch die Entfernungen täuschten in der klaren Luft der Berge. Bis ins Tal war es ein Fußmarsch von mehr als sechs Stunden.

Doch die Männer hatten ein ganz anderes Ziel.

Als sie im dichten Wald unter den Zweigen der ersten Bäume angelangt waren, atmeten die fünf auf. Der schwierigste Teil ihres Einsatzes war geschafft. Die großen Eichen boten einen hervorragenden Schutz gegen Entdeckung, das karge Moos dämpfte ihre Schritte.

Niemand sollte sie kommen sehen.

In diesen Bergen war es zwar wahrscheinlicher, einem Schneeleoparden zu begegnen als einem anderen Menschen. Aber gerade bei den Kalash, den Kindern der Natur, musste man vorsichtig sein. Sie verstanden es, Spuren zu lesen und die Warnrufe der Vögel zu deuten. Sie waren eins mit der Natur.

Ein leiser Pfiff ertönte, und die vier Männer wandten die Köpfe. Ihr Anführer hatte aus einer Tasche seines Umhangs ein hochmodernes GPS-Ortungssystem gezogen und die Route zur Hütte berechnet. Nun wies er stumm in den Wald und trabte los. Es war nicht mehr weit.

Sie konnten die Axtschläge schon hören, bevor sie die Lichtung sahen. Gebückt, jede Deckung ausnutzend, näherten sich die fünf Männer vorsichtig der Hütte. Zwischen den Zweigen der Büsche erkannten sie den alten Mann, der auf ein Stück Holz einschlug und ihm so eine bestimmte Form gab. Gruppen von großen, dunklen Figuren mit Pferden und mützenartigen Kopfbedeckungen standen um die Lichtung, wie eine Einheit von stummen und unbeweglichen Wächtern, die von den Waldgeistern verwünscht worden waren und nun jahraus, jahrein den Gezeiten trotzen mussten.

Der Anführer steckte das GPS-Gerät wieder in seine Tasche und holte seinen Feldstecher hervor. In aller Ruhe beobachtete er den Bildhauer, verglich im Geiste dessen Gesicht mit den Fotos, die er vor fünf Tagen in einem Hotel erhalten hatte. Kein Zweifel, der alte Mann war Shah Juan.

Doch noch erhob er sich nicht, sondern wartete geduldig. Er wollte ganz sichergehen, dass der Alte allein war. Das Letzte, was sie jetzt brauchen konnten, waren Zeugen, das hatte ihm sein Auftraggeber unmissverständlich klargemacht. Alles musste schnell, glatt und erfolgreich verlaufen, bevor sie mit den richtigen Informationen wieder zurückkehrten.

Auf der Lichtung vor der Hütte machte Shah Juan eine kurze Pause, wischte sich den Schweiß von der Stirn und begutachtete den Fortschritt seines Werkes. Erstmals beschlichen ihn Zweifel. War es tatsächlich richtig, das größte Geheimnis der Kalash dem Holz anzuvertrauen? Sollten bestimmte Dinge nicht für immer verborgen bleiben, ein getuschelter Lufthauch am abendlichen Lagerfeuer, unhörbar für die Uneingeweihten?

Ein Geräusch unterbrach seinen Gedankengang. Er schaute auf und sah eine Gruppe von fünf Männern aus dem Wald treten, mit umgehängten Gewehren und den traditionellen, schweren Krummdolchen am Gürtel. Ihre Gesichter waren verborgen, und Juan erkannte sie nicht an ihrem Gang. Es mussten also Fremde sein, vielleicht auf den schmalen Fußwegen über die Berge aus Afghanistan gekommen.

Der alte Mann lehnte sich auf seine Axt und sah ihnen ruhig entgegen. »Seid willkommen im Tal der Kalash«, begrüßte er die Männer, doch keiner der fünf antwortete. Sie kamen näher, blickten sich um, fixierten dann Shah Juan. Plötzlich und ohne Vorwarnung sprangen zwei von ihnen vor, zerrten den alten Mann von der Axt weg und schoben ihn in Richtung Hütte. Der Shah wehrte sich heftig, riss einem der beiden das ockerfarbene Tuch vom Gesicht und erstarrte. Sein Angreifer war Europäer, ohne Zweifel, mit weißer Haut und graugrünen Augen. Unter dem Turban lockte sich rötlich-blondes Haar.

»Wer seid ihr? Was wollt ihr von mir?«, rief Juan verwirrt. »Was macht ihr überhaupt hier?«

Blitzschnell verhüllte der Angreifer wieder sein Gesicht und stieß den alten Mann durch die Tür in die Hütte. Währenddessen ging der Anführer fast gemächlich zu der kleinen Axt hinüber, die nach wie vor in dem großen Holzblock steckte. Er ergriff sie mit einem dünnen Lächeln, wog sie in der Hand und trat dann in die Hütte. In einer fremden Sprache, die der Shah nicht verstand, gab er seinen Männern, die den Alten festhielten, einen kurzen Befehl. Juan wurde auf den Rücken gedreht und mit ausgestreckten Armen auf den blank polierten Boden gedrückt.

Nachdem er auf die auf Englisch gebrüllten Fragen der Angreifer nicht antwortete, stellte der Anführer seine Füße auf die Unterarme des alten Mannes und hackte ihm mit gezielten Schlägen beide Hände ab, ohne sich um die Proteste und die hastig hervorgestoßenen Fragen seines Opfers zu kümmern.

Erst die linke und dann die rechte.

> Ostermontagabend, Kleingartenanlage
> »Sonntagsfrieden«, Berlin / Deutschland

Thomas Calis verfluchte seine Tante Louise an diesem Abend bereits zum hundertsten Mal.
Mindestens. Als er erschöpft den drei Männern hinterherblickte, die mit einem herablassenden Lächeln die quietschende Gartentür öffneten, das Grundstück verließen und sich dabei einen wissenden Blick zuwarfen, schickte er noch einen besonders saftigen Fluch himmelwärts und hoffte, dass Tante Louise ihn da oben hören möge. Das Gremium der Kleingartenanlage »Sonntagsfrieden«, bestehend aus Vorsitzendem, Kassenwart und einem greisen Ehrenmitglied, das bestimmt noch Bismarck persönlich gekannt hatte, bog entschlossen auf den schmalen Verbindungsweg zwischen den Gärten ein. Dann, wie auf ein unhörbares Kommando, wandten sich die drei Männer auf dem gepflegten Kiesweg nochmals um und warfen einen misstrauischen Kontrollblick zurück. Er wartete nur darauf, dass sie erneut einen Zollstock zücken würden, um die Höhe der Fliederhecke nachzumessen. Der Schlag sollte sie treffen und seine Tante Louise noch dazu!

Aber der zweite Teil des Wunsches hatte sich bereits erfüllt.

Dabei hatte alles so harmlos begonnen. Kurz nach Weihnachten war Tante Louise – oder Louischen, wie sie im Kreise der Familie hieß – im Alter von 84 Jahren sanft entschlafen. Ihr riesiges Appartement am Ku'damm, das sie seit mehr als fünfzig Jahren allein bewohnt und bis an die Decke mit, ihrer Ansicht nach, Sammelnswertem vollgestopft hatte, war der regelmäßige Treffpunkt für Familienfeste aller Art gewesen. Denn eines hatte Tante Louise perfekt beherrscht – sie konnte kochen wie ein französischer Küchenchef.

Louise kochte gern, ausgezeichnet und viel, was ihr in der Familie eine unbestrittene Beliebtheit sicherte. Dazu kam, dass ihr erster und einziger Gemahl, der die Ehe mit der quirligen Louise nur neun Monate lang überlebt hatte, sein beträchtliches Vermögen in blinder Liebe seiner damals blutjungen Frau vermacht hatte. So konnte Louischen sich den Luxus erlauben, nicht zu arbeiten, ihr plötzliches Vermögen zu vermehren und ansonsten Gegenstände anzuhäufen, die ihr in die Finger kamen.

Sie ging es systematisch an. War eines der hohen Zimmer vollgeräumt, dann wurde es einfach abgeschlossen und die Sammlung im nächsten fortgesetzt. Da ihre Wohnung den gesamten ersten Stock eines Patrizierhauses beim Olivaer Platz einnahm, konnte Louise in Ruhe jahrzehntelang ihrer Leidenschaft frönen, bevor sie sich platzmäßig einschränken musste. Bevor sie, von Altersschwäche gezeichnet, die letzte Woche ihres Lebens im Krankenhaus verbrachte, hatte sie nur mehr in der Küche und einem kleinen Kabinett gehaust. Der Rest der Wohnung, angefüllt mit Schätzen aller Art, war kaum mehr betretbar gewesen.

Die Erben rieben sich angesichts der traurigen Mitteilung vom Ableben der etwas spleenigen alten Dame erwartungsvoll die Hände, und Thomas Calis musste sich eingestehen, dass auch er keine Ausnahme bildete. Als er hörte, dass seine Lieblingstante das Zeitliche gesegnet hatte, war er mit einem Gefühl freudiger Erwartung zu Frank Lindner, seinem Chef, gegangen, hatte sich einen freien Tag genommen und war schließlich beschwingt zur Testamentseröffnung geradelt.

Die Enttäuschung war umso größer gewesen, als der Notar das Schriftstück verlesen hatte und Thomas Calis' Name nicht gefallen war. Louise hatte alle bedacht, ihn aber offenbar vergessen! Die Sammlung alter Meister ging an ihren jüngeren Bruder Leon, die Bibliothek an Cousine Marianne und die Biedermeier- und Jugendstilmöbel an Tante Sophie, der Schmuck an Rosemarie, der Inhalt des Kabinetts an ihren Neffen Walter ... und so ging es weiter.

Seitenlang.

Als der Notar das Testament endlich verlesen hatte, griff er gierig nach einem Glas Wasser, das auf dem modernen Schreibtisch stand, leerte es mit einem Zug und holte danach tief Luft. »Ach ja, da haben wir noch einen Zusatz«, murmelte er, als er einen angehefteten und gestempelten kleinen Zettel entdeckte, der dem Testament beigefügt war. »Meinem Neffen Thomas Calis vermache ich den Kleingarten in Berlin-Charlottenburg, den mein seliger Mann damals nach dem Krieg erworben hat. Ich weiß, dass er somit in die besten Hände kommt.« Der Notar blickte suchend auf und schaute direkt in die verständnislosen Augen des völlig vor den Kopf gestoßenen Erben.

»Kleingarten?«, hörte Calis sich krächzen, »Laubenpieper? Is' nicht wahr ...«

Niemand aus der Familie hatte ihm gratuliert.

Kein bisschen Neid hatte sich in den Augen der Angehörigen abgezeichnet, nur stummes Mitleid. Bis dato hatte niemand gewusst, dass Louischen ein Grundstück in einer Kleingartenanlage mit dem bezeichnenden Namen »Sonntagsfrieden« am Goslarer Ufer ihr eigen nannte. Nun war es also in die treusorgenden Hände von Lieblingsneffen Thomas Calis übergegangen.

Geschah ihm recht.

Mit der schüchternen Frage: »Gibt es vielleicht die Möglichkeit, die Erbschaft auszuschlagen?«, war Calis schließlich völlig zum Paria geworden. Die entrüsteten Blicke der übrigen Verwandtschaft, verbunden mit einem entsetzten, kollektiven Kopfschütteln, hatten ihn an den Sessel genagelt.

Von diesem Zeitpunkt an hatte ihn keines der übrigen Familienmitglieder mehr beachtet.

So hatte Thomas Calis alles verdrängt: die Testamentseröffnung, Tante Louise, den Kleingarten, die Akte Sonntagsfrieden. Er hatte sich in die Arbeit gestürzt, war mit Alice, seiner neuen Freundin, auf einen Kurzurlaub nach Marienbad gefahren und hatte bei seiner Rückkehr einen knallgelben Zettel mit einer Telefonnummer auf seinem Schreibtisch vorgefunden. »Dringender Rückruf«, stand darauf, dann eine Nummer und »unverzüglich!«.

Was dann kam, sollte er nicht so schnell wieder vergessen. Ein entrüsteter Vorsitzender des Kleingartenvereins »Sonntagsfrieden« hatte ihm im Laufe eines eher einseitig geführten Gesprächs ein klares Ultimatum gestellt: »Der Garten mit der Nummer 9/54, den Sie von Ihrer Tante geerbt haben, muss bis zur Eröffnung der Saison 2011 am Ostermontagabend auch tatsächlich einer zivilisierten Grünfläche ähnlich sehen und nicht einer zugewachsenen Deponie mit einem halb verfallenen Haus. So etwas ist unserer Gemeinschaft unwürdig! Hier gibt es Regeln und Pflichten, Richtlinien und Satzungen! Wir haben mit Rücksicht auf den angegriffenen Gesundheitszustand Ihrer Tante und des hohen Alters beide Augen zugedrückt, aber nun ist die Schonfrist vorbei. Sie glauben wohl, nur profitieren zu können?«

»Wovon?«, hatte Thomas Calis halbherzig eingewandt, war aber auf völliges Unverständnis gestoßen.

»Laut Paragraph 24b der Kleingartenordnung können wir die Parzelle 9/54 jederzeit neu vergeben, sollte sie ungepflegt, vernachlässigt und offensichtlich ungenutzt sein oder den Vorschriften nicht entsprechen«, hatte der Vorsitzende ihn kühl wissen lassen. »Sie haben noch genau zwei Wochen Zeit.«

Das war das Ende des Gesprächs gewesen und der Beginn eines Wettlaufs gegen die Zeit, des Kampfs gegen Unkraut und Wildwuchs, überbordende Stauden und die verwitterten Holzbalken einer ehemals weiß gestrichenen Gartenlaube im Miniformat. Vom Haus, das direkt aus einer Modellbahnlandschaft zu stammen schien, gar nicht zu reden.

Das volle Ausmaß der Katastrophe war Thomas Calis klar geworden, als er das erste Mal vor einem windschiefen, rostigen Eisentor stand und versuchte, durch das überbordende Gestrüpp irgendetwas zu erkennen. Auf dem Grundstück links von ihm zog ein kleiner Japaner unter ständigem Gemurmel seinen Rechen durch Kubikmeter von Kies und legte komplizierte Muster um Bonsai-Bäumchen an. Rechts tuckerte laut pfeifend eine Modelleisenbahn durch exakt rechtwinklig gezogene Blumenrabatten, begleitet vom offensichtlichen Gejohle einer Kolonie Gartenzwerge mit weit aufgerissenen Mündern.

Thomas Calis ließ den Kopf hängen und schloss verzweifelt die Augen.

»Hallo Nachbar!«, ertönte es aus der japanischen Enklave. »Haben Sie eine Machete mitgebracht? Oder sprengen Sie sich den Weg frei, Mastel Blastel?«

Eine arbeitsreiche Woche später – das Osterwochenende und damit der alles entscheidende Termin rückten unerbittlich näher – war Alice ihm in den Rücken gefallen.

»Ich nehme nicht an, dass du unseren Kurzurlaub auf Sylt vergessen hast«, hatte sie spitz bemerkt. »Abreise Karfreitagnachmittag in meinem neuen Cabrio. Ich möchte Ostern nicht in Berlin festsitzen, während alle meine Freundinnen sich zwischen Garmisch und Kiel beim fröhlichen Eiersuchen im eleganten Rahmen vergnügen.«

»Hmm, daraus wird leider nichts«, hatte Calis gemurmelt und war dabei in Gedanken durchgegangen, was im Schrebergarten noch alles zu tun war. »Ich bin es Tante Louise schuldig.«

»Pah! Du bist ihr gar nichts schuldig!« Alice' erboster Kommentar hatte die Eröffnung der Feindseligkeiten signalisiert. Das erbitterte Wortgefecht, an dessen Ende die Anwältin wütend die Tür hinter sich zugedonnert hatte, war das Letzte, das Thomas Calis seitdem von seiner Freundin gehört hatte.

Als er sich am Karsamstagabend auf seine Schaufel stützte und nachdenklich das erste Beet betrachtete, das er im Schweiße seines Angesichts angelegt hatte, fiel ihm Alice wieder ein. Wahrscheinlich drängte sie sich bereits kurzberockt an der Theke der Sansibar in Rantum, schlürfte Austern mit ein paar Verehrern im Schlepptau, die sich um die Bezahlung der Zeche stritten und dabei ihren Hintern nicht aus den Augen ließen.

Während er Regenwürmer belästigte ...

»Nicht schlecht für einen Anfänger«, bemerkte die japanische Fraktion gönnerhaft mit breitem Grinsen, während der Zugmagnat auf der anderen Seite offenbar beschlossen hatte, den neuen Nachbarn zu ignorieren und stattdessen außerplanmäßig einen besonders langen Sonderzug einzuschieben.

Die Gartenzwerge johlten glücklich.

Montags war dann pünktlich um neunzehn Uhr wie angedroht das Dreigestirn am Osterhimmel aufgetaucht, Zollstock, Klemmbrett und Lageplan in der Hand. Das oberste Gremium der Kleingartenanlage »Sonntagsfrieden« ließ keinen Zweifel daran, dass es ihm todernst war. Nach einer kurzen Begrüßung, die eher einer Kriegserklärung ähnelte, begannen sie die »Begehung des Grundstückes«, wie sie es nannten, schauten, maßen, schritten ab. Ihren wachsamen Blicken entging nichts. Die Höhe der Hecken, die Breite der Bäume, die Lage der Beete, der Abstand der Sträucher von der Grundgrenze, der neue Anstrich des Gartenhauses, die Art der gepflanzten Blumen. Hundertfünfzig Jahre Erfahrung in Kleingärtnerei trafen erbarmungslos auf pures Anfängertum.

Thomas Calis ertappte sich plötzlich dabei, wie sich seine Mordgelüste kaum noch zurückdrängen ließen. Er fühlte sich wie bei einer Prüfung, von der seine Zukunft abhing. Für einen Moment durchzuckte ein mörderischer Gedanke nach dem anderen sein Gehirn. Sprengung, Totschlag mit der Schaufel, heimliches Verbuddeln der Leichen im Tulpenbeet. Doch als er seinen japanischen Nachbarn sah, der neugierig über den Zaun glotzte und an einer übel riechenden Wurzel kaute, wurde ihm klar, dass es mit Heimlichkeit und Privatsphäre in einer Kleingartenanlage nicht weit her war.

Wenn hier einer furzte, dann litten drei andere.

Nach fast einer Stunde aufreibender und fast wortloser Kontrollarbeit war das Gremium wieder abgezogen, und Calis hätte wetten können, dass ein kollektives Aufatmen durch die Nachbarschaft ging. Es war bereits dunkel geworden, und aus einem der Gärten zog der Duft von Grillwurst und Rippchen durch die Abendluft.

Alice hatte sich das ganze Wochenende lang nicht gemeldet. Wahrscheinlich, nein, ganz sicher sogar war sie bereits mit einem ihrer Sylter Verehrer in medias res gegangen, wie sie es nannte.

Juristen unter sich ... oder unter einander ...

Mit einem allerletzten Fluch an die Adresse von Tante Louise zog er eine kalte Flasche Bier aus der Kühltasche und ließ sich seufzend ins Gras sinken. Seine Hände waren voller Blasen, zerkratzt und wund, seine Schultern und sein Rücken schmerzten. Die kurz geschnittenen, strohblonden Haare standen nach allen Seiten ab, der Staub brannte in seinen Augen und die schmutzige Brille war zu einem Weichzeichner geworden, der die Welt gnädig ein wenig erträglicher erscheinen ließ. Thomas Calis war weichgeklopft, aber siegreich aus dem Kampf mit der Natur hervorgegangen.

Er war ein wenig stolz auf sich und genoss den Augenblick des Triumphs.

Das Pils zischte und verdampfte auf dem Weg in den Magen. Er atmete genüsslich auf und setzte die Flasche erneut an. Während er noch überlegte, danach sofort eine weitere Buddel zu köpfen, hörte er irgendwo drinnen im Gartenhaus sein Handy klingeln.

»Vergiss es«, murmelte er kopfschüttelnd, aber dann dachte er an Alice und rappelte sich ächzend hoch. Durch seine verschmierten Brillengläser sah er das Display nur verschwommen leuchten, und so meldete er sich unverbindlich mit einem hoffnungsvollen »Ja?«

»Kommissar Calis? Wir haben einen Toten in der Berlichingenstraße in Moabit, ganz in Ihrer Nähe. Der Chef möchte, dass Sie sich die Sache ansehen. Natürlich nur, wenn Sie sich von Ihrer neuen Gartenleidenschaft losreißen können, wie er so richtig meinte ...«

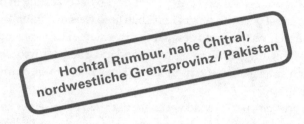

Hochtal Rumbur, nahe Chitral, nordwestliche Grenzprovinz / Pakistan

Shabbir Salam sah sich aufmerksam um. Irgendetwas war seltsam hier.

Während seine drei Untergebenen von der Border Police, die an der Grenze zu Afghanistan eingesetzt und in der kleinen Provinzhauptstadt Chitral stationiert waren, den umliegenden Wald durchsuchten, war Chief Inspector Salam zurückgeblieben, am Platz vor der Hütte, wo es nach Asche und verbranntem Fleisch stank. Er würgte. Sie waren zufällig auf Patrouille durch das Hochtal gewesen, als eine Rauchsäule am Berghang ihre Aufmerksamkeit erregt hatte. Zuerst hatten sie gedacht, jemand würde altes Holz verbrennen, aber als sie einer Gruppe von Frauen der Kalash begegnet waren, die ängstlich in Richtung des Feuers deuteten und sie drängten anzuhalten, änderten sie ihre Meinung rasch.

»Da oben liegt die Hütte von Shah Juan von Rumbur«, hatte eine der jungen Frauen erregt ausgerufen. »Irgendetwas muss passiert sein. Wir haben schon überlegt, hinaufzusteigen und selbst nachzuschauen, aber ...« Sie war verstummt.

»Gibt es einen befahrbaren Pfad?«, hatte sich Salam erkundigt, und die Frau hatte eifrig genickt und sofort angeboten, der Grenzpolizei den Weg zu zeigen.

Nun stand der Chief Inspector vor den Resten der Hütte, die fast zur Hälfte verbrannt war und versuchte, sich ein Bild zu machen. Salam, einstiger Elitesoldat der Pakistanischen Armee, war bereits vor Jahren auf eigenen Wunsch von den Polizeikräften rekrutiert und in den Hindukusch abkommandiert worden. Das sensible Gebiet im Nordwesten Pakistans verlangte bedächtiges Handeln, gute Kontakte mit der Bevölkerung und ein gesundes Misstrauen gegenüber allen extremistischen Bewegungen. Es war Salams Verdienst, dass die Krisenregion halbwegs stabil war und das Vertrauen der Bevölkerung in die Polizeikräfte ständig wuchs. Salam und Shah Juan waren befreundet gewesen, hatten sich vertraut und geschätzt. Beide hatten sie versucht, Toleranz und Mäßigung dem ständig wachsenden Druck der Extremisten und Taliban entgegenzusetzen. Es sah so aus, als hätten sie damit Erfolg.

Aber nun?

Salam, ein untersetzter grauhaariger Mann in einer untadeligen Uniform, ging tief in Gedanken versunken zu einem Holzblock unter einem kleinen Vordach hinüber, an dem der Bildhauer Juan offenbar bis zuletzt gearbeitet hatte. Tiefe Axthiebe hatten die weichen, fließenden Linien und die geheimnisvollen Symbole, die so typisch für Juans Stil waren, völlig zerstört. Es schien, als habe jemand wütend auf den Block eingeschlagen, immer und immer wieder.

Doch wo war die Axt?

Der Inspektor hörte in der Ferne seine Männer im Unterholz. Sie arbeiteten sich langsam den Hang hinauf, suchten nach Hinweisen. Alle drei Polizisten, von Salam selbst vor Jahren rekrutiert, waren erfahren und hier geboren. Sie kannten die Berge des Hindukusch seit ihrer Kindheit, konnten Spuren deuten und das Wetter vorhersagen, verstanden die Rufe der Tiere. Darüber hinaus hatte Salam darauf bestanden, dass alle seine Mitarbeiter lesen und schreiben konnten, ein Mindestmaß an Bildung hatten und eine Familie. Väter und Ehemänner waren verlässlicher und besonnener als Junggesellen.

Salam strich mit seiner Hand über die zerklüftete Oberfläche des Holzes. Was war hier passiert? Juans Körper war bis zur Unkenntlichkeit verbrannt. Es war jedoch zu erkennen, dass ihm vorher beide

Hände abgehackt worden waren. Die Knochen waren glatt durchtrennt. Das hatte Salam unschwer feststellen können. Die bis auf das Skelett verbrannten Hände lagen außerdem mehr als einen Meter vom Körper entfernt.

War ein Mordkommando der Taliban über die Grenze in den Bergen gekommen, im Schutze der Nacht, und hatte im Wald auf den richtigen Zeitpunkt gewartet? Warum dann das Feuer? Sollte Juans Tod als Warnung dienen, dann müsste man ihn dazu auch erkennen können, auf Fotos und Videos. Sonst verpuffte die Wirkung auf Medien und Politik und die sowieso durch die ständigen Konflikte abgestumpfte Öffentlichkeit. Im selben Augenblick, als er dies dachte, hasste sich Salam für seine Logik.

Also wer? Wer war hier heraufgekommen, in ein abgelegenes Tal der Kalash und hatte einen alten Mann ermordet?

Das alpine Gebiet um Chitral war nicht gerade für seinen Durchgangsverkehr bekannt, dachte Salam. Hier lebte oder starb man, schmuggelte und kämpfte man, aber hier reiste man nicht durch. Zumindest nicht durch das Rumbur-Tal. Also waren die Mörder gezielt hierhergekommen, um Juan zu töten.

Der Chief Inspector schaute ins Tal, auf die staubige Straße, die sich entlang des Flusses wand. Diese Einsamkeit gewordene Steinlandschaft erreichte man per Jeep, im Bus, zu Fuß oder auf Maultieren.

»Den Bus werden die wohl kaum genommen haben«, murmelte Salam und kratzte sich am Kinn, »wer auch immer es war.« Blieben ein Vierradantrieb oder Maultiere. Große Entfernungen legte man in den Bergen nicht zu Fuß zurück, schon gar nicht, wenn man einen Plan, ein Ziel und einen Zeitpunkt hatte.

Salams Funkgerät krächzte, und die Stimme eines seiner Polizisten erklang. »Chef, hier sind Spuren von einer Handvoll Männern, noch keine sechs Stunden alt. Vielleicht fünf oder sechs. Keine Tragtiere, nur Abdrücke von Stiefeln.«

»Sicher Männer?«, fragte Salam nach.

»Ganz sicher. Große, schwere Schuhe.«

»Weitersuchen!«, befahl der Chief Inspector, »vor allem bergauf. Denkt logisch. Irgendwoher muss die Truppe gekommen sein. Sie können wohl kaum wie Vögel eingeflogen sein.«

Er ließ die Taste des Funksprechgerätes aus und überlegte kurz. Warum eigentlich nicht? Nachdem er die Frequenz umgeschaltet hatte, sandte er einen neuen Ruf an die Station in Chitral, die nur wenige Dutzend Kilometer weit entfernt lag.

»Hier Salam, Chitral bitte melden!«

Es dauerte einige Augenblicke, dann ertönte die Stimme des Funkers der Polizeistation im Naya Bazaar unten am Fluss. »Police Station Chitral, ich höre, Chief!«

»Findet heraus, ob es eine offizielle Fluggenehmigung für einen Helikopter gestern Abend oder heute Morgen im Distrikt gab. Ich glaube zwar nicht, aber sicher ist sicher.« Salam hängte das Funkgerät wieder an seinen Gürtel und wandte sich den rauchenden Trümmern der Hütte zu. Sie bringen also Juan um und hacken ihm vorher noch die Hände ab. Warum? Ein Zeichen, dessen Bedeutung Salam nicht verstand? Ein Ritual? Quatsch, dachte sich der Inspektor, das ist hier noch nie vorgekommen. Eine Warnung? Für wen?

Salam seufzte. Je weiter er vordrang, umso komplizierter wurde die Angelegenheit. Dann legten sie Feuer. Um Spuren zu verwischen? Oder ein weiteres Signal? Was hatte ihnen der alte Mann getan?

Fragen über Fragen. Aufmerksam betrachtete Salam den fast völlig verbrannten Körper, der inmitten von verkohlten Bodenbrettern lag. Das Skelett war in der starken Hitze geschrumpft. Der durchdringende Gestank nach verbranntem Menschenfleisch erfüllte die Luft und machte das Atmen schwer.

Das Funkgerät quäkte wieder. »Wir sind am Waldrand angekommen«, meldete einer der Polizisten. »Es sieht so aus, als seien hier einige Männer hinter Steinen in Deckung gegangen und hätten eine Zeit lang dort gelegen. Ich habe ein Kaugummipapier gefunden.«

»Marke?«, unterbrach ihn Salam.

»Wrigley's, Chief Salam. Das Papier ist ganz neu, liegt noch keinen Tag hier. Trocken und frisch. Riecht sogar nach Minze. Doch eines ist seltsam.« Der Polizist machte eine Pause. »Die Aufschrift auf dem Papier ist in einer Sprache, die ich nicht kenne. Auf keinen Fall Englisch.«

»Mitbringen«, entschied der Inspektor. »Ist ein Weg in der Nähe? Eine Straße? Ein Saumpfad?«

»Moment, Chief.« Für einen Augenblick war es ruhig. Dann meldete sich der Polizist wieder. »Arheem meint, weiter oben gäbe es eine Abzweigung von jenem Weg, der zu der Hütte führt.«

»Dann geht bis dahin und seht, ob ihr etwas finden könnt«, befahl Salam, bevor er sich wieder dem Toten zuwandte. Warum kannst du uns nichts mehr erzählen, alter Freund, dachte der Inspektor bedauernd, das würde alles so viel einfacher machen. Er ging in die Knie und ließ seinen Blick über die verrußten Wände der Hütte schweifen. Ein Kaugummipapier mit einem Aufdruck in fremder Sprache?

Es wurde immer geheimnisvoller.

Jeder seiner Beamten sprach oder verstand zumindest Paschtu und Dari, die beiden Amtssprachen in Afghanistan. Es gab zwar mehr als 49 Sprachen und über 200 Dialekte im Nachbarland, aber Wrigley würde kaum einen Kaugummi auf den Markt bringen, dessen Inhaltsstoffe in einer Minoritätensprache angegeben waren. Also musste es etwas anderes sein. Unzufrieden mit der Tatsache, dass in der Hütte keine Spuren zu finden waren, erhob sich der Inspektor wieder und suchte die Lichtung ab.

Wo war die verdammte Axt?

Sollten die Angreifer die Waffe mitgenommen haben? Salam schüttelte den Kopf. Ziemlich unwahrscheinlich. Was hätte er an ihrer Stelle damit gemacht? Sie weit ins Tal hinuntergeschleudert? Er ging in Gedanken versunken bis an den Rand der Lichtung. Vergraben? Plötzlich hatte er eine Idee. Er machte kehrt und lief rasch zur Hütte zurück. Vor der Leiche Juans angekommen, zog er seine Pistole und schob vorsichtig mit dem Lauf den verkohlten Körper etwas zur Seite. Er war überraschend leicht. Unter einer dunkelgrau- schwarzen Rußschicht blinkte etwas im Licht des späten Nachmittags. Salam blies vorsichtig die Asche beiseite. Der Stiel der Axt war verbrannt, aber die Klinge war erhalten geblieben. Die Täter hatten die Waffe einfach ins Feuer geworfen.

Es würden keine Fingerabdrücke oder DNA-Spuren zu finden sein.

Der Inspektor steckte die Pistole wieder ein. Es waren also Profis gewesen, die den Shah ermordet hatten. Keine Tat im Affekt, kein Racheakt, kein spontaner Angriff. Die Taliban hätten ihre Messer verwendet oder Kalaschnikows, sie hätten Juan entweder erschossen oder ihm die Kehle durchgeschnitten. Aber sie hätten dazu nicht die Axt verwendet und dem Shah niemals ohne Grund die Hände abgehackt.

Doch die Handvoll Männer, die durch den Wald gekommen waren, hatten gewusst, wohin sie wollten, zu wem und zu welchem Zweck. Einer von ihnen kaute ausländische Kaugummis, sie hatten Stiefel getragen und hatten sich angeschlichen, hinter Steinen Deckung gesucht, den Bildhauer vielleicht sogar beobachtet, bevor sie zugeschlagen hatten. Juan hatte keine Chance mehr gehabt. Hatte er die Axt im Holzblock stecken lassen und die Unbekannten Angreifer hatten die Gunst der Stunde genutzt?

Shah Juan von Rumbur war ein alter, aber weiser Mann gewesen. Er mochte vorsichtig gewesen sein, aber Argwohn war ihm seit jeher fremd. Hatte er also seine Angreifer nicht gekannt, sie nicht verdächtigt? War er ihnen unbefangen entgegengetreten?

Ja, so passte es zusammen, nickte Salam befriedigt. Er griff zu seinem Funkgerät. »Wie weit seid ihr gekommen? Was gibt es Neues?«

»Wir haben den Weg erreicht, Chief«, quäkte die Stimme aus dem kleinen Lautsprecher. »Es gibt hier frische Reifenspuren, grobstollig, und einen kleinen Ölfleck im Sand. Ein Wagen war also für einige Zeit abgestellt, der Spurbreite nach kein Jeep, eher ein neuerer Geländewagen.«

Salam hörte eine kurze Beratung im Hintergrund, dann meldete sich der Polizist wieder. »Arheem hat Spuren von Stiefeln gefunden, die gleichen Abdrücke wie im Waldboden weiter unten. Sie sind also so gut wie sicher mit einem Wagen gekommen.«

Der Chief Inspector überlegte. »Ist die Straße da oben überall eine Sandpiste, oder gibt es auch Abschnitte mit Fels, Geröll und Schotter?«, erkundigte er sich dann bei seinen Männern.

»Hier? Beides, Chief«, antwortete einer der Polizisten. »Mehr Fels als Sand.«

Sie hatten nicht darauf geachtet, wo sie den Wagen abstellten, schoss es Salam durch den Kopf. Entweder waren es doch keine Profis, oder es war ihnen völlig egal gewesen, ob sie Reifenspuren hinterließen oder nicht.

»Kommt wieder zurück, der Transport für die Leiche muss bald da sein«, sagte Salam nach einer kurzen Pause. »Dann nehmen wir Gipsabdrücke von den Reifen- und Stiefelspuren und rücken ein. Einer von euch bleibt hier und bewacht den Tatort bis auf weiteres. Macht zwischen euch aus, wer.«

»Yes, Sir!«, schallte es aus dem Funkgerät.

Gedankenlosigkeit oder eiskaltes Kalkül?

Salam grübelte, während er auf seine Männer wartete. Nachdenklich wanderte er erneut zu dem Holzblock unter dem Vordach hinüber, an dem Juan zuletzt gearbeitet haben musste. Die Spuren der Axthiebe glichen offenen Wunden.

»Rede mit mir«, flüsterte Salam, legte den Kopf in den Nacken und schloss die Augen. »Erzähl mir, was du gesehen hast.«

Doch nur das Rauschen des Windes in den Zweigen der Bäume hoch über der Talsohle antwortete ihm. Irgendwo über seinem Kopf kreischte ein Bussard, während er im Aufwind quer über den Hang segelte. Der Inspektor öffnete wieder die Augen. Was hatte er erwartet?

Gerade als er sich abwenden wollte, sah er im Gebälk des kleinen Vordachs einen kleinen, hellen Stoffrest, der zwischen einigen irdenen Töpfen hervorlugte. Salam streckte sich und zog ihn mit den Fingerspitzen aus seinem Versteck. Als er ihn aufschlug, fiel sein Blick auf eine grobe Zeichnung der Umrisse des Holzblocks.

Eine Arbeitsskizze?

Darunter war ein Symbol der Kalash gemalt, das der Inspektor sofort erkannte, weil es auf vielen ihrer Häuser und Zeichnungen zu sehen war:

Der Beschützer.

Es hatte zu schütten begonnen. Schlagartig.

Mit Blitz und Donner, Windböen und dem Geruch nach nassem, warmem Asphalt. Das Gewitter, das über Spandau nach Berlin hereingezogen kam, fegte wie ein Güterzug über die Hauptstadt hinweg. In wenigen Minuten war Thomas Calis bis auf die Haut durchnässt. Als er in der Berlichingenstraße eintraf, sah er einem ertrinkenden Kaninchen ähnlicher als einem Kommissar der Kriminalpolizei.

»Radelst du eigentlich auch unter Wasser?«, erkundigte sich der Leiter der Spurensicherung, Arthur Bergner, grinsend, als Calis sein Rad an die Wand lehnte und sich mit der flachen Hand übers Gesicht fuhr, um die Wassertropfen wegzuwischen. Nicht, dass es etwas nützte. Der Wasserfall aus den tiefziehenden Wolken rauschte weiter unerbittlich auf die Hauptstadt herab.

»Hat jemand einen Regenschirm?«, fragte Calis und blickte sich suchend um. Im Schein der rotierenden Blaulichter und der Strahler der Spurensicherung sah die ruhige Wohnstraße aus wie ein Filmset ohne Kamera.

Seufzend beugte sich Bergner in das Heck seines Kombis. »Wenn dir Werbung nichts ausmacht ...« Damit zog er einen rosafarbenen Schirm heraus, auf dessen Seiten die Aufschrift »Gut behütet mit Condomi« prangte. »Passt irgendwie zu deinen maskulinen, schmutzigen Gartenklamotten. Hast du umgetopft, oder war die Eiersuche etwas beschwerlicher?«

»Der passt zu nichts«, ätzte Thomas Calis und beäugte den Schirm mit einem Ausdruck ehrlichen Entsetzens. »Bist du schwul, oder was?«

»Einsatz beim Christopher Street Day«, gab Bergner ungerührt zurück. »Willst du ihn jetzt oder nicht?«

»Gib schon her!«, seufzte Calis. »Was kannst du mir erzählen?«

»Nicht viel«, erwiderte Bergner. »Männliche Leiche, 54 Jahre alt, sein Name ist Kurt Tronheim, wohnhaft in Weißensee. Jemand hat ihm die Kehle durchgeschnitten, mit einem ziemlich großen Messer, wenn du mich fragst. Er liegt in dem Golf da vorne.«

»Woher ...?«

»... ich das alles weiß?«, fuhr Bergner gönnerhaft fort. »Weil wir seine Tasche gefunden haben, mit seinem Ausweis und dem Rest der Wurststulle, die er nicht gegessen hat. Ist bei mir im Wagen. Ach ja, und bevor du fragst, der Arzt meinte, er sei seit rund drei oder vier Stunden tot.«

»Und wo ist der Herr Doktor jetzt?«, erkundigte sich Calis und blickte sich suchend um.

»Der sitzt in einer kleinen Kneipe um die Ecke und wartet, bis wir fertig sind«, antwortete Bergner lächelnd. »Vielleicht gar keine schlechte Idee, so ein kühles Blondes.«

In diesem Augenblick donnerte es theatralisch. Dann folgte ein weiterer Blitz, der aber diesmal von der Kamera eines Reporters stammte, der es irgendwie durch die Polizeiabsperrungen geschafft hatte.

»Wenn du noch einmal abdrückst, dann vergesse ich mich«, brüllte Calis wütend, der sich bereits auf dem Titelblatt der Regenbogenpresse mit rosa Kondom-Schirm, schmutzigem T-Shirt und löchrigen Jeans sah. »Kann hier eigentlich jeder machen, was er will? Zurück hinter die Absperrung, aber plötzlich!«

»Du scheinst heute etwas neben der Spur zu sein, wenn ich das so formulieren darf«, wandte Bergner ein.

»Das darfst du nicht«, brummte Calis, »und dieser Schirm bedeutet das Ende unserer Freundschaft, wenn es denn je eine gab.« Damit trat er näher an den Golf heran, über den die Spurensicherung ein provisorisches Zelt gespannt hatte. Zwei Experten waren noch immer damit beschäftigt, trotz des Wolkenbruchs eventuelle Spuren am und im Fahrzeug zu sichern. Der Tote starrte mit weit aufgerissenen Augen in die Scheinwerfer und Thomas Calis kam es so vor, als fixierte auch er den verdammten Schirm.

»Wie lange braucht ihr noch?«, erkundigte er sich.

»Gib mir noch fünf Minuten«, winkte Bergner ab, »dann bist du uns los. Bei dieser Springflut hier schwimmen alle Spuren weg. Aber du könntest inzwischen um die Ecke gehen, zu Siemens. Tronheim war da beschäftigt, wir haben einen Dienstausweis in seiner Tasche gefunden.« Der Leiter der Spurensicherung wies auf das riesige, langgestreckte Gebäude hinter dem Kommissar. »Das ist übrigens die AEG-Turbinenhalle, die Siemens vor Jahren samt der Produktion übernommen hat.«

»Und der Tote hat in der Halle gearbeitet?«, fragte Calis nach.

»Bin ich die Auskunft? Keine Ahnung, er war zumindest bei Siemens angestellt«, gab Bergner zurück. »Die Büros in der Huttenstraße werden heute verwaist sein, noch dazu um diese Uhrzeit, aber es gibt sicher einen Pförtner. Vielleicht hat der ein Mitarbeiterverzeichnis oder kennt diesen Tronheim.«

»Also gut, ich geh ja schon«, seufzte Calis. »Warum übernimmst du eigentlich meinen Job nicht gleich mit? Dann könnte ich mich aufs Ohr hauen. Ich bin fix und fertig.«

»Vom Umtopfen deiner Haschischpflanzen? Oder hat der zweibeinige Osterhase beim Verstecken der Eier alle Register gezogen?«, wollte Bergner wissen.

»Blödmann«, gab Calis zurück. »Weder noch. Ich habe einen Garten geerbt. Von meiner Tante Louise.«

»Tausend Quadratmeter Unkraut und zwanzig Obstbäume, so wie du aussiehst«, nickte der Leiter der Spurensicherung verständnisvoll. »Das schlaucht, ich weiß.«

»Achtundachtzig Quadratmeter, eine Laube, Gestrüpp und einen Baum, aber vergiss es einfach«, brummte Calis, winkte resigniert ab und machte sich auf den Weg in die Huttenstraße.

Der Portier musterte den durchnässten schlanken Mann in dem fleckigen T-Shirt und den ausgewaschenen, zerrissenen Jeans mit misstrauischem Blick und großen Augen. Dann bewegte sich seine Hand langsam zum Alarmknopf, während sein breites gelbliches Gesicht im Licht der kleinen Schreibtischlampe Misstrauen und Besorgnis ausdrückte.

»Ja?«, fragte er und schob ein Kreuzworträtselheft außer Sichtweite.

Thomas Calis griff in seine Jeans, zog wortlos den Dienstausweis aus der Tasche und presste ihn gegen die Sicherheitsglasscheibe. »Machen Sie bitte die Tür auf, ich bin schon nass genug.«

Der Wachmann studierte kurz den kreditkartengroßen Ausweis, nickte dann eifrig, erhob sich und deutete auf die Glastür, die er umständlich aufsperrte und schließlich öffnete. Ein Schwall warmer und abgestandener Luft schlug Calis entgegen. In dem Kabuff roch es nach Schweißfüßen und Kaffee.

»'n Abend«, nickte Calis und klappte aufatmend den Schirm zusammen. »Kriminalpolizei. Kennen Sie einen gewissen Kurt Tronheim? Er soll angeblich hier arbeiten.«

»Ja, natürlich kenne ich Kurt.« Die Augen des Portiers wurden rund und noch größer. »Ist etwas mit ihm? Seine Schicht war um sechs zu Ende. Danach ist er nach Hause geradelt, wie immer.«

»Heute ist er nicht weit gekommen«, sagte Calis kurz und sah sich in der Portierloge um. »Wo genau ist Tronheim beschäftigt?«

»Na hier«, meinte der Wachmann etwas verständnislos, »er arbeitet seit mehr als fünf Jahren als Pförtner, wie ich. Wir haben fast zur gleichen Zeit bei Siemens begonnen.«

»Tronheim hatte also heute Dienst«, fasste der Kommissar zusammen. »Dann haben Sie von ihm übernommen.«

»Genau«, bestätigte der Pförtner, »ich war ein paar Minuten früher dran, und wir haben uns noch unterhalten. Heute ist es ruhig, ist ja Ostern.« Der Mann zuckte die Achseln. »Kurt und ich, wir teilen uns meistens die Feiertags- oder Wochenenddienste, weil wir keine Familie haben. Außerdem können wir das zusätzliche Geld ganz gut gebrauchen. Aber was ist mit Kurt eigentlich?«

Calis fuhr sich mit der Hand durchs nasse Haar. »Er ist tot, ja ... tut mir leid.«

»Was ist passiert? Hatte er einen Unfall?«, fragte der Portier erschrocken. »Mit dem Fahrrad? Ich habe ihn immer wieder gewarnt. Die fahren hier wie verrückt.«

»Sagen Sie einmal, Herr ...« Der Kommissar sah den Mann im hellblauen Hemd und der dunklen Hose fragend an.

»Rieger, Volker Rieger.«

»Herr Rieger, ist Tronheim auch heute mit dem Rad nach Hause gefahren?« Calis spürte, wie die Müdigkeit sein Gehirn erreichte. Hatte der Pförtner ihm das bereits gesagt?

»Ja, selbstverständlich war er mit dem Rad da. Er hatte ein wenig Bedenken wegen der Gewitterwolken, aber er hoffte wohl, noch trocken nach Hause zu kommen.« Rieger ließ sich auf seinen Stuhl fallen. »Wie ist es passiert?«

Nach einem Augenblick der Stille antwortete Calis: »Es war kein Unfall. Wie es aussieht, ist er ermordet worden.«

»Häh?«, krächzte Rieger verständnislos und in seinem Gesicht zeichnete sich ratloses Entsetzen ab. »Ermordet? Aber warum ...?« Er verstummte und blickte Calis mit großen Augen an.

»Gute Frage, daran arbeiten wir gerade«, gab der Kommissar zurück und legte eine leicht aufgeweichte Visitenkarte neben das Rätselheft. »Ich muss weiter. Sollte Ihnen etwas einfallen, dann rufen Sie mich an. Sind Sie die nächsten Tage hier?«

Der Pförtner nickte stumm, während er die Visitenkarte mechanisch zwischen den Fingern drehte, ohne einen Blick darauf zu werfen.

Als Calis wieder in die Nacht hinaus trat, überlegte er kurz, den Schirm erst später außer Sichtweite oder besser noch gar nicht aufzuspannen. Doch angesichts des strömenden Regens fiel nach wenigen Metern die Entscheidung zugunsten der Peinlichkeit am Stiel, wie er ihn insgeheim getauft hatte.

Die Spurensicherung packte gerade zusammen, das provisorische Zelt über dem Golf war verschwunden und die Schweinwerfer waren bis auf einen alle abgebaut worden. Im Lichtkegel der starken Lampe schienen Myriaden von Tropfen in Wellen durch die Berlichingenstraße getrieben zu werden.

Neben dem Toten, in der offenen Beifahrertür des Golfs, kauerte ein grauhaariger Mann im Trenchcoat. Er schien den Regen nicht zu bemerken, obwohl ihm das Wasser in Strömen in den Kragen rann. Calis trat hinter die Gestalt und schaffte mit dem Schirm eine trockene Insel.

»Ich habe mir schon immer mein kleines, eigenes Hochdruckgebiet gewünscht«, meinte Doktor Sternberg lakonisch, ohne sich umzusehen. Der Arzt und Calis kannten sich seit Jahren. Thomas Calis schätzte die Intuition des Mediziners und Sternberg die ruhige Art des jungen Kommissars.

»Hallo Doc! Erst ein Bierchen in der Kneipe, dann eine helfende Hand, was kann man sich am Ostermontag sonst noch wünschen?« Calis beugte sich vor. »Irgendetwas entdeckt, was ich wissen sollte?«

»Ich würde mich auf die Suche nach einem Fahrrad machen, auch wenn das bei dem Wetter absolut nicht passt«, gab Sternberg zurück. »Die Verletzungen am Bein sehen nach einem Zusammenstoß aus.«

»… und zwar mit dem Golf, in dem er sitzt«, ergänzte der Leiter der Spurensicherung, der neben die beiden Männer trat. »Weinrotes Rad, den Farbresten nach zu schließen.«

»Marke, Baujahr, Zustand?«, warf Calis grinsend ein.

»Du mich auch«, antwortete Bergner ruhig. »Der Regen hat viele Spuren einfach ertränkt, aber wir nehmen an, dass er außerhalb des Wagens umgebracht wurde, auf offener Straße sozusagen.«

»Danach hat ihn der Täter dann in den Golf gesetzt?«, erkundigte sich Calis nachdenklich.

Doktor Sternberg nickte. »Nicht genug Blut im Wageninneren. Daher ein klares Ja.«

»Keine Zeugen bisher? Wer hat uns alarmiert?«, wollte der Kommissar wissen.

»Eine Autofahrerin, die ihren Wagen neben dem Golf geparkt hatte und nach dem Einsteigen durch das Seitenfenster dem Toten genau ins Gesicht schaute. Der Täter hatte zwar eine Decke über die Leiche geworfen, aber die war vom Kopf gerutscht. Muss ein echter Schock gewesen sein. Kein schöner Anblick, so eine durchgeschnittene Kehle.« Bergner zündete sich eine Zigarette an und inhalierte genüsslich. Dann griff er in die Tasche und hielt Calis einen Zettel hin. »Ihr Name und die Telefonnummer. Aber viel mehr wird sie dir nicht erzählen können.«

»Rauchen schadet der Umwelt und insbesondere mir«, schnüffelte der Mediziner vorwurfsvoll und richtete sich dann auf. »Todesursache ist klar, vorher bei dem Unfall hat er sich das Bein gebrochen. Daher nehme ich an, das Auto hat ihn erwischt und nicht umgekehrt.«

»Und der oder die Mörder haben dann auch gleich das Rad entsorgt?«, wunderte sich Calis. »Wem gehört eigentlich der Golf?«

»Wer ist hier eigentlich der junge, aufstrebende Kriminalist?«, erwiderte der Leiter der Spurensicherung. »Ein bisschen Arbeit muss ja auch noch für dich übrig bleiben.«

»Genau! Für uns alte Herren in der Vorruhestandsstarre war's das«, ergänzte Doktor Sternberg und schlug Bergner auf die Schulter. »Komm, wir rücken ein. Den verbleibenden Anwesenden weiterhin fröhliches Schaffen!«

»Ihr beide seid heute wirklich die reinste Inspirationsquelle«, murrte Calis und gab den bereits wartenden Männern der Ambulanz ein Zeichen, die Leiche abzutransportieren. »Wann hast du das Obduktionsergebnis?«, rief er Sternberg nach.

»Irgendwann nächstes Jahr«, rief der Arzt über die Schulter zurück. »Du bist der Erste, der es erfährt. Versprochen!«

Genau in dem Moment tauchte das Fernsehteam des rbb an der Polizeiabsperrung auf. Als der Kameramann den patschnassen Kommissar Thomas Calis mit dem rosa Condomi-Schirm im Scheinwerferlicht stehen sah, wartete er nicht auf einen Wink seiner Redakteurin. Er riss die Kamera hoch, drückte auf den Aufnahmeknopf und hielt einfach drauf.

São Gabriel da Cachoeira, Rio Negro / Brasilien

John Finch genoss noch ein letztes Mal den Blick von seiner Terrasse auf den Rio Negro. Die Sonne war aufgegangen, und der Pilot stand mit einem Becher heißen Kaffees, den er sich von der nahe gelegenen Bäckerei geholt hatte, am Geländer und blickte über die Dächer der kleinen Stadt hinunter zum Fluss, der zu jeder Tageszeit anders aussah. Der Rio Negro verwandelte sich wie ein träges Chamäleon.

Nachdenklich horchte Finch in sich hinein. Nein, er verspürte kein Bedauern. Alles hatte seine Zeit, seinen Platz und sein Ende. Hinter ihm lagen eine leere Wohnung, ein paar Erinnerungen und viele Erfahrungen. Vor ihm die Heimkehr auf einen Kontinent, der ihn seit seiner Jugend fasziniert und gefesselt hatte. Afrika zwischen Kairo und Dakar, Tripolis und Kapstadt, das war für fast vierzig Jahre seine Bühne gewesen, sein Abenteuerspielplatz, seine Heimat. Bis zu jenem Tag vor fünf Jahren. Finch spürte einen bitteren Geschmack in seinem Mund und wischte den Gedanken rasch beiseite.

Was hätte sein Vater zu seiner Entscheidung gesagt?

Als Finch 1962 nach Kairo gekommen war, gerade einmal achtzehn Jahre alt, hatte er dank seines Vaters bereits zehn Jahre lang in Cockpits gesessen. Erst auf dem Schoß des berühmten Jagdfliegers der Royal Air Force, dann daneben. Der alte Peter Finch hatte nie viel von Vorschriften gehalten. »Die Freiheit hier oben gehört dir«, hatte er immer zu seinem Sohn gesagt. »Lass sie dir nicht von Kleingeistern vermiesen.« Dann hatte er ihm den Steuerknüppel in die Hand gedrückt und demonstrativ die Augen geschlossen. Und so hatte John Finch seinen Vater geflogen, durch Gewitterfronten und Regenschauer, Luftlöcher und Sturmböen. Hatte neben dem schweigsamen Fliegerass gesessen und sich gefragt, ob sein Vater hin und wieder blinzelte.

Nur das eine Mal war er nicht dabei gewesen. Jenes eine Mal, das sein ganzes Leben verändert hatte.

Als Finch an dem Wrack angekommen war, während die Rettungsmannschaften noch verbissen arbeiteten und seinem Vater doch nicht mehr helfen konnten, da war ihm klar geworden, dass er von nun an alleine würde fliegen müssen.

So hatte er lange dagestanden, an der Absturzstelle. Stundenlang, die Hände tief in den Taschen vergraben. Erst waren die Rettungsmannschaften abgezogen und hatten die Leiche mitgenommen, dann die Beamten der Untersuchungsbehörde. Zuletzt hatten sie die Reste des Flugzeugs abtransportiert und mit ihnen John Finchs heile Welt und alles, woran er glaubte. Endlich, lange nach Einbruch der Dunkelheit, fast einen Tag später, hatte er sich vor Kälte zitternd umgedreht und geschworen, entweder bald genauso zu sterben oder zum Andenken an seinen Vater noch besser zu werden.

Am Limit zu fliegen und trotzdem zu überleben.

An die nächsten Tage konnte sich John Finch nicht mehr erinnern. Irgendwann hatten die Behörden seiner Mutter den Tascheninhalt ihres Mannes ausgehändigt, darunter einen Silberdollar von 1844.

Es war das einzige Erinnerungsstück an seinen Vater, das er mitnahm.

Wortlos hatte er seinen kleinen Koffer gepackt, sich seine Fliegerjacke um die Schultern gehängt und das wenige Geld, das er gespart hatte, in die Tasche gestopft. Nachdem er seine Mutter flüchtig umarmt hatte, machte er sich auf den Weg zum Bahnhof, zu Fuß, durch den strömenden Regen.

So sah niemand seine Tränen.

Er wollte weg, nur weg. Weg aus dem engen, kalten und nassen England, weg von den Erinnerungen an sein einziges Idol, weg von seinem bisherigen Leben. Früh genug musste er erkennen, dass man nicht vor allem davonlaufen konnte.

Aber diese Erkenntnis kam erst in Afrika.

Am Bahnsteig angekommen, schlenderte er ziellos auf und ab. Der Regen hatte nachgelassen, und Windböen trieben Zeitungsfetzen über den feuchten Asphalt. John Finch hatte noch immer keine Ahnung, wohin er fahren sollte.

Der nächste Zug?

Fuhr nach London. Auch gut, sagte er sich und steuerte die einzige Bank unter dem Vordach an, auf der eine alte Frau trotz der Kälte vor sich hin döste. Da fiel ihm plötzlich ein verblasstes Plakat ins Auge, das neben einem zerschrammten Zigarettenautomat hing und im Wind flatterte. Es machte Werbung für das Hotel Continental-Savoy in Kairo. Im Schattenriss thronte die Sphinx vor drei Pyramiden unter einem heißen Himmel, umgeben von Sanddünen und beschienen von einer glutroten Sonne.

Plötzlich wusste John Finch, wohin ihn sein Weg führen würde.

So geschah es, dass ein blasser junger Mann einen Tag später durch die Drehtür aus geschliffenem Glas zum ersten Mal das ehrwürdige Hotel an der Shareh Gomhouriah in der ägyptischen Hauptstadt betrat und nach einem Blick auf die Zimmerpreise beschloss, mit dem Schicksal zu pokern.

Seine Ersparnisse reichten nämlich gerade Mal für sieben Nächte. Danach war er entweder pleite oder er hatte einen Job, der ihm sein Leben hier im Hotel finanzieren würde.

Vier Tage später verlängerte er sein Zimmer auf unbestimmte Zeit und flog seinen ersten Auftrag. Der Algerienkrieg tobte, und man suchte junge, unerschrockene Männer, die Geld brauchten, nichts zu verlieren hatten und flogen wie der Teufel. Man stellte keine Fragen und erwartete auch keine. Fluglizenz? Nebensächlich. »Bring die Kiste heil wieder zurück, und du bekommst den nächsten Auftrag«, hieß es. »Brauchst gar nicht erst duschen zu gehen, kannst gleich wieder starten.«

Und nun? Fast vierzig Jahre später standen wieder einmal zwei gepackte Koffer an seiner Wohnungstür, er war auf der falschen Seite der sechzig und brach dennoch erneut auf.

Doch diesmal hatte er das Gefühl, nach Hause zu gehen.

Es klopfte leise, und Finch blickte überrascht auf die Uhr. Für das

Taxi zum Flughafen war es noch zu früh, für Versuche, ihn zum Bleiben zu bewegen, zu spät. Als er die Tür öffnete, wehte ihm ihr Parfum entgegen und er wusste, dass Fiona ihre USA-Reise seinetwegen früher beendet hatte.

»Hallo, Cowboy«, sagte sie lächelnd und gab Finch einen Kuss auf die Wange. »Hast du gedacht, ich würde irgendwo zwischen New York und Boston herumhängen, während du hier deine Zelte abbrichst und still und leise verschwindest?« Sie strich ihm zärtlich über die Wange und sah über seine Schulter in das leere Apartment. »Sieht sehr aufgeräumt und übersichtlich aus.«

»Leider kann ich dir nichts mehr anbieten«, sagte Finch und hielt der schlanken, dunkelhaarigen Frau seinen Becher mit Kaffee hin. »Nicht gerade ein Blue Mountain und noch dazu vom Bäcker um die Ecke. Wie geht's deiner Mutter?«

Fiona und ihn hatte im Jahr zuvor eine kurze, aber heftige Affäre verbunden. Nachdem Wilhelm Klausner, Fionas Großvater und Finchs letzter Auftraggeber, bei der Sprengung von Finchs Wasserflugzeug, der Albatross, ums Leben gekommen war, hatte Fionas Mutter das nächste Flugzeug aus den USA genommen und sich um das Begräbnis, die Formalitäten und die Abwicklung der Erbschaft gekümmert. Danach war sie wieder zurückgekehrt nach New York, während Fiona auf dem großen Anwesen im Dschungel geblieben war und die Leitung der Stiftung übernommen hatte, die ihrem Großvater so am Herzen gelegen hatte. In dieser Rolle flog sie seither um die ganze Welt und war deshalb in den letzten sechs Monaten kaum in São Gabriel gewesen.

So war auch die Liebesgeschichte zwischen Finch und ihr im Sand verlaufen, mangels Zeit und Nähe. Allmählich ausgetrocknet wie ein Rinnsal, das das Meer nie erreichen sollte.

»Es geht ihr gut, danke«, nickte die junge Frau und schlenderte langsam durch die leeren Räume. Ihre Schritte hallten zwischen den nackten Wänden. »Leere Wohnungen sind das Zuhause der Melancholie. Hüllen, Schalen ohne Inhalt, die auf eine neue Aufgabe warten. Wie lange wirst du wegbleiben?«

Finch blickte sie über den Rand des Kaffeebechers an. »Für immer, aber was heißt das schon in meinem Alter?«

»Nicht viel«, grinste Fiona und lehnte sich an ihn. Er roch ihr Parfum und spürte eine Welle des Bedauerns. Vielleicht hätte er sich mehr anstrengen sollen? »Wir werden uns also eine neue Bar suchen müssen, am anderen Ende der Welt. Weißt du schon, wohin du gehst?«

»Ostwärts, erst einmal nach Kairo, zurück zu den Wurzeln, schauen, ob das Savoy noch steht«, antwortete Finch und zog die Schultern hoch. »Und dann, dann werd' ich weitersehen. Kommt Zeit, kommt ein Auftrag um die Ecke gebogen.«

»Du weißt, dass sich viel verändert hat in den letzten Jahren«, meinte die junge Frau. »Ein paar Diktatoren weniger, dafür ein paar Demokratisierungsversuche mehr. Alles ist in Bewegung, trügerisch wie Treibsand.«

»Bis jetzt nichts wirklich Neues, nur das Alte in neuer Verpackung«, gab Finch zurück. »Meine Welt war noch nie pensionsberechtigt. Jedes Regime sucht gute Piloten, ob Diktatur oder Demokratie. In einem Kontinent, auf dem die meisten Straßen Pisten sind, haben Flügel eindeutig Vorteile.«

»Willst du wieder ein eigenes Flugzeug?«, erkundigte sich Fiona, »oder bist du *a hand for hire?*«

»Erst mal werde ich mich umsehen, was so angeboten wird. Dank der Vorauszahlung deines Großvaters bin ich ziemlich unabhängig.« Finch leerte seinen Kaffeebecher und schnitt eine Grimasse. »Ein Wasserflugzeug hätte in der Wüste sowieso nicht viel Sinn gehabt.«

Fiona nickte. »Du vermisst die Albatross noch immer, nicht wahr? So wie ich meinen Großvater.« Sie schluckte. Dann sah sie Finch an. »Ich werde versuchen, mir nicht zu viele Sorgen um dich zu machen. Es wäre nett, wenn du es mir damit nicht zu schwer machen würdest.«

»André Kostolany hat einmal gesagt, es gibt alte Piloten und es gibt kühne Piloten, aber es gibt keine alten, kühnen Piloten«, erinnerte sie Finch.

»Was nur beweist, dass sich auch ungarische Finanzexperten einmal irren können«, gab Fiona ungerührt zurück. »Er hätte bei seinen Zahlen bleiben sollen. Außerdem kannte er dich nicht.«

»Der Satz ging noch weiter«, sagte Finch grinsend. » Mit Ausnahme von Finch, dem alten Haudegen.«

»Angeber!«, lachte Fiona und boxte ihn in die Seite. »Komm, ich bring dich zum Flughafen. Dann haben wir noch ein paar Minuten für uns. Wo ist eigentlich Captain Sparrow?«

Der Papagei, den Finch nach seinem letzten Abenteuer adoptiert hatte – oder war es umgekehrt gewesen? –, war in den vergangenen Monaten sein treuer und äußerst gesprächiger Begleiter bei fast allen Unternehmungen gewesen.

»Den Plapperschnabel habe ich schon vor vier Wochen losgeschickt, damit ich ihn heute am Flughafen von Kairo aus der Quarantäne holen kann«, antwortete Finch und nahm die Koffer. »Ich muss gestehen, dass es in der letzten Zeit hier etwas zu ruhig für meinen Geschmack war.« Er schmunzelte und zog die Tür hinter sich zu. »Aber diese Aussage werde ich in spätestens zehn Stunden bereuen.«

Bar 45°, Prinzenallee, Berlin-Gesundbrunnen / Deutschland

Die Räume der Bar 45° waren nicht voll, sie waren überfüllt.

Das angesagte Lokal, eine Mischung aus Shishaclub, Nobeldisco und Cocktailbar in der Berliner Prinzenallee, machte seinem Namen alle Ehre: Die Temperatur in der Bar war trotz des Gewitters draußen über die Vierzig-Grad-Marke geklettert, und so hatte Alice ihr Glas genommen, die Tür geöffnet und war aufatmend ins Freie gestöckelt, als der Regen aufgehört hatte. Nach ihrer Rückkehr aus Sylt knapp vor Mitternacht war sie noch auf einen Absacker in das Nachtlokal gegangen, das keine zehn Gehminuten von ihrer kleinen Wohnung entfernt war. Noch dazu war Jenna Winters in der Stadt, eine alte Schulfreundin, die als Graphikerin in München arbeitete und über das Wochenende zu einem Treffen mit Kollegen nach Berlin gekommen war.

»Aus deinem einen Absacker sind inzwischen drei Caipi geworden«, merkte Jenna etwas vorwurfsvoll an und blickte verstohlen auf ihre Uhr. »Mein Flieger geht morgen früh um acht und den sollte ich senkrecht erreichen.«

»Jetzt hab dich nicht so wegen ein paar klitzekleinen Drinks«, gab Alice zurück. »Wir sehen uns in der letzten Zeit auch nur noch einmal im Jahr.«

»Was hast du eigentlich gegen einen Besuch in München?«, wollte Jenna wissen. »Nette Typen gibt's dort auch. A propos, wie läuft's denn mit Thomas, deinem Kommissar? Alles im Lot?«

»Eher aus dem Lot«, winkte Alice ab. »Der macht auf Spießer und buddelt sich seit einer Woche durch den Kleingarten, den er von seiner Tante geerbt hat. Also bin ich allein nach Sylt gefahren, ohne Polizeibegleitung.«

»Was dir bestimmt nicht schwergefallen ist«, bemerkte Jenna mit einem schiefen Grinsen.

»Da hat der Osterhase gesteppt«, gab Alice zu und sah sich vorsichtig um. Dann lehnte sie sich verschwörerisch zu Jenna. »Da war ein ganz süßer Banker mit einem schneeweißen Lamborghini und sonst auch noch einer Menge hervorstechender Merkmale!«

Jenna verdrehte die Augen. »Und was erzählst du deinem Thomas? Dass du drei Tage lang spazieren gegangen bist und Austern geschlürft hast?«

»Spielverderberin!«, zischte Alice, hob ihr leeres Glas über ihren Kopf und wühlte sich durch zur Bar. »So einen brauche ich noch für den Heimweg, dann ist Schluss für heute!«, rief sie dem Barkeeper zu. Jenna sah sich inzwischen im Lokal um. In einer Ecke hing ein großer Flachbildschirm, der stumme Bilder der neusten Nachrichten in eine ziemlich uninteressierte Welt schickte. Gerade zoomte die Kamera einen attraktiven Mann Mitte dreißig mit markantem Gesicht heran, dem das nasse T-Shirt am Körper klebte. Er schien direkt einer Reklame für Männerparfum oder die unbezwingbare Reinigungskraft eines neuen Waschmittels entsprungen.

Jenna konnte den Sixpack unter seinem fleckigen T-Shirt förmlich spüren. Maskulin, in löchrigen Jeans, mit gegeltem blondem Haar. Warum stand der nicht in München an der Straßenecke und lächelte ihr zu? Der war besser als alle ihre Männer zusammen ... Sie stieß Alice an und deutete auf den Bildschirm. In diesem Moment zoomte die Kamera aus und ein rosa Schirm erschien im Blickfeld, der wie ein Baldachin mit kleinen Bommeln über dem schlanken Mann schwebte und auf dem Werbung für Kondome gemacht wurde.

»Ach Scheiße«, entfuhr es Jenna, »die best aussehenden Männer sind immer schwul!«

Alice schien mit einem Mal wie erstarrt. Ihrer Kehle entfuhr ein gurgelndes Geräusch, das Jenna nicht deuten konnte. Dann wurde der Name eingeblendet: Kommissar Thomas Calis, Mordkommission.

»Ist das ...?« Jenna fehlten die Worte.

Alice sah aus wie ein Karpfen auf dem Trockenen. Sie schnappte nur wortlos nach Luft. Dann nickte sie, und ihre Augen blitzten auf.

»Dieses Schwein!«, zischte sie. »Von mir aus kann er sich blamieren bis auf die Knochen, aber ich wusste, dass bei dem etwas nicht stimmt! Mir so etwas anzutun! Der ist gestorben für mich!«

Als Thomas Calis den Schlüssel in das Schloss seiner Wohnungstür steckte und sich müde gegen den Rahmen lehnte, war es halb vier Uhr morgens. Vom Stock über ihm erklangen eilige Schritte. Der türkische Busfahrer auf dem Weg zur Frühschicht, dachte Calis mitfühlend und stolperte über die Schwelle, schlug die Tür zu und hatte sofort ein schlechtes Gewissen wegen der Lautstärke.

Noch im Flur zog er das nasse T-Shirt aus und stieg aus seinen Jeans. Kurz überlegte er, ob er noch duschen oder gleich schlafen sollte. Die Wahl fiel nicht schwer. Es war stickig in seiner Wohnung, und Calis öffnete ein Fenster im Wohnzimmer. Dann ließ er sich aufs Sofa fallen und streckte sich aus. Nur für einen Augenblick die Augen zumachen, dachte er, einen kurzen Moment der Ruhe genießen.

Das Läuten seines Handys riss ihn unsanft aus einem Traum, in dem er einen tiefen Krater in den Garten von Tante Louise sprengte und den Zugang verminte. Orientierungslos tastete er um sich. Dann entschloss er sich doch, die Augen zu öffnen, aber das machte es auch nicht besser. Das Klingeln schien von einem anderen Kontinent zu kommen.

»Das ist alles nicht wahr«, stöhnte Thomas Calis und schüttelte benommen den Kopf. Wo war dieses verfluchte Handy? Ach ja, in der Tasche seiner Jeans.

Der Anrufer war hartnäckig und dachte nicht daran, aufzugeben. Völlig benommen ließ er sich neben den Jeans auf den Boden sinken und kramte. Dann nahm er das Gespräch mit einem »Ich bin tot!« an.

»Von mir aus. Hättest du für dein Coming-out nicht einen besseren Termin wählen können?«, drang die Stimme von Frank Lindner, seinem Chef bei der Mordkommission, an sein Ohr.

»Hääh?«, machte Calis nicht gerade sehr intelligent und versuchte krampfhaft, wach zu werden.

»Ich kann nicht schlafen, hole mir etwas zu trinken aus dem Kühlschrank, schalte das Fernsehen ein und sehe dich am Tatort unter einem rosa Schirm, der bei jedem Schwulentreffen Furore machen würde. Eiferst du unserem Bürgermeister nach, oder willst du wieder etwas mehr Farbe in den Polizeiapparat bringen?« Das hämische, glucksende Lachen beseitigte die letzten Spinnweben in Calis' Gehirn.

»Diesen verdammten Schirm soll der Teufel holen und Arthur Bergner gleich noch dazu«, murmelte Thomas Calis. »Woher weißt du davon?«

»Ach, nur aus den Eilmeldungen im rbb«, wiegelte Lindner genüsslich ab. »Morgen bist du das Stadtgespräch. Nette Imagekampagne, könnte von mir sein. Wie viel zahlt Condomi?«

»Es hat geschüttet, Frank, und ... ach was, vergiss es«, brummte Calis. »Dieses Wochenende ging einfach alles schief. Alice war allein auf Sylt, zumindest anfänglich, wie ich sie kenne, mit Tante Louises Garten hat sich die Natur an mir botanischem Kleingeist gerächt, und der Mord in Moabit ist ein völlig undurchsichtiger Fall, und das nicht nur wegen des Gewitters.« In kurzen Zügen schilderte der Kommissar seinem Chef und Freund den Sachverhalt.

»Du meinst, es hat ihn jemand mit dem Auto angefahren und ihm danach auf offener Straße die Gurgel durchgeschnitten?«, wunderte sich Lindner. »Dann waren es Killer, die einen Auftrag hatten oder ein brutaler Racheakt. Das sieht mir nicht nach einer betrogenen Ehefrau aus.«

»Dieser Tronheim war Single, wie mir sein Kollege verraten hat«, ergänzte Calis. »Aber morgen werde ich mich darum kümmern, sobald ich wieder klar denken kann. Du bekommst einen Bericht.«

»Schlaf dich aus«, meinte Lindner gönnerhaft, »wenn du um acht da bist, reicht das allemal.«

»Abends, meinst du?«, erkundigte sich Calis hoffnungsvoll.

»Morgens meine ich«, korrigierte ihn sein Chef. »Oder hast du die Besprechung beim Innensenator um neun vergessen?«

Calis stöhnte und schloss die Augen. »Und wann bitte soll ich schlafen?«

»Wie wär's mit schnell, tief und jetzt?«, regte Lindner an. »Bete zu Gott, dass der Innensenator früh schlafen geht und danke dem Herrn, dass kein Zeitungsreporter vor Ort war.«

Siedend heiß fielen Calis der Blitz und der Fotograf ein, und er fluchte still. Vielleicht sollte er für ein paar Tage aufs Land ziehen? Irgendwo auf einer Datscha zwischen Spreewald und polnischer Grenze verschwinden? Laut sagte er: »Wir sehen uns morgen im Büro, Frank. Oder auch nicht. Dann habe ich mich an Tante Louises Apfelbäumchen erhängt.«

»Wenn du dabei Hilfe brauchst, dann lass es mich wissen«, meinte Lindner trocken und legte auf.

Calis überlegte, gleich auf dem Boden im Flur zu schlafen, verwarf den Gedanken aber dann doch wieder. Er tastete sich im Dunkeln ins Wohnzimmer zurück. Keine zwanzig Sekunden, nachdem er sich aufs Sofa hatte fallen lassen, war er im Tiefschlaf.

So verpasste er auch die SMS, die ihm Alice geschickt hatte und die zwei Minuten später eintrudelte. Sie bestand nur aus zwei kurzen Sätzen: »Du schwuler Arsch! Ruf mich nie wieder an.«

2
DER WENDEKREIS DER ANGST

22. 3. 1314, Festung Peñíscola / Königreich Aragonien

Die Morgenröte über dem Mittelmeer tauchte die majestätische Burg mit ihren quadratisch-strengen Türmen auf der vorspringenden Landzunge in ein unwirkliches Licht. Es war ein klarer Frühlingsmorgen, und die Luft roch nach Salz, Meer und Weite. Die ersten Möwen schossen kreischend durch die Luft über dem breiten Strand, der in einer sanften Kurve auf die Festung zulief. Peñíscola, die neue Templerburg, wachte trutzig über der Küste der Orangenblüten. In der Ferne leuchteten die Segel einiger Fischerboote rosa über den silbernen Wellen.

Für all das hatte der Reiter, der den Strand entlanggaloppierte, nur wenig übrig. Sein Umhang war staubig, das Hemd verschwitzt und an einer Stelle zerrissen, die lederne Hose voller Schrammen und Flecken. Sein unrasiertes Gesicht spiegelte Müdigkeit und Erschöpfung wider. Tiefe Furchen hatten sich um seinen Mund gegraben. Die sonst stets sorgfältig frisierten Haare waren wirr und strähnig. Die lange Reise in den Süden hatte ihn gezeichnet.

Als sein Pferd im tiefen Sand stolperte und sich nur im letzten Moment wieder fing, wusste er, dass das Tier nach der Nacht ohne Pause am Ende seiner Kraft war. Doch das Ziel war nun zum Greifen nahe. Mit einem behutsamen Zug am Zügel lenkte er den Rappen näher ans Wasser, auf den härteren Sand. Er klopfte ihm mit der Hand auf den Hals und redete ihm leise zu. Vor ihm erhob sich wie ein Scherenschnitt vor dem Morgenhimmel die berühmte Festung am Meer. Die Felsen, die Burg und der kleine Ort, der sich wie schutzsuchend an die Türme und Wehrgänge schmiegte, bildeten eine Einheit, geschützt durch hohe, uneinnehmbare Mauern.

Das letzte Mal hatte er in Manresa, im Herzen Kataloniens, geschlafen und das Pferd gewechselt. Dann hatte er über die alte Brücke

Pont Vell aus der Römerzeit den Fluss gequert und war weiter, immer südwärts geritten. Nach und nach war es wärmer geworden. Die Kälte, der Schnee und der beißende Wind der Pyrenäen waren bald nur mehr eine schlechte Erinnerung gewesen. Doch die Berge hatten seine Kräfte aufgezehrt und die eisigen Temperaturen in den Nächten hatten ihn geschwächt. Ein schwerer Husten schüttelte ihn, seine Stirn glühte. Der Medicus in der Festung würde das richtige Mittel haben, beruhigte er sich, und trieb sein Pferd ein letztes Mal an.

Der Strand war um diese Zeit menschenleer, und als der Reiter die schmale Landzunge aus Sand erreichte, die das Festland mit dem Felsen verband, konnte er auf der anderen Seite im Süden den kleinen Hafen sehen. Weiter draußen, auf Reede, lag eine Caravelle und schien über der silbernen See zu schweben.

Die Wachen am Tor sahen ihm neugierig entgegen, als er seinen Rappen zügelte und die letzten Meter im Schritt zurücklegte. Dann ließ er die Lederriemen fallen, tippte sich zum Gruß an die Stirn, zog einen Brief aus seiner Tasche und reichte ihn den schwer bewaffneten Männern. Als die sich unsicher ansahen, lächelte der Reiter dünn. »Ihr könnt nicht lesen?«, fragte er sie.

Beide Soldaten schüttelten den Kopf.

»Erkennt ihr dann das Siegel auf dem Schreiben?«, erkundigte sich der Mann mit müder Stimme.

Einer der beiden trat vor und warf einen Blick auf den Umschlag. Dann nickte er und sein Gesicht erhellte sich. »Kommt Ihr aus Frankreich? Ihr seid uns angekündigt und werdet bereits erwartet, Señor. Folgt mir bitte.«

Mit einem leisen Quietschen schwang das schwere eiserne Tor auf und gab den Weg frei auf einen verwinkelten Anstieg, der an einigen Häusern vorbei in den Felsen getrieben worden war. Die klappernden Hufe des Rappen hallten laut zwischen den Mauern wider. Dann begannen die Stufen, und der Reiter stieg ab. »Gibt es hier einen Stall, wo man sich um mein Pferd kümmern kann? Es ist am Ende seiner Kräfte und bedarf guter Pflege.«

»Macht Euch keine Sorgen, Señor«, versicherte die Wache, »und bindet es einfach hier an. Ich werde einen der Stalljungen damit beauftragen, es abzureiben, zu füttern und zu tränken. Wir haben auch gute Mittel gegen geschwollene Gelenke.«

Der Bote aus Frankreich nickte zufrieden, nahm seine Satteltaschen ab und folgte dem Soldaten bergan. Oliven- und Mandelbäume wuchsen zwischen den Mauern, die im Licht der ersten Sonnenstrahlen orange aufleuchteten. Rosenbüsche verbreiteten einen betörenden Duft.

Als die Wache an eine schmale Tür klopfte, öffnete sich diese nach wenigen Augenblicken, und ein elegant gekleideter, dunkelhaariger Mann sah erst den Bewaffneten, dann den Fremden neugierig an – den staubigen Umhang, die Satteltaschen, das zerrissene Hemd. Bevor der Soldat der Wache zum Sprechen ansetzen konnte, hob der Mann seine Hand.

»Geht zurück auf Euren Posten«, sagte er ruhig. Dann wandte er sich an den Neuankömmling. »Willkommen auf Peñíscola, wir haben bereits mit Eurer Ankunft gerechnet. Tretet ein und ruht Euch aus, bleibt so lange Ihr wollt.« Er streckte die Hand aus. »Doch zuvor gebt mir das, was Ihr mir mitgebracht habt.«

Eine Stunde später verließ ein hochgewachsener, ganz in weiß gekleideter Araber die Festung und eilte die Treppen hinunter, an den Wachen vorbei und zu dem kleinen Hafen, wo bereits ein Boot auf ihn wartete. Ohne Zögern sprang er von der steinernen Mole in den Kahn, ungeduldig gab er den vier Ruderern das Zeichen zum Ablegen. Die Männer legten sich in die Riemen, und das kleine Boot schoss vorwärts.

»Das Zeichen! Schaut nur!«, schrie der Matrose und wies mit ausgestrecktem Arm auf die Templerfestung. Das regelmäßige Aufblitzen eines Spiegels war unübersehbar.

»Alles klar zum Segel setzen!«, schallte es übers Deck. »Los, bewegt euch!«

Der Kapitän, ein erfahrener Seemann auf den oft so trügerischen Gewässern des Mittelmeers, blickte zum Himmel und beobachtete aufmerksam den Zug der wenigen Wolken. Für den Weg entlang der Küste südwärts würde er keinen Kompass brauchen, solange er sich in

Sichtweite des Landes hielt. Doch diesmal würde seine Reise an Gestade gehen, die er noch nicht kannte. Zum Glück hatte der Araber ihm Karten mitgebracht, überraschend genaue Karten, wie er sie noch nie gesehen hatte. Doch das Segeln in unbekannten Gewässern war stets riskant.

Die *Nuestra Señora de Aragón*, vor wenigen Monaten vom Stapel gelaufen, war der ganze Stolz des Kapitäns, und er wachte über die Caravelle wie über seinen Augapfel. Er hatte in den vierzig Jahren, die er nun bereits zur See fuhr, vieles erlebt. Stürme und riesige Wellen, wochenlange Flauten und Krankheiten, die in kürzester Zeit die halbe Besatzung eines Schiffes hinwegrafften. An die Legenden über die Ungeheuer in den Tiefen des Meeres, die man sich in den Schenken der Häfen erzählte, glaubte er schon lange nicht mehr. Trotzdem bekreuzigte er sich nun und küsste seinen Talisman, ein Amulett, das er stets um seinen Hals trug.

In dem Augenblick, als das Ruderboot an den Rumpf der Caravelle stieß und der einzige Passagier an Bord stieg, ließ der Kapitän den Anker aufholen und die Segel hissen. Sie hatten schon genug Zeit mit Warten verloren, dachte er und gab dem Steuermann den Kurs bekannt. Von nun an kam es darauf an, dass Wind und Wetter ihnen gnädig gestimmt waren. Dann konnte das schmale, schnelle Schiff der neuesten Bauart eine überraschend große Strecke in kurzer Zeit zurücklegen. Doch der Kapitän gab sich keinen Illusionen hin. Sie würden trotzdem lange Wochen unterwegs sein.

Wenn alles gutging. Wenn nicht, dann würden sie spurlos in den Wellen verschwinden, wie schon so viele vor ihnen.

Als die Caravelle Fahrt aufgenommen hatte, trat der Araber neben ihn und lehnte sich gegen die Reling. Das grüne Hügelland der Serra d'Irta lag in einem Schleier aus Morgendunst. »Eine alte Beduinenweisheit besagt, wenn der Wind weht, löscht er die Kerze aus, aber er facht das Feuer an.«

Der Kapitän nickte nachdenklich. »Und er füllt unsere Segel«, meinte er schließlich und wies nach oben zu dem schweren Baumwolltuch, das sich im Wind bauschte. »Möge er uns erhalten bleiben.«

»Inschallah«, antwortete der Araber ernst, »wenn Gott will.«

Ohne die Karten wären sie an der Mündung des großen Flusses, der ein gewaltiges Delta hatte, aber durch mehrere langgestreckte, vorgelagerte Inseln vom Meer abgetrennt war, vorbeigesegelt. Ihre Reise hatte doch länger gedauert als geplant. Vor allem nach der Meerenge, als die große Dünung von Westen her der Caravelle zu schaffen machte, mussten sie oft gegen den Wind kreuzen und verloren Zeit. Dazu kam die Eintönigkeit der Landschaft, die an ihnen vorbeizog und nun seit mehr als drei Wochen immer gleich aussah. All das und die Hitze hatten die Mannschaft aggressiv und launisch gemacht.

So war der Kapitän der *Nuestra Señora de Aragón* erleichtert, als ihm sein arabischer Passagier bedeutete, auf den blendend weißen Sandstreifen zuzuhalten. Das Wasser hatte eine grünliche Farbe und war glasklar. Als der Anker fiel, konnte man seinen Fall auf den Grund bis zuletzt nachverfolgen.

»Ihr findet den Weg zurück?«, fragte der Araber und legte zum Abschied die Hand auf die Brust. »Der Wind steht günstig für Eure Reise nordwärts, und ich lasse Euch die Karten an Bord. Ich brauche sie nicht mehr, für mich gibt es keine Rückkehr nach Aragón.«

Der Kapitän der Caravelle nickte bedächtig und dachte kurz nach. »Ich sehe keine unüberwindbaren Schwierigkeiten«, meinte er dann. »Dank dem günstigeren Wind sollten wir mehr als eine Woche an Reisezeit sparen auf unserem Weg zurück nach Peñíscola.«

»Vergesst nicht, Euren Wasservorrat hier aufzufüllen. Die Flüsse hier führen Süßwasser, und es gibt sogar eine Reihe von Quellen unweit der Küste«, erinnerte ihn sein Passagier.

»Und ihr?«

»Für mich geht die Reise weiter. Ihr habt Eure Aufgabe erfüllt, nun muss ich meine beenden«, lächelte der Araber. »Gehabt Euch wohl, und Allah sei in seiner unendlichen Güte und Weisheit mit Euch.« Rasch legte er sich die beiden Satteltaschen über die Schulter und kletterte von Bord in ein kleines Beiboot, das ihn an den Strand brachte.

Wenn seine Berechnungen stimmten und die Nachricht nicht verloren gegangen war, dann würde die Karawane in den nächsten zwei Wochen eintreffen. Bis dahin hatte er Wasser und Fisch im Überfluss. Und sollte sie sich verspäten, so würde er länger warten.

Er hatte keine Eile. Zeit spielte jetzt keine Rolle mehr. Für ihn gab es nur einen Ausgang dieser Reise – den Tod.

Und der würde noch früh genug kommen.

Chitral, nordwestliche Grenzprovinz / Pakistan

Als der Jeep durch den Naya Bazaar von Chitral rollte und vor der Polizeistation anhielt, grüßten die meisten Händler Salam respektvoll. Der Chief Inspector, der nachdenklich auf dem Beifahrersitz saß, erwiderte die Grüße diesmal nur halbherzig. Das grüne Kaugummipapier, das ihm einer seiner Männer in die Hand gedrückt hatte, trug er sorgsam in seiner Brusttasche verwahrt. Und es war genau jenes Stück Papier und der nach wie vor ausstehende Rückruf der Flugüberwachung, die Salam Sorgen bereiteten.

Nachdem er ausgestiegen war und sich den Pistolengurt zurechtgerückt hatte, spürte er, wie müde er war. Der Anblick seines zum Skelett verbrannten Freundes Shah Juan hatte ihn doch mehr mitgenommen, als er sich eingestehen wollte. Diesen grausamen Tod hatte der weise alte Mann der Kalash nicht verdient, dachte Salam und stieß die Tür zur Polizeistation auf. Die Zahl der Gemäßigten in der Grenzregion schwand wie der Schnee in den Bergen im Frühjahr. Bereits in den vergangenen Jahren hatte es immer wieder Anschläge von Terrorgruppen gegeben. Salams Netzwerk der Vernunft wurde kleiner und kleiner und drohte, auseinanderzubrechen.

Im großen, hellen Vorraum des blau gestrichenen Funktionsbaus drängten sich die Menschen in dichten Trauben. Zwischen Touristen mit ihren großen, farbigen Rucksäcken, die versuchten, ihre Aufenthaltsgenehmigungen für die grenznahen Regionen zu verlängern, standen Gruppen von Bauern und Händlern, Papiere und Dokumente in den Händen, und diskutierten lautstark. Salam bahnte sich einen Weg und lief die Treppe hinauf ins Obergeschoss. Als er im Gang um die Ecke bog, wäre er fast in einen hochgewachsenen, jungen Pakistani hineingelaufen, der gemeinsam mit seinem Vater in Chitral die einzige seriöse Autovermietung in weitem Umkreis betrieb.

»Ahh, Zeyshan, wie gut, dass ich dich treffe«, rief Salam aus und hielt den jungen Mann zurück. »Kommst du bitte kurz in mein Büro?« Damit entließ er seine Leute mit einem kurzen Wink, klemmte sich den Karton mit dem Gipsabdruck des Reifenprofils unter den Arm und nickte Zeyshan zu. »Es dauert nicht lange. Nur eine kurze Auskunft.«

»Kein Problem, Chief«, lächelte Zeyshan und sah kurz auf die Uhr. »Mein Vater sitzt in seinem üblichen Café im Bazaar und freut sich höchstens, wenn ich mich verspäte.«

»Dann wollen wir ihm die Freude machen«, nickte Salam und drückte eine Tür auf, die in ein kleines, einfach eingerichtetes Büro mit zwei Schreibtischen führte. An einem saß eine hübsche junge Frau mit Kopftuch vor einem etwas antiquierten Computer und tippte konzentriert eine Liste von Namen in ein Formular. Sie blickte kurz auf, sah Salam und deutete auf den Stapel Papier zu ihrer Linken. »Chief, die Unterlagen und die Bewerbungen für die Rekrutierungsaktion der Polizei sind gekommen und Sie sollten –«

Salam unterbrach sie mit einer abwehrenden Handbewegung. »Später, Kala, später. Vorher erkundigen Sie sich bitte bei der Flugüberwachung, warum unsere Anfrage von vor drei Stunden noch immer nicht beantwortet wurde. Die wissen Bescheid, aber sie möchten ihre Weisheit nicht mit uns teilen, wie es aussieht. Nun, dann werden wir nachstoßen. Auch die Herren in Karatschi haben kein Monopol auf Flugbewegungen im Grenzgebiet.«

Der Inspektor gab Zeyshan ein Zeichen und bedeutete ihm, in sein Büro vorzugehen. »Außerdem finde ich es gelinde gesagt etwas seltsam, dass eine Polizeianfrage aus einer Provinzhauptstadt nicht umgehend behandelt wird«, sagte er zu seiner Sekretärin. »Sollten Sie auf Schwierigkeiten stoßen, Kala, dann legen Sie das Gespräch auf meinen Apparat.«

Damit betrat Salam sein Büro und schloss die Tür hinter sich. Zeyshan stand mit schräg gelegtem Kopf vor einer Wand mit Dutzenden gerahmter Fotos, Auszeichnungen und Diplomen, Konferenzprogrammen mit der Unterschrift aller Teilnehmer und einer großen Landkarte des Distrikts Chitral.

»Sie sind weit herumgekommen, Chief«, stellte Zeyshan bewundernd fest und wies auf eine Liste von Tagungsorten der International Police Association.

»Und ich musste feststellen, dass Kollegen auf der anderen Seite der Welt oft dieselben Probleme haben wie wir«, erwiderte Salam trocken und stellte vorsichtig den Karton auf seinen Schreibtisch. »Nicht alles lässt sich mit größeren Budgets lösen.«

»Waren Sie vorher nicht beim Militär?«, erkundigte sich der junge Pakistani und wies mit der Hand auf die Fotos. »Davon erzählen die Bilder hier nichts.«

Salam schwieg und zog das grüne Kaugummipapier mit spitzen Fingern an einer Ecke aus seiner Brusttasche. Dann hielt er es Zeyshan hin. »Du und dein Vater, ihr habt viele internationale Kunden. Kannst du mir sagen, was für eine Sprache das ist?«

Der junge Mann wollte danach greifen, aber der Inspektor schüttelte den Kopf. »Nur anschauen, Zeyshan. Ich habe zwar eine Vermutung, aber es ist lange her, und ich will sichergehen.«

Bevor Zeyshan antworten konnte, klingelte das Telefon auf dem Schreibtisch des Chief Inspectors. Salam ließ das Kaugummipapier auf ein Blatt Papier fallen und bedeutete Zeyshan zu warten. Dann nahm er ab.

»Die Flugsicherung in Karatschi«, meldete sich Kala mit einem entschuldigenden Unterton in ihrer Stimme und verband.

»Chief Inspector Shabbir Salam von der Distriktpolizei Chitral.« Salam ließ sich in seinen Sessel fallen und lehnte sich zurück. »Wir haben eine Anfrage gestellt.«

»Ich weiß, ich weiß«, unterbrach ihn eine ruhige und fast desinteressiert klingende Stimme. »Ihr Büro quält uns schon seit Stunden.«

Salam runzelte die Stirn und kniff die Augen zusammen. »Erklären Sie mir bitte, was das heißen soll?«, fragte er beherrscht.

»Dass Sie keine Antwort erhalten werden.« Die Stimme aus Karatschi klang nicht ungeduldig, sondern endgültig. »Die von Ihnen angeforderte Information unterliegt den Richtlinien der Geheimhaltung im Interesse der Staatssicherheit Pakistans.«

»Sie scherzen«, brummte Salam irritiert und warf einen Blick zu Zeyshan, der sich tief über das grüne Stück Papier beugte.

»Höre ich mich so an?«, tönte es lakonisch zurück.

»Ich habe einen Mord aufzuklären und habe Ihre Spielchen satt«, fuhr ihn Salam an. »Reichen Sie mich an Ihren Vorgesetzten weiter und gehen Sie aus der Leitung.«

»Nun, ich bin der Vorgesetzte, Chief Inspector, und über mir werden Sie in der Civil Aviation Authority of Pakistan niemanden mehr finden. Was nun?«

»Sie nehmen also tatsächlich an, dass es die Sicherheit dieses Staates gefährdet, wenn Sie einer Polizeibehörde mitteilen, ob in den letzten zwölf Stunden einem Hubschrauber in unserem Distrikt eine Landeerlaubnis erteilt wurde oder nicht?«, ereiferte sich Salam und schüttelte den Kopf. »Diesen Staat gefährden ganz andere Dinge, glauben Sie mir.«

»Ich glaube an Allah und den Tod und sonst an gar nichts«, gab sein Gesprächspartner ungerührt zurück. »Vor allem nicht in diesem Fall. Sie waren doch selbst beim Militär, Oberst Salam. Und da bei einer, nun sagen wir, etwas besonderen Stelle. Haben Sie das Glauben in Ihrer Dienstzeit nicht verlernt und durch das Wissen ersetzt?«

Beim Inspektor läuteten nun alle Alarmglocken auf einmal. »Wer spricht da eigentlich?«, zischte er und bedeutete dem erstaunt zuhörenden Zeyshan, das Büro zu verlassen.

»Jemand, der es gut mit Ihnen meint«, kam die kühle Antwort. Wie in einer guten Inszenierung fiel genau in diesem Moment die Tür hinter Zeyshan ins Schloss. Nun verlor der Inspektor endgültig die Geduld.

»Hören Sie zu, Sie Spaßvogel, auf Ihre Ironie kann ich verzichten.« Aus Salams Stimme wich selbst der letzte Rest an Freundlichkeit. »Heute ist einer meiner Freunde auf grausame Art ermordet worden, und es ist nicht nur meine Aufgabe, sondern mein innerstes Bedürfnis, diese Schweinerei aufzuklären.«

»Das tut mir leid, Chief Inspector.«

Salam glaubte dem Mann in Karatschi kein Wort.

»Aber Sie werden auch aus Ihrer Vergangenheit gelernt haben, dass man nicht alle Fragen beantworten kann.« Es klang süffisant.

»Doch, man kann alle Fragen beantworten«, gab Salam entschieden zurück und spürte den Zorn in sich aufsteigen, »wenn man nur will. Und wenn ich philosophieren möchte, dann gehe ich ins Kaffeehaus und rufe nicht ausgerechnet Sie an. Dies ist eine polizeiliche Ermittlung und eine offizielle Anfrage. Wie lautet Ihre ebenso offizielle Antwort?«

»Kein Kommentar«, tönte es leise aus dem Hörer.

»Geben Sie mir das schriftlich?«, setzte Salam kurz nach.

»Nein.«

»Gut, dann werde ich meine eigenen Ermittlungen anstellen, zum Glück habe ich noch ein paar Verbindungen, auf die ich zurückgreifen kann.« Salam hatte sich wieder in der Hand. Aber so billig wollte er seinen Gesprächspartner nicht davonkommen lassen. »Und sollte sich herausstellen, dass Sie Scheiße gebaut haben, in welcher Form auch immer, dann verspreche ich Ihnen einen tiefen Fall in eine grausame Realität.«

»Machen Sie sich nicht unglücklich, Inspektor«, antwortete der Mann der Flugsicherung unbeeindruckt. »Das geht weit über Ihre Kreise hinaus. Über meine übrigens auch.«

»Kümmern Sie sich um Ihre Flugzeuge und unterschätzen Sie mich nicht«, gab Salam zurück. »Bei mir bleibt Mord immer noch Mord, das können Sie drehen und wenden, wie Sie wollen. Von mir aus bis hinauf zum Präsidenten. Wir sitzen hier in einem sensiblen Distrikt, auf einem vollen Pulverfass, und versuchen, die Leute mit den Streichhölzern in der Hand von den Lunten fernzuhalten. Der Mord an einem Gemäßigten, der sein ganzes Leben lang genau das versucht hat, ist in meinen Augen eine politische Destabilisierung der Region. Und wenn jemand glaubt, er kann damit irgendwelche Machtspielchen veranstalten, dann wird er an mir vorbeimüssen.«

»Oder über Sie drüber«, kam es nachdenklich aus Karatschi.

»Oder das«, gab Salam unbeeindruckt zu. »Aber dann sitze ich sowieso am falschen Platz zur falschen Zeit.«

Damit legte er auf und saß für einen Moment wie erstarrt. Er blickte auf die Reihe der Fotos an der Wand und sah einen Shabbir Salam, händeschüttelnd, bei Empfängen lächelnd und mit dem Präsidenten Arm in Arm. Und doch dabei immer älter und grauer werdend. Seine

Illusionen und Hoffnungen waren nach und nach auf der Strecke geblieben.

Was hatte er gehofft? Seine Militärkarriere, gut verpackt in einem alten Karton, ins Vergessen schicken zu können? Erinnerungen holten ihn ein, kamen zurück, und er strich sich mit der flachen Hand über die grauen kurz geschnittenen Haare. Nun begann alles von neuem, und er hasste es.

»Zeyshan!«, rief er schließlich und schlug mit der flachen Hand auf den Tisch.

Die Tür ging auf, und der junge Unternehmer steckte seinen Kopf herein. »Chief?«

»Komm rein, machen wir weiter, ich will deinen Vater nicht endlos warten lassen«, sagte Salam und wies auf den Karton mit den Gipsabdrücken. »Hat einer eurer Geländewagen solche Reifen?«

Interessiert schaute Zeyshan in den Karton und fuhr mit den Fingern vorsichtig über den Abdruck des Profils. »Hmm, das ist ganz sicher keines unserer Autos«, antwortete er dann leise. »Wir haben breitere Reifen aufgezogen, die meisten koreanische Marken. Sind besser als das Billigzeug. Wenn mich nicht alles täuscht, dann ist das hier ein chinesisches Fabrikat. Taugt nichts. Zerlegt sich nach ein paar Tausend Kilometer in dieser Landschaft.«

Salam nickte grimmig. »Danke, Zeyshan, das hilft mir weiter. Und das Papier?«

»Also ich bin mir fast sicher, dass die Aufschrift Deutsch ist, oder vielleicht auch Holländisch. Mein Vater könnte Ihnen das genauer sagen, aber wenn Sie meinem Urteil vertrauen –« Zeyshan lächelte schüchtern. »Ich habe unten in der Halle eine Gruppe deutscher Touristen gesehen«, fuhr er fort. »Ich schicke Ihnen einen der Jungs herauf und schon haben Sie eine Auskunft aus erster Hand.«

Salam grinste und klopfte Zeyshan auf die Schulter. »Wenn ich einen neuen Deputy brauche, stehst du ganz oben auf der Liste. Danke und grüß deinen Vater von mir. Das nächste Abendessen mit Familie geht auf mich.«

Es dauerte keine drei Minuten, und Kala steckte nach einem kurzen Klopfen ihren Kopf durch die Tür. »Hier ist ein deutscher Tourist, der meint, Sie würden eine Auskunft brauchen, Sir?«

»Richtig«, nickte Salam und erhob sich, als ein neugieriger, etwas verlegen lächelnder hochgewachsener Junge in Jeans und T-Shirt das Büro betrat. Der Inspektor streckte ihm die Hand entgegen. »Danke, dass Sie gekommen sind. Ich benötige Ihre Hilfe in einer wichtigen Frage, die ich nicht absolut sicher beantworten kann. Sie sind Deutscher?«

»Aus Puchheim in der Nähe von München«, nickte der Tourist etwas unsicher. »Wollen Sie meinen Pass ...?«

Salam winkte ab. »Nein, nein, kommen Sie bitte hierher und sehen Sie sich das an. Nicht anfassen bitte, es ist ein Beweisstück in einer Untersuchung. Die Frage lautet: Welche Sprache ist das?«

Interessiert beugte sich der Junge über das Kaugummipapier und runzelte die Stirn. Dann lächelte er. »Das ist Deutsch, gar kein Zweifel. Es ist ein deutsches Wrigley's-Papier.« Er griff in die Tasche und zog einen Kaugummi heraus. »Zufällig habe ich dieselbe Marke hier. Sehen Sie?«

»Darf ich das behalten?«, erkundigte sich Salam erfreut, als ihm der Junge die dünne Packung überreichte. »Ich bezahle gerne dafür.«

Der bayerische Tourist lachte auf. »Ach wo, nehmen Sie ruhig, wenn es Ihnen weiterhilft.«

»Danke«, freute sich Salam. »Wann sind Sie angekommen?«

»Ich bin heute mit anderen Backpackern aus Peschawar gekommen«, antwortete der Junge. »Soviel ich weiß, sind wir die ersten deutschen Touristen hier seit einigen Wochen. Zumindest hat uns das der Guide erzählt. Es war gar nicht leicht, die Genehmigung für die Grenzregion zu bekommen.«

»Richtig«, bestätigte der Chief und öffnete die Tür. »Danke für Ihre Hilfe und willkommen im Hindukusch. Ich hoffe, Sie genießen die Zeit hier. Und sollten Sie etwas benötigen, dann wenden Sie sich gerne an mich.« Er drückte dem Jungen zum Abschied seine Visitenkarte in die Hand. »Und geben Sie auf sich acht.«

Dann bat er Kala mit einem Nicken zu sich herein und schloss die Tür.

Seine Sekretärin sah ihn fragend an. »Die Flugsicherung ...?«

Salam ließ sich in seinen Sessel fallen und legte die Hände flach auf die Schreibtischplatte. »Tja, die Flugsicherung«, wiederholte er tonlos. »Hier stinkt etwas ganz gewaltig. Ich möchte, dass Sie mir in der nächsten halben Stunde alles vom Hals halten.« Er sah auf die Uhr. »Verschieben Sie den Termin mit den Rekrutierungsoffizieren auf den Abend, und falls die Herren dann nicht mehr wollen, auf morgen. Wir waren jahrelang unterbesetzt, auf einen Tag mehr oder weniger kommt es jetzt auch nicht mehr an. Die Lebensläufe der Kandidaten teilen Sie mir bitte nach Fremdsprachenkenntnissen auf. Wir brauchen vierzig Männer für den Außendienst, und ich will keine Idioten mit einem nervösen Finger am Abzug hierhaben. Alles andere kann warten. Die Familie von Shah Juan verständige ich. Und sorgen Sie bitte dafür, dass der Report über die Untersuchung rund um den Tatort rasch fertig wird und auf meinem Schreibtisch landet. Keine Kopie, nur ein Original.«

Kala, die eifrig auf einem kleinen Notizblock mitgeschrieben hatte, blickte bei den letzten Worten Salams alarmiert auf. Der Chief hob die Hand.

»Kein Kommentar, und damit zitiere ich die Flugsicherung«, wehrte Salam ab. »Solange wir nicht wissen, wer oder was hinter dem Mordanschlag auf Shah Juan steht, gibt es selbst im Haus hier eine Nachrichtensperre. Die Extremisten und die Taliban haben ihre Augen und Ohren überall, und ich werde ihnen nicht zusätzliche Munition liefern. Hat sich bisher eine Gruppe zu dem Mord an Juan bekannt?«

Kala schüttelte nur stumm den Kopf.

»Eben, dann sorgen wir dafür, dass sie, solange es geht, auch nichts davon erfahren«, entschied Salam. »Weisen Sie auch Doktor Nasiri an, das Obduktionsergebnis direkt an mich zu senden.«

»Keine Kopie, nur ein Original«, ergänzte Kala ernst.

»Was würde ich ohne Sie machen?«, seufzte der Chief und zwinkerte seiner Sekretärin zu. »Aber das wissen Sie ja schon. Und jetzt lassen Sie mich telefonieren.«

Salam wartete, bis sich die Tür hinter Kala geschlossen hatte, dann zog er einen kleinen Schlüssel von einer dünnen Kette an seinem Hals, sperrte die oberste Lade seines Schreibtischs auf und holte einen alten, abgegriffenen Taschenkalender heraus. Der dunkelrote Einband aus billigem Plastik wurde von zahllosen Bruchlinien durchzogen, die golden aufgedruckte Jahreszahl 1986 war fast nicht mehr lesbar. Ein dünnes, faseriges Gummiband hielt die Seiten zusammen, und Salam zögerte einen Moment, bevor er es löste. Dann gab er sich einen Ruck.

»Für Dich, Juan, um unserer alten Freundschaft willen«, flüsterte er und schlug das dünne Buch etwa in der Mitte auf. Er blätterte und suchte ein wenig, dann fand er zwei Seiten, die mit scheinbar sinnlosen Zeichenfolgen gefüllt waren. Es gab keine Lücken, keine Satzzeichen, keinen Anfang und kein Ende. Ein Meer von Buchstaben ergoss sich über das karierte Papier, das an den Rändern bereits ausgefranst und vergilbt war.

Mit dem Zeigefinger fuhr Salam wie ein Schuljunge die Zeilen entlang und entzifferte, was dort geschrieben stand. Als er nach einigen Minuten den richtigen Eintrag gefunden hatte, griff er zum Telefon, kontrollierte das aktuelle Datum und wählte. Dann begann er zu zählen. Nach dem sechsten Läuten legte er auf und wählte erneut. Diesmal ließ er es drei Mal läuten, bevor er die Verbindung unterbrach. Schließlich wählte er ein drittes Mal. Sofort nach dem ersten Läuten wurde abgehoben. »Ja?«, meldete sich eine Stimme unverbindlich.

»Hier Phönix«, sagte Salam leise. »Ich brauche eine Auskunft.«

Für einen Moment blieb es ruhig in der Leitung. Dann erklang die Stimme wieder. »Warten Sie einen Moment.« Es knackte, eine Verbindung wurde hergestellt, und Salam hörte jemanden atmen, doch er wartete ab.

»Du hast dich lange nicht gemeldet.« Die sonore Bassstimme hätte einem Opernsänger gehören können. Salam musste lächeln. Bilder erschienen vor seinen Augen, wie ein Kaleidoskop aus lang vergangenen Zeiten.

»Du dich auch nicht«, gab der Chief Inspector zurück. »Also muss ich kein schlechtes Gewissen haben, oder? Aber ich rufe nicht an, um über alte Zeiten zu plaudern. Habt ihr die Hand auf einem Helikopter, der heute oder gestern in meinem Distrikt unterwegs war? Die Flugsicherung will mir keine Auskunft geben. Mit der immer gültigen Begründung – die ach so bedrohte Staatssicherheit.«

»Sprichst du von der zivilen in Karatschi?«, erkundigte sich der Mann überrascht. »Gib mir zehn Minuten. Ist es wichtig?«

»Mord«, sagte Salam nur.

»Fünf Minuten. Ist das deine Nummer im Display?«

»Ja, ich wollte, dass du sie siehst«, antwortete der Chief. Gleich darauf klickte es in der Leitung und ein gleichmäßiges Tut-Tut-Tut ertönte.

Chinesische Reifen, überlegte Salam, während er das Notizbuch wieder sorgsam mit dem Gummiband verschloss und in die Lade zurücklegte. Kein offiziell gemieteter Geländewagen also. Billige Reifen – ein privates Fahrzeug? Oder ein Wagen von außerhalb? Der einzige Reifenhändler im Ort war ein Halbidiot, der alles verkaufte, was Umsatz brachte. Reifen, Waffen, Opium. Das Wort Rechnung existierte in dem Laden nicht. Der würde keinen seiner Kunden kennen oder der Polizei helfen. Außerdem hatte ihn Salam im Verdacht, der islamistischen Tablighi Jamaat nahezustehen.

Besser, er fragte ihn nicht.

Und wo kam der deutsche Kaugummi plötzlich her, wenn es seit Wochen keine deutschen Touristen mehr im Chitral-Distrikt gegeben hatte? Den konnte der Westwind auch nicht über die Berge geweht haben. Hatte ihn ein Einheimischer von einem Touristen geschenkt bekommen, vor Wochen oder Monaten vielleicht? Und nun verloren? Dann hätten Mörder von hier den alten Mann auf dem Gewissen.

Wenn nicht, dann war Salam am Ende seiner Weisheit.

In diesem Moment klingelte das Telefon. Als »Unbekannt« auf dem Display erschien, ahnte der Chief, wer ihn anrief.

»Ja«, meldete er sich. »das ging aber schnell. War die Flugsicherung bei dir mitteilsamer?«

»Ich habe keine Ahnung, in welches Wespennest du da hineingestochen hast«, erklang die Tenorstimme, »aber wenn du etwas machst, dann wie immer gründlich. Das war schon immer so, wenn ich mich recht erinnere. Niemand von uns weiß etwas von einem außerplanmäßigen Helikopter im Grenzgebiet. Die üblichen militärischen Patrouillenflüge und zwei Transporte von Peschawar nach Khazana und nach Dir an der N45. Nun zu Karatschi und den Schweigsamen. Sie verschanzen sich hinter der ISI, und das ist mysteriös genug.«

Die ISI – Salam hatte es geahnt. Die Inter-Services Intelligence war der größte der drei pakistanischen Geheimdienste, fest in militärischer Hand, ein Staat im Staat und ein direkter Konkurrent der MI, der Military Intelligence.

»Und die MI weiß nichts davon?«, fragte Salam, nachdem er einen Moment überlegt hatte.

»Nein, wir haben keine Ahnung, was da läuft, aber glaube mir, wir recherchieren«, sagte die Stimme entschlossen. »Wie wäre es mit ein paar hilfreichen Details? Wer wurde ermordet, und wie kommst du darauf, dass ein geheimnisvoller Helikopter damit zu tun hat?«

In kurzen Worten schilderte der Chief Inspector seinen grausigen Fund in den Bergen auf dem Gebiet der Kalash und die Rolle Shah Juans in der instabilen Region. Er endete mit der Beschreibung des Kaugummipapiers und der chinesischen Reifen. »Es war ihnen offensichtlich völlig egal, wo sie anhielten«, ergänzte er, »und ob es Ölflecken oder Spuren geben würde oder nicht.«

Sein Gesprächspartner blieb stumm, aber Salam kannte ihn seit langem und wusste, dass er versuchte, die Teile des Puzzles in eine sinnvolle Ordnung zu bringen.

»Deutscher Kaugummi, chinesische Reifen, Ölflecken und ein grausamer Mord an einem weisen, alten Mann in einer Region, um die ich dich nicht beneide«, fasste der Mann schließlich zusammen. »Schweigen in Karatschi, und niemand will etwas gesehen haben. Du hast recht, die können nur mit einem Helikopter eingeflogen sein. Und es muss ein pakistanischer gewesen sein, weil kein ausländischer Hubschrauber eine Fluggenehmigung in der Grenzregion erhalten hätte. Ich habe das Gefühl, du hast ein Problem. Wie viele Angreifer schätzen deine Spurenleser?«

»Mehr als vier, weniger als sieben«, antwortete Salam. »Meine Männer sind gut, und ich kann mich auf ihre Augen verlassen. Oft sehen sie mehr als ich.«

»Also eine Einsatzgruppe.« Die Tenorstimme klang nachdenklich. »Wenn die ISI daran beteiligt war, hast du schlechte Karten. Selbst die Flugsicherung kuscht und verkriecht sich in die tiefste Höhle, wenn der Service einmal mit den Fingern schnippt.« Er machte eine Pause. »Wir haben leider keinen eigenen Informanten in der Civil Aviation Authority sitzen.«

»Und jetzt?« Salam griff zu einem Kugelschreiber und begann, ihn zwischen den Fingern zu drehen.

»Andererseits – wieso sollte die ISI einen alten Mann im Hindu-

kusch ermorden oder dabei zusehen?«, dachte sein Gesprächspartner laut nach.
»War das jetzt eine rhetorische Frage, oder willst du das tatsächlich wissen?«, erkundigte sich Salam ironisch. »Warum hat die ISI sechs Jahre lang Osama Bin Laden gedeckt und ihn in der Nähe von Islamabad unbehelligt leben lassen, während ihn die restliche Welt fieberhaft gesucht hat?«
»Vielleicht war das Kopfgeld nicht hoch genug?«, gluckste der Mann, bevor er wieder ernst wurde. »Es gibt Dinge in unserem Land, an denen kannst du nicht rütteln, ohne dir eine Kugel einzufangen. Aber das brauche ich dir nicht zu erzählen. Du hast dir bereits eine eingefangen.«
Instinktiv fuhr Salam mit der Hand über die Narbe an seiner linken Schulter und schwieg.
»Ich weiß nicht einmal, ob wir irgendeinen Floh husten hören oder ob alle Spuren schon verwischt wurden. Also lautet mein Rat, falls du darauf Wert legst – begrabe den Fall unter einem hohen Aktenberg. Die Zeichen deuten in die falsche Richtung, nämlich nach oben. Und da wird die Luft dünn und bleihaltig, wie du weißt. Du warst lange genug bei diesem Club, du hast es rechtzeitig zur Polizei geschafft. Setz nicht die paar Jahre, die dir noch bleiben, aufs Spiel. Der alte Mann ist tot, er hat es überstanden. Begrabe ihn und trauere mit seiner Familie.«

Es war kalt geworden, und die Dunkelheit war hereingebrochen, als der Chief Inspector in einem einfachen grauen Plattenbau im Osten des Ortes langsam die Treppen hinauf in seine Wohnung stieg. Im Erdgeschoss wohnten seine Eltern, über ihm einer seiner Brüder mit Familie. Im Hausflur roch es nach geschmortem Hammelfleisch und frisch gewaschener Wäsche.
Salam wurde schlecht, als er an den verbrannten Körper von Juan dachte und das Hammelfleisch roch. Er brauchte dringend einen Gin.
Während er am Fenster stand und die glasklare Flüssigkeit in das Glas lief, sah er die letzten weißen Bergspitzen in der Nacht versinken.

»Der ist für dich, Juan«, sagte er leise, als er die Flasche abstellte und den Sternen zuprostete. »Ich trink' für dich mit.«
Dann leerte er das Glas in einem Zug.

Senatsverwaltung für Inneres, Berlin-Mitte / Deutschland

Kriminaloberkommissar Frank Lindner stieß Thomas Calis entschieden mit dem Ellenbogen in die Rippen. »Wenn du jetzt nicht gleich aufhörst zu schnarchen, teile ich dich für vier Wochen zum Straßendienst ein«, zischte er und sah sich verstohlen um. Der kleine Saal im alten Stadthaus war bis auf den letzten Platz besetzt, und die Stimme der Referentin, einer Expertin für Jugendgewalt, schwebte melodiös und unaufgeregt gleichmäßig durch den Raum.

Seit mehr als einer Stunde.

»Du hättest den Apfelbaum wählen sollen.« Lindner zog ungerührt eine Tüte Pfefferminzbonbons aus der Tasche und bot Calis eines an.

»Lieber nicht, sonst wache ich auf«, flüsterte der Kommissar und schüttelte den Kopf. »Die sind zu stark, ich bin zu schwach und das mit dem Apfelbaum war gemein.« Er schaute auf die Uhr und fluchte leise. »Ich sollte schon längst bei Siemens auf der Matte stehen oder Dr. Sternberg an die Obduktion erinnern.«

»Und mich allein hier lassen, kommt nicht infrage«, wisperte Lindner. »Außerdem gibt es nachher einen Stehempfang mit Büfett. Frühstücksersatz.«

Eine streng nach hinten frisierte Dame aus der vorderen Reihe im Businesskostüm drehte sich halb um und zischte ein vernichtendes »Schhhhhh!« über ihre Schulter.

»Streberin«, murmelte Calis und lehnte sich zurück. Warum hatte er das Gefühl, dass ihm die Zeit zwischen den Fingern zerrann im Fall des ermordeten Pförtners? Irgendetwas beunruhigte den Kommissar. Ein kleiner Kobold, der ganz hinten in seinem Kopf Verstecken spielte und immer dann, wenn Calis genau hinsah, schon wieder weg war.

Oder ein Gartenzwerg.

Die Rednerin vorne am Pult sprach von einer Spirale der Gewalt, die es zu durchbrechen galt und von zusätzlichen Aufwendungen, die man vonseiten der Stadt und des Landes endlich leisten müsse.

Warum hatte man den Siemenspförtner ermordet? Die Ablösung war da und die Pförtnerloge wieder besetzt, seine Dienstzeit vorbei, der Mann auf dem Heimweg. Wozu ein so grausamer Mord? Eine Verwechslung? Ein Raubmord? Die Spurensicherung hatte in Tronheims Hosentasche mehr als zweihundert Euro gefunden. Habgier kam also nicht infrage, und selbst ein hastiger Raubmörder hätte die Taschen durchsucht. Also doch ein persönlicher Racheakt?

»Würdest du einem Nebenbuhler die Kehle durchschneiden?«, raunte Calis seinem Chef zu.

»Nein, eher einen Orden verleihen«, konterte Lindner grinsend. »Im Ernst, ich kann mir nicht vorstellen, dass jemand auf offener Straße einen Mann mit dem Auto anfährt, ihm mitten auf der Fahrbahn die Kehle durchschneidet und dann noch seine Leiche auf den Beifahrersitz platziert und zudeckt, nur weil der seine Frau ...«

Ein strafender Blick der Dame in der Reihe vor ihnen brachte Lindner abrupt und schuldbewusst zum Schweigen.

»... verwöhnt? Das war das Wort, verwöhnt ...«, murmelte Calis nickend und versank wieder in Gedanken. Der Golf – sicher gestohlen. Das Rad – verschwunden. Hatte der Kollege von Tronheim nicht etwas von einer Tasche gesagt? Thomas Calis war plötzlich putzmunter. Wieso hatte die Spurensicherung nichts von einer Tasche berichtet?

Oder hatte sie? Dieser verflixte Schlafmangel bremste seine Überlegungen wie eine Schaumgummiwand!

Der Kommissar stand auf und nickte entschuldigend seinen Sitznachbarn zu, dann fädelte er sich aus der Reihe, ohne auf Lindners fragenden Blick zu achten. Das alte Parkett im Saal knarrte erbärmlich, und die Frau am Rednerpult schaute Calis irritiert an. Ach was, dachte er, nach der Nachrichtensendung ist mein Ruf sowieso schon ruiniert. Er schloss die schwere Holztür so leise wie möglich hinter sich und atmete auf. Dann zog er das Handy aus der Tasche und wählte die Nummer von Arthur Bergner.

»Du bist schon unter den Lebenden?«, meldete sich der Leiter der Spurensicherung verwundert. »Haben die Anrufe der Fans dich nicht schlafen lassen? Wenn du noch einen Schirm für deine Freunde möchtest, dann muss ich dich enttäuschen. Der ist ein Einzelstück.«

»Witzbold«, flüsterte Calis. »Dafür braucht man einen Waffenschein, das ist medialer Selbstmord, und den zahl ich dir zurück. Aber hör zu, Winnetou, habt ihr am Tatort eine Tasche gefunden? Ich war gestern nicht ganz bei der Sache. Soweit ich mich erinnere, hat mir der Pförtner, der Tronheim abgelöst hat, etwas von einer Tasche erzählt.«

»Die steht schon auf deinem Schreibtisch und wenn du vor deinem Termin kurz auf der Arbeit vorbeigeschaut hättest, dann könntest du bereits drin wühlen«, erwiderte Bergner trocken. »Wir haben nichts Ungewöhnliches gefunden. Keine fremden Fingerabdrücke, nur die von Tronheim. Deine Mörder haben also Handschuhe getragen. Was den Inhalt betrifft, das Übliche.«

»Handschuhe?«, fragte Calis nach und fuhr sich müde mit der Hand übers Gesicht.

»Du bist wohl noch nicht richtig munter, was?« Calis konnte vor seinem geistigen Auge sehen, wie Bergners dreckiges Grinsen immer breiter wurde. »Sonst musst du mir noch erklären, wie ein Toter seine Tasche in den Kofferraum des Golfs stellen konnte, bevor er am Beifahrersitz Platz nahm.«

»Ist ja gut«, brummte Calis. »Zwei starke Espressi, und ich bin wieder an Deck. Hast du etwas von Doc Sternberg gehört? Ihr seid ja gestern, nein, heute Morgen gemeinsam abgezogen.«

»Du kennst ihn doch, Thomas«, antwortete Bergner. »Er wollte die Autopsie nicht aufschieben und hat das noch durchgezogen, bevor er schlafen gegangen ist. Ich wette, sein Bericht liegt neben der Tasche auf deinem Schreibtisch.«

»Es wird Zeit, dass ich hier endlich wegkomme«, murmelte Calis nervös und sah auf die Uhr. Fast zehn und der kleine Kobold entwischte ihm jedes Mal aufs Neue.

»Wo genau bist du überhaupt?«, fragte Bergner und schlürfte lautstark an seinem üblichen Pfefferminztee.

»Symposium zum Thema Jugendgewalt, Frank ist auch hier und wir halten uns gegenseitig aufrecht«, gab Calis zurück und gähnte. »Der Innensenator hat geladen und manche würden sagen, er hat durchgeladen.«
»Mein Beileid«, erwiderte Bergner, und diesmal klang es ehrlich. »Im Gegensatz zu dir muss ich unglücklicherweise etwas arbeiten und kann keinen verlängerten Morgenschlaf in der vorletzten Reihe abfeiern. Du verzeihst also, wenn ich mich verabschiede. Grüß Frank!« Damit legte er auf.

In diesem Moment öffneten sich die Türen zum Saal, und eine Welle der Erleichterung spülte die Teilnehmer in den Vorraum, in dem inzwischen kleine Tische und ein Büfett aufgebaut worden waren.

»Abtrünniger Verräter«, raunte ihm Frank Lindner zu, als er an ihm vorbeiging. »Aber die Strafe folgt auf dem Fuße.«

Tatsächlich erschien in diesem Augenblick der Innensenator. Er trat durch die Tür, ganz ins Gespräch mit der jungen Referentin vertieft, die sich immer wieder lächelnd und triumphierend umblickte – wohl um sicherzugehen, dass sie auch von allen bemerkt wurde. Calis wandte sich ab und wünschte sich, mit der Tapete verschmelzen zu können. Doch es war bereits zu spät. Mit einem kleinen Kopfnicken entschuldigte sich der Innensenator bei seiner erstaunten Begleitung und strebte zielsicher auf ihn zu.

»Ach, Kommissar Calis«, rief er, und ein kleines, ironisches Lächeln erschien in den Mundwinkeln, das Calis nur zu gut kannte. Es kam immer, bevor er zum Todesstoß ausholte.

»Ich mag es, wenn die Polizei sich volksnah gibt und auch Randgruppen nicht ausgrenzt«, begann der Innensenator und sah sich theatralisch um. »Aber glauben Sie wirklich, der rosa Schirm kam zum passenden Zeitpunkt? Ich meine, es war immerhin der Tatort eines grausamen Mordes und ...«

»... es regnete«, unterbrach ihn Calis ungeduldig. »Und nein, es hatte nichts mit meiner sexuellen Ausrichtung zu tun, war kein verspätetes Coming-out oder ein Schmeichelkurs in den Gewässern unseres Bürgermeisters oder des Außenministers. Nein, es war viel simpler. Es schüttete ganz einfach und der Leiter der Spurensicherung ...«

»Arthur Bergner?«, unterbrach ihn der Innensenator. »Ein guter Mann, wie ich gehört habe ...«

Calis brummte etwas Unverständliches vor sich hin und verschluckte den Rest seines Satzes.

»Wie auch immer, es wäre nett, wenn Sie in Zukunft diese Art von plakativen und demonstrativen Äußerungen vor den Medien unterlassen könnten, Kommissar.« Der Innensenator legte Thomas Calis verschwörerisch den Arm um die Schulter, drückte ihn und zwinkerte ihm zu. »Ja, so rosa Schirme haben schon was, nicht wahr, mein Lieber?«

Lindner erlöste einen völlig erstarrten Calis aus den heißen Fängen der Politik und steuerte das fast leer geräumte Büfett an, während der Innensenator sich lächelnd wieder der jungen Referentin zuwandte.

»Na? Sind wir etwas frühstückshungrig, oder ist uns der Appetit vergangen?«, grinste sein Chef und schob Calis einen Teller mit Brötchen und einen etwas verunglückten Cappuccino zu.

»Erinnere mich daran, dass ich das nächste Mal den Tod am Apfelbaum von Tante Louise jedem Symposium mit dir vorziehe«, stöhnte Calis. »Und bevor ich mir die Schlinge umlege, vererbe ich dir den Kleingarten.« Er kippte den Inhalt der Tasse hinunter und verzog leidend das Gesicht. »Staatskaffee. Komm, lass uns verschwinden. Ich habe das blöde Gefühl, ich versäume etwas, und das Leben findet ohne mich statt. Da ist ein kleiner Kobold, der mich ärgert. Der weiß, was ich übersehen habe.«

»Trägt er einen rosa Regenschirm und steht im Regen?«, stichelte Lindner.

»Frank, bitte.« Calis reichte es. »Ich werde die Tasche von Tronheim nehmen und zu Siemens gehen. Vielleicht weiß einer der Kollegen, ob etwas fehlt, weil es gestern Abend daraus gestohlen wurde. Oder anders gesagt, weswegen Tronheim die Kehle durchgeschnitten wurde.« Er sah Lindner müde an. »Weil ich einfach nicht glauben will, dass er ein limitiertes Porscherennrad fuhr und deswegen dran glauben musste. Auch wenn mir noch immer ein Rätsel ist, warum der Drahtesel weg ist.«

»Vielleicht wollte der Mörder es nicht zurücklassen, weil es die Aufmerksamkeit auf den Golf und damit die Leiche gezogen hätte«, gab

Lindner zu bedenken. »Manchmal sind die einfachsten Erklärungen die stimmigsten.«

Der Kommissar zuckte mit den Schultern, während der kleine Kobold in seinem Kopf kichernd hinter einer Gruppe von Gartenzwergen verschwand, die mit kleinen Schubkarren Wettrennen fuhren. »Wie auch immer. Irgendetwas sagt mir, wir sollten es besser rasch herausfinden.«

> **Terminal 3, International Airport, Kairo / Ägypten**

John Finch seufzte, als er die lange Schlange von Touristen und Geschäftsreisenden vor dem Abfertigungsschalter sah. Dann reihte er sich am Ende ein und warf einen Blick nach vorne. Zwei gelangweilt schauende Uniformierte kontrollierten mechanisch die Pässe der ankommenden Passagiere, warfen nebenbei immer wieder einen Blick auf einen flackernden kleinen Bildschirm, blätterten in ihren Unterlagen, unterhielten sich kurz, kontrollierten zuletzt noch eine Liste, um dann mit einer resignierten Handbewegung den Stempel auf eine freie Seite des Passes zu knallen.

Es gibt Dinge, die ändern sich nie, dachte Finch kopfschüttelnd und betrachtete die rot glühenden Ziffern der großen, rechteckigen Uhr, die über dem Foto der großen Pyramide zu schweben schien und inmitten der Zigarettenreklame mit dem Kamel etwas deplatziert aussah. »Das dauert mindestens eine Stunde«, murmelte er und zog ein internationales Luftfahrtmagazin aus der Tasche, das er bei der Zwischenlandung in Rio erstanden hatte, »und das ist noch optimistisch geschätzt.«

Er vertiefte sich in einen Artikel über den neuen Airbus 380 und war gerade bei den technischen Daten der Triebwerke angelangt, als ihm jemand auf die Schulter tippte.

»Mr. Finch, John Finch?«

Er blickte überrascht auf und sah in die dunkelbraunen Augen einer schlanken, uniformierten Frau, die ihn mit leicht schräg gelegtem Kopf und einem neugierigen Blick musterte. Sie trug ihr schwarzes Haar hochgesteckt, und ihre Figur in Verbindung mit dem knappen Schnitt ihrer Uniform würde bei allen noch so religionstreuen Ayatollahs für schlaflose Nächte sorgen, da war sich Finch sicher.

»Sieh da, es hat sich doch etwas geändert, dem Tahrir-Platz sei Dank«, lächelte er erfreut und nickte. »Yes, Madam, John Finch, direkt aus Südamerika.«

»Dann folgen Sie mir bitte«, erwiderte die Frau kurz angebunden, drehte sich um und ging voraus, an der Schlange entlang durch die Kontrolle, wo sie den beiden Beamten hinter dem Schalter zunickte, um schließlich mit Finch im Schlepptau eine Tür anzusteuern, deren obere Hälfte aus Milchglas bestand. Sowohl Klinke als auch Schlüsselloch fehlten, stellte Finch alarmiert fest, während er der uniformierten Zollbeamtin zusah, die flink einen langen Türcode eintippte.

Einen Augenblick später sprang die Tür mit dem blank polierten Schild, auf dem in Arabisch und Englisch »Immigration« zu lesen war, summend auf.

»Nach Ihnen, Mr. Finch.« Die Handbewegung der jungen Frau war weniger Einladung als unmissverständliche Aufforderung. Der ironische Zug um ihren Mund in Verbindung mit dem forschenden Blick gefiel Finch ganz und gar nicht.

Ein langer, heller Gang erstreckte sich vor ihnen, von dem in regelmäßigen Abständen Glastüren abgingen. Einige davon standen offen, und John Finch hörte laute Stimmen, Lachen und das Klackern von Computertastaturen. Die junge Beamtin schob ihn mit leichtem Druck am Ellenbogen immer weiter, bis sie vor einer gepolsterten Tür angekommen waren, neben der kein Namensschild hing.

»Ich mag Ihr Parfum«, versuchte es Finch verbindlich.

»Sie werden erwartet«, stellte die junge Frau statt einer Antwort fest, drückte ohne anzuklopfen die Klinke nieder und stieß die Tür auf. Dann drehte sie sich wortlos um, ging den Flur hinunter und ließ ihn alleine.

Das sparsam möblierte Büro, das Finch zögernd betrat, war kühl und überraschend groß, mit einem weiten Panoramablick auf das Vorfeld des Flughafens. Die getönten, riesigen Scheiben reichten bis zum Boden, und Finch schien es, als befinde er sich in der Kanzel eines startbereiten Zeppelins. Hinter einem modernen, aufgeräumten Schreibtisch reihte sich Monitor an Monitor, auf denen unentwegt neue Bilder der Ankunftshalle aus verschiedenen Blickwinkeln erschienen. Finch erkannte die Schlange, in der er gestanden hatte und die beiden Beamten, die ůnbeeindruckt von der wartenden Menschenmenge jeden Pass genau kontrollierten.

»Ich hätte nicht gedacht, dich noch einmal hier zu sehen.«

Der Mann in der untadeligen Uniform, der unhörbar hinter Finch durch die Polstertür getreten war und sich nun von innen dagegenlehnte, war gut einen Kopf kleiner als der Pilot und fast zierlich. Eine große Hakennase beherrschte sein fein geschnittenes Gesicht, aus dem zwei braun-schwarze Augen abgeklärt auf sein Gegenüber blickten. Sein Kopf, völlig kahl bis auf einen dünnen Kranz grauer Haare, glänzte im Vormittagslicht wie eine Billardkugel.

»Ich auch nicht.« Finch wandte sich um und sah den schmächtigen Mann überrascht an. »Aziz, was machst du hier? Ich dachte, du wärst bereits seit langem in Pension und würdest mindestens ein Dutzend Enkelkinder auf den Knien schaukeln.«

»Die Dinge haben sich überraschend geändert, wie du weißt, und der Militärrat brauchte rasch zuverlässige Leute.« Major Aziz Ben Assaid stieß sich von der Tür ab und ging an Finch vorbei, ohne seine Hand auszustrecken. »Ägypten ist nicht mehr das Land, das du vor fünf Jahren verlassen hast, John. Nordafrika ist im Umbruch, nein, im Aufbruch, dank der Entschlossenheit der Jugend. Kein Platz für alte Männer mit dubioser Vergangenheit.«

»Was machst du dann hier?«, warf Finch wie nebenbei ein und ließ seinen Seesack fallen. »Wenn ich mich recht erinnere, warst du Präsident Mubarak gegenüber nicht gerade kritisch eingestellt. Wie lange bist du bereits Leiter des Immigrationsdepartments hier am Flughafen?«

Der Major ignorierte den Einwurf geflissentlich. »Ich könnte dich umgehend wieder in den nächsten Flieger setzen und dich zurückschicken, wo immer du hergekommen bist.« Assaid war an eines der hohen Fenster getreten. »War es nicht das brasilianische Amazonasgebiet? Warum bist du nicht dageblieben?«

»Weil ich Sehnsucht nach Nordafrika hatte und mir das Klima am Fluss nicht gutgetan hat«, grinste Finch und trat neben Assaid. Die Karren der Loader flitzten wie Ameisen über das Vorfeld. Einige Minuten lang schwiegen beide Männer und sahen einer Lufthansa-Maschine zu, die langsam an den Finger des Terminals rollte.

»Nordafrika ist groß«, wandte der Major schließlich ein und legte die flache Hand auf die Scheibe. »Geh woanders hin, John, nach Algerien oder nach Marokko, nach Libyen oder Tunesien. Ägypten braucht dich nicht. Und die Leute auf dem Tahrir-Platz brauchen dich erst recht nicht.«

»Piloten braucht man immer«, wandte Finch ein und zog seine Ray Ban aus der Brusttasche. »Ich war zu lange fort, und Südamerika war nicht meine Bestimmung.«

»Ägypten ist es auch nicht.« Assaid klang endgültig. »Dein Ägypten gibt es nicht mehr. Es ist versunken, endgültig untergegangen, und ich bin versucht zu sagen, zum Glück. Du bist ein alter Mann, der einem Traum nachhängt, dem Bild eines Straßenmalers, das schon lang verwischt wurde. Vom Asphalt gewaschen durch den kräftigen Strahl der morgendlichen Straßenreinigung. Ich gebe dir einen guten Rat. Geh nach England zurück, wieder nach Hause, John.«

»Ich bin hier zu Hause«, entgegnete Finch bestimmt und streckte sich. »Endlich. Und du wirst mich nicht daran hindern, dieses neue Ägypten zu entdecken. Ob ich endgültig hierbleibe oder nicht, das werden die kommenden Wochen zeigen.«

»Der nächste Flieger nach London geht in zwei Stunden«, warf der Major ein. »Mach es mir leicht und kauf dir ein Ticket.«

Finch schüttelte den Kopf. »Nicht im Traum. Das alte Continental-Savoy gibt es nicht mehr, wie ich inzwischen erfahren habe, und so hält mich nichts in Kairo. Aber die Bar des Cecil in Alexandria soll auch ganz brauchbar sein. Außerdem mag ich den Blick über die Bucht auf das Meer.«

Assaid wandte sich ab, ging mit gesenktem Kopf langsam zu seinem Schreibtisch und ließ sich in den Sessel fallen. Dann trommelte er mit seinen Fingern auf die Tischplatte, während er den Piloten nicht aus den Augen ließ.

»John Finch, der Tourist. Eine ganz neue Rolle. Ich kenne dich schon zu lange, um an ein Wunder zu glauben, also erzähl mir keine Märchen aus Tausendundeiner Nacht. Das ist die Spezialität der Geschichtenerzähler in den Bazaren. Scheherazade ist hier nur mehr eine ferne Erinnerung, deine Abenteuer allerdings sind Legende, und das beunruhigt mich. Also, was genau hast du in Ägypten vor?«

»Fliegen«, antwortete Finch lakonisch. »Dazu brauche ich ein Flugzeug, aber das wird sich finden – Inschallah.«

»Wie wäre es mit einem Flugzeug nach London?«, versuchte es der Major erneut, dann zuckte er mit den Schultern. »Wie du willst. Mach von mir aus Urlaub im Cecil, auf den Spuren deiner Landsleute Somerset Maugham, Agatha Christie und Winston Churchill. Genieß die Bar und die Terrasse, den Blick aufs Meer und die Sonne.« Er legte die Fingerspitzen aneinander und sah Finch durchdringend an. »Und dann, dann verschwindet der Tourist John Finch wieder.«

»War nicht Al Capone auch Gast im Cecil?«, erkundigte sich Finch und warf Assaid einen unschuldigen Blick zu. »Und hatte nicht der Britische Secret Service während des Krieges eine ganze Suite als Operationsbasis gebucht? Je länger ich darüber nachdenke, umso mehr glaube ich, dass das Cecil genau der richtige Platz für mich ist.«

Der Major streckte auffordernd die Hand aus. »Gib mir deinen Pass. Ich stelle dir ein Touristenvisum aus, beschränkt auf zwei Wochen und keinen Tag länger. Dann möchte ich dich außer Landes wissen, sonst lasse ich dich auf die Liste der unerwünschten Personen setzen. Die Staatssicherheitsbehörde ist zwar seit einem Monat aufgelöst, aber ich finde dich schon.«

»Papier ist geduldig«, gab Finch gleichmütig zurück und reichte Assaid seinen Pass. »Hier bin ich zu Hause, auch wenn du das anscheinend vergessen hast. In den engen Gassen der Suks und den Dünen der Sahara oder den Hochtälern des Atlas kannst du nach mir suchen bis zum jüngsten Tag, das weißt du ganz genau.« Er machte eine Pause und sah dem Major versonnen zu, als der einen Stempel und seine Unterschrift in das Reisedokument setzte. »Erinnere dich, Aziz. Ihr habt einst von Ali auch keine Spur gefunden, allen Anstrengungen und dem Einsatz professioneller militärischer Suchtrupps zum Trotz.«

Assaid hob den Kopf und warf Finch einen warnenden Blick zu.

»Soviel ich weiß, hast du dich auch an der Suche beteiligt, bist damals geflogen und mit leeren Händen wieder nach Kairo zurückgekommen.«

»Vielleicht haben wir alle an der falschen Stelle gesucht«, wandte Finch ein. »Dein Bruder hatte sich auf den Weg gemacht, ohne jemanden einzuweihen. Er war jung und unbekümmert wie wir alle, und das Adrar-Gebirge ist groß.« Der Pilot nahm seinen Pass von dem leeren Schreibtisch und steckte ihn ein. Dann lehnte er sich vor und tippte auf die Schreibunterlage, die eine Generalstabskarte von Ägypten war. »Ich habe oft an ihn gedacht, weil mir sein Verschwinden lange keine Ruhe gelassen hat. Ali war ein archäologisches Genie, ein Eigenbrötler und ein unverbesserlicher Geheimniskrämer. Rechne zu seinen Forschungen noch die Wüste und die unwirtlichste Steinlandschaft der Welt dazu, und du hast ideale Voraussetzungen dafür, jemanden bis zum Jüngsten Tag zu suchen.«

Der Major schwieg. Eine Maschine der EgyptAir startete mit donnernden Triebwerken und verschwand in den blauen Himmel.

»Das ist lange her«, sagte Assaid schließlich leise, als der Lärm verklungen war. »Mein Bruder ist seit Jahrzehnten tot. Die Zeit ist über Ali hinweggezogen. Und auch über uns.«

»Alles fürchtet sich vor der Zeit, aber die Zeit fürchtet sich vor den Pyramiden«, erwiderte Finch. »Ein altes, aber wahres Sprichwort.«

»Pass auf dich auf«, stellte Aziz entschlossen fest und erhob sich. »Vierzehn Tage, John, und keinen Tag länger. Viel Spaß in Alexandria.«

Die Veterinärmedizinerin in ihrem weißen Mantel und dem blinkenden Namensschild warf einen Blick auf das Papier, das John Finch ihr gereicht hatte, und es kam dem Piloten so vor, als lese er Erleichterung in ihren Augen.

»Sie holen den Papagei ab?«, erkundigte sie sich hoffnungsvoll.

»Kerngesund und fit wie ein Turnschuh, hört auf den Namen Sparrow? Allerdings...«

»Ja?«, erkundigte sich Finch mir gerunzelter Stirn.

Die Ärztin lächelte schelmisch. »Wir mussten ihn in einer eigenen Voliere unterbringen. Er ist nicht gerade sozial, wenn es um Artgenossen geht und redet wie ein Wasserfall. Wo hat er bloß diese Ausdrücke her?«

»Äh, ich habe ihn zu mir genommen, weil sein ursprünglicher Besitzer gestorben ist«, erklärte Finch und schmunzelte. »Es war ein alter Mann, der jahrzehntelang in einer Traumwelt lebte, voller Piraten und Kanonen, Segelschiffen und karibischen Inseln.«

»Es gibt schlimmere Träume«, meinte die Ärztin nachsichtig. »Warten Sie, Mr. Finch, ich gehe und hole den kleinen Schwerenöter.«

Er hörte Sparrow bereits, lange bevor die Tür aufging. »Alte Schabracke!«, kreischte der Papagei protestierend. »Alle Frauen von Bord!«. Als er Finch sah, verstummte er überrascht und trippelte nervös von einem Bein aufs andere. Dann flatterte er auf die Schulter des Piloten und saß ganz ruhig, bevor er seinen Kopf an seiner Wange rieb.

Finch lächelte verlegen. »Ich hoffe, Sie nehmen die alte Schabracke nicht persönlich«, murmelte er, beglich die Rechnung und legte noch ein gutes Trinkgeld drauf. »Manchmal sieht Sparrow nicht sehr gut, müssen Sie wissen.«

»Das will ich hoffen!« Die Medizinerin lachte fröhlich. »Sonst müsste ich ihn teeren und federn und an die Rah binden! Leben Sie wohl, Mr. Finch, und passen Sie gut auf den kleinen Piraten auf!«

Bevor Sparrow »Hängt sie!« kreischen konnte, hielt Finch ihm vorsichtshalber den Schnabel zu, schnappte mit der anderen Hand seinen Seesack, drehte sich rasch um und verließ mit großen Schritten die Quarantänestation. »Du bist eine gefiederte Blamage«, zischte er dabei dem Papagei auf seiner Schulter zu.

Aziz Ben Assaid stand etwas abseits, als Finch mit dem Papagei auf seiner Schulter die Quarantänestation verließ. Er wollte nicht gesehen werden, trat zurück in einen Seitengang und wartete, bis der Pilot durch den Ausgang in Richtung der Taxistandplätze verschwunden war.

Dann griff er zum Telefon und wählte.

26. 4. 1314, westliche Sahara / Afrika

Die Männer schauten unruhig zum Himmel, während die Karawane den jahrhundertealten Pfaden folgte.

Am Horizont zeichnete sich ein hellbrauner Streifen ab, der über der Wüste zu schweben schien. Dazu war vor wenigen Minuten ein leichter Wind aufgekommen, der Schwärme von Sandkörnern vor sich hertrieb. Der Anführer der Handelskarawane, der Karwan-Baschi, ein älterer, ausgezehrter Mann mit hagerem Gesicht, raffte seinen fleckigen, fadenscheinigen Burnus enger um sich zusammen. Erst nach einigem Zögern hatte er die Marschrichtung geändert, war weiter nach Norden gezogen, in die Nähe eines ausgetrockneten Flussbetts, das schon seit Menschengedenken kein Wasser mehr geführt hatte.

Aber es würde für die nächsten Stunden Schutz bieten vor der drohenden Gefahr des fliegenden Sands.

Die Landschaft hatte sich nach und nach verändert. Je weiter sie das Meer hinter sich zurückgelassen hatten, desto intensiver waren die Farben geworden: Vom schmutzigen Graubraun der Felsen und Steine nahe der Küste zum rötlichen Gelb der Sanddünen. Hatte zu Beginn der Reise die Nähe des großen Flusses und des Meeres eine gewisse Sicherheit geboten, so lagen die schattigen Ufer und fruchtbaren Böden nun weit hinter ihnen. So weit sie sehen konnten, erstreckte sich die endlose Sandwüste, nur hie und da unterbrochen von dunklen Bergketten.

Die Karawane, die aus mehr als hundertachtzig Kamelen und vierzig Reitern bestand und neben Elfenbein und Salz auch Myrrhe und Gold transportierte, hatte sich verspätet und war sieben Tage nach der Ankunft des arabischen Passagiers der *Nuestra Señora de Aragón* an der vereinbarten Stelle eingetroffen. Doch sie war gekommen, und der

Rauch der brennenden Dornbüsche, das vereinbarte Zeichen, hatte dem Mann im weißen Burnus den Weg gewiesen.

Nun waren sie bereits seit zweiundzwanzig Tagen unterwegs, und die Eintönigkeit der Dünenlandschaft wurde nur hin und wieder von Wadis und vereinzelten Oasen unterbrochen. Anfangs hatte es in den braun-grünen Savannen mit Dattelpalmen und Obstbäumen Schatten gegeben, doch mit jedem Schritt ostwärts war die Karawane tiefer in die Trockenheit und die Hitze der Wüste vorgedrungen. Als sie auf ihrer Reise durch die ersten Täler eines Gebirges gezogen waren, hatte die Kälte der Nacht die Temperaturunterschiede noch größer gemacht. Von nun an froren die Reiter unter den dünnen Decken in den Nachtstunden, am Tage allerdings war es nach wie vor unerbittlich heiß.

Angesichts des riesigen Dünenlabyrinths, hin und wieder unterbrochen von Felsformationen, bewunderte der Araber aus dem Norden den Instinkt der Karawanenleute. Sie folgten den unsichtbaren Spuren ihrer Vorfahren mit schlafwandlerischer Sicherheit, orientierten sich an der Sonne und am Stand der Gestirne, an Geländeformen und Felsfiguren.

Jeden Tag ritten sie von Sonnenaufgang bis spät in die Nacht.

Kaum sechs Stunden gönnten sie nachts den Kamelen Ruhe, bevor sie wieder aufbrachen. Langsam ließ die Kraft der Tiere nach, und der Karwan-Baschi hatte überlegt, ob er dem geheimnisvollen Fremden nicht einen Tag Ruhepause vorschlagen sollte. Andererseits, so dachte er, hatten sie den Großteil der Strecke bereits geschafft, und sobald sie die heilige Stadt und die Oase auf dem Adrar-Plateau erreicht hatten, wäre der Eilritt sowieso zu Ende. Doch jetzt kam ihnen der Sandsturm entgegen wie eine Horde wilder afrikanischer Elefanten und würde sie zu einer Pause im Schutz der alten Klippen des Guelta von Taoujafet zwingen, die vor Zehntausenden von Jahren durch den längst versiegten Fluss aus der Landschaft gegraben worden waren.

Kaum hatte die Karawane die grauschwarzen Klippen erreicht und die Kameltreiber die Tiere zum Hinlegen bewegt, erreichten sie die ersten Ausläufer des Sturms. Der Himmel verdunkelte sich, Windböen fegten durch das Flussbett und trieben Sandsäulen vor sich her. Nachdem die Tiere angeleint worden waren, suchte sich jeder einen möglichst

geschützten Platz, zog das Tuch vor Mund und Nase und senkte den Kopf.
Das Warten hatte begonnen.
Mit einem gespenstischen Heulen stürzte sich der Sturm auf sie, während es noch dunkler wurde. Das Atmen fiel schwer, Sandkörner erfüllten die Luft und prasselten immer heftiger auf sie herab. Der Fremde, der als Einziger einen weißen Burnus trug, hatte sich mit dem Gesicht zur Erde flach auf den Boden gelegt. Seine Lippen bewegten sich, und er schien zu beten. Seine Ledertasche mit dem Pergament hielt er fest umklammert.

Es war Nacht geworden, bis der Sandsturm endlich weitergezogen war, das unheimliche Tosen verstummte. Als der schweigsame Araber sich aufrichtete, den Sand aus seinen Kleidern schüttelte und sich streckte, funkelten auf einem tiefschwarzen Firmament unzählige Sterne, und die flackernden Flammen der rasch entzündeten Feuer ließen die Schatten zwischen den Klippen tanzen.

»Der Samum war gnädig«, nickte der Karwan-Baschi dankbar, »Allahu akbar.« Dann kniete er sich hin, verneigte sich gen Mekka und begann zu beten. Nach einigen Minuten erhob er sich und begann seinen Rundgang, betrachtete und untersuchte jedes einzelne Tier der Karawane aufmerksam, sprach mit den Männern. Als er sich schließlich neben dem Fremden an einem der Feuer niederließ, war er zufrieden. Sie hatten den Sturm ohne Verluste überstanden. Ein gutes Omen für die weitere Reise, dachte er und bemerkte zum ersten Mal die schwere goldene Kette mit dem auffälligen Anhänger, die der schweigsame Araber um den Hals trug. Das fein verzierte, rubinfarbene Kreuz leuchtete blutrot im Schein der Flammen.

»Ihr kommt von weit her, obwohl Ihr wie ein Sohn der Wüste ausseht«, begann er und rieb sich mit den Händen den letzten Sand aus den Augen.

Der Araber nickte gedankenverloren, antwortete aber nicht.

»Seid Ihr auf dem Weg nach Hause?«, fragte der Karwan-Baschi nach.

»Wir alle sind auf einer Reise irgendwohin«, gab der Fremde unverbindlich zur Antwort, »manchmal auf dem Rücken der Kamele, manchmal zu Fuß.« Er lächelte dünn. »Und manchmal mitten durch einen Samum.«

»Ihr müsst ein wichtiger Mann sein«, meinte der alte, hagere Anführer nachdenklich und streckte die Hände zum Feuer. »Mit der Nachricht, Euch abzuholen, überbrachten mir die Boten zwei Perlenschnüre, die eines Kalifen würdig wären.« Bei diesen Worten griff er in seinen Burnus und zog etwas umständlich einen unscheinbaren Lederbeutel hervor, den er öffnete. »Seht selbst. Viel zu kostbar für einen einfachen Umweg.«

Der Araber winkte ab. »Behaltet sie, mein Freund. Eure Ehrlichkeit rührt mich und zeichnet Euch aus. Mein Auftrag ist wichtig, ich bin es nicht. Wir Menschen, der Reichtum und der Ruhm sind vergänglich, das Wissen jedoch überlebt die Fährnisse der Zeit.«

Das Feuer vertiefte die Furchen im Gesicht des Karwan-Baschi, als er stumm in die Flammen schaute und über die Worte des Fremden nachdachte. Ein Ast knackte laut, und Funken sprühten meterhoch in den schwarzen Himmel über dem Flussbett.

Mit einem Blick zum Himmel legte der Araber die Hand auf das Kreuz und schloss die Finger um den Anhänger. »Bringt mich sicher an mein Ziel, und ich verdopple Euren Lohn.«

Der Karwan-Baschi sah ihn überrascht an und schüttelte dann entschieden den Kopf. »Ihr schuldet mir nichts, Effendi, gar nichts, und ich möchte, dass Ihr das wisst. Der Großvater meines Vaters führte bereits Handelskarawanen vom Meer zu den Märkten, wie auch alle meine Brüder. Für Perlenketten wie diese wären sie Euch jahrelang zu Diensten gewesen.«

»Wer bin ich, einen freien Mann zu kaufen?«, entgegnete der Araber lächelnd. »Ein Geschenk jedoch kann auch der Falke annehmen.« Damit erhob er sich und klatschte in die Hände. »Lasst uns aufbrechen, wenn Ihr nichts dagegen habt. Wie viele Tagmärsche liegen noch vor uns?«

»Fünf, wenn wir Glück haben, sieben, wenn wir wegen der erschöpften Kamele langsamer reiten müssen.«

»Die Tiere hatten ein paar Stunden Ruhe«, meinte der Fremde nur und klopfte den Sand aus seinem Burnus. Dann trat er ein paar Schritte zur Seite, blickte hoch zu den Sternen, als suche er etwas. Schließlich wies er mit ausgestreckter Hand nach oben. »Seht Ihr? Seit zwei Tagen begleitet uns der Komet, wie ein treuer Weggefährte.«

»Ein gutes oder schlechtes Omen in Euren Augen?«, fragte der Karwan-Baschi und sah den Fremden durchdringend an.

Der Araber wandte den Blick ab, überlegte kurz, schüttelte den Kopf und ging dann schweigend davon.

Am Abend des sechsten Tages erreichten die ersten Kamele die heilige islamische Stadt und die Oase, geschützt und verborgen zwischen den riesigen Dünen, an einem Kreuzungspunkt uralter Karawanenstraßen am Fuße der Berge. Zwischen den Häusern und Moscheen, den Lagerschuppen und prächtigen Handelsniederlassungen wuchsen Dattelpalmen, Obstbäume und üppige Büsche. Die lehmverputzten Wände leuchteten im letzten, rötlichen Abendlicht. Hie und da flackerten Feuer auf und neugierige Augen beobachteten die Reiter auf ihren brüllenden Kamelen, die das Wasser rochen und nach dem langen Weg durch die Wüste nur noch trinken wollten.

»Wir werden einen ganzen Tag rasten und dann weiterziehen«, entschied der Karwan-Baschi und nickte dem Fremden zu, der seine Ledertasche über die Schulter geworfen hatte und sich nun suchend umblickte. »Wollt ihr Euch uns später anschließen und weiterreisen, nachdem Ihr Euren Auftrag hier erfüllt habt? Unser Ziel ist Mekka, wie Ihr wisst.«

Der Araber schüttelte den Kopf und verneigte sich höflich. »Habt Dank für alles, doch mein Weg führt in eine andere Richtung. Möge Allah mit Euch sein.«

Damit legte er die Hand auf die Brust, verabschiedete sich und überquerte einen der zahlreichen kleinen Marktplätze. Nachdem er spielende Jungen nach dem Weg gefragt hatte, bog er in einen schmalen Hof zwischen zwei Häusern ein, folgte einer Mauer aus Trockensteinen und kam schließlich zu einem Haus mit reich verziertem Eingang, der mit einer grob behauenen Holztür verschlossen war. Als er den Riegel zurückschob, eintrat und sich umblickte, wusste er mit einem Mal, dass er an der richtigen Stelle war.

Das Ende seiner Reise war gekommen.

Die ockerfarbenen Mauern des niedrigen Raumes wurden von einem halben Dutzend Öllampen erleuchtet, die auf dem Boden verteilt standen. Steinregale, uneben und ungleichmäßig entlang der Wände angeordnet, waren mit Schriftstücken bis auf den letzten Platz gefüllt. Roh gezimmerte Kisten waren bis unter die geweißten Balken der Decke gestapelt. Einige Truhen standen offen, und Rollen von Pergamenten und beschriebener Gazellen- und Antilopenhaut lugten unter den Deckeln hervor.

Der Fremde ließ sich auf eines der herumliegenden Kissen sinken und schloss die Augen. Er spürte, wie die Müdigkeit sich in seinem Körper ausbreitete, wie die Strapazen der Reise ihren Tribut forderten. Als wenige Augenblicke später ein ganz in schwarz gekleideter Mann mit langem Bart einen schweren Vorhang zurückschob und den Raum betrat, löste der Reisende die Lederschnur um seinen Hals und legte den Beutel behutsam vor sich auf den Teppich. Die Kette mit dem blutroten Kreuzanhänger funkelte im Licht der Kerzen, als er sie ebenfalls abnahm und auf das braune, etwas abgeschabte Leder legte.

Dann begann er sein Anliegen vorzutragen.

Die Feuer waren längst heruntergebrannt, die Gassen zwischen den niedrigen Häusern menschenleer, als der Araber langsam im Schein des zunehmenden Mondes die Oase verließ und begann, den Abhang der ersten Düne hinaufzusteigen. Sein weißer Burnus leuchtete im Mondlicht auf seinem Weg in die Nacht. Mit bedächtigen Schritten ging er immer weiter, stumm im Gebet vertieft, stets geradeaus.

Stunde um Stunde.

Als ihn schließlich die Kräfte verließen und ein heller Streifen am Horizont bereits den nahenden Tag ankündigte, griff er schwer atmend in die Tasche, die er an seiner Schulter trug, und zog ein seltsam geformtes kurzes Schwert heraus.

Die Klinge der Waffe war blutbefleckt.

Er warf einen Blick hoch zu den Sternen, murmelte ein letztes Mal ein inbrünstiges Gebet und kniete nieder. Dann hob er mit seinen Händen eine flache Grube im Sand aus. Als er mit seinem Werk zufrieden war, nahm er den Griff der Waffe in beide Hände, richtete die Spitze des Stahls auf seine Brust und stürzte sich in die Klinge.

In jener Nacht verschwand der Komet vom Himmel, um erst einhundertfünfzig Jahre später wieder aufzutauchen.

Chitral, nordwestliche Grenzprovinz / Pakistan

Chief Inspector Shabbir Salam hatte miserabel geschlafen.

Als sich der Radiowecker um halb sechs einschaltete und eine Popsängerin ihren neuesten Hit in den anbrechenden Morgen nuschelte, begleitet von synthetischen Fanfaren und einer Bande von halbwüchsigen Chorknaben, kam es Salam vor, als sei er erst vor fünf Minuten eingeschlafen. Dabei war er den Großteil der Nacht unruhig auf und ab gegangen, hatte sich ans Fenster gesetzt, in die Nacht gestarrt und war schließlich wieder ins Bett zurückgekehrt.

Um wenige Minuten später wieder aufzustehen – und den Kreislauf von neuem zu beginnen.

Der Chief Inspector beneidete seine Frau, die vor zehn Tagen nach Lahore in den Süden gefahren war, um ihre Schwester zu besuchen. Während er noch schwankte, ob er einen starken Kaffee oder doch lieber einen Tee aufsetzen sollte, läutete sein Telefon.

»Ja«, meldete sich Salam knurrig und öffnete hoffnungsvoll die Kaffeedose.

»Habe ich Sie aufgeweckt, Chief?« Die Stimme seiner Sekretärin Kala klang unsicher. »Wenn ja, dann tut es mir leid.«

»Ach was, halb so schlimm. Was machen Sie um diese Stunde schon auf den Beinen? Ist heute nicht ihr freier Tag?«

»Ich bin gestern nicht mehr zum Sichten der Bewerbungsunterlagen gekommen, also wollte ich es heute vor Ihrem Dienstbeginn machen«, erklärte Kala, und Salam hatte den Eindruck, sie würde sich als nächstes für ihren Eifer entschuldigen.

»Dafür bekommen Sie nicht genug bezahlt«, brummte er und goss den Kaffee auf. »Wenn in dieser Provinz alle Ihre Arbeitsauffassung hätten, könnte ich frühzeitig in Pension gehen.«
Salam hörte Kala leise lachen. Dann wurde sie wieder ernst. »Soeben hat jemand von der Civil Aviation Authority angerufen, der sich geweigert hat, seinen Namen zu nennen. Er wollte Sie dringend sprechen, und ich habe ihm ausnahmsweise Ihre Mobiltelefonnummer gegeben. Er klang etwas ... gehetzt. Ich hoffe –«
»Das war eine gute Idee, Kala«, beruhigte sie Salam. »Um diese Zeit hängt jemand in Karatschi am Telefon? Und klingt noch dazu gehetzt, sagen Sie? Dann war es nicht der kaltschnäuzige Leiter der Behörde, der mir gestern nicht einmal sein ›Kein Kommentar‹ schriftlich geben wollte. Der liegt um diese Zeit sicher noch im Bett und überlegt, was er mit seinen neugewonnenen Geheimdienstverbindungen anfangen soll und welchen seiner Söhne er die Karriereleiter hinaufschieben wird, während er irgendeinem General in den Arsch kriecht. Verzeihen Sie, Kala, und vielen Dank, aber jetzt gehen Sie nach Hause, sonst bekomme ich noch ein schlechtes Gewissen. Was soll Ihr Vater von mir denken? Die Bewerbungen können Sie auch morgen sortieren.«
Kalas Vater war der Leiter der lokalen Filiale der Allied Bank Limited, eine integre Respektsperson, die Salam nie ohne Anzug und Krawatte angetroffen hatte, solange er sich erinnern konnte.
Der Chief hatte sich die erste Tasse Kaffee eingegossen und genoss den Duft, der durch die kleine Wohnung zog. Dann rührte er Zucker in die schwarze Flüssigkeit und schnupperte erwartungsvoll, als sein Handy klingelte. Auf dem Display stand das übliche »Unbekannt«, aber Salam hatte nichts anderes erwartet. Er nahm das Gespräch an.
»Ja?«, meldete sich der Inspektor und wartete.
»Chief Salam?«, fragte eine leise, ein wenig atemlose Stimme.
»Wer will das wissen?«, gab der Inspektor zurück und nahm einen Schluck Kaffee.
Für einen Augenblick war es still, und Salam glaubte, der Anrufer habe aufgelegt. Doch dann ertönte die gehetzte Stimme wieder. »Das tut nichts zur Sache, hören Sie mir zu, ich habe nicht viel Zeit.«
Salam grunzte etwas Unverbindliches und zog müde einen Sessel näher. Schliefen psychopathische Anrufer eigentlich nie?

»Sie suchen nach einem Hubschrauber, der gestern in den Hochtälern der nordwestlichen Grenzprovinz unterwegs war. Sie werden ihn nie finden, weil es ihn offiziell nicht gab.« Der Mann machte eine Pause.

Salam war mit einem Schlag hellwach.

»Die entsprechenden Aufzeichnungen wurden alle aus dem Computer gelöscht, restlos, und weitere Papiere gab es keine. Nur eine Handvoll Leute war überhaupt von dem Flug informiert, darunter einige Verantwortliche der militärischen Flugsicherung. Die ISI verhängte die strengste Geheimhaltungsstufe.«

»Warum ...?«, setzte Salam an, doch sein Gesprächspartner unterbrach ihn sofort.

»... ich das weiß? Falsche Frage, Chief Inspector. Der Hubschrauber war ein Militärhelikopter, der an einem vereinbarten Punkt landete. Er brachte ein Team in das Rumbur-Tal, ein Einsatzkommando.«

Also doch, dachte Salam und unterdrückte einen Fluch. Der Geheimdienst machte mit dem Militär gemeinsame Sache und scherte sich einen Dreck um die Folgen im Grenzgebiet.

»Was wissen Sie noch?«, hakte der Chief Inspector nach.

»Ein Geländewagen des Militärs wartete gut getarnt auf die Gruppe.« Es hörte sich so an, als beobachte der Anrufer seine Umgebung und habe soeben etwas entdeckt, das ihn verstummen ließ.

Chinesische Reifen, natürlich, ein Wagen der Armee ... Salam fuhr sich mit der Hand übers Gesicht. Warum hatte er nicht gleich daran gedacht?

»Sind Sie noch da?«, fragte er, »ich wüsste gerne —«

»Hören Sie, Chief, ich muss Schluss machen«, unterbrach ihn sein Gesprächspartner. Die Stimme des Anrufers war zu einem Flüstern geworden. »Alle sind nervös hier, Sie haben durch Ihren Anruf gestern die Pferde scheu gemacht. Noch dazu, wo niemand so richtig glücklich über den Auftrag war. Die Anforderung kam überraschend.«

»Was für eine Anforderung?«, wunderte sich Salam. »Die ISI und das Militär sind ein und derselbe Apparat, nur zwei verschiedene Hebel.«

»Nein, nein, Sie verstehen mich nicht«, wisperte der Unbekannte mit Nachdruck, »die Armee wurde um Unterstützung gebeten. Sie konnte nicht nein sagen. Die ISI wurde erst danach eingeschaltet. Aber ...«

Der Satz endete mit einem gurgelnden Geräusch, das Salam die Haare zu Berge stehen ließ. Er stellte rasch die Kaffeetasse ab und lehnte sich vor. Aus dem Handy drangen seltsame Laute.

»Hallo! Sind Sie noch da? Was ist bei Ihnen los?«

Keine Antwort.

Jemand schien mit dem Handy Fußball zu spielen, jedenfalls hörte es sich so an. Salam wollte schon das Gespräch beenden, als eine tiefe, autoritäre Stimme an sein Ohr drang, eine Stimme, die er gestern bereits einmal gehört hatte – die des Leiters der Civil Aviation Authority of Pakistan.

»Hallo! Wer ist da? Melden Sie sich! Hallo!«

Salam drückte rasch die rote Taste und ließ das Mobiltelefon auf die Tischplatte fallen, als wäre es eine Handvoll glühender Kohlen. Seine Gedanken rasten. Hier lief etwas völlig falsch. Wer auch immer der Anrufer gewesen war, er hatte Bescheid gewusst und war auf die ISI und das Militär nicht gut zu sprechen gewesen. Salam hatte keinen Grund, an den neuen Informationen zu zweifeln. Im Gegenteil – sie deckten sich mit seinen Beobachtungen und erklärten eine Menge.

Er stand auf und ging mit raschen Schritten zum Schrank, zog seine Uniform an und schnallte sich die Koppel um. Die Männer in Karatschi, die den Informanten zum Schweigen gebracht hatten, brauchten jetzt nur auf die Wahlwiederholungstaste zu drücken und hatten seine Telefonnummer! Auf dem Silbertablett serviert!

Der Chief Inspector fluchte leise, griff nach seinen Autoschlüsseln und lief die Treppen hinunter. Die alte Wunde in seiner linken Schulter begann zu schmerzen, als er sich in seinen verbeulten Geländewagen setzte und zu starten versuchte. Doch die Batterie war wieder einmal tot, und so ließ Salam den Isuzu stehen und nahm stattdessen den kleinen Suzuki seiner Frau, der sofort ansprang.

Die Armee war um Unterstützung gebeten worden. Von wem, verdammt noch mal? Wie hatte der Anrufer gesagt? »Sie konnte nicht nein sagen ...« Waren das etwa die Chinesen gewesen? Nein, dachte Salam, was sollten die Chinesen gegen einen alten Mann im Hindukusch haben? Ihm die Hände abhacken und danach die Leiche anzünden? Das ergab keinen Sinn. Die Taliban? Selbst ein Verrückter im Militär würde denen keinen Helikopter für einen Anschlag zur Verfügung stellen.

Im letzten Moment wich Salam einem unbeleuchteten Fuhrwerk aus, das im Morgengrauen aus dem Nichts auftauchte, unvermittelt ausschwenkte und vor ihm quer über die Fahrbahn rollte.

Er hatte erwartet, dass jeden Augenblick sein Handy klingeln würde, aber es blieb stumm. Er wusste nicht, ob das ein gutes oder schlechtes Zeichen war.

Als er wenig später vor dem Polizeihauptquartier anhielt und ausstieg, sahen die beiden bewaffneten Wachposten überrascht auf ihre Uhren und musterten den Chief Inspector dann misstrauisch. War etwa eine Übung im Busch, von der sie nichts wussten?

Doch Salam salutierte nur kurz, nickte ihnen zu und lief die Treppen hinauf, immer zwei Stufen auf einmal nehmend. Um diese Zeit waren die Flure der Polizeistation noch leer, und es roch nach abgestandenem Rauch und Bohnerwachs.

Die Tür zu seinem Vorzimmer war seltsamerweise nur angelehnt, und Salam stieß sie vorsichtig auf. Eine verschlafen wirkende Kala blickte ihm schuldbewusst entgegen. Sie saß vor einem hohen und einem niedrigen Stapel von Ordnern und versuchte ein System in die Hunderte von Bewerbungen zu bringen.

»Sie sind früh dran, Chief«, lächelte sie entschuldigend, griff nach ihrer Tasche und stand auf. »Ich dachte, ich hätte noch etwas Zeit, bevor Sie hier ...«

»Bleiben Sie hier, Kala«, unterbrach sie der Chief Inspector, »und vergessen Sie die Rekrutierungsaktion für den Moment. Nehmen Sie Ihren Block und kommen Sie in mein Büro. Und schließen Sie das Vorzimmer ab.«

Kala schaute dem Chief Inspector alarmiert nach, wie er in seinem Büro verschwand. Dann versperrte sie rasch die Türe und eilte ihm nach.

Salam hatte bereits das Gummiband seines alten Notizbuchs gelöst und blätterte suchend darin. »Kala, fragen Sie nach, wo der Untersuchungsbericht vom Tatort bleibt, warum die Obduktionsergebnisse noch nicht vorliegen, versuchen Sie den Chief Minister der Provinz Peschawar zu erreichen, und sollte er nicht da sein, noch schlafen oder von seinem Büro verleugnet werden, dann den vom Präsidenten eingesetzten Gouverneur, Shah Abdul Beg.«

Endlich fand Salam die richtige Seite.

»Legen Sie mir die Gespräche auf meine Leitung in ...« Er schaute auf die Uhr. »... in fünfzehn Minuten. Bis dahin nehmen Sie keine Telefonate an, öffnen niemandem die Tür, wirklich niemandem.« Er schaute Kala ernst an. »Auf meine Verantwortung.« Die Sekretärin schluckte und nickte verwirrt, bevor sie ins Vorzimmer verschwand und leise die Tür hinter sich zuzog.

»Ratten«, zischte Salam zwischen den Zähnen und begann zu wählen. Die Nummer war eine andere, das System der Klingelzeichen das gleiche. Diesmal meldete sich die Tenorstimme sofort mit einem etwas verschlafen klingenden »Ja?«.

»Phönix. Hier brennt es, und ihr schlaft tief und fest.« Nur mühsam konnte Salam seinen Zorn zurückdrängen.

»Wie soll ich das verstehen?«, erkundigte sich die Stimme vorsichtig. »Auf welche Tretmine bist du diesmal gestiegen?«

»Und wenn es ein streng geheimer Militärhelikoptereinsatz gewesen wäre? Mit vorbereitetem Treffpunkt im Hochtal, einem schwer bewaffneten Einsatzkommando – und jetzt kommt's: Unser Militär hat eine Anforderung erhalten, und nein, sie kam nicht von der ISI.« Salam klopfte mit dem Stift auf die Tischplatte. »Was bleibt ist ein verstümmelter Toter, Ölflecken, die Spuren chinesischer Reifen im Sand und ein deutsches Kaugummipapier.«

»Woher weißt du das?«

»Meine Sache«, gab Salam kurz angebunden zurück.

»Vertrauenswürdig?«

»Absolut und jetzt wahrscheinlich bereits tot.«

Die Stille in der Leitung dehnte sich wie ein Bungee-Seil.

»Das klingt nicht gut«, murmelte schließlich Salams Gesprächspartner.

»Es wird noch schlimmer«, gab der Chief Inspector zurück. »Sie haben meine private Telefonnummer. Ich war der Letzte, mit dem er telefoniert hat.«

»Scheiße«, fluchte die Tenorstimme, und es klang ehrlich alarmiert. »Wir werden versuchen, so schnell wie möglich den Ursprung der Anforderung herauszufinden.«

»Dann lernt ihr besser zaubern«, konterte Salam. »Alle Aufzeichnungen wurden vernichtet, die Flugdaten von den Computern gelöscht. Die ISI hat die höchste Sicherheitsstufe verhängt und den Deckel über die Affäre gestülpt. Offiziell hat es den Hubschrauber nie gegeben, wer immer auch an Bord war.«

»Nicht alle Quellen im Militärapparat sind dicht und unbestechlich«, wandte sein Gesprächspartner ein. »Aber andererseits haben wir keinerlei Beweise, bis auf einen verbrannten Toten und ein paar Spuren.«

»Nur *einen* Toten? Wie viele brauchst du eigentlich, um zu begreifen, dass hier ein abgekartetes Spiel läuft, von dem wir nur einen winzigen Teil sehen?«, eiferte sich der Chief Inspector. »Wer immer in den Hindukusch geflogen kam, er ist gekommen, um zu töten. Und unser Militär hat den willigen Handlanger dabei gespielt, egal, welche Auswirkungen das auf die Grenzprovinz hat. Was kümmert uns die Lunte am Pulverfass, wenn wir zahlende Mörder mit Streichhölzern einfliegen?«

»Übertreibst du nicht ein wenig?«

»Ganz sicher sogar«, meinte Salam zynisch. »Soll ich dich daran erinnern, dass südlich von uns Tausende von Quadratkilometern entlang der Grenze zu Afghanistan in der Hand von Stammesfürsten sind und als so unregierbar gelten, dass sie der Bundesverwaltung direkt unterstellt wurden? Dass dort Polizei, Militär und selbst Eliteeinheiten keinen Auftrag haben, weil die totale Anarchie herrscht? Wir halten hier in der Provinz ein wackeliges Gleichgewicht, das man gelinde ausgedrückt als prekär bezeichnen kann. Ich könnte dir ein Dutzend Gruppierungen aufzählen, die nichts anderes im Sinn haben, als auch die Nordwest-Provinz ins Chaos zu bomben. Damit wäre mehr als die Hälfte der Grenze nach Afghanistan ein unkontrollierbares Niemandsland, das die Taliban und andere Extremisten nach Belieben durchqueren könnten. Und ich übertreibe? Shah Juan war einer jener aufrichtigen und loyalen Männer, die persönlich für dieses Gleichgewicht einstanden.« Der Chief Inspector machte eine Pause. Dann fuhr er gefährlich leise fort: »Habt ihr eure Finger etwa auch in dieser Sache? Dann sag es mir besser jetzt.«

»Nein, haben wir nicht, das kann ich dir garantieren«, versicherte ihm die Tenorstimme prompt. »Die MI wusste nichts davon, bevor du gestern angerufen hast. Aber ich muss gestehen, seither sind wir nicht gerade mit Riesenschritten weitergekommen.«

»Uns läuft die Zeit davon, vor allem nach dem Anruf heute Morgen«, gab Salam zu bedenken. »Es würde mich nicht wundern, wenn es bei dieser Kommandoaktion noch eine hochpolitische Ebene gäbe, sozusagen ein Trittbrett für Putschisten.«

»Wie meinst du das?«, fragte sein Gesprächspartner alarmiert.

»Nun, der Ruf nach einer starken Hand erschallt immer dann, wenn die Situation zu eskalieren droht«, erinnerte ihn Salam. »Ein kraftloser Staatsapparat verlangt nach einem schlagkräftigen Militär, und im Gegenzug kann ein entschiedener Putsch die Macht rasch in die Hände der Männer im Tarnanzug legen. Es wäre nicht das erste Mal in der Geschichte ...«

»... und sicher nicht das letzte, du hast recht«, gestand ihm der Mann am anderen Ende der Leitung zu. »Versuch auf jeden Fall, den Mord an Shah Juan aus den Medien herauszuhalten, solange es geht. Das verschafft uns einen kleinen Vorsprung.«

»Schon veranlasst, aber machen wir uns keine Illusionen«, erwiderte der Chief Inspector grimmig. »Wir leben im Zeitalter des Internet, von E-Mail, Twitter und Facebook, und die Bürger dieses Landes haben mehr Fernseher als Radios. Eine wirksame Nachrichtensperre war gestern.«

Die vier Männer in dem tarnfarbenen Jeep waren schwer bewaffnet und hatten ihre Gesichter mit Tüchern bis auf schmale Sehschlitze verhüllt. Sie trugen die traditionelle Kleidung der Talibankämpfer, mit Turban und militärischer Weste über dem landesüblichen Salwar Kamiz. Der Geländewagen raste durch die Nebenstraßen, mit aufgeblendeten Scheinwerfern und heulendem Motor; die Männer mussten sich festhalten, um nicht hinausgeschleudert zu werden.

Als der Jeep vor dem grauen Plattenbau anhielt, der das Ziel der Männer war, sprangen die Bewaffneten aus dem Wagen, holten die russischen Granatwerfer von ihren Schultern und legten an. Ihr Anführer schaute erst auf die Uhr und dann auf den kleinen Parkplatz vor dem Mehrfamilienhaus.

Der verbeulte Isuzu stand an seinem gewohnten Platz.

Der Kämpfer nickte zufrieden, legte an und drückte ab. Mit einem bösartigen Zischen zog der Gefechtskopf, der einer Aerosolbombe nachgebaut worden war, seine Spur durch den Morgen und schlug in ein großes Fenster im ersten Stock ein. Das Gemisch aus Brennstoff und Luft verteilte sich blitzartig und explodierte großflächig. Eine sengende Hitzewelle jagte durch das Stockwerk, eine Feuerwand, die in Sekunden alles auffraß, was sich ihr in den Weg stellte.

Die anderen drei Männer feuerten zeitgleich je zwei Granaten in das Erdgeschoss und den obersten Stock. Von drinnen waren Schreie zu hören, dann explodierten die Aufschlagzünder, und das gesamte Bauwerk schien zu wanken. Wände wurden nach außen gesprengt, Fenster und Türen zerstoben in einer Kaskade aus Glasscherben und Holzstücken, die wie Schrapnelle mit tödlicher Wucht durch die Räume pflügten. Dann explodierte die Gasleitung, und ein Feuerball riss das Dach des Hauses weg, schleuderte es zur Seite und knickte die Stahlträger wie Streichhölzer. Einem Kartenhaus gleich stürzte das Gebäude in sich zusammen und begrub zehn Menschen unter meterhohem Schutt.

Bevor das Echo der Detonationen von den hohen Bergen zurückgeworfen wurde, sprangen die vier Männer bereits wieder in ihren Jeep und rasten dem Fluss entlang davon, eine lange Staubfahne hinter sich her ziehend. Wie vereinbart sprach ihr Anführer ein einziges Wort in sein Funkgerät, dann schaltete er es ab.

Das Problem Shabbir Salam war gelöst.

Die rasch aufeinanderfolgenden Explosionen ließen die Scheiben in der Polizeistation erzittern, und der Chief Inspector, der dem Gouverneur in Peschawar den Fall Shah Juan schilderte, unterbrach sich und sprang auf. Mit einem: »Ich melde mich wieder!«, beendete er hastig das Gespräch und stürzte aus seinem Büro. Eine blasse Kala sah ihm ratlos entgegen.

Jemand versuchte, die Tür zum Vorzimmer zu öffnen und hämmerte mit der Faust gegen das Holz, als er bemerkte, dass sie versperrt war. Gleichzeitig begannen zwei Telefone zu schrillen. Auf dem Hof ertönten laute Schreie, dann Befehle und die Sirene eines ersten Polizeifahrzeugs, das ausrückte.

Salam riss das Fenster auf und beugte sich hinaus. Eine schwarze Rauchwolke stand über der östlichen Vorstadt, immer wieder erleuchtet von Flammen, die Dutzende Meter hoch in den Himmel schossen.

Er wollte seinen Platz am Fenster schon verlassen und hörte einen seiner Beamten an die Tür hämmern und dabei »Chief! Chief!« schreien.

Da stutzte er, es traf ihn wie ein Keulenschlag, und er drehte sich um, schaute nochmals hinaus, hinüber zu der Feuersäule, die direkt aus der Hölle zu lodern schien.

»Nein«, flüsterte er, »nein ...«

Tränen rannen über seine faltigen Wangen, und er schloss verzweifelt die Augen, wollte das furchtbare Bild auflösen, wegwischen wie einen schlechten Traum. Als er die Augen wieder öffnete, wusste er, dass nichts mehr so war wie bisher.

Der Krieg hatte begonnen.

Siemens-Gasturbinenwerk, Berlin-Moabit / Deutschland

Die Sekretärin der Geschäftsleitung war blond, schlank und strahlte Effizienz aus. Thomas Calis war angenehm überrascht. So stellte er sich eine Fee vor, die vor wenigen Minuten dem neuesten Modejournal entstiegen war, um ihm rechtzeitig seine Wünsche von den Augen abzulesen.

Doch offensichtlich schien auch diese Fee spät schlafen zu gehen.

»Kommissar Calis, Thomas Calis?«

Sie warf einen prüfenden Blick auf den Mann vor ihr und dann auf die Visitenkarte, die sie mit spitzen, maniküreten Fingern hielt.

»Ich kenne Sie doch. Waren Sie nicht heute Nacht im Fernsehen? In den Nachrichten?« Ihre Mundwinkel bewegten sich zu einem spöttischen Lächeln nach oben. Glücklicherweise öffnete sich in diesem Moment die Tür des Chefbüros, und ein untersetzter Mann mit hochgerollten Hemdsärmeln und der Club-Krawatte auf Halbmast rettete Calis vor weiteren peinlichen Fragen.

»Sind Sie der Beamte der Mordkommission?«, erkundigte er sich neugierig und streckte seine Hand aus. »Waltke, Martin Waltke. Ich halte hier die Produktion am Laufen und zugleich zehn Finger auf fünfzehn Löcher.« Der feste Händedruck Waltkes verriet, dass er bei Bedarf sicher mit anpacken konnte und es auch tat. Er grinste ein wenig lausbübisch und machte eine einladende Handbewegung. »Kommen Sie in mein Büro. Möchten Sie Kaffee?«

»Ich möchte vor allem Ihre Sekretärin nicht über Gebühr von ihren üblichen Tätigkeiten abhalten«, wehrte Calis mit einem süffisanten Lächeln an die Adresse der Blondine ab. Am Aufblitzen ihrer Augen erkannte er, dass die Retourkutsche angekommen war. »Mir läuft außerdem die Zeit davon, und deshalb werde ich Sie nicht lange in Beschlag nehmen.«

»Es tut mir leid, dass der Anlass kein erfreulicherer ist«, stellte Waltke fest und schloss die Bürotür hinter Calis. »Ich bin ziemlich erschüttert. Kurt Tronheim war ein zuverlässiger Mitarbeiter, seit langen Jahren bei uns beschäftigt. Es gab nie Probleme mit ihm.«

»Er begegnete eindeutig einem auf dem Heimweg«, meinte Calis und ließ sich in einen bequemen Besucherstuhl vor Waltkes Schreibtisch fallen. Zwischen zahlreichen Papierstapeln, Büchern und einem aufgeklappten Laptop lächelten eine Frau und drei heranwachsende Jungs aus zwei Bilderrahmen. »Lebte Tronheim allein?«

»So viel ich in Erfahrung bringen konnte, ja. Er war seit mehr als zehn Jahren geschieden, danach kehrte seine Frau mit der gemeinsamen Tochter in ihre Heimat zurück. Sie ist Bosnierin, glaube ich.«

Waltke blätterte in einer dünnen Mappe, auf der in großen roten Lettern »Tronheim« prangte.

»Jedenfalls blieb Tronheim alleine in Berlin zurück. Bevor er bei uns begann, arbeitete er fast acht Jahre lang für eine Geldtransportfirma. Nach einem spektakulären Überfall in Süddeutschland, der damals durch alle Zeitungen ging, hatte er sich wohl überlegt, eine etwas ruhigere Kugel zu schieben, kündigte und bewarb sich für den Job eines Nachtportiers in unserem Sicherheitsteam.«

»Dunkle Vergangenheit?« Der Kommissar schaute sich im Büro um.

Die Wand gegenüber den Fenstern war mit Urkunden, Zertifikaten und Patentschriften zugepflastert.

»Weiße Weste«, antwortete Waltke mit Nachdruck und schlug die Mappe zu. »Unauffällig, pünktlich und zuverlässig. Von uns aus hätte Tronheim bei Siemens in Pension gehen können.«

»Hatte er sonst noch Familie?«, fragte Calis nach. »Eltern, Geschwister, Onkel?«

Der Produktionsleiter schüttelte den Kopf. »Den Personalakten nach sind seine Eltern bereits lange tot, und von anderen Angehörigen habe ich keine Spur gefunden. Ob er natürlich eine Freundin hatte ...« Waltke ließ den Satz in der Luft hängen.

»Seine Tasche liegt unten bei mir im Wagen, und ich würde sie gerne einem Kollegen zeigen«, meinte der Kommissar. »Vielleicht fehlt etwas. Wir tappen noch im Dunkeln, warum Tronheim ermordet wurde. Sein Fahrrad kann es ja kaum gewesen sein.«

»Wenn ich mich recht erinnere, dann fuhr er einen ganz normalen Drahtesel, den Sie ohne großen Aufwand in Berlin an jeder Straßenecke stehlen können«, erinnerte sich Waltke. »Aber machen Sie einfach eine Runde durch das ganze Haus, sprechen Sie mit allen und stellen Sie Ihre Fragen. Ich gebe Ihnen einen unserer Sicherheitsleute mit, der sich in seiner Freizeit mit der Geschichte von AEG und Siemens beschäftigt. Ein wandelndes Lexikon, der gute Wilhelm, gehört sozusagen schon zum Inventar.« Der Produktionsleiter griff zum Telefon. »Und er hat einen Schlüssel für alle Räume.«

Wilhelm Pannek, genannt »die Rakete«, obwohl er eher die Form eines Kegels hatte, war ein Berliner Urgestein, das auch in seiner dunkelblauen Uniform des Sicherheitsdienstes aussah, als hätte ihn Heinrich Zille gezeichnet und dann wieder in den Alltag an der Spree entlassen. Doch seine gutmütige und joviale Art durfte niemanden darüber hinwegtäuschen, dass Pannek seine Autorität zwar in einer lässigen, aber bei Bedarf genauso stahlharten Weise durchsetzte. Er kannte alles und jeden in dem riesigen Komplex, steckte voller Geschichten über das Unternehmen und die alte Fertigungshalle, wusste um die Schleichwege in den Kellern und die Schwachstellen der Sicherheit.

»Det mit Kurt hat uns allen janz schön zujesetzt«, sagte er, nachdem er den Kommissar begrüßt hatte und die beiden Männer die Treppe zur Portierloge hinunterstiegen. »Er war beliebt hier, hat öfter mal Dienste übernommen, wenn 'n andrer Probleme mit Frau und Kindern hatte. Deshalb war er auch Ostern hier.«

»Sie meinen, er war ursprünglich gar nicht eingeteilt?«, fragte der Kommissar erstaunt.

Pannek schüttelte den Kopf. »Kurt ist für 'nen Kollegen einjesprungen. Aber det war schon lange abjesprochen. Det machte ihm nüscht aus, er hatte ja keene Familie.«

Nachdem Calis Tronheims Tasche aus seinem Wagen geholt hatte, führte ihn Pannek zur Pförtnerloge, schloss auf und begrüßte den diensthabenden Kollegen mit einem Handschlag.

»Hallo Martin, det is Kommissar Calis, er untersucht den Mord an Kurt«, begann er und nickte in Richtung des Kriminalbeamten, der die Sporttasche vorsichtig auf den Tisch unter den Monitoren stellte. »Ick hab Anweisung von oben, ihn nach allen Kräften zu unterstützen und glaub mir, det werd ick ooch.«

»Das Schwein würde ich gerne in die Finger bekommen, das Kurt auf dem Gewissen hat«, murmelte der Pförtner grimmig und schüttelte dem Kommissar die Hand. »Sagen Sie mir, wie ich helfen kann.«

Thomas Calis sah sich in dem kleinen Raum um. »Von hier werden alle Überwachungskameras auf dem Gelände kontrolliert?«, fragte er und deutete auf die Aufzeichnungsgeräte.

Pannek schüttelte den Kopf. »Nur ein Teil, die wichtigsten, wenn Se so wollen«, meinte er. »Es gibt noch eine größere Zentrale im Keller, aber det wissen die wenigsten. Wir fahren mit den meisten Systemen zweispurig. Die ham hier Angst vor Industriespionage, keen Wunder bei den janzen chinesischen Delegationen, die am liebsten in der Turbinenhalle schlafen würden. Mit einjeschalteten Film- und Fotokameras ...«

Der Sicherheitschef grinste. »Aber im Moment haben wir so viele Aufträge, dass fast rund um die Uhr jearbeitet wird. Nur an janz wenigen Tagen steht hier alles still.«

»War Ostern so ein Datum?«, fragte Calis.

»Ja, jenau, det war so 'n Tag, da war ausnahmsweise nur 'ne Handvoll der dreitausend Beschäftigten da«, bestätigte Pannek.

»Und einer davon war Tronheim...«, murmelte Calis gedankenverloren.

»Ja, Kurt wurde von Volker abgelöst«, stellte der Pförtner fest, »und von dem habe ich heute Morgen übernommen.«

»Ach ja, Volker Rieger, mit dem habe ich noch in der Nacht kurz gesprochen«, erinnerte sich der Kommissar und zog den Reißverschluss der Tasche auf.

»Die gehörte Tronheim. Könnten Sie beide einen Blick hineinwerfen? Vielleicht fällt Ihnen etwas auf. Wir haben sie im Kofferraum des Golfs gefunden, in dem die Leiche lag. Also hatte sie der Mörder in der Hand. Die Fingerabdrücke darauf stammen allerdings alle vom Opfer.«

»Also hat der Mörder Handschuhe jetragen«, schloss Pannek messerscharf. »Det war wohl keene Tat im Affekt.« Er beugte sich über die Tasche. »Wat sollte uns auffallen? Ick hab keene Ahnung, wat Kurt normalerweise dabeihatte, wenn er zur Arbeit ging.«

Der Pförtner stand auf, blickte Calis etwas unsicher an und stellte sich dann neben den Sicherheitschef. »Blödes Gefühl, in Kurts Tasche herumzuwühlen«, murmelte er und fuhr sich mit der Hand durch die Haare. »Was sollen wir schon groß finden?«

»Oder nicht finden«, gab Pannek zu bedenken, der Calis immer sympathischer wurde. »Wenn der Mörder wat herausjenommen hat.«

»Drehen wir es doch anders herum«, warf der Kommissar ein. »Wenn Sie beide den Dienst antreten, was haben Sie dabei?«

»Etwas zu essen«, antwortete der Pförtner prompt und grinste. »Wir kommen hier nicht weg, müssen Sie wissen. Also nimmt man sich Brote mit und was zu trinken.«

»Is beedes da«, meinte Pannek und zog zwei leere Flaschen Apfelsaftschorle und eine halbvolle Brotdose aus der Tasche. »Ersatzbrille, 'n dünner Rejenmantel, Taschentücher, Kugelschreiber, Portemonnaie, Ausweis.«

»Das alles würdest du in meiner Tasche auch finden«, bestätigte der Portier. »Dazu noch ein oder zwei Bücher, gerade an den Feiertagen kann es ruhig sein, und dann liest man.«

»Aber der Tronheim mochte nicht lesen«, erinnerte sich Pannek. »Der hatte doch immer diese Kreuzworträtselhefte mit.«

Der Pförtner nickte, trat an den Schreibtisch und suchte ein wenig.

Dann zuckte er ratlos mit den Schultern. »Ist nicht hier. Kurt hat es nach seinem Dienst für Volker liegengelassen. Der ist auch ganz verrückt nach Rätseln. Wahrscheinlich hat er es mitgebracht.«

Der Kommissar lehnte sich an den Schreibtisch. »Was haben wir übersehen?«, fragte er niemanden im Besondern und ließ seinen Blick von einem Monitor zum anderen wandern.

»Schlüssel.« Pannek hatte es ganz nüchtern festgestellt, nachdem er in seinen Taschen gekramt hatte. »Jeder Mensch hat 'nen Schlüsselbund dabei. Wohnung, Auto, Spind im Sportverein.«

»Richtig!«, bestätigte der Pförtner, »bei uns kommt noch der Schlüssel für die Pförtnerloge dazu.«

Calis horchte auf. »Sie meinen ...«

Pannek nickte. »Jeder Kollege hat seinen eijenen Schlüssel für diesen Raum. Wenn er zum Beispiel auf die Toilette muss, dann schließt er ab, bis er wieder zurückkommt. Und hier is ja nicht der offizielle Einjang für Besucher. Der Empfang ist weiter vorne. Eine extra Lieferanteneinfahrt gibt es ooch noch. Hier kommen und gehen nur die Mitarbeiter.«

Der Kommissar war mit zwei Schritten bei der Tasche Tronheims und durchsuchte sie.

Keine Schlüssel.

»Det is komisch«, meinte Pannek, der ihm über die Schulter schaute. »Hatte er sie vielleicht in der Hosentasche oder am Jürtel? Manche Kollegen tragen sie an 'ner dünnen Kette.«

»Nein, die Spurensicherung hat außer Kleingeld und zweihundert Euro nichts in seinen Taschen gefunden«, antwortete Calis bestimmt und rief sich den Bericht Bergners in Erinnerung, den er am Morgen überflogen hatte. »Wie weit kommt man im Gebäude mit dem Schlüssel?«

»Hier rin und weiter is nich«, erwiderte der Sicherheitschef und wies auf das kleine Schaltbrett neben dem Kreuzworträtselheft. »Se können zwar den Een- und Ausgang von hier elektronisch bedienen, aber der Schlüssel öffnet nur dieset Schloss.«

»Vielleicht hatte es der Mörder ja auf den Wohnungsschlüssel von Kurt abgesehen«, wandte der Pförtner ein.

Thomas Calis schaute durch die Scheibe der Pförtnerloge auf die

Metalltür, neben der eine auf Hochglanz polierte Tafel »Siemens Gasturbinenwerk« verkündete. »Wenn ich durch diese Tür da drüben gehe, wo komme ich dann hin?«
»Ins Werksjelände und denn steht Ihnen eijentlich allet offen«, antwortete Pannek. »Et jibt keene Sicherheitskontrollen mehr. An strategischen Durchgängen sind zwar Türen mit elektronischen Sicherungen, an denen Se 'ne Nummer oder 'n Kennwort einjeben müssen. Aber det is schon allet.«
»Erzählen Sie mir mehr über die Produktion«, forderte ihn Calis auf und lehnte sich gegen den Schreibtisch. »Was genau baut Siemens hier?«
»Nüscht, wat man mal eben in die Tasche stecken und mitnehmen kann«, antwortete Pannek. »Hier entstehen Turbinen für Kraftwerke in der janzen Welt, unter anderem die größte und leistungsstärkste Gasturbine, die et jibt, die SGT5-8000H. Eene Eenzige von ihnen liefert genug Energie, um 'ne Stadt wie Hamburg mit Strom zu versorjen. In der Montagehalle, die noch aus AEG-Zeiten stammt, werden se Stück für Stück zusammenjebaut. Wir können jerne 'nen Blick hineinwerfen, wenn Se det interessiert.«
Thomas Calis wusste im Moment nicht so richtig, was ihn interessierte. Sein Gehirn war noch immer wie in Watte gepackt. Er unterdrückte ein Gähnen und wies auf Tronheims offene Tasche. »Was könnte außer dem Schlüsselbund noch fehlen?«
»Soll ich ehrlich sein? Keine Ahnung«, stellte der Portier ratlos fest und zuckte mit den Schultern. »Alles und nichts.«
»Warum sollte jemand Tronheim die Kehle durchschneiden, nur um in die Pförtnerloge zu gelangen?«, fragte der Kommissar niemanden im Besonderen. »Dem Mörder müsste klar sein, dass spätestens jetzt nach der Entdeckung der Leiche und dem Fehlen der Schlüssel die betreffenden Schlösser ausgewechselt werden können. Damit war alles umsonst.« Er griff nach dem Kreuzworträtselheft und blätterte geistesabwesend darin. »Selbst wenn er durch den Eingang ins Werk gelangt, früher oder später, was dann? Industriespionage? Diebstahl von Einzelteilen?«
»Die können Se als Ersatzteile jederzeit bestellen«, winkte Pannek ab, »offiziell und nach bebilderter Liste. Und der Zugang zur Entwick-

lungsabteilung is extra jesichert. Doppelt und dreifach. Da würd ick mein mageres Jehalt drauf verwetten, det da niemand Unbefugtes rinkommt.«

Calis fühlte sich wie ein Autofahrer in einem riesigen Kreisverkehr, von dem aus nur lauter Sackgassen abgingen.

In diesem Moment klingelte Panneks Handy. Er nahm das Gespräch an, hörte einige Augenblicke wortlos zu und sagte dann ernst: »Wir sind sofort da.«

»Probleme?«, fragte der Kommissar und sah den Sicherheitschef neugierig an.

»Kommen Se mit«, antwortete der nur und gab dem Portier ein Zeichen, den Eingang zu öffnen.

Wenige Minuten und einige Treppen später waren Calis und Pannek im Keller angekommen, der einem hochmodernen unterirdischen Bunker glich. Mit Neonröhren beleuchtete, hellgrün und weiß gestrichene Gänge bildeten ein weitläufiges Labyrinth, in dem sich jeder Fremde hoffnungslos verirrt hätte.

Der Sicherheitschef hatte kein Wort gesprochen und war vorausgegangen, bis er endlich vor einer doppelflügeligen Metalltür stehen blieb. Zwei Überwachungskameras mit rot blinkenden Dioden surrten leise, als Pannek eine Zahlenreihe in die flache Tastatur neben dem Türrahmen tippte und die Tür aufstieß. Der Raum, der sich vor ihnen erstreckte, lag im Halbdunkeln. Eine Klimaanlage summte dezent, und auf Dutzenden von Flachbildschirmen, die um einen großen Schreibtisch angeordnet waren, wechselten sich die verschiedensten Ansichten des Werksgeländes ab. Zwei Männer saßen zurückgelehnt in bequemen Sesseln, ihre Hände lagen auf Joysticks, und schauten nur kurz auf, als der Sicherheitschef mit Calis eintrat.

»Dieser Raum is nachts und an Feiertagen nich besetzt«, erklärte der Sicherheitschef, »da übernehmen die Kollejen an der Pforte die visuelle Kontrolle. Die automatischen Aufzeichnungen laufen aber weiter.«

Er wandte sich nach rechts und ging durch einen kurzen Gang in einen weiteren Raum, der bis zur Decke mit Serverschränken und Festplattenrekordern vollgestellt war. Hunderte von Kontrolllämpchen blinkten, während ein einzelner Mann vor einem Computermonitor sie bereits erwartete.

»Det Jedächtnis unserer Überwachungsanlage und zugleich der Hauptserver vom Unternehmen.« Pannek machte eine umfassende Handbewegung und nickte dem Informatiker zu. »Dann zeig mal her, was du hast.«

Als die ersten schemenhaften Bilder auf dem Schirm auftauchten, lehnte sich Calis vor, um besser zu sehen. »Das ist eine Kamera, die ihre Bilder nur hierher sendet und sich im Bereich zwischen dem Personaleingang und der Turbinenhalle befindet«, erklärte der Techniker. »Der Zeitpunkt der Aufnahme ist gestern Abend. Wie Sie sehen, war es schon fast dunkel.«

Erst blieb das Bild statisch, und der Kommissar glaubte, es handle sich um ein Foto. Doch dann bemerkte er zwei Schatten, die am rechten Bildrand auftauchten und quer durch das Blickfeld der Kamera liefen. Schemenhafte Umrisse waren zu erkennen, einer der beiden trug etwas in der Hand, das wie eine Tasche oder ein Beutel aussah.

»Genau sechs Minuten und fünfundvierzig Sekunden später nahmen die beiden denselben Weg wieder zurück.« Der Informatiker drückte einen weiteren Knopf, und die Festplatte sprang zu der vorher markierten Stelle. Die beiden Schatten kamen erneut ins Bild, diesmal liefen sie von links nach rechts.

»Können das Leute sein, die hier arbeiten?«, fragte Calis.

Pannek schüttelte entschieden den Kopf. »Jestern war Ostern und det Haus leer.«

»Die Mörder waren also bereits da«, ärgerte sich der Kommissar, »haben Tronheims Schlüssel schon benutzt und keine Minute verloren. Wohin können sie gelaufen sein?«

Der Sicherheitschef wiegte den Kopf. »Von der Zeit her kommt der jesamte Trakt im Südwesten det Geländes infrage. Von der Montagehalle der Turbinen bis zu den Depots und Materiallagern. Aber mir beschäftigt im Moment wat janz anderes.« Pannek sah den Kommissar alarmiert an. »Wie zum Teufel sind die beeden unbemerkt in die Pförtnerloge gekommen, um die Kameras abzustellen, obwohl Volker Rieger jestern Abend Dienst hatte?«

3
DIE NETZE DER MACHT

Hotel Cecil, La Corniche,
Alexandria / Ägypten

Die Aussicht vom großen Balkon im vierten Stock des Cecil war atemberaubend. Das Meer war dunkelblau wie auf einer kitschigen Postkarte, die Möwen führten ihre Flugkünste vor, und die Sonne stand bereits tief. Ihr rötliches Licht verlieh der Corniche, der Strandpromenade im Zentrum von Alexandria, ein geheimnisvolles, exotisches Flair. Die sechsspurige Straße, über die sich hupend der Verkehr schob, war eine der Hauptverkehrsadern der Stadt am Mittelmeer.

Das Cecil atmete Geschichte. Es war ein altes Haus, voller Tradition und Erinnerungen, das seinen etwas verstaubten Charme überraschend gut über die Jahre gerettet hatte. Wenn auch die Renovierungen nach dem Zweiten Weltkrieg hie und da übers Ziel hinausgeschossen waren, so war das ehrwürdige Hotel doch immer noch, was es bereits 1926 gewesen war – ein stilvolles Refugium für Weltenbummler.

Als John Finch bei seiner Ankunft dem hilfsbereiten jungen Mann an der Rezeption erklärt hatte, dass er gerne für einige Tage in das traditionelle Hotel am Meer ziehen wolle, hatte der ihm die Qual der Zimmerwahl elegant erleichtert:

»Ich kann Ihnen eine Suite zum Meer hin anbieten oder ein Eckzimmer, ebenso mit Blick auf die Corniche. Aber ich mache Ihnen einen Vorschlag: Ich gebe Ihnen die Suite zum selben Preis wie das Zimmer, und Sie haben mehr Platz.« Das Trinkgeld, das Finch ihm daraufhin über die schwarze Marmorplatte geschoben hatte, war mit einem diskreten Lächeln und einem höflichen Kopfnicken wie selbstverständlich eingesteckt worden.

Nun stand der Pilot an die warmen Steine des Hauses gelehnt, ein Glas Port in der Hand, und schaute vom Balkon hinunter auf das bunte und laute Treiben entlang des Meeres. Er überlegte, ob er Fiona anrufen sollte. Warum hatte er sie nicht mitgenommen auf seiner Reise zurück zu seinen Wurzeln?

Auf den breiten Bürgersteigen flanierten Paare, Gruppen junger Menschen drängten sich lachend in der späten Nachmittagssonne. John Finch war nur fünf Jahre in Südamerika gewesen, doch in der kurzen Zeit hatte sich die Atmosphäre in Nordafrika tatsächlich verändert. Alles schien leichter geworden, beschwingter, selbstbewusster. Bisher hatte die anfangs so blutige Revolution ihre Kinder gut behandelt. Die Freiheit war greifbar geworden, auch wenn die Demonstrationen weitergingen.

John Finch schloss genießerisch die Augen. Die Sonne tat gut. Noch vor einer Stunde hatte er gegen den Jetlag gekämpft und verloren. Er hatte sich auf das große Bett geworfen und geschlafen, bis ihn Sparrow geweckt hatte, indem er mit dem Schnabel gegen die Scheiben klopfte, um gegen die Langeweile zu protestieren.

»Wer dich hat, braucht keinen Wecker«, hatte Finch gegrummelt und sich gähnend gestreckt. Nach der Mütze Schlaf fühlte er sich wesentlich besser, wenn auch noch immer müde. Sparrow, zufrieden darüber, endlich wieder wache Gesellschaft zu haben, war nach einer ausführlichen Besichtigung der Suite auf die lange Vorhangstange unter der hohen Decke geflattert und schien da seinen neuen Lieblingsplatz entdeckt zu haben.

Finch spürte, wie er nach der langen Flugreise auch gedanklich endlich in Ägypten ankam. Er atmete tief ein und genoss den Wind, der vom Meer her wehte, Geschichten aus Europa mitbrachte, aus den Häfen Zyperns und den Buchten der griechischen Inseln, aus Istanbul und von den Steilküsten Kretas. War hier nicht das Tor zum Maghreb, dem Reich, in dem die Sonne unterging und von dem die Araber sagten: »Der Maghreb ist ein heiliger Vogel – sein Leib ist Algerien, sein rechter Flügel Tunesien, sein linker Marokko«?

Er war so in Gedanken versunken, dass er das leise Klopfen an der Tür fast überhört hätte. Erst als Sparrow »alle Mann an Deck! Alle Mann an Deck!« kreischte, wusste Finch, dass er sich nicht getäuscht hatte und öffnete die Tür. Vor ihm stand ein Hotelboy, ein Junge von etwa fünfzehn Jahren, etwas unsicher lächelnd, und hielt ihm auf einem Silbertablett einen weißen Umschlag mit einer Nachricht hin.

»Effendi, das wurde vor wenigen Minuten für Sie abgegeben«, erklärte der Junge in der weißen Uniform, während er versuchte, über Finchs Schulter einen Blick auf den Papagei zu erhaschen.

Der Umschlag war überraschend leicht, und Finch legte einen Dollar an seine Stelle. »Wenn du mir jetzt noch verrätst, wer ihn für mich abgegeben hat, dann kommen noch zwei weitere dazu«, stellte er fest, legte das Geld auf das Tablett und sah den Hotelboy fragend an.

Der Junge trat nervös von einem Fuß auf den anderen, überlegte kurz und schüttelte den Kopf. »Ich habe fünf Dollar bekommen, damit ich nichts sage«, meinte er. Dann hellte sich sein Gesicht auf, und er strahlte Finch an. »Sie sind also noch zwei Dollar unter dem Limit, Effendi«, lachte er und deutete mit ausgestrecktem Zeigefinger auf die drei Geldscheine.

Finch zog einen Zehn-Dollar-Schein aus der Tasche und winkte damit. »Dafür möchte ich aber auch noch die Adresse und die Telefonnummer wissen«, grinste er.

Der Page schaute sich rasch im Gang um. Dann lehnte er sich verschwörerisch vor. »Es war eine Frau«, flüsterte er, »eine elegante Dame.« Dabei ließ er den Schein nicht aus den Augen.

»Weiter?«, fragte Finch nach und war überrascht, dass er dabei an Fiona dachte.

»Ich habe sie vorher noch nie im Hotel gesehen«, antwortete der Junge. »Aber ich kann mich erkundigen, was sie macht und wo sie wohnt, ich habe viele Kontakte in der Stadt.« Ein hoffnungsvolles Leuchten trat in seine Augen.

Finch überlegte kurz, dann ließ er den Schein auf das Tablett fallen. »Dafür siehst du auch ab und zu nach Captain Sparrow, wenn ich nicht im Zimmer bin, und fütterst ihn. In Gesellschaft gewöhnt er sich besser an die neue Umgebung.«

Mit einer raschen Bewegung schlängelte sich der Hotelboy um Finch herum und blickte neugierig im Zimmer umher. Sparrow trippelte aufgeregt auf der Vorhangstange vor und wieder zurück und krächzte leise vor sich hin, während er den Jungen aus sicherem Abstand musterte.

»Hallo Sparrow!«, rief der Hotelboy, holte eine Nuss aus seiner Tasche und streckte sie dem Papagei hin. »Ich bin Sharif und ich wette, dass dir die schmeckt.«

Sparrow überlegte nicht lange, segelte herunter und schnappte sich blitzschnell die Nuss von der Handfläche des Jungen. Dann kehrte er zurück auf seine Vorhangstange. Sharif lachte glücklich. »Wir werden uns gut verstehen, Effendi«, sagte er zu John Finch.

»Und wir beide werden uns noch besser verstehen, wenn du mehr über die elegante Frau in Erfahrung gebracht hast«, gab der Pilot zurück und schob Sharif sanft aus dem Zimmer. »Außerdem kannst du mir einen Tisch für zwei im besten Restaurant der Stadt reservieren.« Er lächelte hintergründig. »Aber natürlich nur, wenn du bis dahin die Telefonnummer der geheimnisvollen Fremden herausgefunden hast.«

»Sie können sich auf mich verlassen, Effendi!«, rief Sharif und stürmte los.

Finch nahm den Umschlag mit auf den Balkon, stellte sein Glas auf die Brüstung und riss das Kuvert auf. Von der Corniche ertönte ein Hupkonzert, als eine Gruppe Mopedfahrer sich quer durch den Verkehr drängte, abzubiegen versuchte und dabei zwei Spuren blockierte. Das Blatt, das er aus dem Umschlag zog, war bis auf drei Zeilen in einer schwungvollen Handschrift mit ausgeprägten Ober- und Unterlängen leer:

»Willkommen zurück in Ägypten, Mr. Finch!

Ich muss Sie dringend sehen. Bitte kommen Sie morgen so bald wie möglich in das Manuskriptenmuseum der Bibliotheca Alexandrina und fragen Sie nach Amina Mokhtar.«

Das Schreiben trug keine Unterschrift, aber Finch zweifelte keinen Augenblick daran, dass die elegante Frau in der Hotel-Lobby, die Verfasserin des Briefes und Amina Mokhtar ein und dieselbe Person waren. Also doch nicht Fiona ... Nachdenklich faltete er das Blatt wieder zusammen und steckte es in den Umschlag zurück. Der Name Mokhtar sagte ihm gar nichts, kein Gesicht tauchte vor seinem inneren Auge auf. Finch war überrascht, wie schnell sich seine Rückkehr herumgesprochen hatte – bis ins Manuskriptmuseum von Alexandria!

Er ging ins Zimmer zurück und griff zum Telefon. »Geben Sie mir bitte das Manuskriptenmuseum in der Bibliotheca Alexandrina«, bat er die Vermittlung, und als er durchgestellt wurde, fragte er nach Amina Mokhtar.

»Dr. Mokhtar ist derzeit nicht im Haus, sie kommt morgen früh wieder ins Museum«, antwortete sein Gesprächspartner. »Ist es dringend?«

»Keine Ahnung«, gab Finch zurück. »Frau Mokhtar wollte mich sprechen und hat mir deshalb eine Mitteilung zukommen lassen.« Der Mann in der Telefonzentrale des Museums überlegte kurz. »Sie hat für Notfälle ihre Handynummer hinterlassen. Haben Sie etwas zum Schreiben?«

Finch notierte die Nummer und bedankte sich. Er wollte gerade wählen, als es erneut an der Tür klopfte.

»Der Tisch im Kadoura ist für neunzehn Uhr bestellt«, strahlte ihn Sharif stolz an. »Es ist nicht weit von hier, direkt an der Corniche, und man sagt, es sei das beste Fischrestaurant des Nahen Ostens.«

»Du hast also ihren Namen und ihre Telefonnummer?«, erkundigte sich Finch lächelnd. »Sie heißt Amina Mokhtar, arbeitet in der Bibliotheca Alexandrina, und das ist ihre Telefonnummer.« Er hielt dem Jungen grinsend den Zettel mit der Zahlenreihe vor die Nase.

Sharif ließ die Schultern hängen und griff resigniert in die Tasche seiner Uniform. »Ihr Geld, Effendi«, sagte er niedergeschlagen und wollte Finch die zehn Dollar zurückgeben, doch der winkte ab.

»Du warst schnell, Sharif, und ich hatte einen Informationsvorsprung«, lobte er den Jungen. »Gute Arbeit! Betrachte die zehn Dollar als wohlverdienten Vorschuss.« Dann wählte er Dr. Mokhtars Nummer.

Fiona würde wohl noch ein wenig warten müssen.

Das Kadoura lag an der Ecke einer kleinen Seitenstraße mit Blick auf die Corniche, das Meer und die Bucht von Alexandria. Aus dem ursprünglichen kleinen Familienbetrieb war mit den Jahren und Jahrzehnten die Basis einer Kette von Fischrestaurants geworden, zu der Filialen in Saudi-Arabien, den Emiraten und dem Sudan gehörten. Trotz des stetig wachsenden Erfolgs war das Kadoura seinem Prinzip der unbedingten Qualität treu geblieben, was den Andrang auf die wenigen Tische erklärte, die meist mehrere Tage im voraus reserviert waren.

Sharif musste tatsächlich gute Beziehungen in der Stadt haben, dachte John Finch, als er pünktlich um neunzehn Uhr die Tür aufstieß und ihm eine Welle von Musik und Gelächter entgegenschlug. Das Lokal war bis auf den letzten Platz besetzt.

Wenn Amina Mokhtar sein Anruf überrascht hatte, dann hatte sie es perfekt überspielt. Nein, sie habe für den Abend noch nichts vor und ja, sie freue sich selbstverständlich darüber, dass er so rasch Zeit gefunden habe. Und das Kadoura, nun wer in Alexandria kenne das Lokal nicht?

John Finch ließ den Blick über die etwas kitschige Einrichtung gleiten, die in ägyptischen Restaurants so beliebt war. Fischernetze und Bojen, Fangkörbe auf einem stilisierten, nachgebauten Meeresgrund aus Pappmaché, dazwischen eine künstlich gealterte Hafenlaterne aus chinesischer Produktion. Die meisten Gäste waren offenbar Einheimische, was ein gutes Zeichen war, und eine Handvoll Kellner wieselte flink zwischen den vollen Tischen hin und her, riesige Teller mit Vorspeisen, Fladenbrot, Salaten und Fisch balancierend. Trotz der Tatsache, dass im Kadoura kein Alkohol ausgeschenkt wurde, war der Lautstärkepegel ohrenbetäubend hoch. Finch dachte gerade mit leichtem Grauen an die bevorstehende Unterhaltung, da führte ihn einer der Kellner in einen Nebenraum, der mit dunklem Holz verkleidet war und bei gedämpfter Beleuchtung die angenehme Atmosphäre eines englischen Clubs mitten in Alexandria verbreitete. Von den vier Tischen waren zwei bereits von deutschen Touristen besetzt, die in stiller Verzückung in opulenten Fischplatten mit Langusten und Krebsen schwelgten.

»Den Tisch in der Ecke haben wir für Sie reserviert, Sir«, merkte der Kellner mit einer Verbeugung an. »Nehmen Sie bitte Platz, ich bringe Ihnen gleich die Speisekarte und den Aperitif des Hauses.«

Wenige Augenblicke später stellte er ein langstieliges Glas mit Zuckerrand vor Finch, den angesichts der undefinierbaren Flüssigkeit die Sehnsucht nach einem frisch gezapften Sakkara-Bier überwältigte.

»Sie können den Aperitif ruhig trinken, Mr. Finch, es ist Orangensaft und Grenadine mit ein paar Eiswürfeln aus Limettensaft.« Die tiefe, weibliche Stimme ließ Finch aufblicken. Dr. Mokhtar entsprach überhaupt nicht dem Bild, das er sich von der Kuratorin eines ägyptischen

Manuskriptenmuseums gemacht hatte. Sie war groß und schlank, ja fast dünn, trug die dunklen, langen Haare aufgesteckt und schien ihre elegante Garderobe direkt aus den Boutiquen um die Avenue Montaigne in Paris zu beziehen. Ihre braunen Augen strahlten John Finch an, und ihr Lächeln war ansteckend. »Ich habe mich über vierzig Jahre auf diesen Augenblick gefreut, müssen Sie wissen. Auch wenn der Anlass jetzt doch ein ganz anderer ist ...«

Finch runzelte verblüfft die Stirn. »Tut mir leid, aber ...«

»Sie werden gleich verstehen«, unterbrach sie ihn unvermittelt und ließ dabei den Piloten nicht aus den Augen. »Erinnern Sie sich noch an den Maria-Theresien-Taler auf der Bar des Continental-Savoy, Mr. Finch? An das kleine Mädchen im weißen Rüschenkleid? Damals, nach dem Algerienkrieg?«

Für einen Moment versank das Kadoura in einem Strudel von Erinnerungen, der John Finch mitriss. Die alte DC3, die Versorgungsflüge nach Algier, der Terror in den Straßen. Er sah die lächelnde Frau mit großen Augen an, sprachlos vor Überraschung.

»Sie ...? Sie waren das ...? Das ist ja unglaublich ...«, stotterte er, als er sich wieder gefangen hatte. Dann griff er in die Tasche und zog eine große, silberne Münze hervor, die er auf den Tisch legte. Sie war abgenutzt und etwas zerkratzt, das Bild der Kaiserin verflacht. Die Jahreszahl 1780 war nahezu unleserlich geworden.

»Sie haben ihn also noch«, meinte Dr. Mokhtar leise, strich mit den Fingern behutsam über das Silber und schluckte. Ihre Augen wurden feucht und schließlich rannen zwei Tränen über ihre Wangen.

Der Pilot nickte. »Er hat mich immer begleitet, wohin ich auch flog, als Erinnerung an einen Augenblick der Menschlichkeit in einem der schmutzigsten Kriege, die Nordafrika je gesehen hat.« John Finch fuhr sich mit der Hand übers Gesicht. »An ein bisschen Hoffnung und daran, dass wir dem Schicksal einen Streich gespielt haben. Damals, vor langer Zeit ...«

»Sie haben meinen Vater und mich gerettet«, stellte Amina Mokhtar einfach fest, »und dabei Ihr Leben riskiert.«

»Wir waren jung und unsterblich«, gab Finch zu bedenken.

»Und heute?« Dr. Mokhtar griff nach seiner Hand und sah ihn forschend an.

»Heute sind wir ein paar Jahre älter und noch immer unsterblich, oder?«, lächelte John Finch und blickte in die braun-schwarzen Augen, die ihn musterten. Bilder tauchten auf, aus den Tiefen der Vergangenheit. »Sie waren damals noch ein Kind, ein kleines Mädchen«, meinte er dann leise. »Acht oder neun Jahre alt?«
Amina Mokhtar nickte stumm.

»Ich erinnere mich noch daran, dass Sie kein einziges Wort gesprochen haben, aber Ihre Augen waren so beängstigend kalt und leer ...« Der Pilot sah nachdenklich auf den Maria-Theresien-Taler auf dem Tischtuch, der matt im Licht der Lampen leuchtete. »Ich flog damals für eine Frachtfluglinie Versorgungsgüter nach Algier, beinahe jeden Tag. Das Land war nach acht Jahren erbarmungslosem Krieg ausgeblutet, fast alle Ausländer waren entweder geflüchtet oder ermordet worden, ihre Güter verwüstet, ihre Arbeiter erschlagen. Gruppen von marodierenden Anhängern der FNL zogen mordend durch die Straßen, mit Macheten und Knüppeln bewaffnet. Sie machten Jagd auf Harkis und deren Familien, auf Kollaborateure, wie sie es nannte, auf alles, was auch nur im Entferntesten an den verhassten Kolonialstaat und die Franzosen erinnerte. Die Stadt brannte an allen Ecken und Enden, ein Terrorregime feierte seine Revanche und nahm blutige Rache. Niemand flog damals gern nach Algier, also nahm ich den Auftrag an. Er war gut bezahlt und ich noch neu in Afrika. Und verdammt jung ...«
Sein Gegenüber sagte nichts und hörte mit leuchtenden Augen zu. Sie ließ seine Hand nicht los.

»Dann kam der Tag, an dem plötzlich ein alter Mann in Algier neben dem Flugzeug stand, ein kleines Mädchen an der Hand.«

»Mein Vater«, murmelte Dr. Mokhtar. »Er sah nur alt aus, war in den wenigen Jahren des Krieges grau geworden. Er war Anwalt in Algier gewesen, glaubte an eine Zukunft in blau-weiß-rot und wurde bitter enttäuscht. Schließlich verlor er von heute auf morgen alles, auch seinen Glauben an das Gute. Meine Mutter war bereits bei meiner Geburt gestorben, und so hatte er nichts mehr, was ihn hielt. Er nahm mich an die Hand und versuchte, sich zum Flughafen durchzuschlagen, ohne den FLN-Patrouillen in die Hände zu fallen. Ganz gelang ihm das nicht. Zwei Anhänger erkannten ihn und prügelten auf ihn ein, bis er sich losreißen konnte.«

»Ich sehe ihn vor mir, als sei es gestern gewesen«, murmelte Finch. »Er stand da und starrte mich an, während ihm das Blut über die Wange rann. Die Hitze war unerträglich, und Fliegen schwirrten um seinen Kopf. In seinen Augen spiegelten sich Verzweiflung und Todesangst.«

»Also hatten Sie Mitleid, nahmen uns mit, versteckten uns in einem kleinen Verschlag im Flugzeug und drückten uns eine Flasche Wasser in die Hand«, ergänzte Dr. Mokhtar mit sanfter Stimme. »Mein Vater erzählte mir später, dass es bei Todesstrafe verboten war, Passagiere aus Algier mitzunehmen.«

Finchs Augen wurden hart, und er zuckte die Schultern. »Als der FLN an Bord kam, brach die Hölle los. Sie schrien herum, fuchtelten mit Macheten und drohten, mich zu köpfen. Ich sagte ihnen, dass dann niemand am kommenden Tag Hilfsgüter und Medikamente nach Algier fliegen würde. Ich war der Einzige, der wahnsinnig genug gewesen war, den Job zu übernehmen. Mein Kopilot Freddy Horneborg, ein Holländer, machte sich in die Hose. Als sie das sahen, begannen sie zu lachen, klopften mir auf die Schulter und meinten, wir sollten morgen Schnaps mitbringen, am besten Whisky. Dann stürmten sie aus dem Flieger.«

»Und wir saßen zitternd in unserem Versteck. Mein Vater presste mir seine Hand auf den Mund und betete«, sagte Dr. Mokhtar leise. »Es waren die schlimmsten Augenblicke unseres Lebens.«

Beide schwiegen, versunken in Erinnerungen, die nach all den Jahren so nah und doch so fern waren.

»In Kairo angekommen, fasste mein Vater mühsam wieder Fuß, eröffnete ein Café, aber Nordafrika war nicht mehr seine Heimat«, seufzte Amina Mokhtar und strich behutsam über die Silbermünze. »Den Maria-Theresien-Taler kaufte er vom ersten Geld, das ihm von seinem Verdienst in Ägypten übrig blieb, nach einer langen wirtschaftlichen Durststrecke. Und er wollte, dass Sie ihn bekommen ... So schickte er mich eines Tages in die Bar des Continental-Savoy, weil er wusste, Sie würden wohl dort sein, wie immer, früher oder später. Ich ging also zum Friseur und zog mein bestes Kleid an, ich wollte Ihnen ja gefallen. Als ich vor Ihnen stand und so viel erzählen wollte, da versagte meine Stimme, und der Mut verließ mich. Ich konnte nur den Maria-Theresien-Taler auf die Bar legen und zum Dank Ihre

Hand küssen.« Sie schluckte. »Zwei Jahre später verkaufte mein Vater das Café und verließ mit mir Ägypten. Wir liefen davon, gingen nach Paris, versuchten zu vergessen.« Sie senkte den Blick und drückte John Finchs Hand. »Wir gingen heim, wie es mein Vater nannte, in ein Land, das uns nicht haben wollte und das uns im Grunde unseres Herzens fremd war.«

Finch nahm einen Schluck und wartete, bis der Kellner eine Reihe kleiner Schalen mit Vorspeisen auf den Tisch gestellt hatte und wieder verschwunden war.

»Es gelang ihm, eine Anwaltspraxis zu eröffnen, die bald einen hervorragenden Ruf genoss«, fuhr Dr. Mokhtar fort. »Als ich das Lycée beendet hatte, schickte er mich zum Studium an die Sorbonne, dann in die Vereinigten Staaten. Nordafrika rückte immer weiter weg, aus unseren Köpfen und aus unserem Leben, unserem Bewusstsein. Wir taten unser Bestes, um perfekte Franzosen zu werden. Mit den Jahren wurden wir akzeptiert, aber nie integriert. Wir wurden immer die Pieds-noirs genannt, die mit den schwarzen Füßen ...« Sie lächelte traurig. »Mein Vater heiratete nochmals, eine Pariserin, und bemühte sich, Algerien, meine Mutter und sein bisheriges Leben zu verdrängen. Ich blieb allein, arbeitete an verschiedenen internationalen Forschungsprojekten, und suchte vergeblich nach meinen Wurzeln, die ich doch schon lange verloren hatte. Freunde kamen und gingen, doch eines Tages heiratete ich schließlich doch, bekam eine Tochter, Sabina, wurde geschieden, wie die meisten. So vergingen die Jahre.«

»Und als ich nach Südamerika ging ...«

»... kam ich endlich nach Ägypten zurück«, ergänzte die Wissenschaftlerin mit glänzenden Augen. »Mein Vater war 2001 gestorben, und so hielt mich nichts mehr in Frankreich, als ich bei einer Tagung der Unesco hörte, dass die neue Bibliothek von Alexandria 2002 eröffnet werden sollte. Ich bewarb mich und wartete. Drei Jahre später war endlich die Zusage da, ich packte die Koffer, sagte Paris adieu und kaufte mir ein Ticket nach Kairo. So kam ich an die Corniche und in das Manuskriptenmuseum.«

»Und Ihre Tochter?«, erkundigte sich Finch.

»Die haben Sie bereits kennengelernt«, schmunzelte Amina Mokhtar. »Oder wie, glauben Sie, habe ich erfahren, dass John Finch wieder im Lande ist? Sie arbeitet beim Immigration Department auf dem Flughafen in Kairo.«

»Groß, schlank, dunkelhaarig, mit einem Wort, ein jüngeres Abbild ihrer Mutter und eine latente Versuchung aller braven muslimischen Männer?«, grinste Finch. »Dann weiß ich, von wem die Rede ist. Die Uniform steht ihr.«

Er griff nach dem Maria-Theresien-Taler, betrachtete ihn nachdenklich und steckte ihn schließlich wieder ein. »Und jetzt lassen Sie uns essen und auf das Wiedersehen anstoßen. Wenn es sein muss, auch mit Orangensaft. Und dann erzählen Sie mir, warum Sie mich so dringend sehen wollten.«

Friedrichsruher Straße, Berlin-Steglitz / Deutschland

Thomas Calis und Wilhelm Pannek quälten sich durch den beginnenden Feierabendverkehr auf dem Berliner Stadtring. Der altersschwache Opel Astra des Sicherheitschefs, in den Farben einer startbereiten V2-Rakete bemalt, kämpfte eher mit Temperaturproblemen als mit galaktischen Geschwindigkeitsexzessen und deren Ahndung durch die Polizei.

»Jetzt und hier würden wir auch mit 'nem Lamborghini nich schneller stehen«, verteidigte Pannek sein Gefährt.

»Schneller nicht, weniger aufregend schon«, erwiderte Thomas Calis und beobachtete besorgt die Nadel der Temperaturanzeige, die sich dem roten Feld bedrohlich näherte. »Noch zehn Minuten länger in dem Stau, und wir können unser Abendessen im Motorraum kochen.«

»Ach wat«, winkte Pannek ab, »der hat schon anderes ausjehalten.«

»Wie sind Sie eigentlich zu Ihrem Spitznamen Rakete gekommen?«, erkundigte sich der Kommissar wie beiläufig und kurbelte das Seitenfenster hinunter. Draußen roch es nach Abgasen und einer überhitzten Flüssigkeit, die langsam verdampfte.

»Det is schon lange her«, antwortete Pannek und steckte sich eine Zigarette an. »Ick hab als Kind zu Weihnachten vor vielen Jahren so 'nen Revell-Baukasten bekommen, Se wissen schon – tausend Teile und keen Plan.« Er lachte. »Die Interkontinentalrakete vom Typ Titan II samt Transportfahrzeug sah auf dem Deckel der Packung atemberaubend aus. Als ick dann mit Bauen fertig war, ähnelte se eher 'nem Knüppel mit Ausschlag.«

Calis musste schmunzeln. »So viel zur Fingerfertigkeit.«

»Aber ick war hartnäckig und damit hat allet anjefangen«, erinnerte sich Pannek, nutzte eine Lücke im Stau, wechselte die Spur und rollte in Richtung Ausfahrt Steglitz. »Heute habe ick hundertneununddreißig Modellraketen bei mir zu Hause stehen, in allen Jrößen, aus allen Ländern, aus allen möglichen Materialien. Und sogar 'nen echten russischen Raumfahrerhelm.«

»Die Boden-Boden-Rakete, in der wir sitzen, atmet gerade auf«, kommentierte Calis mit einem Blick auf den Zeiger, der sich Millimeterweise wieder vom roten Feld weg bewegte. »Was sagt eigentlich Ihre Frau dazu?«

»Welche Frau?«, grinste Pannek. »Die war det Staubwischen bald leid und suchte sich 'ne andere Startbahn.«

Der Astra beschleunigte ruckelnd und erwischte noch die Grünphase am Ende der Ausfahrt.

»Was ist dieser Volker Rieger für ein Mensch?«, wechselte der Kommissar das Thema. »Ich habe mit ihm noch in der Nacht gesprochen, und er machte auf mich keinen schlechten Eindruck.«

»Volker is schwer in Ordnung, da jibt et nüscht«, antwortete der Sicherheitschef. »Er ist ebenso lange bei Siemens wie Kurt Tronheim, war schon vorher im Personenschutz tätig und wollte 'ne ruhigere Kugel schieben.« Pannek zuckte mit den Schultern. »Keene Vorkommnisse, wenn Se es offiziell wissen wollen.«

»Und inoffiziell?« Calis ließ nicht locker.

»Een paar Frauenjeschichten, ab und zu 'n Gläschen über den Durst.« Er sah den Kommissar von der Seite an. »Also normaler Durchschnitt, wenn Se wissen, wat ick meene.«

»Nur zu gut«, murmelte Calis und kontrollierte verstohlen sein Handy. Keine Nachrichten, keine Anrufe in Abwesenheit. Alice hatte ihn definitiv von ihrer Liste gestrichen. Hatten Frauengeschichten und das gelegentliche Gläschen über den Durst nicht einen kausalen Zusammenhang?

Calis blickte auf, als Pannek vor einem Wohnblock aus den zwanziger Jahren abbremste und den letzten freien Parkplatz belegte. »Damit is unsere Portion Glück für heute dann komplett aufjebraucht«, gab der Sicherheitschef zu bedenken und wies auf eine grün gestrichene Eingangstür. »Volker wohnt da drüben, in 'ner kleenen Wohnung im zweeten Stock. Hoffentlich hört er die Klingel.«

Drei Minuten später standen sie einem völlig verschlafenen Volker Rieger gegenüber, der sich in T-Shirt und kurzer Hose am Türrahmen abstützte und ihnen ziemlich verwirrt entgegenblickte.

»Wo brennt's?«, fragte er und lud die beiden Männer mit einer Handbewegung zum Eintreten ein. »Hat die Polizei Verstärkung durch die Siemenstruppe erhalten?«

»Nur vorübergehend«, erwiderte Calis und sah sich kurz um. Die Wohnung machte einen freundlichen Eindruck, an einer schmalen Garderobe im Flur hingen zwei Jacken und eine Tasche. Es roch nach Essigreiniger und Frühjahrsputz. »Wir möchten Sie gerne etwas fragen, zu Ihrem letzten Nachtdienst. Ist Ihnen irgendetwas Ungewöhnliches aufgefallen?«

Täuschte sich Calis, oder flackerte für einen Augenblick Unsicherheit in Riegers Augen auf? Pannek schloss kurzerhand die Wohnungstür und schob sich ins Wohnzimmer, das von einem großen hellgrünen Sofa beherrscht wurde. Es ächzte bedrohlich, als der Sicherheitschef sich hineinfallen ließ.

»Wir haben 'ne Videoaufzeichnung entdeckt«, begann Rakete und faltete die Hände vor dem Bauch wie ein Buddha, »auf der zwee Typen durch den Hof in Richtung Turbinenhalle schleichen. Sechs Minuten später sind se wieder auf dem Rückweg.«

Rieger ließ sich auf einen der Sessel am Esstisch sinken. »Kann man erkennen, wer es war?«, erkundigte er sich interessiert.

Pannek schüttelte den Kopf. »Schattenrisse im Einbruch der Dunkelheit. Det könnte jeder sein, außer er hat meene Statur. Aber det is nicht, warum wir hier sind.« Er lehnte sich vor, soweit es sein ausladender Bauch zuließ. »Die Uhrzeit is es, die mir Kopfzerbrechen bereitet. Die beeden waren jestern Abend unterwegs, jenauer jesacht am Beginn deiner Schicht, paar Minuten, nachdem Kurt ermordet wurde.«

Rieger sah Calis und Pannek abwechselnd an. »Was soll das heißen?«

»Det se an dir vorbeikommen mussten«, stellte der Sicherheitschef unerbittlich fest.

Schweigen senkte sich über den Raum.

Calis ließ Rieger nicht aus den Augen, der eingehend seine Hände betrachtete. »Hören Sie«, begann der Kommissar nach einem Blick auf Pannek, »ich möchte hier keine Schuldzuweisung machen. Nichts liegt mir ferner. Ich habe einen Mord aufzuklären und vor allem ein Motiv dafür zu finden. Fest steht, dass zwei Männer auf dem Siemensgelände waren, kurz nachdem Tronheim ermordet worden war. Das beweist die Videoaufzeichnung. Ich kann mir nicht vorstellen, dass Sie mit denen unter einer Decke stecken. Also muss es eine andere Lösung für das Dilemma geben. Hier ein bewachter Eingang, da zwei Eindringlinge. Es gibt keinen anderen Weg auf das Gelände. Wie immer wir es auch drehen und wenden, die zwei müssen an Ihnen vorbeigekommen sein. Haben Sie jemanden bemerkt gestern Abend? Hat sich irgendetwas Ungewöhnliches ereignet? Ist Ihnen etwas aufgefallen?«

Rieger schüttelte langsam den Kopf. »Da war ein Jogger, der gleich zu Beginn meiner Schicht vorbeikam und mehr über die Turbinenhalle wissen wollte«, erzählte er, und seine Stimme klang etwas angespannt. »Aber das ist nichts Besonderes, das kommt immer wieder vor. Die Geschäftsleitung hat extra dafür sogar einen Prospekt drucken lassen, der bei uns ausliegt.«

»Würden Sie den Mann wiedererkennen?«, wollte Calis wissen.

»Nein, ich glaube kaum«, gab Rieger zu. »Ich habe ihn nur wenige Augenblicke gesehen. Die Prospekte waren ausgegangen, und ich musste Nachschub aus dem Schrank holen. Als ich ihm die Information in die Hand gedrückt hatte, war er auch schon wieder weg.«

»Wie lange hast du ihn aus den Augen jelassen?« Pannek lag halb zurückgelehnt auf dem Sofa und schien zu dösen. Aber Calis ließ sich von der Fassade nicht täuschen.

»Ach Willi, vielleicht ein, zwei Minuten, während ich nach dem Prospekt gesucht habe«, antwortete Rieger etwas unwillig. »Was soll das? Die Tür zum Gelände war verschlossen, die zur Pförtnerloge ebenfalls. Der Mann hat sich freundlich bedankt und ist weitergelaufen, als er den Prospekt hatte. Ein ganz normaler Jogger!«
»Normal war gestern Abend gar nichts«, erinnerte Calis Rieger. Pannek nickte zustimmend, ohne die Augen zu öffnen. »Aus Tronheims Tasche fehlen die Schlüssel. Können Sie sich darauf einen Reim machen?«
Der Pförtner schaute Calis verwirrt an. »Wie meinen Sie das? Kurt hatte seinen Schlüsselbund immer in seiner Sporttasche, er sagte, das sei sicherer. So könnten sie ihm beim Radfahren nicht aus der Hosentasche fallen.«
»Kann schon sein, aber da sind se nich«, brummte Pannek. »War dein Jogger alleene?«
»Ja, es war niemand bei ihm.« Rieger klang überzeugt. Weshalb war er vorhin unsicher gewesen, fragte sich Thomas Calis. War da noch etwas? Er beschloss, einen Stein ins Wasser zu werfen und den Wellen zuzuschauen.

»Ist es Ihnen jemals passiert, dass Sie eingeschlafen sind?«, fragte der Kommissar wie beiläufig. »Ich meine, wir sind alle nur Menschen, und so ein Nachtdienst kann langweilig werden, oder? Das weiß ich aus eigener Erfahrung. Ab und zu fallen einem die Augen zu, man döst ein wenig, wie Pannek im Moment.«

Wilhelm Pannek öffnete die Augen und warf ihm einen vernichtenden Blick zu. Aber gleich darauf dämmerte ihm, worauf Calis hinauswollte.

»Ick gloobe, det is uns allen schon mal passiert«, kam er dem Kommissar nach einem Moment des Zögerns zu Hilfe. »Man kommt untertags nich immer zum Schlafen und die Schicht fordert ihren Tribut. Ick kenn det auch. Vor allem dann, wenn man über 'ne längere Zeit hinweg Nachtdienste schiebt.«

Rieger fuhr sich mit der Hand müde übers Gesicht. »Ja, das ist wahr. Manchmal ist es hart, wach zu bleiben. Dann helfen die Kreuzworträtsel auch nicht mehr viel. Aber so richtig eingeschlafen bin ich noch nie. Allerdings ...« Er stockte.

»Ja?« Calis spürte, dass er dem Problem näher kam.

»Gestern hatte ich für einen Augenblick den Eindruck, als sei ich ...« Rieger zögerte, sah sich unsicher um. »Ausgerechnet an dem Tag, an dem Kurt ermordet wurde ... So was Blödes!«

»Einjenickt?«, fragte Pannek sanft.

»Ja«, gab der Portier niedergeschlagen zu, »wahrscheinlich. Ich weiß nicht so genau. Das ist mir schon lange nicht mehr passiert.«

»War das nach dem Besuch des Joggers?« Calis kratzte sich am Kinn. Es hatte nicht einmal zum Rasieren gereicht vor dem Termin beim Innensenator heute Morgen.

»Ja, ganz sicher, der Jogger kam keine zehn Minuten nachdem Kurt weg war«, bestätigte Rieger. »Dann hatte ich irgendwie ein Blackout, ich kann es mir nicht anders erklären. Und auch das mit dem Kreuzworträtsel ...« Er verstummte mit einer hilflosen Geste.

»Wat war mit dem Kreuzworträtsel?« Panneks Stimme durchbrach die Stille.

»Ich zeig es dir«, murmelte Rieger, stand auf und kramte in der Sporttasche, die an der Garderobe im Flur hing. Als er zurückkam, hatte er ein dünnes Heft in der Hand und hielt es dem Sicherheitschef hin. »Schau selbst. Tronheim brachte es mit in den Dienst und ließ es mir da. Überall seine Handschrift, überall bis auf ein einziges Rätsel und einen Lösungssatz.«

Pannek blätterte durch die ersten Seiten, dann runzelte er die Stirn. »Misstrauen kommt nie zu früh, aber oft zu spät«, zitierte er und betonte dabei jede Silbe. »Det is auch nich deine Handschrift?«

Rieger schüttelte den Kopf mit einem verzweifelten Gesichtsausdruck. »Ich kann es mir nicht erklären.«

Der Sicherheitschef wollte etwas sagen, aber Calis kam ihm zuvor. Er stand auf und meinte: »Dürfen wir das Heft mitnehmen? Das wäre nett. Und jetzt stören wir Sie nicht weiter, Ihr Bett wartet. Danke für Ihre Hilfe und machen Sie sich keine Gedanken, das bringt Tronheim nicht mehr ins Leben zurück. Gegen Profis, die überraschend zuschlagen, sind alle machtlos, selbst im professionellen Personenschutz, aber das wissen Sie ja am besten.«

Als die beiden Männer wieder im Astra saßen und Pannek den Wagen startete, sah Calis den Pförtner oben auf dem Balkon seiner Wohnung stehen und ihnen nachschauen.

»Wir wissen jetzt, wie es gelaufen ist?«, fragte der Kommissar pro forma.

Der Sicherheitschef nickte nur stumm und parkte aus. »Tronheim wird umgebracht, die Schlüssel wechseln den Besitzer. Der Jogger lenkt Rieger ab und betäubt ihn irgendwie. Dann schließen sie die Portierloge auf und einer der Täter nimmt seinen Platz ein, schaltet die Kameras ab und hat auch noch den Nerv, das Kreuzworträtsel weiter zu lösen, während seine Komplizen in knapp sieben Minuten das holen, was sie suchen. Sie setzen Rieger wieder in den Sessel, er wacht auf und alles ist wie immer. Nur eines haben sie übersehen.«

»Det Kreuzworträtselheft«, brummte Pannek. »Andererseits konnten se es nich mitnehmen, weil det Rieger aufjefallen wäre.«

»Dumm gelaufen«, meinte Calis ironisch. »Jetzt haben wir die Handschrift von einem der Täter und die Gewissheit, dass es Profis mit einem Auftrag waren.«

»Bleibt nur mehr det Motiv.« Der Sicherheitschef bog auf die Autobahn ab und beschleunigte, was der Motor mit einem herzzerreißenden Jaulen quittierte.

»Sie meinen, was die drei gesucht haben?«, fragte Calis nach.

»Wieso drei?«, gab Pannek zurück. Dann dachte er nach. »Ja, drei, klar, Se haben recht. Eener in der Portierloge und zwee auf dem Jelände.«

»Was immer es war, sie haben es rasch gefunden«, meinte Calis. »Kein langes Suchen, also auch kein hohes Risiko. Rein, raus und wieder verschwunden. Die wussten genau, was sie wollten und wo es zu holen war.« Er deutete nach vorn. »Nehmen Sie die nächste Ausfahrt und lassen Sie mich bitte aussteigen. Ich muss nachdenken, und das kann ich am besten beim Spazierengehen.«

Als der Opel Astra mit Pannek am Steuer wieder mit kreischendem Keilriemen auf dem Autobahnzubringer verschwand, drehte sich Calis kopfschüttelnd um und ging langsam die Mecklenburgische Straße hinunter. Das große Gebäude des Instituts für Labormedizin ließ er rechts liegen und überquerte die Fahrbahn, tauchte in die Wallenbergstraße ein, eine stille Nebengasse, gesäumt von einigen Wohnblocks, Grünanlagen und dem »Haus der Jugend Anne Frank«. Zwischen den Pflastersteinen auf dem Gehweg wuchsen Büschel von Gras und ein paar Margeriten.

An einem roh gezimmerten Holztor blieb der Kommissar stehen. Dahinter erstreckte sich der Lagerplatz einer Baufirma, übersät mit unzähligen Bergen von Kies und Schotter, Sand und Metallteilen, mit wild wuchernden Bäumen und Büschen. Links davon hing ein ehemals grün gestrichenes schmales Gittertor schief in den Angeln. Der alte Holzbriefkasten war schon vor langer Zeit aufgebrochen worden, und die Grafitti an der Wand daneben zeugten von sexueller Einfallslosigkeit.

Calis sah sich um. Kein Mensch war zu sehen, selbst der Verkehrslärm der Großstadt schien sich nicht bis hierher zu verirren. In einem der neuen Wohnblöcke im Hintergrund imitierte eine türkische Sängerin mit Tremolo in der Stimme Tina Turner und scheiterte kläglich. Der Kommissar verzog das Gesicht, ging in die Knie und löste einen verborgenen Riegel, bevor er das Gittertor aufstieß und hinter sich wieder schloss. Dann folgte er dem gewundenen Weg zwischen den Fliederbüschen ins Innere des Grundstücks.

Es ist an der Zeit, bewährte Verbindungen zu aktivieren, dachte Calis und schob einen herabhängenden Zweig beiseite. Sonst würde er die Mörder von Kurt Tronheim nie fassen. Es gab keine Zeugen, keine persönliche Verbindung zwischen den Tätern und dem Opfer, keine Spuren, sondern nur ein dreckiges Geschäft, professionell abgewickelt: Tod gegen Bezahlung.

Als der Kommissar unter den Fliederbüschen auf die kleine Lichtung heraustrat, lag eine niedrige, langgestreckte, fast schwarze Holzhütte vor ihm. Alle Fenster und Türen waren verschlossen. Calis zögerte, blieb kurz stehen und spielte mit dem Gedanken, seinen Besuch doch besser durch einen Anruf anzukündigen. Er griff in die Jackentasche und suchte nach seinem Handy, als sich der Lauf einer Waffe schmerzhaft in seine Seite bohrte und jemand in sein Ohr raunte: »Woll'n Se Jott sei Dank schon jehn, oder bleiben Se leider Jottes noch een bissken?«

> Haymarket, City of Westminster,
> London / England

Die Fenster der kleinen Wohnung im letzten Stock des gepflegten Altbaus an der Ecke Charles II Street und Haymarket schauten direkt auf das ehrwürdige Theatre Royal. Zwischen den effektvoll beleuchteten Säulen des Haupteingangs, der einem griechischen Tempel nachempfunden war, drängten sich Trauben von Besuchern in Abendgarderobe. *One Man, Two Guvnors* stand auf dem Programm des dreihundert Jahre alten Theaters, und nachdem die lokale Presse einmütig die Inszenierung in den Himmel gelobt hatte, waren die Ausstellungen auf Wochen hinaus ausverkauft.

Der massige, muskulöse Mann mit den militärisch kurz geschnittenen grauen Haaren blickte nachdenklich auf die vielen Taxis hinunter, die einen ständigen Nachschub an Nachtschwärmern in Londons West End brachten. Haymarket, einst ein Markt und in Viktorianischer Zeit einer der bekanntesten Straßenstriche in Englands Hauptstadt, war heute eine der besten Adressen in der City.

Doch das hatte Major Llewellyn nicht bewogen, hier einzuziehen. Von seinem Gehalt jedenfalls hätte er sich selbst die zwei Zimmer mit Küche und Bad kaum leisten können. Die konspirative Wohnung, in den siebziger und achtziger Jahren ein Treffpunkt von Informanten und Geheimagenten des britischen Secret Service, war einmal zu oft benutzt worden und schließlich bei einer gemeinsamen Aktion mit der Schweizer Untergrundarmee P26 vor vier Jahren aufgeflogen. Als Llewellyn etwa zur gleichen Zeit den Dienst quittierte und sich ins Privatleben zurückzog, bot man ihm die Wohnung als eine Art Abschiedsprämie an. Nach kurzer Überlegung ließ der Major die Schlösser auswechseln, installierte eine Alarmanlage, die er nie einschaltete, und zog ein. Seitdem wohnte er im Herzen Londons und bereute keinen einzigen Tag davon. Die Stadtflucht auf die schottischen Hebriden, die er noch vor zehn Jahren geplant hatte, war in weite Ferne gerückt. Schafe, Heidekraut und Torf würden noch ein wenig warten müssen. Das raue Klima würde sie frisch halten.

Llewellyn hörte die Holzscheite im offenen Kamin knistern und wandte sich um. Einen Augenblick lang überlegte er, ob er bei seinem Lieblings-Thailänder Busaba in der Panton Street zu Abend essen, oder lieber mit Eiern und Speck vorliebnehmen sollte.

»Schieben wir diese wichtige Entscheidung noch ein wenig auf und denken wir bei einem Glas Bombay Sapphire ausgiebig darüber nach«, murmelte er schmunzelnd und schenkte sich eine großzügige Portion Gin ein, bevor er sich in den alten, bequemen Ledersessel fallen ließ und seine Füße zum Feuer streckte. Er fragte sich, ob der Sessel, den er eines Abends knapp vor der Sperrstunde auf dem Flohmarkt nahe Camden Lock gefunden hatte, nicht doch vielleicht im Reform Club von Phileas Fogg gestanden hatte ...

Der Gedanke gefiel dem ehemaligen Geheimdienstmitarbeiter, der Zeit seines Lebens unterwegs gewesen war, auf Einsätzen für das British Empire rund um den Globus. Erst letztes Jahr hatte ihn ein Auftrag nach Kolumbien geführt, dann in die Schweiz und nach Norditalien. Die Pension, von der alle seine Kollegen immer geschwärmt hatten, war in seinem Fall eher ein Unruhestand.

Llewellyns eisgraue Augen, die stets etwas skeptisch in die Welt blickten, fixierten nun die Flammen im Kamin. Er hatte Regierungen kommen und gehen sehen, Geheimdienstchefs und Kabinette, Skandale und Spione. In all den Jahrzehnten seiner aktiven Laufbahn für Königin und Vaterland hatte der Major nach dem Motto »alles geht vorüber« vor allem auf eins gehört, wenn es wieder einmal auf Messers Schneide stand: auf seine innere Stimme. Viele hatten ihn für einen Querdenker gehalten, der nur zu oft mit dem Kopf durch die Wand wollte. Wenige hatten ihn gemocht, die meisten gefürchtet und einige sogar gehasst, was Llewellyn allerdings nicht wirklich beeindruckt hatte. Erst letztes Jahr war er der Downing Street 10 auf die Füße gestiegen, nachdem er drei seiner besten Männer verloren hatte, die trotz ihres Alters reaktiviert und nach Kolumbien ins feindliche Feuer geschickt worden waren. Es war Llewellyn gewesen, der den Familien die schlechte Nachricht überbracht und dafür gesorgt hatte, dass MI5 und MI6 am Ende nicht nur einen symbolischen Betrag an die Hinterbliebenen auszahlten.

Das Fiasko in Südamerika, die selbstgefälligen Fehleinschätzungen der Experten an der Heimatfront und ihr nonchalanter Umgang mit Menschenleben lagen ihm noch immer im Magen. Das Abenteuer um das Schweizer Bankenkonsortium und das Erbe der vier alten Männer hatte jedoch in Llewellyns Augen immerhin etwas Positives gebracht: Er hatte John Finch kennen- und schätzen gelernt, den Piloten aus Peterborough, der wie er durch die Welt zigeunerte und keiner Herausforderung aus dem Wege ging. Sie waren vielleicht aus verschiedenem Holz geschnitzt, aber aus demselben Baum.

Und sie waren Freunde geworden.

Ob Finch bereits in Ägypten war?, fragte sich Llewellyn, und leerte sein Glas. Er nahm sich vor, ihn anzurufen. War nicht gerade der Frühling die ideale Zeit für eine Reise in den Süden?

»Was aber noch immer nicht die Frage des Abendessens beantwortet«, stellte der Major seufzend fest, legte drei Scheite ins Feuer und spendierte sich noch eine Runde Bombay Sapphire als Entscheidungshilfe. Gerade als er das Fenster schließen und sich umziehen gehen wollte, hörte er sein Mobiltelefon läuten. Nach dem Prinzip »je weniger Spuren man hinterließ, umso ruhiger lebt man«, hatte sich Llewellyn nie einen Festnetzanschluss für seine Londoner Wohnung aufschwatzen lassen. Dafür war seine Mobilnummer seit mehr als fünfzehn Jahren immer noch dieselbe, und der Major überlegte jedes Mal sehr genau, wem er sie gab. Deshalb war er auch überrascht, als er weder mit der angezeigten Vorwahl – 0092 – noch mit der Rufnummer auf dem Display irgendetwas anfangen konnte.

»Ja?«, meldete er sich deshalb unverbindlich und war überzeugt, dass sich jemand verwählt hatte. Danach würde er endlich abendessen gehen.

»Wir haben uns lange nicht mehr gesehen«, begann sein Gesprächspartner vorsichtig, und seine Stimme ging im Rauschen der Fernverbindung fast unter. »Ich weiß nicht, ob Sie sich noch erinnern, aber ich habe vor fünf Jahren an einem Polizeikongress in Wien teilgenommen, und Sie waren damals an der Britischen Botschaft in Österreich ... im Rahmen eines Sondereinsatzes ...«

Llewellyn spürte die Anspannung in der Stimme des Anrufers, und er schätzte dessen Umsicht, keine Namen am Telefon zu nennen. Wo zum Teufel war 0092, überlegte er fieberhaft? Afrika? Asien?

»Ich nehme an, dass Sie mich nicht heute Abend zum Essen begleiten könnten«, gab Llewellyn vorsichtig zurück, »weil Sie etwas weiter entfernt von dieser Insel zu Hause sind. Habe ich recht?«

»Fast auf der anderen Seite der Welt«, tönte es aus dem Lautsprecher. »Ich rufe Sie von einem Münzfernsprecher an, weil ich keine sicherere Leitung zur Verfügung habe.«

»Dann sollten wir schnell eine Lösung finden. Wie spät ist es bei Ihnen?«, wollte Llewellyn wissen und schlüpfte in seine Lederjacke.

»Kurz nach Mitternacht«, kam die rasche Antwort.

Also Asien, dachte der Major. »Kann ich Sie irgendwo zurückrufen?«

Der Anrufer überlegte kurz. »Ich weiß nicht, wie lange ich mich noch frei bewegen kann«, sagte er schließlich, »und ich will Sie nicht kompromittieren. Es sind schon zu viele Menschen meinetwegen gestorben.« Die Stimme brach ab, und Llewellyn hörte ein leises Räuspern. Er spürte ein Prickeln in den Fingerspitzen, und seine Gedanken überschlugen sich. Woher jetzt eine sichere Leitung nehmen? Der Major machte sich nicht so sehr Sorgen um seine eigene Sicherheit als um die des Mannes auf der anderen Seite der Erde.

»Warten Sie fünf Minuten und dann rufen Sie mich wieder zurück«, entschied Llewellyn schließlich. »Vor meinem Haus stehen zwei Telefonzellen. Ich gebe Ihnen die Nummer, dann können Sie mich da erreichen. Die Wahrscheinlichkeit, dass jemand mithört, geht erfahrungsgemäß gegen Null.«

»Bis gleich dann«, sagte der Mann und legte auf. Wenige Augenblicke später war der Major schon zur Tür raus und lief zum Lift.

Besetzt.

Also wandte er sich nach rechts, stürmte die breiten Treppen hinunter, nahm immer zwei Stufen auf einmal.

Woher kannte ihn der Mann aus Asien? Ah ja, der Polizeikongress in Wien! Llewellyn verzog das Gesicht. Der Secret Service hatte ihn damals nach Wien geholt, kurz nach seiner Pensionierung, um einen missglückten Einsatz zu vertuschen, der die österreichisch-britischen

Beziehungen auf Jahre hinaus belastet hätte, wäre er jemals bekannt geworden. Bevor der Major wieder heimgeflogen war, hatte ihn die Botschaft zur Tarnung noch auf diesen Kongress in der Hofburg geschickt, an dem Polizeichefs aus aller Herren Länder teilnahmen. Der Anrufer wusste offenbar über seinen Einsatz Bescheid, und das beunruhigte Llewellyn ein wenig. Er konnte sich nämlich nicht erinnern, dass er bei einem der abendlichen Diners jemanden ins Vertrauen gezogen hatte.

Außer ...

Der Major stieß die Haustür auf und blickte sich gewohnheitsmäßig rasch um. Die Vorstellungen der Theater hatten bereits begonnen, und die Kolonnen von Taxis waren wieder verschwunden. Gruppen von jungen Nachtschwärmern auf dem Weg in die Restaurants auf dem Leicester Square oder in Soho schoben sich ohne Eile über den Bürgersteig. Llewellyn bog nach links und sprintete los.

Wien – aus den Tiefen seiner Erinnerung tauchten Gesichter auf. Nach einigen Tagen mit Konferenzen und Vorträgen war ein harter Kern übrig geblieben, der sich jeden Abend nach den Vorträgen getroffen hatte und um die Häuser gezogen war, zum Heurigen und in die Eden-Bar.

Die Telefonzellen waren beide belegt!

Llewellyn fluchte und blickte auf die Uhr. Noch eine Minute ...

Zwei junge Mädchen, der Sprache nach aus Skandinavien, telefonierten in einer der roten Kabinen offenbar nach Hause. Vor ihnen auf der Ablage häuften sich zwei Münzstapel. Das würde länger dauern, sagte sich Llewellyn frustriert und wandte sich der zweiten Zelle zu. Da sprach eine japanische Touristin aufgeregt ins Telefon und wedelte dabei mit einem Stadtplan.

Noch dreißig Sekunden ...

Llewellyn versuchte durch das Glas die Rufnummer des öffentlichen Apparats zu entziffern, aber es gelang ihm nicht. Der Stadtplan wirbelte unentwegt vor seinen Augen herum.

Nach einem letzten Blick auf die Uhr riss der Major die Tür auf, nahm mit den Worten »tut mir leid, ein Notfall« der völlig entgeisterten Japanerin den Hörer aus der Hand, knallte ihn auf die Gabel und schob die knochige Asiatin unsanft ins Freie. Dann zog er die Tür zu und versuchte die lauten Protestschreie und die wütenden Tritte gegen die Telefonzelle zu ignorieren.

In diesem Moment läutete sein Handy.

»Schreiben Sie mit«, sagte Llewellyn, ohne seinen Gesprächspartner überhaupt zu Wort kommen zu lassen. »316 45 34 mit der Vorwahl 0044 für Großbritannien und 171 für London.« Dann beendete er das Gespräch.

Die japanische Touristin tobte noch immer vor der Tür, und der Major war kurz davor, ihr den Stadtplan aus der Hand zu reißen und zum Anlass eines unanständigen Vorschlags zu nehmen. Glücklicherweise rettete das Läuten des Apparats in der Telefonzelle die Japanerin vor Schlimmerem.

»Llewellyn«, meldete sich der Major, diesmal leicht gereizt, »und ich hoffe, Sie haben genügend Kleingeld in der Tasche. Weil ich nämlich die ganze Geschichte hören möchte.«

»Danke für Ihre Hilfe, Major Llewellyn«, sagte sein Gesprächspartner. »Hier spricht Phönix, und bitte glauben Sie mir, die Münzen sind im Moment mein geringstes Problem.«

»Phönix ...«, raunte Llewellyn überrascht, und das Prickeln in den Fingerspitzen nahm zu. »Der Flug des Phönix ist lange her. Sie haben mir in Wien erzählt ...«

»Ich weiß«, unterbrach ihn Salam, »ja, ich weiß. Alles hat sich geändert. Leider.« Er verstummte für einen Moment. »Heute Morgen wurde meine gesamte Familie umgebracht, mit Raketenwerfern. Nur meine Frau war nicht zu Hause. Seitdem bin ich untergetaucht und renne um mein Leben.«

»Mein Gott!« Llewellyn fehlten die Worte. Er blickte starr auf den Eingang des Theatre Royal und sah ihn doch nicht. Mit seinen Gedanken war er weit fort, in den Bergen von Pakistan, im Land der Schneeleoparden, das für einige Monate auch sein Zuhause gewesen war.

Vor vielen Jahren ...

»Wissen Sie noch, wie man die Schneeleoparden nennt, Major? Die Geister des Hindukusch.«

Konnte Phönix Gedanken lesen? Llewellyn schwieg beunruhigt und wartete. Er fühlte sich hilflos, und dieses Gefühl hasste er.

»Ich habe sie geweckt, Llewellyn«, flüsterte Salam so leise, dass der

Mann in der Telefonzelle in London ihn kaum verstehen konnte. »Und jetzt hetzen sie mich zu Tode.«

Wallenbergstraße 6,
Berlin-Wilmersdorf / Deutschland

»Lass stecken, Justav, ick wollte dir jerade anrufen.« Calis lächelte und hielt die Hände demonstrativ weit weg von jeder Tasche, deren Inhalt den Besitzer des Gartens in irgendeiner Weise nervös machen könnte.

Der schmächtige Mann, der langsam um den Kommissar herumging und ihn dabei aus wässrigen Knopfaugen betrachtete, war klein und dürr, mit übergroßem Kopf, einem fliehenden Kinn und tätowierten Händen. Er sah gehetzt aus, wie ein Hamster auf Speed.

Die große Pistole in seiner Hand zitterte leicht, was Calis nicht gerade beruhigte. Zu bestimmten Zeiten war Gustav durchaus kooperativ und ansprechbar, aber das konnte blitzschnell umschlagen, wie das Wetter an einem heißen Sommerabend. Dann war man bei einer entsicherten Handgranate besser aufgehoben als bei dem städtischen Einsiedler, der mehr Tage seines Lebens im Knast verbracht hatte als in Freiheit. Auf seiner Stirn perlten Schweißtropfen, und Calis fragte sich, ob Gustav wieder einmal auf Entzug war oder die wenigen Schritte aus seinem Haus in den verwilderten Garten ihn so angestrengt hatten.

»Wie geht's dir?«, erkundigte sich Calis und musste sich nicht einmal besonders anstrengen, die Besorgnis in seiner Stimme durchklingen zu lassen.

»Sie waren ooch schon mal witziger«, murmelte Gustav und dachte nicht daran, die Pistole wegzustecken. »Jing's mir besser, könnte ick mir einliefern lassen, jing's mir schlechter, hätten die Würmer 'n Fest. Mit eem Wort – beschissen.«

Vielleicht doch nicht der richtige Zeitpunkt, hier vorbeizuschauen, dachte der Kommissar und suchte nach einer passenden Ausrede, um gleich wieder zu verschwinden. Andererseits blieb ihm keine Wahl, aus zwei Gründen – die Pistole und der Mord an Tronheim.

»Das tut mir leid«, versuchte es Thomas Calis unverbindlich.

»Wenn Se so karitativ drauf sind, dann woll'n Se wat von mir«, schloss Gustav messerscharf und riss die Augen noch weiter auf. Zugleich ruckte die Pistole hoch. »Ham Se wat dabei?«

»Waffe? Nein, ich war auf einem Vortrag beim Innensenator heute Morgen, da nimmt man nicht die Artillerie mit«, verneinte Calis, während er sich suchend umschaute. Wo war Gustavs Dobermann?

»Quatsch, wen interessiert det Metallzeug? Ick meene Kröten, Mäuse, Penunzen – Kohle halt.« Er röchelte ein wenig, und ein dünner Faden Speichel rann aus seinem Mundwinkel. »Oder Stoff?«

Calis schüttelte den Kopf. »Klar, ich werde meine Taschen voller Heroin packen und dann zu einem Frühstück bei den politischen Entscheidungsträgern antanzen, nur wegen dir!«

»So wird nie wat aus Ihnen«, grinste Gustav entwaffnend, »wenn Se keene Jastjeschenke mitbringen.« Er ließ offen, für wen. »Also, wat verschafft mir die Ehre Ihret Eindringens?«

»Können wir uns irgendwo hinsetzen?« Der Kommissar deutete auf die niedrige Hütte.

»Hamse Angst, det ick umfalle?«, spottete Gustav und zeigte grinsend eine Reihe Zahnlücken. »Ick fühl mir gleich jeliebt.« Damit drehte er sich plötzlich um und wankte voran. Doch zu Calis' Überraschung ging er nicht zum Haus, sondern bog nach links ein, überquerte eine kleine Wiese, die erstaunlich gepflegt war, und blieb vor einer alten, rostigen Hollywood-Schaukel stehen.

»Komm auf die Schaukel, Luise«, intonierte Gustav mühsam und atonal, ließ sich auf den Sitz fallen und griff ins Gras neben sich. »Woll'n Se ooch wat zu trinken?«, fragte er und hielt eine halb leere Bierflasche hoch.

Calis winkte ab und hockte sich vor Gustav ins Gras. Er registrierte erleichtert, dass die Pistole nicht mehr auf ihn zeigte. »Hast du dir nur dein Gehirn weggesoffen oder auch deine Kontakte? Ich brauche ein paar Auskünfte, aber so wie du aussiehst ...«

»Nur keene Frechheiten, damit kommen Se bei mir nich weit«, konterte Gustav unerschütterlich und setzte die Flasche an.

»Es hat heute Nacht einen Mord gegeben, in der Huttenstraße in Moabit«, begann Thomas Calis und sah zu, wie der Bierpegel hinter Glas rapide sank. »Ein Profijob, drei Mann, das Opfer arbeitete bei Siemens.«

Gustav prustete los, verschluckte sich am Bier und hustete sich fast die Lunge aus dem Leib. Die Bierflasche beschrieb einen weiten Bogen, und der Finger mit dem großen tätowierten »L« für Love zeigte direkt auf Calis.

»Det ... det ist euer Fall ... ?«, krächzte Gustav mit tränenden Augen, während sein Kopf bedrohlich von einer Seite auf die andere wackelte. »Ach du Scheiße ...« Dann fiel sein Oberkörper zurück in die geflochtene Lehne. »Manchmal hat man keen Glück, wa?«

»Seit wann redest du in Rätseln?«, gab Calis zurück. »Ich hatte eine verdammt kurze Nacht, einen grottenschlechten Tagesanfang, und der Rest war auch nicht besser. Also ...«

»Apropos Nacht, seit wann sind Se eigentlich schwul?«, fragte Gustav sanft und schielte unter halb geschlossenen Lidern auf den Kommissar. »Nich, det ick wat dagegen hätte, jedem Tierchen sein Pläsierchen ...«

Thomas Calis biss die Zähne zusammen und zählte bis zehn.

»Außerdem war det nich jerade die Hauptsendezeit«, fuhr Gustav unerbittlich fort. »Wenn ick schon den rosa Hampelmann jebe, dann sollten es doch alle sehen. Tagesschau und so ...«

Calis war bei fünfundzwanzig und zählte weiter. Dieser schwindsüchtige Hamster in Alkohol würde ihn nicht aus der Reserve locken. Er atmete einmal tief durch und bastelte an einer passenden Retourkutsche.

»Mich wundert, dass du mitten in der Nacht vor der Glotze hockst, wo das doch deine Hauptarbeitszeit ist«, gab Calis dann zurück und ärgerte sich, dass ihm nichts Besseres eingefallen war.

Gustav zuckte gleichmütig die Schultern und leerte den Rest der Flasche in sich hinein. Dann wischte er sich mit der Hand über den Mund und rülpste. »Wie Se meenen. Ick mach nich mehr so viel in letzter Zeit, zweemal Stütze plus Mutters Pension reichen dicke. Man wird ja ooch nich jünger.«

Calis verkniff sich die Nachfrage. Es hatte sowieso keinen Sinn.

Zweimal Stütze? Während er noch verwirrt darüber nachdachte, schoss ohne Vorwarnung Gustavs Dobermann um die Ecke, rannte den Kommissar fast über den Haufen, jaulte vor Freude, sprang um ihn herum und sabberte ihn ein.

»Der knutscht Se noch zu Tode«, lachte Gustav und klopfte sich auf die Schenkel. »Komm her, Attila, der jibt dir nüscht, der hat selber zu wenig.«

»Was weißt du von dem Mord in Moabit?«, fragte Calis nach, während er mit beiden Händen versuchte, das hechelnde Monster auf Distanz zu halten.

»Wie komm'n Se druff, det ick wat wees?«, erkundigte sich Gustav mit stierem Blick. Dann hielt er die Flasche gegen den Himmel, schüttelte stumm den Kopf und ließ sie neben sich auf den Boden fallen. »Früher war da ooch mehr drin«, beschwerte er sich nuschelnd. »Wie wär's mit Nachschub?«

»Dann schläfst du mir wieder weg, wie beim letzten Mal«, erinnerte ihn Calis und schob Attila energisch in Richtung Hollywood-Schaukel. »Entweder du sorgst dafür, dass dieser bellende Flohzirkus endlich aufhört, mich einzuspeicheln, oder ich schick dir seine Kollegen von der Drogenfahndung vorbei.«

»Is ja jut«, beschwichtigte ihn Gustav und gab dem Dobermann einen Klaps auf den Hintern. »Geh spielen, los, der Herr Kommissar hat schlecht jeschlafen. Oder er mag dich nich, weil du keen rosa Halsband hast.«

Attila trottete mit gesenktem Kopf gehorsam von dannen, und Calis atmete auf. »Moabit, Siemens, Mord«, fasste er zusammen und sah Gustav auffordernd an. »Ich trenne mich gerne von ein paar bedruckten Scheinen, aber dafür brauche ich dringend einige Informationen.«

Gustav hatte sich auf der Suche nach seinem Biernachschub heruntergebeugt und schien Calis gar nicht zuzuhören. Er tastete verzweifelt unter dem Sitz im Gras nach einer weiteren Flasche. Schließlich verlor er das Gleichgewicht, rutschte von der Schaukel und landete ächzend auf dem Boden vor dem Kommissar.

»Verdammt, jestern war da doch noch eene …«, murmelte er, aber Calis unterbrach ihn:

»Vergiss es, saufen kannst du später. Fahr dein Gehirn hoch!«
»Wie viele?«
Der Kommissar sah Gustav erstaunt an. »Was – wie viele?«
»Wie viele bedruckte Bildchen? Det is 'n janz heißes Eisen, daran kann man sich nur die Finger verbrennen.« Gustav schien mit einem Mal erschreckend nüchtern und sah Calis abwartend an. »Det kostet, und zwar nicht zu wenig.« Er rieb Zeigefinger und Daumen aneinander.
»Ich zahle beim Friseur auch nicht vorher«, meinte Thomas Calis lakonisch. »Erst mal musst du mir was liefern.«
Gustavs Knopfaugen standen plötzlich still, und er rülpste noch mal mit Hingabe. Dann versuchte er aufzustehen, hielt sich an der Schaukel fest und scheiterte kläglich. Calis fragte sich, wie viele Bier heute in diesem Garten schon den Weg alles Vergänglichen gegangen waren, bevor er gekommen war, um an den letzten Rest von Vernunft in Gustavs grauen Zellen zu appellieren.
Er erhob sich seufzend vom Gras und half Gustav hoch. »Also noch mal – was war das für eine Nummer in Moabit?«
»Job von außerhalb, da kommt ihr nie drauf«, schnaufte Gustav, und der Schweiß rann ihm in Strömen über die Stirn. Als er sich an Calis festhielt, merkte der Kommissar, wie sehr seine Hände zitterten.
»Genauer«, sagte Calis und zog einen Hunderteuroschein aus der Tasche.
Gustav riss die Augen auf, sah zuerst die Banknote und dann Calis verächtlich an. »Wollen Se een jeblasen bekommen oder wat von mir wissen?«
»Willst du heute Abend hier schlafen oder auf Entzug in die Ausnüchterungszelle?«, konterte der Kommissar.
Gustav zuckte gleichgültig mit den Schultern. »Ooch nicht schlechter als bei Muttern. Bin schon lang nich mehr einjefahren. Ick gloob, ick geh jetzt 'ne Runde pennen.« Er stieß sich von Calis ab und stolperte los.
Der Kommissar hatte mit einem Mal Mitleid. »Gustav!«, rief er, und irgendetwas in seiner Stimme schien den gebrechlichen, dünnen Mann aufzuhalten, als sei er gegen eine Wand gelaufen. »Wenn du noch mal einsitzt, kommst du nicht mehr raus«, meinte Calis sanft,

»und das weißt du. Ich kann dich in eine Klinik einweisen lassen, aber das hatten wir schon mal. Sobald es dir besser geht, bist du auf und davon.«

Gustav stand da, schwankte wie ein Baum im Wind und ließ die Schultern hängen.

»Wie viel willst du? Ich brauch' deine Hilfe, sonst sind die über alle Berge, bevor wir auch nur einen Fuß auf den Boden bekommen. Das waren Profis, und das weißt du. Keine Verbindung zum Opfer, keine Gefühle, ein Auftragsmord. Was haben die bei Siemens gesucht?«

Gustav antwortete nicht, stand noch immer mitten auf der kleinen Wiese. In der Ferne verbellte Attila einen Passanten.

»Ick brauch' Ihre Kröten nich, det letzte Hemd hat keene Taschen«, wehrte Gustav ab und drehte sich langsam um. »Ick mach's nich mehr lange, det spür' ick. Dann werden Se sich 'nen anderen suchen müssen. Aber ick mag Se, auch wenn Se schwul sind.« Er grinste spitzbübisch. Dann rannen plötzlich Tränen über seine Wange. »Jehn Se hinter mir her, draußen in Stahnsdorf, wenn se mir einjraben? Ick will nich janz alleene sein ...«

Calis nickte stumm. »Versprochen«, sagte er dann leise.

»Die hatten's eilig, verdammt eilig«, begann Gustav, »und Geld spielte keene Rolle. Es musste nur schnell jehen.« Er wischte sich mit den Handrücken die Tränen vom Gesicht. »Aber es is nich so leicht, auf Druck drei Profis vor Ort zu heuern, die es drauf haben und jerade nich einsitzen. Wer viel Geld ins Wasser wirft, macht große Wellen.«

»Wann war das?«, erkundigte sich Calis vorsichtig.

»Vor vier oder fünf Tagen, so jenau weeß ick det ooch nich«, antwortete Gustav. »Der Auftrag kam ausn Westen, aus Frankfurt gloob ick, aber dafür leg ich nich meine Hand ins Feuer. Viele reden viel, wenn es um 'ne halbe Mille jeht.«

Calis pfiff durch die Zähne. »Und?«

Gustav schüttelte den Kopf. »Wer konnte, wollte nich und wer wollte, konnte nich. Also brachten se Jungs von außerhalb. So hört man jedenfalls.«

»Geht das ein wenig konkreter?«, wollte Calis wissen.

»Dann wär' ick bei der Bullerei«, ätzte Gustav, »mit Pensionsberechtigung und Frühstück beim Innensenator.«

»Kannst du dich umhören? Wäre echt hilfreich.« Der Kommissar gähnte und schaute auf die Uhr. »Ich ruf dich morgen früh an. Streck deine Fühler aus und sei vorsichtig. Wer eine halbe Million hat, der hat auch was zu verlieren.«

Gustav wandte sich um und ging einfach davon. Calis war nicht einmal sicher, ob er seinen letzten Satz überhaupt gehört hatte. Er stand nur da und sah dem schwankenden kleinen Mann nach.

In diesem Augenblick kam Attila angerannt, bremste, schnüffelte kurz an Gustav und trottete dann einträchtig neben ihm her. Als beide in der langgestreckten Hütte verschwanden, gingen auf der Straße vor dem Zaun die Gaslaternen an.

Ihr gelbes Licht hatte etwas Versöhnliches.

Charlotte Road, Barnes, Südwest-London / England

Llewellyn sprang aus dem Taxi und bedeutete dem Fahrer mit einer Handbewegung, das Wechselgeld zu behalten. Er hatte das Gefühl, dass die Zeit ihm zwischen den Fingern zerrann, nachdem er mit Phönix gesprochen hatte. Mit halbem Ohr hörte er den Wagen wenden und den zufriedenen Fahrer durchs offene Fenster rufen: »Haben Sie noch einen schönen Abend, Sir!«, dann verklang der Motorlärm, und es war still in der schmalen Gasse im Südwesten Londons. Hier reihten sich weiße Einfamilienhäuser aneinander, mit handtuchgroßen Vorgärten und manikürtem Rasen, auf dem die ersten gelben Narzissen und Tulpen sprossen.

Die Charlotte Road war eine Sackgasse, die am Hockeyfeld des traditionsreichen Barnes Sports Club endete. In den Garageneinfahrten parkten Porsche Cayenne oder andere trendige SUVs, während an den Fenstern aufwendige Osterdekorationen Schattenrisse warfen.

Der kleine Garten, den Llewellyn durchquerte, war ebenfalls mit Blüten von Frühlingsblumen übersät, der Türklopfer aus Messing an der grünen Eingangstür war auf Hochglanz poliert, und ein Osterhase mit Korb lächelte von der obersten Stufe der kleinen Treppe.

Llewellyn fragte sich, ob die Comptons eine Überwachungskamera montiert hatten, als Margaret nur Sekunden, nachdem er geklopft hatte, die Tür öffnete.

»Mr. Llewellyn! Schön, Sie zu sehen, Sie waren lange nicht hier«, lächelte die rundliche grauhaarige Frau in ihrer farbenfrohen Küchenschürze. »Das Abendessen haben Sie verpasst, aber ich habe einen Kuchen im Rohr, der in ein paar Minuten fertig sein wird. Sie werden mir doch keinen Korb geben? Einen Tee dazu?«

Sie zog den Major in den kleinen Flur und schloss die Tür, bevor Llewellyn antworten konnte. »Peter wird sich freuen. Er hat viel von Ihnen gesprochen nach der Geschichte mit dem Schweizer Konsortium.«

»Ich hoffe, ich störe nicht, Margret«, warf Llewellyn ein, »aber es ist wichtig, sonst wäre ich nicht um diese Zeit hergekommen.«

»Ach was, Sie stören nie«, winkte die Hausfrau ab und schnüffelte. »Ich glaube, ich sollte nach meinem Kuchen schauen, sonst haben wir gleich einen ungenießbaren schwarzen Ziegelstein im Ofen.«

Llewellyn blickte Margaret nach, die mit wehender Schürze in der Küche verschwand. Dann betrat er nach kurzem Anklopfen das Wohnzimmer, das von einem riesigen Kamin beherrscht wurde. Die Einrichtung schien direkt aus einem ehrwürdigen englischen Club zu stammen. Mit dunklem Holz verkleidete Wände, überfüllte Bücherregale, von Messinglampen beleuchtete Pferde- und Hundebilder an der Wand. Einige Sessel standen um einen mit grünem Filz bezogenen Kartentisch herum, auf dem ein Stapel Tageszeitungen und Magazine bedrohlich schräg seine Stellung behauptete.

»Kommst du, um zu sehen, ob der Greis noch lebt?«, ertönte eine energische Stimme aus einem hohen Lehnsessel vor dem Kamin. »Ich kann dich beruhigen. Wer diesen Winter in England überstanden hat, den kann nicht mehr viel erschüttern.«

»Nachdem sich die Regierung noch über Wasser hält, die Monarchie vor hormonellem Tatendrang nur so strotzt und selbst die Wirtschaft die Euro-Krisen nicht so ernst nimmt, muss es dir gutgehen.« Llewellyn lächelte und trat ans Feuer. »Sonst wäre in diesem Land schon alles zusammengebrochen.«

»Schwindler!«, kam es aus dem Lehnsessel, gefolgt von einem leisen Lachen. »Aber wenigstens eine nette Lüge, und genau das ist es, was denen da oben abhandengekommen ist: der Charme. Damit halten die sich nicht mehr auf.«
Der Mann, der sich seufzend erhob, um Llewellyn zu begrüßen, war älter als er. Er trug eine dicke Brille auf einer aristokratischen Nase, die in einem schmalen, blassen Gesicht prangte. Über dünnen Lippen saß ein kurz getrimmter Schnurrbart, der einem der eleganten Darsteller in den Mantel-und-Degen-Filmen der dreißiger Jahre hätte gehören können. Tiefe Falten um die dunkelbraunen wachen Augen verrieten eine gute Prise Humor, die überraschend vollen grauen Haare waren akkurat gescheitelt. Peter Compton, ehemaliger Führungsmann im britischen Inlandsgeheimdienst MI5, Vertrauter und Berater von sechs Premierministern und seit seiner Pensionierung allgemein respektierte graue Eminenz in der Geheimdienstszene, legte nach wie vor Wert auf ein makelloses Äußeres und eine zeitlos englische Kleidung.

»Heute verkaufen die Mächtigen ihren Charme nicht mehr ans Volk, sondern an die Banken und bekommen dafür eine Grundlage zum politischen Überleben. Wie wär's mit einem Whisky?« Compton wies auf den gut bestückten Beistelltisch, wo eine Batterie von Flaschen im Schein des Feuers funkelte. »Oder nehmen wir uns ein Vorbild an Queen Mum, die wurde mit Gin steinalt.«

»Oder dank Gin«, lächelte Llewellyn. »Trinkst du mit?«

»Die einzige Freude, die ich noch habe, angesichts des Dilettantismus, der sich in unserem Geschäft durchgesetzt hat«, entgegnete Compton und versenkte die Hände in die Taschen seines Morgenmantels im Burberry-Muster. »Dazu kommt, dass Weihnachten und Ostern hochoffizielle Anlässe für Margret sind, um in unserer Küche Kalorienbomben zu bauen und damit meine Linie zu sabotieren. Wenn Terroristen nur halb so effektiv wären wie sie, wäre es um diese Insel seit langem geschehen.«

»Du jammerst auf hohem Niveau, hab ich recht?« Llewellyn grinste und reichte Compton ein Glas. Dann wurde er wieder ernst und ließ sich in einen der Lehnsessel fallen. »Ich kenne dein legendäres Gedächtnis zwar – aber trotzdem, erinnerst du dich an Phönix? Ich habe mit ihm zusammengearbeitet, als ich damals in Pakistan war wegen des Flugzeugabsturzes 1988.«

»Ja, das Unglück von Bahawalpur«, nickte Compton. »Wenn ich mich recht entsinne, explodierte das Flugzeug des Präsidenten Zia-ul-Haq einige Minuten nach dem Besuch einer Militärbasis auf dem Weg nach Islamabad. Unter den Opfern waren der amerikanische Botschafter, ein US-General und die wichtigsten pakistanischen Offiziere. Ein herber Schlag für das politisch instabile Land und die ganze Region.« Der Geheimdienstchef lehnte sich an den Kamin und sah Llewellyn nachdenklich an. »MI6 hatte dich zur Beobachtung und Berichterstattung nach Pakistan geschickt. Mohammed Zia-ul-Haq war damals seit elf Jahren Militärmachthaber Pakistans und witterte überall Verrat. Diesmal sollte er recht behalten. Es wurde sein letzter Flug.«

»Die Sowjets zogen sich gerade aus Afghanistan zurück, weidwund und um eine schmerzhafte Erfahrung reicher. Zia-ul-Haq tobte, weil noch immer kein Regierungschef seiner Wahl in Kabul saß«, ergänzte Llewellyn. »Also setzte er zu Hause frustriert den Premierminister ab und plante eine Säuberungswelle im Militär. Dann kam der Flug vom 17. August, und alles änderte sich auf einen Schlag.«

»Was hatte Phönix damit zu tun?«, wollte Compton wissen.

»Die Military Intelligence hatte ihn neben einigen anderen zur offiziellen Untersuchung des Unglücks abkommandiert«, erläuterte Llewellyn. »Generalleutnant Aslam Beg, der stellvertretende Vorsitzende des Generalstabs, war damals der Einzige, der nicht mitgeflogen war und es abgelehnt hatte, in die Hercules C-130 zu steigen. Er winkte vom Rand der Piste dem startenden Flugzeug zu und sah die Hercules in der Ferne verschwinden. Was dann geschah, ist bis heute nicht vollständig geklärt. Augenzeugen berichteten, das Flugzeug habe sich am Himmel bewegt wie auf einer Achterbahn, dreimal auf und ab, schoss dann senkrecht in die Tiefe, schlug auf und explodierte.«

Der Major nahm einen Schluck Whisky, bevor er weitersprach.

»Der Jet von Generalleutnant Beg erreichte die Unglücksstelle wenig später, kreiste ein paar Mal über dem brennenden Wrack und flog nach Islamabad weiter. Beg, einziger Überlebender der pakistanischen Militärspitze, übernahm die Kontrolle und ordnete Neuwahlen an ...«

»... die Benazir Bhutto, die Tochter des von Zia-ul-Haq geputschten und später gehängten Premiers, an die Macht brachten«, vollendete Compton. »So weit alles bekannt. Aber was war die Rolle von Phönix?«

»Sei nicht ungeduldig«, wandte Llewellyn ein. »Der Flugzeugabsturz damals hatte die politische Landschaft Pakistans auf einen Schlag verändert. Die islamistische Militärdiktatur wich sang- und klanglos einer wackligen Zivilregierung. Vielen war das zu leicht gegangen, auch Phönix, der seine Aufgabe ernst nahm. In den Trümmern der Maschine wurden nämlich Spuren eines Sprengstoffs gefunden, die amerikanischen und pakistanischen Ermittler schlossen einhellig ein mechanisches Versagen aus und vermuteten daher einen Sabotageakt. Die Frage allerdings, wer dafür verantwortlich war, ließen sie in ihrem Bericht offen. Wollte man es sich mit den zukünftigen Machthabern nicht verderben? Brauchten die USA Pakistan als Verbündeten in der Region? Wie auch immer. Das Taktieren passte Phönix ganz und gar nicht. Es ging ihm um die Wahrheit, während andere sich mit Spekulationen und Verdächtigungen zufriedengaben und auf Posten in der neuen Regierung hofften. Er sagte laut, was andere dachten und deutete mit dem Finger auf Gruppen, die angetreten waren, die Macht zu übernehmen. Das brachte ihm eine Kugel ein.«

Der Major stand auf und schenkte sich nach, während Compton mit einem Schürhaken im Feuer stocherte.

»Der Flugzeugabsturz wurde bis heute nicht aufgeklärt, wie du weißt«, fuhr Llewellyn fort. »Doch in Zeiten des Kalten Krieges schossen die Spekulationen ins Kraut. Wechselweise wurden KGB, CIA und sogar der Mossad verantwortlich gemacht, aber auch Widersacher Zia-ul-Haqs aus dem pakistanischen Militär. Für keine der Theorien konnten Beweise vorgelegt werden. Phönix behauptete, sie seien sorgfältig vernichtet worden. Das hätte ihn beinahe ins Grab gebracht. Aber er begriff die Warnung und ließ sich zur Polizei versetzen, in die nordwestlichen Grenzgebiete, weit weg von der Hauptstadt und doch in eine sensible Region, in der er etwas bewegen konnte.«

»Ein Sitzplatz auf einem Pulverfass«, gab Compton zu bedenken, »und nicht gerade das, was man eine spiegelglatte Rutschbahn zur Pension nennt.«

Llewellyn schüttelte den Kopf. »Ich habe ihn vor fünf Jahren auf einem Polizeikongress in Wien getroffen, und er schien mir damals ziemlich zufrieden zu sein. Er hatte wieder geheiratet und ein ›Netzwerk der Gemäßigten‹ aufgebaut, wie er es nannte. Es herrschte Ruhe in der Provinz. Aber jetzt ...«

Compton runzelte die Stirn. »Was heißt – aber jetzt?«

»Der Grund meines Besuchs. Ich habe vor einer Stunde mit Phönix telefoniert. Seine gesamte Familie wurde bei einem Anschlag getötet, und er ist auf der Flucht.«

Compton ließ sich langsam in seinen Lehnsessel sinken. »Taliban?«, fragte er tonlos.

»Nein, er meinte, er habe etwas gesehen, was er niemals hätte sehen dürfen«, erwiderte Llewellyn. »Wenn du mich fragst, dann stinkt es zum Himmel, wie damals in Bahawalpur. Und ohne uns wird Phönix es nicht lebend aus Pakistan herausschaffen. Bleibt er aber dort, dann gebe ich ihm keine achtundvierzig Stunden.«

Der Geheimdienstchef trommelte mit den Fingern auf die Lehne. »Das tut mir leid für ihn, versteh mich bitte nicht falsch«, wandte er ein, »aber in unserem Geschäft ist Mitleid ein Luxus, den man sich nicht leisten kann, und das weißt du so gut wie ich. Eine innerpakistanische Angelegenheit, noch dazu im Hindukusch! Bei unserer kolonialen Vergangenheit sollten wir den Ball flach halten und uns nicht einmischen. Wir blamieren uns schon in Afghanistan zur Genüge.«

»Bis hierher sind wir einer Meinung«, gab Llewellyn zu. »Aber da ist noch etwas, das du nicht weißt. Allem Anschein nach war es eine deutsche Kommandoaktion.«

Das Glas mit dem Gin in Comptons Hand stockte auf halbem Weg. Der Geheimdienstchef sah Llewellyn verblüfft an. »Es war – was?!«

»Mit Wissen und Unterstützung des pakistanischen Militärs«, ergänzte der Major. »Deshalb und um unserer alten Freundschaft willen möchte ich Phönix so schnell wie möglich aus dem Land haben und mit ihm reden. Und dazu brauche ich dich.«

> Restaurant Kadoura, La Corniche,
> Alexandria / Ägypten

»Das Essen war einfach köstlich«, schwärmte Amina Mokhtar und lächelte zufrieden, als der Kellner die leeren Teller abräumte und Wein nachschenkte. »Ich hatte mich zwar auf unser Treffen in der Bibliothek gefreut, aber diese Gaumenfreude werde ich Ihnen morgen nicht bieten können. Wir sind schon froh, einen halbwegs vernünftigen Kaffee zu bekommen.«

»Gutes Stichwort«, hakte John Finch nach. »Wollen wir noch einen Espresso nehmen, bevor wir uns auf den Heimweg machen? Ich bringe Sie nach Hause, die Nacht ist warm, und wir können am Meer entlangspazieren.«

»Ein Kaffee wäre der perfekte Abschluss für unser Dinner, und der Spaziergang danach wird uns guttun«, antwortete Dr. Mokhtar. »Ich wohne nicht weit vom Cecil entfernt, nahe der Bibliothek. Wir haben also den gleichen Weg.«

»Ich habe heute Abend mehr aus meinem Leben erzählt, als ich von Ihnen erfahren habe«, meinte Finch und lehnte sich vor. »Sie wollten mich dringend sehen, aber ich weiß noch immer nicht, warum.«

Die Wissenschaftlerin sah sich verstohlen um, betrachtete die Gäste an den anderen Tischen und überlegte kurz. »Eigentlich wäre mir mein Büro lieber, um Ihnen davon zu berichten und vor allem, um Ihnen das Dokument zu zeigen. In Ägypten haben die Wände oft Ohren, und wenn meine Vermutung richtig ist, dann handelt es sich bei meiner Entdeckung um eine wahre Sensation.«

Sie suchte nach den passenden Worten, aber John Finch kam ihr zuvor.

»Wahrscheinlich haben Sie recht, hier sind zu viele Menschen«, stellte er fest. »Auf unserem Spaziergang nach Hause sind wir ungestört, da sollte uns niemand belauschen.«

»Lassen Sie mich die Vorgeschichte erzählen, dann werden Sie mich besser verstehen.« Dr. Mokhtar stützte die Ellenbogen auf den Tisch und legte die Hände zusammen. »Handschriften sind etwas Besonderes. Im Gegensatz zu gedruckten Büchern sind sie Unikate, haben etwas Persönliches, Einzigartiges. Ist eine einmal zerstört, dann gibt es keinen Ersatz, außer man hat vorher eine Abschrift anfertigen lassen. Nehmen Sie zum Beispiel die alte, historische Bibliothek von Alexandria, die unweit von hier stand. Sie war die bedeutendste und größte Bibliothek des klassischen Altertums, wurde im dritten Jahrhundert vor Christus gegründet und soll angeblich siebenhunderttausend Schriftrollen besessen haben. Eine unvergleichliche Masse an Information für die damalige Zeit. Als die Sammlungen durch Kampfhandlungen sechshundert Jahre später fast vollständig zerstört wurden, löste sich mit ihnen das Wissen von Generationen in Rauch auf. Die letzten Manuskripte schließlich gingen wahrscheinlich während der Islamisierung Ägyptens verloren, das Bauwerk selbst wurde dem Erdboden gleichgemacht. Es blieben nicht einmal archäologische Zeugnisse erhalten.«

Amina Mokhtar verstummte, als der Kellner an den Tisch kam und zwei Espressi brachte. Dann fuhr sie fort.

»Manuskripte waren stets begehrt, manche wurden sogar mit Gold aufgewogen. Jeder mitteleuropäische Herrscher, der etwas auf sich hielt, hatte an seinem Hof eine Bibliothek. In der Zeit der Aufklärung, als die Wissenschaften eine wahre Blüte erlebten und überall Akademien gegründet wurden, begann eine gezielte Suche, fast kann man schon sagen, eine Jagd nach Handschriften. Wissenschaftliche Disziplinen wurden neu organisiert, Sammlungen gegründet, Unterlagen gehortet. Damals bestimmte Frankreich den Lebensstil, hatte die Führung in Kunst und Literatur übernommen. So schlug in der zweiten Hälfte des siebzehnten Jahrhunderts in Frankreich auch die Geburtsstunde wirklich wissenschaftlicher Geschichtsforschung.«

Sie lächelte Finch zu. »Ich hoffe, ich langweile Sie nicht, aber ich verspreche Ihnen, es wird gleich interessanter. Vor allem die Jesuiten und die Benediktiner in Frankreich begannen, Quellen systematisch zu sammeln und so etwas wie eine Zentralbibliothek in Saint-Germain-des-Prés einzurichten. Dorthin schafften sie möglichst viel Material aus den alten Klöstern ihres Ordens, die wiederum Handschriften in ihrem unmittelbaren Umfeld gesammelt hatten. So konzentrierten sie ihr Wissen in Paris. Weil bereits damals Wissen Macht bedeutete, dauerte es nicht lange, bis der wohl wichtigste Minister Frankreichs sich für die Sammlung interessierte: Jean-Baptiste Colbert, seinerseits bekanntester Büchersammler des siebzehnten Jahrhunderts und ehemaliger privater Vermögensverwalter von Kardinal Mazarin, stieg unter Ludwig XIV. zum mächtigsten und einflussreichsten Mann Frankreichs auf. Er war Minister für Finanzen, Handel, Verkehr, Marine, die Kolonien und die Kunst in Personalunion. Eine unglaubliche Machtkonzentration. Er war es auch, der die naturwissenschaftliche Königliche Akademie der Wissenschaften gründete und aus seiner Privatschatulle den Ankauf ganzer Handschriftensammlungen finanzierte. Agenten bereisten für ihn planmäßig die Provinzen und erwarben, was sie nur finden konnten. Vertrauensmänner in ganz Europa besorgten ihm Handschriften und Urkunden, und – falls die Originale unverkäuflich waren – Kopien der gesuchten Stücke. Mit ihren fünfzehntausend Handschriften und fünfzigtausend Drucken übertraf seine Bibliothek bald die des Königs.«

»Der darüber nicht besonders glücklich war?«, wollte Finch schmunzelnd wissen.

»Colbert war geschickt«, antwortete Dr. Mokhtar und nippte an ihrem Espresso, »und vermehrte auch dort die Bücher- und Handschriftenbestände. Er beauftragte die diplomatischen Vertreter Frankreichs im Ausland mit dem Ankauf, schickte Missionen in den Orient und rüstete sie mit den nötigen Geldmitteln aus, er war ja auch Finanzminister. Bei Staatsbesuchen deutete man diplomatisch an, welche Gastgeschenke man gern erhalten würde – seltene Manuskripte. So setzte ein steter Zustrom von Dokumenten aus Vorderasien, aus Indien und China ein. Nach Colberts Tod wurden seine Bücher versteigert, doch die einzigartige Handschriftensammlung wurde der königlichen Bibliothek einverleibt. Mit Recht galt sie zu Beginn der Französischen Revolution als größte und reichste Bücher- und Handschriftensammlung der Welt. Rechnen Sie jetzt noch die Bibliothek der Sorbonne dazu, die kirchlichen Bestände, die zahlreichen kleineren und größeren Privatsammlungen in Paris und der Provinz, dann können Sie sich vorstellen, wie unglaublich groß die Zahl der handgeschriebenen Dokumente in Frankreich war und immer noch ist. Nicht zuletzt deshalb wurden zur Eröffnung der neuen Bibliotheca Alexandrina im Jahr 2002 Tausende historische Dokumente über die Ägyptische Expedition und den Bau des Suezkanals von Frankreich gespendet, während aus Spanien Handschriften über die maurische Herrschaft kamen. Alle landeten hier im Manuskriptmuseum, und manche werden sogar derzeit ausgestellt.«

»War das auch der Grund, warum Sie nach Alexandria gekommen sind?«, wollte John Finch wissen.

»Einer der Gründe«, gab Amina Mokhtar zu. »Der andere war, zu meinen Wurzeln zurückzukehren, die mein Vater bis zu seinem Tod aus Verbitterung verleugnet hatte. Unsere Familie stammt aus Nordafrika, lebte seit Generationen hier. Meine Vorfahren wurden hier geboren, heirateten, kämpften in Kriegen und starben in Schlachten. Sie waren Kaufleute und Karawanenführer, Kamelzüchter und einfache Bauern, Lehrer und Anwälte, Fischer und Beamte. Manche von ihnen fuhren zur See, andere wanderten aus, versuchten ihr Glück auf einem anderen Kontinent, wie mein Vater. Doch tief in ihrem Herzen sind sie nie von Nordafrika losgekommen.«

»Wie ich«, murmelte Finch, »obwohl meine Familie aus dem Herzen Englands stammt.« Er nickte Amina Mokhtar zu, die ihre Tasse geleert hatte. »Kommen Sie, gehen wir ein Stück und genießen wir die Nacht. Und jetzt bin ich wirklich gespannt, was Sie gefunden haben.«

Auf der Straße waren weniger Autos unterwegs, und die Promenade entlang des Strandes war fast menschenleer. Die Wissenschaftlerin hängte sich bei Finch ein und atmete tief durch. »Meine Tochter liebt dieses Land wie ich. Sie ist ...«

Das Klingeln ihres Handys unterbrach sie.

»So spät?«, fragte Finch und sah sie mit gerunzelter Stirn an.

»Der Direktor«, erklärte Amina Mokhtar nach einem Blick aufs Display. »Er bereitet eine Konferenz vor, die morgen beginnt, und arbeitet seit einer Woche rund um die Uhr.« Dann nahm sie das Gespräch an, und Finch blieb zurück, blickte aufs Meer hinaus, über dem sich ein fast wolkenloser Sternenhimmel spannte. Der Geruch nach Salz und

Tang lag in der Luft, in der Ferne schienen die Lichter einiger Fischerboote über dem Wasser zu schweben.

Plötzlich spürte er eine Hand an seinem Arm. »Es tut mir leid, aber aus unserem Spaziergang wird nichts«, sagte Amina Mokhtar mit einem Ton des Bedauerns. »Ich muss noch einmal in die Bibliothek zurück, unserem Direktor beistehen. Er sucht seit Stunden vergeblich nach einem alten ägyptischen Text, und es ist immer schwierig, wenn ein Werk verreiht ist. Außerdem ist er wohl ein wenig nervös wegen der bevorstehenden Konferenz. Die ersten Teilnehmer der Tagung sind bereits eingetroffen.«

Sie umarmte Finch kurz und winkte dann ein Taxi heran, das langsam vorbeirollte. »Danke für den schönen Abend. Wir sehen uns morgen in meinem Büro, dann erzähle ich Ihnen alles und zeige Ihnen meinen Fund. Kommen Sie um neun, aber frühstücken Sie vorher. Und erwarten Sie sich nicht zu viel vom Kaffee.«

Lachend stieg sie ein und winkte dem Piloten durch das offene Fenster zu.

John Finch stand auf der Straße und blickte dem Taxi nach, das wendete und dann die Corniche hinauffuhr. Er sah wieder das kleine Mädchen vor sich, das er aus Algier ausgeflogen hatte, die Hoffnungslosigkeit in ihren Augen, das zerrissene, blutbespritzte Kleid. Es war einer jener Tage gewesen, an dem er dem Teufel die Seelen streitig gemacht hatte. Damals war er in die Hölle geflogen, hatte in seiner jugendlichen Unbekümmertheit hoch gepokert und gewonnen.

Und irgendwie war er jetzt stolz darauf, nachdem er gesehen hatte, was aus der kleinen Amina geworden war.

Als er die Hände in den Taschen seiner Jeans versenkte und sich langsam auf den Weg ins Cecil machte, sah er auf der niedrigen Mauer vor sich einen Mann sitzen. Ein grauer Vollbart bedeckte fast sein gesamtes Gesicht. Er trug einen Burnus und hatte ein Tuch lose um den Kopf geschlungen, durch seine Finger rieselten unentwegt die Perlen einer Gebetskette. Finch nickte ihm freundlich zu, als er vorüberging.

»As-salamu alaikum«, grüßte ihn der Alte leise. Seine Augen blickten nachdenklich auf den Piloten, der stehengeblieben war. Plötzlich wies der hagere Mann mit einer alles umfassenden Armbewegung auf das Meer. »Tu eine gute Tat und wirf sie in die Flut«, meinte er und ließ

Finch nicht aus den Augen. »Wenn das Wasser austrocknet, wirst du sie wiederfinden. Das hast du heute erfahren.«

Finch lehnte sich neben den Alten an die Mauer und musterte ihn lächelnd. »Ja, das habe ich, weiser Mann. Und es tat gut.«

Der Mann nickte nur stumm. Die Perlen der Gebetskette klickten. »Aber nimm dich in Acht. Der Teufel lässt dich nicht mehr gehen, wenn er einmal gegen dich verloren hat«, meinte er schließlich und stand auf. »Denn am Ende, am Ende gewinnt er immer.«

Damit wandte er sich ab und verschwand humpelnd in der Nacht.

4
DIE SCHATTENKRIEGER

> **Arolser Straße,
> Frankfurt am Main / Deutschland**

Der dunkelblaue Bentley Mulsanne glitt durch das Neubaugebiet am Stadtrand in Frankfurts Norden, mit einem dumpfen Grollen wie ein UFO von einem anderen Stern. Die verdunkelten rückwärtigen Fenster hätten Beobachtern auch tagsüber die Sicht auf alle wichtigen Insassen genommen, aber nun, in den frühen Morgenstunden, sah es aus, als seien die Scheiben von innen schwarz lackiert worden.

Der Mann im Fond blickte auf die Uhr. Im schwachen Licht der Innenbeleuchtung, das sich auf dem Glas seiner Patek Philippe spiegelte, zeichneten sich die schlanken Zeiger nur schemenhaft ab.

Drei Uhr fünfunddreißig. Die Straßen waren menschenleer, in den Häusern brannten nur hie und da vereinzelte Lichter. Alles schlief, und selbst die Bankenmetropole schien Atem zu holen, Kraft für den nächsten Tag zwischen Börsenkursen und vielversprechenden Fonds, Wertberichtigungen und Eurobonds zu tanken.

»Fahren Sie an der Abzweigung da vorne geradeaus weiter«, wies der Mann im Anzug den Fahrer an, der nur stumm nickte. »Am Ende der Arolser Straße ist ein großer Parkplatz. Der ist unser Ziel. Alles Übrige haben wir bereits besprochen.«

Mehrstöckige Wohnblocks schoben sich ins Blickfeld, ersetzten die niedrigen Einfamilienhäuser mit ihren schnurgerade geschnittenen Hecken und grün gestrichenen Zäunen. Die gelbliche Straßenbeleuchtung ließ die geparkten Autos und selbst den Rasen ockerfarben aussehen.

Nach dem Supermarkt auf der rechten Seite machte die Arolser Straße eine leichte Biegung, führte leicht ansteigend hinauf bis zu ihrem Ende, einem großen, dreieckigen Parkplatz zwischen Bäumen und Sträuchern. Von da zweigten nur mehr zwei Spazierwege ab.

Die bläulichen Xenon-Scheinwerfer des Bentleys fraßen sich durch

die Dunkelheit und erleuchteten einige abgestellte Autos, einen Anhänger ohne Zugfahrzeug, randvoll mit alten Autoreifen, und ein umgefallenes Moped. Erneut schaute der Mann im Fond auf die Uhr.
»Da sind sie«, informierte ihn der Fahrer ruhig und wies nach vorne. Aus dem Schatten des rechten Weges waren drei Männer auf den Parkplatz getreten und gingen nun langsam auf den Bentley zu, der am Ende der Straße ausrollte. Zwei von ihnen trugen schwarze Kampfanzüge, einer Jogginghose und Pullover.
Der Chauffeur hielt an, ließ den Motor laufen und stieg aus. Mit einem satten Klang fiel die Tür hinter ihm ins Schloss, sperrte alle Geräusche aus wie eine Panzerschranktür. Nur das Summen der Klimaanlage war zu hören, untermalt vom dezent-sonoren Klang des riesigen, turbo-aufgeladenen Achtzylinders im Leerlauf. Genau in dem Moment, als der Mann auf der Rückbank die Innenbeleuchtung einschaltete, öffneten sich die Türen wieder.
»Sie möchten eine Übergabe im Wagen? Das war so nicht ausgemacht!« Der Mann, der den Kopf ins Wageninnere streckte und sich rasch umsah, schien ungehalten. Die Narben, die über seine Wangen bis zum Kinn liefen, verliehen ihm das Aussehen eines ständig grinsenden, kahlrasierten Clowns. Die kalten Augen straften den fröhlichen Anblick Lügen.
»Dann ändern wir die Abmachung eben«, erwiderte der Mann im Fond kühl. »Sie haben etwas mitgebracht, das ich haben will, und ich habe einen Koffer hier, den Sie gerne hätten. Also? Wo ist das Problem? Sie sind zu dritt und bewaffnet, wie ich annehme. Wovor haben Sie Angst?«
»Vor nichts und niemandem«, brummte der Mann und gab dann seinen Begleitern ein Zeichen. Er ließ sich auf die Rückbank fallen, rutschte in die Mitte und machte Platz für einen seiner Begleiter. Der dritte Mann stieg auf den Beifahrersitz, zog eine Pistole aus dem Bund der Jogginghose und legte sie in seinen Schoß. Dann beobachtete er aufmerksam den Chauffeur, der sich mit einem dünnen Lächeln anschnallte und den Gang einlegte.
Als der Bentley anrollte, um zu wenden, fuhr die Hand von Narbengesicht zur Tasche seines Kampfanzuges. »Was soll das?«, fragte er alarmiert.

»Wir machen eine kurze Spazierfahrt durch die Umgebung«, beruhigte ihn sein Sitznachbar, »um nicht aufzufallen. Zu so früher Morgenstunde sind wir ziemlich allein auf der Straße, und ich möchte nicht von einem Hundebesitzer, dessen Köter Durchfall hat, beobachtet werden.« Er streckte die Hand aus. »Haben Sie den Gegenstand?«

»Haben Sie das Geld?«, zischte der Mann mit der Narbe herausfordernd.

»Selbstverständlich«, gab sein Auftraggeber kühl zurück. »Das hier ist kein Kindergartenspiel im Sandkasten. Erzählen Sie mir lieber, wie es gelaufen ist. Aber vorher geben Sie mir ...«

»Nein«, Narbengesicht schüttelte den Kopf. Er zog den Zylinder aus einer der Ärmeltaschen seines Anzugs und hielt ihn unter die Innenbeleuchtung. Das Metall schimmerte matt. »Hier ist er. Und nun will ich das Geld sehen.«

»Warum die Ungeduld?«, grinste der Mann im Fond. »Ich möchte zuerst wissen, wie es in Berlin gelaufen ist. Also?«

Narbengesicht zuckte die Achseln. »Von mir aus«, murrte er und begann zu berichten.

Neun Minuten später rollte der Bentley wieder auf den dreieckigen Parkplatz am Ende der Arolser Straße, wendete und hielt an. Der Chauffeur stieg aus, ging zum Heck, öffnete den Kofferraum und zog einen kleinen Aluminiumkoffer unter einer Decke hervor. Dann wartete er.

»Ihr Geld.« Der Mann im Fond deutete auf den Fahrer und streckte dann auffordernd seine Hand aus. Narbengesicht überlegte kurz, ließ dann den Zylinder hineinfallen und nickte seinen Begleitern zu. Die drei Männer stiegen eilig aus, und der Chauffeur übergab ihnen den kleinen Koffer, bevor er wieder hinter das Steuer glitt.

»Halt!«, rief ihm einer der Männer nach und deutete auf die Zahlenschlösser. »Wie lautet die Kombination?«

»Drei-neun-sechs-acht-zwei-eins«, rief der Fahrer aus dem Fenster, dann beschleunigte die dunkelblaue Limousine mit dumpfem Grollen die Straße hinunter.

»Dafür brauchen Sie zwanzig Sekunden bei dem Licht«, meinte der Mann im Fond leichthin und steckte den Metallzylinder ungeöffnet in seine Anzugtasche. »Geben Sie Gas.«

Der Bentley schoss nach vorne und verschwand in der Nacht, während der Mann mit der Narbe leise fluchend die kleinen Rädchen des Schlosses drehte und die Zahlen aufreihte. Drei-neun-sechs-acht-zwei-eins. Endlich schnappten die Riegel, und er riss den Deckel auf. Von grünen Banderolen zusammengehalten schimmerten ihm fünfzig Päckchen leerer weißer Scheine entgegen.

»Scheiße!«, brüllte er und stürmte in Richtung eines Opel Insignia. »Zum Wagen und nichts wie hinterher! Das wird uns der Schnösel teuer bezahlen! Den schneide ich in kleine Streifen!« Noch im Laufen ließ er achtlos den kleinen Koffer fallen, und die Papierflut ergoss sich über die Fahrbahn.

Verdattert schauten seine beiden Begleiter den weißen Papierblättern nach, die wie Herbstlaub über den Parkplatz flatterten. Dann hatten sie sich gefangen und rannten los. Einer ließ sich auf den Beifahrersitz des Opels fallen und schlug die Tür zu, während der andere noch verzweifelt versuchte, hinten einzusteigen.

In diesem Moment startete Narbengesicht den Motor.

Die hellgelbe Stichflamme der Explosion schoss aus dem Motorraum hoch in den Nachthimmel, schleuderte die Kühlerhaube wie ein Stück Karton beiseite und ließ die Frontscheibe bersten. Dann zündete die zweite, größere Ladung Semtex unter dem Fahrzeugboden, zerfetzte den Insignia wie ein Plastikspielzeug und setzte die Benzinleitungen in Brand.

Der Mann, der neben dem Wagen gestanden hatte, wurde durch die Wucht der Detonation sofort zu Boden gestreckt und zerrissen. Als das ausgetretene Benzin sich entzündete und explodierte, standen die Reste des Opels in wenigen Sekunden in Flammen.

Hinter vielen Fenstern gingen die Lichter an, »Feuer! Feuer!« wurde gerufen.

Doch es war noch nicht vorbei.

Die Flammen griffen blitzschnell auf zwei unmittelbar daneben geparkte Autos über. Als deren Tanks in die Luft gingen, brach das Inferno erst richtig aus: Brennender Treibstoff wurde durch die Luft geschleudert, spritzte meterhoch und entzündete die drei Tonnen alter Reifen auf dem alten Anhänger. Immer mehr Menschen in Schlafanzügen erschienen mit blassen Gesichtern vor den Wohnhäusern und blickten entsetzt auf die Flammenwand. Dichter, beißender Rauch zog in dicken schwarzen Schwaden durch die Arolser Straße und nahm den hilflosen Anwohnern die Sicht.

»Die Feuerwehr ist alarmiert!«, schrie eine Stimme aus dem dritten Stock. »Geht nicht näher! Bleibt in den Häusern! Wer weiß, was da noch alles in die Luft fliegt!«

Die altersschwachen Bremsleitungen des Anhängers hielten den Flammen nur kurz stand. Als das erste Löschfahrzeug der Feuerwehr mit Blaulicht und Folgetonhorn in die Arolser Straße einbog, setzte sich das Gefährt auf der abschüssigen Straße in Bewegung und rollte bergab. Der völlig überraschte Fahrer sah den brennenden Anhänger auf sich zukommen, als er gerade um die Biegung kam. Verzweifelt riss er in letzter Sekunde das Lenkrad herum, konnte den Zusammenstoß jedoch nicht mehr verhindern, und so donnerte der Anhänger mit lautem Krach in die Seite des Feuerwehrwagens.

Durch den starken Aufprall klappten zwei der Ladebordwände weg, und Hunderte brennender Reifen ergossen sich in einer Feuerlawine auf die Fahrbahn. Sie sprangen über den Asphalt, rollten weiter, immer bergab, wie eine Flut von Flammenrädern direkt aus der Hölle.

Als die nächsten Löschfahrzeuge eintrafen, sah es in dem stillen Wohngebiet aus wie nach einem Bombenangriff. Feuer loderten an allen Ecken und Enden der Straße, Menschen schrien und liefen durcheinander, und die zuckenden Blaulichter erhellten die gespenstische Szenerie.

Der Bentley war bereits mehr als vier Kilometer von der Arolser Straße entfernt, als der Fahrer zwei riesigen Feuerwehrwagen Platz machte, die ihm entgegenkamen. Der Mann auf der Rückbank hatte trotz der zahlreichen Sirenen nicht ein einziges Mal aufgeblickt. Vorsichtig öffnete er den Metallzylinder, kippte ihn zur Seite und ließ eine schmale, spitze Glaspyramide aus dem Behälter rutschen. Sie funkelte im Licht der Innenbeleuchtung.

Als die Limousine wieder anrollte und in die Frankfurter Rothschildallee einbog, spielte ein zufriedenes Lächeln um seine Lippen.

Als Chief Inspector Shabbir Salam die Augen aufschlug, sah er sich verwirrt um. Es war noch dunkel, und die Umrisse des kleinen Raumes und seiner Möbel zeichneten sich nur schemenhaft im Licht eines Radioweckers ab, dessen Leuchtziffern knapp vor sechs Uhr morgens zeigten. Salam wusste im ersten Moment nicht, wo er war. Verzweifelt fuhr er sich mit beiden Händen übers Gesicht, versuchte krampfhaft, sich zu erinnern. Er hatte zu wenig geschlafen, ein paar Stunden vielleicht.

Aus dem Nebenraum ertönten leise Geräusche, das Klappern von Geschirr, eine gedämpfte Stimme.

Kala.

Der Chief Inspector atmete auf und nickte. Richtig. Kala hatte darauf bestanden, dass er die Nacht im Haus ihrer Familie verbringen sollte. Alle seine Einwände wegen der Gefahr und der möglichen Folgen waren von ihr und ihrem Vater mit energischem Kopfschütteln beantwortet worden. Der alte Bankdirektor hatte ihm tief in die Augen geschaut und nur gemeint: »Wenn wir jetzt schon aufgeben und vor der Gewalt zurückweichen, dann war alles, wofür wir in den letzten Jahrzehnten gekämpft haben, umsonst. Sie sind mein Gast, Chief, solange Sie wollen. Mein Haus ist Ihr Haus, und die Gastfreundschaft ist in unserem Land noch immer ein heiliges Gut. Meine Tochter hat richtig gehandelt.«

Damit hatte sich für ihn jede weitere Diskussion erübrigt.

Salam musste trotzdem verschwinden. Jede Minute länger, die er sich in Chitral aufhielt, war ein Risiko für jeden, der ihn beherbergte. Er stand auf und streckte sich, dann trat er ans Fenster und schob vorsichtig die Gardine zur Seite. Nichts rührte sich in der Dunkelheit der Straße, selbst die Schatten schienen noch zu schlafen.

Seine Uniform lag auf dem alten Lehnstuhl des Gästezimmers, daneben ein Morgenmantel, der wahrscheinlich Kalas Vater gehörte. Rasch schlüpfte er hinein und öffnete leise die Tür zum großen Zimmer. Auf dem langen Tisch in der Mitte des Raums schob Kala Teller und Tassen zurecht, ihre langen schwarzen Haare zu einem Zopf geflochten. Als sie Salam hörte, wandte sie sich um.

»Sie sind früh auf, Chief«, sagte sie besorgt. »Ich wollte Sie noch ein wenig schlafen lassen.«

»Alte Männer kommen mit wenig Schlaf aus«, winkte Salam ab. »Ich möchte noch vor Tagesanbruch aus dem Haus. Ich kann Ihnen gar nicht genug für das Nachtlager danken, aber jetzt müssen wir daran denken, den Schaden zu begrenzen und nicht noch mehr Unschuldige in die Sache mit hineinzuziehen. Allerdings ...« Der Chief wies auf den Morgenmantel. »... brauche ich etwas zum Anziehen. In der Uniform komme ich wahrscheinlich nicht weit.«

Kala nickte etwas unglücklich. »Daran habe ich auch schon gedacht«, meinte sie schließlich. »Mein Vater hat zwar den Schrank voller Anzüge, aber damit fallen Sie genauso auf.«

Eines der Hausmädchen, das mit einem Tablett den Wohnraum betreten und die letzten Worte der Unterhaltung gehört hatte, beugte sich zu Kala und flüsterte ihr etwas ins Ohr.

»Das ist eine gute Idee, Nura!«, strahlte die junge Frau, nahm Salam am Arm und zog ihn in ein weiteres Zimmer, in dem ein großer, altmodischer Schrank stand. »Mein Vater widmet sich hin und wieder seinem Garten, einem kleinen Stück Land, das er selbst von seinem Onkel geerbt hat. Dann schlüpft er in Bauernkleidung und lässt seine Anzüge im Schrank.«

Selbst seine Freunde hätten den Chief Inspector nicht erkannt, als er eine knappe halbe Stunde später in die ruhige Seitengasse hinaustrat und sich vorsichtig umsah. Der fadenscheinige Umhang mit zahlreichen nur notdürftig geflickten Rissen, die weiten ausgeblichenen Hosen, die braune Wolljacke gegen die Kälte des Hindukusch und die charakteristische Kopfbedeckung der Bergbauern verliehen Salam das Aussehen eines abgearbeiteten Landbewohners, der zum Markt nach

Chitral gekommen war und nach einem Besuch auf dem Basar wieder in sein Tal heimkehren würde.

Salam machte sich auf den Weg und hielt sich dabei vorsichtig im spärlichen Schatten der Häuser und Büsche. Vor dem großen Komplex des District-Hospital bog er rechts ab, und je näher er der Polizeistation kam, umso aufmerksamer beobachtete er die Straßen und die Umgebung. Langsam wurde es heller, der Himmel sah nicht mehr aus wie ein schwarzes Seidentuch, sondern hatte eine feindliche stahlgraue Farbe angenommen. Salam drückte sich in eine Nische und wartete, bevor er das Gelände des Krankenhauses betrat. Hier war er sicherer als auf offener Straße. Außerdem war der Weg kürzer.

Hinter den Fenstern des Krankenhauses brannte bereits Licht, in den Korridoren herrschte reges Kommen und Gehen. Der Chief Inspector dachte für einen Moment daran, sich einfach einweisen zu lassen, als ein glänzender schwarzer SUV mit verdunkelten Scheiben aus einer der Nebenstraßen rollte, anhielt, stehenblieb, obwohl kein Verkehr in Sicht war und dann endlich in Richtung Shahi Bazar weiterfuhr. Salam hatte den funkelnagelneuen BMW X5 hier noch nie gesehen. Am unteren Rand des gelben Nummernschildes stand »Karatschi«, und der Chief Inspector glaubte nicht mehr an Zufälle.

»Die ISI scheut weder Kosten noch Mühen, um die Sicherheit des Staates und seiner Bürger zu gewährleisten«, murmelte er bitter, zog die Kopfbedeckung tiefer ins Gesicht und lief leise fluchend weiter. Es wunderte ihn nicht, den SUV wiederzusehen, als er die Querstraße erreicht hatte und vorsichtig um die Ecke schaute. Der BMW parkte gegenüber der Polizeistation, mit laufendem Motor und eingeschalteten Scheinwerfern.

»Für wie blöd haltet ihr mich eigentlich?«, zischte Salam abfällig und wandte sich nach links. Nun war sein Ziel nicht mehr weit entfernt.

Je näher er dem Basar kam, desto einfacher wurde es für Salam, unauffällig zwischen den Gruppen von Bauern im Strom der Passanten mitzuschwimmen. Ein Jeep der Polizeistreife fuhr langsam vorbei. Bevor er seinen Kopf abwandte, erkannte der Chief zwei seiner Männer, die mit müden Augen das Treiben auf den Straßen musterten. Dann sah er endlich den Laden vor sich, eilte darauf zu, stieß aufatmend die Glastür auf und schloss sie gleich wieder. Aufmerksam beobachtete er, ob jemand von der Straße Anstalten machte, ihm zu folgen.

»Du hast dich sicher in der Tür geirrt, mein Bester«, ertönte es da in seinem Rücken. »Wir vermieten keine Schafe.«

Salam drehte sich langsam um. »Vielleicht vermietest du mir gar nichts mehr, Zeyshan. Weil du mich besser nicht mehr kennst.« Der Chief Inspector zog das Tuch vom Gesicht und blickte dem jungen Mann hinter dem Schreibtisch forschend in die Augen.

Zeyshan sprang auf und eilte auf Salam zu. »Chief! Wie schön, Sie gesund zu sehen! Mein Vater und ich haben uns Sorgen gemacht, dass Ihnen etwas zugestoßen ist.« Er streckte beide Hände aus und zog Salam tiefer ins Büro hinein. »Es tut uns so leid, was geschehen ist. Als mein Vater von dem Anschlag erfuhr, holte er seine alte Kalaschnikow aus dem Schrank und hat sie seither nicht wieder weggelegt. Er würde für Sie in den Krieg ziehen.«

Salam schluckte. »Dein Vater ist ein braver Mann, Zeyshan. Richte ihm von mir aus, dass die Stunde der Schneeleoparden angebrochen ist. Er soll auf der Hut sein und niemandem trauen.«

Zeyshan nickte düster. »Die Vorhut war heute bereits hier«, flüsterte er und warf einen Blick über seine Schulter. »Fremde in Zivil wollten die Listen der vermieteten Wagen sehen.«

»Schwarzer BMW?«, fragte der Chief.

Der junge Mann nickte erneut. »Ich musste sie ihnen zeigen. Sie hatten Militärausweise.«

»Und das hast du richtig gemacht«, versicherte ihm Salam. »Sie kreisen wie die Geier im Ort. Noch einen Tag länger, und sie haben alles im Griff, wissen um jeden Schritt, sperren die Straßen, weisen die Touristen aus, damit sie freies Spielfeld haben. Deshalb bin ich hier, Zeyshan. Ich muss weg, und zwar am besten sofort.«

»Ihr Auto?«, fragte der junge Mann mit hochgezogenen Augenbrauen.

Salam schüttelte den Kopf. »In Flammen aufgegangen bei dem Anschlag. Und der kleine Geländewagen meiner Frau steht im Hof der Polizeistation. Direkt in Sichtweite des BMW X5.«

»Wer sind die?«, wollte Zeyshan wissen.

»ISI«, murmelte Salam, »die ersten Einsatztruppen aus Karatschi. Aber vergiss es gleich wieder.«

Der junge Mann pfiff lautlos durch die Zähne. »Und der Anschlag auf Ihr Haus?«

»Geht auf Kosten der lokalen Helfershelfer, jener Opportunisten, die für Geld alles machen«, antwortete der Chief. »Idioten, die tatsächlich glauben, dass sie eines Tages wegen eines Gefälligkeitsmords einen Posten in der Provinzregierung erhalten könnten.«

»Was natürlich nie geschehen wird«, fügte Zeyshan tonlos hinzu. »Mein Vater hat recht. Dieses Land frisst sich von innen auf. Wir brauchen dazu keine Feinde.«

»Aber ich brauche ein Auto«, erinnerte ihn Salam.

»Ich weiß, ich weiß.« Zeyshan klang unglücklich. »Ich würde Ihnen alle meine Wagen geben, aber die kennt hier jedes Kind. In wenigen Stunden wüsste jeder, wohin Sie gefahren sind.« Dann hellte sich sein Gesicht auf. »Warten Sie, Chief, da fällt mir etwas ein ...«

Er ging mit großen Schritten zu seinem Schreibtisch, riss die oberste Schublade auf und suchte etwas. »Ahh, wie ich mir gedacht habe, hier sind sie ja. Gut.« Triumphierend hielt er einen kleinen Schlüsselbund hoch. »Im vergangenen Sommer hat mein Vater in einem der Hochtäler einer Sippe beim Bau ihres Hauses in den Bergen geholfen. Sie haben eine notdürftige, elektrische Materialseilbahn errichtet, und für die Batterien benötigte mein Vater einen Pick-up. Also kaufte er einen alten Toyota Hilux, räumte die Ladefläche voller Lkw-Batterien und installierte auch noch einen kleinen Dieselgenerator, um sie zu laden.«

Salam schaute etwas verwirrt auf die leicht verrosteten Zündschlüssel, die ihm Zeyshan in die Hand drückte. »Das klingt nach einem überladenen Kleintransporter.«

»Vierradantrieb, Dieselmotor, zuverlässig wie ein erfahrenes Muli – und er hat zwei weitere Vorteile«, konterte Zeyshan. »Sie können nicht wegen einer leeren Batterie liegen bleiben ...«

»Weil ich nämlich gar nicht vom Fleck komme«, unterbrach ihn der Chief Inspector brummend. »Und der zweite, äh, Vorteil?«

»Er steht zehn Meilen nördlich von hier in einer alten Scheune«, erwiderte der junge Mann unbeirrt. »Weit weg von den Spionen im X5.«

»Aha«, machte Salam etwas ratlos. »Was die Lösung des Problems nicht gerade vereinfacht.«

Das Grinsen, das sich in Zeyshans Augenwinkel einnistete, verriet nichts Gutes. »Chief, Sie sollten mehr Vertrauen in mich haben. Wann haben Sie eigentlich zuletzt auf einem schnellen Off-Road-Bike gesessen und den Wind gejagt?«

Kaiserdamm, Berlin-Charlottenburg / Deutschland

Irgendwie war das mit dem Schlafen im Bett auch völlig überbewertet, dachte Thomas Calis, als er vom Läuten des Telefons aus seinen Träumen geholt wurde. Er riss die Augen auf und musste feststellen, dass er gestern Abend auf dem Sofa eingenickt war und gleich durchgeschlafen hatte. In voller Montur, wie Alice – nunmehr Exfreundin – immer so abschätzig bemerkt hatte, bevor sie ins Bad verschwunden war, Nase hoch, Kinn nach vorne gestreckt, um die Fassade aufzutragen.

Calis war sich auf seinem eigenen Sofa regelmäßig vorgekommen wie ein Penner.

Das Telefon klingelte hartnäckig weiter, und der Kommissar rappelte sich seufzend auf. Er tastete nach seinem Handy, drückte die grüne Gesprächstaste und musste feststellen, dass er damit das Läuten nicht abstellen konnte.

Der Festanschluss im Schlafzimmer!

»Herrschaftszeiten!«, brummte Calis, tapste durch das übliche Chaos und ließ sich ächzend auf sein Bett fallen. Dann griff er zum Hörer, der auf dem Nachttisch lag.

»Stahnsdorf kann ick mir wohl abschminken«, tönte es durch die Leitung. »Sie verpoofen meene Beerdigung ja doch!« Gustavs Stimme klang aufgekratzt und nach mehr – mehr Alkohol, mehr Stoff, mehr Zigaretten ohne Filter.

»Es ist früh, und da schlafen normale Leute«, entschuldigte sich

Calis und versuchte zwinkernd, die kleinen roten Leuchtzahlen des Radioweckers zu entziffern.

»Es is spät«, widersprach Gustav mit einem süffisanten Unterton, »und wer is schon normal?«

Calis versuchte vergeblich, die Spinnweben in seinem Gehirn beiseitezuwedeln, um eine passende Antwort zu finden.

»Haben Se schon die Morjenausjaben jesehen?«, setzte Gustav kichernd nach.

»Welche?«, fragte Calis dümmlich und ärgerte sich gleich darauf darüber.

»Wer leitet denn Ihre Pressekampagne?«, ließ Gustav nicht locker.

»Der Mann is jeden Euro wert. War vorjestern Nacht offenbar zu spät für die Zeitungen, ick meene, wegen dem Foto ...«

»Häh?«, machte Calis und kam sich nicht sehr intelligent vor.

»Na ja, Sie und der Schirm im Regen«, kicherte sein Gesprächspartner. »Jehen Se rejelmäßig in die Muckibude? Det Sixpack unterm nassen T-Shirt is ja beneidenswert. Bei mir is es nich so'n Waschbrett, eher'n Waschbärbauch ...«

Der Kommissar schwieg betroffen. Der Blitz, der Fotograf, die Polizeiabsperrung ... Es gab Momente, da wünschte er sich weit weg ... Timbuktu kam ihm auf Anhieb in den Sinn. Oder irgendein Provinznest in Georgien.

»In der Jesellschaftskolumne sind Se heute 'n echter Bringer«, fuhr Gustav unerbittlich fort. »Der Fotograf muss richtig Kohle jemacht haben, wenn ick mir so die Abdrucke ankieke. Calis, wohin mein müdes Auge fällt.«

»Blick! Blick fällt ...«, korrigierte Calis verzweifelt. »Ach was, Scheiße!«, fluchte er dann hingebungsvoll und fühlte sich trotzdem nicht besser. »Vielleicht nehm' ich Urlaub, oder ich lass mich versetzen«, murmelte er schließlich, wie um sich selbst zu beruhigen.

»Wenn Se schon die Stadt verlassen«, gab Gustav gönnerhaft zurück und wurde mit einem Mal ernst, »sollten Se in Richtung Frankfurt flüchten. Die drei, die Se suchen, sind janz sicher von da. Hab zwar keene Namen, aber man munkelt, det waren schwere Jungs, alle schon im Knast jewesen. Und wenn die so schnell wieder verschwunden sind, wie se an der Spree waren, dann suchen Se besser am Main.

Dann sind die nämlich schon längst über alle Berge und wieder zu Hause.«

Calis grunzte etwas Unverbindliches und überlegte. Frankfurt? Am Main? Er fragte sich, ob Gustav sich in seinem Dusel nicht verhört hatte. »Bist du sicher? Frankfurt in Hessen oder doch an der Oder?«, setzte Calis nach.

»Bin ja nich blöd«, gab Gustav unwillig zurück, »oder hören Se in letzter Zeit schlecht? Main, Hessen, Banken, Börse, det janze Jedöns.«

»Was hast du sonst noch in Erfahrung gebracht? Bis jetzt fehlen mir die echten Neuigkeiten.« Der Kommissar wälzte sich auf den Bauch und erkannte, dass die erste rote Ziffer auf dem Radiowecker eine Sieben war.

Erst blieb es ruhig, und Calis dachte schon, Gustav hätte aufgelegt. Aber dann drang die raue Stimme doch wieder an sein Ohr. »Wat glooben Se denn hab' ick die janze Nacht jemacht? Jeschwooft? Sagt Ihnen die Legion was?«

»Fremdenlegion?«, erkundigte sich der Kommissar überrascht. »Gibt's die noch?«

»Wie eh und je«, kam die prompte Antwort. »Die drei sollen Ehemalije jewesen sein, Söldner in einem dieser Kanaken-Länder. Typen, die erst schießen und dann verjessen haben, wat se fragen wollten, wenn Se wissen, wat ick meene.«

Irgendwie beruhigte diese Information Calis kein bisschen, im Gegenteil. »Sonst noch was?«

»Klar! Alter, Name, Rang und Wohnort!«, antwortete Gustav vorwurfsvoll. »Bin ick Hanussen?«

»Das schränkt die Suche auf vielleicht zwanzigtausend Männer ein«, konterte Calis bitter. »Damit hast du dir noch keinen Fuffi verdient. Komm, Gustav, da muss doch noch etwas gemunkelt werden in der Szene.«

»Ja, det Se schwul sind!«, platzte Gustav heraus und kicherte. »Der Wowi muss ja richtig eifersüchtig sein auf Sie, bei der Presse. Der bastelt sicher schon verzweifelt an seinem Comeback.«

»Noch so ein Schwachsinn, und ich vergess mich!«, blaffte Calis verärgert.

»Sind wir heute ein wenig empfindlich?«, mokierte sich Gustav

betont auf Hochdeutsch. »Eener der Männer soll anjeblich 'nen Spitznamen haben«, fuhr er dann fort, nachdem Calis seinen Einwurf geflissentlich ignoriert hatte. »Vor Jahren soll eener von den dunklen Jungs da unten versucht haben, ihm mit seinem eijenen Messer det Jesicht zu filetieren. Seitdem nennen se ihn den Clown.«
»Und die beiden anderen?«, setzte der Kommissar nach.
»Auch aus der Legion, aber nix Jenaues weeß man nich«, gab Gustav zu. »Heh! Wozu haben Se Kollejen in Frankfurt? Fragen Se die doch! Ick bin nur 'n kleenes Licht ...«
»Schon gut, du Informationsleuchte, geh schlafen«, brummte Calis friedfertig und gähnte. »Kiff weniger, überlass das Heroin den anderen, und lass die Finger von der Flasche.«
»Ick bin jerührt wie'n Eimer Farbe«, kam es postwendend durch die Leitung. »Nur keene Fisimatenten, Herr Kommissar. Für die is Muttern zuständig.«
Calis musste lachen. »Und danke, Gustav«, meinte er abschließend, aber da ertönte bereits das Freizeichen aus dem Hörer.

Eine heiß-kalte Dusche und zwei Tassen starken Kaffees später fühlte sich Calis fast wieder menschlich. Das erhebende Gefühl hielt so lange an, bis er sich auf seinen Drahtesel geschwungen hatte und an dem Zeitungsladen in seinem Haus vorbeirollte. Die roten, blauen und gelben Aufsteller mit den neuesten Ausgaben der Morgenzeitungen erinnerten ihn siedend heiß daran, dass der mediale Spießrutenlauf erst begonnen hatte. Das bestätigte sich auch, als er in sein Büro kam, wo Frank Lindner ihn bereits grinsend erwartete – eine Hand auf einem Zeitschriftenstapel, die andere am Telefon.
»Mann, Thomas, wenn du was machst, dann aber gründlich«, nickte Lindner anerkennend. »Keine halben Sachen. Respekt!« Damit schlug er die *Berliner Zeitung* auf und hielt sie Calis hin. Nach der Überschrift »Auf offener Straße die Kehle durchgeschnitten« folgte ein langer Dreispalter, dessen Schlusspunkt das Bild des durchnässten Calis mit der Peinlichkeit am Stiel setzte. Darunter stand: »Der ermittelnde Kommissar der Mordkommission, Thomas Calis, war von einem privaten Termin direkt an den Tatort geeilt.«

Calis ließ die Zeitung wortlos in den Papierkorb fallen.
»Damit sind heute nur mehr 140 089 Exemplare im Umlauf«, bemerkte Lindner trocken und deutete auf den Stapel. »Dann wären da noch die *Berliner Morgenpost*, der *Tagesspiegel*, der *Berliner Kurier*, die BZ und die *Bild* für Berlin und Brandenburg. Von den kleineren, auflagenschwachen Blättern einmal abgesehen.«

»Der verdammte Fotograf ist reich und bestimmt schon auf der Flucht«, stieß Calis mürrisch hervor. »Hoffentlich bricht er sich den Hals auf dem Weg in die Karibik. Ich wünsche es ihm von Herzen. Aber nun zu etwas Wichtigerem.« In kurzen Worten schilderte er seinem Freund und Kollegen das Gespräch mit Gustav.

»Fremdenlegion?« Lindner runzelte die Stirn. »Ich dachte, die wäre längst Geschichte. Legenden von Haudegen am Lagerfeuer und so. Heldentaten in vergessenen Kriegen.«

»Sieht nicht so aus«, wandte der Kommissar ein. »Gustav ist zwar manchmal ein wenig durch den Wind, aber er hat sich die Geschichte bestimmt nicht zusammengesponnen.«

»Frankfurt am Main ist ein gutes Stück von den üblichen Einsatzorten der Fremdenlegion entfernt«, gab Lindner zu bedenken. »Und ehemalige Legionäre findet man nicht einfach so im Telefonbuch oder auf der Straße.«

»Die Frankfurter Kollegen sind ein erster Anlaufpunkt was den Clown betrifft«, ergänzte Calis. »Aber wer könnte uns mehr über die Einheit selbst erzählen? Wir brauchen alle verfügbaren Informationen. Standorte, Ausmusterungslisten, Namen, internationale Einsätze. Wir wissen ja nicht einmal, ob die drei Deutsche oder Ausländer waren. Dass sie aus Frankfurt kamen, muss nicht heißen, dass sie da geboren sind oder auch nur in der Stadt wohnen.«

»Clown ...« Frank Lindner runzelte die Stirn und begann sich Notizen zu machen. »Sagt mir gar nichts.« Er tippte mit der Spitze des Kugelschreibers nachdenklich auf das Blatt Papier. »Ich kenne allerdings jemanden in der Kriminaldirektion des Polizeipräsidiums Frankfurt, vom letzten Treffen der Landespolizeipräsidien letztes Jahr. Sobald ich seine Nummer wiedergefunden habe, häng ich mich ans Telefon.«

»Dann kümmere ich mich inzwischen um die Legion«, nickte Thomas Calis. »Räum den Platz, geh in dein Büro und lass mich an meinen

Schreibtisch. Ich muss den Computer anwerfen. Ach ja – und nimm die blöden Zeitungen mit!«

Zwanzig Minuten später hatte er gefunden, wonach er gesucht hatte. Zufrieden sprang Calis auf, warf seine Jacke über die Schultern und tippte im Laufen eine Nummer in sein Handy. Dann drehte er sich hastig nochmals um, kritzelte für Frank die Worte »bin bei der Legion« auf ein Stück Papier und ließ es auf die Computertastatur fallen, bevor er endgültig aus dem Büro stürmte.

Der kleine Kobold in seinem Kopf hatte das Versteckspiel hinter den Gartenzwergen aufgegeben und flüsterte in einem fort: »Rasch, so beeil dich doch, der Wettlauf hat schon begonnen!« Calis hatte keinen blassen Schimmer, wovon der Zwerg sprach. Er hatte zu diesem Zeitpunkt allerdings auch keine Ahnung, dass dieser Wettlauf ihn weit weg von Berlin und seinem Schreibtisch führen sollte.

Und dass danach nichts mehr in seinem Leben so sein würde wie zuvor.

Charlotte Road, Barnes, Südwest-London / England

»Das kostet mich Kopf und Kragen«, murmelte Peter Compton mit verdrossenem Gesichtsausdruck, während er mit einem gezielten Schlag sein perfektes Viereinhalb-Minuten-Frühstücksei köpfte. »Wie ich es auch drehe und wende, es kann einfach nicht gutgehen.«

Llewellyn schnupperte genüsslich an einer der warmen Toastscheiben in dem kleinen, geflochtenen Korb mit der farbenfrohen Serviette. Darauf purzelten lachende Osterhasen durchs hohe Gras.

»Es ist sowieso an der Zeit, dass du endlich abtrittst. Außerdem bist du mir vom letzten Jahr noch etwas schuldig. Ich sage nur Egon Zwingli. Und seit der Keeler-Affäre in den sechziger Jahren hatte dieses Königreich keine richtigen Skandale mehr. Warum nicht einen Compton-Eklat?« Die eisgrauen Augen des Majors blitzten vergnügt, während er einen Toast wählte und begann, die Butter sorgsam zu verteilen. Er und Compton hatten die halbe Nacht bis in die frühen Morgenstunden diskutiert, wie man Phönix am besten aus Pakistan heraus und nach England bringen könnte. Irgendwann war Llewellyn einfach im Lehnsessel vor dem Kamin eingeschlafen und auch nicht wach geworden, als Margaret ihn behutsam zugedeckt und dann auf Zehenspitzen das Zimmer verlassen hatte.

»Wenn das jemals rauskommt, dann ist das kein Eklat mehr, sondern ein Erdbeben.« Compton, in einem untadelig gebügelten Morgenmantel mit passendem Halstuch und wie immer perfekt gescheitelten Haaren, wischte sich mit der Stoffserviette sorgfältig über den Mund. »Nein, ein Tsunami! Selbst wenn die Inder mitspielen, woran ich nicht glaube, dann schrammen wir von Anfang bis Ende an einem internationalen Zwischenfall vorbei. Oder an einem neuen Krieg. So oder so. Das ist der haarsträubendste Plan, den ich je gehört habe. Und weißt du was? Je länger ich darüber nachdenke, umso weniger will ich damit zu tun haben.«

»Du klingst wie ein Beamter des Empire«, stichelte Llewellyn.

»Ich bin ein pensionierter Beamter der Krone, solltest du das vergessen haben«, gab Compton unglücklich zurück. »Aber wenn es nach dir geht, dann bin ich bald Ruf und Pension los und kann mich unter der Blackfriars Bridge vergnügen.«

»Wirst du etwa alt, Peter?«, fragte der Major mit unschuldigem Gesicht und wählte eine Old Oxford Orange Marmelade. »Ich erinnere mich da an einen Mann, den man ›den Fuchs‹ nannte, weil er nicht nur unglaublich schlau war, sondern mindestens einen Plan B, C und D hatte, stets unzählige Auswege aus den aussichtslosesten Situationen kannte und den weder Tod noch Teufel beeindruckten. Und der die verschiedenen Premierminister, die kamen und gingen, mit sorgsam abgewägten und aufbereiteten Rationen von Information fütterte, so bei Laune hielt und am Ende doch das machte, was er wollte.«

Compton grummelte etwas Unverständliches vor sich hin und zog die Augenbrauen hoch, während er vorsichtig etwas Salz auf sein Ei streute. »Du übertreibst«, meinte er schließlich, musste aber doch grinsen.

»Manche Journalisten haben dich den Puppenspieler genannt, einige neidische Politiker den britischen Machiavelli und wieder andere hätten ihren rechten Arm dafür gegeben, damit du endlich von der Bildfläche verschwindest«, erinnerte ihn Llewellyn, goss sich Tee und Milch nach und rührte um. »Aber du hast alle Intrigen überlebt, bist Hunderten Fallen ausgewichen, und jetzt willst du kneifen?«

Der Geheimdienstchef löffelte den Rest von seinem Ei und strich sich über den Schnurrbart, bevor er wortlos das zweite Ei attackierte.

»Dann werde ich Phönix selbst herausholen«, entschied Llewellyn und ließ seine Serviette auf den Teller fallen. »Hier stinkt etwas ganz gewaltig zum Himmel, und ich möchte wissen, was es ist. Wenn die Deutschen schon eine Kommandoaktion in Pakistan durchführen – und ich sehe keinen Anlass, an den Einschätzungen von Phönix zu zweifeln –, dann hatten sie einen guten Grund dafür.«

Der Major legte den Kopf schief und sah Compton aus den Augenwinkeln heraus an. »Korrigiere mich, aber die Regierung Merkel ist auch nicht gerade für ihre übertriebene Risikobereitschaft bei Auslandseinsätzen bekannt.«

Compton nickte nachdenklich, schwieg aber beharrlich.

Llewellyn stand auf und schob den Sessel zurück. »Wir haben keine Zeit zu verlieren, Peter. Phönix ist auf der Flucht, und die ISI weiß jetzt, dass er weiß. Sie werden ihn jagen und bei der Gelegenheit gleich noch die alte Rechnung aus der Zeit des Flugzeugabsturzes begleichen. Vergiss nicht, Salam stand damals auf der falschen Seite, und das verzeiht die ISI nie. Erst die Familie, dann er. Hier geht es nicht um eine subtile Warnung, hier geht es um Leben und Tod.«

»Eher um Tod«, murmelte Compton und bedeutete Llewellyn mit einer unwilligen Handbewegung, sich wieder hinzusetzen. »Bevor du hier den einsamen Ritter spielst – während du selig eingeschlafen bist, habe ich ein paar Informationen eingeholt. In Chitral ist irgendetwas völlig aus dem Ruder gelaufen. Die pakistanischen Geheimdienste bemühen sich seither fieberhaft, die Spuren um jeden Preis zu verwischen, aber das ist in der Grenzregion nicht so einfach. Die MI, der militärische Geheimdienst, tappt im Dunkeln und war nicht eingeweiht. Sie versuchen zwar, Salam zu schützen, haben ihn aber insgeheim schon abgeschrieben. Dann gibt es noch Gruppierungen, von denen hier noch nie jemand gehört hat. Sie kommen und gehen und sie alle nehmen Geld. Nichts Neues also. Ansonsten geht es in Pakistan hinter den Kulissen zu wie in einem Bienenstock bei der Honigernte. Alle sind alarmiert, sausen hektisch herum, bereit zum Stechen, doch wenn der Rauch kommt, wird er schnell die Sicht vernebeln und die Sinne betäuben.«

»Aber dann wird Phönix schon ermordet und beseitigt sein«, gab Llewellyn zu bedenken. »Deshalb sollten wir keine Zeit verlieren.«

»Was du vorschlägst, ist politisches Harakiri, wenn es jemals bekannt wird«, antwortete Compton. »Ist Phönix das wert?«

»War es der Einsatz in Afghanistan wert? War es der Krieg auf den Falklands wert? War es Nordirland wert?« Llewellyn schlug mit der flachen Hand auf den Frühstückstisch. »Wer entscheidet tatsächlich darüber, welche Truppen in die Krisenherde dieser Welt geschickt werden und ob uns der Einsatz etwas bringt? Wer lernt aus den Fehlern der Vergangenheit? Als die Russen unverrichteter Dinge aus Afghanistan abgezogen sind, nach Jahren voller Scharmützel, um Milliarden von Rubeln, Tausende Soldaten und hochtrabende Träume ärmer, da hatten sie ihre Lektion schmerzlich gelernt. Heute stehen wir wieder mit neuntausendfünfhundert Mann im Süden des Landes – nach zehn Jahren die höchste Zahl an britischen Soldaten – und versenken Milliarden in ein Fass ohne Boden, das schon den Russen zum Verhängnis wurde. Und jetzt erwartest du von mir, dass ich einen Einsatz in Pakistan bewerte? Ist das nicht eher deine Spezialität? Seit wann fragen Geheimdienste nach einer Rentabilität?«

Compton zündete sich eine Zigarette an und schob den Frühstücksteller weg. »Ich frage nicht nach den Kosten, sondern nach dem möglichen Schaden, der uns daraus entstehen kann«, präzisierte er, »und nach dem eventuellen Nutzen.«

»Ahh, der Puppenspieler spricht«, meinte Llewellyn ironisch. »Aber ohne Phönix da herauszuholen, werden wir es nie erfahren. No risk, no fun.«

»Vielleicht ist mir das Risiko zu groß, und was den Spaß betrifft – in meinem Alter ist man schon froh, wenn man überhaupt noch ab und zu gefragt wird. Karriere ist etwas für die Jugend.«

»Ach ja?« Der Major sprang auf und war mit zwei Schritten an dem großen Fenster, das zur Straße hinausging. Er zog den Vorhang zur

Seite und blickte über die exakt getrimmten Büsche auf die Fahrbahn. »Dann kannst du mir sicher die beiden schwarzen Jaguarlimousinen da draußen erklären, deren Insassen immer ganz hektisch zu telefonieren beginnen, wenn ich vor deiner Haustür stehe. Die machen nur Frühstückspause, warten auf bessere Zeiten oder beschützen den Osterhasen auf der Veranda?«

Compton schmunzelte. »Ein Punkt für dich«, sagte er einfach. »Wie groß ist das Risiko bei der Aktion in Pakistan wirklich? Haben wir überhaupt eine Chance?«

»Haben wir, sonst hätte ich dir von dem Plan niemals erzählt«, meinte Llewellyn bestimmt. »Wir müssen schnell rein und noch schneller wieder raus. Keine Fragen, keine Ankündigung, keine diplomatischen Demarchen. Damit kann auch keiner der üblichen Schlipsträger mit einem entschiedenen ›vielleicht‹ antworten und uns die Überraschung vermasseln.«

»Aber die Hochtäler im Hindukusch sind so ziemlich das schwierigste Gebiet für einen Flugzeugeinsatz«, gab Compton zu bedenken.

»Du kennst John Finch nicht«, beruhigte ihn der Major.

»Wenn er das verpatzt, dann will ich ihn auch nicht kennenlernen, dann kann er sich bei der nächsten Einsiedelei im Himalaya bewerben«, zischte Compton. »Als Eisbärenfell-Double vor der offenen Feuerstelle. Herrgott, Llewellyn, das ist kein Spazierflug in einer alten DC-3 oder einem antiquierten Wasserflugzeug, sondern unerlaubtes Eindringen in den Luftraum eines souveränen Staates. Und wir sind nicht die CIA! Außerdem waren wir schon einmal da, wenn ich dich erinnern darf, wenn auch vor sechzig Jahren.«

»Und wenn du noch lange herumeierst, dann ist Phönix in kleine Streifen geschnitten und trocknet in der Sonne, und wir theoretisieren hier völlig umsonst«, gab der Major unbeeindruckt zurück. »Um deine Haut zu retten, kannst du nur noch beten, dass etwas eintritt, woran ich gar nicht denken möchte.«

»Und das wäre?«, erkundigte sich Compton mit hoffnungsvoller Stimme.

»Dass Finch uns einen Korb gibt«, murmelte Llewellyn und zog den Vorhang wieder zu. »Denn dann ist Phönix so gut wie tot.«

> Bibliotheca Alexandrina, La Corniche,
> Alexandria / Ägypten

Ein steingewordenes Zitat hypermoderner Architektur, dachte John Finch, als er am Strand entlang der Corniche auf ein Gebäude zuging, das wie ein gelandetes Ufo aussah. Oder besser gesagt, wie ein abgestürztes und nun halb im Sand vergrabenes Flugobjekt aus einer fernen Galaxis. Der schräg stehende, weiße Diskus, dem Mittelmeer zugeneigt, spiegelte sich in einem großen Becken, das ihn fast zur Gänze umfasste. Die Palmen entlang der Straße wiegten sich im Wind, der vom Meer her kam, während der Verkehr auf der hier zehnspurigen Corniche Finch laut hupend wieder in die Wirklichkeit zurückholte. Er überquerte die Straße und erreichte einen Vorplatz, auf dem in einer Senke eine große, dunkle Kugel aus einer Fläche von hellen Steinplatten ragte. Der Pilot musste unwillkürlich an das Begleitschiff denken, das nahe dem Mutterschiff abgestürzt war.

Vielleicht bin ich einfach ein Banause, wenn es um moderne Architektur geht, dachte Finch, als er an einer glänzenden Metalltafel vorüberging, auf der in mehreren Sprachen »Planetarium« geschrieben stand.

Es war knapp vor neun Uhr morgens, und nur wenige Menschen strebten dem Haupteingang der Bibliothek zu, der von einer riesigen, gekrümmten Granitwand mit unzähligen Zeichen und Symbolen beherrscht wurde. In völligem Kontrast zu der übrigen Stadt sah hier alles fast schon klinisch sauber aus. Die Grünflächen waren makellos, gepflegt und üppig grün. Kein Papier trieb im Wind, alle Fenster blitzten frisch geputzt und glänzten im Morgenlicht.

Vor wenigen Minuten hatte Finch mit Fiona telefoniert. »Ich habe eine Bar gefunden, die dir sicher gefallen wird«, hatte er gesagt. »Am Strand von Alexandria. Außerdem fehlst du mir.«

Die darauffolgende Pause war länger ausgefallen, als er erwartet hatte. »Du mir auch«, hatte Fiona schließlich leise geantwortet. »Es tut mir leid, wenn das mit uns beiden irgendwie im Sand verlaufen ist. Das war es nicht, was ich wollte. Wann soll ich kommen?« Finchs Antwort »wie wäre es mit gleich?« hatte Fiona mit einem lauten Lachen quittiert. »Ich rufe dich an, sobald ich von hier loskomme.«

Als er gut gelaunt die Vorfahrt überquerte, stieg gerade eine kleine Reisegruppe aus einem schwarzen Van mit großen, goldenen arabischen Lettern auf den Seiten. Die Männer, alle in weißem Burnus und rot-weiß karierter Smagh, der traditionellen Kopfbedeckung in den Golfstaaten, trugen Sonnenbrillen und unterhielten sich angeregt, während sie die Bibliothek bewunderten. Die einzige Frau der Gruppe sprang vom Beifahrersitz und blickte ungeduldig auf die Uhr. Sie trug Jeans, Turnschuhe und einen hellen Blazer, über der Schulter eine große Umhängetasche von Gucci und in der Hand ein Mobiltelefon, das durchdringend klingelte. Doch offenbar dachte sie gar nicht daran, das Gespräch anzunehmen.

»Wir haben nur zehn Minuten für einen Blick auf die Bibliothek von außen«, rief sie mit einer Stimme, die keinen Widerspruch duldete, »dann werden wir von Direktor Serageldin erwartet.« Die Männer in Weiß nickten folgsam, während das Telefon aufgab und das Klingeln verstummte. »Das markanteste Merkmal der Bibliotheca Alexandrina ist das zum Meer hin geneigte scheibenförmige Glasdach mit einem Durchmesser von hundertsechzig Metern, dessen Oberfläche oft mit der aus dem Meer aufgehenden Sonne verglichen wird. Alle Fenster in diesem Dach sind nach Norden ausgerichtet. So fällt kein direktes Licht ins Gebäude. Wenn Sie das Gebäude aus der Luft sehen, dann ist es das Abbild der ägyptischen Hieroglyphe für Sonne.«

John Finch blieb stehen und folgte mit den Augen der ausgestreckten Hand der jungen Frau. »Mit dem Bau wurde 1995 nach den Plänen eines norwegischen Architektenteams begonnen. Sechs Jahre später, im Oktober 2002, fand die feierliche Eröffnung statt. Die Baukosten betrugen insgesamt zweihundertachtzig Millionen US-Dollar, was angesichts der Armut und des hohen Anteils an Analphabeten in Ägypten ziemlich harsche internationale Kritik auslöste.«

Ein nachsichtiges Lächeln spielte um die Lippen der arabischen Gäste.

Ihre Begleiterin wandte sich um und wies auf die monumentale graue Granitmauer über ihrem Kopf. »Die halbrunde Südfassade ist zweiunddreißig Meter hoch, fensterlos und aus mehr als dreitausend grauen Steinplatten gefertigt, die aus der Gegend von Assuan hierhergebracht wurden. Wenn Sie genauer hinsehen, werden Sie bemerken, dass sie über und über mit Zeichen aus allen Schriften der Welt bedeckt sind. Das soll den Anspruch der Bibliothek, das Wissen der Welt zu sammeln, dokumentieren. Außerdem folgt die Krümmung der Außenwand der Bahn der Sonne. So werden im Laufe des Tages die einzelnen Segmente der Mauer nacheinander vom Sonnenlicht bestrahlt.«

Anerkennendes Nicken.

»Das ganze Ensemble besteht aus drei unabhängigen Bauten: der Bibliothek, einem Konferenzzentrum, in dem die Tagung stattfinden wird, und einem achtzehn Meter hohen schwarzen kugelförmigen Planetarium.« Die junge Frau wies auf das abgestürzte Begleitschiff. »Darunter befindet sich ein Museum für Unterwassermonumente, die im östlichen Hafen von Alexandria entdeckt wurden. Alle drei Gebäude grenzen an den sogenannten ›Platz der Kulturen‹, auf dem wir hier stehen.« Sie blickte wieder auf die Uhr. »Lassen Sie uns in Richtung Eingang spazieren, es bleibt nicht mehr viel Zeit.«

Finch musste grinsen. Kein Zweifel, da hatte jemand die arabischen Besucher voll im Griff. Sponsorengelder hin oder her.

»Auch wenn es nicht so aussieht, das Gebäude der Bibliothek selbst hat elf Stockwerke, von denen vier unterirdisch angelegt sind«, führte die junge Frau weiter aus, während sie mit einer umfassenden Armbewegung sicherstellte, dass sich alle Mitglieder der Reisegruppe folgsam in Bewegung setzten. Ihr Telefon begann wieder zu läuten, aber erneut ignorierte sie es standhaft. »Dadurch steht den Besuchern und Mitarbeitern eine Grundfläche von mehr als fünfundachtzigtausend Quadratmetern zur Verfügung. Rund die Hälfte des Bibliotheksgebäudes wird von dem Lesesaal eingenommen, der über insgesamt zweitausend Leseplätze verfügt und damit der größte der Welt ist. Sein Mobiliar wurde eigens für die Bibliothek entworfen und zum Teil von der norwegischen Regierung gestiftet.«

»Wie viele Bücher sind derzeit im Bestand?«, wollte einer der arabischen Konferenzteilnehmer wissen.

»Die Bibliothek eröffnete mit etwas mehr als zweihunderttausend Bänden, fünf Jahre später waren es bereits fünfhundertdreißigtausend Titel. Ziel ist ein Bestand von fünf bis acht Millionen Büchern im Jahr 2020, aber angesichts der begrenzten finanziellen Mittel ...« Sie nickte den Männern, die neben ihr gingen, auffordernd zu. »Buchspenden werden gerne entgegengenommen.«

Finch schlenderte hinter der Gruppe her und lauschte interessiert den Ausführungen der jungen Frau.

»In der Bibliothek befinden sich auch noch zwei weitere Museen«, sagte sie. »Das Archäologische Museum und das Manuskriptenmuseum, das alte Handschriften und seltene Bücher präsentiert. Angeschlossen sind ein Mikrofilmarchiv mit Fotografien alter Manuskripte und ein Forschungszentrum für die Restaurierung alter Handschriften.«

Das war das Stichwort für Finch. Der Pilot schaute auf seine Uhr und beschleunigte die Schritte. Nur mehr fünf Minuten bis zum Termin mit Amina Mokhtar, und er musste noch seinen Weg durch die Bibliothek finden.

Das Manuskriptenmuseum lag in einer der unteren Etagen der Bibliothek. Die Empfangsdame an der Information am Eingang hatte Finch mit einem verständnisvollen Lächeln einen Übersichtsplan in die Hand gedrückt. »Ich zeichne Ihnen den Weg bis zum Büro von Dr. Mokhtar ein, sonst verlaufen Sie sich noch«, hatte sie gemeint und leise kichernd hinzugefügt: »Sie wären nicht der Erste.«

Doch bevor Finch sich auf den Weg nach unten machte, ignorierte er die knappe Zeit und die rote Linie auf dem Plan und warf einen Blick in den riesigen Lesesaal, der terrassenartig angelegt war und von indirektem Tageslicht durchflutet wurde. Nur wenige Plätze waren um diese Zeit schon besetzt. Die Ruhe, die dieser Raum ausstrahlte, war fast körperlich spürbar. Es schien, als sei der Geist der alten Bibliothek von Alexandria wiederauferstanden und habe sein Heim in der modernen, zukunftsorientierten und weltoffenen neuen Institution gefunden, als habe er dieses Heim bezogen, tief zufrieden darüber, nach mehr als einem Jahrtausend wieder eine Bleibe zu haben, an diesem bevorzugten Platz am Meer.

Ein gläserner Lift brachte Finch drei Stockwerke tiefer, bevor mit einem leisen »Ping« die Türen zurückglitten und den Blick auf einen geschwungenen Korridor freigaben. John Finch konsultierte kurz den Plan in seiner Hand, dann wandte er sich nach rechts und begann, die kleinen Messingschilder neben den Türen der Büros zu studieren.

»Suchen Sie jemanden?«, ertönte eine Stimme in seinem Rücken, und als er sich umwandte, blickte er in die neugierigen Augen eines jungen Mannes, der mit einem Stapel Bücher auf dem Arm vor einer der Türen anhielt. »Es ist nicht leicht, sich in diesem Labyrinth zurechtzufinden. Aber ich sehe, der Empfang hat Ihnen einen Plan mitgegeben.«

Während er mit der freien Hand etwas umständlich in seiner Hosentasche kramte, sah er Finch fragend an. »Wenn ich trotzdem irgendwie helfen kann ...«

Finch nickte. »Ich suche das Büro von Dr. Mokhtar, der Leiterin des Manuskriptmuseums«, gab er zurück, »und bin schon etwas spät dran. Wäre nett, wenn Sie mir helfen könnten, die Suche abzukürzen.«

»Kein Problem«, erwiderte der junge Mann, der es endlich geschafft hatte, sein Büro aufzuschließen und kurz in dem kleinen Raum verschwand, um dort den Bücherturm zu deponieren. Wenige Augenblicke später stand er wieder neben Finch und wies mit der ausgestreckten Hand den Gang hinunter. »Wenn sie noch zwanzig Meter weitergehen, zweigt rechts der Weg zu den Ausstellungsräumen ab. Nehmen Sie den, aber bevor Sie durch die Glastür kommen, sehen Sie links ein kleines Schild mit einer stilisierten dampfenden Kaffeetasse neben einer Tür. Dahinter ist unsere Kaffeeküche, und ich habe Dr. Mokhtar vor drei Minuten da hineingehen gesehen. Dr. Mokhtars Sekretärin ist krank, und wir sperren alle unsere Büros ab, wenn wir im Haus unterwegs sind. Deshalb wird das eindeutig der kürzeste Weg zu Ihrem Termin sein.« Er lachte. »Sie sind ein Glückspilz. Wahrscheinlich macht sie echten Kaffee für Sie und verschmäht ausnahmsweise das Instantpulver aus dem Automaten.«

»Eben eine Frau mit Geschmack.« John Finch nickte lächelnd und verabschiedete sich kurz angebunden, bevor er den Gang hinuntereilte. Die Tür der Kaffeeküche war nicht schwer zu finden, nur angelehnt und nach einem kurzen Klopfen trat er ein.

Amina Mokhtar lag auf dem Boden, zusammengekrümmt, in einer riesigen Blutlache, die ständig zu wachsen schien, wie ein unaufhaltsamer Strom des Lebens, der aus ihr entwich. Finch stürzte zur Tür zurück, riss sie auf und schrie »Hilfe!« so laut er konnte. Dann kniete er sich neben die Wissenschaftlerin, hob ihren Oberkörper vorsichtig an und legte ihren Kopf in seinen Schoß. Ihr weißer Arbeitsmantel war an einigen Stellen zerrissen, aus mehreren Wunden in ihrer Brust strömte Blut.

»Hilfe!«, brüllte Finch nochmals verzweifelt, als er die ersten Stimmen und suchenden Schritte auf dem Gang hörte. Endlich flog die Tür auf, und der junge Mann von vorhin sah sich suchend um, erblickte die Verwundete und griff sofort zum Telefon, einen Ausdruck von Panik in seinen Augen. Weitere Mitarbeiter tauchten auf und rannten sofort wieder davon, um Hilfe zu organisieren.

Finch spürte, wie Dr. Mokhtars Körper ganz leicht zuckte. Sie schlug die Augen auf und schien durch ihn hindurch zu sehen. Doch dann, allmählich, erkannte sie ihn und Zufriedenheit huschte für einen Augenblick über ihr Gesicht. Ihre Lippen bewegten sich und Finch beugte sich vor. »Suchen Sie Chinguetti«, hörte er sie murmeln, »Chinguetti ... Bevor es zu spät ist.«

In diesem Augenblick stieß ein untersetzter Mann im Anzug mit einem Erste-Hilfe-Koffer die Tür auf, sah sich rasch um und kniete neben der Verletzten nieder, während er auch schon Mullbinden aus dem Behälter riss. Er nickte Finch zu, warf einen Blick auf Amina Mokhtar, hob ihren Körper an und schob den Piloten sanft beiseite.

»Was um alles in der Welt ist hier passiert?«, murmelte er nach einem Blick auf die Wunden der Wissenschaftlerin. Lauter sagte er: »Danke für Ihre Hilfe. Ich bin der Arzt der Bibliothek und übernehme ab hier. Die Ambulanz ist bereits unterwegs. Alles andere liegt jetzt in Gottes Hand.«

John Finch stand wie benommen auf, blickte auf die blutüberströmte Amina Mokhtar hinab, sah das kleine Mädchen auf dem Flughafen in Algier in der flirrenden Hitze, spürte den Maria-Theresien-Taler zwischen seinen Fingern, der heißer und heißer zu werden schien. Während er energisch die Menschen beiseiteschob, die begannen, die Kaffeeküche zu füllen, und zum Ausgang drängte, hörte er immer wieder die Stimme des seltsamen alten Mannes, den er gestern spätnachts auf der Corniche getroffen hatte:

»Der Teufel lässt dich nicht mehr gehen, wenn er einmal gegen dich verloren hat«, hatte er geflüstert. »Denn am Ende, am Ende gewinnt er immer.«

Borkwalde, Mark Brandenburg, vor den Toren Berlins / Deutschland

Das Navi im Dienstwagen hatte wegen akuter Ratlosigkeit bereits vor einigen Minuten aufgegeben. Mit einem lakonischen »Sie haben Ihr Ziel erreicht« – obwohl davon weit und breit zwischen Sandfahrbahn und Kiefernwäldern, verlassenen Spazierwegen und vereinzelten Holzhäusern nichts zu sehen war – war die ansonsten stets so abenteuerlustige Blondinenstimme schmollend verstummt und hatte auf Thomas Calis' gereizte Frage »Und nun?« keine Antwort mehr gegeben.

»Na toll«, murmelte der Kommissar und sah sich um. In einem Waldstück von der Größe eines Berliner Bezirks, ohne Wegweiser und Hausnummern, nur mit vereinzelten Straßenschildern und zum Verwechseln ähnlich aussehenden Holzhütten und -häusern, glich die Suche nach der Humboldtstraße einer von vornherein gescheiterten Expedition. Als Calis das letzte Mal durch das offene Seitenfenster einen im Garten arbeitenden Anwohner nach der Adresse gefragt hatte, war der kopfschüttelnd tiefer zwischen seinen Beeten verschwunden und nicht mehr aufgetaucht.

»Diese verdammte Straße heißt wohl deshalb so, weil sich hier selbst Alexander von Humboldt verirrt hätte«, brummte Calis frustriert und beäugte sein Handy, das jegliche Kommunikation mangels Sendemasten verweigerte. Was nun? Zurück auf die Autobahn und telefonieren? Den Weg genau beschreiben lassen? Hier sah ein Sandweg zwischen den Nadelbäumen genauso aus wie der nächste und der übernächste.

Schachbrettartig eingeteilte Natur.

Was ihn noch mehr beunruhigte, war der Geschützlärm, unterbrochen von Maschinengewehrsalven, der in regelmäßigen Abständen seine Trommelfelle zum Vibrieren brachte. War hier etwa ein Übungsplatz der Legion, von dem er nichts wusste und in dessen Zielgebiet er gerade unterwegs war?

Calis bog auf gut Glück rechts ab und hätte fast einen Freudensprung gemacht, als er den Spaziergänger erblickte, der an einer langen, gummiartigen Leine einen weißen toupierten Pudel wie ein Jo-Jo zwischen die Bäume schickte und wieder einholte. Der Kommissar stellte den Wagen ab und stieg aus. Der Mann hatte ihn kommen hören und machte glücklicherweise keine Fluchtversuche. Im Gegenteil. Er sah Calis neugierig entgegen.

»Schöner Tag zum Spazierengehen«, versuchte Calis es unverbindlich, aber der gewünschte Erfolg blieb aus. Der Mann sah ihn stumm an und wartete. Der Pudel wiederum beachtete ihn überhaupt nicht, sondern wickelte das Bungee-Seil der Leine hingebungsvoll um einen halbvollen Abfalleimer, aus dem es nach Essensresten stank.

Im Hintergrund donnerten die Kanonen.

Viel surrealer geht es nicht mehr, schoss es dem Kommissar durch den Kopf. Wenn sein Herrchen jetzt noch bellt und das Bein hebt, dann bin ich reif für die Klapsmühle.

»Wohin wollen Sie denn?«, ertönte da die volle Stimme des Spaziergängers, und Calis fiel ein Stein vom Herzen. Er räusperte sich.

»Humboldt...ähh, Humboldtstraße oder -weg. Eine Hausnummer gibt es angeblich nicht.«

Der Mann nickte nur. Dann kratzte er sich am Kopf. »Mozart, Haydn, Humboldt«, meinte er schließlich enigmatisch.

Calis sah ihn verwirrt an und versuchte zu verstehen.

Der Spaziergänger seufzte. »Wir sind hier in der Beethovenstraße.« Dann schwieg er, als würde diese Feststellung alles erklären.

»Und wie ...?«, setzte Calis an, doch der Mann wedelte mit seinem Finger bereits vor seiner Nase herum.

»Das ist nicht so einfach hier«, begann er oberlehrerhaft zu dozieren. »Wir haben zwei Beethovenstraßen, beide in unmittelbarer Nähe, beide laufen parallel. Fragen Sie mich nicht, wieso.«

Calis wäre nie auf die Idee gekommen.
»Von einer geht die Humboldtstraße ab. Nämlich von der anderen.« Der Kommissar wischte sich mit der flachen Hand übers Gesicht, um seine Verzweiflung zu verbergen.
»Zu wem wollen Sie denn genau?«, fragte der Spaziergänger.
»Zu einem ehemaligen Fremdenlegionär, der nun die Webseite der Legion in der Region Berlin-Brandenburg betreut«, entschied sich Calis für die Wahrheit. Hier kannten sich wahrscheinlich alle, wie in »seiner« Kleingartensiedlung »Sonntagsfrieden«. Der Kommissar verzog bei dem Gedanken leidend das Gesicht.
»Ach, zu Maurice, soso«, bestätigte der Mann und betrachtete Calis mit neu erwachtem Interesse. In der Ferne belferte ein Maschinengewehr. »Seine Trikolore ist nicht zu übersehen. Fahren Sie hier geradeaus weiter, dann die nächste links, danach rechts, links, rechts und wieder links. Auf der rechten Seite, hinter ein paar Bäumen, ist das Lager der Legion.« Er lachte. »Da ist auch die Humboldtstraße, aber wen interessiert das schon? Maurice ist der Einzige, der da wohnt.«
»Links, rechts, links, rechts, links und dann auf der rechten Seite?«, versuchte sich Calis zu erinnern und machte Handbewegungen wie ein Riesenslalom-Läufer.
»Genau, genau, is aber 'n guter Kilometer«, nickte der Spaziergänger. »Und biegen Sie nicht falsch ab, sonst landen Sie am Truppenübungsplatz. Die schießen heute scharf da.«
Mit einer entschiedenen Handbewegung holte er sein weißes Jo-Jo wieder ein. Der Pudel, der begeistert an einem Holzstapel geschnüffelt hatte, hob mit allen vieren ab und rodelte ein paar Meter durch den Sand, bevor er die Flugrichtung änderte. Aber er schien daran gewöhnt zu sein.
Mit gesenktem Kopf und ohne Calis weiter zu beachten, trottete der Mann los, immer die Sandstraße entlang. Als der Kommissar in seinem Wagen langsam an ihm vorbeirollte, hob er kurz grüßend die Hand. Dann bog er in einen schmalen Weg ab und verschwand zwischen den Bäumen.
Das Letzte, was Calis im Rückspiegel sah, war ein dunkler BMW, der auf den Weg einbog, und ein tief fliegender weißer Pudel.
Die Humboldtstraße war eine Sandfahrbahn wie alle hier, mit aus-

gefahrenen Rinnen, die von den Reifen in den weichen Untergrund gegraben worden waren. Dichter Baumbestand links und rechts versperrte jegliche Sicht auf eventuelle Anwohner und ihre Häuser, wenn es denn welche gab. Der Kommissar begann zu zweifeln, ob er es überhaupt mit der richtigen Adresse zu tun hatte, als er über den Wipfeln auf der rechten Seite eine munter im Wind flatternde Trikolore an einem schneeweißen Holzmast erblickte. Er fuhr weiter, und allmählich gaben die Bäume den Blick auf eine Lichtung frei, die von einem niedrigen, aber langgezogenen hell getünchten Holzhaus mit Veranda beherrscht wurde. Flankiert von einer Scheune auf der einen und einer Garage mit grünen Toren auf der anderen Seite, machte das Ensemble einen gepflegten und freundlichen Eindruck.

Vor einer rot-weißen Schranke, die die Zufahrt versperrte, hielt Calis an. Die Einheiten am Truppenübungsplatz lieferten sich derweil eine erbitterte Schlacht. Es hörte sich so an, als würde die Humboldtstraße in wenigen Minuten zum Kriegsgebiet erklärt und rücksichtslos gestürmt werden. Während er noch nach einer Gegensprechanlage oder zumindest einer Klingel suchte, um auf sich aufmerksam zu machen, öffnete sich die Tür des Hauses, und ein hochgewachsener, schlanker Mann mit Barett und Feldstecher trat unter das Vordach, warf einen Blick auf den Besucher und drückte einen Knopf. Die Schranke hob sich leise summend.

Als Thomas Calis seinen Wagen vor eine der Garagen lenkte und abstellte, kam der Hausherr mit großen Schritten über die Grünfläche, um ihn zu begrüßen. Er war sportlich durchtrainiert, fast zwei Meter groß, und sein federnder Schritt verriet ein tägliches Laufpensum. »Lieutenant-Colonel Maurice Lambert«, salutierte er, »zuletzt bei der Einheit der Scharfschützen, der Section tireurs d'élite, des Zweiten Infanterie-Fremdenregiments der Fremdenlegion in Afghanistan. Sie sind Kommissar Calis?«

Thomas Calis nickte lächelnd, ergriff die ausgestreckte Hand und betrachtete Lambert neugierig von Kopf bis Fuß. »Verzeihen Sie, aber es ist das erste Mal, dass ich einem Offizier der Fremdenlegion in Fleisch und Blut gegenüberstehe.«

Das kantige Gesicht des Soldaten verzog sich zu einem ansteckenden Lachen. »Tun Sie sich keinen Zwang an, so geht es mir öfter«,

antwortete er und wies auf die Veranda des Hauses, wo eine weiße Rattan-Sitzgarnitur mit einladend drapierten Kissen stand. »Setzen wir uns, meine Frau bringt uns gleich Getränke. Ich hoffe, Sie sind mit Eistee einverstanden.«
»Danke, selbstverständlich, aber bitte machen Sie sich keine Umstände. Ich bin Ihnen sowieso sehr dankbar, dass Sie so kurzfristig Zeit für mich gefunden haben«, wandte Calis ein.
»Dafür war die Suche nach meiner Adresse sicher abwechslungsreich«, winkte Lambert ab. »Hier muss man wissen, wohin man fährt, sonst endet man an den Toren des Truppenübungsplatzes, und alles beginnt von neuem. Wir sind also quitt.« Er nahm das Barett ab und fuhr sich über die millimeterkurz geschnittenen Haare. »Wie kann ich Ihnen weiterhelfen? Es ist selten, dass sich jemand hier von offizieller Seite für die Legion interessiert. In Deutschland ist eine Anwerbung für die Fremdenlegion verboten, wer dennoch eintritt, kann sich strafbar machen, weil der Dienst einen Verstoß gegen die deutsche Wehrpflicht bedeuten kann. Das ging sogar so weit, dass bis zum Sommer 2011 deutsche Staatsbürger, die in die Fremdenlegion eintraten, ihre Staatsbürgerschaft verloren, wenn sie zusätzlich auch französische Staatsbürger waren. Und das geht in der Legion schnell.«
»Wieso?«, wollte Calis wissen und begann, sich die ersten Notizen zu machen.
»Nun, sie konnten und können als Legionär durch ihr Blutvergießen die französische Staatsbürgerschaft erlangen, und viele machten von dieser Möglichkeit Gebrauch«, stellte Lambert fest, schloss die Augen und rezitierte auswendig: »*La nationalité française est conférée par décret, sur proposition du ministre de la défense, à tout étranger engagé dans les armées françaises qui a été blessé en mission au cours ou à l'occasion d'un engagement opérationnel et qui en fait la demande.* So der Originalwortlaut des Artikels. Werden Sie im Einsatz verwundet, können Sie Franzose werden. Egal, woher Sie ursprünglich stammen. Aber Sie haben meine Frage noch nicht beantwortet. Was genau bringt Sie zu mir?«
»Ein Mordfall, an dem unter Umständen ehemalige Angehörige der Legion beteiligt sind.« Thomas Calis verstummte, als sich die Tür zur Veranda öffnete und eine Asiatin höflich lächelnd ein Tablett mit Krug und Gläsern auf den niedrigen Tisch stellte.

»Darf ich vorstellen? Mein Frau Suree, die ich in Frankreich auf der Hochschule kennengelernt habe und die es mit mir altem Haudegen bewundernswerterweise noch immer aushält.« Lambert begann lächelnd, den Eistee einzuschenken. Dann verdüsterte sich sein Gesicht. »Ein Mordfall, sagten Sie?«

»Ja, Sie haben es vielleicht schon in den Zeitungen gelesen«, bestätigte Calis. »Mord auf offener Straße. Jemand hat einem Radfahrer die Kehle durchgeschnitten. Es gibt gewisse Hinweise, dass ehemalige Angehörige der Legion beteiligt sein könnten.«

»Ich verstehe.« Lambert nahm das Barett vom Tisch und drehte es in seiner Hand.

»Aber ich weiß einfach zu wenig von der Fremdenlegion«, fuhr Calis fort, »um mir ein Bild machen zu können. Behauptungen sind schnell aufgestellt, vor allem, wenn es um eine so legendenumwobene Einheit geht.«

Als Antwort hielt der Offizier dem Kommissar sein Barett hin. Es trug ein Abzeichen mit einer siebenflammigen Granate. »Dann werde ich Ihnen ein paar wichtige Symbole und Traditionen erklären, die eine maßgebliche Rolle im Leben jedes Legionärs spielen. Vielleicht hilft Ihnen das weiter. Das Wappen der Legion, diese siebenflammige Granate, geht auf das unmittelbare Vorgängerregiment, das Regiment Hohenlohe, zurück. Die Farben der Legion sind Grün und Rot: Grün als Symbol für das Land, das es zu verteidigen gilt, Rot für das Blut, das dabei vergossen wird. Befindet sich ein Truppenteil der Legion im Kampfeinsatz irgendwo auf dieser Welt, so wird dort der dreieckige Wimpel der Legion mit der roten Farbe nach oben aufgehängt.«

»Blut auf dem Land?«, fragte Calis und sah Lambert forschend an.

»Genau. Blut auf dem Land. Vergessen Sie nicht das Motto der Legion, das Sie so ziemlich überall finden werden. *Legio patria nostra* – Die Legion ist unser Vaterland. Und dafür kämpfen wir bis zum letzten Mann, bis zur letzten Patrone, bis zum letzten Atemzug. Für einen Außenstehenden vielleicht nicht leicht zu verstehen.«

Das Donnern der Kanonen schien näher zu kommen. In Lamberts Gesicht zuckte kein Muskel. Er schien die Geschütze nicht mehr zu hören.

»Aber kommen wir zu den Fakten, die werden Sie mehr interessieren, und deswegen sind Sie ja hergekommen. Die Fremdenlegion ist offiziell Teil des französischen Heers. Freiwillige aus hundertsechsunddreißig Nationen sind als Zeitsoldaten verpflichtet, völkerrechtlich gesehen reguläre Soldaten der französischen Armee, auch wenn man uns manchmal fälschlicherweise als Söldner bezeichnet. In den sechziger Jahren, am Ende des Algerienkriegs, hatte die Truppe eine Stärke von rund 35 000 Mann und wurde schrittweise reduziert. Heute gibt es noch 7 000 Mann in der Legion. Und keine Frau.« Lambert lächelte. »Ein reiner Männerhaufen also. Laut Statistik haben seit Bestehen der Legion rund 600 000 Mann gedient, mehr als 36 000 sind gefallen. Sie haben also ein weites Feld an möglichen Verdächtigen.«

»Waren viele Deutsche in der Legion?«, fragte Calis nach und machte sich eine Notiz.

»Kommt ganz auf den Zeitraum an, den Sie betrachten«, meinte der Offizier. »Nach 1945 waren zwischen einem Drittel und der Hälfte der Legionäre Deutsche. Diese Entwicklung erreichte ihren Höhepunkt am Ende des Indochinakriegs. Vor wenigen Jahren waren es nur noch zwei Prozent, also eigentlich verschwindend gering. Die Osteuropäer mit rund einem Drittel stellen derzeit die größte Gruppe der Legionäre, gefolgt von einem Viertel Südamerikaner. Rund ein Fünftel der Fremdenlegionäre sind in Wirklichkeit Franzosen, die mit einer neuen Identität ausgestattet wurden.«

»Gutes Stichwort«, warf Calis ein, »Identität.«

»Schwieriges Kapitel«, gab Lambert zurück. »In den Anfängen der Legion wurde die Identität des Bewerbers gar nicht oder nur oberflächlich geprüft. Nach dem zweiten Weltkrieg tauchten so Tausende zwielichtiger Figuren ohne Schwierigkeiten unter und kamen Jahre später mit einem neuen Namen, einem echten Pass und einer anderen Staatsbürgerschaft wieder zum Vorschein. Heute ist das zwar nicht mehr so, aber es ist auch nicht unbedingt besser. Die Bewerber werden einer eingehenden Sicherheitsüberprüfung unterzogen und mehrere Wochen lang gründlich medizinisch und psychologisch untersucht. Grundsätzlich wird seit Ende 2010 jedem Legionär nur noch dann eine neue Identität zugewiesen, die vor Anfragen und Auskunftsersuchen schützen soll, wenn er dies ausdrücklich wünscht.«

»Ich kann also noch immer in der Legion untertauchen?« Thomas

Calis kostete den Eistee und beschloss, Lamberts Frau um das Rezept zu bitten.

»Ja und nein. Dieses sogenannte Anonymat beinhaltet einen neuen Vor- und Nachnamen, neue Elternnamen, einen neuen Geburtsort, ein neues Geburtsdatum, und all das wird dann auch im Dienstausweis des Legionärs eingetragen. Spätestens mit dem Austritt aus der Fremdenlegion jedoch erlischt diese falsche Identität, sofern ...« Lambert beugte sich vor und wies auf den roten Teil der Farben der Legion. »... sofern der Legionär nicht französischer Staatsbürger geworden ist und den Namen behalten will.«

»Sind Sie französischer Staatsbürger?«, erkundigte sich Calis lächelnd.

»Ja«, antwortete der Offizier einfach. »Ich wurde zu oft verwundet, hab meinen Anteil an vergossenem Blut geleistet. Im Kosovo, bei ein paar Spezialeinsätzen, über die wir besser nicht reden, und in den Bergen Afghanistans. Außerdem bin ich zu einem Zeitpunkt zur Legion gegangen, da hatte man die Wahl zwischen deutscher und französischer Staatsbürgerschaft nicht. Die Deutschen wollten mich nicht mehr, also wurde aus dem Wiesbadener Moritz Lampertz der Südfranzose Maurice Lambert. Als Geburtsort steht in meinem Pass Aubagne, ein kleiner Ort bei Marseille. Da ist das Hauptquartier der Legion.«

»Wie sieht es mit den Ehemaligen aus?«, bohrte Calis weiter. »Wann scheidet man aus der Legion aus? Woran erkennt man sich nach dem Abschied?«

»Die kürzeste Verpflichtung beträgt fünf Jahre, nach zwanzig Jahren gibt es Anspruch auf eine Pension, die überall hin überwiesen wird, ohne zu fragen«, antwortete Lambert. »Früher waren es einmal fünfzehn Jahre, aber diese Zeiten sind lange vorbei. Das hat dazu geführt, dass man Fremdenlegionäre im Ruhestand überall antrifft, ob in Afrika oder Asien, dem Nahen Osten oder auch in Europa. Manche bleiben länger bei der Truppe, andere rüsten früher ab und machen sich danach selbstständig, führen ihren eigenen Krieg, verdingen sich bei Sicherheitsunternehmen, kämpfen sich als Söldner durch die Krisenherde dieser Welt. Oder sie setzen sich in einen Lehnstuhl irgendwo unter Palmen und genießen das Leben.«

Er machte lächelnd eine umfassende Armbewegung, die das Anwesen mit einschloss.

»Und woran man sich erkennt? Nun, an den verschiedensten Dingen. Die Legion prägt, so sagt man. Disziplin, Gehorsam, Eintreten für den anderen, Risikobereitschaft und Teamgeist. Das sind Dinge, die Sie auch im Alltag nicht ablegen. Aber wenn Sie etwas Handfestes meinen – dann erkennt man Exlegionäre sicher in erster Linie an den Tattoos.«

Damit schob Lambert seinen linken Ärmel hinauf und zeigte Calis zwei Tätowierungen. Eine siebenflammige Granate umrahmt von den Worten »Vouloir, croire et oser« und ein mit komplizierten Mustern gefülltes Dreieck, neben dem »Legio patria nostra« stand.

»Den einen Spruch kennen Sie bereits, der andere heißt ›wollen, glauben und wagen‹. Mindestens eines der beiden Zeichen hat so gut wie jeder Legionär auf seine Haut tätowiert.« Lambert schob den Ärmel wieder zurück und nahm einen Schluck Eistee. Auf dem Truppenübungsplatz hatte man sich offenbar zu einer Gefechtspause durchgerungen.

»Sagt Ihnen der Spitzname Clown etwas?«, fragte Calis unvermittelt und beobachtete Lambert dabei genau. Doch der Offizier sah ihm offen in die Augen und schüttelte nachdenklich den Kopf.

»Nein, noch nie gehört, zumindest nicht in den Kameradenkreisen, in denen ich verkehre. Ich nehme an, es handelt sich um den Spitznamen eines Ihrer Täter?«

Der Kommissar nickte stumm.

»Nun, Sie müssen wissen, auch wenn der Anteil der Deutschen in der Legion derzeit nur gering ist, so gibt es zwischen Kiel und Bodensee mehrere Kameradschaften ehemaliger Fremdenlegionäre«, meinte Lambert. »Aber ich glaube kaum, dass die in Ihr Altersmuster fallen. Das sind betagte Herren, die noch in Indochina und Algerien gedient haben und heute froh sind, wenn sie ihre Tochter oder ihre Enkel vom Vereinslokal abholen, nachdem sie einen über den Durst getrunken haben. Ein bisschen Tradition, eine Prise Wehmut, viel Erinnerung, und langsam lichten sich die Reihen.«

Der Blick des Offiziers ging an Calis vorbei in weite Ferne. »Die große Zeit der Legion ist Vergangenheit. Heute ist sie mehr oder minder eine Kampfeinheit wie viele andere. Denken Sie an die Marines, an die Special Forces, an die Green Berets, an das deutsche KSK. Die Legion hat eine lange Geschichte, ist selbst zu einer Legende geworden, und ihr Ruf hallt dort nach, wo sie schon seit Jahrzehnten verschwunden ist. Das ist es, was sie einzigartig macht.«

Lambert legte den Kopf schief und lauschte, dann schaute er auf die Uhr. »Aah, zwölf Uhr Mittag, der Krieg im Sandkasten ruht. Wie schön, wenn es Fixpunkte im Tagesablauf gibt«, meinte er lächelnd. »Möchten Sie mit uns essen? Suree ist eine hervorragende Köchin.«

»Danke, aber ich habe schon zu viel von Ihrer Zeit beansprucht«, wehrte der Kommissar ab. »Das war ein überaus interessantes und informatives Gespräch, wie der Innensenator es formuliert hätte.« Er zwinkerte Lambert zu und erhob sich. »Wenn ich mich irgendwie revanchieren kann, dann lassen Sie es mich bitte wissen.«

»Gerne«, antwortete der Soldat, setzte sein Barett auf und begleitete Calis zurück zum Wagen. »Wissen Sie, Kriminelle gibt es in jeder Truppe, Psychopathen an jedem Kriegsschauplatz dieser Welt. Die Legion ist da nicht besser und nicht schlechter als der Rest, machen wir uns nichts vor. Aber die Zeit, in der sie hauptsächlich ein Sammelbecken für halbseidene Individuen, gescheiterte Existenzen und sadistische Kriminelle auf der Flucht war, ist lange vorbei. Geblieben ist die Härte gegen sich selbst und andere, die Disziplin und der Teamgeist, Elitedenken und ungebrochener Kampfwille. Aber das haben andere Einheiten auch.«

Als der Schlagbaum hinter ihm zuschwenkte, dachte Thomas Calis über die letzten Worte des Offiziers nach. Vielleicht hatte sich Gustav ja geirrt, und die Mörder kamen gar nicht aus der Legion der Namenlosen, sondern aus einer der vielen anderen Sonderkampfgruppen, die in vielen Staaten in den achtziger Jahren aus dem Boden geschossen waren und die ihre Angehörigen alle früher oder später mit Pensionsberechtigung wieder auf die Gesellschaft losließen.

Er bog nach rechts ab und sah eine kerzengerade Straße vor sich, die sich in der Ferne zwischen den Bäumen verlor. Wo immer sie auch hinführte, sie würde ihn irgendwann aus diesem Labyrinth wieder herausbringen, sagte er sich. Also ignorierte er die Blonde aus dem Navi, wollte reflexhaft das Radio anstellen, aber das funktionierte nicht, wie ihm die Fahrbereitschaft entschuldigend am Morgen mitgeteilt hatte. So kurbelte er das Fenster herunter und ließ mit der warmen Mittagsluft den Geruch nach Frühling und Osterblumen in den Wagen strömen. Die Vögel zwitscherten, begeistert über die Gefechtspause und die damit verbundene Ruhe.

Er hielt Ausschau nach dem Spaziergänger mit seinem weißen Pudel. Aber der saß sicher bereits in einem der Holzhäuser vor einem Bier und aß Königsberger Klopse oder einen strammen Max.

Und nun?

Das Handy hatte noch immer keinen Empfang, also hing Calis seinen Gedanken nach, während nicht enden wollende Föhrenwälder an ihm vorbeizogen. Die Aufhängung des Golfs stöhnte unter den Schlaglöchern und Querrillen. Hoffentlich hatte Frank mit seinem Anruf in Hessen mehr Erfolg gehabt.

Plötzlich knackste es in den Lautsprechern, und wie durch ein elektronisches Wunder ertönten klar und ohne Rauschen die letzten Zeilen der Mittagsnachrichten des Deutschlandfunks: »... stellte sich heraus, dass die erste Explosion durch zwei unter dem Fahrzeug angebrachte Sprengkörper ausgelöst worden war. Danach hatte das Feuer auf weitere abgestellte Pkw und einen in der Nähe geparkten Lkw-Anhänger mit Altreifen übergegriffen. Die Opfer, drei Männer zwischen fünfunddreißig und fünfundvierzig Jahren, konnten noch nicht identifiziert werden. Wie die Kriminaldirektion Frankfurt am Main in einer kurzen Pressemitteilung verlauten ließ, wird die Möglichkeit eines missglückten Terroranschlags nicht ausgeschlossen. Das Wetter. Nachmittags freundlich zwischen Rhein und Oder, mit Temperaturen ...«

Merianstraße, Kronberg im Taunus / Deutschland

»Und was genau soll das sein?«

Der Mann an der Stirnseite des riesigen Besprechungstisches sah aus wie ein Golfspieler, der zwischen zwei Abschlägen schnell auf einen Sprung in der herrschaftlichen Villa vorbeigeschaut hatte. Und genau das war er auch.

Der Golf- und Landklub Kronberg, aufwendig rund um das gleichnamige Schlosshotel angelegt und mit einer ellenlagen Warteliste ausgestattet, die es ermöglichte, unerwünschte Antragsteller jahrelang auf Abstand zu halten, lag nur wenige Hundert Meter von dem parkähnlichen Grundstück entfernt, auf dem das luxuriöse Anwesen stand.

Die Nähe zum Klub machte die Wohnlage in der Merianstraße noch teurer, als es die Gegend westlich von Frankfurt sowieso schon war. Bad Soden, Königstein, Kronberg – hier genügte es nicht, einfach nur Geld zu haben. Man brauchte dazu noch einen wohlklingenden Namen, ein seit Jahrzehnten funktionierendes Netzwerk und die richtigen Beziehungen zur Politik, um sich hier anzusiedeln. Neureiche Parvenüs schickte man näher an den Main.

Der Hausherr, ein schlanker Mittvierziger mit dunklem, vollem Haar, drehte den Gegenstand ratlos zwischen seinen Fingern. Er sah aus wie eine schmale, aber hohe Pyramide aus Glas und erinnerte an einen Kristall aus durchsichtigem Quarz.

Oder an eine sonderbare Pfeilspitze einer unbekannten Zivilisation.

Sein Besucher, blond, braun gebrannt und distinguiert gekleidet, spielte gedankenverloren mit dem matt schimmernden Metallzylinder und ließ ihn dabei immer wieder über die auf Hochglanz polierte Tischplatte rollen. Er sah überrascht auf. »Ich dachte, Sie wüssten, was Sie suchen«, erwiderte er interessiert, und seine grünbraunen Augen blickten den Hausherren ein wenig abschätzig an.

»Ehrlich gesagt habe ich etwas ganz anderes erwartet«, gab der Golfspieler zu und stellte die schlanke Pyramide vor sich auf das dunkle Holz neben die blauen gelochten Handschuhe. Ohne das Objekt aus den Augen zu lassen, streckte er die Hand aus und sagte zu seinem Besucher: »Würden Sie mir bitte den Metallbehälter geben?«

»Selbstverständlich«, nickte der blonde Mann und schob den Zylinder über den Tisch. »Wie Sie vielleicht bereits in den Nachrichten gehört haben, wurde die Aktion erfolgreich abgeschlossen, wie Sie es gewünscht haben.«

Der Hausherr drehte den kleinen Zylinder in seinen Händen, schraubte ihn auf und warf einen Blick hinein, bevor er antwortete.

»Ich habe gleich nach den ersten Meldungen das vereinbarte Honorar auf Ihr Konto auf den Cayman Islands überwiesen. Gute Arbeit – ich habe nicht einen Augenblick daran gezweifelt. Jetzt müssen wir nur noch etwas nachhelfen und die polizeilichen Ermittlungen im Sand verlaufen lassen. War außer dieser Pyramide noch etwas in dem Zylinder?«

Sein Besucher schüttelte bestimmt den Kopf. »Ich habe auf der Fahrt heute am frühen Morgen einen Blick hineingeworfen«, antwortete er. »Schon um mich zu versichern, dass die drei Kasper nicht vielleicht doch versucht haben, uns in letzter Sekunde zu täuschen. Aber außer der Pyramide habe ich nichts gesehen. Keine Notiz oder Nachricht. Und ich kann mir beim besten Willen nicht vorstellen, dass die drei ...«

Der Mann im Golfdress unterbrach seinen Gast und winkte ab. »Da gehen wir ganz konform in unseren Ansichten. Gute Erfüllungsgehilfen, aber nichts weiter. Sie haben ihre Schuldigkeit getan, und wir haben pünktlich und schnell bekommen, was wir wollten.« Er stand auf, griff nach den Handschuhen und lehnte sich an den Tisch. »Wie weit ist die Polizei bisher in ihren Untersuchungen gekommen?«

»In Berlin tappt sie im Dunkeln, von da ist keine Gefahr zu erwarten«, antwortete der Besucher selbstsicher und erhob sich ebenfalls. »Keine Verbindung zum Opfer oder zum Berliner Milieu, kein offensichtliches Motiv und keine Spuren. Es hat in der Tatnacht ziemlich heftig geregnet, und laut den Medien ist die Tatwaffe verschwunden. Der ermittelnde Kommissar der Mordkommission tummelt sich zurzeit eher in den Klatschspalten als auf den Chronikseiten. Aber zur Sicherheit haben wir eine Nachhut in der Hauptstadt gelassen. Und in Frankfurt? In Frankfurt läuft alles auf einen vereitelten Terroranschlag hinaus. Eine Autobombe, die aus Versehen zu früh zündete. Das klingt immer gut, für alle Beteiligten, und die Öffentlichkeit ist beruhigt, wie effektiv unsere Exekutive arbeitet.«

Wenige Minuten später rollte der dunkelblaue Bentley Mulsanne über die weiß gekieste Auffahrt und hielt vor dem Eingang der Villa kurz an, um seinen Fahrgast einsteigen zu lassen. Dann, mit einem dumpfen Grollen, beschleunigte er in Richtung Merianstraße.

Der Hausherr stand am Fenster im ersten Stock und blickte der Limousine nach, bevor er sich umwandte, die Pyramide und den Metallzylinder vom Tisch nahm und das Sitzungszimmer verließ. Doch er ging nicht über die breite, elegant geschwungene Freitreppe nach unten, sondern stieg eine Etage höher unters Dach.

Er stieß eine Schwingtür auf, feucht-warme Luft kam ihm entgegen. Er lächelte und steckte im Gehen die Pyramide wieder in den Zylinder, den er danach sorgsam verschloss. Je weiter ihn sein Weg durch den mit Teppich ausgelegten Gang führte, umso näher schien eine Atmosphäre von Urwald und Wildnis zu rücken. Als er eine Lichtschranke passierte, ertönte aus versteckt angebrachten Lautsprechern plötzlich Vogelkreischen. Zugleich schaltete sich ein Scheinwerfer ein und beleuchtete eine massive Metalltür, die geschickt mit Holz verkleidet war und sich so nicht von den anderen Türen rundum unterschied. Nur der Retina-Scanner an der Wand unmittelbar daneben verriet dem Eingeweihten die besondere Funktion.

Der Hausherr legte lächelnd seine Stirn an das Gerät, und mit einem kleinen Piepton quittierte der Scanner die erfolgreiche Abtastung. Gleich darauf sprang die Tür auf und gab den Weg in einen Raum frei, der im Halbdunkel lag. Luftbefeuchter und Klimaanlagen summten, irgendwo gurgelte Wasser. Entlang der Wände standen großzügig bemessene Terrarien, manche vier Meter oder fünf Meter lang.

Den Mittelpunkt des Raumes bildete eine kniehohe, gemauerte Umrandung aus Natursteinen, die mit einem feinmaschigen Metallnetz abgedeckt war. Was wie eines der künstlichen Wasserbecken in einem der edleren chinesischen Restaurants von Frankfurt aussah, war ein überdimensioniertes Terrarium, das mit großen Felsbrocken, Baumstämmen und Inseln aus trockenem Gras dekoriert war. Auf den ersten Blick schien das aufwendig gestaltete Gelände verlassen, es war kein Tier zu sehen.

Im Licht der gezielt eingesetzten Spots leuchteten zwei kleine Metallschilder auf der Mauerkrone. »Crotalus adamanteus« und »Crotalus atrox« stand darauf graviert, und der Hausherr beugte sich suchend über die Umrandung, als er mit den Golfhandschuhen leicht auf das Netz schlug. Sofort begann sich an mehreren Stellen im Terrarium etwas zu bewegen. Es knisterte und raschelte, bevor ein charakteristisches Geräusch den Raum erfüllte, das in allen Wüsten Amerikas Furcht und Schrecken verbreitete und als allerletzte Warnung vor einem Angriff galt.

»Aufgewacht, ihr Faulpelze!«, rief der Mann im Golfdress unbeeindruckt. »Ich habe eine Aufgabe für euch!«

Er schlug erneut auf das Gitter, stärker als zuvor, und der Boden des Terrariums begann zu leben. Hinter Steinen, zwischen den Grasbüscheln und unter den Stämmen erschienen nach und nach ein Dutzend großer Klapperschlangen. Sie schlängelten aufgeregt herbei, züngelten und rasselten mit den Schwanzenden.

»Der Schlangenträger ist da«, flüsterte er mit leuchtenden Augen. »Kommt zu ihm und fürchtet euch nicht. Denn er ist einer von euch.«

Unvermittelt hob er eines der Stahlnetze an, ungeachtet der Aufregung und der Angriffslust der Reptilien. Keine der Klapperschlangen wich zurück. Im Gegenteil. Die meisten gingen sofort in Angriffsstellung.

Lautes Rasseln erfüllte den Raum, schien die Luft zum Vibrieren zu bringen.

Mit einem erwartungsvollen Ausdruck auf seinem angespannten Gesicht warf der Mann plötzlich seine Golfhandschuhe in Richtung der nächsten Ottern. Diesen Moment genoss er jedes Mal. Blitzschnell zuckten die dreieckigen Köpfe vor und verbissen sich in das warme Leder, bevor auch nur einer der beiden Handschuhe den Boden berührt hatte.

Ohne zu zögern nutzte der Hausherr geschickt den Augenblick der Ablenkung. Er schob rasch den Metallzylinder in eine Höhle unter einem der flacheren Steine.

Doch da war es auch schon zu spät.

Aus den Augenwinkeln sah er, wie eine kleinere texanische Klapperschlange, die versteckt zwischen Grasbüscheln auf der Lauer gelegen hatte und sich von den Handschuhen nicht hatte ablenken lassen, wütend auf seine rechte Hand zustieß.

Mit einer blitzschnellen Bewegung schoss die Linke des Mannes vor, während er die Rechte zurückkriss. Er erwischte die Klapperschlange direkt hinter dem Kopf und packte sie mit einem eisernen Griff. Dabei stieß er ein fast tierisches Grunzen der Befriedigung aus.

»Du bist noch immer zu langsam für mich«, fauchte er und brachte den weit aufgerissenen Fang des Tieres wenige Zentimeter vor seine Augen. »Aber das war dein letzter Versuch.«

Der Schwanz der Schlange wand sich wütend um seinen Arm, als der Mann das Gitter zufallen ließ und spürte, wie das Adrenalin nach und nach wieder verebbte. Er packte noch fester zu. Die Bewegungen der Otter wurden allmählich langsamer.

Mit großen Schritten ging der Mann zu einem der größeren Terrarien an der Wand, schob vorsichtig die Abdeckung auf und ließ dann die kleine Klapperschlange rasch in den Glaskasten fallen.

»Königsnattern lieben kleine, freche Klapperschlangen wie dich«, murmelte er zufrieden. »Sie haben sie zum Fressen gern und sind noch dazu immun gegen ihr Gift. Aber wenn du Glück hast, dann spielt sie ja vorher noch ein wenig mit dir. Bevor sie dir den Kopf abbeißt.«

In diesem Moment entrollte sich aus einer Ecke des Terrariums eine fast zwei Meter lange, graubraun-orange gezeichnete Natter und züngelte interessiert in Richtung des Neuankömmlings.

Als der Hausherr den Raum verließ, bebte das Terrarium unter den wütenden Angriffen der Königsnatter und den verzweifelten Verteidigungsversuchen der Klapperschlage. Der erbitterte Kampf dauerte weniger als vier Minuten. Dann begann die große Natter, ihr totes Opfer zu verschlingen.

Während er die Freitreppe hinunterlief, zog der Mann im Golfdress sein Handy aus der Tasche und wählte. Sein Gesprächspartner hob nach dem ersten Läuten ab.

»Ja, Gregorios?«

»Wir brauchen einen Spezialisten, aber frag mich nicht, was für einen«, sagte der Mann übergangslos. »Es ist eine seltsam spitze Glaspyramide in diesem verdammten Zylinder und sonst nichts.«

»Eine ... was?«

»Du hast richtig gehört, eine Glaspyramide. Durchsichtig, ohne Gravur, etwa vier Zentimeter lang.« Er machte eine Pause, holte ein neues Paar Handschuhe aus einer der Schubladen der Jugendstilkommode in der Eingangshalle, bevor er die Haustür öffnete. »Keine Notiz, keine Nachricht, keine Erklärung.«

Fast lautlos fuhr ein silberner Mercedes vor, und der Chauffeur stieg aus, um seinem Fahrgast den Schlag zu öffnen. »Zum Golfplatz?«, fragte er.

Gregorios Konstantinos nickte, ohne das Handy vom Ohr zu nehmen, und ließ sich in die weichen Lederpolster fallen.

»Mit einem Wort ...«, setzte sein Gesprächspartner verwirrt an.

»Mit einem Wort, wir sind genau so schlau wie vorher.«

5
DIE SCHNEELEOPARDEN

Autobahn A9, zwischen Eisenberg und Hermsdorf / Deutschland

»Hast du das gehört?«, fragte Thomas Calis, presste das Handy ans Ohr und hoffte, dass keine Zivilstreife der Polizei in seiner Nähe war und ihn telefonieren sah. Der Dienst-Golf hatte neben dem meist defekten Radio auch keine Freisprechanlage. Dafür klapperte er an allen Ecken und Enden und schaffte kaum mehr als 150 km / h.

Es hatte mehr als eine Stunde gedauert, bis er Frank Lindner endlich ans Telefon bekommen hatte. In der Zwischenzeit war er schon einmal mit Vollgas in Richtung Süden aufgebrochen. Alles passte einfach zu gut zusammen. Calis zweifelte nicht einen Augenblick daran, dass es sich bei den drei unbekannten Toten aus den Nachrichten um die Täter aus der Berliner Berlichingenstraße handelte. Gustav hatte also doch recht gehabt. Frankfurt am Main.

»Dieses verdammte Radio hat ungefähr fünf Minuten lang funktioniert«, beschwerte sich Calis bei Lindner. »Danach ist es wieder dem elektronischen Kollaps erlegen. Aber wenigstens konnte ich das Ende der Nachrichten hören. Drei geschredderte Männer in Frankfurt, die angenehmerweise nichts mehr erzählen können, weil sie einer Autobombe zum Opfer gefallen sind.«

Der Kommissar machte eilig die linke Spur frei, nachdem ein Sportwagen mit aufgeblendeten Scheinwerfern hinter ihm zum Durchstarten ansetzte.

»Was glaubst du, was ich in der letzten Stunde gemacht habe?«, erwiderte Frank Lindner. »Klar hab ich es gehört, Thomas, aus erster Hand, wenn man so sagen kann. In Frankfurt ist der Teufel los, und ich bin froh, dass ich überhaupt jemanden bei der Kriminaldirektion in die Leitung bekommen habe. Die haben erst versucht, mich gnadenlos abzuwimmeln, weil niemand mit Details rausrücken wollte. Berliner Kollege hin oder her ...«

»Oder rausrücken konnte«, ergänzte Calis ironisch. »Die Jungs stecken sicher noch mitten in den Untersuchungen. Missglückter Terroranschlag. Dass ich nicht lache, das hätten sie wohl gerne.«

»Was würdest du der Presse in so einem Fall sagen?«, meinte Lindner. »Die Leitung hat übrigens eine Kriminaloberkommissarin übernommen, soviel ich in Erfahrung bringen konnte.« Calis hörte Frank Lindner in seinen Unterlagen blättern und setzte nach einem Kontrollblick in den Rückspiegel zum Überholen eines japanischen Kleinwagens an, dessen Fahrerin ebenfalls telefonierte.

»Moment, ich hab den Namen gleich«, versicherte sein Kollege. »Ah ja, da ist sie ja. Oberkommissarin Martina Trapp. War am Tatort, als ich anrief. Du bist jedenfalls schon avisiert.«

»Und die Kollegen sind begeistert«, ätzte Calis.

»Sie haben sich ein Halleluja gerade noch verkniffen«, antwortete Lindner trocken. »Mein Kontakt ist Kriminaloberrat Klapproth. Wenn du Schwierigkeiten hast, kannst du dich an ihn wenden.«

»Wie damals in Dresden?« Bei einem Mordfall vor zwei Jahren hatte Kommissar Calis mit den dortigen Kollegen zusammengearbeitet und war an der umständlichen Bürokratie und dem Klüngeldenken fast verzweifelt.

»Wie wär's diesmal mit ein wenig mehr subtiler Anpassungsfähigkeit von deiner Seite?«, stichelte Frank. »Zur Abwechslung ein bisschen weniger Dampfwalze und dafür ein Quäntchen mehr an Diplomatie und Feingefühl?«

»Der Empfang wird schlechter«, gab Calis zurück und wich geschickt einem Lkw aus, der ohne Vorwarnung auf die mittlere Spur ausgeschert war. »Ich melde mich morgen. Mit dieser vierrädrigen Spaßbremse von Wagen bin ich sicher noch gute vier Stunden unterwegs. Außerdem wird das Wetter immer mieser.«

»Hast du deinen Regenschirm dabei?«, erkundigte sich Frank, und Calis konnte sein Grinsen durch das Telefon bis auf die A9 hören, bevor er kommentarlos die rote Taste drückte, das Gespräch beendete und das Handy auf den Beifahrersitz fallen ließ.

Dann trat er das Gaspedal durch. Ohne spürbaren Erfolg, was das Tempo betraf.

Es gibt Tage, da wäre ich gerne bei der Autobahnpolizei mit ihren coolen getunten BMWs, dachte Calis, als ein großer Audi mit gefühlten 250 km/h an ihm vorbeirauschte. Cobra 11, übernehmen Sie. Warum gab's das immer nur im Film?

Das Telefon läutete erneut und schmetterte das 007-Bond-Thema in den Innenraum des Golfs.

Alice!

Leise fluchend tastete Calis nach dem Handy. Wo zum Teufel war das Ding hingerutscht?

Während die Gitarrenriffs scheinbar endlos durch den Wagen klangen und es Calis schien, als hätten alle Bond-Girls der vergangenen fünfzig Jahre Zeit, verführerisch aus den Fluten zu steigen, während er also noch immer verzweifelt nach dem Telefon suchte, überlegte er bereits, was er zu Alice sagen sollte. Dass er den Kampf gegen den störrischen Garten von Tante Louise am Ende doch gewonnen hatte und sich auf den nächsten gemeinsamen Urlaub freute? Gerne auch auf Sylt oder Rügen, in St. Tropez oder auf den Malediven?

Quatsch, schüttelte er den Kopf, das würde er sich nie leisten können. Dafür müsste er schon eine Bank überfallen – oder zwei.

Seine Hand fuhr fieberhaft über den Beifahrersitz. Wo war das verdammte Ding nur hin?

Sollte er Alice sagen, dass es ihm leidtat? Dass ihm die Beziehung wichtig war? Er überraschte sich bei den ersten Zweifeln. War sie ihm tatsächlich wichtig?

Der Verkehr auf der Autobahn nahm zu, je näher er dem Hermsdorfer Kreuz kam, und das James-Bond-Thema raubte Calis allmählich den letzten Nerv. Endlich hatte er das Handy gefunden, das tief zwischen Sitzfläche und Rückenlehne gerutscht war. Er drückte rasch auf die grüne Taste, und vor seinem geistigen Auge stieg sein ganz persönliches Bond-Girl aus den Wellen des Meeres. Dunkelhaarig, kurvig und mit glänzenden Wassertropfen auf der gebräunten Haut ...

»Alice? Schön, dass du anrufst! Ich bin gerade ...«

»Hier spricht das Sekretariat der Rechtsanwaltskanzlei Dorner & Partner«, unterbrach ihn die Stimme auf der anderen Seite kühl. »Herr Calis?« So wie sie es sagte, klang es etwas pikiert und nach einer ansteckenden Krankheit, die keiner haben wollte.

»Öhh, ja, ich habe eigentlich ...« Thomas Calis war völlig verwirrt und ärgerte sich, dass ihm die Worte fehlten.

»Frau Dorner hat mich beauftragt, Sie anzurufen. Sie ist in einer wichtigen Sitzung.«

Wer's glaubt, dachte Calis und sagte laut: »Dann richten Sie ihr bitte aus, ich würde danach gerne mit ihr reden.«

»Ich fürchte, das ist nicht möglich«, ließ ihn die Sekretärin herablassend wissen. »Frau Dorner hat sich entschlossen, die Beziehung zu Ihnen angesichts bestimmter aktueller Vorkommnisse zu beenden.«

»Und um mir das auszurichten, lässt sie ihr Sekretariat anrufen?«, empörte sich Calis. »Das kann sie mir nicht selber sagen?«

»Können schon, wollen nicht«, kam es kühl zurück. »Und es gibt noch einen anderen Grund, warum ich anrufe. Ein Bote hat vor einigen Minuten im Auftrag der Kanzlei einen Koffer mit einigen Ihrer persönlichen Sachen vor Ihrer Wohnungstür deponiert.«

»Aber ich bin auf dem Weg nach Frankfurt«, erwiderte Calis und spürte, wie der Zorn in ihm hochstieg, »und wahrscheinlich erst in einigen Tagen wieder in Berlin!«

Das verbale Achselzucken war nicht zu überhören. »Frau Dorner meinte, Ihre Socken, Hemden und Unterhosen würde schon keiner mitnehmen. Außer vielleicht einer Ihrer Freunde mit einem Hang zum ... nun sagen wir, Ausgefallenen?«

»Ich will sofort mit Alice sprechen«, verlangte Calis ungehalten. Seine Vision vom Bond-Girl, aus Schaum geboren, zerplatzte wie eine Seifenblase. Ursula Andress drehte sich wieder um und ging ins Wasser.

»Aber sie nicht mit Ihnen«, beharrte die Sekretärin. »Ganz im Gegenteil. Nach Ihrem Auftritt in den Medien möchte sie mit Ihnen nichts mehr zu tun haben. Frau Dorner legt als Rechtsanwältin großen Wert auf ihr Image in der Öffentlichkeit, und Sie müssen verstehen, dass unter diesen Umständen ...«

Thomas Calis unterbrach sie aufgeregt. »Ich muss gar nichts und vor allem nicht meine Beziehung mit dem Sekretariat meiner Freundin diskutieren!« Fast hätte er die Abzweigung auf die A4 in Richtung Weimar und Erfurt übersehen. In letzter Minute wechselte er auf die rechte Spur und schnitt den Fahrer eines Reisebusses, der sich mit einem gehupten Protest und dem Stinkefinger revanchierte.

»Ihrer Exfreundin«, korrigierte ihn die Stimme ungerührt. »Und bitte melden Sie sich nicht wieder.« Damit legte sie auf und unterbrach die Verbindung.

Frustriert warf Calis das Handy auf die Oberseite des Armaturenbretts und schlug mit der flachen Hand aufs Lenkrad. »Schnepfe!«, rief er aus und meinte sowohl Alice als auch ihre Sekretärin. Dann nahm er in einem Bedürfnis nach Endgültigkeit das Mobiltelefon, tippte den Namen »Dorner Alice« ein und löschte den Kontakt.

»Leck mich ...«, murmelte er dabei und fragte sich, ob er jetzt Tante Louise danken oder ihr einen ewigen Platz im Fegefeuer wünschen sollte.

Fünf Autos hinter ihm griff ein junger Mann mit kurz geschnittenen Haaren und Sonnenbrille in einem dunklen 3er BMW zum Telefon und drückte eine Kurzwahltaste. »Er ist auf die A4 abgebogen«, sagte er nur, nachdem sein Gesprächspartner abgehoben hatte. »Ich wette, er fährt nach Frankfurt. Irgendwer muss ihm einen Tipp gegeben haben.«

»Nicht gut! Der Fremdenlegionär?«

»Kann ich mir nicht vorstellen«, antwortete der BMW-Fahrer. »Das kann nur jemand aus der Szene gewesen sein, aus Berlin.«

»Hat Calis heute sonst noch mit jemandem gesprochen außer dem Soldaten? Ich meine face to face?«

»Negativ«, gab der Fahrer zurück. »Vom Präsidium aus ist er direkt nach Borkwalde gefahren. Ich musste zwar ein wenig mehr Abstand halten in dem Kaff, das ist eine ziemlich einsame Gegend. Zum Glück ist er mir nicht entwischt. Aber von dem Legionär ist er direkt auf die A9 gedüst. Er fährt einen silbernen Golf mit dem Kennzeichen B-PS 3805.«

»Fahr zurück nach Berlin«, entschied sein Gesprächspartner nach kurzem Nachdenken, »und versuch herauszufinden, wer der Vogel war, der gezwitschert hat. Ich mag keine undichten Stellen bei Jobs dieser Größenordnung. Und Marco?«

Der junge Mann brummte etwas Unverbindliches ins Telefon, während er sich in die Abfahrt Stadtroda einfädelte und den BMW geschickt mit einer Hand durch die Kurve steuerte.

»Ich möchte, dass die Botschaft ankommt. Selbst beim letzten gehirnamputierten Blödmann, der an der Spree Zigarettenautomaten knackt. Klar?«

»Yessir!«, der BMW-Fahrer grinste voller Vorfreude und legte auf. Wenn es nach ihm ging, dann würde er dem Singvogel jede Feder einzeln ausrupfen und ihn danach auf kleiner Flamme braten. Und dafür sorgen, dass der Gestank des verbrannten Fleisches bis in die kleinste Ritze der Hauptstadt zog.

> Lesesaal der Bibliotheca Alexandrina,
> La Corniche, Alexandria / Ägypten

Der ermittelnde Kriminalbeamte der Polizeidirektion Alexandria, Maged Al Feshawi, sah aus wie die Miniaturausgabe von Omar Sharif in seinen besten Jahren. Einen Kopf kleiner als John Finch, steckte er in einem makellos gebügelten Anzug mit Clubkrawatte und trug eine randlose Brille auf der Nasenspitze, über die seine dunkelbraunen Augen skeptisch auf den Piloten blickten. Nachdem die Ambulanz die schwer verletzte Amina Mokhtar in die Intensivstation des nächstgelegenen Krankenhauses gebracht hatte, waren Finch und Al Feshawi in den hellen Lesesaal gegangen und hatten der Spurensicherung das Feld im Manuskriptenmuseum überlassen.

»Sie haben sicher einen Reisepass dabei, um sich auszuweisen?«, fragte der Polizeibeamte und streckte wie selbstverständlich die Hand aus.

Finch nickte und reichte Al Feshawi das Dokument. Der blätterte kurz darin, betrachtete nachdenklich den Einreisestempel und gab Finch den Pass dann wieder zurück.

»Danke.« Er zog sein Mobiltelefon aus der Tasche, tippte rasch etwas ein und steckte es zurück in den Anzug. Schließlich wies er einladend auf einen der Stühle. »Setzen wir uns. Hier können wir ungestört reden«, meinte er nach einem Seitenblick auf die umliegenden leeren Lesetische. »Was genau wollten Sie eigentlich von Dr. Mokhtar?«

»Sie besuchen«, antwortete Finch ausweichend. »Wir kennen uns bereits seit langer Zeit. Wie geht es ihr?«

Al Feshawi zog einen kleinen Notizblock aus der Tasche und zuckte die Schultern. »Gute Frage, Mr. Finch. Bei der Ankunft in der Klinik lebte sie noch. Also hoffe ich, dass es ihr den Umständen entsprechend gut geht, aber leider habe ich noch keine Nachrichten aus der Klinik. Die Ärzte sind nicht immer so offenherzig, wenn es um Auskünfte über den Zustand ihrer Patienten geht. Aber diese Diskretion der Mediziner ist wohl auf der ganzen Welt die gleiche.« Er wechselte abrupt das Thema. »Sie sind gestern als Tourist nach Ägypten eingereist. Wo sind Sie in Alexandria abgestiegen?«

»Im Cecil. Ich mag Hotels mit Geschichte.«

Der Polizist nickte und machte sich eine kurze Notiz. »Erzählen Sie mir bitte alles, von dem Zeitpunkt an, als Sie die Bibliothek betraten«, meinte er und warf dem Piloten über den Rand seiner Brille einen ermunternden Blick zu.

Finch entschloss sich spontan, das Manuskript, das ihm Amina Mokhtar hatte zeigen wollen, und den geheimnisvollen Namen Chinguetti mit keinem Wort zu erwähnen.

»Da gibt es nicht viel zu berichten«, stellte er lakonisch fest und beschrieb in kurzen Worten seinen Weg vom Empfang bis in die Tiefen des Manuskriptenmuseums, seine Unterhaltung mit dem jungen Kollegen von Dr. Mokhtar und das Bild, das sich ihm schließlich in der Teeküche geboten hatte.

»Haben Sie irgendjemanden bemerkt, als Sie in die Nähe der Teeküche kamen«, wollte Al Feshawi wissen.

Finch schüttelte entschieden den Kopf. »Mir ist niemand begegnet, nachdem ich den Lift verlassen habe. Außer dem jungen Mitarbeiter mit seinem Bücherstapel auf dem Arm habe ich niemanden gesehen.« Er machte eine kurze Pause und dachte nach. »Ich habe auch nicht gehört, dass jemand weggelaufen wäre, als ich in die Nähe der Teeküche kam. Und glauben Sie mir, es ist verdammt still da unten.«

»Meine Beamten haben sofort nach ihrer Ankunft das gesamte Untergeschoss durchsucht und niemanden gefunden«, meinte Al Feshawi. »Was mich allerdings nicht verwundert. Haben Sie das Kongresszentrum gesehen, auf Ihrem Weg zum Haupteingang? Es wurde bereits 1991 fertiggestellt, grenzt westlich an die Bibliothek und ist durch einen unterirdischen Verbindungsgang mit ihr verbunden. Der perfekte Fluchtweg. Zwischen den Teilnehmern der Konferenz, die heute begonnen hat, kann jeder halbwegs dezent gekleidete Attentäter spurlos verschwinden. Er muss es nicht einmal eilig haben.«

»Sind Ihre Männer bereits im Konferenzzentrum und ...?«

»... überprüfen die Identität von knapp tausend Teilnehmern aus fast fünfzig Nationen?« Al Feshawi zog die Augenbrauen hoch. »Oder sperren alle Zu- und Ausgänge und gefährden damit die gesamte Tagung? Sie verkennen die Verhältnismäßigkeit der Mittel. Wir untersuchen einen Mordversuch, zugegeben, aber möglicherweise handelt es sich um eine Tat aus emotionalen Gründen. Ein abgewiesener Liebhaber, ein eifersüchtiger Freund, vielleicht sogar aus der Bibliothek? Ein unzufriedener Mitarbeiter etwa, der sich noch im Haus aufhält?« Der Beamte zuckte erneut mit den Schultern, bevor er Finch fixierte. »Oder ein alter Bekannter, der plötzlich aus dem Nichts wieder auftaucht?«

»Und ein Messer durch die Sicherheitsschleuse beim Eingang schmuggelt, ohne den Alarm auszulösen«, gab Finch kopfschüttelnd zurück. »Vergessen Sie nicht, dass ich es war, der um Hilfe gerufen hat, als ich Dr. Mokhtar schwer verletzt am Boden liegend fand.«

»Keramikmesser fallen in keinem Metalldetektor auf«, lächelte Al Feshawi dünn, »und Ihr Hilferuf kann auch lediglich ein geschicktes Ablenkungsmanöver gewesen sein.«

Bevor Finch protestieren konnte, piepste es leise aus seinem Anzug, und der Polizeibeamte griff nach seinem Handy, las die Nachricht und steckte das Mobiltelefon dann wieder ein.

»Die Ärzte haben nach einer Notoperation die Absicht, Dr. Mokhtar in ein künstliches Koma zu versetzen, um die Heilungschancen zu erhöhen. Sie lebt noch, aber auch die besten Mediziner können keine Wunder wirken«, sagte er zu Finch. »Am Ende hilft oft nur mehr Beten. Allahu Akbar!«

»Gott ist groß, aber man kann ihm nicht alles aufbürden«, antwortete Finch bestimmt. »Manchmal muss man die Dinge auch selbst in die Hand nehmen.« Er trommelte frustriert mit den Fingern auf die fein gemaserte Platte des Lesetisches. »Das heißt aber auch, dass sie uns so bald nichts zu ihrem Angreifer oder dem Grund der Attacke sagen kann.«

Al Feshawi wiegte den Kopf. »Möglicherweise wird sie aus dem Koma gar nicht mehr erwachen«, gab er zu bedenken. »Sie haben erwähnt, dass Sie Dr. Mokhtar seit langer Zeit kennen. Wann und wo sind Sie ihr begegnet?«

»Das ist eine alte und lange Geschichte, und sie spielt vor Ihrer Zeit.« Finch fuhr sich mit der Hand durch die kurz geschnittenen grauen Haare und versuchte, Zorn und Verzweiflung vor dem Kriminalbeamten zu verbergen. Wie in einem zu schnell ablaufenden Film rasten Bilder vor seinem inneren Auge vorbei. Am Ende sah er Amina Mokhtar im Koma, umgeben von piepsenden und mattgrüne Kurven zeichnenden Maschinen …

Bevor das Piepsen in seinem Kopf zu einem durchgehenden, stets gleichbleibenden Ton wurde, begann John Finch zu erzählen.

Von Algier und dem Wahnsinn des Krieges.

Zwei Stunden später ließ er sich auf das Bett in seinem Zimmer im Cecil fallen. Sparrow segelte von der Vorhangstange und landete elegant auf dem Nachttisch, wo er auf und ab trippelte und den Piloten fixierte.

»Ja, du bekommst gleich etwas zum Futtern«, murmelte Finch und schloss kurz die Augen. Al Feshawi hatte ihm wortlos zugehört und ihn dann unter der Auflage, die Stadt nicht zu verlassen, gehen lassen. Offenbar glaubte er doch nicht daran, dass es der Pilot war, der die Direktorin des Manuskriptmuseums angegriffen und lebensgefährlich verletzt hatte.

Amina Mokhtar lag im Koma, und niemand konnte sagen, wann und ob sie jemals wieder ansprechbar sein würde. Hatte sie das geheimnisvolle Manuskript bei sich gehabt? Oder befand es sich noch immer in ihrem Büro und Al Feshawi hatte recht – der Attentäter hatte sie aus einem ganz anderen Grund attackiert? Und wer war Chinguetti? War es vielleicht sogar der Name ihres Angreifers, den sie Finch mitteilen wollte, bevor sie ohnmächtig wurde? Jener Mann, der nun unter Umständen im Besitz des Manuskripts war?

Fragen über Fragen, und Finch ärgerte sich darüber, dass er nicht wusste, wo er beginnen sollte, nach Antworten zu suchen. Sparrow führte noch immer seinen Hungertanz auf dem Nachttisch auf, und so holte Finch seufzend einen Apfel und eine Tüte mit Nüssen aus der Schublade.

»Alle Mann an Deck!«, krächzte Sparrow erfreut und beobachtete den Piloten aufmerksam, als er den Apfel zerteilte und die Stücke gemeinsam mit einer Handvoll Nüsse in eine kleine rote Plastikschale fallen ließ.

»Bon appétit, du Nervensäge«, sagte John Finch lächelnd und überlegte gerade, sich auf die Suche nach einem Internetcafé zu machen, um mehr über Chinguetti herauszufinden, als das Telefon läutete.

»Ein Anruf für Sie aus Europa, Monsieur«, verkündete die dunkle Stimme des Mädchens von der Telefonvermittlung mit einem verschwörerischen Unterton, als hätte Finch einen Sechser im Lotto gemacht, und keiner sollte es erfahren. »Soll ich durchstellen?«

»Meine Bestie ist gefüttert, mein Mittagsschlaf abgesagt, und bis zum ersten Cocktail bleibt noch ein wenig Zeit. Also schauen wir, wer sich in der alten Welt an mich erinnert«, antwortete Finch, stahl Sparrow eine Nuss aus der Schale und meinte: »Stellen Sie bitte durch, Mademoiselle.« Insgeheim ärgerte er sich darüber, dass der Anruf aus Europa kam und es daher nicht Fiona sein konnte, die ihm ihre Abreise mitteilte.

Es knackte in der Leitung, und dann hörte er plötzlich Straßenlärm, Hupen und die zischenden Luftdruckbremsen eines Autobus.

Verwirrt überlegte er, wieder aufzulegen und das Ganze als schlechten Scherz abzutun.

»Wie fühlt sich der Adler am Boden? Etwas flügellahm?«

Finch musste grinsen, als er die Stimme erkannte.

»Es gibt wohl keinen Platz der Welt, wo man vor Spionen im Unruhestand sicher ist«, gab er zurück. »Nicht einmal im Cecil, im sonnigen Alexandria, lassen sie einen in Ruhe.«

»Ich werde dich jetzt nicht nach dem Wetter in Nordafrika fragen, weil ich die Antwort kenne und die Beziehung zu meinem Regenschirm sowieso bereits unanständig intim ist«, gab Llewellyn mit bitterem Unterton zurück. »Habe ich schon gesagt, dass ich arbeitslose, aber reiche Piloten hasse?«

»Beruht auf Gegenseitigkeit, wenn es um schnüffelnde Walliser geht«, grinste Finch. »Wie hast du mich gefunden?«

»Ach, eine Frage hie und ein Telefonat da, nichts Aufwendiges. Wer deine Vorliebe für Tradition und Ägypten kennt, der weiß, wo er suchen muss. Übrigens schönen Gruß von Fiona, sie hofft morgen einen Flug nach Kairo zu erwischen«, bemerkte der Major wie nebenbei.

»Die Welt ist klein und der Secret Service überall«, seufzte Finch.

»Schon mal was von der Unantastbarkeit des Privatlebens gehört?«

»Maßlos überschätzt«, antwortete Llewellyn trocken. »Übrigens – sehr passend, das Cecil. Du wandelst da auf berühmten Spuren. Winston Churchill, US-General Montgomery, Al Capone, selbst der Secret Service mietete jahrelang eine Suite, in der eine sehr aktive Außenstelle untergebracht war.«

»War diese Aufzählung so etwas wie eine historische Rangordnung? Angefangen von gut bis sehr böse?«, ätzte Finch und klaute Sparrow noch eine Nuss. Durch die Telefonleitung drang erneut Hupen und lauter Verkehrslärm. »Kannst du nicht in eine ruhigere Seitenstraße gehen? Es klingt, als hätten sie dich abkommandiert, um auf dem Piccadilly Circus den Verkehr zu regeln.«

»Würde ich gerne versuchen, aber die englischen Telefonzellen sind eine sehr stationäre Angelegenheit«, gab Llewellyn zurück. »Dafür bieten sie eine sichere Leitung. Man kann nicht alles haben.«

»Das ist also keine freundliche Nachfrage, wie es mir geht? Das Auffrischen von Erinnerungen an eine Schießerei in einem Schweizer Bankenhaus vor einigen Monaten?« Finch öffnete die Minibar und holte eine Flasche Sakkara-Bier heraus. »Ich trinke dennoch darauf, dass wir es geschafft haben, trotz allem noch ein Jahr älter zu werden.«

»Ich würde gerne mithalten, aber diese Telefonzellen sind auch nicht mehr das, was sie einmal waren«, meinte der Major. »Kein Kühlschrank, keine Gläser. Aber das holen wir bald nach.«

»Wenn jemand wie du eine sichere Leitung benötigt, dann hat er einen triftigen Grund für seinen Anruf, und ich bin plötzlich nicht mehr so sicher, ob ich den wissen will«, gab Finch zu bedenken und öffnete das Sakkara. »Vergiss nicht, Llewellyn, das Cecil ist zwar ein diskretes Hotel, aber ...«

»Ich brauche die sichere Leitung vor allem auf meiner Seite«, unterbrach ihn Llewellyn und verwirrte Finch damit noch mehr. »Außerdem besprechen wir alles andere vor Ort.«
»Du kommst nach Alexandria?«, fragte Finch verwundert. »Man ist tatsächlich nirgends mehr sicher.«
»Nein, du kommst nach London«, gab Llewellyn ungerührt zurück. »Ohne jetzt Klischees zu bemühen – England braucht dich.« Er machte eine kurze Pause. »Nein, ich brauche dich«, setzte er dann nach.
Finch stellte überrascht die Flasche ab und glaubte, sich verhört zu haben.
»Ich bin gerade mal einen Tag in Ägypten«, wandte er ein, »und du willst, dass ich nach London fliege? Kommt nicht infrage. Außerdem ...«
»Außerdem was?«
»... Habe ich gestern eine alte Freundin getroffen, die heute Morgen bei einem Messerangriff schwer verletzt worden ist. Eine mysteriöse Geschichte, der ich nachgehen möchte, auch aus sehr persönlichen Gründen. Und – Fiona kommt ebenfalls nach Ägypten.« Finch hörte, wie Llewellyn Münzen nachwarf. »Außerdem dachte ich, es gibt keine Münzfernsprecher mehr.«
»Du würdest überrascht sein, wenn du wüsstest, was es auf der Insel noch alles gibt«, stellte der Major fest. »Tradition hat ihren Preis. Aber zurück zu deiner Geschichte und dem Attentat. Erzähl mir mehr davon.«
In kurzen Worten schilderte Finch sein Treffen mit Dr. Mokhtar im Restaurant und seinen Besuch in der Bibliothek, berichtete von dem geheimnisvollen Manuskript und von Chinguetti.
»Der Name sagt mir gar nichts«, gestand Llewellyn nachdenklich.
»Und die Wissenschaftlerin liegt im Koma?«
»Schwer verletzt nach einer Notoperation«, bestätigte Finch. »Niemand traut sich, eine Prognose abzugeben, ob sie durchkommt oder nicht.«
»Wenn du möchtest, dann sorge ich dafür, dass sie in eine Privatklinik verlegt wird«, schlug der Major vor. »Mit einem internationalen Ärzteteam und der besten medizinischen Versorgung.«

»Das wäre phantastisch«, Finch unterbrach sich und runzelte die Stirn. »Was genau muss ich dafür tun? Den Premierminister umbringen? Buckingham Palace infiltrieren?«

»Um Gottes willen nein!«, rief Llewellyn. »Wir brauchen keine politischen Märtyrer, dem Land geht es so schon schlecht genug. Ich brauche einen Piloten.«

»Davon gibt es Tausende zwischen Brighton und den Hebriden.« Finch nahm einen großen Schluck Sakkara. »Jüngere, ehrgeizigere, sogar befehlsgewohnte Militärpiloten.«

»Ich will den besten.«

»Hör auf zu schleimen«, murmelte Finch. »Mein Vater hätte dir ziemlich drastisch klargemacht, wohin du dir den besten schieben kannst. Er sagte immer: Ich glaube nur an zwei Dinge im Leben – an Gott und an den Mann, der dieses Flugzeug fliegt.«

»Und ich glaube an John Finch«, gab der Major zurück. »Du siehst, wir sind nicht so weit auseinander, dein Vater und ich.«

Finch schnaufte und überlegte. Dann sagte er: »Hör bitte zu, Llewellyn. Ich bin da, wo ich hinwollte. In Nordafrika. Wenn England auf meiner Prioritätenliste gestanden hätte, dann würde ich jetzt in Duxford alte Maschinen restaurieren, an den Wochenenden eine Spitfire fliegen und versuchen, trotz der miserablen Witterung an alten Mauern Teerosen zu züchten. Ich hoffe, diese Antwort versteht auch der Secret Service. Es ist ein glattes Nein!«

»Dann hast du gerade einen Menschen zum Tode verurteilt«, gab der Major kalt zurück. »Man wird ihn finden, ihn in kleine Stücke schneiden und seinen Kopf als Abschreckung an eine lange Stange vor den Toren der Stadt spießen. Nach kurzer Zeit wird ein ganzer Landstrich im Chaos versinken, der internationale Terrorismus wird ein neues Aufmarschfeld und Durchzugsgebiet haben, während du Touristen über die Wüste fliegst, auf den Spuren des alten St. Exupéry. Zufrieden?«

»In welchem Film hast du dieses Horrorszenario gesehen? Oder träumst du in letzter Zeit schlecht?«

»Es ist mir bitter ernst, Mr. John Finch«, kam es durch die Leitung, und aus der Stimme des Majors hörte der Pilot die Dringlichkeit heraus. Vielleicht sogar eine Nervosität, die er bei Llewellyn, der sonst

stets jede Situation meisterte, bisher noch nie wahrgenommen hatte. Er überlegte und schwieg. Schließlich meinte er: »Ich soll also jemanden ausfliegen.«
»Ja, und ich kann dir jetzt nicht mehr dazu sagen«, stellte Llewellyn entschieden fest.
»Du wirst mich überzeugen müssen, sonst gehe ich nirgends hin«, gab Finch zurück. »Offene Telefonleitung hin oder her.«
Für eine halbe Minute ertönte nur der Verkehrslärm der Londoner Innenstadt in der Leitung. Sparrow flatterte gesättigt und zufrieden zurück auf seine Vorhangstange, während Finch die Flasche Sakkara leerte.
»Gut, ich mache dir einen Vorschlag.« Llewellyn klang nicht sehr glücklich. »Du hilfst mir. Dafür komme ich mit dir nach Ägypten, und wir finden gemeinsam heraus, was es mit dem Manuskript, dem Attentat und diesem Italiener, diesem Chinguetti, auf sich hat. So hast du Zugriff auf alle meine Verbindungen und Experten im Nahen Osten. Erinnere dich an die Dechiffrierung der Nachrichten letztes Jahr, die uns zur Lösung des Rätsels der alten Männer geführt hat.«
Finch überlegte. Damals hatte einer der Freunde des Majors im Handumdrehen einen Code geknackt, an dem sich alle anderen die Zähne ausgebissen hätten. »Und Dr. Mokhtar wird in eine Privatklinik verlegt?«
»Noch heute. Du hast mein Wort.«
»Du bist ein mieser, kleiner Erpresser«, grinste der Pilot. »Trotzdem, danke! Also gut. Wann soll ich fliegen?«
»Mit der nächsten Maschine.« Llewellyn klang erleichtert. »Fahr auf dem Weg zum Flughafen beim Britischen Generalkonsulat in Alexandria vorbei. Die haben dein Ticket. Gib dem Taxifahrer folgende Adresse: 3 Mina Street, Kafr Abdou, Roushdi. Wenn alles gutgeht, sitzen wir heute Abend bei meinem Lieblings-Thailänder zum Dinner. Aber ich fürchte, die Nacht wird kurz, und allzu viel Schlaf wirst du nicht bekommen.«
»Was zum Teufel hast du schon wieder ausgeheckt?«, wollte Finch wissen und dachte mit etwas gemischten Gefühlen an die Auflagen von Al Feshawi, während er seinen Seesack unter dem Bett hervorzog. »Und warum werde ich das Gefühl nicht los, dass ich für dich

volle, schon brennende Benzinkanister aus einem Flächenbrand holen soll?«

»Weil es so ist«, antwortete der Major lapidar und hängte auf.

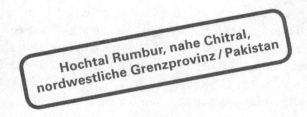

Es war bereits nach Mitternacht, und der Schnee auf den umliegenden Gipfeln des Hindukusch leuchtete silbern im Licht einer Mondsichel, die sich theatralisch über die Bergkämme schob. Shabbir Salam trat aus dem primitiven Schuppen, der tagsüber sein Versteck gewesen war, und blickte über das ruhige Hochtal.

Im Geiste leistete er Zeyshans Vater Abbitte. Der dunkelgraue Pick-up war zwar an einigen Stellen verbeult und zerschrammt, aber ansonsten perfekt in Schuss. Er war sofort angesprungen, was den grinsenden Zeyshan zu der Bemerkung veranlasst hatte: »Die Batterieansammlung auf der Ladefläche würde auch einen scheintoten Elefanten blitzartig reanimieren und auf die Beine bringen.« Dann hatte er seinen Helm aufgesetzt und sich auf sein Motorrad geschwungen. »Besser ich fahre wieder zurück nach Chitral, sonst schöpft noch jemand Verdacht. Ich will ihr Ziel gar nicht wissen, Chief, aber was immer Sie tun, denken Sie zwei Schritte voraus. Mein Vater würde mir nie verzeihen, wenn die Sie erwischen. Und ich würde Sie vermissen.«

Salam hatte genickt, ihm stumm nachgeschaut, als die Figur auf der Motocross-Maschine immer kleiner wurde und schließlich in einer Staubfahne verschwand. Am Ende war auch der Staub verweht und der Chief Inspector allein gewesen.

Der Schuppen mit dem Toyota lag abseits der großen Straße, am Rande einer weiten, mit Felsen bedeckten Lichtung, auf der einige Schafe und Ziegen ein paar kümmerliche Gräser und Kräuter abweideten, die nach der Schneeschmelze aus dem Boden gesprossen waren. Der unbefestigte Weg, der nach dem Unterstand steil und steinig in die

Berge führte, hätte jedem Off-Road-Fahrer ein Leuchten in die Augen gezaubert. Doch Salam war mit seinen Gedanken ganz woanders.

Er war noch nie in seinem Leben so einsam gewesen. Seine Familie war ermordet worden, seine Frau weit weg in Lahore, seine Mitarbeiter zwar so nah, aber trotzdem unerreichbar fern, er selbst ein Flüchtling, der bald tot sein würde, wenn er nicht die richtigen Entscheidungen traf und die falschen Orte mied. Denn er zweifelte keinen Moment daran, dass er zwar nach Chitral hinein, aber nie wieder lebend heraus kommen würde.

Während er die Reifen kontrollierte und die Plane hochhob, die über die Batterien gespannt war, überlegte sich Salam seine nächsten Schritte. Er hatte keine Waffe, kaum Geld und trug die zerschlissene Kleidung eines armen Bergbewohners. In der Brusttasche seiner Weste spürte er sein altes Notizbuch und seinen Ausweis. An eine Flucht nach Afghanistan über die Grenze war nicht zu denken. Ohne Lebensmittel und warme Kleidung würde er den Weg durch die Berge nicht überleben. Die Temperaturen auf den schmalen Passwegen dort oben würden ihn schneller umbringen, als seine Verfolger es je könnten.

Sein Leben hing also davon ab, ob Llewellyn eine Lösung fand, ihn irgendwie außer Landes zu bringen.

Und wie lange er dafür brauchen würde.

Mit jeder Minute, die verging, stieg das Risiko für Salam, entdeckt zu werden. Die ISI würde immer mehr Technik, Fahrzeuge und Agenten in die Provinz bringen und zur Treibjagd blasen. Die vier Männer im BMW X5 waren nur die Vorhut gewesen. Deshalb konnte er auch nicht mehr in der provisorischen Garage bleiben. Bald würden sie die ersten Späher schicken.

Salam machte sich allerdings wenig Illusionen, was Llewellyn betraf. Was sollte der Major schon ausrichten? Auch er konnte keine Wunder wirken. Also ging es vorläufig darum, so lange wie möglich am Leben zu bleiben. Er überlegte für einen Augenblick, nach Nordosten zu fahren, tiefer in die Täler des Hindukusch, aber irgendwann würde der Tank des Toyota leer sein – und dann? Ohne Geld saß Salam in der Zwickmühle. Er musste möglichst unsichtbar bleiben, aber trotzdem telefonieren, sollte Abstand zwischen Chitral und sich bringen und doch keiner Patrouille in die Hände laufen, dringend einen sicheren Platz zum Übernachten finden und gleichzeitig nicht verraten werden.

Er trat zurück in den Schuppen und schaute auf die Uhr. Es war an der Zeit zu verschwinden. Seine Hände glitten nachdenklich über die Karosserie des Toyotas, bevor er die Fahrertür öffnete.

Wenn er nur wüsste, wohin er fahren sollte.

Schließlich ließ er den Motor des Geländewagens an und machte sich im Schutz der Dunkelheit auf den Weg, manövrierte den Geländewagen hinaus aus dem Schuppen und fuhr in Schrittgeschwindigkeit über den holprigen Weg hinunter in Richtung Fluss, ohne die Scheinwerfer einzuschalten.

In der Talsohle angekommen, lag die Hauptstraße vor ihm. Er musste eine Entscheidung treffen: links oder rechts?

Er zögerte, die Scheinwerfer einzuschalten und dachte nach. Er wollte keinen seiner Freunde und Kollegen in Gefahr bringen. In Chitral unterzuschlüpfen war also keine Option. In den Augen der ISI war ein toter Salam der beste Salam.

Tot – mit einem Mal wusste er, wohin er fahren würde.

Zehn Minuten später lenkte er den Toyota im Leerlauf um die letzte Kurve der schmalen Straße, die schon eher ein Weg war. Dann löschte er die Scheinwerfer und stieg aus, drückte die Tür leise zu. Die ausgebrannte Hütte von Shah Juan von Rumbur lag in der Dunkelheit wie ein schwarzes Mahnmal vor ihm, bewacht von den mysteriösen stummen Gestalten aus Holz mit ihren seltsamen Kopfbedeckungen.

Der Geruch von Rauch, kalter Asche lag noch immer in der Luft, und Salam meinte gar, das verbrannte Fleisch zu riechen. In den Eichen raschelte es. Der kalte Wind stieg von den Bergen ins Tal, wie jede Nacht. Der Sommer war noch fern, und wer weiß, ob Salam ihn jemals erleben würde.

Er fuhr sich mit der flachen Hand übers Gesicht und versuchte das Bild des verkohlten Körpers seines Freundes zu verdrängen, das er immer wieder vor sich sah, wenn er zum Eingang der halb eingestürzten Hütte hinüberblickte. So wandte er sich dem Arbeitsplatz des Bildhauers unter dem Vordach zu. Trotz der furchtbaren Ereignisse schien der gute Geist Juans noch immer über der kleinen Lichtung zu schweben, und Salam kam sich etwas weniger einsam vor.

Als er vor dem von unzähligen tiefen Axthieben getroffenen Holzblock stand, schaute er abermals ratlos auf die begonnene Skulptur, die nun ein unkenntliches Stück Holz war. Was war daran so wichtig gewesen, dass die Angreifer es nicht unversehrt zurücklassen wollten? Warum hatten sie es dann nicht ebenfalls angezündet? War es zu groß gewesen, um in der kurzen Zeit Feuer zu fangen, oder hatte der Brandbeschleuniger nicht ausgereicht?

Salam seufzte. Aus seiner Brusttasche zog er das kleine weiße Stoffstück mit der Skizze des Holzblocks und der mystischen Zeichnung des Beschützers, ging in die Hocke und legte es auf einen flachen Stein, strich es glatt. Im Schein des Halbmondes, der nun endgültig über der Bergkette aufgegangen war, schien der Stoff zu leuchten.

»Der Beschützer«, murmelte Salam und setzte sich neben den Stein auf den harten Boden. Er blickte über das Tal und schmeckte die kühle Luft. Irgendwo schrie eine Eule. »Stehst du allen bei, die in Not sind? Dann könntest du sofort bei mir anfangen. Meine Welt ist gerade dabei unterzugehen. Meine Familie ist tot, meine Freunde sind in Gefahr, ich bin auf der Flucht, und die Schneeleoparden jagen mich. Spielt es da eine Rolle, ob ich Kalash bin oder nicht?«

»Der tiefe Glaube spielt eine Rolle, sonst nichts«, antwortete hinter ihm eine Stimme aus der Dunkelheit, und Salam zuckte zusammen. Erschreckt blickte er sich um und sah eine schmale Gestalt in wenigen Metern Entfernung, die in einen weiten schwarzen Umhang gehüllt war, der auch die Haare verbarg. Lautlos kam der Schatten näher.

Der Chief Inspector wollte aufspringen, doch die Stimme meinte beruhigend: »Bleiben sie sitzen, Chief. Sie sind doch Shabbir Salam aus Chitral, der Polizeikommandant? Die Frauen haben über Sie gesprochen.«

Salam nickte erstaunt, während die Gestalt ihren Umhang zusammenraffte und sich neben ihm niederließ. Ein Geruch von Minze wehte zu ihm herüber, als eine alte, knochige Hand zwischen den Falten des Umhangs erschien, den kleinen Stofffetzen mit der Zeichnung vom Stein nahm und aufmerksam betrachtete.

»Und wer sind Sie?«, erkundigte sich Salam neugierig.

»Ein Geist zwischen Leben und Tod, eine der Dorfältesten. Ich werde Juan bald folgen, dahin, wo er nun ist. Ich spreche seit zwei Tagen hier mit ihm.«

Ihre Stimme raschelte wie der Wind in den Zweigen, und als sie den Umhang vom Kopf abstreifte, kam ein hageres, tief zerfurchtes Gesicht zum Vorschein, mit eingefallenen Wangen und einem spitzen Kinn. Salam glaubte, sich verhört zu haben. Sie sprach seit zwei Tagen mit dem Toten? Er schloss erschöpft die Augen. Ausgerechnet jetzt begegnete er einer verwirrten Alten.

»Ich weiß, was Sie denken«, sagte sie nachsichtig lächelnd. »Sie sind kein Kalash.« Als ihre leuchtend blauen Augen sich auf Salam richteten, schien es ihm, als blickten sie tief in sein Innerstes hinein.

»Juan ist noch immer hier bei uns«, raunte sie, »Sie sollten nicht um ihn trauern, ganz im Gegenteil. Er ist unsterblich.« Sie wies auf die vielen stummen hölzernen Wächter, die sie umringten. »Nicht nur deshalb. Sondern weil unsere Sitten den Reichen vorschreiben, ihren Besitz freigiebig zu verteilen. Juan hat immer mit beiden Händen gegeben, zum Wohlergehen der Gemeinschaft beigetragen, verschwenderische Feste zu Ehren der Götter gefeiert, zu denen alle eingeladen waren. In unserem Glauben hat er damit die Unsterblichkeit erlangt. Er kann als einer unserer Ahnen über den Tod hinaus teilhaben am Leben unseres Volkes. Deshalb ist er hier. Er sieht uns, und wenn Sie genau zuhören, dann können Sie ihn sprechen hören.«

Sie sprach mit einer solch tiefen Überzeugung, dass Salam versucht war, sich umzusehen, ob Juan nicht im Eingang der Hütte stand, wie so oft, und ihm zuwinkte.

»Nein, ich bin kein Kalash. Aber Shah Juan hat mir an manchen Abenden über euer Volk erzählt«, antwortete er leise. »Doch vieles verschwieg er auch.«

»Das liegt in unserer Tradition, und die ist uns heilig«, sagte die alte Frau leise. »Wer zu viel verrät, der verurteilt unsere Kultur zum Tod. Ohne die Geheimnisse, die von Generation zu Generation weitergegeben werden, gehen wir unter, verlieren uns wie ein Wassertropfen im Meer.« Sie blickte hinauf zu den Gipfeln. »Ich würde es gerne einmal sehen, das Meer.«

Die Eule schrie wieder, und die Alte lächelte. Dann wandte sie sich an Salam. »Aber was hat Sie hierher zurückgebracht?«

Sie legte das Stück Stoff mit der Zeichnung vorsichtig zurück auf den flachen Stein. Dann musterte sie den Chief Inspector aufmerksam in der Dunkelheit. »Noch dazu in alten, zerrissenen Bauernkleidern und zu dieser Stunde.«

Salam überlegte sich seine Antwort sorgfältig. »Ich habe einen sicheren Platz für die Nacht gesucht«, sagte er schließlich.

Die Alte dachte kurz nach, dann nickte sie, als wäre damit alles erklärt. »Dies ist ein guter Ort«, meinte sie schließlich. »Hier wacht Shah Juan über uns. Er sprach mit den Bäumen, sie gaben ihm sogar ihren Körper für sein Werk. Er konnte die Vögel verstehen, sie waren seine Augen in der Nacht, wenn sonst niemand mehr sah. Er bannte die Geister und hielt sogar die Schneeleoparden in Schach. Er war unser Auge und unser Mund da draußen in der Welt jenseits der Berge.«

»War er der Beschützer?«, erkundigte sich Salam.

»Nein, nein«, wehrte die Alte ab. »Es gibt nur einen Beschützer der Kalash. Er lebte vor langer Zeit unter uns, bevor er mit der untergehenden Sonne verschwand. Nur der Schöpfer steht über ihm, Khodai, der alles kann, alles ist und alles erfüllt.« Sie wies auf das Stück Stoff und die Umrisse der Figur. »Von Khodai gibt es kein Abbild und für ihn kein Heiligtum, denn er ist unerreichbar und nicht erfassbar in seiner Größe. Aber er ist es, der die Natur in seiner Hand hält, der jedes Jahr den Schnee zum Schmelzen bringt und die Knospen zum Sprießen.«

Sie wies hinunter ins Tal, wo der Ort an einem schmalen Bach lag. Kein Laut drang herauf. »Wir sind umringt von Feen und Geistern, Göttern und Dämonen, die jeden Tag unser Leben bestimmen. Sie haben seit Tausenden von Jahren ein Abkommen mit uns, gegen das man nicht verstoßen darf.«

Plötzlich begann sie zu singen, mit einer brüchigen Stimme, die Salam eine Gänsehaut über den Rücken jagte:

>*»Es ist Winter,*
>*geh nicht in die Berge,*
>*steig nicht hinauf,*
>*wo die Feen Dich holen werden«*

Der Chief Inspector hatte den Eindruck, dass mit einem Mal das Rascheln in den Eichen lauter wurde. Die Alte verstummte, lauschte und hob den knochigen Zeigefinger. »Hören Sie?«

»Der Wind wird stärker.«

»Die Feen kommen näher«, antwortete sie einfach. »Manchmal steigen sie herab von den Bergen, aus der Reinheit der Höhen in den Schmutz der Niederungen. Dann sind sie gekommen, um uns zu helfen. Aber oben, auf den Bergen, da sind sie die uneingeschränkten Herrscher und verteidigen ihr Reich.«

Salam seufzte. »Vielleicht haben sie einen Zauberstab dabei, der mich unsichtbar macht.«

Die Alte musterte ihn mit einem seltsamen Blick. »Trage Schwarz in der Nacht und Weiß im Schnee«, sagte sie nur. »Und die Peri werden dich schützen.«

»Wer sind die Peri?«, fragte Salam.

»Feen aus den Bergen, die uns bei der Jagd helfen. Und dabei helfen, unsere Feinde zu töten.«

»Dann sollten sie am besten zu Hunderten anrücken«, gab der Chief Inspector zurück und lächelte bitter.

»Nicht die Zahl ist wichtig, die Stärke ist es«, meinte die Alte listig. »Hundert Ameisen werden doch von nur einem Schuh zertreten.«

Beide schwiegen und blickten ins Tal. Die Minuten vergingen, und Salam spürte die Ruhe, die ihn umgab und die sich langsam in seinen Gedanken ausbreitete.

»Wollen Sie über die Berge? Vor welchen Geistern laufen Sie davon?«, fragte die Alte ihn unvermittelt.

Salam starrte in die Nacht. »Die Schneeleoparden sind aufgewacht«, flüsterte er, »und ihre Krallen reichen bis über die Grenzen.«

»Juan hatte keine Angst vor ihnen, und ich habe es auch nicht«, sagte sie. »Kommen Sie! Wir gehen.« Sie stand auf und streckte ihre Hand aus.

Erstaunt sah Salam auf. »Wohin?«

»Ins Dorf. Sie müssen essen, trinken und schlafen. Wir werden einen sicheren Platz für Sie finden, und die Männer werden bis morgen früh wachen. Lassen Sie den Wagen hier, unter den Zweigen der Bäume.«

»Ich möchte euch nicht in Gefahr bringen«, wehrte der Chief Inspector ab.

»Die Gastfreundschaft ist in den Bergen heilig«, gab die Alte zu bedenken.

»Manchen Menschen ist nichts heilig«, antwortete Salam und erhob sich. »Sie wollen Terror, Blut und Chaos und nennen es den heiligen Krieg.«

»Es gibt keinen heiligen Krieg, und wenn sie das glauben, dann werden sie in der Schlacht umkommen«, flüsterte die alte Frau. Sie sah dem Chief Inspector in die Augen. »Denn in unserem Glauben ist jede Störung der Ordnung – also Krieg – ein Angriff auf die Götter. Und ihre Rache trifft nicht den einzelnen Verursacher, sondern alle, die daran teilnehmen. Die Sieger, aber auch die Verlierer.«

Die Alte drehte sich um und ging voran, sicheren Fußes, fand mühelos den schmalen Pfad, der ins Tal führte, und begann mit dem Abstieg. Nach den ersten Metern wandte sie sich plötzlich um, und Salam wäre fast in sie hineingerannt. Sie beugte sich zu ihm und raunte in sein Ohr:

»Und glaube mir, Shabbir Salam, die Rache der Götter ist furchtbar. Du wirst es erleben.«

Polizeipräsidium, Adickesallee 70, Frankfurt am Main / Deutschland

Nach drei Staus und einem Tankstopp war es fast siebzehn Uhr, als Thomas Calis von der A5 die Hochhäuser der Frankfurter Skyline vor sich auftauchen sah. Der Verkehr rollte auf drei Spuren in beiden Richtungen kompakt, und es hatte begonnen zu regnen. Der Scheibenwischer des Golfs schrammte über die Frontscheibe, zerteilte die zerquetschten Insekten zu einem Matsch, der sich wie ein Schmierfilm über das Glas legte.

Rushhour im Rhein-Main-Gebiet.

Täglicher Ausnahmezustand.

»Das Glück ist am Ende nur dem Tüchtigen hold«, lästerte Calis und zog eine Grimasse, als er die scheinbar endlosen Kolonnen von Fahrzeugen beobachtete, die sich in Schrittgeschwindigkeit die letzten Kilometer zu den Ausfahrten quälten. »Das ist glatt gelogen. Heute geht alles schief.«

Wenigstens konnte er einen der Staus, die im Rundfunk immer mit »zähfließender Verkehr« umschrieben wurden, dazu nutzen, die Navigation zu programmieren. Keinen Augenblick zu früh, weil ihm die unbeteiligte Stimme der kühlen Blonden dazu riet, am nächsten Autobahnkreuz auf die A66 in Richtung Stadt abzubiegen.

»Halten Sie sich rechts!«

Doch das war gar nicht so einfach, wie es sich die Navi-Tussi vorstellte. Ein Hupkonzert und einige gezeigte Vögel später hatte es Calis geschafft, sich in die richtige Spur einzuordnen und atmete auf, als er auf die A66 aufgefahren war und eine relativ freie Autobahn in Richtung Innenstadt vor sich liegen sah.

Der Regen hatte sich in einen Wolkenbruch verwandelt, und die Scheibenwischer des Golfs waren kurz davor, den Kampf gegen die Wassermassen zu verlieren. Außerdem fingen die Scheiben an zu beschlagen, und Calis drehte die Lüftung auf volle Kraft, während er versuchte, draußen etwas zu erkennen. Jetzt konnte es nicht mehr weit sein. Das Ende der Autobahn kam näher und damit die Miquelallee, die nach wenigen Häuserblöcken in die Adickesallee überging.

Das große, kastenförmige Eckhaus, in dem die Kriminaldirektion des Polizeipräsidiums Frankfurt am Main residierte, war nicht zu übersehen. Ein mehrstöckiger granitgrauer Klotz mit dem Charme einer JVA, gebaut mit der architektonischen Phantasie eines Sechsjährigen.

»Dagegen ist der Knast in Moabit ein bauliches Juwel«, brummte Calis, nachdem er das obligatorische »Sie haben Ihr Ziel erreicht« gehört und an einer roten Ampel vergeblich nach einer Abbiegespur gesucht hatte. Also fuhr er geradeaus weiter und hoffte auf die nächste Kreuzung.

Vergeblich. Auch an der nächsten und übernächsten Kreuzung gab es keine Möglichkeit, links abzubiegen. Der Bau der Kriminaldirektion war längst im Rückspiegel entschwunden, und Calis fuhr noch immer durch den Platzregen geradeaus in Richtung Innenstadt.

»Sag, dass das nicht wahr ist«, murmelte er verzweifelt, als er an den langen Kolonnen entlangrollte, die sich in Richtung Autobahn auf der Gegenspur stauten. Der Weg zurück zu seinem Ziel würde eine halbe Stunde dauern, wenn er jetzt nicht schleunigst eine Möglichkeit zum Abbiegen fand.

Doch in diesem Moment ging die gemalte Doppellinie in der Straßenmitte in eine erhöhte Plastiksperre über, aus der flexible Fähnchen mit Rückstrahlern ragten. Um sicherzustellen, dass niemand aus schierer Hoffnungslosigkeit hier wendete oder gar links abbog.

Als sich auf wundersame Weise eine Lücke im Gegenverkehr öffnete, fackelte der Kommissar nicht lange, riss das Steuer herum und rumpelte über die Plastiksperre. Vom Unterboden des Golfs kam ein seltsames Geräusch, das Calis geflissentlich ignorierte.

Endlich in der richtigen Richtung unterwegs, sagte er sich triumphierend. Wenn auch im Schritttempo. Der Blick auf die Uhr verriet nichts Gutes. Kurz nach halb sechs. Viel zu spät. Aber nach drei Ampeln würde auch diese Odyssee zu Ende sein. Calis schwor sich, das nächste Mal in der Fahrbereitschaft nicht nach dem erstbesten Autoschlüssel zu greifen. Vor allem nicht, wenn er sechshundert Kilometer Autobahn vor sich hatte.

Die rotierenden Blaulichter, die plötzlich zu seiner Linken auftauchten, waren grell und gehörten zu einem Einsatzwagen der Polizei, der neben ihm anhielt. Der Beamte auf dem Beifahrersitz winkte mit der Kelle und schaute Thomas Calis strafend an. Dann deutete er zum Straßenrand.

Frustriert schlug der Kommissar mit der Faust auf das Lenkrad. »Das hat mir noch gefehlt«, stöhnte er und fuhr rechts ran. »Willkommen in Frankfurt!«

Dank seines Dienstausweises und der Behauptung, er sei in einem dringenden Einsatz fern von daheim, was die Beamten mit einem skeptischen Blick quittiert hatten, bog Calis um eine Ermahnung reicher zwanzig Minuten später auf den Parkplatz des Polizeipräsidiums ein.

Fast sechs und noch keinen Schritt weiter, sagte sich der Kommissar und lief durch den Regen zum Empfang. Wenn jetzt diese Martina Trapp noch eine bissige, untersetzte Oberkommissarin mit Damenbart war, dann würde er bei Frank doch um einen langen Urlaub ansuchen.

»Aah, Kommissar Calis!« Der uniformierte Polizist in der Empfangsloge begrüßte ihn wie einen alten Bekannten, nur der ironische Zug um den Mund gefiel Calis nicht so richtig. Sollten die hier etwa Berliner Zeitungen lesen? Er verwarf den Gedanken rasch wieder.

»Sie wurden uns bereits heute Vormittag angekündigt. Allerdings sind Sie spät dran«, meinte der Beamte und reichte Calis den Ausweis zurück. Nach einer kurzen Suche fand er einen gelben Notizzettel, den er unter der Glasscheibe durchschob. Darauf war eine Adresse gekritzelt. »Kollegin Trapp ist ins Institut für Rechtsmedizin gefahren. Sie sollen sich nachher *hier* mit ihr treffen.«

Calis warf einen Blick auf die handgeschriebenen Zeilen. Osteria Safo, Kennedyallee 129, Sachsenhausen.

»Das ist das Vereinslokal des Frankfurter Sportklubs Sachsenhausen, auf der anderen Seite des Mains, ganz in der Nähe des Klinikums der Goethe-Universität.« Als der Polizist Calis' ratlosen Blick sah, setzte er hinzu: »Die Rechtsmedizin ist im Klinikum.«

Die Osteria war in einem schmucken gelben Haus mit ausgebauten Dachgauben untergebracht, das etwas zurückversetzt zwischen zwei Eisenbahnbrücken an einer vierspurigen Ausfallstraße lag.

Verkehrsgünstig, aber nicht gerade mit erhöhtem Romantikfaktor, dachte Calis, als er den Golf in der Seitenfahrbahn parkte und einen Blick auf die Umgebung warf. Der Regen hatte endlich aufgehört, und hie und da erschienen sogar die ersten blauen Wolkenlücken am Himmel.

Das italienische Restaurant selbst, mit Blick auf die nun verwaisten Tennisplätze des Sportvereins, war überraschend geschmackvoll eingerichtet und erstaunlich gut besucht. Auf vielen der Tische, die großzügig im Lokal verteilt standen, brannten Kerzen, und der Kreis der Gäste schien sich aus Angestellten, Professoren und Ärzten der nahe gelegenen Uniklinik zusammenzusetzen.

»Lassen Sie Ihre Dates immer so lange warten?«, ertönte da eine Stimme hinter Calis, und er wandte sich um. Die großen braun-grünen Augen von Oberkommissarin Trapp sahen ihn erwartungsvoll und ein wenig spöttisch an. »Ich habe Hunger und wollte schon ohne Sie anfangen.«

»Tut mir leid, aber heute hat sich alles gegen mich verschworen«, entschuldigte er sich und streckte der schlanken, jungen Frau mit den hochgesteckten rotblonden Haaren die Hand hin. »Thomas Calis aus Berlin. Normalerweise bin ich pünktlich.« Er ließ sich auf einen Sessel fallen und lächelte Martina Trapp an. Sie war die erste positive Überraschung an diesem verflixten Tag. Sie hatte ein hübsches, mit Sommersprossen übersätes Gesicht, eine Stupsnase und eine Figur, die von ausgedehnten Joggingrunden und regelmäßigen Trainingseinheiten im Fitness-Studio erzählte. Oder sie hatte bemerkenswerte Gene. Wie auch immer. Die Zusammenarbeit Berlin-Frankfurt könnte angenehm, reibungslos und zudem noch äußerst erfreulich werden, dachte Calis. Oberkommissarin Trapp war jedenfalls sein Typ. Und Alice, die hochnäsige Schnepfe, definitiv Vergangenheit.

»Aber der Tag scheint sich zu bessern«, setzte er nach und sah Trapp entwaffnend an. »Ich hatte eine Kollegin mit Damenbart erwartet.«

Die Oberkommissarin lachte. »Und ich ein Berliner Urgestein mit Bierbauch. Aber das war, bevor ich Ihr Foto gesehen habe.«

»Sie meinen ...« Thomas Calis fiel aus allen Wolken und rang wieder einmal um die richtigen Worte.

»Ach, machen Sie sich nichts draus, wahrscheinlich muss sich jeder mal outen, auch wenn ich Sie um die Medienwirkung beneide«, winkte Trapp ab, lehnte sich verschwörerisch vor und funkelte Calis an. »Nun kennt fast jeder Kommissar Calis, aber wer kennt schon Martina Trapp? Wo ich doch ebenfalls seit mehr als einem Jahr mit meiner Freundin zusammenwohne.«

> Flughafen Heathrow,
> London / Großbritannien

Der Flug aus Kairo hatte ausnahmsweise keine Verspätung, sondern landete um 20.55 Uhr auf dem Flughafen Heathrow, fünf Minuten vor der geplanten Ankunftszeit. Der strömende Regen und die Temperaturen von knapp unter zehn Grad hoben die Laune von John Finch nach den afrikanischen Sonnentagen ganz und gar nicht.

»Jetzt weiß ich, was mir *nicht* gefehlt hat«, brummte Finch verdrossen, während er den Flugbegleitern am Ausgang zunickte und über die Passagierbrücke der Ankunftshalle zustrebte. Doch noch bevor er den Gang verlassen konnte, stellten sich ihm zwei Uniformierte in den Weg.

»Mr. Finch, Mr. John Finch?«, fragte einer der beiden. Als der Pilot nickte, salutierten beide, und der Kleinere machte eine einladende Armbewegung. »Wir möchten Sie bitten, uns zur Virgin-Lounge zu begleiten. Sie werden erwartet. Machen Sie sich keine Sorgen um Ihr Gepäck, wir haben bereits alle Vorkehrungen getroffen.«

»Warum beruhigt mich das überhaupt nicht«, seufzte Finch, bevor er den Security-Leuten folgte. Sie nahmen einen Ausgang, der nur für Angehörige des Flughafens reserviert war, und fuhren mit einem Lift, den einer der beiden mit einem Schlüssel freischaltete, nach unten. Die beiden Uniformierten trugen jeder einen matt glänzenden Revolver im offenen Holster, und für einen Moment schoss es dem Piloten durch den Kopf, wie die beiden reagieren würden, wenn er einfach zugreifen würde. Werd endlich erwachsen, dachte er sich und grinste versonnen in sich hinein.

»Wir ersparen Ihnen die Einreisekontrolle und bringen Sie direkt zur VIP-Lounge«, sagte einer der beiden, als die Türen des Lifts zurückglitten. Den Schildern nach waren sie im Abflugbereich gelandet, und am anderen Ende der Halle, durch die Hunderte Menschen zu ihren Flügen hasteten, leuchtete blutrot die bekannte Virgin-Schrift. Mit Finch im Schlepptau, gingen die Security-Männer zum Eingang und nickten der Stewardess zu, die an einer Rezeption die Tickets der Gäste kontrollierte.

»Links hinter der Bar«, sagte die junge Frau nur, warf Finch einen kurzen, interessierten Blick zu und widmete sich dann wieder ihren Listen.

Das Virgin Clubhouse war eine Symphonie aus indirekter Beleuchtung und dunklen Fußböden, großzügigen Räumen überspannt von modern geschwungenen weißen Trägerelementen, und gestylten, aber bequemen Sitzgarnituren. Finch hatte den Eindruck, einen Privatclub für exklusive Mitglieder im Herzen Londons zu betreten, weit weg vom Flughafengebäude. Eine lange Cocktailbar vor hohen rosa getönten und beleuchteten Glasflächen beherrschte die Lounge. Im Hintergrund strömte fast lautlos Wasser über eine japanische Wasserwand in einen Pool.

Die Uniformierten führten Finch in eine Galerie, in der zwischen hohen Grünpflanzen helle Ledersitzgruppen vor riesigen, schrägen Glasscheiben angeordnet waren. Dahinter tanzten dank perfekter Schallisolierung die Flugzeuge auf dem Vorfeld ein lautloses Ballett.

Mit ausgestreckter Hand wies einer seiner beiden Begleiter auf einen Mann, der weiter hinten an einem der zahlreichen, effektvoll von unten beleuchteten Tische saß. Dann verabschiedeten sich die Security-Leute mit einem Kopfnicken.

»Wenn das dein Lieblingsthailänder ist, dann frage ich mich, wo du Fish 'n' Chips holen gehst«, grinste Finch, als er Llewellyn sah, der sich aus dem Sessel hochstemmte und ihm entgegeneilte.

»Das mit der thailändischen Küche war nur eine Finte, um dich nach England zu locken«, lächelte Llewellyn und schüttelte dem Piloten die Hand. »Hätte ich dir einen Plumpudding versprochen, wärst du dann gekommen?«

»Wann geht der nächste Flieger zurück nach Kairo?«, fragte Finch und ließ sich in einen der modernen Sessel fallen, die bequemer waren, als sie aussahen. »Regen, Kälte, warmes Bier und englische Küche – was kann ein Mensch sich noch mehr wünschen?«

»Beschwer dich nicht, du sitzt immerhin in einer der weltbesten

VIP-Lounges und hast neunzig Minuten Zeit, um dich durch die Speisekarte zu futtern.« Der Major schob eine durchdesignte Karte über den Tisch. »Und im übrigen – schön, dich zu sehen.«

»Wie soll ich das verstehen?«, erkundigte sich Finch misstrauisch und sah zuerst auf die Speisekarte und dann zur Bar. »Außerdem wette ich, dass die hier kein Sakkara haben.«

»Für meinen Gast gibt es Mineralwasser, für mich ein Bier«, bestellte Llewellyn, als die Bedienung an den Tisch kam, ein erwartungsvolles Lächeln auf den Lippen. »Was das Essen betrifft, so entscheiden wir uns gleich.«

Finch betrachtete sein Gegenüber mit gerunzelter Stirn. »Ja, ich bin schon über achtzehn, ja, ich bestelle normalerweise für mich selbst wie die Großen, nein, du hast mir nicht gefehlt.«

Die eisgrauen Augen Llewellyns funkelten Finch an. »Und du hast dich nicht geändert. Noch immer ein zäher Hund und ein harter Knochen.«

»Ein Hund zur Hand ist besser als ein Freund weit weg«, lächelte Finch. »Altes persisches Sprichwort. Noch besser ist ein Freund in der Nähe. Hier bin ich. Also – welches Kunststück willst du von mir sehen?«

»Danke, dass du gekommen bist«, gab der Major zurück, und Finch sah ihm an, dass er es ehrlich meinte. »Wir haben nicht viel Zeit, und ich wollte dich selbst mit allen Einzelheiten versorgen. Vor Ort, sozusagen.« Er brach ab, als die Bedienung erneut an den Tisch kam, die Getränke abstellte und die beiden Männer erwartungsvoll ansah.

Finch zuckte mit den Schultern. »Ich hatte noch keine Zeit …«

Llewellyn winkte ungeduldig ab. »Fangen Sie einfach bei den Hauptspeisen auf der Karte oben an, wir sagen Ihnen dann, wenn Sie aufhören können«, wandte er sich an das junge Mädchen, das ihn belustigt ansah. »Es bleibt uns nur mehr knapp eine Stunde.«

»Was wird das hier?«, wunderte sich Finch und blickte erst auf sein Mineralwasser und dann der Bedienung sehnsüchtig hinterher. »Ein kulinarischer Countdown?«

»Dank meiner Beziehungen zu Richard Bransons Büro habe ich erreicht, dass Flug Virgin Atlantic 300 nach New Delhi eine Stunde später startet als sonst«, erklärte Llewellyn. »Technische Probleme.« Er griff in die Jackentasche und zog ein Kuvert heraus. »Hier ist dein

Ticket Erster Klasse nach Indien, etwas Geld und die Adresse einer Militärflugbasis in einem Außenbezirk der Hauptstadt. Die ist aber nur zur Sicherheit. Ein Fahrer wird dich am Indira Gandhi Flughafen erwarten. Wenn alles klappt, dann bist du morgen Mittag in der Hindon Air Force Basis und zwei Stunden später in der Luft.«

»Habe ich dich gerade richtig verstanden? Ich komme aus Kairo, bin soeben in London gelandet, starte in einer Stunde nach Delhi, eile zu einer Militärbasis und bin zwei Stunden später wieder in der Luft? Welches kranke Hirn hat sich das ausgedacht?« Finch tippte mit dem Zeigefinger an seine Stirn. Dann hob er abwehrend die Hand. »Nein, sag nichts, ich kann es mir vorstellen.«

»Mein Plan, dein Spiel«, nickte Llewellyn. »John, ich muss einem Freund helfen.«

»Heb dir deine Märchen für die Kinderstube auf«, gab Finch unbewegt zurück, und sein Lächeln war wie weggewischt. »Schick ihm ein Ticket und den Flugplan einer internationalen Fluglinie.« Er tippte auf das Kuvert. »Das stinkt meilenweit gegen den Wind nach Geheimdienstaktion, und dann frage ich mich, warum du nicht einen deiner hochbezahlten Spezialisten auf den Weg bringst, wenn dein *Freund* jemanden zum Händchenhalten während des Fluges braucht.« Finch nahm einen Schluck Mineralwasser und verzog das Gesicht. »Auch das können die Franzosen besser.«

Die Bedienung kam mit einem Tablett und stellte einen Teller mit Gänseleberparfait an gerösteten Apfelscheiben und einen anderen mit Roastbeef auf Blattsalat mit Remoulade auf den Tisch. Finch schnupperte und murmelte: »Ich nehme alles zurück.«

»Der Küchenchef kommt übrigens aus Frankreich«, erklärte Llewellyn, strich sich über die kurz geschnittenen grauen Haare und lächelte süffisant. »Habe ich vergessen, das zu erwähnen?«

»Eine deiner Spezialitäten, das ›Vergessen etwas zu erwähnen‹, wenn ich mich recht erinnere«, antwortete Finch. »Und jetzt erzähl gefälligst von Anfang an und lass besser nichts aus. Wenn ich auch nur das leiseste Gefühl habe, dass du wieder vergisst, etwas zu erwähnen, dann kannst du deinen Freund mit einem Fesselballon ausfliegen. Oder ihm einen Kranz zum Begräbnis schicken.«

Fünfzig Minuten später saß John Finch in seinem luxuriösen Sitz der Upper Class Suite, der sich auf Knopfdruck in ein Bett verwandeln konnte. Der Kapitän hatte sich in einer Durchsage an die Fluggäste für die Verspätung entschuldigt und gleichzeitig betont, dass die Maschine aufgrund von starkem Rückenwind dennoch pünktlich in Delhi ankommen würde.

Doch John Finch war mit seinen Gedanken ganz woanders. Er überlegte, am Flughafen Indira Gandhi nach seiner Ankunft am Vormittag gleich wieder den ersten Flug zurück nach Kairo zu buchen. Der Plan, den Llewellyn ausgeheckt hatte, war reiner Wahnsinn. Er konnte einfach nicht funktionieren. Dazu gab es zu viele Risiken, tausend Kilometer voller möglicher Zwischenfälle. Jetzt wurde Finch klar, warum der Major ihn ausgesucht hatte. Kein normal denkender Mensch würde Llewellyns hirnverbrannte Strategie auch nur in Betracht ziehen, geschweige denn seinen Plan in die Realität umsetzen.

Finch lehnte dankend das Glas Champagner ab, das ihm die Stewardess anbot. Ein benebelter Kopf war das Letzte, was er jetzt brauchen konnte. Schlafen hatte Vorrang.

Als nach dem Start das »Bitte anschnallen«-Zeichen erlosch, verwandelte Finch seinen Sitz in ein Bett und streckte sich aus. Bevor er die Decke hochzog und einschlief, durchdachte er immer wieder Llewellyns Plan. Von welcher Seite auch immer er es betrachtete, eines reizte ihn daran: Er war so irrwitzig, dass er schon wieder funktionieren könnte.

Als Fiona Klausner zum dritten Mal seit einer halben Stunde versuchte, John Finch anzurufen und zum dritten Mal auf seiner Mailbox landete, schnitt sie eine Grimasse. Typisch, dachte sie und begann, ihren Koffer zu packen. Erst ist alles so dringend, und dann ist der Held nicht zu erreichen ...

> Montag, 13. Mai 1935, Clouds Hill,
> Dorset / Großbritannien

Der Mann, der aus dem weißen schmalen Haus mit den blaugrün gestrichenen Fenstern und dem bemoosten Dach unweit der großen Bowington-Militärkaserne trat, war schmächtig und klein. Er mochte Mitte vierzig sein, mit dichtem blondem Haar über einer hohen Stirn und forschenden blauen Augen, die ein wenig misstrauisch, oft auch melancholisch in die Welt blickten.

Fast mechanisch sah er hinauf zu dem tiefblauen Himmel, an dem nur ein paar Schönwetterwolken zu sehen waren. Es würde ein schöner Nachmittag ohne Regen und Gewitter werden. Doch mit seinen Gedanken war er ganz woanders. Der Brief, den er heute Morgen von seinem Freund Henry Williamson erhalten hatte, ging ihm nicht aus dem Kopf. Williamson, ein bekannter Schriftsteller, hatte sich, desillusioniert von seinen Erfahrungen im Ersten Weltkrieg und den Entwicklungen der Nachkriegszeit, den britischen Faschisten unter Sir Oswald Moslay angeschlossen und in der Partei Karriere gemacht. Die Einladung zum gemeinsamen Mittagessen, die der Postbote vor wenigen Stunden in das Cottage in Clouds Hill gebracht hatte, kam seinem Bewohner gerade recht. Wie viele seiner Zeitgenossen in England, aber auch in Europa, war er enttäuscht vom politischen Geschehen nach der Konferenz von Versailles. Seine Träume, für die er gekämpft und getötet hatte, waren seit langem geplatzt. Vielleicht hat Williamson ja recht, dachte er, und die treibende Kraft der neuen Zeit saß in Berlin.

Er zog die Tür des kleinen Hauses mit den niedrigen Decken zu, das er vor Jahren gemietet und schließlich gekauft hatte, und überlegte für einen kurzen Moment abzuschließen. Dann verwarf er den Gedanken wieder. Das hier war nicht London, sondern tiefste englische Provinz. Außerdem besaß er keine Schätze. Was sollte man bei ihm schon stehlen? Und das Wissen in seinem Kopf, das konnte ihm niemand nehmen. Er ganz allein würde darüber entscheiden, mit wem und ob er es je teilen würde. Vielleicht mit dem neuen deutschen Kanzler? Sollte er tatsächlich mit Hitler zusammentreffen? Für einen Augenblick huschte ein Lächeln über sein Gesicht. Sicher ein verlockender Gedanke. Die Einladung nach Berlin lag bei Moslay, und Williamson würde sie ihm morgen beim Mittagessen übermitteln.

Der Führer wollte ihn sehen.

Es war warm, und der Frühling schien endlich auch England erreicht zu haben. Der perfekte Tag, um seine geliebte Brough Superior aus der Garage zu holen, dachte der Hausherr und verzichtete darauf, den kurzen Ledermantel zu nehmen. Stattdessen schlüpfte er in eine Jacke, ging um das Cottage herum und rollte geschickt die mächtige Maschine aus ihrem Verschlag. Es war das siebte Motorrad des bekannten englischen Herstellers, das er in den vergangenen zwölf Jahren gekauft hatte. Tatsächlich war er einer von Broughs bekanntesten und besten Kunden. Als fanatischer Sportsmann und Motorradfahrer war er auf seinen Maschinen kreuz und quer durch England gereist. Dabei waren Strecken von fünfhundert Meilen am Tag keine Seltenheit, selbst auf den oftmals schlechten Straßen der Insel. Der Jaeger-Tachometer, der nun als Sonderausstattung seine 70 PS starke SS100 zierte und dessen Skala bis 120 mph anzeigte, reichte trotzdem nicht für die Leistungsfähigkeit seiner Maschine aus. Oft genug war der kleine Mann auf den Landstraßen mit über 200 km/h unterwegs. Nicht nur der Hersteller George Brough, sondern auch die Presse bezeichnete ihn als einen der besten Motorradfahrer des Landes.

Nach nur einem Tritt auf den Kickstarter erwachte der Zweizylinder zum Leben. Während er die Maschine mit dem Kennzeichen GW 2275 warm laufen ließ, zog er seine Handschuhe an und setzte die Motorradbrille auf. Bis zum Postamt nach Bovington, einem kleinen Ort, der aus einer Handvoll in der flachen Landschaft verstreuter Häuser und Bauernhöfe bestand, waren es keine zwei Meilen. Sollte er noch einen kleinen Ausflug nach Weymouth ans Meer anhängen, nachdem er das Telegramm mit der Antwort auf Williamsons Einladung abgeschickt hatte? Die vierzig Meilen hin und retour würden ihm guttun.

Der Auspuff der frisierten Brough klang wie die Fanfaren von Jericho und brachte die Scheiben des kleinen Hauses zum Vibrieren. Er ließ die Kupplung kommen und fing geschickt das ausbrechende Hinterrad der starken Maschine ab, das auf dem Schotter unter dem Ansturm der Pferdestärken sofort durchdrehte. Ein Spielchen, das er oft spielte. Er liebte schnelle Motorräder, den Rausch der Geschwindigkeit, das Risiko und das Gefühl der Stärke.

Die Straße entlang Bovington Camp war auf einer Strecke von fast einer Meile so gut wie schnurgerade. Ein paar kleine Schikanen, wie er es nannte, leichte Kurven, aber nichts Besonderes. Schnell pendelte sich die Nadel des Tachometers bei 80 Meilen ein. Die Brough war noch nicht auf Betriebstemperatur, der Wind im Gesicht hingegen überraschend warm. Der Anblick der tristen, grauen Kasernenbauten, an denen er vorbeifuhr, erinnerte ihn daran, dass er erst vor kurzem aus der Armee ehrenvoll entlassen worden war. Ein neuer Lebensabschnitt war angebrochen.

Vielleicht würde er ihn nach Deutschland führen.

Das kleine Postamt des Ortes hatte die Atmosphäre eines übergroßen Wohnzimmers. Arthur, der kahlköpfige Beamte mit den Ärmelschonern, saß seit Jahrzehnten hinter der hölzernen Absperrung mit dem kleinen Sichtfenster. Er kannte alle und jeden, war oft genug Psychiater und Seelsorger seiner Kunden, und züchtete nebenbei Kaninchen, die er unter der Hand verkaufte. Arthur wusste alles, zumindest wenn es um Bovington und Umgebung ging. So horchte er überrascht auf, als er die Brough herandonnern hörte und der Motor vor dem Postamt erstarb. Wenige Augenblicke später betrat der schmächtige Mann den Raum, die Motorradbrille auf der Stirn, sah sich kurz um und bemerkte mit Genugtuung, dass außer ihm keine Kunden warteten.

»Hallo Arthur, ich möchte ein Telegramm aufgeben!«, begrüßte er den Beamten und schob ein Stück Papier unter der Glasscheibe durch. »Hier die Adresse des Empfängers und der Wortlaut.«

»Hallo Mr. Shaw!«, nickte Arthur und überflog kurz die paar Zeilen. »Ihre Maschine ist ja nicht zu überhören. Damit könnten Sie sich kaum irgendwo anschleichen.« Er lächelte verschmitzt. »Nicht so wie in alten Tagen. Sie sind morgen also in London zum Mittagessen?«

Shaws Augen leuchteten, als er nickte. Er kannte die Straßen zwischen Clouds Hill und der Hauptstadt wie seine Westentasche und betrachtete sie als seine ganz persönliche Rennstrecke. »Und am späten Nachmittag wieder zu Hause«, gab er zurück. »Eigentlich wollte ich jetzt noch eine kurze Spritztour nach Weymouth unternehmen, aber der Tank ist fast leer, und die Kanister mit dem Benzin stehen in der Garage. Also ...« Er seufzte und zuckte die Schultern. »Kein Ausflug.«

Nachdem er bezahlt hatte, winkte er Arthur kurz zu, verließ das Postamt und schwang sich wieder auf die Brough. Nachdem er das Motorrad angelassen hatte, fühlte er mit der rechten Hand nach dem Zylinder und stellte befriedigt fest, dass der Motor nun fast heiß war. »Gut so«, murmelte er und fuhr los.

Nachdem er in die King George V Road eingebogen war, gab er Gas. Die Brough sprang geradezu nach vorne und stürmte los wie ein Rennpferd. Nach einer viertel Meile zeigte der Tachometer 90 Meilen, Tendenz steigend. Doch dann sah Shaw weiter vorne zwei Fahrradfahrer, die auf seiner Seite der Straße nebeneinander gemächlich dahinrollten und bremste fluchend ab. Dahinter lag eine der Schikanen, und ein paar Büsche versperrten den Blick auf eventuellen Gegenverkehr. Nicht der richtige Zeitpunkt für einen neuen Geschwindigkeitsrekord.

Als er nur noch hundert Yards hinter den Radlern war und mit kaum 40 Meilen durch die leichte Kurve rollte, sah er mit einem Mal den schwarzen Lieferwagen, der ihm in Richtung Bovington entgegenkam. Er beglückwünschte sich zu seinem siebten Sinn, der ihn wieder einmal vor einem Unfall bewahrt hatte. Die beiden Radfahrer hatten den Lieferwagen ebenfalls gesehen, fuhren näher an den Straßenrand und reihten sich hintereinander ein.

Shaw beschloss, den entgegenkommenden Lieferwagen abzuwarten und dann erst auf der schmalen Straße die beiden Radfahrer zu überholen. Die Fahrerkabine war auf seiner Höhe, als Shaw einen fürchterlichen Schlag gegen seinen Kopf spürte, so, als hätte jemand mit einer Eisenstange auf seine rechte Schläfe eingedroschen. In einem letzten verzweifelten Versuch verriss er die Brough zur Straßenmitte hin, um nicht die beiden Jungen auf ihren Fahrrädern niederzumähen. Dann wurde es schwarz um ihn. Der Aufprall auf die Fahrbahn war das Letzte, was er spürte.

Corporal Ernest Catchpole vom Royal Army Ordnance Corps, stationiert in Bovington, führte gerade seinen Hund die Straße entlang spazieren, als er den Auspuff der Brough hörte. Er dreht sich um und sah noch, wie die schwere Maschine über die Fahrbahn schlitterte, wie der schwarze Lieferwagen beschleunigte und die beiden Jungen auf ihren Fahrrädern vor Entsetzen aufschrien. Dann stürmte Catchpole auch schon los.

Der Fahrer lag regungslos halb im Straßengraben und halb auf der Fahrbahn, sein Kopf war blutüberströmt. Es roch nach Benzin, und der Motor der auf der Seite liegenden Brough tuckerte immer noch vor sich hin.

Die beiden Jungen standen völlig erstarrt mit offenem Mund neben dem Verletzten, geschockt und wie gelähmt.

»Los!«, schrie sie Catchpole an, der neben Shaw in die Knie gegangen war. »Radelt los und holt Hilfe! Jetzt macht schon!«

Doch genau in diesem Moment tauchte aus einem Feldweg ein Heeres-Lkw auf, und der Corporal überlegte nicht lange, sprang auf, stellte sich breitbeinig in die Mitte der Fahrbahn und zwang den Fahrer zum Anhalten. Gemeinsam hoben sie den Bewusstlosen rasch auf die Ladefläche und brachten ihn in das nur einen Steinwurf entfernte Militärhospital der Bovington Kaserne.

Dann überstürzten sich die Ereignisse.

Wie aus dem Nichts standen plötzlich Beamte der Special Branch, der militärischen Abwehr, vor dem Einzelzimmer, das man Shaw zugewiesen hatte. Catchpole und jeder andere Soldat der Kaserne mussten zum Appell antreten und erhielten den Befehl, nicht über den Unfall zu sprechen. Zu niemandem – unter Androhung langjähriger Gefängnisstrafen, basierend auf der höchsten Geheimhaltungsstufe, die das britische Militär verhängen konnte.

Code D.

Obwohl Shaw drei Monate zuvor aus der Air Force ausgeschieden war, gab das Luftfahrtministerium sofort eine Presseerklärung heraus, in der es hieß, dass es »keine Zeugen des Unfalls gegeben hätte.«

Der Chefarzt des Krankenhauses wurde in einem Gespräch unter vier Augen instruiert. Als Befehlsempfänger, der seit Jahrzehnten in der Armee war, konnte ihn nicht mehr viel überraschen. Aber als Mensch und Mediziner war er geschockt, als er an das Bett des Bewusstlosen trat und auf die schmale, fragil wirkende Figur hinunterschaute, die in den Decken und Kissen fast verschwand. Der Kopf war dick bandagiert, das Gesicht blass und eingefallen. Es würde keine weiteren Untersuchungen geben, hatte der britische Geheimdienst kategorisch festgestellt und die Ankunft eines eigenen Gehirnspezialisten angekündigt, der aus London angefordert worden war. Alles Weitere würde man sehen.

Der Mediziner ging tief in Gedanken versunken zum Fußende des Bettes, nahm das dünne Holzbrett mit dem Krankenblatt zur Hand und warf einen Blick drauf. Dann zog er einen Bleistift aus der Brusttasche und schrieb »T. E. Shaw« auf das weiße Papier. Er zögerte einen Moment, überlegte, und fügte schließlich darunter hinzu:
»Lawrence of Arabia«.

> Hochtal Rumbur, nahe Chitral, nordwestliche Grenzprovinz / Pakistan

Der Mann mit der Kalaschnikow rüttelte Salam an der Schulter und holte ihn aus einem unruhigen Schlaf.

»Chief! Wachen Sie auf!«, flüsterte er mit drängender Stimme, während er neben dem Lager aus dünnen Decken, das provisorisch auf einem unebenen Fußboden ausgebreitet war, in die Hocke ging. »Hier sind zwei Männer aus Chitral, die Sie sprechen wollen.«

Salam war blitzartig wach und fuhr hoch, wollte nach seinem Revolver tasten und erinnerte sich dann daran, dass er ja unbewaffnet war. Benommen und leise fluchend richtete er sich auf. Der Mann, der ihn geweckt hatte, war unrasiert, und die dunklen Ringe unter seinen Augen verrieten, dass er die ganze Nacht gewacht hatte.

»Wie spät ist es?«, murmelte Salam und wollte den fleckigen Vorhang zur Seite schieben, überlegte es sich aber dann doch anders. In einer Ecke der ärmlichen Hütte flackerte eine einzelne Kerze und malte Schatten an die gekalkte Wand.

»Kurz vor Tagesanbruch«, gab die Wache leise zurück. »Soll ich die beiden Männer hereinholen? Wir haben ihnen die Waffen abgenommen. Sie behaupten, sie seien ihre Mitarbeiter.«

»Meine Mitarbeiter?« Salam runzelte die Stirn. Nach kurzem Nachdenken nickte er. In seinem Kopf überschlugen sich die Gedanken. Was sollte das? Was war hier los? Sollten sie ihn überzeugen, nach Chitral zurückzukommen? Wie hatten die beiden ihn überhaupt gefunden? Gab es Verräter unter den Kalash?

Die Wache schob den schweren Vorhang vor der Tür zur Seite und huschte hinaus. Die Kerze flackerte stärker, und Salam überlegte für einen Augenblick, aus dem Fenster zu springen und das Weite zu suchen. Im Dorf war es still, selbst die Vögel schliefen noch. Der Toyota stand hoffentlich nach wie vor unter den tiefhängenden Zweigen bei der niedergebrannten Hütte von Shah Juan. Im Schutze der Dunkelheit würde es kein Problem sein, weiter hinein ins Hochtal, höher in die Berge zu flüchten. Vielleicht war es eine Falle und er sollte …?

In diesem Moment wurde der Vorhang zur Seite geschoben, und zwei schmale Gestalten schlüpften gebückt durch den entstandenen Spalt, sahen sich unsicher in dem kleinen Raum um.

»Raza! Arheem!« Salam eilte auf die beiden Männer zu und legte ihnen die Hände auf die Schultern. Sein Blick glitt über die zerschlissene Kleidung seiner Beamten, die verblichenen, einheimischen Kopfbedeckungen, die schweren, halbhohen Schnürstiefel unter den weiten Hosen. »Wo sind eure Uniformen?«, fragte er leise. »Seid ihr nicht im Dienst?«

Niedergeschlagen schüttelten beide den Kopf. »Wir sind auf der Flucht, Chief«, flüsterte Arheem, und Raza ergänzte mit funkelnden Augen: »Besser, als zu Verrätern zu werden. Wir gehen in die Berge, wahrscheinlich über die Grenze. Zum Glück haben wir keine Familien, auf die wir Rücksicht nehmen müssten.«

Salam zog die Augenbrauen zusammen, musterte seine Männer, und mit einem Mal spürte er, wie die Nervosität in seinem Magen explodierte und Schockwellen durch seinen ganzen Körper schickte. »Was ist los in Chitral?«, zischte er.

»Der Geheimdienst hat die Polizeistation besetzt, Ihr Büro durchsucht, alle Schränke aufgebrochen.« Arheem sah sich misstrauisch um, während Salam instinktiv und zugleich erleichtert nach dem Notizbuch in seiner Brusttasche tastete, das er im letzten Moment eingesteckt hatte.

»Sie haben Kala und ihren Vater verhaftet«, meinte Raza düster und ballte die Fäuste. »Ihn haben sie aus der Bank abgeholt, Kala gleich nach der Durchsuchung der Büros mitgenommen, als sie sich weigerte, den Inhalt ihrer Schränke preiszugeben. Sie meinte, Sie seien ihr Chef und sonst niemand, schon gar nicht der Geheimdienst.«

Salam schloss verzweifelt die Augen. Seine Welt war gerade dabei zusammenzubrechen, und er riss seine Freunde mit in die Tiefe. Er fühlte Zorn in sich hochsteigen, wie damals, vor zwanzig Jahren, als alle gelogen hatten und er zusehen musste, wie die Wahrheit auf dem Scheiterhaufen der Zweckmäßigkeit verbrannt worden war.

»Zeyshan ist ebenfalls verschwunden.« Arheem schaute dem Chief Inspector tief in die Augen, und Salam konnte darin im Licht der flackernden Kerze den Schmerz lesen. Der schmale Mann aus den Bergen mit dem faltigen Gesicht zögerte kurz, dann sagte er nur: »Sein Vater sah sie kommen.«

»Oh Gott.« Salam schlug die Hände vors Gesicht.

»Er stand am Fenster, rief ihnen entgegen, was sie von ihm wollten und verbot ihnen, das Grundstück zu betreten.« Arheems Stimme war tonlos. »Sie lachten nur, traten das Tor ein, und er zögerte keinen Moment. Er riss seine alte Kalaschnikow hoch, lud durch und schoss sofort. Dabei schrie er immer wieder: ›Tod allen Verrätern unseres Landes! Gott wird euch auf ewig verdammen!‹ Er erwischte drei von ihnen, bevor er selbst im Kugelhagel starb. Seitdem ist Zeyshan auf der Flucht. Niemand weiß, wo er ist und ob er noch lebt.«

Salam drehte sich wortlos um und schlug den Vorhang vor dem Fenster zur Seite. Im Osten, über den schneebedeckten Gipfeln, färbte sich der Himmel grau. Der Tag brach an.

Das Morgengrauen ...

»Die ISI bringt ständig neue Leute in die Provinz, technisches Personal, Geländefahrzeuge und Agenten«, stellte Raza fest, schaute scheu zu Salam, der noch immer unbeweglich am Fenster stand, und blies dann vorsichtshalber die Kerze aus. Mit einem Mal war es dunkel in dem kleinen Raum. »Der Nachschub rollt. Bevor wir uns auf den

Weg machten, gab es ein Gerücht, dass sie einen Helikopter anfordern würden. Der Obduktionsbericht von Shah Juan wurde vernichtet, Dr. Nasiri unter Druck gesetzt. Die verkohlte Leiche ist spurlos verschwunden.«

»Das war der Moment, in dem wir uns entschlossen haben zu fliehen«, flüsterte Arheem. »Sie begannen mit den Befragungen der Polizeibeamten, haben auf alle mit einem Knüppel eingeprügelt, bevor sie die ersten Fragen stellten.« Er trat neben Salam. »Die wollen Sie haben, Chief, koste es, was es wolle. Und wir, wir wollten Sie nicht verraten.«

Salam antwortete nicht und starrte in den Himmel. Verzweiflung machte sich in seinem Herzen breit und lähmte seine Gedanken.

Draußen war es totenstill.

Die Nacht schien den Atem anzuhalten, während die Sterne verblassten.

Die Schneeleoparden schlichen lautlos näher, begannen, immer engere Kreise um ihre Beute zu ziehen.

Endlich drehte sich Salam zu seinen Beamten um. »Wie habt ihr mich gefunden?«

»Sie haben uns stets beigebracht so zu denken, wie die Menschen auf der Flucht«, lächelte Arheem dünn. »Wohin sollten Sie schon gehen? Also haben wir uns auf den Weg zur Hütte des Shahs gemacht. Sahen den Toyota versteckt unter den Bäumen, lasen die Spuren, trafen eine alte Frau, die uns ausfragte und schließlich hierher führte.« Er wies mit der Hand zur Tür. »Die Kalash bewachen Sie gut. Acht Mann, bis auf die Zähne bewaffnet, patrouillieren im Ort und um dieses Haus.«

»Wahrscheinlich wäre ich ohne den Beschützer bereits tot«, brummte Salam. Als er den fragenden Blick Arheems sah, winkte er ab. »Das erkläre ich euch ein anderes Mal, später, wenn wir überhaupt so lange leben. Was habt ihr vor?«

»Auf normalem Weg kann man die Provinz nicht mehr verlassen, der Geheimdienst und das Militär haben Straßensperren auf allen großen Ausfallstraßen errichtet«, antwortete Raza. »Die Touristen werden angehalten, wegen eines Mords und plötzlichen Konflikten schnellstens die Region zu verlassen.«

»Sie wollen freies Schussfeld haben«, ergänzte Arheem, »und keine Zeugen, die womöglich der internationalen Presse berichten könnten.

Gleichzeitig wurde eine Nachrichtensperre verhängt, die lokalen Zeitungen haben bis auf weiteres ihr Erscheinen eingestellt.«

»Die ISI hat alles fest im Griff, wie immer«, murmelte der Chief. »Was war an dieser Einsatzgruppe, die Juan ermordet hat, so besonders? Warum ausgerechnet Shah Juan? Ein Vorwand, um die Macht in der Provinz zu übernehmen und die Gemäßigten auszuhebeln? Freie Bahn für Al-Qaida?« Er sah seine beiden Männer an. »Also, wohin wollt ihr?«

»Mit dem Wagen bis ans Ende des Tals und dann zu Fuß über die Grenze nach Afghanistan«, antwortete Arheem bestimmt, »auf dem alten Schmugglerpfad. Der Schnee ist nicht mehr so hoch nach den letzten warmen Tagen, und ich kenne mich an der Grenze gut aus. In meiner Jugend bin ich … habe ich …« Er verstummte und sah zu Boden.

»Schon gut, Arheem, schon gut, ich bin kein Richter«, beruhigte ihn Salam. »Es hat gut getan, euch zu sehen. Ich hoffe, ich kann mich irgendwann einmal für eure Loyalität erkenntlich zeigen. Verschwindet in die Berge, solange alles ruhig ist. Allah begleite und beschütze euch.«

»Wir haben Waffen dabei, mehr, als wir benötigen«, stellte Raza fest. »Sturmgewehre, Handgranaten, Pistolen. Wir haben mitgenommen, was uns in die Hände fiel. Sollen wir Ihnen etwas zurücklassen? Wir haben auch zwei neutrale Mobiltelefone dabei, von einem Freund und meiner Schwester.«

Salam schüttelte den Kopf. »Ihr werdet Geld brauchen zum Überleben, bis ihr wieder zurückkommen könnt. Verkauft die Waffen in Afghanistan. Ich habe es mir überlegt, aber ich brauche keine. Das würde auch nicht mehr helfen. Aber gebt mir ein Handy. Ich muss noch einen Anruf machen, dann werfe ich es weg. Einverstanden?«

Beide Männer nickten. Einer reichte Salam ein altes Nokiatelefon.

»Danke. Habt ihr eure Ausweise dabei?«

Die Männer nickten erneut.

»Gut, dann hört mir zu. Versucht, weiter im Südwesten wieder die Grenze nach Pakistan zu überqueren. Und jetzt zündet die Kerze an, damit ich etwas sehen kann.« Salam zog sein Notizbuch aus der Tasche und blätterte im flackernden rötlichen Licht, bis er gefunden hatte, wonach er suchte. Dann schrieb er etwas auf eine freie Seite, riss sie heraus und reichte sie Arheem. »Geht nach Peschawar, zu dieser

Adresse. Fragt nach einem Mann, den sie ›den Späher‹ nennen und sagt ihm, der Phönix sei abgestürzt. Dann erzählt ihm die ganze Geschichte, von Anfang an. Er wird euch helfen. Und jetzt beeilt euch!«

Salam begleitete seine beiden Männer zurück zu ihrem alten Geländefahrzeug, an den Wachen vorbei, die ihn fragend ansahen und ihre Sturmgewehre entsicherten. Auf einen Wink von ihm, einen simplen Fingerzeig, hätten die Kalash, ohne auch nur einmal zu zögern, das Feuer eröffnet.

Als der kleine Jeep in einer Staubwolke verschwand, drehte sich Salam um und blickte nach Süden, in Richtung Chitral. Mit seinen Gedanken war er bei Kala, Zeyshan, seinen Männern und allen, die ihm geholfen hatten und nun dafür bezahlten.

Und bei den Agenten der ISI, die ungehindert die Provinz infiltrierten und ein Regime des Terrors installierten.

»Ihr seid eine der sieben Plagen und haltet euch für unverwundbar«, murmelte er mit geballten Fäusten. »Aber die Feen da oben in den Bergen sind auf meiner Seite. Die Rache der Götter ist eine Sache, aber ich, Shabbir Salam, werde euch eine Rechnung präsentieren, die ihr nie mehr vergessen werdet.«

Salam ging tief in Gedanken versunken zurück in seine kleine Kammer. Die Kalash setzten ihre Patrouillen fort. Sie standen bedingungslos hinter ihm, dem Freund von Shah Juan. Schon allein deshalb musste er versuchen, um jeden Preis zu überleben.

Und für all die Menschen, die seinetwegen in den letzten Stunden bereits gestorben waren.

Hotel Niederrad, Frankfurt-Sachsenhausen / Deutschland

Thomas Calis wälzte sich in seinem durchgelegenen Hotelbett hin und her. Vor dem Fenster wurde lautstark irgendein Lkw entladen. Getränkekisten klirrten, Rufe schallten durch die Nacht. Das helle Lachen einer Frau wollte nicht ganz zu dem geschäftigen Treiben passen. Der Kommissar stand auf, lehnte sich aus dem Fenster und schaute hinunter. Da stand eine junge Frau im Minirock, stöckelte auf High Heels auf und ab und schäkerte mit den Männern, die Stapel von Bierkisten abluden und in eine Wirtschaft schleppten.

Der Abend mit Oberkommissarin Martina Trapp war nicht ganz so verlaufen, wie es sich Calis gewünscht hätte. Nachdem er ihr bei einem Carpaccio mit Nüssen und Aceto-Balsamico-Creme die Ergebnisse seiner bisherigen Ermittlungen mitgeteilt, Gustavs Rolle dabei erwähnt und ein paar unwichtige Einzelheiten verschwiegen hatte, war beim Hauptgang die Sprache auf die Fremdenlegion gekommen. Anders gesagt – es war Calis, der gesprochen hatte, während sich Oberkommissarin Trapp gekonnt aufs Zuhören verlegt hatte.

»Ein Gedankenaustausch sieht eigentlich anders aus«, hatte er deshalb schließlich gemeint und Rotwein nachgeschenkt. »Bisher habe ich eher einen Monolog gehalten. Was sagt euer Doc? Sie waren doch in der Rechtsmedizin vor unserem Treffen.«

»Der war ziemlich frustriert von dem, was bei ihm auf dem Tisch landete. Es waren offenbar zwei rasch aufeinander folgende Explosionen, die den Insassen des Wagens keine Chance ließen. Die Sprengladungen haben ganze Arbeit geleistet. Die Reste sind ziemlich, nun sagen wir, übersichtlich.« Trapp hatte ihn angegrinst und sich begeistert über die Spaghetti Carbonara hergemacht. »Alles andere drumherum war nur Beiwerk. Unsere Untersuchungen haben ergeben, dass weder die übrigen Brände noch die Feuerräder geplant waren.«

»Feuerräder?« Calis hatte seine Kollegin ziemlich verblüfft angesehen. Davon war nichts in den Nachrichten erwähnt worden.

»Brennende Autoreifen, die vor allem die Feuerwehr in Atem gehalten haben. In Wahrheit sollten lediglich drei Männer eliminiert werden.«

»Lediglich?«

»Kein terroristischer Angriff jedenfalls«, hatte Trapp ihm versichert. »Andererseits war der Mord an den dreien sehr effektiv.«

»Naja, wenn sie tot sind ...« Das hatte ihm einen strafenden Blick der Frau Oberkommissarin eingetragen.

»Keine Identifikation möglich, meine ich. Und über alles andere reden wir morgen. Dann liegen auch die Resultate der chemischen Untersuchungen der Sprengstoffe vor. Und der Abschlussbericht der Spurensicherung.«

Der Lkw fuhr weiter, und das Lachen der jungen Frau verstummte. Es wurde wieder ruhig vor dem Hotel, in dem sein Chef für Calis ein kleines, einfach eingerichtetes Einzelzimmer reserviert hatte. Mit dem Fenster zur Bruchfeldstraße, die sich immer mehr als Lärmquelle erster Ordnung entpuppte. Denn wenige Augenblicke nachdem der Getränkelieferant abgerückt war, bog zischend der Wagen der Straßenreinigung um die Ecke.

Calis schloss verbissen die Augen und zog sich das Kissen über den Kopf.

Beim Tiramisu hatte der Kommissar seine Trumpfkarte ausgespielt und Trapp von den Tattoos der Fremdenlegionäre berichtet. »Wenn wir also Reste von Tätowierfarbe finden, dann können wir mit hoher Wahrscheinlichkeit annehmen, dass es sich bei den dreien um die Mörder von Kurt Tronheim handelt.«

»Die von Berlin an den Main gefahren sind, um sich in die Luft sprengen zu lassen?« Da war er wieder gewesen, der skeptische Unterton. »Oder weil ein drogensüchtiger, wichtigtuerischer Informant in seinem Alkoholdusel von Legionären und Frankfurt gesprochen hat? Und Tätowierungen haben in letzter Zeit selbst Banker. Tut mir leid, das ist mir zu dünn. Wir hier in Hessen bauen eher auf Fakten.«

Von da an war der Abend ziemlich schweigsam verlaufen. Calis hatte sich für einen kurzen Moment dabei überrascht, Gustav in Schutz nehmen zu wollen. Doch bevor er sich die richtigen Worte zurechtlegen konnte, war Trapp nach einem demonstrativen Blick auf die Uhr aufgestanden und mit einem »bis morgen um acht im Präsidium« sang- und klanglos verschwunden.

Der Kommissar war noch etwas länger sitzen geblieben, hatte einen Cappuccino getrunken, dann einen Grappa, schließlich einen zweiten. Und am Ende noch einen Absacker.

Mit dem nagenden Gedanken »und wenn Trapp recht hätte?« war

Calis schließlich in seinem Hotel in einen unruhigen Schlaf gefallen. Bis zu der lautstarken Lieferung der Getränkekisten.

Während die Straßenreinigung langsam in der Ferne verschwand, überlegte der Kommissar, was er machen sollte, wenn Gustav sich tatsächlich etwas zusammenphantasiert hatte. Keine Legionäre aus Frankfurt, kein geheimnisvoller, hochbezahlter Job, sondern ein gut geplanter Einbruch, für den die Täter einen Schlüssel brauchten. Und deshalb Tronheim ermordet hatten. Vielleicht fehlten ja bei Siemens Unterlagen aus der Entwicklungsabteilung – oder sie fehlten gar nicht, sondern waren nur fotografiert worden, im Auftrag eines gewissenlosen asiatischen Konkurrenten. Dann würde seine Theorie von den angeheuerten Legionären zusammenbrechen wie ein schlecht gebautes Kartenhaus.

Blamage inklusive.

»Er ist in seinem Zimmer«, sagte die junge Frau im Minirock, als der Bentley Mulsanne fast lautlos neben ihr anhielt und das verdunkelte Fenster herunterglitt. »Hat einen ziemlich leichten Schlaf für einen Großstädter.« Dann nahm sie die Handvoll grüner Geldscheine in Empfang, zählte kurz nach, zog aufatmend ihre Stöckelschuhe aus und lief barfuß geräuschlos zu einem kleinen grünen Ford Fiesta auf der anderen Straßenseite, startete ihn und fuhr davon. Die Bruchfeldstraße lag wieder ruhig da.

»Holen Sie ihn herunter«, meinte der Mann auf dem Rücksitz des Bentley schließlich zu seinem Chauffeur. »Bevor er schlecht schläft und womöglich Albträume hat, wollen wir ihm doch etwas zum Nachdenken geben.«

Als es an der Zimmertür klopfte, war Calis das erste Mal in dieser Nacht wirklich tief eingeschlafen. Wirre Bilder von einer halb nackten, tätowierten Martina Trapp zwischen marschierenden, schwitzenden Legionären flackerten durch sein Hirn, begleitet von einer Kakophonie aus Marseillaise und klirrenden Flaschen. Doch mit einem Mal wurde die Trommel lauter und lauter, drängender. Er tauchte aus seinem Traum auf, weiter an die Oberfläche seines Bewusstseins, aber das Hämmern blieb, es wurde sogar noch lauter. Er öffnete die Augen und stellte fest, dass tatsächlich jemand an die Tür klopfte.

»Wer ist da?«, fragte er, während er aus dem Bett und in seine Jeans stieg, ein T-Shirt überstreifte und sich mit einer Hand durch die Haare fuhr.

»Es möchte Sie jemand sprechen, Kommissar Calis«, kam es gedämpft vom Flur.

Er öffnete seufzend die Tür. »Wissen Sie wie spät es ist?«, fragte er den großen, schlanken Mann, der lässig am Türrahmen lehnte und in einem makellos gebügelten Anzug, blütenweißen Hemd und blitzblanken Schuhen einem Modemagazin entstiegen zu sein schien.

»Ja«, antwortete der nur mit einem ungeduldigen Schulterzucken. »Folgen Sie mir bitte?« Dann drehte er sich um und begann, den Flur in Richtung der Treppen hinunterzulaufen.

»Warum?« Calis gähnte und blickte dem Mann verwirrt nach, der keine Anstalten machte stehenzubleiben.

»Weil Sie einen Mord aufklären müssen und vielleicht einige Informationen da unten auf Sie warten?«, erwiderte der Unbekannte über die Schulter. Dann bog er um die Ecke und wenig später ertönten seine Schritte auf den Marmorstufen der Treppe, die ins Erdgeschoss führte.

Völlig verrückt, dachte Calis und fuhr sich mit der Hand übers Gesicht. Dann trat er in sein Zimmer, nahm die Glock aus dem Schulterhalfter und steckte sie in den Hosenbund. Sollte er Trapp anrufen? Ach was, das hatte Zeit. Frau Oberschlau, wie er sie insgeheim getauft hatte, schlief sicher tief und fest den Schlaf der Gerechten.

Eilig lief er mit großen Schritten den Flur entlang, die Treppe hinunter und stieß die Haustür auf. Fast wäre er in die mächtige, dunkle Limousine hineingelaufen, die genau vor dem Hotel parkte. Der Motor sprang an, die hintere Tür schwang auf, und eine Stimme sagte: »Guten Morgen, Kommissar Calis. Bitte steigen Sie ein. Ich glaube, wir sollten etwas besprechen, bevor Sie heute wieder nach Berlin heimkehren.«

6
DER FLUG DES PHÖNIX

> **Montag, 13. Mai 1935, Clouds Hill, Dorset / Großbritannien**

Es hatte keine drei Stunden gedauert, bis das kleine weiße Haus zwischen den hohen Büschen nur so von Agenten der Special Branch wimmelte. Während der schwer verletzte T. E. Shaw in einem gut bewachten Einzelzimmer im Militärhospital im Koma lag, drehten Männer in Uniform und Trenchcoat jedes Buch, jedes Dokument und jedes Foto in seinem Cottage um.

»Bringt die beschädigte Maschine in die Garage und sperrt alle Zugänge! Ich will nicht, dass irgendwer herumschnüffelt, womöglich einer dieser unnötigen Reporter, die bald wie die Hunnen aus London ausschwärmen werden!« Der kahlköpfige, untersetzte Mann, der in Clouds Hill das Kommando führte, trug keine Uniform, sondern einen langen Mantel und einen breitkrempigen Hut, was ihm fast das Aussehen eines Cowboys verlieh. Colonel Frank Majors war Verbindungsmann zwischen Militärpolizei, dem militärischen Geheimdienst und – bei manchen Einsätzen – den zivilen Diensten.

Die allerdings in diesem Fall nicht vollständig informiert werden würden.

Vor allem jedoch war Majors eines – ein eiskalter Stratege, der seit dem Ende des Ersten Weltkriegs in allen Krisenfällen stets auf der Seite des Militärs gestanden hatte, mit starker Hand Skandale unter den Teppich gekehrt und Sauereien vertuscht hatte. Majors war Anführer eines kleinen, verschworenen Haufens, den man intern »The Cleaners« nannte – die Putzkolonne.

Majors duckte sich und betrat das Haus durch die kleine grün gestrichene Eingangstür. Als er sich im niedrigen Vorraum aufrichtete, stieß er mit seinem Kopf gegen die Deckenbalken und fluchte laut. »Dieses verdammte Haus wurde für einen Liliputaner gebaut, der Schlag soll ihn treffen!« Wen genau, das ließ er offen. »Was ist das?«

Er wies mit ausgestrecktem Arm auf eine Schrift, die über der Tür zur Bibliothek angebracht war.

Sein junger Assistent in diesem Fall, Andrew Morgan, der vor drei Jahren mit summa cum laude gleich zwei Studienrichtungen in Cambridge absolviert und deshalb von Majors geringschätzig den Spitznamen Großhirn erhalten hatte, räusperte sich, bevor er mit leiser Stimme zu erklären begann. »Das, Sir, ist griechisch und heißt so viel wie ›Keine Bange‹ oder ›Mach dir keine Sorgen‹.«

»Ich mache mir Sorgen, seit ich in diesem verfluchten Geschäft bin«, dröhnte Majors. »Fotografieren und dann abmachen. Dieser Fuchs hat in diesem verfluchten Haus sicher irgendetwas versteckt und überall Hinweise angebracht. Sorgen Sie dafür, dass nur wir das Puzzle zusammensetzen können, Andrew.«

»Yes, Sir.« Morgan lief los, um eine Kamera zu holen.

Mit eingezogenem Kopf, den Hut in der Hand, betrat Majors die Bibliothek. Vor einem offenen Kamin stand ein kleiner Lehnstuhl, der aus einem Kinderzimmer zu stammen schien. In den Regalen stapelten sich die Bücher in Zweierreihen. Aber das Seltsamste war eine große, lederbezogene Matratze auf dem Boden, die ein gutes Stück des Raums einnahm. Darauf lagen jede Menge Kissen mit orientalischen Mustern. Majors runzelte die Stirn. »Als nächstes stolpere ich noch in ein Beduinenzelt mit einem Kamel«, brummte er. Laut rief er: »Zwei Mann hierher! Sofort!«

Als zwei Uniformierte durch die Tür drängten, wies Majors auf die Bücherregale. »Alles einpacken, die Kisten nummerieren und ins Camp damit. Dort können sich Experten in Ruhe darum kümmern. Bericht nur an mich. Ich will hier keine losen Enden. Wenn ihr fertig seid, dann nehmt die Matratze auseinander, klopft die Wände ab, schaut hinter alle Balken. Ich erwarte einen klinisch sauberen Raum, wenn ihr hier rausgeht. Los!«

Majors schob Morgan zur Seite, der mit dem Fotografieren beschäftigt war, und stieß die zweite Tür im Erdgeschoss auf. Ein Badezimmer, rustikal und einfach eingerichtet, ohne Toilette. Boiler, Waschtisch, ein Schrank. »Andrew, wenn Sie mit den Fotos fertig sind, durchsuchen Sie das Bad!«, rief Majors, dann zog er den Kopf noch weiter ein und machte sich auf den Weg nach oben.

Die schmale Treppe war steil und eng, die Stufen knarrten unter seinen Schritten. Zwei weitere Zimmer lagen vor ihm. Die Decke war klaustrophobisch niedrig, und Majors fragte sich, wie man es hier bloß länger als ein paar Stunden aushalten konnte, ohne Platzangst zu bekommen. Dann zog er den Kopf ein und betrat den ersten Raum, offenbar das Musikzimmer. Es war größer als alle anderen im Cottage, Unmengen von Schallplatten lagen in Stapeln herum oder standen in kleinen Schränken. Mehrere Fenster ließen das Licht herein und verliehen dem Raum eine fast leichte, luftige Atmosphäre. In einer Ecke prangte eines der größten Grammophone, die Majors jemals gesehen hatte. Mit dem Finger drehte er die Schallplatte auf dem Teller so lange, bis er das Etikett lesen konnte.

Beethovens Neunte.

»Du machst mir meinen Job nicht leicht, Shaw oder wie immer du dich auch nennst«, murmelte Majors und versuchte vergeblich, die Zahl der Schallplatten zu schätzen. »Haben dich die Krauts schon auf ihre Seite geholt? Was hast du ihnen alles verraten?« Er öffnete ein paar Schranktüren, zog hie und da eine Platte heraus, als einer seiner Männer durch die Tür schaute. »Sir, das müssen Sie sich ansehen!« Er wies auf die andere Seite des kleinen Flurs und verschwand wieder.

Majors seufzte und folgte ihm. Als er das Schlafzimmer betrat, wurde ihm klar, was der Agent gemeint hatte. Der gesamte Raum war mit Aluminium tapeziert, als Fenster war ein Bullauge aus der »HMS Tiger« eingesetzt worden, wie ein kleines Messingschild verriet. Majors fehlten die Worte. Stumm blickte er sich um. Ein kurzes Bett, ein paar Kissen, ein Schrank – ansonsten hätte man sich genauso gut in einer leeren Keksdose befinden können.

»Dieses Haus kann nur jemand mögen, der entweder nichts mehr von der Welt wissen will oder sich vor ihr versteckt«, murmelte Majors. »Andrew!«

»Yes, Sir«, schallte es aus dem Erdgeschoss. »Soll ich hochkommen?«

»Ach was, bleiben Sie im Bad, ich komme zu Ihnen hinunter.« Majors ließ einen abschließenden Blick durch das silbern glänzende Schlafzimmer schweifen, schüttelte den Kopf und kletterte die enge Treppe wieder hinunter. Im Haus hörte man von überall Klopfen und Hämmern. Leere Kartons wurden hereingetragen, durch die offene

Tür sah man Männer, die mit Stöcken in den Büschen rund um das Cottage stocherten.

Andrew Morgan kniete vor dem kleinen Schränkchen im Bad und räumte die Fächer leer. Majors lehnte sich an den Türrahmen, schaute ihm kurz zu und meinte dann: »Großhirn, was für ein Mensch wohnt in diesem Puppenhaus? Wie tickt dieser Shaw?«

»Hmm ...« Morgan erhob sich und drehte eine Schachtel Seife in seinen Händen, während er nachdenklich durch das winzige Fenster nach draußen schaute. »Wie meinen Sie das, Sir? Was er früher dachte, oder wie er jetzt tickt?«

»Nicht diese Kunstfigur Lawrence of Arabia, nein, der Mensch dahinter. Der heimgekehrte Engländer, der niemals geheiratet hat, allein wohnt und sich in der Kaserne von seinen Kameraden auspeitschen lässt.«

»Nun, Sir, ich habe mich mit seinem Leben ein wenig beschäftigt, vor allem nach seiner Rückkehr nach England«, antwortete Morgan bedächtig. »Lawrence war Archäologe, Geheimagent, sicherlich ein ausgezeichneter Stratege und nicht zuletzt Schriftsteller. Aber er war nach dem Frieden von Versailles vor allem eines – komplett desillusioniert, isoliert und entwurzelt. Seine Träume von Großarabien waren zerplatzt, und in seinen Augen war das Verrat an jenen Freunden, mit denen er jahrelang gekämpft hatte. Er war damals eine charismatische Persönlichkeit und ist heute eine lebende Legende. Eine untergetauchte lebende Legende.«

»Sie enttäuschen mich, Andrew«, warf Majors ein. »So weit, so gut, und bisher war nichts dabei, was ich nicht auch gewusst hätte. Mehr Hintergründe?«

»Was könnte ich Ihnen schon erzählen.« Morgan grinste etwas lausbübisch. »Waren Sie es nicht, der damals das Manuskript der *Sieben Säulen der Weisheit* ...«

Majors unterbrach ihn mit einer unwilligen Handbewegung. »Das war vor Ihrer Zeit, und offiziell wissen Sie davon nichts und vergessen das sofort wieder.«

Morgan drehte sich um, nahm einen Morgenmantel von einem Haken an der Wand und hielt ihn dem kahlköpfigen Mann hin. »Sehen Sie, Sir. Vielleicht ist dieser Mantel symptomatisch für Shaws Persönlichkeit. Er ist aus einem seiner Beduinengewänder gearbeitet worden. Aus Arabien wurde England, aus der Weite der Wüste die Enge der englischen Provinz, aus der Hitze Afrikas das neblige Dorset.«

»Sie haben ja eine poetische Ader, Großhirn«, brummte Majors und betrachtete mit schräg gelegtem Kopf das Kleidungsstück.

»Sein großer Traum war es, irgendwo in London Nachtwächter zu werden«, fuhr Morgan fort. »Ich habe einmal eine Nacht mit einem seiner Freunde durchgefeiert, und er hat mir einiges über Lawrence erzählt. Nach einer Flasche Gin, die wir gemeinsam geleert haben. Lawrence wollte nach seiner Heimkehr nach England am liebsten immer von Dunkelheit umgeben sein, von allem Trubel befreit, von allen vergessen. Nur zwei Menschen sollten überhaupt wissen, dass es ihn noch gäbe – der Angestellte, der abends als Letzter geht, und jener, der morgens als Erster kommt. Dieser Lebensabend als Nachtwächter hätte seinen Rückzug in die Einsamkeit – und in die Legende – vollendet. Da ihm dies nicht gelang, wechselte er zweimal seinen Namen, tauchte in der Armee unter, ließ sich verleugnen, zog aufs Land in dieses Haus. Und behielt seine Geheimnisse für sich.«

Majors stieß sich vom Türrahmen ab und begann, nachdenklich in dem kleinen Flur auf und ab zu gehen. Schließlich blieb er stehen und steckte seinen Kopf wieder ins Bad.

»Warum hat Shaw nie geheiratet?«

»Soll das eine Prüfungsfrage sein, Sir?«, versetzte Morgan mit gerunzelter Stirn. »Das wissen Sie genauso gut wie ich.«

»Sie sind jung und talentiert, gescheit und intelligent, haben eine rasche Auffassungsgabe und werden weit kommen in diesem verdammten Beruf, Andrew, aber Sie müssen noch viel lernen«, gab Majors unbeeindruckt zurück. »Vieles wird erst klar, wenn man es ausspricht, die Gedanken dabei in seinem Kopf verschiebt wie die Königin auf dem Schachbrett. In gerader Linie und kühn.«

»Gut, Sir, ich verstehe.« Morgan nickte. »Wir haben jeden Grund anzunehmen, dass es Lawrence – oder Shaw, wie Sie wollen – im Orient auch die schönen Araberknaben angetan haben. Die frauenlose Männergemeinschaft der Beduinen lockte ihn. Mit einem der jungen, hübschen Araber unterhielt Lawrence eine jahrzehntelange und enge Beziehung. Werfen Sie einen Blick auf die Pastellporträts in der Bibliothek, die Eric Kennington auf Wunsch von Lawrence gemalt hat, Sir. Keine einzige Frau, nur schöne und starke Männer. Im Wüstenreich der Beduinen konnte Lawrence wohl seinem Kindheitstraum vom Rittertum am nächsten kommen. Und dort konnte er vermutlich auch seine Schuldgefühle darüber, dass er als uneheliches Kind aufwuchs und homosexuelle Neigungen hatte, im heißen Wüstensand vergraben.« Der junge Mann machte eine Pause und hängte den Morgenmantel zurück an den Haken.»,Glücklich sollen und dürfen wir nicht sein‹, sagte er einmal diesem Freund, ›und dieser Sünde bin ich, glaube ich, mit Erfolg aus dem Weg gegangen.‹ Da haben Sie Ihren Bewohner von Clouds Hill, Sir. Ewig getrieben, von der Gesellschaft und England enttäuscht, fasziniert von Geschwindigkeit und Risiko, zerrissen zwischen seiner Liebe zu Männern und den Konventionen seiner Zeit. Unglücklich.«

»Also ließ er sich auspeitschen, um zu leiden und zu büßen«, murmelte Majors.

»Er bezeichnete sich einmal als Mitglied der Bruderschaft der gefallenen Engel«, ergänzte Morgan und sah seinen Vorgesetzten ausdruckslos an.

»Die wird er bald alle persönlich treffen«, murmelte Majors, winkte Morgan zu und verließ das Haus, das ihm plötzlich wie ein zu knapp sitzender Anzug erschien. Als er auf den weißen Kies vor dem Cottage trat, atmete er auf, holte tief Luft und blinzelte nach der dunklen Enge des Flurs in der Sonne.

»Sir, hier sind die beiden!«, ertönte es plötzlich hinter ihm, und als er sich umwandte, sah er einen Uniformierten, der zwei verängstigt aussehende Jungen in kurzen Hosen und karierten Hemden auf ihn zuschob. »Frank Fletcher und Albert Hargreaves, Sir, beide aus Bovington.«

Majors setzte seinen Hut auf, lehnte sich vor und musterte die beiden. Die Jungen schienen in sich zusammenzuschrumpfen. »Hört mir jetzt genau zu, ich werde euch das nur einmal sagen. Ihr habt keine Schuld an dem Unfall, und es wird euch zu keiner Zeit jemand deshalb belangen. Unter einer Voraussetzung – ihr habt den schwarzen Lieferwagen niemals gesehen. Es hat ihn nicht gegeben, er war nicht da. Habt ihr mich verstanden?«

Die beiden nickten eifrig.

»Viele werden euch fragen und drängen, doch von dem Unfall zu erzählen. Macht das ruhig. Shaw war ein bekannter Mann, und ihr wart dabei, beim Tod einer Legende.« Majors funkelte die beiden Jungen an, und dann tat er etwas, das keiner der beiden jemals vergessen würde: Er zog eine große Pistole aus dem Hosenbund, entsicherte sie und lud sie durch.

Die Jungen begannen, am ganzen Körper zu zittern.

»Wenn ihr allerdings nur ein einziges Wort über den schwarzen Wagen verliert, dann finde ich euch und bringe euch persönlich um. Genauer gesagt jage ich euch eine Kugel in den Kopf. Und sollte ich nicht mehr leben, dann gibt es genügend Leute beim Militär, die den Job übernehmen. Ist das klar?«

»Ja ... ja, Sir«, stotterten die Jungen völlig panisch. Ihre Augen irrten zwischen der Hand mit der Pistole und dem entschlossenen Gesicht Majors hin und her. Die Waffe bewegte sich immer weiter in ihre Richtung. »Sie können sich auf uns verlassen, Sir. Wir haben keinen schwarzen Wagen gesehen«, brachte einer der beiden schließlich heraus.

Majors nickte befriedigt und ließ die Pistole wieder verschwinden. Dann wandte er sich an den Uniformierten. »Lassen Sie sich die genaue Adresse der beiden geben und dann bringen Sie sie nach Hause.«

Nach einem letzten Blick auf die beiden schmalen Gestalten, die sich mit zitternden Knien mit dem Agenten der Special Branch unterhielten und im Licht der tiefstehenden Sonne lange Schatten auf den Kies warfen, auf den steten Strom von Männern, die zwischen Cottage und geparkten Limousinen hin und her eilten, auf den Stapel der Kisten, der immer höher wurde, drehte sich Majors um und folgte einem schmalen Pfad durch die Büsche bergan. Langsam stieg er die Anhöhe hinauf, tief in Gedanken versunken. Es beruhigte ihn, dass Morgan wichtige Fakten offenbar nicht kannte und daher naheliegende Schlüsse nicht ziehen konnte. Man durfte Großhirn nicht unterschätzen, sagte er sich immer wieder, er war scharfsinnig und kombinierte mit erschreckender Schnelligkeit und Präzision. Deshalb hatte ihm Majors die richtigen Fragen gestellt, um ihn auszuhorchen. Und um ein Haar hätte es dieser Schlaumeier bemerkt. Prüfungsfragen – Majors schnaubte durch die Nase.

Du darfst nichts übersehen, sagte er sich, als er die Kuppe des flachen Hügels erreicht hatte und sich umblickte. Unter ihm lag Clouds Hill, am Horizont konnte man das Meer erahnen.

Idyllisch und ruhig.

Doch der Schein trog. Nur ein einziger Fehler, dachte Majors, und die arabische Legende würde wie ein Fluch über ihn kommen. Auch wenn der alte Fuchs nun bewusstlos im Krankenhaus lag, seine Geheimnisse waren einfach zu wichtig und zu gefährlich, um sie auf die leichte Schulter zu nehmen.

Und dann noch dieser megalomane Hitler.

Zum Glück hatte der Postbeamte, dieser Arthur, rasch reagiert und ihn angerufen. Sonst wäre die gesamte Lage außer Kontrolle geraten.

Jetzt ging es darum, die Spuren zu verwischen. Gründlich, sorgfältig.

Für immer.

Und für alle Andrew Morgans, die noch kommen würden …

Innenstadt
Frankfurt / Deutschland

»Was meinen Sie damit – bevor Sie heute wieder nach Hause fahren?«, erkundigte sich Thomas Calis, ließ sich in das Conolly Leder der weichen Rückbank des Bentleys sinken und warf seinem Gesprächspartner einen misstrauischen Blick zu. Die Limousine rollte an und glitt die Bruchfeldstraße hinunter.

»Alles zu seiner Zeit«, wehrte der Mann lächelnd ab. Er sah aus wie ein erfolgreicher, etablierter Unternehmensberater nach einem Urlaub in der Karibik – seriös, braun gebrannt und bemerkenswert erholt. Sein hellblondes Haar, kurz geschnitten und mit Gel an seinen Platz betoniert, kontrastierte effektvoll mit seiner Bräune. Das Lächeln erreichte allerdings nicht seine grünbraunen Augen, die seine Verbindlichkeit Lügen straften: Sie waren stechend und eiskalt.

Der Anzug muss mindestens drei Monatslöhne gekostet haben, dachte Calis. Drei meiner Monatslöhne, wohlgemerkt. Und die Schuhe dann noch einen ...

»Ich kann Ihnen leider keinen Kaffee anbieten zu dieser frühen Stunde, Kommissar, so gut ist der Bentley nicht ausgerüstet. Aber ein Glas Champagner kann sicher auch nicht schaden«, stellte der Mann fest, öffnete die Bar des Wagens und zog eine gut gekühlte Flasche Dom Perignon hervor. »Meine Lieblingsmarke. Ich hoffe, Sie teilen meinen Geschmack.«

Der richtige Typ für Alice, ging es Thomas Calis durch den Kopf. Überbegriff reicher Kotzbrocken, Unterkategorie geschniegelter Angeber. Laut sagte er: »Ich teile im Moment mit Ihnen die Rückbank dieses ...«

»... Bentley Mulsanne ...«

»... wie auch immer. Und dabei wird es bleiben. Champagner am frühen Morgen war noch nie mein Ding. Und jetzt kommen wir zum Anlass dieser seltsamen Stadtrundfahrt. Ihr Chauffeur sagte, nachdem er mich aus dem Schlaf getrommelt hatte, Sie hätten Informationen für mich«, Calis blickte aus dem Fenster, vor dem sich die Skyline von Mainhattan dramatisch gegen den dunkelgrauen Nachthimmel abzeichnete.

Der Blondschopf zuckte gleichmütig mit den Schultern, öffnete die Flasche und goss sich ein Glas ein. »Wie Sie wollen, Ihre Entscheidung, Kommissar. Sie recherchieren einen Mordfall in Berlin, habe ich gehört? Was treibt Sie dann nach Frankfurt?«

»Wie kommt es, dass Sie so gut informiert sind?«, gab Calis zurück.

»Schon mal was von Netzwerken gehört, Kommissar Calis? Und wir können uns selbstverständlich die nächste Stunde lang Fragen stellen, und keiner liefert die Antworten«, meinte Blondschopf spöttisch. »Ich habe jede Menge Zeit, Sie nicht ...«

»Sie kennen meinen Namen, ich Ihren nicht«, stellte Calis fest, »und das würde ich als Erstes gerne ändern. Also? Mit wem teile ich die Sitzbank?«

»Tut nichts zur Sache«, winkte sein Nachbar ab. »Ich glaube nicht, dass es zum gegebenen Zeitpunkt etwas ändern würde.«

»Könnte es sein, dass es mich zum gegebenen Zeitpunkt einen

Scheißdreck interessiert, was Sie für opportun halten?« Calis spürte Zorn in sich hochsteigen. »Ich brauche nur die Autonummer des Bentleys durch den Polizeicomputer zu jagen und habe die Antwort in drei Sekunden.«

»Haben Sie nicht.« Die Feststellung war kategorisch und selbstsicher und brachte Calis aus dem Konzept. »Der Wagen ist auf einen Trust auf den Cayman Islands zugelassen, der eine Niederlassung in Frankfurt hat. Völlig legal. Also – kein Name.«

»Ich könnte Sie festnehmen lassen, und dann müssten Sie sich ausweisen«, wandte Calis ein.

»Und weshalb wollten Sie mich festnehmen?«, erkundigte sich Blondschopf neugierig. »Wegen des Trinkens von Champagner während der Fahrt?« Er lachte aus vollem Hals. »Meine Anwälte hätten nicht nur einen wahren Feiertag, sondern würden bei dieser Gelegenheit gleich eine Dienstaufsichtsbeschwerde gegen Sie loslassen, und ich müsste meinen alten Freund, den Innensenator, um Hilfe bitten. Ihr Einsatz in Frankfurt wäre morgen zu Ende, Ihr Ruf angekratzt, Sie würden im Innendienst verrotten, und niemandem wäre geholfen.«

Thomas Calis überlegte, dem Kerl einfach die Nase einzuschlagen. Aber auch damit wäre niemandem geholfen, außer seinem Ego vielleicht.

»Es gibt jedes Jahr unzählige nicht aufgeklärte Morde«, dozierte Blondschopf, nachdem er sein Sektglas geleert hatte. »Sogar berühmte Persönlichkeiten sind da keine Ausnahme. Denken Sie an Uwe Barschel, den schwedischen Ministerpräsidenten Olof Palme oder Diane Fossey, die ihr Leben den Gorillas widmete und mit einer Machete zerstückelt wurde. Die Täter wurden nie gefunden. Und es gäbe noch Hunderte solcher Beispiele, aber das brauche ich Ihnen nicht zu sagen.«

Der Bentley rollte am Main entlang nordwärts, und die Lichter der Stadt spiegelten sich im Wasser. Sein Sitznachbar füllte das Glas nach, und Calis wunderte sich, wohin das alles führen sollte.

»Haben Sie schon mal darüber nachgedacht, warum es bei einigen Kriminalfällen vielleicht einfach nicht opportun war, einen Täter zu präsentieren? Wegen der politischen Auswirkungen? Wegen der dunklen Geschäfte, in die der eine oder andere verwickelt war, die aber dem jeweiligen Regime oder führenden Regierungskreisen durchaus zupass waren? Von geheimdienstlichen Aktivitäten im Interesse der sogenannten Staatssicherheit jetzt einmal ganz abgesehen.«

Blondschopf prostete Calis zu und nahm einen großen Schluck, während der Bentley grollend den Main in Richtung Innenstadt überquerte. Dann wies er mit dem Glas in der Hand nach vorne, auf die Hochhäuser der City. »Haben Sie eine Ahnung, wie viele Milliarden hier stündlich verschoben werden? Wie viele Vermögen gemacht und andere zerstört werden, in nur wenigen Augenblicken? Tronheim war ein Bauer, der auf dem Schachbrett geopfert wurde, zu einem ganz bestimmten Zweck. Ein Puzzleteil in einem großen Bild, glauben Sie mir. Und dieses Gemälde geht in Bedeutung und Auswirkung weit über das hinaus, was Sie oder ich normalerweise Realität nennen.«

»Ihre Menschenverachtung kotzt mich an«, warf Calis ein. Doch das brachte seinen Gesprächspartner nicht einen Augenblick aus der Ruhe.

»Sie machen einen Fehler, Kommissar«, erwiderte er seelenruhig. »Sie hätten die Möglichkeit, Fragen zu stellen und werfen doch nur mit Emotionen um sich. Ein Luxus, den ich mir nicht leisten kann oder will. Aber vielleicht beruhigt eines Ihren Gefühlsdusel und Ihren offenbar so ausgeprägten Sinn für Gerechtigkeit: Tronheims Mörder haben für ihre Tat gebüßt, mit der Höchststrafe. Etwas, das die Justiz in diesem Land nicht gekonnt hätte. Sie waren nur wenige Tage später genau so tot wie ihr Opfer.«

»Ein glücklicher Umstand, nicht wahr? Niemand kann etwas ausplaudern, etwa über eventuelle Auftraggeber«, merkte der Kommissar an.

»Sagen wir, ein erfreulicher Nebeneffekt, ohne Zweifel«, gab Blondschopf zu. »Also, folgen Sie meinem Rat und legen Sie den Fall Tronheim zu den Akten. Die Täter gibt es nicht mehr, der Gerechtigkeit wurde Genüge getan.«

»Die Täter gibt es sehr wohl noch«, widersprach Calis. »Sie liegen in kleinen Teilen in den Schubfächern der Gerichtsmedizin. Da haben Sie sie doch hin gebombt!«

»Sie haben eine lebhafte Phantasie, Kommissar Calis«, sagte sein Sitznachbar mit einem kalten Lächeln. »Sehe ich aus wie ein Bombenleger? Ich könnte TNT nicht von Marzipan unterscheiden, tut mir leid. Außerdem – wen kümmert es? Sie sind noch jung. Sie werden lernen müssen, einen geschäftlichen Kollateralschaden von einer Tat im Affekt zu unterscheiden. Ersterer wird selten aufgeklärt. Verdienen Sie sich Ihre Sporen bei der zweiten Kategorie. Das ist dankbarer.«

»Mir wird gleich schlecht«, antwortete Calis. »Die drei Legionäre waren also Tronheims Mörder, wie ich vermutet hatte.«

Blondschopf neigte den Kopf und schwieg. War die Kopfbewegung Absicht gewesen, oder hatte der Bentley geruckelt?

»Und nun sind auch sie tot und alle Spuren verwischt«, fuhr Calis fort.

»Ich habe ja gesagt, Sie können heute wieder heim an die Spree reisen.« Sein Gesprächspartner nickte zufrieden. »Allerdings wollte ich Sie noch kennenlernen, bevor Sie Frankfurt verlassen. Das Foto hat nicht getrogen. Sie sind beneidenswert durchtrainiert.«

Er drückte einen Knopf in der Armlehne, und der Chauffeur lenkte den Bentley an den Straßenrand. »Nun wird es auch für mich Zeit, nach Hause zu fahren. Mein Bett wartet. Genießen Sie noch einen Spaziergang durch die City, sonst haben Sie ja nichts von der Stadt gesehen, bevor Sie wieder nach Berlin zurückkehren. Um diese Stunde haben Sie die Innenstadt der Bankenmetropole fast ganz für sich. Adieu, Kommissar!«

Als Calis am Straßenrand stand und dem Bentley nachblickte, war er versucht, das Kennzeichen zu notieren. Aber dann überlegte er es sich anders. »Dich bekomme ich noch, du arroganter Arsch!«, brummte er und lief los in Richtung Untermainbrücke, zog sein Handy und die Visitenkarte von Martina Trapp aus der Tasche und begann zu wählen. Während er darauf wartete, dass sich Frau Oberschlau aus Morpheus' Armen riss und meldete, ging ihm ein Gedanke nicht aus dem Kopf. Er hatte noch ein As im Ärmel, von dem er weder Trapp, noch dem Blondschopf etwas verraten hatte:

Den Clown.

> Flughafen Indira Gandhi,
> New Delhi / Indien

»Willkommen in Indien, Mr. Finch!«

Der Unteroffizier in der eleganten Uniform der indischen Luftwaffe mit den drei Winkeln auf den Epauletten hatte vorschriftsmäßig die Kappe unter den Arm geklemmt und salutierte zackig. Die makellosen, kerzengeraden Bügelfalten wurden nur noch von dem gestärkten blütenweißen Hemd übertroffen, während der schwarze Schnurrbart mit den auf Hochglanz polierten Schuhen um die Wette glänzte.

John Finch wartete nur mehr auf die Salutschüsse, die in wenigen Sekunden über dem Airport erklingen mussten.

»Mein Name ist Sergeant Arman Prakash, und ich habe den Auftrag, Sie so schnell wie möglich zum Luftwaffenstützpunkt Hindon Air Force Base zu bringen, und ich möchte nicht drängen, Sir, aber wir haben nicht viel Zeit und sollten deshalb unverzüglich zum Wagen gehen.«

Prakash feuerte seine Sätze mit der Geschwindigkeit einer Maschinenpistole ab, und Finch hatte Mühe, seinem indischen Englisch zu folgen. Oder seinem englischen Hindi. Während der Pilot noch darüber nachdachte, hatte der Sergeant bereits wieder durchgeladen und schoss verbal eine Breitseite aus der Hüfte. Dabei sah er Finch mit leuchtenden Augen erwartungsvoll an.

»Ich hoffe, Sie hatten einen guten Flug, und ich darf Ihnen versichern, Sie haben ganz schön viel Bewegung in die Mannschaften gebracht, wenn ich das so sagen darf, Sir, weil jede Menge Techniker und fliegendes Personal die letzten vierundzwanzig Stunden durcharbeiten mussten, zumindest munkelt man das auf der Basis. Ich bin zwar nicht eingeweiht in die Aktion, weil sie unter höchster Geheimhaltungsstufe läuft, aber …«

Finch schnitt den Redefluss mit einer Handbewegung ab. »Sergeant,

Sie haben selber gemeint, wir müssten uns beeilen. Wo steht Ihr Wagen?«

Prakash nickte eifrig. »Völlig richtig, Sir, völlig richtig. Soll ich Ihr Gepäck holen lassen?«

Der Pilot schüttelte den Kopf. »Ich habe nur meinen Seesack, und der ging als Handgepäck gerade noch durch. Vorteil der Upper Class. Machen wir uns also auf den Weg.«

Als Finch aus dem klimatisierten internationalen Terminal ins Freie trat, traf ihn nicht nur die brütende Hitze von 32 Grad wie der sprichwörtliche Schlag ins Gesicht. Vor ihm, am Rande des Vordachs, parkten zwei Range Rover mit dem Abzeichen der Luftstreitkräfte an den Türen und rotierendem Blaulicht auf dem Dach, flankiert von sechs Motorradfahrern auf schweren japanischen Motorrädern. Drei martialisch aussehende Soldaten in Tarnanzügen, bis an die Zähne bewaffnet, eilten Prakash und Finch entgegen und drängten andere Fluggäste dabei erbarmungslos zur Seite, um eine Gasse zu bilden.

Finch verzog missbilligend das Gesicht und hielt den Sergeant am Ellbogen zurück.

»So viel zu einer unauffälligen und dezenten Art, Gäste vom Flughafen abzuholen«, zischte er ihm zu. »Fehlt noch, dass Sie die lokale und internationale Presse bestellt haben. Halten Sie das für eine gute Idee? Ich nämlich nicht. Jetzt weiß so ziemlich jeder, egal ob es ihn interessiert oder nicht, dass ich in Indien bin.«

Prakash zuckte unbeeindruckt mit den Schultern. »Anordnung vom Oberbefehlshaber des Western Air Command in Abstimmung mit dem Air Marshall der Indischen Luftwaffe, Sir. So schaffen wir die vierundvierzig Kilometer nach Hindon in der Hälfte der Zeit. Normalerweise braucht man rund um Delhi mehr als eine Stunde, aber so können wir sicher sein ...«

»Ist ja gut, ist ja gut«, murmelte Finch ergeben, ließ den immer noch redenden Prakash los und eilte, eskortiert von den drei Soldaten in Kampfanzügen, zum ersten Geländewagen und stieg ein. Hinter sich hörte er, wie der Sergeant ins Fahrzeug kletterte.

»... und Zeit ist etwas, das Sie nicht haben, wie mir mitgeteilt wurde«, beendete Prakash seine Tirade, schloss den Wagenschlag, lächelte Finch an und klopfte mit der flachen Hand gegen den Vordersitz.

Im selben Augenblick ertönte von draußen das Röhren der schweren Motorräder, die sich vor die Wagen setzten. Sirenen heulten auf, Blaulichter zuckten, und dann wurde Finch in die Polster gepresst, als der Range Rover hinter der Eskorte auf dem vierspurigen Zubringer in Richtung Stadt beschleunigte. Selbst als sie die Autobahn nach Delhi erreicht hatten und der Verkehr stärker wurde, pendelte die Nadel des Tachometers unverändert bei 90 Meilen in der Stunde, und der Fahrer machte keinerlei Anstalten, vom Gas zu gehen. Energisch schaufelte die Motorradeskorte eine Spur frei und drängte unbarmherzig all jene ab, die nicht schnell genug reagierten.

Finch warf einen Blick zurück. Zwei Soldaten standen auf den Trittbrettern des zweiten Range Rovers, der gerade Mal zehn Meter Abstand hielt, klammerten sich mit einer Hand an die Dachreling und hielten in der anderen ihre Sturmgewehre. Sie sahen so aus, als würden sie sie im Ernstfall auch benützen.

Nach der Abzweigung auf die Vandemataram Marg und nachdem sie durch die Kreisverkehre geschleudert worden waren, begannen die dicht bebauten Wohngebiete von Delhi. Doch weder die Motorradfahrer noch der Chauffeur des Rovers verlangsamten die Geschwindigkeit. Sergeant Prakash schien die Fahrt zu genießen und lächelte begeistert. Als sie wegen eines Verkehrsstaus mit mehr als 60 Meilen in der Stunde auf der Gegenspur in Richtung Norden jagten, überlegte sich Finch, was wohl »schicken Sie keine Blumen zu meiner Beerdigung« auf Hindi heißen würde.

Zu dem üblichen indischen Verkehr mit seinen altersschwachen Lastwagen und überfüllten Bussen gesellten sich nun immer mehr Mopedfahrer, Karren und Radfahrer, die kreuz und quer über die Straße schossen und die kleine Kolonne zu einem ständigen Kurswechsel zwangen.

»Gut, dass Sie nicht zur Rushhour gelandet sind«, warf Prakash ein, der sich mit beiden Händen an einem Griff über seinem Kopf festhielt. »Dann steht hier nämlich alles.«

»Warum haben Sie eigentlich keinen Hubschrauber geschickt?«, erkundigte sich Finch, während er versuchte, sich an der Rückbank festzuklammern, um nicht hin und her geworfen zu werden.

»Weil heute Staatspräsidentin Pratibha Patil New Delhi besucht und wir keine Erlaubnis erhalten haben, mit einem Helikopter in die designierten Sicherheitszonen einzufliegen«, antwortete der Sergeant mit einem Ausdruck des Bedauerns.

Mit quietschenden Reifen und unbewegtem Gesicht zwang der Fahrer den Rover in eine enge Kurve, um einem überfüllten Bus auszuweichen. Für einen kurzen Moment erhaschte Finch einen Blick auf die entsetzte Miene und die weit aufgerissenen Augen des Busfahrers. Dann waren sie auch schon vorbei, und der Fahrer beschleunigte den Rover wieder.

»Idiot!«, kommentierte Prakash trocken und überraschend kurz.

Nachdem sie die Yamuna überquert hatten, erstreckte sich vor ihnen eine fast schnurgerade Ausfallstraße in Richtung Osten. Der Sergeant kontrollierte die Zeit und grinste zufrieden. »Drei Minuten schneller als letztes Mal. Wir haben das Schlimmste hinter uns.«

Finch hatte aufgehört, die roten Ampeln zu zählen, die der Konvoi ignorierte und, ohne langsamer zu werden, einfach überfuhr. Die Fahrer der Motorradeskorte stürzten sich jedes Mal todesmutig in den Querverkehr und hatten keinerlei Hemmungen, auch einmal mit den Stiefeln gegen den Kotflügel eines Autos zu treten, dessen Fahrer nicht rasch genug Platz machte.

Als sie nach genau sechsunddreißig Minuten vor der Schranke der Hindon Airforce Base anhielten und der Fahrer Finch im Rückspiegel einen triumphierenden Blick zuwarf, dankte der Pilot seinem Schutzengel und verfluchte in Gedanken Llewellyn besonders inbrünstig. Er hätte doch die erste Maschine zurück nach Kairo nehmen sollen, dachte er. Seine Ration an Glück für heute war zweifellos aufgebraucht. Ab jetzt musste alles wie am Schnürchen klappen, oder es würde im Fiasko enden.

Nach einem kurzen Blick durch das Fenster auf die Insassen des Rovers gab die Wache die Einfahrt frei. Während die Eskorte und die bewaffneten Soldaten salutierend zurückblieben, rollte der Geländewagen durch eine Allee an makellos weiß getünchten Offiziersunterkünften und Verwaltungsgebäuden vorbei.

»Wir brauchen noch rund vier Minuten bis zum Hangar«, klärte ihn Prakash auf. »Hindon Air Force Station, wie die richtige Bezeichnung lautet, wurde erst vor kurzem renoviert, modernisiert und technisch auf den neuesten Stand gebracht. Nach den Terroranschlägen in Mumbai 2008 wurde hier zum Schutz der Hauptstadt eine Staffel Mig29 stationiert. Die Start- und Landebahn wurde auf 2700 Meter verlängert, die neueste Radartechnologie installiert, und seitdem ist der Flughafen Stützpunkt der indischen Special Forces.« Der Stolz in der Stimme des Sergeants war unüberhörbar.

Finch hörte nur mit halbem Ohr zu. Seine Gedanken waren woanders, auf der anderen Seite der Erde, in einem anderen Jahrhundert. Im Frühjahr 1982 hatte er zwei Monate lang fast jeden Tag am Steuerknüppel eines der modernsten Jagdflugzeuge der Welt gesessen und erfolgreich Angriffe gegen die argentinischen Streitkräfte geflogen.

Der Krieg um die Falklandinseln war kurz, aber heftig gewesen. Und er hatte Finch geprägt. Doch das war eine Geschichte, über die er selten sprach.

»Wir sind da.« Die Stimme des Sergeants riss den Piloten aus seinen Erinnerungen. Sie hatten vor einem großen Hangar mit hellblauem Dach angehalten. Die hohen Schiebetüren waren offen, und eine Technikercrew arbeitete an einer C130J Hercules, einer riesigen, viermotorigen Transportmaschine.

»Falscher Hangar, Sir«, hörte Finch Prakash hinter sich sagen. »Da hinüber!« Der Sergeant wies auf ein kleines Gebäude, das im Vergleich zu dem großen Hangar wie eine Doppelgarage in einer Vorstadtsiedlung aussah. »Ich begleite Sie noch bis zum Eingang, Sir, da endet meine Befugnis.«

Finch nickte, warf sich seinen Seesack über die Schulter und folgte Prakash, der zielstrebig auf die rechte der beiden Schiebetüren des kleinen Hangars zusteuerte. Wie aus dem Nichts erschienen plötzlich zwei bewaffnete Soldaten und sahen ihnen erwartungsvoll entgegen, die Hand auf dem Sturmgewehr.

»Sergeant Prakash und Mr. John Finch, wie befohlen«, meldete der Sergeant, salutierte und streckte Finch dann die Hand entgegen. »Es war ein kurzes Vergnügen, Sir, aber ich hoffe, Sie behalten mich in guter Erinnerung.«

»Wenn ich wieder etwas Nervenkitzel in einer indischen Großstadt suche, dann wende ich mich vertrauensvoll an Sie, Sergeant.« Finch schüttelte lächelnd Prakashs Hand und nickte den beiden Wachen zu.

»Ihr Ausweis, Sir?«, fragte einer der Uniformierten, und nachdem er den Pass kontrolliert hatte, hielt er Finch das Tor auf. »Sie werden bereits erwartet. Immer geradeaus.«

Der Blick in das Innere des Hangars war durch einen schwarzen Vorhang versperrt, der einen Meter hinter dem Tor angebracht worden war. Als Finch ihn zur Seite schob, schlug ihm der Geruch von Öl, Farbe und Kerosin entgegen, das Summen von Ventilatoren, Klimaanlagen und Aggregaten, das Zischen von Pressluft.

Er hielt den Atem an. Vor ihm, in der Mitte des kleinen Hangars, stand ein einziges Flugzeug: ein Harrier TAV-A8 Senkrechtstarter, die zweisitzige Version des britischen Kampfjets, der den Falklandkrieg entschieden hatte. Die grün-braun-graue Tarnbemalung schien noch feucht zu sein, so makellos und frisch war sie.

Der Pilot ließ den Seesack auf den Boden sinken und ging ehrfürchtig auf den Jet zu. Von der Maschine führten Dutzende Kabel und Schläuche zu den verschiedensten Aggregaten und Aufzeichnungsgeräten. Als Finch direkt unter der vorderen Pilotenkanzel stand, legte er mit einer fast zärtlichen Bewegung die Hand auf das warme Metall.

»Hallo Mädchen«, sagte er lächelnd. »Ich weiß, ich bin zu alt für dich geworden, aber ich bitte trotzdem um den nächsten Tanz.«

»Hoffen Sie, dass es ein Walzer wird und kein Lambada«, meinte eine spöttische Stimme hinter ihm. Als Finch sich umdrehte, blickte er in die fast schwarzen Augen eines Sikh, der zu Jeans und kurzärmeligem Hemd seine traditionelle Kopfbedeckung, den weißen Dastar, trug. Er betrachtete Finch neugierig mit schräg gelegtem Kopf.

»Ich habe einen jungen Haudegen erwartet, Marke Top Gun, mit Ray Ban und Socken vorn in der Hose und keinen Oldtimer mit grauen Haaren.«

»Ich trage meine Socken an den Füßen, bin ein alter Haudegen, Marke Fast Run, und meine gefälschten Ray Ban habe ich auch stets dabei«, erwiderte Finch grinsend und zog die Sonnenbrille aus der Brusttasche seiner Lederjacke. »Tut mir leid, Ihre Illusionen zu zerstören. Mein Name ist John Finch, und ich bin dieses Baby im Einsatz geflogen, als Sie noch über Ihre Füße gestolpert sind und sich überlegt haben, wie Sie die Schönheit in der Nebenbank küssen könnten. Und zwar in der Grundschule.«

»Patt!«, grinste der Sikh und streckte die Hand aus. »Freut mich, dass Sie es rechtzeitig geschafft haben. Ich bin der Einsatzkoordinator für Ihren Flug, und meine Freunde nennen mich Frenchie.«

Finch runzelte die Stirn und sah den Sikh fragend an.

»Meine Mutter kam aus Paris nach Delhi, traf meinen Vater, der Rest ist Geschichte, und das Resultat steht vor Ihnen«, meinte Frenchie trocken.

Finch musste lachen. Der Mann mit dem Turban begann ihm zu gefallen. Im Hintergrund tauchten drei Techniker auf, die einen Laptop vor sich her trugen und im Gehen laut diskutierend abwechselnd auf den Bildschirm zeigten.

»Sie haben hier eine ziemlich hektische Aktivität ausgelöst«, stellte Frenchie fest und zog Finch von der Harrier weg. »Machen wir Platz für die Elektroniker, sonst bleibt denen keine Zeit für die finalen Tests.«

»Ich habe gar nichts ausgelöst«, verteidigte sich Finch. »Ich bin nur der Pilot. Der Busfahrer sozusagen.«

»Es gibt Linien, für die kaufe ich garantiert kein Ticket und Ihre gehört dazu«, meinte Frenchie lakonisch. »Sie haben einen ziemlich überzeugenden Mann in London, Major Llewellyn, eine wahre Plage, wenn es um unmögliche Aufträge geht. Noch dazu scheint er Kontakte in den höchsten Ebenen der Regierung zu haben. Alles und jeder scheint ihm etwas schuldig zu sein, da und dort, auf beiden Seiten des Globus.«

»Wem sagen Sie das«, seufzte Finch und fragte dann: »Und Sie? Was genau ist Ihre Rolle, wenn Sie nicht gerade Busse reparieren und die Abreise vorbereiten?«

»Gute Frage«, nickte Frenchie. »Sagen wir, ich bin das Gegenstück von Major Llewellyn im indischen Militär, allerdings noch weit vom Ruhestand entfernt.«

»Wo ist Ihre Uniform?«, wunderte sich der Pilot.

»Mr. Finch, Sie werden in diesem Hangar niemanden in Uniform sehen«, gab Frenchie ernst zurück. »Und wissen Sie wieso? Weil wir offiziell niemals diesen Jet zur Verfügung gestellt haben, niemals daran gearbeitet haben, Sie niemals gesehen haben und aufatmen, wenn Sie endlich mit der Harrier verschwunden sind. Wenn wir nämlich jemals dafür zur Verantwortung gezogen werden sollten, dann droht uns die standrechtliche Exekution. Deshalb werden wir Sie verleugnen bis zum Letzten, sollte etwas Unvorhergesehenes eintreten. Warum? Weil Indien das letzte Mal vor zehn Jahren vor einem neuerlichen Krieg mit Pakistan stand, der nur um ein Haar abgewendet werden konnte. Seither schwelen die Konflikte, mehr oder minder mühsam eingedämmt, vor sich hin, vor allem um die Region Kaschmir. Und nun, Mr. Finch, kommen Sie und wollen jemanden aus den Western Territories des Hindukusch mit einem indischen Kampfjet ausfliegen? Über den indischbesetzen Teil Kaschmirs in den pakistanischen, dann in die Western Territories bis an die afghanische Grenze? Ist Ihnen eigentlich klar, was das heißt? Machen Sie immer Ihr Lagerfeuer auf einem Stapel Dynamitstangen?«

»Wenn es die Harrier nicht kann, dann kann es kein Jet«, erwiderte Finch und beobachtete, wie die Techniker ein Kabel nach dem anderen vom Flugzeug trennten und dabei den Laptop nicht aus den Augen ließen.

»Oh, da bin ich ganz Ihrer Meinung«, gab Frenchie zurück, und seine Stimme troff vor Zynismus. »Ich mache mir keine Sorgen wegen des Jägers, ich mache mir Sorgen wegen seines Piloten.«

Finch sah dem Sikh offen in die Augen. Frenchie hielt seinem Blick stand.

»Dann haben Sie jetzt eine Sorge weniger«, sagte Finch ruhig und nahm seinen Seesack vom Boden auf. »Wo kann ich mich umziehen?«

»Wir haben nebenan ein paar Druckanzüge und Helme für Sie vorbereitet, suchen Sie sich etwas Passendes aus.« Frenchie sah Finch nachdenklich an. Als der Pilot an ihm vorbeigehen wollte, hielt er ihn zurück und wies auf die Harrier.

»Keine Kennzahlen, keine Registrierung, nicht einmal ein Hoheitszeichen. Illegal nach allen Standards der Luftfahrt weltweit. Dieser Jet hat aufgehört zu existieren, Mr. Finch. Sollte Sie das feindliche Radar ausmachen und ein Pilot der pakistanischen Luftwaffe sich auf Ihre Fährte setzen, dann kann er Sie ohne Rückfrage abschießen und wird dafür noch gelobt. Vielleicht bekommt er sogar einen Orden. Selbst die amerikanischen Spionageflugzeuge, die an der Grenze der Atmosphäre operieren und Ihre Unterhosenmarke fotografieren, tragen Hoheitszeichen. Sobald Sie also in dieses Flugzeug steigen, sind Sie ein Outlaw, Mr. Finch, ein Gesetzloser. Wir können für Ihre Sicherheit bis zur Grenze garantieren, wenn Sie sich an den Plan halten, den der Major ausgearbeitet hat. Aber dann ...«

Frenchie zuckte die Schultern und griff in die Brusttasche seines Hemds. »Das ist die Nachricht aus England von Major Llewellyn, die ich Ihnen geben soll. Sie kam vorhin über die sichere Leitung, und ich gestehe, es hat mich keinerlei Anstrengung gekostet, sie *nicht* zu lesen.«

»Ich weiß, no need to know«, murmelte Finch und nahm das Stück Papier entgegen.

»Ich hoffe, Sie haben Ihr Testament gemacht, und das meine ich ernst«, stellte Frenchie fest und wandte sich zum Gehen.

»Ich habe außer einem Papagei nichts zu vererben«, gab Finch zurück und grinste. »Und glauben Sie mir, den will keiner haben.«

Der Sikh verzog keine Miene. »In fünfzehn Minuten letzte Einsatzbesprechung und ein Preflight Briefing, dann möchte ich Sie hier raushaben«, sagte er entschieden. Damit stieß er eine Tür mit der Aufschrift »Staff only« auf und verschwand aus dem Hangar.

> Villa Rothschild-Kempinksi,
> Königstein im Taunus / Deutschland

Gregorios Konstantinos hatte den Weißen Salon im Luxushotel Villa Rothschild aus zwei Gründen zum Frühstück gemietet – erstens war er dort sicher, mit seinem Gast völlig ungestört zu sein, und zweitens liebte er den Gedanken, an der Wiege der deutschen Bundesrepublik seinen Kaffee zu genießen.

Als Sommerpalais von Wilhelm Carl von Rothschild 1888 im englischen Landhausstil mit Türmen, Fachwerk und Erkern erbaut, war die Villa nach dem Zweiten Weltkrieg zum »Haus der Länder« geworden und somit zum Schauplatz der entscheidenden Verhandlungen über Grundgesetz und Republikgründung. Ludwig Erhard, Theodor Heuss und Ernst Reuter waren hier ein- und ausgegangen, und hätte

Kanzler Adenauer sich nicht für Bonn als Bundeshauptstadt starkgemacht, dann wäre die Wahl auf Frankfurt am Main gefallen und die Villa höchstwahrscheinlich Residenz des Bundespräsidenten geworden. Genau das war es, was Konstantinos immer wieder an der Villa Rothschild faszinierte – die Mischung aus modernem Luxus und Geschichte, aus Tradition und altherrschaftlicher Würde.

Durch die hohen, offenen Glastüren wehte ein warmer Wind aus Süden, vom Main her. »Allein dieser Blick auf Burg Kronberg ist einen Umweg wert«, stellte Konstantinos fest und wies seinen Gast mit einer Handbewegung auf das unglaubliche Panorama hin, das den Gästen des exklusiven Hauses durch die Lage der Villa in einem mehr als hunderttausend Quadratmeter großen Park an den sanften Hängen des Taunus ermöglicht wurde. »Vom Pool können Sie die Skyline von Frankfurt sehen.« Der Grieche lächelte verbindlich und strich etwas Butter auf sein Croissant.

»Ich bade nur im Meer«, bemerkte die alte Dame, die ihm gegenübersaß, spitz, und köpfte mit einem kühnen Schlag ihr Frühstücksei. Martha Siegberth, emeritierte Professorin am renommierten Institut für Zeitgeschichte in München, war zu einem Symposium in Frankfurt eingeladen gewesen und nach ihrem Vortrag, für den sie viel Applaus geerntet hatte, direkt in ihr Hotelzimmer zurückgekehrt. Sie hielt nicht viel von gesellschaftlichen Verpflichtungen, Stehempfängen oder den Selbstbeweihräucherungen im Kreise der eitlen Kollegen. Im Gegenteil. Siegberth lebte seit Jahren völlig zurückgezogen in einer riesigen Wohnung gegenüber dem Münchner Isartor, zwischen Stapeln von Büchern, Kisten voller Zeitschriften, zahllosen Teppichen und ihren drei Katzen. Die Nachricht von Konstantinos hatte sie deshalb umso mehr überrascht, die Einladung zum Frühstück auf einem so geschichtsträchtigen Boden andererseits gereizt. Pünktlich um 7.30 Uhr morgens hatte sie ein Wagen vor ihrem Hotel erwartet und nach Königstein gebracht, wo ein bemühter und aufmerksamer Konstantinos sie erwartet und in den weißen Salon geleitet hatte.

»Am liebsten in der Ägäis«, setzte sie hinzu und gestattete sich ein dünnes Lächeln. »Mein verstorbener Mann liebte Griechenland über alles.«

»Es wird mir ein ganz besonderes Vergnügen sein, Sie in diesem

Sommer auf meine Jacht einzuladen«, bot Konstantinos an und schenkte Kaffee nach. »Das Schiff liegt derzeit vor Rhodos und steht selbstverständlich zu Ihrer Verfügung. Die Einladung gilt natürlich auch für Ihre Familie.«

Siegberth löffelte unbeeindruckt ihr Ei, und ihr Gastgeber fragte sich, ob sie ihn überhaupt gehört hatte.

»Sie müssen ein großes Problem haben, Herr Konstantinos«, bemerkte die alte Dame schließlich und wischte sich mit der Serviette den Mund ab. »Ich lebe zurückgezogen, bin seit Jahren aus dem täglichen Wissenschaftstrott ausgeschieden und nicht gerade für meine Geselligkeit bekannt. Ich wüsste also nicht, wie ich Ihnen auf dem glatten akademischen Parkett behilflich sein könnte. Mit Ehrendoktoraten, gesponserten Titeln, wie sie im Moment in diesem Land Hochsaison haben, oder mit vorgeschriebenen Dissertationen kann ich leider nicht aufwarten. Nachdem ich mich ein wenig über Sie erkundigt habe, nehme ich auch nicht an, dass es das ist, was Sie von mir erwarten.«

»Sehr scharfsinnig«, nickte Konstantinos und warf der resoluten alten Dame einen anerkennenden Blick zu.

»Meine zeitgeschichtlichen Arbeiten haben sich nie mit Griechenland beschäftigt oder wenn, dann nur am Rande«, fuhr Professor Siegberth fort. »Trotzdem bewirten Sie mich an einem so elitären Platz wie der Villa Rothschild, lassen mich von einem Wagen mit Chauffeur abholen und laden mich auf Ihre Jacht ein.«

»Und biete Ihnen hunderttausend Euro, wenn Sie mein großes Problem, wie Sie es so richtig bezeichneten, lösen können.« Der Grieche lächelte, griff in die Tasche seines Anzugs und legte einen Verrechnungsscheck auf den Frühstückstisch. »Ausgestellt auf Ihren Namen, von mir unterzeichnet, freigegeben und zahlbar nach Erledigung Ihrer Aufgabe.« Er tippte mit der Fingerspitze auf den Scheck. »Nur damit Sie sehen, dass ich es ernst meine.«

Die Reaktion der alten Dame verblüffte Konstantinos. Sie ergriff mit gerunzelter Stirn den Scheck, studierte ihn und zerriss ihn schließlich in kleine Papierfetzen, die sie in den Aschenbecher fallen ließ.

»Ich widme die spärliche Zeit, die mir noch bleibt, nur Dingen, die mich wissenschaftlich faszinieren«, sagte sie mit einem missbilligenden Blick auf ihren Gastgeber, der sich mit einem Mal wie ein gemaßregelter Student vorkam. »Mich kann man nicht kaufen, Herr Konstantinos, mich kann man nur interessieren oder begeistern.«

Ihre Hand schwebte über dem Korb mit den Frühstücksbrötchen, wie ein Adler, der nach seinem Opfer sucht. Dann stieß sie zu, wählte eine Mohnsemmel und brach sie auseinander. »Ich würde also vorschlagen, Sie schildern mir Ihr Problem.«

Konstantinos griff wieder in die Tasche seines Anzugs, zog den Metallbehälter heraus und stellte ihn auf den Tisch zwischen Schüsselchen mit Butter und Marmelade. »*Das* ist mein Problem.«

Der Zylinder glänzte matt im Sonnenlicht. Professor Siegberth machte keine Anstalten, ihn zu ergreifen, sondern betrachtete den kleinen Behälter mit gerunzelter Stirn. »Wollen Sie mir etwas dazu sagen?«, fragte sie nur, während sie ihren Kaffee umrührte.

»Ich möchte Ihr Urteil nicht beeinflussen«, antwortete Konstantinos zurückhaltend. »Wenn Sie der Meinung sind, dass mein Problem Sie interessiert, dann ...« Er ließ den zweiten Teil des Satzes offen.

»Und Sie sind der Ansicht, dieser Zylinder falle in mein Fachgebiet?«, erkundigte sich die Wissenschaftlerin.

»Absolut. So viel wir wissen, wurde er 1944 oder 1945 versteckt und erst vor wenigen Tagen wiederentdeckt.« Der Grieche wog jedes seiner Worte genau ab.

Siegberth rührte noch immer in ihrem Kaffee und ließ dabei den Metallzylinder, der einem etwas rustikalen Salzstreuer ähnelte, nicht aus den Augen. »Ich nehme an, er enthält etwas.«

»Sehen Sie selbst«, forderte Konstantinos sie auf.

Schließlich gab die Wissenschaftlerin sich einen Ruck und nahm den Zylinder vorsichtig vom Tisch. Nachdem sie ihn aufgeschraubt hatte, warf sie einen Blick hinein. Erstaunen stand ihr ins Gesicht geschrieben, als sie die Glaspyramide vorsichtig auf das blütenweiße Leinentischtuch rutschen ließ.

»Was ist das?«, flüsterte sie. Die Lichtstrahlen brachen sich in der perfekten geometrischen Figur, als Professor Siegberth sie in ihren Fingern drehte.

»Um diese Frage zu beantworten, habe ich Sie zum Frühstück eingeladen.« Konstantinos lächelte. »Ich habe allerdings keine prompte, schlüssige Erklärung erwartet, das wäre zu viel verlangt. Aber vielleicht habe ich jetzt Ihr Interesse geweckt?«

»Wenn Sie mir noch verraten, was das außer einer handwerklich perfekten Glaspyramide noch sein soll?«, gab Siegberth zurück.

Der Grieche lehnte sich vor. »Irgendwo in dieser Pyramide, in den Abmessungen, den Größenverhältnissen, der Struktur dieses Körpers, muss eine Nachricht versteckt sein«, erklärte er. »Davon gehe ich aus. Und ich brauche Spezialisten, um diese Nachricht zu finden und zu entschlüsseln.«

Die Wissenschaftlerin drehte den Glaskörper noch immer fasziniert zwischen ihren Fingern. Dann griff sie in ihre Handtasche, kramte kurz, und zog ein Vergrößerungsglas hervor, durch das sie die Pyramide aufmerksam betrachtete. »Wundern Sie sich nicht«, meinte sie, »so ein Ding hilft bei alten Fotos ungemein, um die Gesichtszüge von Personen zu erkennen.« Schließlich ließ sie die Pyramide wieder in den Zylinder gleiten und verschloss ihn sorgfältig, bevor sie ihn über den Tisch Konstantinos zuschob. Dann widmete sie sich schweigend erneut ihrer Mohnsemmel.

Der Kellner brachte eine frische Kanne Kaffee, dazu eine Platte mit Lachs und geräucherter Forelle, und zog sich diskret wieder zurück. Durch die offenen Türen drang lautes Vogelgezwitscher aus dem Park.

»Eine Frage noch, bevor ich mich entscheide.« Siegberth sah ihren Gastgeber forschend an. »Sie sind sicher, was die Entstehungszeit und die versteckte Nachricht betrifft?«

»Absolut sicher«, antwortete Konstantinos, »und ich kann beides belegen.«

»Dann nehme ich die Herausforderung an«, sagte die Wissenschaftlerin entschlossen. »Ihr Problem interessiert mich. Ich habe eine solche Pyramide noch nie gesehen. Wie haben Sie sich die Zusammenarbeit genau vorgestellt?«

Konstantinos lächelte zufrieden. »Ich habe mir erlaubt, die Baroness Suite hier im Haus für Sie zu buchen, vorläufig für eine Woche. Ich war sicher, Sie würden zusagen und ich freue mich über Ihre Entscheidung.« Er steckte den Zylinder ein und goss seinem Gast ein Glas Mineralwasser ein. »Meine Villa liegt nicht weit von hier. Da haben Sie völlige Ruhe und alle Voraussetzungen, um an der Lösung des Rätsels zu arbeiten. Sollten Sie noch etwas benötigen, dann kann ich es in kurzer Zeit organisieren, egal, was es ist. Mein Wagen wird Sie jeden Morgen von der Villa Rothschild abholen und wieder zurückbringen. Ich hoffe, das ist in Ihrem Sinne.«

Professor Siegberth dachte kurz nach und nickte dann.

»Sie werden auch verstehen, dass ich die Pyramide nicht aus der Hand geben kann und Sie um absolute Diskretion ersuche.«

»Das ist alles ganz in meinem Sinne«, antwortete die Wissenschaftlerin. »Ich würde mir allerdings das Recht vorbehalten, die Ergebnisse zum gegebenen Zeitpunkt zu publizieren.«

»Kein Problem«, bestätigte Konstantinos mit leuchtenden Augen, »zum gegebenen Zeitpunkt ...«

Donnerstag, 16. Mai 1935, Bovington Militärbasis, Dorset / Großbritannien

Der Abend war hereingebrochen, und ein plötzliches Gewitter hatte mit Sturmböen und Regenschauern den kurzen englischen Frühling beendet. Die Luft hatte sich mit einem Schlag um zehn Grad abgekühlt und Colonel Frank Majors schloss das Fenster des nüchternen, schmucklosen Krankenzimmers, in dem nur ein einziges Bett belegt war. Die übrigen elf Betten waren leer, was auch nicht gerade zu einer heimeligen Atmosphäre beitrug.

Majors lehnte sich mit dem Rücken an den Fensterrahmen und beobachtete den bewusstlosen Shaw, dessen bandagierter Kopf in den Kissen wie der eines Kindes aussah, das eine seltsame Kappe trug.

Es roch nach Desinfektionsmittel und Bohnerwachs, wie in allen Krankenhäusern. Ein Geruch, den Majors hasste. Er war versucht eine Zigarette anzuzünden, hatte die Packung bereits in der Hand, aber dann verwarf er den Gedanken wieder. Er hasste auch Diskussionen mit den behandelnden Ärzten.

Shaw lag seit drei Tagen im Koma. Sein Zustand hatte sich stabilisiert, obwohl erste Untersuchungen ergeben hatten, dass die Kopfverletzungen äußerst schwer und Teile des Gehirns in Mitleidenschaft gezogen worden waren. Shaw würde nie wieder reden, hören oder sehen können. Warum starb er nicht endlich, fragte sich Majors zum wiederholten Mal. Die Mediziner hatten die intravenöse Ernährung eingestellt und jegliche Medikation abgesetzt. Und trotzdem lebte der Patient noch – entgegen allen Prognosen.

Und entgegen den Bestrebungen des Geheimdienstes.

»Aber die halbe Portion ist zäh«, murmelte Majors und zog die lokale Tageszeitung aus der Manteltasche. »Lawrence von Arabien kämpft um sein Leben« lautete die Schlagzeile des *Dorset County Chronicle*. Der erste Absatz begann mit: »Eine charismatische Persönlichkeit, die eine Schlüsselrolle in den Ereignissen um den Ersten Weltkrieg spielte, stürzte am vergangenen Montag auf dem Weg nach Hause von seinem Motorrad und musste mit schweren Verletzungen in das nahe gelegene Militärhospital in der Kaserne Bovington eingeliefert werden.«

Zufrieden faltete Majors das dünne Blättchen wieder zusammen. Gleichlautende Meldungen fanden sich in allen englischen Zeitungen von Brighton bis Edinburgh. Kein Wunder, hatte er doch die Zeilen diktiert, die dann von der Presseabteilung des Ministeriums an alle Redaktionen verschickt worden waren, in Abstimmung mit der Special Branch und den Geheimdiensten. Die absolute Nachrichtensperre, die gleichzeitig verhängt worden war, hatte gehalten. Bovington war wasserdicht. Zwei Mann vor der Tür des Krankenzimmers, zusätzliche Wachen an der Einfahrt der Kaserne, Patrouillen im gesamten Gelände, Ärzte, die der Militärgerichtsbarkeit unterstanden.

Majors hatte kein Schlupfloch offen gelassen.

Der Colonel wagte gar nicht daran zu denken, was passiert wäre, wenn man Shaw in ein ziviles Krankenhaus gebracht und seine Kopfverletzungen genauer untersucht hätte. Nicht auszudenken. Churchill wäre vor Wut explodiert, und es hätte ein Großreinemachen in den Diensten gegeben – angesichts der Entwicklung in Deutschland zum absolut falschen Zeitpunkt.

In diesem Moment steckte Andrew Morgan seinen Kopf durch die Tür und riss Majors aus seinen Gedanken.

»Ah, hier sind Sie ja, Sir!«, rief er aus und schob sich samt einem vollen Tablett ins Krankenzimmer. Plötzlich roch es nach Karotten und Braten. »Zeit fürs Abendessen!« Er brachte das Tablett zu Majors und stellte es auf einem kleinen Tisch ab, vor dem zwei Sessel standen.

»Wenn es so schmeckt, wie es aussieht, und so verkocht ist, wie es riecht, dann habe ich schon gegessen«, brummte Majors und steckte seinen ausgestreckten Zeigefinger ungeniert in die Suppenterrine. »Abgesehen davon, dass die Brühe nur als undefinierbar bezeichnet werden kann, ist sie kalt. Und ich hasse kalte Suppen. Bon appétit! Ihr Schlemmermenü.«

»Sie haben aber schon gestern nichts gegessen«, wandte der junge Mann ein.

»Der isst auch nichts und lebt immer noch«, gab der Colonel zurück und wies mit dem Daumen auf den bewusstlosen Shaw. »Scheint also nicht so dringend zu sein, die Sache mit der Nahrungsaufnahme. Haben Sie die erste Auswertung des Sammelsuriums aus Clouds Hill?«

Morgan schüttelte den Kopf und begann mit der Suppe. »Das wird … noch … etwas dauern«, stieß er zwischen den Löffeln hervor und verzog dann das Gesicht. »Schmeckt wirklich etwas seltsam.«

»Hab ich Ihnen ja vorhergesagt«, meinte der Colonel befriedigt. »Aber bei dieser Küche ist es nicht schwer, kulinarisches Orakel zu spielen. Also – warum wird die Auswertung noch etwas dauern?«

»Weil das Ministerium nicht so schnell die nötige Anzahl an Experten und Kryptographen nach Bovington abkommandieren kann«, erklärte Morgan und wandte sich dem Braten zu. »Sie haben ja gemeint, Shaw hätte unter Umständen eine Nachricht verschlüsselt und in seinem Cottage versteckt. Oder dieses Puppenhaus in ein Rebus verwandelt.«

»London schläft, uns läuft die Zeit davon, die Reporter stehen in den Startlöchern, und inzwischen warten wir auf Experten, die in irgendwelchen Büros in der Nase bohren, Kreuzworträtsel lösen und nicht daran denken, in die Provinz zu kommen«, ätzte Majors. »Wir sind schon mit den Folgen eines einzelnen Motorradunfalls überfordert. Gnade uns Gott, wenn sich dieser Hitler jemals westwärts auf den Weg macht. Dann werden unsere Kryptographen schnellstens Deutsch lernen müssen.«

Morgan kaute mit vollen Backen und drückte sich so um eine Antwort. Majors wandte sich frustriert ab, verzog das Gesicht und nahm sich einen Stuhl, den er neben das Krankenbett stellte. Er setzte sich rittlings darauf und verschränkte die Arme auf der Lehne. Shaws Gesicht war eingefallen und blass. Es wirkte beinahe weiblich, trotz des kräftigen Kinns. War es der Schwung der Backenknochen? Lawrence of Arabia.

Hätte er ihn je persönlich kennengelernt, vielleicht hätte die Chemie gestimmt und sie wären Freunde geworden, überlegte er und zündete sich doch eine Zigarette an, Ärzte hin oder her. Dann inhalierte er tief und blies den Rauch in kleinen Schwaden in die Luft.

»Geboren in Wales, in Tremadoc, in einem schmalen grauen Steinhaus am 16. August 1888 als zweitältester von fünf Söhnen«, hörte er Morgans Stimme von dem kleinen Esstisch her. »Uneheliches Kind, hoch begabt. Mit fünf Jahren konnte er den *Standard* verkehrt herum lesen. Einen Teil seiner Kindheit verbrachte er in Frankreich, dann zog die Familie nach Oxford. Thomas Edward Lawrence kam in die dortige High School. Das Studieren fiel ihm leicht, er war begabt, lernte später sechs Sprachen, dazu Griechisch und Latein.«

Und jetzt, dachte Majors, als Andrew Morgan verstummte, was hilft dir das jetzt? Er betrachtete die friedlichen Züge des Bewusstlosen und ertappte sich dabei, ihn irgendwie zu beneiden. Bald würde alles vorbei sein. Ein schmerzloser Tod.

Der Colonel gab Großhirn ein Zeichen mit der Zigarette und bedeutete ihm weiterzureden. Es konnte nie schaden zu erfahren, was Morgan wusste.

»Mit neunzehn ging Lawrence mit einem Stipendium an das Jesus College in Oxford, um moderne Geschichte zu studieren. Ein Jahr später trat er dem Oxford University Officer Training Corps bei, dessen rigorose Ausbildung stets mit der Militärakademie in Sandhurst verglichen wird. Nichts für Weicheier also.« Morgan verstummte und nahm einen Schluck Mineralwasser. Der Regen trommelte wütend gegen die Fenster, und es donnerte und krachte, als das Gewitter über Bovington hinwegzog. In Lawrence' Gesicht zuckte kein Muskel.

»Die Ferien 1908 nutzte er, um durch Frankreich zu radeln und seiner Leidenschaft zu frönen: Er suchte nach Relikten aus der Ritterzeit. Im darauffolgenden Jahr machte er sich auf zu einer Reise zu Fuß durch Syrien und Palästina. Die Fotos, die er bei beiden Fahrten damals machte, haben wir in Clouds Hill gefunden.«

Majors horchte auf. »Lassen Sie die Bilder sofort aussortieren, ich möchte sie mir ansehen«, sagte er, »am besten, Sie suchen sie selbst heraus und bringen sie mir.«

»Yes, Sir, notiert«, gab Morgan zurück. »Lawrence beendete sein Studium der Orientalistik und Archäologie in Rekordzeit, legte sein Examen in Militärgeschichte und Strategie ab, sein Thema lautete: *Die Festungsarchitektur der Kreuzfahrer.* Sie wissen schon, Sir, Akkon und so ...«

Der Colonel brummte etwas Unverbindliches und drückte seine Zigarette aus.

»1911 ging Lawrence nach Karkemisch am Euphrat, um dort nach hethitischen Altertümern zu suchen«, fuhr Morgan fort. »Da in der Nähe der Ausgrabungsstätte die Deutschen an der Bagdadbahn bauten, kam bald das Gerücht auf, Lawrence hätte als Geheimdienstler deutsche Ingenieursleistungen für England ausspioniert. Hat er aber nicht, das steht fest, das geht nicht aus unseren Aufzeichnungen hervor. Damals traf er auch erstmals mit dem Araber Darhoum zusammen, wenn Sie mich fragen, eine der großen Lieben seines Lebens.«

Majors sah den Mann im Krankenbett forschend an. »Sie haben eine Menge Fakten gesammelt, Großhirn«, meinte er schließlich leise.

»Eine interessante Persönlichkeit und noch dazu ein Mitglied im Klub, wenn man so sagen kann«, antwortete Morgan entschuldigend und begann, die leeren Teller zusammenzustellen. »Denn nach den Ausgrabungen in Syrien führten ihn seine Forschungsreisen auf den Sinai, wo er Landkarten anfertigte, bevor er in Kafr Ammar in Ägypten arbeitete und die Gegenwart ihn einholte. Am 4. August 1914 trat Großbritannien in den Ersten Weltkrieg ein, und im Dezember begann Lawrence seinen Dienst als Agent beim arabischen Büro, einer Sonderabteilung des militärischen Geheimdiensts in Kairo. Die Regierung in London versuchte damals, einen arabischen Aufstand gegen das Osmanische Reich anzuzetteln. Da kam ihnen der Abenteurer aus Wales sehr gelegen. Er sprach die richtigen Sprachen, kannte die arabische Mentalität, das Land, das Gelände aus eigener Anschauung. Er hatte es ja sogar kartographiert. Auf der anderen Seite konnte der unehelich geborene, kleine und schmächtige Lawrence, der unter seiner Vorliebe für Männer wohl mehr litt als alle anderen, als »El Aurens« sein Selbstbewusstsein wieder aufbügeln. Ab sofort mutierte er zum Araber – mit weißem Gewand und Krummdolch, auf dem Kopf die mit einem Ikal gehaltene Kufija, und fühlte sich dabei wie einer jener mittelalterlichen Ritter, von denen er immer gelesen und deren Spuren er stets gesucht hatte. Es war die perfekte Symbiose.«

Du weißt zwar unerhört viel, dachte Majors, als er Morgan zuhörte. Doch in Wahrheit kennst du zum Glück nur die Fassade. Gott sei Dank!

Laut sagte er: »Sein Auftrag lautete, die Araber zu beobachten und ihren Aufstand gegen die Türken voranzutreiben, damit der Bündnispartner der Deutschen in der Wüste eine neue Front eröffnen musste. Clever gedacht, und es funktionierte.«

Morgan lachte auf. »Aber auch teuer erkauft. Der Aufstand in der Wüste kostete das Empire elf Millionen Pfund, mit denen der Kampfeswille der Araber bezahlt wurde. Nicht umsonst nannten die Beduinen, seine Kampfgefährten, Lawrence ›den Goldmann‹. Er warf mit Geld nur so um sich.«

Der Regen prasselte nach wie vor mit unverminderter Kraft gegen die Scheiben. Das Gewitter war zwar in Richtung Küste weitergezogen, aber es war nur der Vorbote einer Schlechtwetterfront gewesen.

Schweigen legte sich über das Krankenzimmer. Shaws Atemzüge waren regelmäßig, und Majors wurde bewusst, dass er Morgan gegenüber noch viel vorsichtiger sein musste, als er bisher angenommen hatte. Es fehlte nicht viel, und der Streber würde eins und eins zusammenzählen und auf der richtigen Spur sein.

Und Majors wäre irgendwann einmal nicht mehr da, um ihn dann zu erschießen.

> **Hindon Air Force Base,
> nahe New Delhi / Indien**

Es war ein bisschen, wie nach Hause zu kommen.

Finch blickte sich im Cockpit der Harrier um, kontrollierte die Leichtgängigkeit der Pedale und die Anzeigen der Instrumente, machte sich mit der veränderten Avionik vertraut. Zwei Zusatztanks mit mehr als achthundert Litern Kerosin hingen unter den Flügeln, doch die Plätze für die Luft-Luft-Raketen waren auf Wunsch des Piloten leer geblieben.

»Ich ziehe nicht in den Krieg«, hatte Finch mit Nachdruck erklärt. »Alles, was zur Verteidigung notwendig ist, haben wir an Bord und dazu noch ein paar Tricks im Ärmel.«

Frenchie hatte gleichmütig mit den Schultern gezuckt und die Elektrokarren mit den Sidewinder- und MATRA-Magic-Raketen wieder zurück ins Waffenlager geschickt. »Es ist Ihr Spiel, Mr. Finch, und Ihr Baby«, hatte der Sikh nur gemeint. »Aber glauben Sie mir, es macht keinen Unterschied, wenn ein feindlicher Pilot vor der Entscheidung steht, Sie aus dem Himmel zu schießen.« Damit hatte er Finch die Preflight-Checkliste in die Hand gedrückt und war zu einem letzten Gespräch mit den Technikern verschwunden.

Konzentriert arbeitete Finch die Liste ab, setzte Häkchen hinter die Positionen, vergewisserte sich, dass die weißen Zahlen des Overhead-Displays fokussiert und klar zu lesen waren, bevor er die Scheibe justierte und auf seine Körpergröße einstellte. Endlich zog er Llewellyns Nachricht aus der Brusttasche seines Druckanzugs und entfaltete das einzelne Blatt. Darauf stand eine einzige Zeile:

**35°46'23.77" N 71°41'38.40" E –
Haus am Fluss, blaues Dach –
Seehöhe 1914 Meter**

»Ich wollte nicht auf dem Dach der Seilbahnstation landen«, murmelte Finch, als er sah, dass sein Ziel auf fast zweitausend Metern lag. Dann programmierte er die Koordinaten des Ziels in die Navigation und lehnte sich zurück. Hatte er etwas vergessen? Alle Punkte auf der Liste waren abgehakt, und ein kurzer Blick auf die Uhr zeigte ihm, dass er gerade noch im Zeitfenster war.

Dreißig Minuten bis zum Rendezvous.

Zufrieden kletterte er aus dem Cockpit und lief mit großen Schritten zu der Gruppe von Technikern. »Frenchie, ich brauche kurz einen Laptop mit Google Earth«, wandte er sich an den Einsatzleiter, der wortlos auf einen der umstehenden Rechner zeigte.

»Sie haben allerdings nicht mehr viel Zeit«, erinnerte ihn der Sikh. »Vielleicht nicht der richtige Zeitpunkt, Ihren Urlaub zu buchen oder Mails zu checken.«

»Spielverderber«, sagte Finch mit einem Grinsen und gab die Koordinaten ein. Sekunden später sah er den Landeplatz aus der Vogelperspektive, das Haus mit dem hellblauen Dach, und las die Beschreibung.

Rambur Village, Kalash Valley.

Der Pilot zoomte wieder aus. Eines von Hunderten gleich aussehender Hochtäler im Hindukusch.

Die berühmte Nadel im Heuhaufen.

Blieb nur zu hoffen, dass die Elektronik und das neue Computerprogramm nicht versagten. Sonst würde er trotz der Harrier nicht weit kommen. Finch klappte den Laptop zu.

»Zimmer mit Ausblick gebucht?«, meinte Frenchie trocken.

»Eher all inclusive mit fünf Sternen«, antwortete Finch. »Was ist das?« Er wies auf die Rolle, die der Einsatzleiter unter den Arm geklemmt hatte und die wie eine Sammlung von Plänen aussah.

»Ihre Abziehbilder, gerade aus der Druckerei gekommen«, stellte Frenchie fest. »Ich habe zwar keine Ahnung, was Sie damit wollen, aber es ist Ihre Show. Ins zweite Cockpit damit?«

Der Pilot nickte. Bis auf eine Leitung zum Batteriewagen waren alle Kabel von der Harrier entfernt worden.

Einundzwanzig Minuten bis zum Rendezvous.

»Zeit für die Einsatzbesprechung«, beschloss Frenchie nach einem Blick auf die Uhr. »Der Radarwarner wurde auf den neuesten Stand gebracht, die Chaffs und Flares bis an den Rand des Magazins nachgefüllt, die allerneuesten Updates für die Elektronik gefahren und das 3D-Programm mit den Oberflächendaten der Flugroute mit der Navigation gekoppelt. Sie sollten die Daten ins Overhead eingespiegelt bekommen. Die Tanks sind gut für eine Reichweite von rund 3500 km, aber das kommt auf Ihre Flugweise an. Sollten Sie in einen Luftkampf verwickelt werden, dann schmilzt Ihr Treibstoffvorrat wie Schnee auf einer heißen Herdplatte, aber das wissen Sie sicher. Durch das Mehrgewicht ist an einen vertikalen Start hier von der Basis nicht zu denken. Wo immer Sie landen, Sie müssen vorher unbedingt die Zusatztanks loswerden, wenn Sie runtergehen. Sonst kommen Sie nicht mehr hoch. Und vergessen Sie nicht, die Turbine auch bei einer Zwischenlandung stets weiterlaufen zu lassen. Sonst ist Ihr Flug zu Ende, denn ohne einen geeigneten Stromspender läuft der Kompressor nicht an.«

»Haben Sie auch etwas wirklich Neues?«, fragte Finch und grinste Frenchie herausfordernd an.

Der schüttelte den Kopf und murmelte »Jetpiloten ...« Dann blickte er auf seine Aufzeichnungen und fuhr fort: »Die Turbine wurde vor fünfhundert Stunden neu überholt, Sie brauchen also nicht für ein Service anzuhalten. Sie verbraucht bei einer Schwebezeit von neunzig Sekunden am Stand sechshundert Liter Wasser zur Kühlung, sonst raucht sie ab. Mehr als ein paar wenige Minuten Schweben sind also nicht drin. Oder Sie machen lange Ferien im Hindukusch. Mit Vollpension, aber ohne fünf Sterne.«

Frenchie lächelte nicht ein einziges Mal, und Finch fragte sich, ob er jemals die Miene verzog.

»Die Maschine sendet keine Funkkennung, außer Sie lassen das System wieder aktivieren. Dem neuen Anstrich wurde eine vor kurzem entwickelte, Radarstrahlen absorbierende Farbe beigemischt. Das macht die Harrier nicht gerade zu einem Stealth Fighter, aber vielleicht hilft es.«

»Ja, es erheitert die Flugsicherung in Karatschi«, warf Finch trocken ein und ließ die digitale Uhr im Hangar nicht aus den Augen.

Fünfzehn Minuten bis zum Rendezvous.

»Ich könnte Ihnen ja noch Stunden zuhören, aber es wird Zeit für mich«, stellte der Pilot fest und reichte Frenchie die Hand. »Der Zirkus zieht weiter ...«

»... und mir fällt ein Stein vom Herzen, Mr. Finch«, vollendete der Sikh den Satz. »Es würde mich nicht freuen, in den nächsten Tagen von Ihnen in den internationalen Schlagzeilen zu lesen oder sie wiederzusehen.«

»Keine Sorge, ich bin pressescheu«, lächelte Finch und winkte dem Einsatzleiter zum Abschied zu. Dann kletterte er ins Cockpit, schnallte sich an, setzte den Helm auf und schaltete die Systeme ein.

Neun Minuten bis zum Rendezvous.

Finch legte den Schalter für die Treibstoffversorgung um und drückte auf den Startknopf. Der elektrisch betriebene Kompressor pumpte Luft auf die Schaufeln, die Turbine lief an, und Finch schloss die Kanzel. Das Tor des Hangars stand weit offen, und die Nachmittagssonne fiel herein. Der Wetterbericht verhieß keine Probleme, die Vorhersage war ungewöhnlich optimistisch für diese Jahreszeit.

Als die einzelne Rolls-Royce Pegasus Turbine der Harrier auf Betriebstemperatur war und Frenchie den Daumen nach oben streckte, erhöhte Finch die Drehzahl, und der Jäger setzte sich in Bewegung, rollte majestätisch durch das Tor und aufs Vorfeld.

Fünf Minuten bis zum Rendezvous.

In seinem Kopfhörer ertönte eine unbeteiligt klingende Stimme. »Hier ist Hindon Tower für Harrier. Sie haben Starterlaubnis auf Runway 01, wann immer Sie bereit sind. Windstärke zwei aus Westsüdwest. Guten Flug.«

Als Finch auf die Startbahn einschwenkte und den Jet auf dem weißen Streifen kurz anhielt, spürte er, wie das Adrenalin durch seine Adern schoss. Die Harrier erschien ihm wie ein mühsam gebändigtes Rennpferd, das den Parcours bereits vor sich sah und ungeduldig an den Zügeln riss. Erinnerungen tauchten plötzlich auf, ein Kaleidoskop von Bildern, die sich rasend schnell abwechselten. Grüne Inseln im Meer, explodierende Jets und brennende Flugzeugteile, die vom Himmel fielen. Trudelnde Maschinen, Luftkämpfe Mann gegen Mann in den Wolken, die Spuren der Leuchtspurgeschosse, das Rattern der Einschläge.

Der Falklandkrieg.

Zwei Minuten bis zum Rendezvous.

Finch klappte das getönte Visier des Helms herunter und konzentrierte sich. »Vielleicht wirst du wirklich langsam zu alt für diesen fliegenden Zirkus«, murmelte er. Und: »Der ist für dich, Vater.«

Dann schob er den Gashebel nach vorn, und die Harrier katapultierte sich in einer ohrenbetäubenden Kaskade aus Donner und bebendem Lärm die Startbahn hinunter.

Die Boeing des Fluges FlexFlight 2116 war pünktlich vom Indira Gandhi Flughafen in New Delhi gestartet und lag in einer langgezogenen Kurve, die sie um den Norden der Stadt herum auf ihren Kurs nach Kabul bringen würde. Die Flugzeit würde zwei Stunden betragen, das »Bitte anschnallen«-Zeichen war bereits erloschen, und die Flugbegleiter bereiteten die Erfrischungen vor.

Als die dänische Crew im Cockpit den Jet sah, der fast senkrecht in den Himmel über der Hindon Air Base stieg, sahen sich Pilot und Copilot an und nickten wortlos. Kapitän Johannson korrigierte leicht den Kurs, meldete sich in Delhi ab und nahm Verbindung zur Pakistanischen Luftverkehrskontrolle auf. In der Ferne, im Nordosten, leuchteten die Gipfel des Himalayas am Horizont.

Es würde ein ruhiger Flug werden.

Die Harrier schoss trotz des Gewichts der Zusatztanks wie ein Pfeil auf die Boeing zu, deren Triebwerke vier weiße Striche in den dunkelblauen Himmel malten. Finch nahm das Gas zurück und die Nase des Jets herunter, glich seine Geschwindigkeit an die des Verkehrsflugzeugs an, das noch immer im Steigflug auf seine endgültige Reisehöhe war. Dann schob er sich langsam von hinten unter die Boeing. Er aktivierte den neuen Abstandsradar, der ihm die Entfernung zu der Linienmaschine in das Overhead-Display einspeiste.

Näher, immer näher rückte die Harrier dem Rumpf der Boeing. Endlich war Finch zufrieden, startete das neue Programm, das den Autopiloten, der zur Sicherheit in allen zweisitzigen Trainingsjets eingebaut war, mit dem Radar koppelte.

So brauchte Finch nur noch die Hände in den Schoß zu legen und warten, bis der richtige Zeitpunkt zum Abdrehen gekommen war.

Neunzig Minuten Tandemfliegen vom Feinsten, dachte er. Mit etwas Glück würde niemand den Jet am Radarschirm bemerken, sondern nur Flug FlexFlight 2116 auf seiner täglichen Route nach Kabul.

Mit etwas Glück, ging es Finch durch den Kopf. Aber hatte er sein Glück für heute nicht bereits aufgebraucht?

Im Hangar der Hindon Air Force Base klappte genau in diesem Augenblick einen Mann einen Laptop auf, starrte auf Google Earth und las die Koordinaten, die der britische Pilot in die Suchmaske eingegeben hatte. Sorgfältig notierte er die Zahlenkolonnen, dann löschte er den Suchverlauf, beendete das Programm und fuhr den Computer wieder herunter. Nachdem er sich in dem leeren Hangar umgesehen hatte, aber niemanden entdecken konnte, griff er zu seinem Mobiltelefon und wählte die gespeicherte Nummer.

Vorwahl 0092.

Für Pakistan.

Samstag, 18. Mai 1935, Bovington Militärbasis, Dorset / Großbritannien

Was um Gottes willen hatte er im Hindukusch gesucht?

Majors kratzte sich am Kopf. Er war gestern neben dem Krankenbett von Shaw eingeschlafen, auf diesem unbequemen Stuhl, der zum Militär passte. Er war hart, gradlinig, und nicht mehr der Jüngste.

Aber vor allem unbequem.

Dem Colonel taten alle Knochen weh, und er streckte sich stöhnend, bevor er ans Fenster trat und auf den betonierten Exerzierplatz hinausschaute, auf dem die Pfützen immer größer wurden. Nun regnete es bereits seit zwei Tagen, und wie es aussah, würde es auch nicht so bald wieder aufhören.

Eine Krankenschwester betrat leise den Raum, sah kurz nach dem Patienten und nahm beim Hinausgehen die Reste des Frühstücks mit.

»Mischen Sie eigentlich immer Brom in den Feigenkaffee?«, erkundigte sich Majors bissig, bevor die Schwester die Tür hinter sich zuziehen konnte.

»Sie brauchen ja nur Tee zu trinken, wie alle hier«, erwiderte die Schwester schnippisch und verschwand.

Was hatte er im Hindukusch gemacht?

Majors zog den Artikel der *Times* hervor. Das renommierte Blatt hatte anlässlich des schweren Unfalls und der Nachrichtensperre Shaws Lebensgeschichte ausgegraben und servierte sie seinen Lesern nun in kleinen Häppchen. Majors runzelte die Stirn und las: »Als er aus Arabien nach England heimgekehrt war, versank Lawrence in Depressionen. Nach einem kurzen Zwischenspiel als Diplomat und Berater bei Kolonialminister Winston Churchill meldete er sich 1922 als einfacher Soldat zur Royal Air Force (RAF) – ein gigantischer Akt der Selbstbestrafung.«

Tatsächlich? War das so? Oder war es eine weitere Fassade, die Lawrence alias Ross alias Shaw hochzog? Wollte er nicht einfach nur aus dem Scheinwerferlicht der Öffentlichkeit verschwinden, um in Ruhe durchziehen zu können, was er geplant hatte? Ließ er sie nicht vielleicht alle im Irrglauben, der große Lawrence of Arabia sei die Bescheidenheit in Person, reihe sich widerspruchslos in die Ränge der Air Force ein – und verschwand dadurch in einer selbstgewählten Grauzone, in der ihn niemand kontrollieren konnte?

»Du warst schon immer ein schlauer Fuchs«, murmelte Majors. »Du hast sie alle getäuscht, an der Nase herumgeführt, ihnen das gegeben, was sie wollten – eine lebende Legende. Und dann bist du verschwunden, hast dich in Luft aufgelöst wie ein arabischer Geist, wieder einmal den Namen gewechselt, wieder eine andere Uniform angezogen und aus dem Burnus einen Morgenmantel schneidern lassen. Und wie praktisch – gleich bei der Royal Air Force, der ersten Luftwaffe der Welt, einen ruhigen Platz gefunden. Selbstverständlich konnte sie ihrem berühmtesten Soldaten keinen Wunsch abschlagen. Genauso wenig wie später das Panzerkorps hier in Bovington.«

Majors war versucht, ans Bett zu treten und den dünnen Körper zu schütteln, immer und immer wieder, bis Shaw seine Geheimnisse ausspuckte. Aber das würde wohl nie passieren. Lawrence of Arabia würde nie mehr reden. Sein Zustand hatte sich verschlechtert. Es war nur mehr eine Frage von Stunden.

Aber was zum Teufel hatte er im Hindukusch gemacht? Majors stellte sich die Frage zum hundertsten Mal. Im Verlauf der letzten siebzehn Jahre hatte er alle Unterlagen, Briefe und Akten gesichtet, deren er habhaft werden konnte. Er hatte Shaw beobachtet, wann immer er nur konnte. Als Leiter der »Cleaners« hatte er viele Möglichkeiten, es standen ihm auch jene Türen offen, die allen anderen verschlossen blieben. Und trotzdem ...

Im Jahr 1928 war aus dem Soldaten John H. Ross der Soldat T. E. Shaw geworden, eine Reverenz an seinen alten Freund, den Dichter und Schriftsteller George Bernard Shaw. Doch damit nicht genug. Lawrence ließ sich nach Wasiristan, eine abgelegene Grenzregion, versetzen. Die RAF hatte damals zum ersten Mal eine Evakuierung von Zivilisten aus Afghanistan aus der Luft unterstützt, mit Mann und Material, Piloten und Flugzeugen. Und dazwischen – Soldat Shaw, der sich wieder einmal einen neuen Deckmantel überwarf. »Um die Zeit sinnvoll zu nutzen, übersetzte ich dort Homers Odyssee neu aus dem Altgriechischen«, schrieb er an Charlotte Shaw, die Frau seines Freundes.

»Was für ein Schwachsinn!«, stieß Majors hervor und beugte sich zu dem Bewusstlosen hinunter. Sein Gesicht war nur Zentimeter von Shaws entfernt, und der Colonel spürte den Atem des Sterbenden, der stoßweise ging. »Du hast sie alle verscheißert, hast ihnen dein buntes Theaterstück schmackhaft gemacht, das operettenhafte Libretto aufgezwungen, sie an der Nase herumgeführt. Was hast du in dem Monat gemacht, als du im Hindukusch plötzlich verschwunden warst? Keine einzige Zeile in den Akten. Soldat Shaw meldet sich ab und taucht vier Wochen später wieder auf. Wo bist du in der Zwischenzeit gewesen, du alter Geheimniskrämer? Wohin bis du gefahren, mit wem hast du gesprochen, was – wolltest – du – herausfinden!?«

Die letzten Worte hatte Majors geschrien. Shaws Gesicht blieb unbewegt, aber die Tür flog auf, und eine der Wachen steckte alarmiert und besorgt den Kopf durch die Tür.

»Raus!«, brüllte der Colonel und fuhr herum. »Ich habe keinen von euch Simpeln gerufen!« Er fuhr sich müde mit der Hand übers Gesicht und schloss die Augen. Drei Nächte durchgemacht, bis auf zwei, drei Stunden Schlaf. Irgendwann musste er wieder einmal etwas essen und in einem Bett schlafen.

Irgendwann ...

Majors versuchte, seine Gedanken zu ordnen. Die Fotos und Unterlagen aus Clouds Hill hatte er in der vergangenen Nacht gesichtet, hatte aussortiert, Dinge vernichtet oder für seine persönlichen Aufzeichnungen beiseitegelegt, was auch nur den kleinsten Hinweis auf Shaws großes Geheimnis geben könnte. Zum Glück war bisher nur einer der Spezialisten aus London angereist, hatte den hohen Stapel Kisten mit großen Augen und hochgezogenen Brauen betrachtet und sich dann ein Hotel gesucht. Seitdem war er nicht mehr gesehen worden. Und Großhirn, dieser Streber vor dem Herrn, würde nie seine Finger und Nase in die Kisten stecken.

»Wenn du nicht so unglaublich verschlossen gewesen wärst«, brummte Majors. »Dieser Geheimhaltungsfimmel, diese Angst vor Menschen und Gefühlen, ständig warst du auf der Hut. Du hast es mir nicht leicht gemacht.«

Nur der Hindukusch passte nicht ins Bild von Lawrence-Ross-Shaw, das er im letzten Jahrzehnt so mühsam zusammengepuzzelt hatte, und das ärgerte den Colonel. Die vier Wochen stellten eine Unbekannte in seiner Gleichung dar. Eine der wenigen, die noch geblieben waren, nach der langen Recherche.

In den Papieren aus Clouds Hill war dazu nichts zu finden gewesen, im Haus nichts versteckt. Keine Fotos oder Aufzeichnungen, keine Notizen hinter losen Ziegeln oder in hohlen Balken ...

Es klopfte an der Tür, und bevor Majors »Herein!« rufen konnte, stand auch schon Andrew Morgan im Zimmer, der aussah wie ein begossener Pudel.

»Guten Morgen, Sir! Draußen regnet es in Strömen«, sagte er entschuldigend und schüttelte sich, dass die Wassertropfen nur so spritzten. »Meine Schuhe sind überflutet und der Mantel reif für die Mangel.«

»Lassen Sie mich raten – Sie haben Ihren Regenschirm vergessen.« Majors wies auf die Pfütze, die sich um Morgans Füße bildete. »Wenn das die Schwester sieht, lässt sie Sie strafexerzieren und über den Vorplatz robben, bevor Sie einen Schützengraben ausheben dürfen.«

»Wie geht es ihm?«, fragte Morgan, während er seinen Mantel über eine Stuhllehne drapierte.

»Nicht gut, meinen die Ärzte, und ausnahmsweise glaube ich ihnen«, antwortete Majors und suchte nach seiner Zigarettenpackung. »Wir werden heute hier verschwinden, Großhirn. Er wird nicht mehr aufwachen, ganz im Gegenteil. Die Spezialisten sind einhellig einer Meinung, was selten genug der Fall ist: Sie geben ihm noch vierundzwanzig Stunden, maximal.«

»Also keine Fragen, keine Antworten«, fasste Morgan zusammen. »Aber war das nicht zu erwarten, nach den schweren Schädigungen des Gehirns?«

»Glauben Sie nie bedingungslos an das, was Mediziner sagen«, erwiderte Majors, zündete sich eine Chesterfield an und inhalierte tief. »Das sind auch nur Mechaniker, manche mit mehr und die meisten mit weniger Talent. Und wenn sie etwas nicht erklären können, dann war es ein medizinisches Wunder.«

Morgan lächelte in sich hinein und fuhr sich mit der Hand durch seine nassen Haare. Dann trat er ans Bett und betrachtete Shaw nachdenklich. »Wenn er stirbt, dann nimmt er viele seiner Geheimnisse mit ins Grab«, sagte er, warf einen Blick auf die Fieberkurve, die eine Schwester aufgezeichnet und ans Fußende des Bettes gehängt hatte und zuckte die Schultern. »Er hat bestimmt nicht damit gerechnet, so brutal aus dem Leben gerissen zu werden, ohne Chance auf einen Abschied oder ein Testament.«

»Sie unterschätzen ihn schon wieder«, entgegnete der Colonel, der dicke blaue Rauchschwaden in die Luft paffte. »Ein Redakteur des *Evening Standard* hat heute früh hier angerufen. Er ist in Besitz eines Nachrufes, den Lawrence selbst entworfen, verfasst und ihm zugeschickt hat. Der Schreiberling wollte nur wissen, ob er ihn schon veröffentlichen könne.«

Morgan sah den Colonel überrascht an. »Er wollte wohl bis zuletzt das Bild der Legende pflegen«, murmelte er dann, »bis über seinen Tod hinaus.«

»Vielleicht wollte er einfach sicherstellen, dass nicht irgendwelche Dilettanten seinen Nachruf schreiben und dabei die Tatsachen verfälschen würden«, grinste Majors. »Lektion vier – nimm immer das Naheliegende an.«

»Und die Lektionen eins bis drei?«, wollte Morgan wissen.

»Traue niemandem, glaub nur das, was du siehst und denk schneller als die anderen«, zählte Majors auf und griff nach Mantel und Hut. »Kommen Sie, Großhirn, es wird Zeit, nach Hause zu fahren. Ich bin todmüde. Morgen ist Sonntag, und wenigstens einen freien Tag in der Woche haben wir uns verdient. Ich nehme Sie in meinem Wagen mit.«

Nach einem letzten Blick auf den Patienten verließen Colonel Frank Majors und Andrew Morgan das Krankenzimmer. Ihre Aufgabe war erfüllt.

Sie sollten T. E. Shaw nie wiedersehen.

»Krögers Brötchen«, Frankfurt-Sachsenhausen / Deutschland

»Der Bentley ist tatsächlich auf einen Trust auf den Cayman Islands zugelassen.« Martina Trapp legte ihr Handy beiseite und blinzelte in die tiefstehende Sonne, die zwischen zwei Häusern auf den kleinen Vorgarten der Bäckerei schien. Dann griff sie nach ihrem Becher Kaffee.

»Das war mir klar.« Thomas Calis schmierte resigniert noch eine Lage Himbeermarmelade auf sein Brötchen. »Die Sicherheit von Blondschopf kam nicht von ungefähr. Der ist aalglatt und hat sich schon aus ganz anderen Situationen herausgewunden, nehme ich an. Er wollte in Erfahrung bringen, was ich weiß und mich zugleich wissen lassen, dass mich das alles gar nichts mehr angeht. Motto: Fahren

Sie nach Hause und seien Sie froh und glücklich, wir haben schon alles erledigt.«

Trapp und Calis hatten den einzigen Tisch in dem handtuchgroßen Garten vor der Bäckerei belegt, fünf Minuten, nachdem die aufgesperrt hatte. Die Brötchen waren noch fast heiß und der Kaffee frisch und stark.

»Und Sie meinen, er war es, der den Anschlag in Auftrag gegeben hat?« Trapp sah über ihren Becher hinweg einem Autofahrer zu, der es nach dem dritten Anlauf endlich geschafft hatte, seinen Ford Focus in eine Parklücke zu rangieren, in der ein Bergepanzer locker Platz gehabt hätte.

»Darauf verwette ich meinen Schrebergarten«, antwortete Calis. »Der macht sich zwar nicht die Hände schmutzig, aber er hat die Strippen gezogen, die Täter in kleine Stücke sprengen lassen und so alle Mitwisser beseitigt. Der Mann, der die Bomben anbrachte, hat wahrscheinlich nicht einmal gewusst, wie der Name seines Auftraggebers lautet und wen er da in die Luft jagt. Anonymer Job. Wurden die Opfer schon identifiziert?«

Trapp schüttelte den Kopf. »Wir haben ein paar verwertbare Fingerabdrücke nehmen können, aber sie sind nicht in der Kartei. Alles andere ist nicht mehr ...«

»Schon gut, verstanden, bitte, ich frühstücke gerade«, unterbrach Calis sie.

»Die Gerichtsmedizin hat übrigens eindeutig Tätowierungen nachweisen können. Eines der Worte könnte ›Patrizia‹ oder so ähnlich gewesen sein.«

»Patria«, verbesserte Calis sie. »›Legio patria nostra‹, die Legion ist unsere Heimat. Da haben wir die Bestätigung. Es waren die drei Legionäre, von denen mein Informant gesprochen hat. Passt auch mit dem zusammen, was Blondschopf gesagt hat. Tronheim war ein Kollateralschaden, er musste sterben, weil er den Schlüssel hatte. Dann drangen zwei der Täter in das Siemensgebäude ein, während der dritte die Rolle des Nachtwächters übernahm und eiskalt das Kreuzworträtsel weiterlöste. Nach wenigen Minuten war alles vorbei. Der richtige Nachtwächter saß wieder auf seinem Sessel, der Job war erledigt, die drei Exlegionäre wieder auf dem Weg nach Frankfurt.«

»Aber wieso Frankfurt?«, fragte Trapp zwischen zwei Bissen von ihrem Croissant. Sie sah müde aus, und ihre grauen Zellen waren noch nicht auf Betriebstemperatur.

»Vielleicht weil ihr Auftraggeber in Frankfurt sitzt und sie das, was sie bei Siemens rausgeholt haben, übergeben mussten«, dachte Calis laut nach. »Oder auch nur aus purem Zufall. Weil sie auf dem Weg zur Übergabe waren. Und unter Umständen jemand von dem Job erfahren und mehr geboten hat.«

»Könnte aber doch auch sein, dass die drei hier in der Gegend gewohnt haben«, gab Trapp zu bedenken. »In Frankfurt und Umgebung.«

Zeit, die Trumpfkarte auszuspielen, dachte Calis. »Einer der drei hatte einen Spitznamen«, meinte er wie nebenbei. »Er hieß Clown, weil ihm offenbar jemand mit einem scharfen Messer ein dauerhaftes Grinsen ins Gesicht geschnitten hatte. Angeblich ein Streit bei einem Einsatz in Afrika.«

Trapps Kopf ruckte herum, und ihre Augen hatten sich zu schmalen Schlitzen zusammengezogen, als sie Calis anfunkelte. »Davon hab ich gestern Abend aber nichts gehört.«

»Da hat Frau Oberschlau auch nicht daran geglaubt, dass es sich bei den drei Opfern um Legionäre und um die Täter aus Berlin handelt, wenn ich mich recht erinnere«, funkelte Calis zurück. »Nun hat leider der Kollege aus Berlin die Fakten.«

»Pffh ...!« Trapp presste die Lippen zusammen und sagte nichts.

»Aber wir arbeiten ja zusammen«, lenkte Calis lächelnd ein. »Wir könnten gemeinsam die Datenbank im Präsidium durchsehen, aber vorher würde ich gerne an den Tatort, wenn es Ihnen nichts ausmacht.« Er stand auf und ging in die Bäckerei, um zu zahlen. Als er zurück in den Vorgarten kam, lehnte Martina Trapp am Geländer des Eingangs und telefonierte.

»... nein, gar kein Problem. Wir fahren zuerst in die Arolser Straße, dann kommen wir ins Präsidium. Die Auswertungen der Sprengstoffexperten müssten auch schon auf meinem Schreibtisch liegen. Kollege Calis hat noch einen Hinweis aus Berlin mitgebracht, der uns vielleicht weiterhelfen könnte. Bis später!«

Zu Calis gewandt meinte sie: »Der Chef möchte mich sehen. Es scheint ziemlichen Druck von Seiten der Politik zu geben, und er

wirkt – nun sagen wir – etwas unruhig. Eine heftige Explosion in der Bankenstadt kommt in den Augen der gewählten Repräsentanten nicht so gut in den Schlagzeilen. Vor allem, wenn niemand eine Antwort auf die dringendsten Fragen hat: wer, warum und wieso ausgerechnet hier?«
»Immer dasselbe«, winkte Calis ab. »Presse, Öffentlichkeit, Politik, und alle wissen es besser. Fahren wir!«

In der Arolser Straße war wieder der Alltag eingekehrt. Nur noch vereinzelte Spuren auf dem Asphalt erinnerten an die Explosionen, die Brände und den Feuerwehreinsatz. Hie und da war das Holzgitter eines Vorgartens noch mit rot-weißem Absperrband geflickt, während die Schäden in den Beeten, durch die der brennende Anhänger seine Spur gezogen hatte, deutlich sichtbar waren. Eine wahre Spur der Verwüstung in der sonst so ruhigen Wohngegend.

Trapp fuhr ihren Mini bis ans Ende der Straße, vorbei an den hohen Wohnsiedlungen, die links und rechts in die Höhe wuchsen.

»An Augenzeugen dürfte es nicht gemangelt haben«, murmelte Calis nach einem Blick auf die zahlreichen Fenster.

»Viel zu früh für Spaziergänger und zu spät für Heimkehrer«, erwiderte Trapp und blätterte in einem kleinen Notizbuch, das sie aus ihrer Handtasche gezogen hatte. »Ideale Zeit für einen Anschlag, wenn man es so bedenkt. Alles schläft, die erste Explosion reißt die Anwohner aus dem Tiefschlaf. Verwirrung. Zweite Explosion. Also doch! Hastig aufstehen, ans Fenster rennen, es brennt! Aber was davor genau geschehen ist, das hat niemand gesehen. Gemeinsam mit zwei Kollegen haben wir zu dritt mehr als hundert Anwohner vernommen.«

Calis nickte stumm und schlenderte die Straße hinunter. Auf einer Grünfläche spielten kleine Kinder Fangen, bewacht von ihren Müttern, die sich unterhielten. Die größeren waren in der Schule, während die Hausfrauen die Zeit nutzten, um einkaufen zu gehen. Der Parkplatz des Supermarkts weiter unten an der Arolserstraße füllte sich mit den obligaten Kleinwagen in hellblau, weiß und erbsengrün. Während Trapp noch weitererzählte und von den Vernehmungen berichtete, schaute Calis hinauf, entlang der hohen Mauern mit den unzähligen Fenstern. Hunderte Schicksale, keine Antwort.

Wo war ihr Augenzeuge?

Bei so vielen Anwohnern musste es einfach jemanden geben. Einen schlaflosen Schichtarbeiter, eine Krankenschwester, die spät von der Arbeit nach Hause kam, einen Buschauffeur, der zur Frühschicht musste, wie sein Nachbar.

»Hören Sie mir eigentlich zu?«, fragte Trapp etwas indigniert und sah ihn forschend an.

»Immer wieder«, murmelte Calis entschuldigend. »Mit Hingabe.«

Ein älterer Mann mit Schiebermütze und einem Dackel an der langen Leine mühte sich humpelnd auf dem Gehsteig bergan. Cordhose an breiten Hosenträgern, kariertes Hemd. »Die Beckers sind umgezogen«, meinte Calis belustigt, froh, das Thema wechseln zu können. »Jetzt machen sie Frankfurt unsicher.«

Er ließ Trapp stehen und spazierte hinüber, aufmerksam beobachtet von dem Dackel, der jedoch nicht bellte, sondern nur das Bein hob und hingebungsvoll an eine Straßenlaterne pinkelte.

»Guten Morgen!«, sagte Calis und lächelte den Mann am anderen Ende der Leine an.

»Ach was! Gute Morgen gibt's schon lange keine mehr«, brummte sein Gegenüber und blickte dem Kommissar misstrauisch entgegen. »Arthrose, ein undichter Hund, der am liebsten nie nach Hause ginge, und eine Frau, die dafür nie rausgeht. Guter Morgen, sagten Sie?«

Calis lachte und streckte dem Spaziergänger die Hand entgegen. »Kommissar Thomas Calis von der Kripo Berlin. Wir untersuchen die Explosionen und das Feuer.«

»Was hat die Berliner Kripo damit zu tun?«, wunderte sich der Mann und kratzte sich am Kinn. Dann schüttelte er Calis' Hand. »Walter Neumann. Und diese inkontinente Fontäne auf vier Beinen ist Toni. Die Explosionen, sagten Sie? Ja, das war ein ordentlicher Krach. Hab ich mich erschrocken! Ich war im Treppenhaus und dachte, jetzt ist der Aufzug abgestürzt, und ich muss in den fünften Stock zu Fuß rauf.«

»Toni?«, fragte Calis und hob die Augenbrauen.

Neumann nickte unglücklich. »Klar, was sonst? Glauben Sie, ich bewege mich um halb vier Uhr morgens nur so zum Spaß? Die Zeiten sind vorbei.« Er wies mit dem Kinn auf den Dackel, der an Calis' Jeans schnupperte. »Der säuft abends absichtlich mehr, damit ich mitten in der Nacht mit ihm runtermuss.«

Martina Trapp trat dazu, und Toni widmete sich sofort den Beinen des Neuankömmlings.

»Kollegin Trapp von der Frankfurter Kripo«, sagte Calis und warf kurz einen Blick in die Runde. Auf der anderen Straßeseite johlten die spielenden Kinder vor Vergnügen. »Sagen Sie, Herr Neumann, waren Sie auf dem Weg hinaus, oder kamen Sie von der Erledigung der Geschäfte schon wieder zurück, als es knallte?«

»Ich war froh, wieder im Haus zu sein«, antwortete Neumann und zog Toni zurück. »Der Spaziergang davor war lang genug. Die halbe Arolser ist weggeschwommen, bevor der Herr da sich bequemte, endlich in Richtung Körbchen zu wackeln.«

»Ist Ihnen irgendetwas aufgefallen?«, wollte Calis wissen und ärgerte sich sogleich über die abgedroschene Phrase. Trapp verdreht jetzt sicher die Augen, dachte er. »Ich meine, um diese Zeit ist hier normalerweise tote Hose, oder?«, setzte er hinzu, um nicht ganz blöde dazustehen.

Neumann zuckte mit den Schultern. »Wie man's nimmt. Samstags kommen viele Jugendliche aus der Disco zurück, da röhren die Mopeds oder die aufgebrezelten Golfs die halbe Nacht. Aber sonst ist es ruhig hier.«

Toni sah Calis erwartungsvoll an. Sein Blick schien zu sagen »Läufst du noch 'ne Runde mit mir?«

»Da war so ein Wagen, ein großer, dunkler«, meinte Neumann zögernd. »Ich weiß, das klingt blöd. Aber der ist mir aufgefallen, weil er so geröhrt hat und es sonst ganz still war. Sportauspuff oder so. Und riesig groß. Ausgefallenes Modell.«

»Könnte es ein Bentley gewesen sein?«, versuchte es Trapp.

»Ein was?« Neumann schaute sie verwirrt an.

»Moment mal.« Calis griff zu seinem iPhone und rief Google auf. Bentley, Bilder, suchen. Wenige Augenblicke später hielt er Neumann das Telefon vor die Nase. »Könnte es der hier gewesen sein?«

Neumann nahm das Handy, betrachtete das Foto und reichte das

Telefon an Calis zurück. »Haben Sie vielleicht noch eins? So mehr von vorne aufgenommen ... Und womöglich in dunkel?«

»Klar.« Die Suche dauerte nicht lang. Bentley Mulsanne, schwarz.

»Ja, zu neunundneunzig Prozent, so einer war das«, bestätigte Neumann nach einem Blick auf das Display. Toni trippelte aufgeregt auf und ab.

Calis grinste zufrieden und konnte sich nicht zurückhalten, Trapp einen »So, Frau Oberschlau, wer hat nun die Fakten?«-Blick zuzuwerfen.

»Super! Sie sind unsere Rettung. Was genau war los mit dem Wagen?«

»Die sind an mir langsam vorbeigerollt, in Richtung Stadt. Weiter nach unten.« Er drehte sich um und wies mit der ausgestreckten Hand in Richtung Supermarkt. »Vorne saßen zwei, das hab ich gesehen, weil die Innenbeleuchtung an war, fragen Sie mich nicht, wieso. Hinten hat man nichts gesehen wegen der verdunkelten Scheiben.« Neumann schwieg, dachte nach. »Ich bin dann in Richtung Wohnung weitergegangen. Sie haben ja gesehen, so richtig schnell bin ich nicht gerade unterwegs. Eher im Rennschildkrötentempo. Als ich die Haustür aufgeschlossen hatte und diesen Quälgeist an seiner Leine einholte, weil er wieder mal nicht von der Straße wegwollte, da ist der Wagen zurückgekommen. Der Auspuff war nicht zu überhören. Waren vielleicht zehn, fünfzehn Minuten vergangen.« Er zuckte die Schultern. »Ich bin dann in den Hausflur, die ersten Treppen hoch und hab auf den Lift gewartet. Wenig später – bumm!«

»Irgendein Geschrei auf der Straße vorher? Eine Diskussion oder ein Streit?« Thomas Calis steckte sein iPhone wieder ein.

Neumann schüttelte den Kopf. »Nicht dass ich wüsste, jedenfalls hab ich nichts gehört. Nach den Explosionen bin ich zur Haustür zurück und hab mir das Spektakel angeschaut. Das war wie im Film. Auf Breitwand.«

Martina Trapp zückte ihr Notizbuch. »Darf ich Ihre Telefonnummer und die genaue Anschrift haben? Nur falls wir noch Fragen haben sollten.«

Während Neumann diktierte, beugte sich Calis zu Toni hinunter und streichelte ihn. Der Dackel legte sich auf den Rücken und wedelte begeistert mit dem Schwanz. »Kommen Sie, Herr Neumann, geben Sie mir die Leine, und ich laufe mit Toni einmal die Straße rauf und runter. Das macht ihm bestimmt Spaß.«

»Nur zu, Herr Kommissar«, sagte Neumann lächelnd und drückte Calis den roten Griff in die Hand. Toni sprang auf, jaulte kurz auf und sprintete los, Calis immer hinterher.

»Ein netter Kerl, der könnte öfter bei uns vorbeischauen.« Neumann nickte vor sich hin und schob seine Mütze in den Nacken.

»Gott bewahre«, murmelte Trapp und klappte das Notizbuch zu, als Toni laut bellend und immer wieder hochspringend mit Calis im Schlepptau um die Ecke verschwand.

> **30 km nördlich von Peschawar, pakistanischer Luftraum / Pakistan**

Die Boeing flog auf einer Höhe 34 000 Fuß, und abgesehen von ein paar Luftlöchern waren die letzten eineinhalb Stunden ereignislos verstrichen. Flug FlexFlight 2116 versprach pünktlich in Kabul anzukommen. Kapitän Johannsen hatte kurz nach dem Erreichen der Reisehöhe den Autopiloten aktiviert und hoffte inständig, dass der Militärjet unter ihm genügend Abstand hielt. Die Eilanfrage war über die dänische Regierung – selbstverständlich inoffiziell – an die Fluglinie weitergeleitet worden, und als ehemaliger Militärpilot hatte Johannsen schwer nein sagen können. Schließlich hatte die Neugier gesiegt. Solange die Passagiere nicht gefährdet wurden, spielte er gerne Mutterschiff für einen Engländer in einer Harrier.

Johannsen lehnte sich zurück und blickte auf die Uhr. Der Zeitpunkt der Trennung rückte näher.

»Ich möchte nicht in der Haut des Jetpiloten stecken«, meinte sein Co, als er ihre Position kontrollierte und aus dem Seitenfenster die weißen Berggipfel der Ausläufer des Hindukusch betrachtete, die sich im Dunst über den gesamten Horizont erstreckten. »Ein bodennaher

Flug durch die Täler hier – und du bist entweder tot oder reif für die Klapsmühle. Noch dazu, wenn dir jemand im Nacken sitzt und dich aus der Luft holen will.«

Johannsen lächelte. »Kommt drauf an, wie viele Tricks du im Ärmel hast und wie gut du fliegen kannst. Die werden bestimmt keinen Anfänger reinschicken. Aber eines ist richtig. Viel Zeit und Platz hast du da unten nicht, wenn es hart auf hart geht.«

John Finch kam sich vor wie auf dem Präsentierteller.

Er erwartete, jederzeit zwei Militärjets neben sich auftauchen zu sehen. Doch der Funkverkehr war den ganzen Flug über normal geblieben, Routinemeldungen mit gelangweilter Stimme in genuscheltem Englisch abgespult.

Zwei oder drei Mal hatte Finch gedacht, jetzt würde die Verkehrsmaschine einfach auf ihn drauffallen, wenn wieder einmal über den Tälern starke Turbulenzen die beiden Flugzeuge durchschüttelten. Aber das neue Computer-Programm hatte perfekt funktioniert, blitzschnell reagiert und die wendige Harrier stets im richtigen Abstand zur Boeing gehalten. Der gleichmäßige, lange Flug, der den Piloten zur Untätigkeit verdammte, zehrte zwar an Finchs Nerven, hatte aber auch etwas Gutes: Er schonte die Treibstoffreserven, und so waren die Zusatztanks der Harrier noch nicht einmal zur Hälfte geleert.

Finch hörte, wie der Kapitän der Linienmaschine sich von der pakistanischen Flugsicherung verabschiedete und im afghanischen Luftraum anmeldete. Gleichzeitig ertönte ein Piepen in seinem Kopfhörer, und ein blinkendes rotes Quadrat im Overhead-Display zeigte ihm an, dass es Zeit war, seinen Alleinflug zu starten.

»Genug Vorspiel. Ab auf die Tanzfläche mit uns«, murmelte Finch, beendete das Programm und ließ sich langsam zurückfallen. Die Boeing über ihm schien zu steigen, wurde immer kleiner. Mit einem energischen Zug am Steuerknüppel kippte Finch die Harrier nach rechts, zog sie in eine enge Kurve und richtete die Nase nach unten. Dann gab er Vollgas, und die Welt schien auf ihn zuzustürzen.

»Warum sehe ich diesen verdammten Hurensohn nicht auf dem Schirm?«, brüllte der Mann im weißen Hemd, lehnte sich vor und schlug mit der Faust auf den Tisch. Der Raum der militärischen Flugsicherung in Karatschi war überfüllt. Die Luft war stickig, und es roch nach Schweiß. Vor vier Stunden war die Klimaanlage ausgefallen, und seitdem versuchten ein paar provisorisch aufgestellte Ventilatoren die abgestandene Luft umzuwälzen. Dutzende Monitore leuchteten im Halbdunkel, vor denen uniformierte Fluglotsen normalerweise nicht nur die Einsätze der pakistanischen Air Force beobachteten und koordinierten, sondern auch versuchten, ungewöhnliche Flugbewegungen im Luftraum auszumachen. Alle hatten ihre Uniformjacken ausgezogen und die Hemdsärmel hochgekrempelt.

Dem Mann von der ISI stand der Schweiß auf der Stirn. Selbst als er sich das Gesicht mit einem fleckigen Taschentuch abwischte, ließ er den Radarschirm nicht aus den Augen. »Vorschläge irgendwer?«

»Vielleicht eine Falschmeldung – oder sie haben einen Stealth-Fighter geschickt«, meldete sich eine Stimme aus dem Hintergrund.

Der Geheimdienstmann fuhr herum. »Und der landet bitte wo? Im Fußballstadion unter Beifall der Zuschauer? Auf einer der Landstraßen zwischen zwei Serpentinen? Ich bin hier nur von Idioten umgeben! Entweder die Koordinaten, die uns aus Indien übermittelt wurden, sind absichtlich nicht richtig und sollen uns auf eine falsche Fährte locken. Oder ...« Er warf einen bösen Blick in die Runde. »... oder wir alle hier haben irgendetwas übersehen. Und dann gnade uns Gott.«

Während er auf die Erde zustürzte, flog Finch zahlreiche Rollen, um das Radarprofil der Harrier ständig zu verändern. Er hatte keine Ahnung, wie effektiv der neue Tarnanstrich war, den die Inder aufgetragen hatten. Er würde den Jet nicht unsichtbar machen, aber vielleicht Beobachter verwirren. Jetzt musste er vor allem so schnell wie möglich auf Tiefflughöhe gehen, um den Radarstationen zu entwischen.

Die Welt, die auf ihn zu kreiselte, sah aus wie ein unregelmäßig unterteiltes Schachbrett. Unzählige kleine Felder in jeder nur erdenklichen Grüntönung, unterbrochen von schmalen Wassergräben, Hecken- oder Baumreihen erstreckten sich unter ihm. Rechts lag die

Universitätsstadt Mardan, über der einige schneeweiße Wolken wie Schiffe auf einem grünen Meer segelten.

Finch nahm das Gas zurück und die Nase des Jets höher. Die ersten Ausläufer der Berge kamen rasch näher. Gespannt wartete er auf die ersten erregten Stimmen aus dem Äther, die ihn auffordern würden, sich zu identifizieren. Doch noch blieb alles ruhig.

Während er unruhig dem Funkverkehr lauschte, schaltete er die mit einem Ground-Profile-Mapping-System gekoppelte Navigation ein und wartete, bis sie die GPS-Koordinaten des Jets verarbeitet hatte.

Im Prinzip war die Darstellung, die er ab sofort ins Overhead-Display eingespielt bekam, nichts anderes als ein modifiziertes 3D-Kartenmodell mit vorgegebener Flugroute. Wenn die Harrier durch ein Hochtal schoss, dann zeigte ein grüner Pfeil die Möglichkeit an, in eines der Nebentäler abzubiegen und weiter in der richtigen Richtung zu fliegen. Ein roter Pfeil zeigte allerdings eine Sackgasse an. Dann würde Finch seine Deckung verlassen müssen und über die Bergkette hinwegfliegen – in das volle Sichtfeld der umliegenden Radaranlagen.

»Könnte ja sein, dass er mit einem Helikopter fliegt«, meldete sich einer der Fluglotsen zu Wort.

»Klar, oder er geht zu Fuß oder radelt in den Hindukusch«, ätzte der Geheimdienstagent der ISI und schüttelte den Kopf. »Viel zu langsam und bei der Distanz müsste er irgendwo auf halbem Weg tanken. Ihr Schlaumeier! Ich sehe es vor mir: Die nächste Tankstelle, und ein Hubschrauber kommt runter. ›Einmal Super voll, bitte.‹«

Er tippte sich an die Stirn. »Nein, was immer er vorhat, wenn er überhaupt da draußen ist, dann muss er schnell rein und schnell wieder raus, das ist seine einzige Chance. Wir haben eines gemeinsam – ein Zeitfenster von maximal drei Stunden.«

Er legte beide Hände flach auf den Schreibtisch vor dem Monitor, senkte den Kopf und schloss die Augen. »Warum hat unser Informant nur die Koordinaten durchgegeben?«, fragte er sich selbst. »Nichts weiter, nur die Zielkoordinaten. Ein Tal nördlich von Chitral, am Rande des Flusses, in der Nähe eines Hauses mit einem blauen Dach – da ist nichts und niemand außer vielleicht ein paar Ziegen und eine Autowerkstatt. Warum sollte da jemand mit dem Fallschirm abspringen?«

Seine Finger klopften rhythmisch auf die Tischplatte. Laut sagte er: »Wir haben einfach nicht genügend Informationen. Ich brauche eine sichere Leitung ins Hauptquartier. Sofort!«

Dreihundert Meter – zweihundervierzig Meter – zweihundert Meter – hundertfünfzig Meter.

Verbissen hielt Finch die Nase der Harrier unten. Der Boden kam immer näher, und er hatte den Eindruck, in die Landschaft einzutauchen und in wenigen Augenblicken einen Krater in die Felder zu schlagen. Dann zog er leicht am Steuerknüppel und die Sinkrate des Jets fiel drastisch.

Hundertzwanzig Meter – hundert Meter.

Angesichts der Bergketten und des schroffen Geländes, das vor ihm lag, würde ihm die automatische Terrainverfolgung nichts nutzen. Gutes, altes Fliegen von Hand war angesagt. Finch legte die Harrier in eine sanfte Linkskurve und donnerte mit 600 km/h über ein paar Feldwege und über Gruppen von Landarbeitern hinweg, die mit ihren Schaufeln und Piken auf der Schulter zu Fuß unterwegs waren.

Noch war die Landschaft weich und hügelig. Finch ließ den Jet bis auf achtzig Meter über Grund sinken, musste aber bald korrigieren, weil der Boden stetig anstieg. Karge graue Berge tauchten vor ihm auf wie eine imposante, unüberwindliche steinerne Barriere, die aus dem Erdboden zu wachsen schien. Sie würden Schutz vor den Bluthunden bieten, die sicher bereits seine Witterung aufgenommen hatten.

Jetzt hatte das Rennen tatsächlich begonnen.

Und es gab keine Option auf einen zweiten Platz.

»Sir! Ich habe ihn!«, rief einer der Fluglotsen aus dem Dunkeln und wies aufgeregt auf einen Punkt ohne Kennung auf dem Radarschirm, der sich schnell in Richtung Nordwesten bewegte. »Er fliegt parallel zur afghanischen Grenze! Abstand vielleicht vierzig oder fünfzig Kilometer. Das muss er sein!«

Der ISI-Agent sprang auf, hastete zu dem Fluglotsen und schaute ihm über die Schulter. Genau in diesem Moment verlosch der Punkt und tauchte nicht wieder auf. »Was zum Teufel ...«, zischte der Mann im weißen Hemd.

»Tiefflug unter hundertzwanzig Metern und verdammt schnell«, konstatierte der Fluglotse mit einem bewundernden Unterton. »Unsere Station in Sakhakot hat ihn verloren. In diesem Gelände glatter Selbstmord für alle, die nicht im Cockpit geboren wurden.«

»Wann bekommen wir ihn wieder auf den Schirm?«, fragte der Geheimdienstmann.

Der Fluglotse schüttelte den Kopf. »Gar nicht mehr, außer er macht einen Fehler. Wenn er in den Tälern bleibt, dann ist er unsichtbar.«

»Dann werden wir dafür sorgen, dass er einen Fehler macht!«, schäumte der Agent vor Wut. »Ich habe zwar noch immer keine Ahnung, was das soll und was er an den Zielkoordinaten abwirft, aber ich kriege ihn!«

Er stürmte mit großen Schritten durch den Raum zurück an seinen Platz und wies anklagend auf das Telefon. »Wo bleibt meine sichere Leitung, verflucht noch mal? Funktioniert hier eigentlich irgendetwas? Sofort Alarm an die Luftstreitkräfte. Wir müssen die Abfangjäger der Peshawar Air Base in die Luft kriegen! Haben wir einen AWACS über dem Gebiet?«

»Negativ«, ließ sich der Einsatzleiter vernehmen. »Ich weiß nicht, welche Schwadron derzeit in Peschawar stationiert ist und ob überhaupt Abfangjäger startklar sind. Wir befinden uns nicht im Krieg.«

»Dann finden Sie es raus, und zwar rasch!«, brüllte der Agent, bevor er sich in seinen Stuhl fallen ließ und das Telefon anstarrte. Als es endlich läutete, hob er aufatmend ab.

Der Einsatzleiter hatte ihn nicht aus den Augen gelassen. Als er sah, dass der ISI-Agent mit der Zentrale des Geheimdienstes telefonierte, zog er seinerseits verstohlen sein Handy aus der Tasche und wählte.

Der Anruf in Peschawar konnte noch ein wenig warten.

Als es am anderen Ende der Leitung läutete, begann er zu zählen. Nach dem sechsten Läuten legte er auf und wählte erneut. Diesmal ließ er es zweimal läuten, bevor er die Verbindung unterbrach. Schließlich wählte er ein drittes Mal. Sofort nach dem ersten Klingelton wurde abgehoben.

»Ja?«, meldete sich eine weibliche Stimme unverbindlich.

»Der Flug des Phönix ist pünktlich«, sagte er leise. Dann legte er auf.

> Sonntag, 19. Mai 1935, Bovington
> Militärbasis, Dorset / Großbritannien

Die Wolken sehen aus wie Wattebäusche, die sich von innen aufblasen, in den hohen Himmel wachsen, unentwegt ihre Gestalt verändern. Dreihundert Kilometer durch die Wüste. Weiße Schatten auf Kamelen, wie ein Spuk, immer weiter, keine Rast. Wind im Gesicht, brennender Wind direkt aus der Hölle Afrikas.

Heiß.

Unter dem blauen Himmel laufen Gleise durch die Steppe, winden sich wie Metallschlangen, dröhnen unter der Wucht der Räder. Wild brüllende Menschen stürmen vorwärts, eine Feuerzunge steigt auf, Schwellen und Schienenstücke schießen wie Schrapnelle durch die Luft, während gleichzeitig eine Steinfontäne emporwächst, die nur langsam wieder in sich zusammenfällt. Waggons entgleisen, Menschen schreien, Pferde wiehern. Ein Mann fällt, von zahllosen Kugeln getroffen, von der Plattform eines der Wagen. Während er herabstürzt, die Arme weit ausgebreitet, sieht er einen Moment aus wie Jesus, der vom Kreuz fällt.

Panoptikum der Farben.

Filmriss.

Blitze in einer rabenschwarzen Kammer, die kein Oben und kein Unten kennt. Lächerliche Gefühle, hinweggefegt von einer Welle aus Selbstmitleid. Trauer? Um wen?

Leben.

Film im Zeitraffer, rasende, sich verfolgende Bilder aus vier Jahrzehnten, ruhelos, wie eine Talfahrt in einer Seilbahn, deren Siche-

rungsseil gerissen ist. Oxford College und verstohlene Blicke auf die Kommilitonen, verbotene Berührungen. So frisch, so nah.
Lang vorbei.
Sonnige Tage in Oxford. Lachen und Spiele, keine Angst vor morgen. Afrika. Arabien. Hochgewachsene Gestalten, braune Haut. Und Karten, immer wieder Karten ...
Die Linien zerfließen, nehmen die Form von Dahoums Gesicht an, des geliebten, so heiß begehrten Dahoum. Kairo, die schwülen Nächte und die Angst, erwischt zu werden. Flucht durch dunkle Seitengassen. Das Lachen der Männer.
Akten bis zur Decke.
Stets aufs Neue Aktenberge und Karten, Berichte und Aufzeichnungen, dann die ersten seltsamen Funde. Hinweise.
Chinguetti.
Ungläubige Verwunderung, dann die fieberhafte Suche nach der Wahrheit.
Tod.
Beduinen, karge Berge, Guerillakrieg gegen die Türken. Hass. Gnadenlose Kämpfer in schwarzem Tuch, Blutrausch. Ekel. Gefangen bei den Türken, gefoltert, sein Blut auf dem Boden. Schmerz, elender Schmerz und Scham.
Trügerische Freiheit, billig verkauft.
Verramscht auf den Tischen der Diplomaten.
Das Kaleidoskop verlangsamte sich, kommt zum Stillstand. Wo ist er? Wer ist er? Ist er überhaupt noch? Rundum alles schwarz, kein Licht, keine Hoffnung, kein Laut.
Sinnlosigkeit des Lebens. Sinnhaftigkeit des Sterbens. Die Brough, schnell und laut und eine Verbündete im Wettlauf mit dem Wind.
Ein schwarzer Lieferwagen, das offene Fenster, die Hand mit der Eisenstange, vorbeihuschend. Schmerzexplosion. Das Tor zur Dunkelheit.
Schweben und gleiten. Das Tagebuch, gut versteckt. Zum Glück.
Chaos der Bilder.
Die Schlösser in Frankreich. Wunderschöne Tage. Endlos. Glücklich. Tempelritter und Katharer. Schatzsuche. Ruhm und Ehre. Lavendelgeruch. Kobaltblau. Blau ist gut.

Die Suche im Hindukusch. Tage und Wochen voller Kälte und Mühsal, stets auf der Hut.
Kalash.
Blaue Augen, wie die seinen. Leuchtend blau. Freundlich und gut.
Der letzte Stein im Mosaik.
Sieben Säulen. Das Manuskript. Der Diebstahl im Zug. Verzweiflung und Panik rasen erneut durch das schwarze Universum.
Sein Geheimnis. *Sein* Geheimnis.
Kälte.
Wie eine eisige Wand bewegt sich etwas auf ihn zu. Unaufhaltsam. So groß, so unglaublich mächtig. Es erfüllt den Raum, der doch grenzenlos ist. Spinnennetz der Kälte, kein Entkommen möglich.
Sich fallen lassen, davonspülen ins Meer der Endlosigkeit.
Ende der Zeit.

Es regnete noch immer in Strömen, als der Sarg mit Shaws Leiche wenige Stunden nach seinem Tod aus dem Militärhospital getragen, in eine Ambulanz geladen und in eine nahe gelegene Kapelle gebracht wurde. Die beiden Soldaten, die vor seinem Krankenzimmer sieben Tage lang gewacht hatten, hievten den in die britische Flagge gehüllten Sarg aus dem Auto und trugen ihn rasch in das bescheidene, kleine Kirchlein. Sie setzten ihn vor dem Altar ab, auf dem ein kleines, silbernes Kruzifix stand. Dann versperrten sie die Tür und bezogen erneut Wache.

»Wir bedauern, den Tod von Mr. T. E. Shaw (Lawrence of Arabia) berichten zu müssen, der knapp nach acht Uhr morgens gestern, am Sonntag, den 19. Mai im Wool Military Hospital in Bovington Camp, Dorset, eintrat. Mr. Shaw, der bis vor kurzem als Soldat in der Royal Air Force diente, war bei einem Motorradunfall vergangenen Montag schwer verletzt worden und hatte das Bewusstsein nicht mehr erlangt.
Tragisch ist, dass solch eine bemerkenswerte Karriere durch einen einfachen Straßenunfall beendet wurde. Wie es in einer offiziellen Erklärung heißt, wurde Mr. Shaws Gehirn durch den Unfall irreparabel geschädigt. Selbst wenn er den Kampf um sein Leben gewonnen hätte, wäre er für immer schwer behindert gewesen.
Mr. Shaw war siebenundvierzig Jahre alt.
Nach einer Post-Mortem-Untersuchung durch H. W. B. Cairns, einen Londoner Spezialisten, war folgende medizinische Erklärung abgegeben worden:

›Die Post-Mortem-Untersuchung zeigte so schwere Schäden an Mr. Shaws Gehirn, dass der Patient selbst nach einer Erholung nur mit Schwierigkeiten hätte sprechen können und so gut wie blind gewesen wäre. Angesichts der ungeheuren Energie und Rastlosigkeit Mr. Shaws mag das ein Trost für all jene sein, die bis zuletzt an seine Genesung geglaubt hatten.‹
Darüber hinaus wurde von offizieller Seite bekannt gegeben, dass das Begräbnis von Mr. T. E. Shaw, früher bekannt als Colonel Lawrence, am kommenden Dienstag, um 14.30 Uhr in der Kirche von Moreton, Dorset, stattfinden wird. Es wird lediglich eine einfache Zeremonie sein, von Blumen- und Kranzspenden ist abzusehen. Mit Ausnahme jener, die eine ausdrückliche Einladung vorweisen können, werden lediglich seine Familie und engste Freunde aus seiner Zeit in Afrika am Begräbnis teilnehmen. Es wird keine militärischen Ehren geben.
Zur Zeit seines tödlichen Unfalls arbeitete Mr. Shaw in seinem kleinen Cottage an einer Reihe von Übersetzungen. Es wurde mitgeteilt, dass er keinerlei neue Manuskripte von irgendwelcher Bedeutung hinterließ. Seine Bücher und persönlichen Unterlagen werden voraussichtlich einem Museum zur Aufbewahrung überantwortet und stehen nicht zum Verkauf.«
The Guardian, Montag, 20. Mai 1935

»Ich hatte gehofft, er würde aus der Pension zurückkehren, um eine führende Rolle bei der Abwehr jener Gefahren einzunehmen, die unser Land nun bedrohen. Kein schlimmerer Schlag hat das britische Empire in den letzten Jahren getroffen. Mit Lawrence haben wir einen der größten Männer unserer Zeit verloren.«
Premierminister Winston Churchill

Colonel Frank Majors schlug seinen Mantelkragen hoch. Dieser verdammte Regen! Außerdem hasste er Begräbnisse wie die Pest, und dieses hier bildete keine Ausnahme. Die graue Steinkirche St Nicholas in Moreton war schon trist genug. In diesem grauen unfreundlichen Wetter, mit den tiefziehenden Wolken und Regenschauern, die der Wind vom Meer her trieb, erschien sie Majors wie eine steingewordene Depression.

»Kein Tag zum Leben, kein Tag zum Sterben«, brummte er und zog sich den Hut tiefer ins Gesicht. Sein Regenschirm hatte schon vor einer halben Stunde den Kampf gegen die Windböen verloren. Also hatte sich Majors unter einen der umstehenden Nadelbäume gerettet, der allerdings auch nicht lange vor dem Regen schützte. Mit jedem Windstoß prasselten neue Tropfenkaskaden auf ihn herunter.

Warum war er nach Moreton gekommen? Aus professioneller Neugier? Weil er sehen wollte, wer dem Begräbnis beiwohnte? Oder war es eine Art nostalgisches Gefühl, das ihn hierhergeführt hatte? Wollte er sich von dem Mann verabschieden, dessen Geheimnis nun zu seinem geworden war?

Die kleine Prozession von der Kirche zum Grab war eine Aneinanderreihung von schwarzen Regenschirmen, die im Regen glänzten. Es roch nach nassem Efeu und frisch geschnittenem Buchsbaum. Der Sarg, nur mit einem Union Jack bedeckt, ohne Blumen und Kränze, sah etwas ärmlich aus. Als die letzten Angehörigen und Freunde in gemessenem Schritt vorbeigezogen waren, reihte sich Majors in den Trauerzug ein. Es war niemand dabei gewesen, den er kannte. Shaws Mutter fuhr nach wie vor auf einem Boot den Yangtse in China hinunter und hatte keine Ahnung, dass ihr berühmter Sohn gestorben war. Einer der beiden noch lebenden Brüder von Shaw war verhindert gewesen. Hatte Majors den anderen übersehen, oder war er einfach nicht gekommen?

Als die Totengräber den Sarg in das Grab hinunterließen, wartete der Colonel auf ein Schluchzen aus den Reihen der Trauernden. Doch da war nur Stille, Schweigen und das Hämmern der Regentropfen, die auf die Schirme trafen.

Majors blieb unter seinem Baum stehen, bis der letzte Trauernde gegangen war. Dann trat er an das offene Grab und blickte auf den einfachen Sarg hinunter, dem irgendwer eine einsame Rose nachgeworfen hatte. Der Regen rann ihm in den Nacken, kalt und unangenehm.

»Für dich ist das Spiel hier zu Ende«, sagte er leise, »aber ich halte die Fäden in der Hand, die du fallen gelassen hast. Hitler und die restliche braune Brut, das wäre sowieso nichts für dich gewesen, glaub mir. Besser, dass du nicht nach Berlin gefahren bist. Lawrence of Arabia hätte seinen Mythos verloren ...«

Majors zog Shaws alte Motorradbrille aus seiner Manteltasche und warf sie ins Grab. »Mach's gut, alter Junge«, sagte er und tippte mit zwei Fingern an die Hutkrempe.

Dann zog er die Schultern hoch, drehte sich um und stapfte durch den Regen davon.

7
DAS SCHLANGENNEST

> **Hochtal Rumbur, nahe Chitral,
> nordwestliche Grenzprovinz / Pakistan**

Chief Inspector Salam machte sich Sorgen. Nach seinem Telefonat mit Major Llewellyn hatte er auf dessen Anweisung das eingeschaltete Handy an der vereinbarten Landestelle liegen lassen. Versteckt zwar, als eine Art elektronisches Leuchtfeuer, aber trotzdem. Denn wer wusste, wie weit die ISI bereits war? Hatten sie seine Spur schon? Wenn der Geheimdienst die Gespräche in der Region mitschneiden ließ und nach dem Telefon suchte, dann würden sie das Handy finden und damit seinen Fluchtplan ein für alle Mal vereiteln. Aber das Risiko musste er in Kauf nehmen.

Nachdem seine beiden Leute nach Afghanistan aufgebrochen waren, war Salam im Licht des anbrechenden Tages durch das Dorf gestreift. An Schlaf war nicht mehr zu denken, im Gegenteil. Er war mit seinen Gedanken bei Kala und ihrem Vater, bei Zeyshan und seinen Männern.

Er hatte sich nicht getraut, das Handy ein weiteres Mal zu benutzen, nicht einmal, um seine Frau anzurufen. Er hoffte inständig, dass sie in Sicherheit war, weit weg von dem Wahnsinn dieses Geheimdienstkrieges.

Nachdem er von seinem Spaziergang zurückgekommen war, immer bewacht von den wachsamen Kalash-Kriegern, hatte er bis weit in den Tag hinein auf der kleinen Veranda des Hauses gesessen. Wohin hätte er auch gehen sollen? Wenn Zeyshan auf der Flucht war und dessen Vater tot, dann würde die ISI auch vermuten, dass sie irgendetwas mit Salams Flucht zu tun hatten. Und dann? Wussten sie bereits von dem Toyota, suchten sie danach?

Der Chief Inspector kam sich vor wie im Wartesaal eines einsamen Provinzbahnhofs. Ohne Fahrplan, ohne Ziel. Er würde den nächsten Zug nehmen, wann immer der kam, wohin auch immer der fuhr.

Doch die wichtigste Frage war – kam überhaupt ein Zug?

Er schaute auf die Uhr. Es war 15.30 Uhr, und die Sonne verschwand hinter den hohen Bergen. Wenn Llewellyn mit seiner Einschätzung und seinem Zeitplan recht hatte, dann würde es nicht mehr lange dauern. Allerdings hatte Salam keine Ahnung, was er machen sollte, falls der Plan des Majors schiefging. Über die Grenze nach Afghanistan? Salam, der Mann aus Lahore, kannte sich in den Bergen selbst nach zwanzig Jahren nicht annähernd so gut aus wie die Einheimischen. Sich stellen? Zurück nach Chitral und dem Wahnsinn ein Ende machen? Das würde einem Scheitern gleichkommen. Und den sicheren Tod bedeuten.

In diesem Moment trat eine der Wachen zu ihm und verneigte sich höflich. »Chief, Sie sollten besser den Toyota holen und ihn hier im Dorf in eine der weiter unten gelegenen Scheunen stellen. Wir haben gerade einen Anruf erhalten. Patrouillen sind von der Polizeistation in Chitral aus aufgebrochen und schwärmen aus. Irgendetwas Ungewöhnliches muss vorgefallen sein, weil es in der Stadt plötzlich zugeht wie in einem Ameisenhaufen. Besser, der Geländewagen verschwindet aus dem offenen Gelände.«

Salam nickte und stand auf. Er ärgerte sich darüber, dass er nicht früher daran gedacht hatte. Die Zweige hatten den Toyota während der Nachtstunden gut verborgen, aber ihn am hellen Tag neben Juans Hütte stehen zu lassen, hieß, das Schicksal herauszufordern.

Er nahm dem älteren, besorgt aussehenden Mann die Kalaschnikow aus der Hand. »Bleibt hier, es genügt, wenn ich alleine gehe«, sagte er und machte sich auf den Weg. Während er bergan stieg und immer wieder misstrauisch hinunter ins Tal blickte, auf den Lärm von Fahrzeugen lauschte, die von der Hauptstraße her in die Berge unterwegs waren, kam er sich vor wie ein Ausgestoßener, ein Fremder, der auf der Flucht war. Mit einem Mal war sein Land nicht mehr seine Heimat, sondern feindliches Territorium, in dem er jeden seiner Schritte gut überlegen musste.

Wie hatte die alte Frau heute Nacht gesagt? Die Rache der Götter ist furchtbar.

»Ich werde dafür sorgen, dass sie die Richtigen trifft, und wenn es das Letzte ist, was ich tue«, murmelte Salam bitter und lud das Sturmgewehr durch.

John Finch hatte die Harrier in eine langgezogene Kurve gelegt und donnerte auf die Berge zu. Vor ihm am Horizont bauten sich zerklüftete Wände auf, gekrönt von weißen Gipfeln im Hintergrund, während die sanften Hügel und grünen Felder immer weiter zurückblieben.

Der Jet raste durch ein breites Tal, das von zwei Wasserläufen gegraben worden war, die nun fast ausgetrocknet waren. Grauer Schotter bedeckte einen großen Teil des Talbodens, dazwischen Siedlungen; ein paar Felder und eine kleinere Stadt rasten unter ihm vorbei. Finch unterdrückte den Instinkt, am Steuerknüppel zu ziehen und den Jet hinauf in den blauen Nachmittagshimmel zu pfeilen, dem Irrgarten vor ihm zu entfliehen. Doch genau in diesem Augenblick zeichnete die Navigation den ersten grünen Hinweis auf das Display, Finch legte die Harrier wieder gerade und sah vor sich Bathkela, Thana und Shamozai, aufgereiht wie auf einer Perlenkette. Die drei Orte waren das Zeichen für ihn, sich auf den Abschied vom Haupttal und auf einen Routenwechsel vorzubereiten.

Da piepste es auch schon in seinem Kopfhörer, die Navigation meldete sich und der grüne Pfeil begann hektisch zu blinken. Das eingespiegelte 3D-Modell zeigte eine hundertsechzig-Grad-Kurve an, und Finch stellte die Harrier auf die Flügelspitze. Als er durch das Kabinendach vorausblickte, sah er die Hänge des Berges vorbeirasen, der Gipfel erhob sich hoch über ihm.

»Das ist wie fliegen mit Scheuklappen in einem Labyrinth«, murmelte der Pilot, hielt den Jet in der Linkskurve, kontrollierte den Höhenmesser und stellte erleichtert fest, dass auch das nächste Tal zwar leicht ansteigend, aber noch immer ziemlich breit war. Als die Harrier aus der Kurve herausschoss und die Bergwände hinter ihm verschwanden, schob Finch zufrieden den Gashebel nach vorne und drückte die Nase des Jägers noch etwas nach unten. Der grüne Pfeil wies geradeaus, und Finch schien es, als würde er in Baumhöhe über das fast gänzlich verlassene Tal rasen.

Wenig später sah er weiter vorn das graue Band einer Staatsstraße. »N45« spiegelte die Navigation in das Display ein, als hätte sie seine Gedanken gelesen. Zugleich begann der grüne Pfeil wieder zu blinken, diesmal nach rechts. Finch versuchte sich zu orientieren, sich die Flugroute ins Gedächtnis zu rufen. Unter ihm schlängelte sich ein

Fluss durch das Tal, von breiten Schotterterrassen gesäumt. An einem Durchlass vor ihm, eingekeilt zwischen zwei Bergketten, kam die N45 ganz nahe an das Wasser, das selbst von hier oben reißend und eiskalt aussah.

Für einen Moment überlegte Finch, die Geschwindigkeit zu reduzieren. Die Felsen schoben sich näher, und er fühlte sich wie in einem Computerspiel, das im Zeitraffer ablief. Starke Fallwinde kamen von den Bergen herunter, und die Harrier bockte und schüttelte sich.

»Wer bremst, verliert«, murmelte Finch, schwenkte über dem Fluss ein und legte den Jet in eine Steilkurve.

Als er den Durchlass hinter sich hatte und den Jäger wieder in die Horizontale brachte, erstreckte sich vor ihm ein weites Hochplateau mit einem atemberaubenden Bergpanorama von Vier- und Fünftausendern. Die afghanische Grenze zu seiner Linken war keine zwanzig Kilometer entfernt.

Einmal falsch abbiegen, und ich habe ein ernstes Problem, dachte Finch, während er den Radarwarner kontrollierte. Dann musste er lachen. Es mangelte ihm auch nicht an Problemen diesseits der Grenze. Ganz im Gegenteil.

Gegen das, was noch vor ihm lag, war bisher alles ein Kinderspiel gewesen.

Salam schlug einen Haken um den Platz von Shah Juans Hütte. Vorsichtig ließ er sich hinter einen Felsen zu Boden gleiten und beobachtete, die Kalaschnikow im Anschlag, den Waldrand und die Lichtung. Der Toyota stand nach wie vor, wo er ihn geparkt hatte, halb unter tiefhängenden Ästen verborgen.

Alles war ruhig, zu ruhig, dachte der Chief Inspector. Es war die Ruhe vor dem Sturm.

Misstrauisch wartete er einige Minuten, bevor er aufstand und zu dem Hilux hinüberlief. Als der Motor ansprang und in einen beruhigend gleichmäßigen Leerlauf fiel, atmete Salam auf, legte den Gang ein und wendete. Dann rollte er los in Richtung Dorf, über die schlechte, schmale Bergstraße, das Sturmgewehr auf seinem Schoß.

Der Wagen, der unmittelbar nach einer engen Kurve quer auf der

Fahrbahn stand und die Weiterfahrt versperrte, war der schwarze BMW X5. Seltsamerweise war niemand zu sehen. Salam machte eine Vollbremsung und griff zur Kalaschnikow. Da bohrte sich etwas Kaltes in sein Genick.

»Hände ans Lenkrad und langsam weiterfahren bis zum Wagen, Salam. Ob ich Sie hier und jetzt oder erst später erschieße, ist mir gleich. Also tun Sie besser, was ich Ihnen sage.«

> **Polizeipräsidium, Adickesallee 70, Frankfurt am Main / Deutschland**

»Und was nun?« Thomas Calis, eine Tasse mit lauwarmem Automatenkaffee in der Hand, lehnte im Bürostuhl hinter dem Schreibtisch von Martina Trapp und sah der Oberkommissarin erwartungsvoll entgegen.

»Sie haben es sich ja bereits bequem gemacht«, gab Trapp mit einem säuerlichen Gesicht zurück. »Wollen Sie nicht gleich hierbleiben? Sie können gut mit arthritischen Rentnern, sind ein verkannter Hundeflüsterer und haben sowieso immer recht. Passt perfekt in das Team hier. Dass Sie schwul sind, daran werden sich die Kollegen auch noch gewöhnen. Ich gehe inzwischen auf Urlaub, ohne Rückfahrschein.«

Der Kommissar warf Trapp einen giftigen Blick zu. »Das träume ich auch immer, wenn Frank wieder mal den Chef raushängen lässt«, winkte Calis ab. »So schlimm?«

Trapp zuckte die Schultern. »Der Bentley allein bringt uns nicht viel weiter. Blondschopf könnte den Wagen auch jemandem geliehen haben. Unser Zeuge hat niemanden erkannt, sondern nur bestätigt, dass es mehrere Mitfahrer gab und das Auto vor den Explosionen in der Arolser Straße war. Reicht nicht, um irgendjemanden im Speziellen zu überführen. Der Chef ist sauer und erwartet schnellere Ergebnisse. Oder zumindest einige handfeste Anhaltspunkte.«

»Haben Sie ihm vom Clown erzählt?« Calis leerte die Tasse, verzog angewidert das Gesicht und schüttelte sich theatralisch. »Das mit dem Kaffee mag ja ein Klischee in allen Fernsehkrimis sein, aber die wissen gar nicht, wie nahe sie an der Realität sind. Was für eine Brühe!«

»Klar habe ich ihm vom Clown erzählt«, antwortete Trapp. »Daraufhin meinte er – worauf warten Sie noch? Das war dann das Ende der Audienz.«

»Wir eilen, hasten, fliegen«, meinte Calis spöttisch. Er sah sich um. Regale im Einheitsgrau, der Kalender der Polizeigewerkschaft neben einem alten Plakat, das als Pinnwand fungierte, zwei Grünpflanzen undefinierbarer Natur. »Die Gemütlichkeit in diesem Büro hält mich jedenfalls nicht länger hier.«

»Ich bin erst vor zwei Wochen hier eingezogen«, sagte Trapp entschuldigend.

»Und die weibliche Note kommt noch nach.« Calis grinste. »Lassen Sie mich raten. Die rosa Herzchentapeten hatten Lieferzeit.«

»Blödmann«, entgegnete die Oberkommissarin, verdrehte die Augen und verschwand im Flur.

Der Kollege in der Erkennung sah aus wie ein frühzeitig gealterter Boxer, der zu viele Kämpfe verloren hatte und deswegen in eine tiefe Depression gefallen war, aus der er seit Jahrzehnten vergeblich wieder aufzutauchen versuchte.

»Hallo Martina!«, begrüßte er Trapp und betrachtete Thomas Calis mit einem zugleich neugierigen, wie auch gleichmütigen Dackelblick.

»Hi Bernie, lässt du uns kurz an den Computer? Das ist übrigens Kommissar Thomas Calis aus Berlin. Wie es aussieht, arbeiten wir am selben Fall.«

Bernie nickte nur und verschwand nach einem »Bedient euch« im Nebenraum.

»Nicht gerade eine Plaudertasche«, murmelte Calis, als er sich einen Sessel heranzog und sich rittlings neben der Oberkommissarin vor den Computermonitor setzte.

»Bernie ist ein Schatz«, antwortete Trapp und startete das Programm. »Hatte es nie leicht, ist aber immer hilfsbereit und gut drauf.«

»Dann will ich gar nicht wissen, wie er aussieht, wenn er schlecht drauf ist.« Calis wies auf den Bildschirm. »Wir haben keine Ahnung, wie unsere drei Legionäre aussahen. Wenn wir Pech haben, dann sind sie vorher noch nie mit dem deutschen Gesetz in Konflikt gekommen. Sie könnten in Frankfurt und Umgebung gewohnt haben, müssen aber nicht. Wir kennen keinen einzigen Namen, nur einen Spitznamen – Clown. Das reduziert die Suchmöglichkeiten.«

Trapp nickte, tippte Clown ein und drückte dann die Enter-Taste. Fünf Gesichter erschienen in einer Listenansicht. Ein Geldschrankknacker, der nach seinen Einbrüchen immer einen Zettel mit »Der Clown« hinterlassen und in der Zwischenzeit das Zeitliche gesegnet hatte. Ein Trio von Bankräubern, die bei ihren zahlreichen Überfällen stets Clownsmasken getragen hatten und noch bis 2022 hinter Gittern sitzen würden, und ein Zirkusartist, der als Clown verkleidet am Zelteingang unvorsichtigen Besuchern über Jahre hinweg die Geldbörsen aus den Taschen gezogen hatte. Nach seiner Entlassung aus der JVA Frankfurt Höchst war er mit unbekanntem Aufenthalt verschwunden. Ein Blick auf sein Geburtsdatum brachte allerdings auch hier die Ernüchterung: Der kleptomanische Clown war schon achtundsiebzig Jahre alt.

»Der lebt in einem bequemen Altersheim, irgendwo in der Sonne, wenn er nicht schon längst den gestohlenen Löffel abgegeben hat«, meinte Trapp und schüttelte den Kopf. »Der ist es auch nicht.«

»Oder er sitzt am Eingang bei Barnum & Bailey als Clown verkleidet im Rollstuhl und frönt seiner alten Leidenschaft«, witzelte Calis. »Und damit sind wir bereits am Ende der Weisheit des Computers. Das war ein kurzes Gastspiel.«

Nachdem sie noch »Legionär« in die Suchmaske eingegeben und ebenfalls keinerlei brauchbare Ergebnisse erzielt hatten, gingen ihnen die Optionen aus.

»Das war's dann wohl«, stellte Martina Trapp fest und schloss das Programm. »Das war kurz und bündig, aber so kommen wir nicht weiter. Wir kennen keinen Namen der drei Opfer, haben zwar einen Zeugen für den Bentley, aber nicht für die Insassen, und darüber hinaus einen Verdächtigen, dem wir nichts nachweisen können.«

Calis war aufgestanden und tigerte in dem kleinen Büro auf und ab. »Fassen wir kurz zusammen und lehnen wir uns aus dem Fenster. Drei Täter in Berlin, die in Frankfurt sterben, nachdem sie ihrem Auftraggeber das überreicht haben, wonach sie suchen sollten. Der fährt einen Bentley und hat vermutlich blonde Haare. Aber beweisen können wir weder, dass die drei Exlegionäre tatsächlich in Berlin waren, noch dass Blondlocke die Explosion in Auftrag gegeben hat und kurz vorher am Tatort war.« Er breitete die Arme aus. »Ich könnte also zurück nach Berlin fahren. Die mutmaßlichen Täter sind tot, ein Beweis wird sich wohl nie zweifelsfrei finden lassen. Case closed, wie die amerikanischen Kollegen sagen würden. Aber das wäre zu billig, und es widerstrebt mir, den Großkotz im Bentley so einfach davonkommen zu lassen. Also brauchen wir einen Plan B.«

»Darf ich Sherlock Holmes Calis auf einen weiteren Kaffee einladen, um die grauen Zellen wach zu halten?«, fragte Trapp und wies auf den Automaten im Flur.

»Niemals.« Calis schüttelte entschieden den Kopf. »Das würde ich als Anschlag auf meine Gesundheit werten. So sehr auf Koffeinentzug kann ich gar nicht sein. Ich hab eine bessere Idee. Wie viele Tattoo-Studios gibt es in Frankfurt?«

Trapp zuckte mit den Schultern. »Drei, vier große vielleicht und noch mal ein Dutzend kleine.«

»Dann raus hier und auf den Weg zu all den Artisten da draußen mit Nadel und Tinte. Möglicherweise brüht einer von denen einen starken, richtigen Kaffee.« Calis schnappte sich seine Jacke und war bereits aus der Tür, bevor Trapp ihn fragen konnte, was genau er sich von der Tattoo-Tour erwartete.

Die Liste der Studios war länger, als Calis vermutet hatte, und die ersten beiden Adressen erwiesen sich als Nieten. Weder hatten die Besitzer Legionäre als Kunden, noch hatten sie jemals eine jener Tätowierungen gesehen, von denen Colonel Lambert Calis erzählt hatte.

Nach einem Kaffee hatte Calis erst gar nicht gefragt.

Der dritte Laden lag in einer Seitenstraße der Mainzer Landstraße.

»Wenn das auch nichts wird, dann sollten wir die Strategie vielleicht noch mal überdenken«, bemerkte Trapp nach einem Seitenblick auf ein Café, das mit dem Plakat »mittelguter Kaffee 1 Euro« Ehrlichkeit suggerierte. »Die mag ja unter Umständen in Berlin funktionieren ...«

»Hat Frau Oberschlau Watson eine bessere Idee?«, wollte Calis wissen. »Wenn ja, ich höre.«

Der Rest des Weges verlief schweigend.

Es war ein kleiner Laden, der in seinem früheren Leben einmal eine Bäckerei oder eine Änderungsschneiderei gewesen sein musste. Vor der ziemlich leeren Auslage, wo einige der üblichen gezeichneten Vorlagen und Kundenfotos verblassten, parkte eine schwere Maschine, drinnen brannte ein fahles Licht. Calis stieß die Tür auf und musste grinste, als ihm ein bekannter süßlicher Duft in die Nase stieg und er das charakteristische Geräusch der Tattoo-Nadel hörte.

»Gott zum Gruß ...«, begann er.

»... und dem Teufel zur Ehr«, unterbrach ihn eine helle Stimme, die hinter einem Vorhang ertönte. »Setzt euch hin und nehmt euch etwas zu trinken. Der Kühlschrank ist voll. Ich bin gleich so weit.«

Dann begann wieder das Sirren der Nadel.

Calis blickte hoch und sah die Kamera, die den Verkaufsraum überwachte. Während Kollegin Trapp hinüber zu einer Schautafel wanderte, auf der Fotos der verschiedensten Tätowierungen zu sehen waren, durchsuchte der Kommissar den Kühlschrank.

»Red Bull oder Bier?«, fragte er die Oberkommissarin.

Doch die schüttelte nur stumm den Kopf.

Endlich schob sich der Vorhang zur Seite, und ein junger, schlaksiger Mann in Jeans und Totenkopf-T-Shirt erschien, zog sich die Einweghandschuhe aus und nickte Calis zu.

»Tattoo? Piercing?«, fragte er erwartungsvoll.

»Antworten«, meinte Calis und zog seinen Ausweis hervor. »Ich will jetzt nicht meiner Nase nachgehen, und wenn Sie ein Rasierwasser Marke schwarzer Afghane verwenden, ist mir das gleich. Nur damit wir uns richtig verstehen.«

Er blickte sich um und deutete auf die Schautafel. »Es geht um dreifachen Mord, und Tätowierungen spielen dabei eine wichtige Rolle.«

Der junge Mann pfiff durch die Zähne. »Mord und Tattoos? Geiles Thema. Legen Sie los, Herr Polizeigeneral.«

»Präsident genügt.« Calis grinste. »Schon mal legio patria nostra gelesen?«

»Ich war schon lange nicht mehr in der Kirche, wenn Sie das meinen«, antwortete der Junge und nahm sich ein Red Bull aus dem Kühlschrank. »Nicht so meine Welt.«

Trapp verdrehte die Augen zum Himmel.

»Dreieckiges Tattoo, Zahl der Kompanie und Symbole im Inneren, Schrift rundherum«, führte Calis geduldig aus. »Oder eine siebenflammige Granate, mit den Worten ›vouloir, croire et oser‹. Haben Sie so etwas schon mal gesehen?«

Der Tätowierer tippte mit der Kante der Dose gegen seine Zähne. »Is' Französisch, hm?«

Oberkommissarin Trapp winkte ab, tippte mit dem Finger verstohlen an die Stirn und machte sich kopfschüttelnd auf den Weg zum Ausgang.

»Is' gar nicht so lang her ...«

»Was?« Calis war sich nicht sicher, ob er den Jungen richtig verstanden hatte.

»Na da war dieser Typ da, seltsamer Vogel. Die Tattoos waren gut gemacht ...« Er nahm einen langen Zug aus der Dose.

Mit zwei Schritten war Trapp bei ihm und riss ihm die Red-Bull-Dose weg. »Geht das ein wenig genauer, oder hast du dir dein Hirn weggeraucht?«

Der Junge betrachtete die Oberkommissarin abschätzig, dann sah er Calis an. »Wo haben Sie sich die Tante denn eingetreten?«, fragte er. »Ist die immer so hektisch?«

»Hat 'n bisschen Druck ...« Calis ignorierte Trapps empörten Blick, trat an die Schautafel und versenkte die Hände in die Taschen seiner Jeans. Vielfarbige Tattoos auf geröteter Haut. »Erzähl mir von dem Typ.«

Der Junge sog die Luft zwischen den Zähnen ein. »Kein Weichei, eher einer von der harten Fraktion. Dem muss jemand mit einem Messer das Gesicht nachgezogen haben. Sah nicht gut aus. Das ständige Grinsen passte nicht zu den Augen.«

Bingo, dachte sich Calis und klopfte sich im Geist auf die Schulter. Laut sagte er: »Wie das?«

»Böse Augen, haben wohl zu viel gesehen. Irgendwie starr und leblos. Spooky. Dazu dieses Gesicht ...«

»Hmm.« Calis drehte sich um und lehnte sich gegen die Wand. Der Tätowierer nahm Trapp die Red-Bull-Dose wieder ab und leerte sie in einem Zug.

»Und die Tattoos?«

»Wirklich gut gemacht, aber schon vor einiger Zeit gestochen.« Der Junge wischte sich mit dem Handrücken über den Mund. »Das Dreieck – daran hab ich mich erinnert. Da war eine Eule drin und ein Drache und eine Zahl. Drumherum drei Worte. Auf dem anderen Arm hatte er die Granate, wieder mit drei Worten. Die haben's wohl mit der Drei.«

»Hat er was gesagt dazu?«, wollte Calis wissen.

»Hab nicht gefragt.« Der Junge schüttelte den Kopf. »Nein. Es gibt Kunden, da fragt man besser nicht. Der gehörte dazu.«

»Wann war er da, und was wollte er?«, mischte sich Trapp ein.

»Vor einer Woche etwa«, erinnerte sich der Tätowierer. »Und was er wollte? Etwas Seltsames. Der Typ hatte am Oberarm zwei gekreuzte Colts eintätowiert, Sie wissen schon, so Pistolen. Da sollte ich ihm eine zusätzliche Kerbe in den Griff tätowieren.«

Mit einem Mal war es still in dem kleinen Laden. Von draußen ertönte die Sirene eines Rettungswagens, die sich schließlich wieder im Verkehrslärm der Großstadt verlor.

»Wie viele waren da schon?« Trapps Stimme klang rau. »Ich meine Kerben ...«

Der Junge sah sie an, lange und nachdenklich. »Vielleicht zwei Dutzend«, antwortete er dann und fuhr sich mit der Hand durch die wirren Haare. »Ich sage ja, es gibt Kunden, da will man nicht mehr wissen.«

»Lass mich raten«, meinte Calis und stieß sich von der Wand ab. »Er bezahlte bar und war wieder weg.«

Der Junge nickte. »Bekam einen Anruf, zog sich währenddessen seine Lederjacke an und ließ seine Brieftasche liegen. Kam zehn Minuten später noch mal zurück, weil er es bemerkt hatte. Seither hab ich ihn nicht mehr gesehen.«

Der Kommissar stutzte, warf Trapp einen warnenden Blick zu und baute sich vor dem Tätowierer auf. »Noch mal, damit wir uns richtig verstehen. Mir sind dein Parfum und deine Tabakmischung scheißegal, das ist nicht mein Revier und nicht meine Abteilung, ja nicht einmal meine Stadt. Aber ich brauch den Typen. Unbedingt.«

Der Junge sah ihm starr in die Augen, nickte schließlich und blickte dann stumm zu Boden.

»Wolltest du es wissen? Warst du neugierig?«, bohrte Calis nach und drückte im Geiste alle verfügbaren Daumen, selbst die von Frau Oberkommissar. »Ausweis in der Brieftasche? Fotos?«

»Keine Fotos. War so'n französischer Name«, meinte der Tätowierer leise, »hab ich mir nicht gemerkt. Aber die Adresse auf dem Personalausweis. Nieder Kirchweg 115. Meine Tante wohnt in dem Plattenbau gegenüber. Deshalb ...«

> **Luftraum über der nordwestlichen Grenzprovinz / Pakistan**

»Follow N45«, stand auf dem Overhead-Display der Harrier, und der grüne Pfeil wies geradeaus. Als verbleibende Flugzeit bis zum Zielpunkt an der angegebenen Position zeigte der Bordcomputer neun Minuten an.

Alles war ruhig, viel zu ruhig, dachte Finch. Noch immer keine aufgeregten Stimmen im Funk, keine Aufforderung, sich zu erkennen zu geben. Sollte die Finte, dieser völlig skurrile Plan Llewellyns, am Ende doch gelingen?

Unter ihm raste das graue steinige Band der N45 vorbei. Daneben wand sich der Dir durch Täler, die mal breiter waren, sich mal mit einem Schlag zu einem schmalen Durchlass verjüngten, in dem Wasser und Straße ganz nah zueinander rückten. Der breite lehmbraune Fluss war mit der Zeit immer schmaler und klarer geworden, je weiter die Harrier in die Bergregionen des Hindukusch vordrang.

Ein einziger kleiner Fehler, und ich klebe an der nächsten Felswand, dachte Finch, als er den Jet in eine weite Linkskurve legte und die Geschwindigkeit etwas zurücknahm. Das war kein Gebiet für Tiefflüge mit einem Jäger, eher für beschauliche Trekkingtouren mit Geländewagen und Rucksack. Der grüne Pfeil blinkte weiterhin links, schnell und immer schneller, und Finch suchte verzweifelt nach dem Seitental, in das ihn die Navigation schicken wollte. Schmutzig graue

Lehm- und Steinhäuser mit Flachdächern hingen an den Berghängen wie Bienenstöcke, die jeden Moment abzurutschen drohten.

Wo war das verdammte Tal!?

Finch nahm noch mehr Gas weg und versuchte, durch das Glas der Pilotenkanzel zwischen den ewig gleich aussehenden Steinhalden etwas zu erkennen. Direkt vor ihm war nichts zu sehen, und der Pilot suchte weiter oben.

Der grüne Pfeil blinkte im rasend schnellen Stakkato.

Dann sah er das Hochtal, das sich wie ein Kar hundert Meter links über ihm im Berg öffnete. Instinktiv riss er die Harrier hoch, gab Vollgas und schoss steil in den Himmel. Die Landschaft unter ihm schien wegzukippen, die Berge schrumpften. Eine Sekunde später legte er den Jet auf den Rücken und flog eine Rolle.

Das Tal lag genau vor ihm.

»Da ist er wieder!« Der Mann am Radarschirm zeigte aufgeregt auf den grünlich leuchtenden Punkt, der kurz aufgeglüht war und nun wieder verschwand. »Er ist exakt auf Kurs.«

»Das möchte ich auch hoffen«, brummte der ISI-Agent und hob den Hörer ab. »Wenn schon die verdammte Luftwaffe tief schläft, dann sind wenigstens wir vor Ort. Wer immer dieses Flugzeug fliegt – er ist wahnsinnig, das steht fest. Und er muss einen Auftrag haben.«

Er wartete, den Blick auf den Schirm geheftet, bis sich sein Gesprächspartner am anderen Ende der Leitung meldete. »Was ist mit den Boden-Luft-Raketen? Gut. Bringt sie in Stellung und haltet euch bereit, ihr werdet nur eine einzige Chance bekommen, ihn herunterzuholen. Er fliegt wie der Teufel.«

»Shabbir Salam. Endlich.«

Der Mann, der mit verschränkten Armen zufrieden an der Tür des schwarzen BMW-Geländewagens lehnte, schaute dem Chief Inspector zu, wie er mit erhobenen Händen aus dem Toyota kletterte. Er war groß und dunkelhaarig, mit einem sauber getrimmten Oberlippenbart und einer verspiegelten Sonnenbrille, die seine Augen verbarg. Im Gegensatz zu seinen Männern trug er Zivil.

»Ihre Dienstfahrzeuge werden immer seltsamer. Aber machen Sie sich nichts draus. In wenigen Minuten werden Sie zu Fuß gehen – zur eigenen Hinrichtung. Alles andere wäre reine Verschwendung.«

Drei Männer mit Maschinenpistolen lehnten oder standen um den X5 und blickten Salam entgegen. Hinter ihm stieg der Bewaffnete aus dem Hilux, die Kalaschnikow im Anschlag.

Irgendwo schrie eine Eule.

»Leiten Sie diese ungeheuerliche Aktion?«, wollte Salam wissen und funkelte den Mann an, der ihn unbewegt musterte. »Hat man Sie geschickt, um alle Spuren zu tilgen? Das Kommandoteam war niemals da, es gab keinen Hubschraubereinsatz, und jetzt ist auch die verbrannte Leiche weg, der Obduktionsbefund unauffindbar und alle, die jemals damit zu tun hatten, verhaftet?«

»Oder tot«, gab der Mann ungerührt zurück. »Sie wissen doch, Chief, der Tod löst viele Probleme, löscht ganze Fragenkataloge und bereinigt Situationen aufs allerfeinste. Das sollten Sie doch bei der MI gelernt haben.«

»Da wäre dann noch eine Kleinigkeit – das persönliche Gewissen«, erwiderte Salam bitter.

Der Geheimdienstmann mit der Sonnenbrille legte den Kopf in den Nacken und lachte laut. »Gewissen? Was für ein antiquierter Begriff und unglaublicher Luxus«, meinte er dann, »genauer gesagt, verzichtbarer Luxus angesichts einer Situation, die uns sonst entgleitet.«

Er gab einem seiner Männer ein Zeichen. Der lud seine Maschinenpistole durch und kam näher. »Knien Sie sich hin, Salam. So stirbt es sich leichter.«

Der Chief Inspector warf seinem Gegenüber einen verächtlichen Blick zu. »Ich knie vor Allah und sonst niemandem. Sie werden mich schon im Stehen erschießen müssen ...«

»Es ist Winter, geh nicht in die Berge, steig nicht hinauf, wo die Feen dich holen werden ...«

Die alte Frau stand plötzlich mitten auf der staubigen Straße und ihr Lied, mit brüchiger Stimme gesungen, ließ alle Männner herumfahren.

»Was zum ...«, stieß der Agent in Zivil halblaut hervor und nahm die Sonnenbrille ab.

Die Alte kam immer näher.

»Doch im Frühjahr, zur Zeit der Schneeschmelze, da kommen sie ins Tal und helfen uns gegen das Böse ...«, sang sie und schien die Männer mit den automatischen Waffen nicht zu sehen. Sie ging an ihnen vorbei, als wären sie nicht da. Dafür fixierte sie den Mann am Geländewagen und blieb schließlich auf Armeslänge vor ihm stehen.

Ihr Gesang erstarb.

Es war totenstill.

Nur die Eule schrie noch immer.

»Du wirst sterben«, murmelte sie und blickte dem Agenten unverwandt in die Augen. »Bereite dich vor. Die Feen sind gekommen, um dich zu holen, als Rache für Shah Juan.«

»Und du hast den Verstand verloren, alte Frau«, erwiderte der Mann und verzog angewidert das Gesicht. »Die Kalash hätten bereits vor langer Zeit verschwinden sollen. Ihr seid ein Relikt aus längst vergangenen Tagen.«

»Denke an deine Seele und nicht an unser Volk«, gab die Alte ungerührt zurück. »Die Kalash wird es geben, solange die Sonne scheint, die die Kälte des Winters jedes Frühjahr aufs Neue besiegt und sie in die Berge verdrängt. Du jedoch hast nur noch einen Augenblick und nicht mehr. Bereite dich vor!«

Der Mann sah sie mit schief gelegtem Kopf an, seine Augen blickten ratlos. Mit einem Mal griff er wortlos in seine Hosentasche, zog ein Springmesser und ließ die Klinge hervorschnellen. Bevor Salam reagieren konnte, rammte der Mann es der alten Frau bis zum Heft in die Brust.

Sie wankte, aber sie fiel nicht. Es war, als seien ihre Züge aus Stein gemeißelt. Kein Schmerz, keine Überraschung zeichnete sich in ihnen. Ihre Stimme jedoch klang fester denn je, als sie dastand, das Messer in der Brust, und sagte: »Die Feen sind die Kriegerinnen der Götter. Und ihre Rache ist furchtbar.«

Dann, mit einem letzten Blick auf Salam, stürzte sie zu Boden.

Und die Hölle brach los.

Salven donnerten über die Straße, mähten die Bewaffneten um, rissen den Agenten von den Füssen und schleuderten ihn gegen den BMW wie eine Marionette. Er zuckte, und sein Körper bäumte sich unter zahlreichen Treffern auf. Ungläubig starrte er auf Salam, während er, das Hemd zerfetzt und rot gefärbt, an der Karosserie herunterrutschte und eine Blutspur hinterließ.

Mit lautem Knall zersprangen alle Scheiben des Geländewagens, zischend entwich die Luft aus den Reifen, dann wurde es gespenstisch still. Auf der Straße lagen die Soldaten regungslos in ihrem Blut. Von den Hängen der Berge wurde das Echo der Schüsse zurückgeworfen, wie eine Wiederholung des Grauens. Dann tauchten hinter den Felsen schwer bewaffnete Kalash auf, Handgranaten am Gürtel und die Gewehre im Anschlag.

Der Einzige, der inmitten des Chaos noch stand, war Shabbir Salam. Er zitterte am ganzen Körper, sah auf die sterbende alte Frau hinunter, ging in die Knie und nahm ihren Kopf in seine Hände. Er schien federleicht zu sein. Die traditionelle Kappe war ihr vom schlohweißen Haar gerutscht, das wie weicher Flaum aussah und im letzten Sonnenlicht leuchtete.

In seiner Verzweiflung fing Salam an zu weinen. Wohin er auch kam, überall warteten nur Tod und Verderben.

Die alte Kalash schlug die Augen auf, spürte die Tränen und lächelte.

»Weine nicht, Shabbir Salam, ich habe dir gesagt, ich werde Juan bald folgen. Nun ist es so weit. Geh du deinen Weg bis zum Ende und vergiss mich nicht. Ich bete zu den Feen, dir stets zu helfen.« Damit schloss sie die Augen, und der Chief Inspector spürte, wie ihr Körper erschlaffte.

Er bettete in einer letzten Geste des Respekts ihren Kopf auf seine Knie und begann zu beten. »Großer Gott, der du die Welt und mein Schicksal in deinen Händen hältst, verzeihe dieser Toten und mir.«

Plötzlich fühlte er eine Hand auf seiner Schulter und blickte auf. Neben ihm stand eine der Wachen und sah ernst auf ihn hinab.

»Sie müssen weiter, Chief, es sind nur mehr zwei Minuten bis zum Treffen am Fluss.«

Salam nickte, legte den Kopf der alten Frau behutsam in den Staub der Straße und erhob sich. Seine Knie zitterten noch immer. Noch nie war er mutloser gewesen als in diesem Moment.

Einer der schwer verletzten bewaffneten Soldaten am Boden stöhnte. Mit einem einzigen großen Schritt trat einer der Kalash neben ihn, legte die Kalaschnikow an und schoss ihm in den Kopf.

Der Chief wandte sich ab und machte sich auf den Weg, während die Tränen über seine Wangen liefen und er stumm zu einem Gott betete, der ihn offenbar vergessen hatte.

Die Gruppe von Männern, die zwei Tage zuvor Salams Haus in Schutt und Asche gelegt hatte, war nun damit beschäftigt, den leichten Raketenwerfer auf der kleinen Ladefläche ihres verstaubten und zerbeulten Geländewagens in Stellung zu bringen. Er konnte Boden-Luft-Raketen vom Typ »Anza« abfeuern, die Teil des pakistanischen Man Portable Air Defense Systems waren, das vor allem in gebirgigen Regionen zum Einsatz kam. Diese leicht zu transportierenden Boden-Luft-Raketen, die nach dem Vorbild des russischen Typs SA-14 Gremlin entwickelt worden waren und in Pakistan hergestellt wurden, verfolgten ihre Ziele mittels Infrarot-Wärmesuchkopf.

Sie galten als todsichere Waffe.

Während der russischen Angriffe in Afghanistan waren die von den Amerikanern an die Mudschaheddin gelieferten amerikanischen Stinger Raketen, in ihrer Konstruktion ähnlich den Gremlin, für einen Großteil der sowjetischen Verluste von Hubschraubern in Afghanistan verantwortlich gewesen.

Deshalb waren die Männer am Fluss siegessicher. Ihr Anführer kontrollierte zum letzten Mal die Koordinaten mit dem GPS-System, dann war er zufrieden.

»Haltet die Ohren und Augen offen, es kann nur mehr Minuten dauern, bis der Jet auftaucht. Lasst euch durch nichts ablenken. Visieren, feuern und am besten alle drei Raketen kurz nacheinander. Er darf uns nicht entkommen.«

John Finch hatte bei Ayun das Tal verlassen, dem er bisher gefolgt war, und war in ein noch höher liegendes, noch schrofferes Tal eingeflogen. Links von ihm ragten nun die Vier- und Fünftausender wie steinerne Riesen in die Höhe. An den Hängen, an denen er vorbeiraste, erstreckten sich spärliche Wälder zwischen menschenfeindlichen Steinlandschaften, die nicht von dieser Welt zu sein schienen.

Die Sonne stand tief, und die Hochtäler lagen alle bereits im Schatten. Die Harrier donnerte durch immer enger gewundene Schluchten. Das Fliegen wurde gefährlicher, je weiter der Jet in den Hindukusch vordrang. Die Schatten leuchteten bläulich und schienen nach der Harrier zu greifen.

Da blinkte ein neues Symbol im Overhead-Display auf, ein rotes Kreuz mit den geographischen Koordinaten darunter:

35°46'23.77" N – 71°41'38.40" E
Verbleibende Flugzeit 90 Sekunden
Peilsignal bestätigt

Der grüne Pfeil der Navigation zeigte nach vorne links, das Tal entlang.

Die ersten kalten Fallwinde aus den Bergen begannen den Jäger durchzuschütteln, als Finch das Gas herausnahm und die Düsen langsam nach unten schwenkte. Er hatte nur einen einzigen Anlauf. Sollte der nicht gelingen, dann würde das Triebwerk überhitzen und seine Reise würde hier und jetzt zu Ende sein.

Salam hatte den vereinbarten Treffpunkt, die Wiese am Fluss, erreicht und zündete die erste provisorische Fackel an. In der Ferne war ein leises Grollen zu vernehmen, wie entfernter Donner, und er begann zu laufen, immer schneller, entzündete hastig die nächste Fackel und stolperte weiter. Als alle vier lichterloh brannten und mehr Ruß als Flammen in die Luft schickten, sank er am Rand eines schmalen Weges ins Gras und blickte zum Himmel.

Was er sah, ließ seinen Atem stocken.

Wie ein Donnervogel aus archaischen Zeiten der Urwelt glitt ein Jet über den Fluss, schwenkte ein und schwebte für einige Augenblicke über dem Wasser. Dann schob er sich langsam näher, erreichte die Wiese und senkte sich punktgenau in die Mitte des von den brennenden Fackeln abgesteckten Gebiets.

»Wo zum Teufel bleibt er?«

Der Anführer der Gruppe gab dem Raketenwerfer frustriert einen Tritt und schrie ins Telefon: »Hier stimmt etwas nicht. Wir hören ihn nicht, wir sehen ihn nicht, er ist nicht da!!«

Der ISI-Agent in der militärischen Flugaufsicht presste den Hörer ans Ohr und vergrub den Kopf in seinen Händen. »Das ist unmöglich, verdammt noch mal. Er kann ja nicht vom Himmel verschwunden sein! Ihr müsstet ihn längst sehen! Er kann nicht einfach stehen bleiben oder unhörbar Kreise fliegen! Seid ihr auch an der richtigen Stelle?«

»Auf 35°54'46.41"N 71°48'49.59"E, nahe dem Haus am Fluss mit dem blauen Dach!«, erwiderte sein Gesprächspartner und starrte verzweifelt zum Himmel.

Der Einsatzleiter der Flugsicherung in Karatschi konnte ein Grinsen nicht verkneifen, als sich Verzweiflung und Enttäuschung auf dem Gesicht des ISI-Agenten abzeichneten.

Der Informant auf der Hindon Air Force Base hatte ganze Arbeit geleistet, als er die falschen Koordinaten an die ISI durchgegeben, damit seinen Auftrag verraten, seine Familie jedoch gerettet hatte.

Der Flug des Phönix war so gut wie geglückt.

John Finch atmete auf, als er spürte, wie die Räder der Harrier den Boden berührten und er die Turbine auf Standgas herunterfuhr. Er öffnete die Pilotenkanzel und sah einen Mann in abgerissenen traditionellen Stammeskleidern mit einer Leiter auf der Schulter auf den Jet zulaufen.

Sonst war weit und breit niemand zu sehen.

Gierig atmete Finch die Luft der Berge ein. Sie war kühl und würzig, roch nach frisch gemähtem Heu. Ein Hochgefühl durchströmte ihn. Der erste Teil seiner Aufgabe war geglückt.

Der Mann hatte die Harrier erreicht und lehnte vorsichtig die Leiter an das Cockpit.

»Mr. Shabbir Salam?«, schrie Finch aus vollem Hals, um die Turbine zu übertönen, und blickte erwartungsvoll hinunter zu seinem Passagier, der sich anschickte, die Leiter hochzusteigen.

»Mr. John Finch?«, kam es vom Fuß der Leiter zurück. »Schön, Sie zu sehen und das ist noch untertrieben!«

»Bleiben Sie etwas zurück, ich werfe die Zusatztanks ab, und dann sind wir unterwegs!« Finch wartete, bis der Mann zurückgetreten war und wieder ein wenig Abstand vom Jet gewonnen hatte, bevor er die beiden Knöpfe für die Zusatztanks drückte.

Die Metallbehälter fielen mit einem dumpfen Laut von den Flügelspitzen auf den Boden.

Einen Augenblick später geschah das Unfassbare: Die Turbine der Harrier verstummte mit einem letzten, leisen Fauchen.

Dann war es still, und nur noch das Rauschen des Flusses war zu hören.

Das Haus Nieder Kirchweg 115 war ein doppelstöckiges Wohnhaus mit rotem Dach, wie es Tausende in den deutschen Vorstädten gibt. Erbaut in den zwanziger Jahren des vergangenen Jahrhunderts und halbherzig restauriert in der hohen Zeit der Aluminiumfenster, hatten vermeintliche Graffiti-Künstler immer wieder hartnäckig ihre Spuren hinterlassen. Irgendwann hatte man es dann offenbar aufgegeben, die sinnlosen gesprayten Symbole zu entfernen. So lag der einstmals bürgerliche Bau nun mit seinen sechs Wohnungen und den meist heruntergelassenen Rollos vor den Fenstern eingezwängt zwischen einem Autohaus, einer Lackier- und einer Hobbywerkstatt. Die viel befahrene, vierspurige Ausfallstraße mit dem etwas schütteren Grünstreifen als Fahrbahntrennung direkt vor der Tür machte die Wohnlage im Südwesten Frankfurts auch um keinen Deut attraktiver.

Thomas Calis parkte seinen Golf auf dem Hof der Werkstatt, direkt neben der rostigen Leiche eines alten Opel Kapitäns unbestimmter Farbe, dem Scheiben und Räder fehlten.

»Wenigstens im Vergleich zu dem sieht meiner gut aus«, bemerkte er trocken und sah sich um. Der große gelbe Bau war zweigeteilt worden. Zwei Eingänge, zwei Hausnummern. Das sollte die Suche nach dem Legionär mit dem französischen Namen vereinfachen.

Trapp war bereits unterwegs zu dem weißen Klingelbrett, das unter der blauen Nummer 115 angebracht worden war, während Calis in Richtung Werkstatttor schlenderte, aus dem lautes Hämmern drang. An den sechs Hebebühnen in der Halle herrschte geschäftiges Treiben. In einem kleinen, modernen Büro nebenan, mit zwei Blondinen und einem kräftigen, ein wenig untersetzten Werkstattmeister hinter dem Tresen, wurde heftig und lautstark diskutiert. Zwei Kunden, ein junges türkisches Paar in Jeans und T-Shirt, schienen mit der Höhe der Rechnung unzufrieden.

Eine der jungen Frauen am Empfang sah Calis erwartungsvoll an. »Was darf's sein?«

Der Kommissar schob seinen Ausweis über den Tresen. »Ein paar richtige Auskünfte würden genügen«, lächelte er.

»Oh, Polizei«, sagte die junge Frau laut und wies auf den Mann mit den beginnenden grauen Schläfen, der in der fleckigen Latzhose irgendwie deplatziert wirkte. »Dann sprechen Sie besser mit dem Chef.«

Während sich das junge Paar überraschend schnell verabschiedete und verschwand, kam der Werkstattmeister um den Tresen herum. »Polizei? Gibt's irgendwelche Probleme?«

Calis schüttelte den Kopf. »Für Sie nicht, für mich schon. Wir suchen einen Mann, der im Haus da vorne wohnen soll. Nummer 115. Vielleicht ist er Kunde bei Ihnen, und Sie können mir mehr über ihn erzählen.«

»Warum gehen Sie dann nicht einfach hin und fragen ihn selbst?«, erkundigte sich der Chef irritiert.

»Weil er nichts mehr sagen kann«, antwortete Calis einfach und ließ den Satz einsinken. Schließlich nickte der Mann in der Latzhose und winkte Calis, ihm zu folgen.

Die kleine Kaffeeküche zwischen Empfang und Werkstatthalle war sauber und aufgeräumt. »Die zwei neugierigen Zicken brauchen nicht alles mitzubekommen«, brummte der Chef, als er die Tür hinter Calis schloss. »Sie sind aber nicht von hier?« Es klang wie eine Feststellung.

»Berlin, Mordkommission.« Calis legte den Ausweis erneut auf den langen Tisch, der die Kaffeeküche ausfüllte, doch der Mechaniker winkte ab.

»Sie sehen zwar nicht so aus, aber ich glaub's Ihnen trotzdem«, brummte er und ließ sich ächzend auf eine der Holzbänke fallen.

»Also, was ist passiert, und um wen geht's?«

»Deutscher mit französischem Namen, ehemaliger Angehöriger der Fremdenlegion, mit jeder Menge Narben im Gesicht. Spitzname der Clown«, zählte Calis auf und setzte sich auf die Bank gegenüber. »Auffällige Tätowierungen an beiden Armen ...«

»Fährt einen Opel Insignia«, ergänzte der Mechaniker tonlos und sah den Kommissar seltsam an. »Sein Name ist ... war Erneste Lacroix. Früher hieß er Ernst Kreutzer, aber ...«

»... ich weiß, ich kenne die Regeln der Legion inzwischen«, unterbrach ihn Calis. »Woher kannten Sie ihn?«

Der Werkstattchef blinzelte ein paar Mal, krempelte wortlos den linken Ärmel hoch, bis die Tätowierung einer siebenflammigen Granate sichtbar wurde. »Von früher«, sagte er einfach. »Ernst und ich waren in derselben Kompanie: Les Zenturios, stationiert in Französisch-Guyana, spezialisiert auf Dschungelkampf. Wir zogen gemeinsam durch Kolumbien, Peru und Venezuela. Dann ging es in den Kosovo und zu Spezialeinsätzen nach Afghanistan, nach Marokko und Algerien, in die Westsahara und den Senegal, bevor wir abgerüstet haben. Das ist auch der Grund, warum Ernst hier wohnte. Die Haushälfte da vorne gehört mir, und ich vermietete ihm die kleine Wohnung unter dem Dach.« Er starrte auf die Tischplatte mit den vielen schwarzen Zigarettenspuren. »Naja, vermieten ist zu viel gesagt. Ernst hat hier sein Quartier aufgeschlagen, wie er es immer nannte. Er hatte es nicht leicht, müssen Sie wissen. Vielleicht hätte Ernst dabeibleiben sollen.«

»Bei der Legion?«

Der Chef nickte. »Hat sich nie richtig zurechtgefunden im Zivilleben, war nie ganz da, immer mit seinen Gedanken woanders. Im Dschungel, in den Bergen, im Krieg. Manchmal saß er stundenlang auf einer Bank, da vorne, auf der anderen Straßenseite, und starrte vor sich hin. Oder er soff bis zur Bewusstlosigkeit. Hatte keinen Halt mehr, ohne die Kameradschaft.«

In der Halle hörte plötzlich der Lärm auf, und Calis sah durch die etwas angestaubte Scheibe der Kaffeeküche, wie Oberkommissarin Trapp suchend zwischen den Hebebühnen und den Schraubern unterwegs war.

»Die gehört zu mir, naja, fast«, sagte Calis nach einem fragenden Blick des Werkstattleiters. »Wann kam Kreutzer auf die schiefe Bahn?«

»Ich nehme an, als er die beiden anderen traf, vor rund sechs Wochen«, meinte der Chef nachdenklich und fingerte eine Zigarettenpackung aus der Brusttasche. »Waren ebenfalls Deutsche, auch aus der Legion, aber ...« Er brach ab und zündete sich eine Gauloise an.

»Es gibt solche und solche«, kam ihm Calis zu Hilfe.

»Genau. Die beiden waren aus Afrika gekommen, hatten bei Söldnerjobs in Mali und Nigeria jede Menge Geld verdient. Aber nach einigen Runden an den falschen Spieltischen und ein paar Wochen in den richtigen Bordellen war wenig später der ganze Zaster genauso schnell wieder weg. Die waren dauernd knapp, aber arbeitsscheu wie die Zigeuner. Ich konnte sie nicht ausstehen.«

»Aber Kreutzer ...« Der Kommissar stand auf und klopfte an die Scheibe, um Trapp, die sich suchend umschaute, auf sich aufmerksam zu machen.

»Für Ernst waren sie eine Nabelschnur zu seiner Vergangenheit, zu besseren Zeiten«, erklärte der Chef und wies auf seine Latzhose. »Ich bin ja etabliert, habe einen Beruf, Familie. Die beiden aber sprachen dieselbe Sprache wie Ernst, hatten die gleichen Erinnerungen, dieselbe Vergangenheit, dieselbe Rastlosigkeit wie er. Vielleicht waren sie auch ein Stück weit das, was Ernst gerne gewesen wäre.«

Calis sah sein Gegenüber fragend an. In diesem Moment stieß Trapp die Tür auf und runzelte die Stirn, als sie die beiden Männer an dem Tisch sitzen sah. Dann rutschte sie wortlos neben Calis.

»Hart, kompromisslos, brutal, wie immer Sie es sehen wollen.«

»Aber die Narben ...?«, warf Calis ein.

»Die stammten von einer verschmähten Liebhaberin in Französisch-Guyana, die befand, wenn Ernst sie schon nicht haben wollte, dann sollte ihn keine andere haben, und dann das Rasiermesser ansetzte«, winkte der Chef ab. »Hatte nichts mit einem Einsatz zu tun. Was ... wie ist das eigentlich mit Ernst passiert?«

»So wie es aussieht, hat er den falschen Job angenommen«, antwortete Calis und wies auf seine Kollegin. »Das ist übrigens Oberkommissarin Trapp von der Frankfurter Kripo. Wir arbeiten zusammen an dem Fall, nur manchmal an verschiedenen Enden. Wann haben Sie Kreutzer zuletzt gesehen?«

»Ist schon ein paar Tage her«, antwortete der Werkstattleiter und nickte Trapp zu. »Er holte seinen Wagen vom Hof und meinte, er wolle nach Berlin, ein paar alte Kameraden treffen.«

»Wir hätten gerne die Schlüssel zu seiner Wohnung«, sagte Calis und streckte die Hand aus. »Sie können natürlich warten, bis wir uns einen Durchsuchungsbefehl beschafft haben, aber ...«

»Suchen Sie nach ...« Der Chef rang nach Worten. »... seinem Mörder?«

»Und nach den Hintermännern«, bestätigte Calis.

»Dann warten Sie einen Augenblick, ich gehe die Schlüssel holen.« Damit verschwand er in der Halle mit den Hebebühnen.

»Apropos warten – Sie hätten ruhig auf mich warten können«, schnappte Trapp mit einem funkelnden Blick auf Calis.

»Ich unterhalte mich lieber mit Menschen als mit Klingelschildern, aber vielleicht ist das wieder eine meiner antiquierten Berliner Methoden«, gab Calis gleichmütig zurück. »Wo wollten Sie denn klingeln, und was genau haben Sie erwartet? Eine kleine Trikolore neben dem Klingelknopf? Die Marseillaise als Klingelton? Und den Geist der Legion, der Ihnen öffnet?«

»Vielleicht eine Familie mit Frau und Kindern?«, erwiderte Trapp giftig. »Schon mal daran gedacht?«

»Ich habe die Berichte der Spurensicherung und des Gerichtsmediziners auch gelesen, und da stand nichts von Eheringen. Selbst nicht auf den spärlichen Überresten«, erinnerte Calis sie.

»Es gibt auch Lebensgemeinschaften – ach, was diskutiere ich überhaupt mit Ihnen!« Sie stand auf und stürmte aus dem Raum, ohne den Kommissar eines weiteren Blicks zu würdigen.

> Hochtal Rumbur, südlich Chitral,
> nordwestliche Grenzprovinz / Pakistan

Die Stille, die nach dem Aussetzen der Turbine herrschte, traf Finch wie ein Faustschlag. War er Minuten zuvor noch siegessicher gewesen, so machte sich nun der bittere Geschmack der Niederlage breit. Obwohl er wusste, dass es zwecklos war, kontrollierte er fieberhaft die Instrumente. Die Tanks waren voll, alle Werte der Turbine standen auf »Go«, kein einziges Warnlicht leuchtete.

Die Harrier hatte ihn einfach im Stich gelassen.

Zum falschen Zeitpunkt, am falschen Platz.

Salam näherte sich mit unsicheren Schritten, blieb am Fuß der Leiter stehen, unschlüssig, was er nun machen sollte. Er sah, wie Finch hoch konzentriert die Instrumententafel des Jägers betrachtete, dann resigniert den Helm abnahm und einige Schalter umlegte, bevor er die Funkverbindung absteckte und die Sicherheitsgurte löste.

»Was ist los?«, rief der Chief Inspector verwirrt zur Kanzel hinauf. Schnell warf er einen Blick über seine Schulter hinauf zum Dorf. Noch war alles ruhig, und außer den drei Kalash, die seinen Abflug beobachten wollten, war niemand zu sehen. Aber waren nicht bewaffnete Patrouillen von Chitral in alle Richtungen ausgesandt worden?

»Wir sind gestrandet«, antwortete Finch, »und ich muss ehrlich zugeben, ich weiß nicht warum.«

»Was soll das heißen, gestrandet?« Salams Gedanken weigerten sich, das so Offensichtliche zu akzeptieren.

»Die Harrier kann viel, aber sie hat nur eine einzige Turbine«, erklärte Finch. »Wenn die nicht funktioniert, dann haben wir keine zweite Option. Dann ist die Reise zu Ende.«

Salam kletterte die Leiter hinauf, drückte dem Piloten die Hand und warf einen Blick ins Cockpit. »Allein, dass Sie es bis hierher geschafft haben, ist unglaublich«, sagte er kopfschüttelnd. »Zu einem anderen

Zeitpunkt und wäre es nicht um mich gegangen, ich hätte Major Llewellyn sofort für verrückt erklärt, nachdem er mir seinen Plan dargelegt hatte. Mit einem Jet in den Hindukusch! So aber waren Sie meine einzige Überlebenschance.«

»›Waren‹ ist das richtige Wort«, antwortete Finch bitter. »Ein langer Weg für nichts.«

»Sie haben es immerhin versucht«, beschwichtigte ihn Salam. »Mein Weg war kürzer, außerdem hatte ich Hilfe. Aber wahrscheinlich geht früher oder später jede Glückssträhne einmal zu Ende.«

»Sie ist genau genommen zu Ende gegangen, als ich die Zusatztanks abgeworfen habe«, stellte Finch nachdenklich fest. »Und das ist es, was mich stutzig macht.«

»Warum kann eine Turbine einfach aussetzen?«, erkundigte sich Salam und versuchte, logisch zu denken, um seine Nervosität unter Kontrolle zu bringen.

»Weil etwas in die Schaufeln geflogen ist, etwa ein Vogelschwarm, oder aus Benzinmangel …« Finch verstummte und beugte sich vor. »Hat am Ende …«, murmelte er und legte zwei Schalter um. Grüne Kontrollleuchten gingen an, und ein Surren ertönte, das nach einigen Sekunden wieder erstarb. »Also doch! Die automatische Umschaltung von den Zusatztanks auf die Treibstofftanks in den Flügeln hat versagt. Ich habe sie gerade manuell überbrückt. Tanks voll, Druck da, aber nützen wird es uns dennoch herzlich wenig.«

Salam sah Finch überrascht an. »Wie soll ich das verstehen?«

»Wir sitzen trotzdem auf einer grünen Wiese neben dem Fluss fest«, sagte Finch resigniert. »Der Kompressor, der seinerseits die Turbine anbläst und anlaufen lässt, braucht Strom, jede Menge Strom. Aus Bordmitteln ist das nicht zu bewältigen. Kein Starterwagen bedeutet kein laufender Kompressor und damit auch keine startende Turbine, trotz voller Tanks. So einfach ist das.«

»Dann ist noch nicht alles verloren!«, rief Salam, kletterte rasch die Leiter hinunter und stürmte über das Feld, bevor er zwischen den Häusern des Dorfes verschwand und John Finch verblüfft zurückließ.

»Hier ist es so still wie in einem verdammten Bergdorf um Mitternacht! In diesem Tal sind außer uns vielleicht eine Handvoll Bauern, aber sonst sicher niemand!«, schrie der aufgebrachte Anführer der Gruppe ins Telefon und gab seinen enttäuschten Männern ein Zeichen, den Raketenwerfer wieder abzumontieren. Gleichzeitig hielt er das Handy in Richtung Himmel. Ein paar Vögel zwitscherten und der Fluss rauschte, irgendwo rumpelte auf der nahe gelegenen Straße ein Lkw über eine Brücke.

»Hören Sie? Es ist so friedlich wie in einer Moschee nach dem Freitagsgebet! Ihr angeblicher Jet ist längst in Tadschikistan oder hat einen anderen Kurs genommen!«

Der ISI-Agent in der militärischen Flugsicherung ließ den Radarschirm nicht aus den Augen. Doch es half nichts. Der Jet war und blieb verschwunden. »Ich habe keine Ahnung, was hier vor sich geht«, stieß er zwischen zusammengepressten Zähnen hervor. »Unser Informant hat eindeutig diese Position genannt.«

»Dann hat er sich eben geirrt, und wir haben nur Zeit verloren bei diesem Einsatz«, beschwerte sich der Anführer.

»Ihre Zeit ist mir scheißegal!«, schrie der Agent. »Ich darf Sie daran erinnern, dass Ihre Gruppierung im Grenzgebiet nur noch deshalb existiert, weil wir bisher unsere schützende Hand darüber gehalten haben! Ein Fingerzeig, und Sie landen samt Ihrem Haufen an Dilettanten und Bauerntölpeln in einem eiskalten Provinzgefängnis! Für immer!«

Der Anführer schnitt eine Grimasse, drückte auf die rote Taste des Mobiltelefons und beendete so das Gespräch.

»Abrücken«, befahl er seinen Männern. »Wir fahren noch Patrouille durch die Seitentäler auf unserem Weg zurück ins Dorf. Vor allem diesen Kalash traue ich nicht über den Weg. Vielleicht ist an der verrückten Geschichte mit dem Jet ja doch etwas Wahres dran, und jemand versucht, Waffen oder Geld abzuwerfen, um unsere Gegner zu stärken. Dann sollte die Fracht allerdings in unseren Taschen landen.«

Seine Männer lachten und schwangen sich in den Geländewagen. Bis zu den Dörfern der Kalash war es nicht weit.

Mit Vollgas bog der Wagen mit den vier Männern auf die Hauptstraße ein und raste in Richtung Chitral davon.

Die drei bewaffneten Kalash am Rande der Wiese machten keine Anstalten näher zu kommen. Sie warteten ab, verharrten unbeweglich, die Sturmgewehre in der Armbeuge, und ließen die Harrier nicht aus den Augen.

John Finch schaute zum x-ten Mal auf seine Breitling und begann, in Gedanken alle möglichen Alternativen durchzuspielen.

Plan B – zu Fuß über die Grenze nach Afghanistan?

Plan C – ein paar Wochen in einem Versteck in den Bergen?

Plan D – sollte er Llewellyn informieren und abwarten, was dem Major einfallen würde?

Plan D als letzte Möglichkeit gefiel dem Piloten am wenigsten ...

Nachdem sein Passagier jedenfalls verschwunden blieb, kletterte Finch seufzend aus dem Cockpit. Es kam ihm vor, als verlasse er die schützende, aber jetzt nutzlose Hülle der Harrier und betrete unbekanntes, feindliches Territorium.

Die drei Männer am Rande der Wiese bewegten sich noch immer nicht, blickten in seine Richtung und warteten.

In diesem Moment schoss ein Toyota Hilux auf dem Feldweg zwischen den Häusern hervor. Zwei Bewaffnete standen rechts und links auf den Trittbrettern und versuchten, trotz der schnellen Fahrt über die zahllosen Schlaglöcher und Bodenwellen, nicht heruntergeschleudert zu werden. Der Geländewagen zog eine lange Staubfahne hinter sich her, und Finch musste an einen Kometenschweif denken, als der Toyota auf die Wiese einschwenkte und der Fahrer ihm mit der Lichthupe Signale gab.

Salam bremste genau neben Finch und grinste den Piloten durchs offene Seitenfenster an.

»Ich muss Sie enttäuschen.« Finch schüttelte den Kopf. »Selbst eine starke Lkw-Batterie bringt den Kompressor höchstens zum Husten, aber nicht zum Anblasen der Rolls-Royce Turbine.«

»Eine?«, gab Salam zurück und zog die Augenbrauen hoch. »Dann werfen Sie einmal einen Blick auf die Ladefläche.«

Als sie nach Chitral hineinfuhren, mussten die vier Männer in dem tarnfarbenen Jeep die zweite Straßensperre passieren. Ein Ausweis, den der Fahrer aus der Brusttasche seiner Militärweste zog, bescherte ihnen zwar jedes Mal freies Geleit, doch die Kolonnen vor den Sperren waren länger geworden, je näher sie der Stadt kamen.

»Wenn das so weitergeht, dann können wir die Patrouille vergessen, weil es dunkel wird. Los jetzt, gib Gas!« Der Anführer zog sich sein Tuch übers Gesicht und bedeutete seinen Männern, es ihm gleich zu tun.

Der Geländewagen beschleunigte, bog in eine Nebenstraße ab und raste zwischen Gruppen von Händlern und Eselskarren hindurch, mit aufgeblendeten Scheinwerfern und unter ständigem Hupen.

»Sie werden am anderen Ende von Chitral sicher auch eine Sperre errichtet haben«, rief der Anführer dem Fahrer zu. »Nimm den Weg an den neuen Häusern vorbei, das spart uns mindestens zehn Minuten.«

Mit aufheulendem Motor schoss der Jeep vorwärts, verfehlte um ein Haar eine Gruppe von Bauern, die zum Basar unterwegs waren, und schleuderte um die nächste Häuserecke.

Noch zehn Minuten bis ins Tal der Kalash. Und da würde es sich schnell herausstellen, ob der Mann in Karatschi einfach Geister gesehen hatte oder vielleicht doch ein Körnchen Wahrheit in seiner Geschichte steckte.

Oder ob der Jet gar nichts mit den Northwest Territories zu tun hatte und längst über alle Grenzen war.

Das armdicke Kabel, das Zeyshans Vater zum Betrieb des Seilbahnmotors benutzt hatte, sah aus wie eine rote, kupferne Nabelschnur, die von der Ladefläche des Toyotas zur Nase der Harrier führte. Zusätzlich hatte Salam noch den Generator angeworfen, der nun die Batterien mit Strom versorgte.

»Wenn das nicht genügt, um eine Turbine anzublasen, dann sollte man das Konzept überdenken«, stellte der Chief Inspector fest und sah zu Finch hinauf, der wieder ins Cockpit gestiegen war und nun die Startprozedur durchging.

»Ich habe eher Angst, dass uns das gesamte Bordnetz um die Ohren fliegt, alle Sicherungen durchbrennen und die Drähte einmal kurz aufglühen, bevor der ganze Jet abfackelt«, antwortete Finch und beäugte misstrauisch die provisorische Verbindung der Stromquelle mit der Harrier.«Wenn das jemals ein Techniker sieht, bin ich für den Rest meines Lebens aus jedem modernen Flugzeug verbannt.« Sicherheitshalber schaltete er die Navigation aus. »Und das mit Recht. Eine Harrier ist keine Materialseilbahn, das ist ein hochsensibler Jäger vollgestopft mit Elektronik.«

»Hauptsache, er startet«, stellte Salam kategorisch fest. »Schalten Sie alle nicht notwendigen Verbraucher erst dann zu, wenn die Turbine läuft. Und geben Sie mir ein Zeichen, sobald ich das Kabel abziehen kann.«

Finch nickte ergeben und drückte den Startknopf. »Jetzt wäre die geeignete Zeit, die Daumen zu drücken, zu beten oder die einheimischen Götter anzurufen«, schrie Finch über den Lärm des anlaufenden Kompressors. »Entweder Feuerwerk oder Schub.«

Für einen Moment schien es, als würden die Drehzahlen des Kompressors abfallen und nicht ansteigen. Dann, allmählich, wurde der Ton höher, das Zischen lauter, und dann war ein neues Geräusch zu vernehmen: ein Sirren, das stetig an Intensität zunahm.

Die Rolls-Royce Turbine erwachte zum Leben.

Finch ließ die runden Anzeigen von Drehzahl und Schub nicht aus den Augen. Dann war es so weit. Er gab Salam ein Zeichen, das Starterkabel zu lösen. Als der die provisorische Verbindung trennte, indem er das Kabel einfach wegriss, sprangen die Funken in weitem Bogen, und Finch schloss die Augen. Er schickte ein kurzes Stoßgebet zum Himmel, dass die Bordelektrik nach diesem Kraftakt noch immer funktionierte.

Einer der beiden Kalash war auf die Ladefläche des Toyota gesprungen und stoppte den Generator. Der andere hatte sich hinter das Lenkrad geklemmt und lenkte den Hilux von der Harrier weg, über die Wiese in Richtung Dorf.

Salam stand bereits am oberen Ende der Leiter, stieg auf den Lufteinlass der Turbine und kletterte schließlich hinter Finch ins Cockpit. Der stieß die Leiter weg, stülpte den Helm über und aktivierte den Bordfunk.

»Willkommen an Bord«, sagte er zu Salam, während er sich anschnallte. »Setzen Sie bitte schnell den Helm auf, legen Sie die Gurte an und halten Sie die Hände von allen Knöpfen und Schaltern fern. Das ist die Ausbildungs- und Trainingsversion der Harrier. Steuerung, Bedienelemente, Navigation, alles doppelt. Also kommen Sie mir nicht beim Fliegen in die Quere.«

Dann fuhr Finch die Turbine auf hundert Prozent hoch und richtete die Düsen nach unten. Die Harrier federte aus, zögerte einen Moment und erhob sich dann majestätisch in die Luft.

In diesem Augenblick schoss der tarnfarbene Jeep mit aufgeblendeten Scheinwerfern zwischen den Häusern hervor. Seine Insassen feuerten nach allen Seiten auf alles, was sich bewegte, und die Wachen der Kalash sprangen in Deckung, so schnell sie konnten. Die beiden Männer im Toyota hatten die abhebende Harrier beobachtet, sahen den Jeep zu spät und waren deshalb zu langsam. Die Kugeln der Attentäter durchschlugen die Frontscheibe des Pick-up, trafen die beiden Kalash und töteten sie sofort.

»Hinter die Büsche da drüben, die geben uns ein wenig Deckung, wir bauen sofort den Raketenwerfer auf!«, brüllte der Anführer den Fahrer an und wies auf eine Gruppe von niedrigen Bäumen am anderen Ende der Wiese. Sekunden später kam der Geländewagen in einer Staubwolke zum Stehen, die vier Männer sprangen heraus und begannen ohne zu zögern, den mobilen Werfer einsatzbereit zu machen.

Die Harrier hatte eine Höhe von fünfundsiebzig Metern erreicht, und Finch richtete den Schub der Düsen nach hinten. Zuerst langsam, dann immer schneller beschleunigte der Jet in Richtung der Kette von Fünftausendern, die den Abschluss des Tales bildeten.

Die Kalash hatten sich von der ersten Überraschung erholt, verließen ihre Deckung und nahmen den Jeep und seine Insassen auf der anderen Seite der Lichtung unter Beschuss. Da der Geländewagen von den Büschen verdeckt wurde, war an ein gezieltes Feuer nicht zu denken. So übersäten sie die dünne Baumreihe mit Salven ihrer Kalaschnikows, während sie entschlossen über die Wiese vorrückten.

Ihre Taktik hatte Erfolg. Von den vier Männern am Raketenwerfer waren nach wenigen Augenblicken nur noch zwei am Leben. Fieberhaft entriegelte der Anführer der Gruppe die Sicherungshebel, machte mit zitternden Fingern die drei Raketen abschussfertig.

Das Feuer der Kalash wurde mit jedem Augenblick heftiger. Am dunkelblauen Abendhimmel donnerte die Harrier in Richtung der schneebedeckten Berge und brachte die Luft zum Vibrieren.

»Ich bin fast so weit! Halt sie mir noch kurz vom Leib!«, brüllte der Anführer. Doch der letzte seiner Männer neben ihm schrie auf, griff sich an die Kehle, Blut sprudelte zwischen seinen Fingern hervor, und er brach zusammen. In diesem Augenblick traf auch den Anführer des Kommandos ein Schlag in den Rücken, der ihm fast die Besinnung raubte, Schmerzwellen durch seinen Körper jagte und ihn gegen den Raketenwerfer schleuderte.

Dann wurde es schwarz um ihn herum.

Seine Hand krampfte sich um den Abschussmechanismus, und das Gewicht seines sterbenden Körpers zog den Hebel herunter, aktivierte den Werfer und die hitzeempfindlichen Raketenköpfe.

Mit wütendem Fauchen schossen zwei Boden-Luft-Lenkwaffen eine nach der anderen aus ihren Rohren und begannen sich auf das heißeste Ziel in der Umgebung einzurichten.

Das Triebwerk der Harrier.

Als die dritte Rakete aufgrund eines technischen Defekts fast dreißig Sekunden später zündete und das Abschussrohr verließ, waren alle vier Mann der Kommandogruppe bereits tot.

»Bringen diese fliegenden Tölpel von der Air Force endlich irgendetwas in die Luft?«, schrie der ISI-Agent und trommelte mit seinen geballten Fäusten frustriert auf die Tischplatte. Auf dem Radarschirm der militärischen Flugsicherung in Karatschi war der blinkende Punkt erneut aufgetaucht, diesmal keine achtzig Kilometer von der afghanischen Grenze.

»Zwei Mirage3 sind soeben aufgestiegen und haben Kurs auf den Hindukusch genommen«, berichtete der Einsatzleiter mit ruhiger Stimme und legte den Telefonhörer auf. »Sie fliegen im Kampfeinsatz und werden versuchen, das unidentifizierte Flugzeug noch vor der Grenze abzufangen.«

Damit stand er auf und verließ den Überwachungsraum. Bevor die Tür ins Schloss fiel, hörte er den Geheimdienstmann noch immer toben. Der Einsatzleiter war zufrieden, und die leitenden Offiziere bei der MI würden es auch sein. Er hatte den Anruf in der Air Force Base so lange wie nur möglich hinausgezögert.

Mehr Zeit hatte er Phönix beim besten Willen nicht verschaffen können.

> **Nieder Kirchweg 115, Frankfurt / Deutschland**

Das Licht fiel in dünnen Streifen durch die heruntergelassenen Jalousien. Die kleine Wohnung unter dem Dach – Flur, Küche, Bad, Wohn- und Schlafzimmer – war heiß, roch muffig und nach angebranntem Knoblauch zugleich. In der Spüle stapelte sich schmutziges Geschirr mit bereits eingetrockneten Essensresten. Martina Trapp verzog die Nase und warf einen Blick in den Kühlschrank. Gähnende Leere bis auf einen abgelaufenen Joghurt, zwei Flaschen Bier und verschimmelten Käse.

Thomas Calis sah sich inzwischen im Wohnzimmer um. Die abgewohnte Einrichtung musste bereits mehrere Bewohner gesehen haben. Ein fadenscheiniges Sofa mit IKEA-Kissen vor einem Tisch mit zwei altmodischen Stühlen. In der Ecke neben dem Fenster ein Wandregal mit Büchern und Nippes. Darauf eine Schicht Staub, in der Calis' Finger eine deutliche Spur hinterließ.

Die Bilder an der Wand waren gerahmte Drucke oder Fotos aus Kalendern, denen man den Datumsteil abgeschnitten hatte, der Flickenteppich in der Mitte des Raumes war reif für eine gründliche Wäsche oder den Abfall. Wer hier wohnte, legte entweder keinen Wert auf Sauberkeit und auf ein Minimum an Behaglichkeit, oder er war stets unterwegs und kam nur zum Schlafen hierher.

Als der Kommissar die Tür zum Schlafzimmer aufstieß, hörte er Kollegin Trapp in der Küche rumoren. In dem kleineren Raum war die Luft dank eines gekippten Dachfensters besser. Das Doppelbett war nur auf einer Seite benutzt worden, auf der zweiten fehlten Decke und Kissen. Also hatte Kreutzer hier allein geschlafen, dachte Calis und versuchte, dem abstrakten Gemälde über dem Kopfende irgendeinen Sinn abzugewinnen.

Was ihm nicht gelang.

Schließlich wandte er sich achselzuckend dem ausladenden, schweren Schrank mit den breiten Schiebtüren zu, der neben einem Nachtschränkchen – leer bis auf ein Paket Taschentücher und Kondome – und der dazugehörigen Leselampe die Einrichtung des Schlafzimmers komplettierte.

Vier Uniformen, sorgsam in durchsichtige Plastiküberzüge gehüllt, fielen Calis als Erstes ins Auge. Vom tarnfarbenen Kampfanzug bis zur weißen Paradeuniform, alle waren sie nach der Reinigung makellos sauber archiviert worden. Die Stiefel, die darunterstanden, waren auf Hochglanz gewichst. Koppel, Handschuhe, ein halbes Dutzend Barette, Abzeichen und zwei Schachteln mit Ordensspangen, deren Bedeutung Calis nicht kannte, lagen in den Fächern daneben.

»Legio patria nostra«, murmelte Calis, schob die Unterhosen und Socken im nächsten Fach beiseite und pfiff leise durch die Zähne. Ein Colt Double Eagle Combat Commander in seiner blauen Originalschachtel und eine wenig getragene italienische Beretta 9mm in einer Wildlederhülle waren ganz hinten an der Schrankwand versteckt. Daneben mehrere volle Pakete à fünfzig Patronen für beide Waffen.

In Fach Nummer drei lag ein kleiner Laptop mit Ladegerät, T-Shirts und fünf Uniformhemden, gebügelt und gestärkt. Die Abzeichen auf den Ärmeln gaben Calis Rätsel auf. Neben einem Tigerkopf auf gelbgrauem Grund mit den Buchstaben »CIGS« darüber und den Worten »Operações na selva« darunter, gab es Spangen mit dem gleichen Motiv, einem seine Zähne fletschenden Tiger, eingerahmt von Lorbeerranken.

Wer war dieser Erneste Lacroix, beziehungsweise dieser Ernst Kreutzer? Wo kam er her? Was genau hatte er bei der Legion gemacht? Und wer hatte ihn schließlich angeheuert, um in Berlin bei Siemens einzubrechen und einem Wachmann die Kehle durchzuschneiden?

Calis beschloss spontan, lieber nicht den Auskünften des Chefs der Schrauberwerkstatt zu trauen. Er zog sein Handy aus der Tasche und wählte.

»Lambert«, meldete sich der Offizier der Fremdenlegion nach dem zweiten Läuten.

»Calis hier.« Er zog eines der Hemden aus dem Fach und setzte sich aufs Bett.

»Ahh, Herr Kommissar. Haben Sie Ihren Clown bereits gefunden? Kann ich Ihnen bei Ihren Recherchen weiterhelfen?«

»Beides mal ein klares ›Ja‹«, stellte Calis fest und beschrieb Lambert die beiden Abzeichen, bevor der weitere Fragen stellen konnte. »Sie sind der Experte. Was steckt dahinter?«

Lambert antwortete nicht sofort. Schließlich meinte er: »Eines möchte ich gerne zuvor wissen, Kommissar. War der Mann in Französisch-Guyana stationiert?«

»Kompliment«, gab Calis zurück. »Er gehörte dem Dritten Infanterie-Regiment an, zweite Kompanie, den sogenannten Zenturios.«

»Dachte ich mir«, antwortete Lambert, und in seiner Stimme schwang weniger Befriedigung als Vorsicht mit. »Die Kompanie ist auf den Dschungelkampf spezialisiert. Überleben hinter den Linien, in feindlichem Gelände, Töten mit allen verfügbaren Mitteln, perfekte Tarnung und alle Praktiken, die Sie mit schmutzigem Krieg assoziieren würden. Die Besten der Besten schickt man auf Kommandokurse nach Südamerika. Dazu müssen Sie allerdings im Allgemeinen Offizier sein. Das Abzeichen an seinem Hemd bedeutet, dass er den Kurs in Brasilien, in Manaus, mitgemacht und abgeschlossen hat. CIGS heißt abgekürzt und frei übersetzt ›Ausbildungszentrum für den Dschungelkrieg‹. Das können Sie auch aus den drei Worten unter dem Tigerkopf entnehmen: Operationen im Dschungel auf Portugiesisch, der Landessprache Brasiliens. Also Manaus. Ausbildung im Amazonasdschungel, härter, als Sie es sich jemals vorstellen können.«

Lambert schwieg plötzlich, als hätte er bereits zu viel verraten.

Der Kommissar dachte nach und wartete. Dann meinte er: »Ein wenig mehr Hintergrundinformationen für Außenstehende, s'il vous plaît?«

»Ich habe bisher nur eine Handvoll Legionäre kennengelernt, die dieses Abzeichen trugen«, fuhr Lambert zögernd fort. »Es werden nur wenige zu diesen Kursen zugelassen oder abkommandiert, die Besten der Besten. Und selbst dann – die Ausfallsrate ist astronomisch hoch.

Wer es bis zum Schluss schafft, der ist etwas ganz Besonderes, gehört zur Elite der Elite.«

»Hart?«, fragte Calis verwirrt und erinnerte sich an die Worte des Werkstattleiters.

»Mehr als das«, antwortete Lambert. »Hart zu sich selbst, bis zur Selbstaufgabe. Hart und brutal, wenn es sein muss, zu anderen. Entschlossen, durchtrainiert, absolut unerschrocken. Eine menschliche Kampfmaschine in einem besonders menschenfeindlichen Gebiet. Ein Ausnahmesoldat.« Er machte eine kurze Pause, bevor er fortfuhr: »Wer die Ausbildung im Urwald des Amazonas überlebt hat, der würde es überall auf dieser Welt unter den schlimmsten Bedingungen schaffen. Egal ob in den Bergen Afghanistans, den Savannen Afrikas oder im vietnamesischen Dschungel. Wollen Sie ein Beispiel? Teil der Ausbildung war es, giftigen Schlagen den Kopf abzubeißen oder ihr Gift für absolut tödliche Pfeilspitzen zu gewinnen, wenn alle anderen Waffen bereits verloren gegangen waren.«

»Beeindruckend«, gab Calis zu. »Andererseits muss auch der Beste irgendwann wieder in das Zivilleben zurückkehren, Glanz und Gloria in einen Schrank hängen und seine Waffen unter den Socken verstecken. Heute riecht das Abzeichen nach Mottenpulver.«

»Aber der Mann ist noch immer derselbe«, sagte Lambert, »egal ob im Dschungel oder in der Straßenbahn. Wer den Kopf des Tigers trägt, der vergisst und verlernt nicht. Stellen Sie sich eine abgezogene Handgranate vor, an der gerade noch jemand den Sicherungshebel drückt ...«

»Haben diese Abzeichen für Spezialausbildungen in Südamerika einen besonderen Namen?«, fragte Calis nach und legte das Hemd zurück ins Fach.

»Tigre, Selva, Cazador oder Condor, je nachdem, wo der Kurs stattfand, ob in Brasilien, Surinam, Venezuela, Ecuador oder Kolumbien.«

»Danke, Lieutenant Lambert, Sie haben mir wie immer sehr geholfen«, verabschiedete sich der Kommissar. »Und bitte grüßen Sie Ihre Frau von mir.«

Damit schnappte er sich den Laptop und ging zurück ins Wohnzimmer, wo Oberkommissarin Trapp damit beschäftigt war, die Rücken der Bücher im Regal zu studieren.

»Das Sofa habe ich bereits durchsucht, aber da ist nichts«, meinte sie und warf Calis einen fragenden Blick zu, als er den Laptop auf den kleinen Tisch stellte. »Allerdings habe ich den französischen Ausweis von Kreutzer-Lacroix in der Kommode im Flur gefunden. Geboren am 2. Juli 1963, aber der Geburtsort hilft uns nicht weiter. Er liegt seltsamerweise in Frankreich.«

»Ja, Aubagne, ich weiß, das ist in der Nähe von Marseilles«, sagte der Kommissar. »Und auch das Datum kann frei erfunden sein. Der Vorteil der Legion.« Er deutete auf den kleinen Computer. »Versuchen Sie doch Ihr Glück beim Hacken, was meinen Sie? Bilder, E-Mails, Briefe, besuchte Webseiten. Und wenn Sie Passwörter brauchen, dann probieren Sie ›Tigre‹, ›Selva‹ oder ›Legio patria nostra‹. Ich beginne langsam zu verstehen, wie unser Clown getickt hat.«

»Und Sie gehen in der Zwischenzeit ein Bier trinken?«, erkundigte sich Trapp mit einem spöttischen Unterton.

»Ich werde ungern verscheißert«, erwiderte Calis leise, »und damit meine ich keinesfalls Sie. Also nehme ich einen zweiten Anlauf in der Werkstatt unseres Vertrauens, nur um sicherzugehen. Und ich hoffe, dass ich nicht zufällig auf einen Tigerkopf treffe.«

Die Oberkommissarin sah ihm etwas verwirrt hinterher. Als die Wohnungstür hinter Calis ins Schloss fiel, tippte Trapp bei der ersten Aufforderung des Betriebssystems das Passwort ein. Nach einem gescheiterten Versuch mit »Tigre« und »Kreutzer« schrieb sie »Selva« in die Leerzeile, und der Computer fuhr mit einem »Willkommen« auf blauem Grund hoch.

Luftraum zwischen Rumbur und der afghanischen Grenze / Pakistan

---

Mit einem Mal spielten die Anzeigen auf den beiden viereckigen Bildschirmen rechts und links der Steuerkonsole verrückt. »Missile Alert« verkündeten sie blinkend und piepsend und zeigten zwei Punkte, die sich rasend schnell der Harrier näherten.

John Finch fluchte und schob den Gashebel des Jets ganz nach vorne. Mit jedem Knoten mehr an Geschwindigkeit konnte er sich eine längere Reaktionszeit erkämpfen. Das Radar maß laufend die Entfernung der Flugkörper, und die roten digitalen Zahlen huschten nur so über den Schirm.

»Was ist los?«, wollte Salam wissen und klammerte sich instinktiv an seinen Sitz.

»Raketenangriff«, antwortete Finch gepresst, »und die Dinger kommen verdammt schnell näher.«

Er riss die Nase der Harrier steil nach oben und stieg kerzengerade in den Abendhimmel. Spätestens jetzt würde er auf allen Radarschirmen der pakistanischen Luftüberwachung klar und deutlich zu sehen sein. Auch schon egal, dachte er und warf einen Blick über die Schulter. Zwei weiße Streifen zeichneten sich über dem dunklen Tal ab. Ein »IR« blinkte frenetisch auf dem rechten Schirm.

»Es sind per Infrarot gesteuerte Sprengköpfe«, informierte Finch Salam. »Doppelte Schallgeschwindigkeit, Reichweite bis zu acht Kilometer, für Ziele in bis zu 3000 Metern Höhe. So rasch können wir weder fliegen noch steigen. Versuchen wir es also mit der klassischen Methode.«

Die roten Zahlen rasten über den Bildschirm. Der Abstand der Raketen nahm erschreckend rasch ab. Finch rollte die Harrier blitzschnell und drückte die Nase unerbittlich nach unten.

Salam wurde schwarz vor Augen.

Finch sah die Raketen nun unbeirrt auf ihn zurasen, nachdem sie seinem Kurs nach oben, steil in den Himmel, gefolgt waren wie gierige Bluthunde auf einer unwiderstehlichen Fährte.

Am Schirm blinkte eine neue Meldung: »Flares in three seconds – two – one – NOW.«

Finch betätigte den Schalter, und Dutzende hell brennende, kleine Magnesiumfackeln wurden in einer gleißenden, extrem heißen Wolke ausgestoßen. Gleichzeitig legte er die Harrier in eine enge Rechtskurve und beobachtete besorgt den Geschwindigkeitsmesser. Zu viel Fahrt, und die Harrier würde sich in der Luft in ihre Einzelteile zerlegen.

»Alles o. k.?«, fragte Finch seinen Passagier, aber er bekam keine Antwort. Stattdessen ertönten zwei Explosionen, und ein Lichtblitz erhellte den Himmel hinter der Harrier. Die Fackeln hatten die Raketen getäuscht, sie angezogen wie das Licht die Motten und sie zur Explosion gebracht.

»Zwei zu Null für uns«, grinste Finch und aktivierte die Navigation. Den Zielpunkt auf der anderen Seite der Grenze hatte er bereits in Indien vor dem Abflug eingegeben. »Und jetzt nichts wie weg.«

Doch genau in diesem Augenblick schrillte der nächste Alarm durchs Cockpit.

»Missile Alert« blinkte es auf beiden Screens. Finch schüttelte den Kopf. Was war das? Eine Missfunktion des Systems nach dem elektrischen Start mit den Lkw-Batterien?

Dann erschien ein einsamer, blinkender Punkt auf dem Radarschirm.

»Ich glaube es nicht ...«, murmelte Finch. Doch als die roten Zahlen erneut über den Schirm rasten, gepaart mit dem hektisch blinkenden »IR«, war Finch klar, dass das System perfekt funktionierte. Eine weitere Rakete mir Infrarotsuchkopf hatte den Abgasstrahl des Jägers erfasst und sich darangehängt.

Aber diesmal waren Flares keine Option mehr. Die Harrier hatte bei der letzten Aktion alle aufgebraucht.

Nun waren keine mehr an Bord.

»Wir haben noch immer Schwierigkeiten?«, kam es aus dem hinteren Cockpit. »Tut mir leid, ich war kurz weggetreten.«

»Nicht noch immer, eher schon wieder«, stellte Finch klar. »Sie haben eine weitere Rakete hinter uns hergeschickt, und diesmal wird es etwas kniffliger, ihr zu entkommen.«

Die beiden Mirage3 Abfangjäger donnerten in zwanzigtausend Fuß Höhe mit fast zweifacher Schallgeschwindigkeit in Richtung Chitral und der afghanischen Grenze. Auf den Radarschirmen der Piloten zeichnete sich das unbekannte Flugzeug seit wenigen Minuten klar und deutlich ab. Wenn sie Glück hatten, dann würden sie es schnappen, bevor es den pakistanischen Luftraum verließ.

»Wo ist der plötzlich hergekommen?«, fragte einer der Piloten überrascht. »Ist das ein Zauberkünstler, der sich nach Belieben unsichtbar macht und ohne Radarkennung unterwegs ist? Das kann doch nur ein Jet sein, bei der Geschwindigkeit!«

»Mit Sicherheit kein Heli«, tönte es durch den Bordfunk. »Vielleicht hat er Stealth-Eigenschaften? Irgendeine Neuentwicklung von den Amis, im Einsatz in Afghanistan und dabei einfach ein wenig zu weit nach Osten abgedriftet? Egal. In fünf Minuten sind wir da, und dann kaufen wir uns den Vogel.«

Finch holte aus der Harrier alles an Geschwindigkeit heraus, was nur möglich war, ohne dass der alte Jet in der Luft in seine Einzelteile zerlegt wurde. Er hatte die Nase auf die nächste Bergkette gerichtet und Vollgas gegeben.

»Wir haben die Chance, dass der Rakete der Treibstoff ausgeht, bevor sie uns erreicht«, informierte er Salam. »Oder wir manövrieren sie aus. Wir sind langsamer und daher wendiger.«

Salam sah über seine Schulter, doch er konnte nichts erkennen. Nur die Zahlen des Abstandsradars am Bildschirm zählten mit besorgniserregender Schnelligkeit herunter.

»Wenn ich die Rakete also in eine enge Kurve zwinge, dann kann sie irgendwann nicht mehr folgen, weil sie den Kurs nicht korrigieren kann«, dozierte Finch seelenruhig, während er die Meldungen des Bordcomputers nicht aus den Augen ließ.

Die Harrier hatte ihre Maximalgeschwindigkeit längst überschritten und begann zu vibrieren.

Die Rakete kam trotzdem rasend schnell näher.

Der Computer verlangte mit einem roten »NOW« nach dem Ausstoß von Flares, die es nicht mehr gab.

Diverse Warntöne schrillten durch die Cockpits.

Dann war der Lenkkopf nur mehr zweihundert Meter hinter der Harrier, und diesmal begann Salam laut zu beten.

Finch nahm mit einer entschlossenen Handbewegung das Gas weg, richtete die Düsen erst nach unten, dann nach vorn und zog den Steuerknüppel schließlich ganz zurück. Die Harrier schien in der Luft stehen zu bleiben und schoss dann nach oben. Salam hing hilflos in den Gurten wie bei einer Notbremsung, bevor er in den Sitz gepresst wurde.

Mit einem wütenden Zischen raste die Rakete heran und knapp unter dem Jet hinweg, unfähig, ein passendes Manöver einzuleiten, um dem heißen Triebwerk zu folgen. Im nächsten Augenblick erlosch auch der Abgasstrahl der Lenkwaffe, und sie trudelte immer tiefer in die schneebedeckte Weite der Berge, bis sie bei ihrem Aufschlag detonierte.

»War das ein Gebet?«, wollte Finch wissen, beschleunigte die Harrier wieder und atmete tief durch. »Ich hoffe, Sie haben für mich mitgebetet.«

»Ich habe gesagt – ich glaube an Allah, den einzigen Gott, und an den Mann, der dieses Flugzeug fliegt«, antwortete Salam, und die Erleichterung war seiner Stimme deutlich anzumerken. »Ich hoffe, das war in Ihrem Sinne.«

»Ich bin überwältigt, vor allem vom zweiten Teil«, gab Finch zu. »Das hätte mein Vater hören sollen. Auf jeden Fall hat es geholfen. Wir sind gleich über die Grenze, trotz der kleinen Unannehmlichkeiten.«

»An den unbekannten Jet im pakistanischen Luftraum! Wir sind hinter Ihnen und haben Sie im Visier! Wir fordern Sie auf, unverzüglich abzudrehen und uns zu folgen, sonst müssen wir Waffengewalt anwenden!«

Die Stimme, die plötzlich im Bordfunk ertönte, sprach akzentfrei Englisch. Alarmiert blickte Finch über seine Schulter. Zwei Mirage schoben sich in sein Sichtfeld und wackelten mit den Flügeln. Das internationale Zeichen für »Folgen Sie mir«.

»Verdammt«, fluchte Finch und überlegte, ob ihm noch irgendein Ausweg blieb. Es war, als könnten die pakistanischen Piloten seine Gedanken lesen: Eine der Mirage fiel zurück und brachte sich in Schussposition.

»Die machen Ernst«, meinte Salam leise, und es klang niedergeschlagen. »Wir hatten es fast geschafft. Und jetzt, so knapp vor dem Ziel ...«

Bevor Finch antworten konnte, kam eine neue Stimme über den Äther. Tief, autoritär und eindeutig mit einem texanischen Akzent.

»An die beiden pakistanischen Militärjets im Anflug! Wenn Sie nicht sofort abdrehen, dann betrachten wir das in Abstimmung mit unseren Befehlen als Angriff auf das Territorium von Afghanistan und auf die Streifkräfte der Vereinigten Staaten und eröffnen unverzüglich das Feuer. Drehen sie JETZT ab!«

Die beiden F-15 E Strike Eagle-Jets der amerikanischen Einsatztruppen in Afghanistan waren in Tarnfarben gestrichen und schwer bewaffnet. Sie tauchten aus dem Nichts auf, wie elegante, aber todbringende Raubvögel, und stürzten auf die Harrier herab, nachdem die beiden Mirage blitzartig abgedreht hatten und verschwunden waren.

In einem wohl tausend Mal geübten Manöver setzten sie sich rechts und links des Jägers und vergeudeten keinen Meter Platz. Ihre Flügelspitzen schienen an die der Harrier angedockt zu haben.

»Willkommen in Afghanistan«, tönte es über den Bordfunk, und einer der Piloten winkte herüber zu Finch und Salam. »Sind Sie der Reisebus aus Chitral?«, fragte er und konnte sich ein glucksendes Lachen nicht verkneifen. »Sie haben Verspätung, Sir. Ich wusste außerdem nicht, dass solche antiquierten Modelle noch im Einsatz fliegen dürfen.«

»Meinen Sie den Piloten oder das Flugzeug?«, konterte Finch erleichtert und erntete ein lautes Lachen von den beiden amerikanischen Jagdfliegern, die einmütig den Daumen nach oben streckten.

»Nachdem Sie es im Tiefflug durch den Hindukusch geschafft haben, gehören Sie zum Club, Sir, egal wie alt Sie sein mögen«, sagte einer der beiden respektvoll. »Die Aktion mit den Raketen war auch nicht schlecht. Kompliment. Wir fliegen bereits seit zwei Stunden Patrouille und hatten Sie von Anfang an auf dem Schirm. Die Air Force hat eine AWACS über der Ostgrenze Afghanistans stationiert, müssen Sie wissen, und uns die Signale auf das In-Board-Display weitergeleitet. Im Kasino liefen bereits Wetten, ob Sie es schaffen würden oder nicht. Muss gestehen, ich habe verloren. Ich wettete auf ›oder nicht‹.«

Finch musste lachen. »Wenn ich etwas mehr Zeit hätte, dann würde ich Sie zum Trost auf ein Bier einladen, aber ich fürchte, es wird nur ein kurzer Zwischenstopp.«

»Wir sind informiert, Sir. Bitte folgen Sie uns zur Bagram Air Base, unsere Techniker warten bereits.« Damit schwenkten die beiden Jets etwas zur Seite, beschleunigten mühelos und übernahmen die Führung.

»Die Amerikaner wussten von der Aktion?«, wunderte sich Salam, der allmählich begann, sich zu entspannen.

»Glauben Sie mir, unser gemeinsamer Bekannter hat Freunde an den richtig hohen Stellen«, gab Finch zurück. »Meist solche, die ihm einen Gefallen schuldig sind. Wenn die Amerikaner eine AWACS über dem Gebiet haben, warum wussten dann die Pakistanis nichts davon? Schon mal darüber nachgedacht?«

Nachdem keine Antwort aus dem hinteren Cockpit kam, nahm Finch an, dass Salam die verbleibende Zeit bis zur Landung auf dem amerikanischen Luftwaffenstützpunkt dafür verwenden würde, genau darüber nachzugrübeln.

8
DAS DUNKEL DER GESCHICHTE

> 29. Juli 1935, Charing Cross Road,
> London / England

Colonel Frank Majors nahm seinen Hut ab, wischte sich mit einem Taschentuch den Schweiß von der Stirn und trat an das Schaufenster des Buchladens »Foyles« in der Charing Cross Road 113. Das überlebensgroße Gesicht von T. E. Lawrence blickte ihn an, mit blitzenden Augen und einem leicht spöttischen Zug um den Mund.

Darunter, aufgereiht wie die Zinnsoldaten oder die Steine eines Dominospiels, standen Dutzende Exemplare der *Sieben Säulen der Weisheit*, die einige Tage zuvor aus den Druckerpressen gekommen und vor wenigen Stunden ausgeliefert worden waren. Das Plakat, ein heroisierendes Porträt von Lawrence of Arabia, verkündete das Erscheinen seines »literarischen Testaments in der ungekürzten Original-Ausgabe für jedermann, nur zwei Monate nach seinem Tod«. Zwischen den Büchern stand das Modell einer Brough Superior und glänzte wie frisch poliert.

Majors überlegte, in den Laden hineinzugehen und als Reminiszenz an Shaw ein Exemplar zu kaufen, als er bemerkte, wie jemand neben ihn trat und ebenfalls die Auslage betrachtete.

»Ist es also doch wieder aufgetaucht, Sir?«, fragte Andrew Morgan mit einem sarkastischen Unterton, der Majors ärgerte. »Das Originalmanuskript, meine ich.«

»Großhirn! Welche Überraschung! Was treibt Sie in die plebejischen Niederungen des verdorbenen Vergnügungsviertels Soho? Oder kommen Sie nicht gerade von da?« Der Colonel grinste und tippte mit dem Knauf seines Spazierstockes auf die Glasscheibe der Auslage. »Es wird doch nicht etwa die Volksausgabe seiner politischen Memoiren sein, die Sie von der Arbeit abhält?«

»Keineswegs, Sir, ich wollte Sie sprechen und war auf dem Weg zu Ihrer Wohnung«, sagte Morgan lächelnd.

»Privat oder beruflich?«, erkundigte sich Majors. »Wir haben uns lange nicht gesehen.«

»Nun, nicht mehr seit jenem Samstag im Mai«, bestätigte Morgan, »kurz vor seinem Tod. Ich wurde seither mit anderen Aufträgen betraut. Mosley und seine faschistische Partei etwa ...«

»Die nach dem Röhm-Putsch und den darauf folgenden Säuberungen in Deutschland letztes Jahr zum Glück die Mehrzahl ihrer Unterstützer verloren haben und nun nur mehr unter ›ferner liefen‹ rangieren«, ergänzte der Colonel. »Niemand traut ihnen wirklich etwas zu, bis auf Träumer wie diesen Shaw oder seinen Schriftsteller-Freund Henry Williamson. Keine wahrhaft aufregende Aufgabe.«

Er lud Morgan mit einer Handbewegung ein, mit ihm die Charing Cross Road in Richtung Leicester Square hinunterzuspazieren.

»Ihr Einfluss darf aber keinesfalls unterschätzt werden in einem Europa, das so explosiv und labil ist«, widersprach Morgan. »Wie Sie wissen, Sir, sind nach dem Kommunismus in den zwanziger Jahren nun der Pangermanismus und der Nationalsozialismus die beiden wichtigsten Schwerpunkte in der Arbeit des Service. Neben dem Spanischen Bürgerkrieg und den Italienern in Abessinien natürlich.«

Majors nickte stumm. Dann meinte er argwöhnisch: »Sie wollten mich also sprechen? Da hatten Sie aber noch ein kleines Stück Fußmarsch vor sich, bis zu meiner Wohnung.«

»Ach, nach all der Büroarbeit am Schreibtisch gehe ich ganz gern durch die Stadt und vertrete mir etwas die Beine«, gab Morgan unbefangen zurück und fiel neben Majors in einen wiegenden Gleichschritt, die Hände auf dem Rücken verschränkt. »Als ich Sie vor der Auslage von Foyles stehen sah, dachte ich mir gleich, dass es Ihnen die Memoiren unseres arabischen Helden angetan hatten.«

Der Colonel winkte ab. »Philosophisches Geschwätz und ein weiterer Stein in seiner so sorgsam gehüteten Fassade. Geschichten für die Öffentlichkeit. Selbst posthum strickt er noch immer an seiner eigenen Legende.«

»Welches Manuskript der *Sieben Säulen* wurde denn nun endgültig für diese Veröffentlichung herangezogen?«, wollte Morgan wissen und wich einer Frau aus, die von ihren vier bellenden und keifenden Hunden den Bürgersteig entlanggezogen wurde.

Majors sah ihn von der Seite an. »Wie meinen Sie das?«

»Nun, das ist sicher nicht mein Gebiet, eher Ihres, Sir«, antwortete Morgan, »aber ich habe gehört, dass der Service stets seine Hand im Spiel hatte, wenn es um Lawrence' Erinnerungen ging. Anders ausgedrückt – was immer unser Araberfreund schrieb, es interessierte zuallererst einmal den britischen Geheimdienst.«

»Vergessen Sie nicht, dass er Spion im Dienst Ihrer Majestät war«, gab der Colonel zu bedenken. »Da ist es vielleicht keine so gute Idee, seine Memoiren zu schreiben und sie dann auch noch zu veröffentlichen. Brave Spione tippen ihre Lebenserinnerungen, verbrennen sie anschließend sofort wieder und verschlucken die Asche.«

»Gibt es brave Spione?«, wunderte sich Morgan mit einem Augenzwinkern, als sie die Shaftesbury Avenue überquerten. »Sind das nicht zwei Begriffe, die sich ausschließen?«

»Überlassen Sie das Philosophieren lieber anderen, Großhirn«, wehrte Majors ab. »Was ich sagen wollte, ist doch allgemein verständlich. Sie spionieren nicht im Auftrag eines Landes, um dann darüber eine Vortragsreise zu halten.«

»Also, um auf das Manuskript zurückzukommen ...«, hakte Morgan nach. Majors überlegte, wie viel er dem neugierigen Naseweis verraten konnte, ohne ihn misstrauisch zu machen.

Oder wie wenig.

»Lawrence hat sein Manuskript zu den *Sieben Säulen* ein Jahr nach Kriegsende vollendet, also 1919«, begann der Colonel, während einer der roten Doppeldeckerbusse an ihnen vorbei die Charing Cross Street entlangrollte und ihn fast übertönte. »Er hatte im selben Jahr mit Gertrude Bell an der Pariser Friedenskonferenz teilgenommen. Allein die Vorstellung, was er alles verraten könnte, brachte eine, nun sagen wir, gewisse Unruhe in bestimmte Ämter und Abteilungen. Nachdem sich Lawrence standhaft geweigert hatte, die Seiten vorab dem Service zum Lesen zu überlassen ...«

»... setzte man Sie auf ihn an, Sir«, fuhr Morgan fort.

Der Colonel nickte nur. Eine Zeit lang gingen beide Männer schweigsam nebeneinander her.

»Aber das Einzige, das ich feststellen konnte – selbst nach Interventionen von Freunden –, war ein komplettes Desinteresse seitens

Lawrence«, sagte Majors endlich schulterzuckend. »Stur wie ein Kamel.«

»Das war vor Ihrer Zeit bei den ›Cleaners‹?«, wollte Morgan wissen.

»Aber ja, lange davor«, nickte Majors, »damals war ich ...« Er zögerte. »Ich war bei einer Einheit, die Überzeugungsarbeit leistete, vorwiegend bei uneinsichtigen Zeitgenossen.«

»Aber Lawrence ließ sich nicht überzeugen«, stellte Morgan fest. »Er war nach der aus seiner Sicht gescheiterten Friedenskonferenz frustriert und deprimiert, machte England dafür verantwortlich, dass seine Mission bei den Arabern mehr oder minder ein Fiasko war.«

»Sie können auch stinksauer sagen«, grinste der Colonel. »Lawrence war ein politischer Tagträumer, manchmal sogar ein Phantast. Wie auch immer – er wollte das Manuskript nicht aus der Hand geben. Also organisierte ich den Zugriff. Als er bei einer Zugreise von Oxford nach London für einen Moment sein Abteil verließ und seine Tasche unbewacht war, wechselte sie den Besitzer. Und der Service hatte etwas zu lesen ...«

»... während Lawrence noch frustrierter wurde und in eine Depression stürzte«, vollendete Morgan. »Es war die einzige Version der *Sieben Säulen*?«

»Glücklicherweise«, lächelte Majors. »Und so sollte es bis zum Jahr 1926 dauern, bevor Lawrence eine gekürzte, sehr gestraffte Version seiner Erlebnisse herausbrachte. Das Manuskript war wunderbarerweise wiedergefunden worden, allerdings mit einigen wesentlichen Lücken. Es fehlten ein paar Hundert Seiten. Vielleicht hatte unser arabischer Held den Wink mit dem Zaunpfahl verstanden? Jedenfalls waren, als das Buch 1926 erschien, alle sensiblen Fragen und heiklen Stellen des Manuskripts ausgelassen worden.«

»Was angesichts der Auflage von zweihundert Exemplaren, die alle in feinstes Leder gebunden worden waren und an ausgesuchte Leser gingen, auch keinen großen Unterschied gemacht hätte«, bemerkte Morgan wie nebenbei, doch in Majors Gehirn begann eine ganze Batterie Alarmsirenen zu heulen.

Er bog in die schmale Straße ab, die direkt zum Leicester Square führte und überlegte fieberhaft, während er Morgans rasche Schritte hinter sich hörte, der sich redlich bemühte, ihm zu folgen. Was wollte der Junior-Sherlock von ihm? Ahnte er etwas?

Abrupt blieb er stehen, drehte sich um, und Morgan rannte fast in ihn hinein. »Was ist der eigentliche Grund für Ihren Besuch, Großhirn? Sie treffen mich wie zufällig in der Charing Cross Road, obwohl meine Wohnung in Haymarket ist. Dann fragen Sie mich über Dinge aus, die Sie anscheinend sowieso besser wissen als ich. Lawrence ist tot und begraben, Sie waren in Dorset mit dabei. Also, was wollen Sie?«

»Eine erste Fassung des Texts vollendete Lawrence bis 1919, wie Sie völlig richtig bemerkt haben, Sir«, begann Morgan, als dozierte er vor einer Schar wissbegieriger Studenten. »Nach dem Diebstahl im Zug verfasste er aus seiner Erinnerung heraus in einem Jahr eine zweite Version des Buches und überarbeitete sie bis 1922. Diese Fassung, heute bekannt als die Oxford-Version, hatte einen Umfang von 335 000 Worten. Danach nahm Lawrence weitere Korrekturen vor und ließ sich von Freunden überreden, eine gekürzte Fassung anzufertigen – also noch kürzer, als der bereits gestraffte Text der Oxford-Version.«

»Ich sehe nicht ganz, worauf Sie hinauswollen, Großhirn«, warf der Colonel ein und lief achselzuckend weiter. Morgan ließ sich nicht beeindrucken und folgte ihm.

»Lawrence, von dem Diebstahl seines Manuskripts, der Neufassung und den vorhergehenden Repressalien durch den Secret Service bereits stark angeschlagen, entwickelte dabei zunehmend eine fast schon feindliche Distanz zu seinen Erlebnissen und dem Text«, fuhr Morgan fort. »Oder war es der stetig steigende Druck des Geheimdienstes seiner Majestät, der ihn mürbe und müde machte?«

Sie hatten den Leicester Square erreicht. Das Empire Theatre of Varieties lag zu ihrer Rechten, das ziemlich heruntergekommene und verlassen daliegende Alhambra, das bald abgerissen werden sollte, zu ihrer Linken. Trauben von Menschen genossen den Sommer und spazierten durch den kleinen Park, in dessen Mitte die Statue von William Shakespeare thronte.

»So entstand die Version mit einem Umfang von 250 000 Wörtern, die 1926 aufwendig gebunden und üppig illustriert an etwa zweihundert zahlungskräftige Interessenten verkauft wurde«, erinnerte Morgan den Colonel. »Mit erheblichem finanziellem Verlust für Lawrence, der sowieso damals unter chronischem Geldmangel litt. Um genau diese Verluste wettzumachen, brachte er 1927 eine nochmals gekürzte Version unter dem Titel *Aufstand in der Wüste* für das breite Publikum heraus.«

»In beiden Fällen hatte der Secret Service nichts dagegen einzuwenden, wenn Sie das meinen«, warf Majors ein.

»Was mich nicht wundert.« Morgan lächelte. »Schon die Oxford-Version war nur mehr ein Bruchteil des entwendeten Manuskripts, dann strich er noch mal rund 90 000 Wörter, und die letzte Version kann dann schon mit Fug und Recht als Taschenbuch bezeichnet werden. Es war wohl nichts mehr übrig geblieben, was die Staatssicherheit des Empire hätte gefährden können. Daher auch meine Frage von vorhin: Welches Manuskript liegt der jetzigen Veröffentlichung zugrunde?«

»Soviel ich weiß, ist es die Version von 1926«, antwortete Majors scheinbar gleichgültig und schwang unternehmungslustig seinen Spazierstock. »Gehen wir durch den Park und die Penton Street, das ist der schnellste Weg zu mir nach Hause.« Er bemühte sich, unbeteiligt zu wirken, doch seine Gedanken rasten. Diese miese kleine Ratte war hinter etwas her, er spürte es. Möglicherweise hinter ihm und dem Geheimnis von Lawrence. Was hatte Großhirn tatsächlich herausgefunden? Wie viel wusste er? Und vor allem – wer hatte ihn geschickt?

»Wie ich Ihnen bereits in Dorset sagte, Sir, habe ich mich ein wenig mit Lawrence-Ross-Shaw und seiner Vergangenheit beschäftigt«, fuhr Morgan ungerührt fort, »zumindest soweit es die Grenzen der Geheimhaltung zuließen. Ich habe mich umgehört, mit seinen Freunden gesprochen, über ihn gelesen, die Akten des Secret Service eingesehen, soweit es ging. Und mir ist eines aufgefallen – man trifft in den Archiven und Dossiers immer wieder auf Ihren Namen. Seit seiner Rückkehr aus Arabien waren stets Sie es, der ihn beschattet hat, der Einschätzungen und Berichte verfasst hat, der das Manuskript der *Sieben Säulen* durch einen schnellen Zugriff sicherstellte. Selbst am Ende seines Lebens waren Sie zur Stelle, haben sein Haus geräumt, seine Papiere gesichtet und geduldig gewartet, bis er starb. Insgesamt waren Sie fast siebzehn Jahre lang sein Schatten.«

Majors sagte nichts und spazierte weiter durch den Park, in dem ein paar Kinder einen dünnen Reifen mit Hilfe eines Stocks vor sich hertrieben. Im stillen verfluchte er sich dafür, dass er Großhirn nach Clouds Hill mitgenommen hatte.

Er hätte ihn auf die Hebriden schicken sollen – und von da aus weiter nach Norden bis ins Packeis.

Als sie an der Shakespeare-Statue vorbeikamen, bremste der Colonel seine Schritte, hielt Morgan am Arm zurück und wies auf den großen Schriftsteller, der lässig an einer Säule lehnte und die Passanten mit nachsichtigem Blick zu mustern schien. »Wie schrieb er so richtig? Es gibt mehr Dinge zwischen Himmel und Erden, als eure Schulweisheit sich erträumt.«

»Er war es aber auch, der meinte ›Die Hölle ist leer, alle Teufel sind hier‹«, entgegnete Morgan bitter und sah den Colonel lauernd an. »Und langsam glaube ich, er hatte recht.«

Nieder Kirchweg 115, Frankfurt / Deutschland

Diesmal ging Thomas Calis von der Wohnung über den vollgeparkten Hof direkt in die Hobby-Schrauber-Werkstatt. Nachdem er einen flüchtigen Blick in das kleine Büro geworfen hatte, wo die beiden blonden Empfangsdamen sich die Nägel feilten, ein angeregtes Gespräch führten und ihn nicht beachteten, schaute er sich in der Halle um. Alle Hebebühnen waren immer noch besetzt, und an manchen der Wagen, die samt und sonders ihre besten Tage bereits lange hinter sich hatten, arbeiteten bis zu vier Mann. Das Sprachengewirr war babylonisch, der Chef nirgends zu sehen. Calis wollte schon in die kleine Kaffeeküche weitergehen, da entdeckte er den Besitzer der Werkstatt an einer der Wuchtmaschinen neben einem Stapel Reifen und ging zu ihm hinüber.

»Sie sind vielleicht Spezialist im Dschungelkampf, aber ich bin hier der Fachmann für Fragen und die richtigen Antworten.«

Der Chef, der ihm den Rücken zugewandt und ihn nicht kommen gehört hatte, fuhr herum, ein langes Montiereisen in der Hand. Als er Calis erkannte, ließ er das Werkzeug sinken. »Ach, Sie sind das. Irgendetwas gefunden, das Ihnen weiterhilft?«

»Erneste Lacroix, Träger des Tigerkopfes nach der erfolgreichen Teilnahme am härtesten Kommandokurs der Welt im Dschungel des Amazonas. Elitesoldat vom kahl rasierten Kopf bis zu den auf Hochglanz gewichsten Stiefeln. Und Sie wollen mir weismachen, er habe jemand anderen bewundert? Er habe sich an die beiden Exlegionäre gehängt, weil er so sein wollte wie die? Lacroix war selbst brutal, kompromisslos und gehörte zu den Besten der Besten in der Legion. Er hatte es nicht nötig, jemandem nachzueifern. Also verscheißern Sie mich nicht und kommen wir lieber der Wahrheit ein Stück näher. Sonst nehme ich Sie einfach mit und sorge dafür, dass Ihre Schrauberbude schneller dichtgemacht wird, als Sie die erste Strophe der Marseillaise abgesungen haben.«

Der Werkstattleiter sah Calis nachdenklich an, schließlich nickte er. »Schießen Sie los und fragen Sie.«

»Zuerst Ihren Namen und Geburtsort, und erzählen Sie mir nicht die übliche Geschichte von Aubagne«, forderte ihn der Kommissar auf.

»Günther Kreutzer, geboren in Oppenheim am Rhein«, sagte der Chef tonlos und legte das Montiereisen auf die Wuchtmaschine zurück. »Kommen Sie, gehen wir in den Pausenraum, da ist es ruhiger.«

»Sie sind …?«, begann Calis erstaunt.

»Sein älterer Bruder«, bestätigte der Chef. »Ich war es, der Ernst zur Legion gebracht hat.« Er kramte in seiner Brusttasche nach den Gauloises und schüttelte die letzte Zigarette aus dem zerknautschten Päckchen. »Was genau ist mit ihm geschehen?«

»Das fragen Sie erst jetzt?«, wunderte sich Calis. »Was für eine Art von Beziehung hatten Sie zu Ihrem Bruder?«

»Eine zwiespältige«, antwortete Kreutzer, stieß die Tür zur Kaffeeküche auf und ließ sich auf einen der Stühle fallen. »Meine Frau mochte Ernst nicht, sie hatte Angst vor ihm. Ich habe spät geheiratet, müssen Sie wissen. Davor war die Legion mein Leben, nun sind es meine Frau und mein Sohn. Daran konnte sich Ernst nie gewöhnen, fand es zu verweichlicht, zu bieder, langweilig und uninteressant.«

»Er hatte sich also tatsächlich nicht zurechtgefunden im Zivilleben«, warf Calis ein. »Das war die Wahrheit.«

Kreutzer nickte. »Die Legion war nicht nur sein Familienersatz, sie war wie eine Droge für ihn. Je länger er weg war, desto mehr war er auf Entzug.«

»Warum ist er dann nicht dabeigeblieben?«, fragte der Kommissar und setzte sich auf eine Ecke des großen Tisches.

»Weil wir alle älter werden«, gab Kreutzer zurück, »und man sich irgendwann eingestehen muss, dass man nicht mehr so schnell, so stark und so hungrig ist wie die Jungen, die nachdrängen. Außerdem verschieben sich bei vielen die Prioritäten. Der Kampf wird härter, mit sich und mit den Gegnern in den Krisenherden. Irgendwann heißt es er oder ich. Die meisten gehen vorher zurück ins Zivilleben, motten die Uniformen ein und hängen nur mehr sonntagsabends in irgendwelchen Foren im Internet herum, um über die alten Zeiten zu plaudern. Außerdem ist der Gedanke an eine Pension mit fünfundvierzig irgendwo im Süden schon verlockend.«

»Aber Sie gingen zurück nach Deutschland«, stellte Calis fest. »Und Ernst ebenfalls.«

Kreutzer schob nachdenklich sein Feuerzeug auf der Tischplatte hin und her. »Ernst wollte in Nordafrika bleiben, in Casablanca oder Marrakesch ein Café aufmachen. Ich glaube, im Hinterkopf spielte er mit dem Gedanken, hie und da einen Söldnerauftrag anzunehmen. Also wollte er näher am Geschehen sein.« Er drückte die Gauloise aus. »Dann starben unsere Eltern kurz hintereinander, und das große Haus in Oppenheim stand leer. Ich hatte mir das hier aufgebaut und wollte nicht zurück in die Kleinstadt. Ernst versuchte es und scheiterte kläglich. Er wusste nichts mit sich anzufangen, wanderte durch die leeren Zimmer und konnte sich nicht dazu durchringen, sie neu einzurichten. Schließlich haben wir das Haus vor ein paar Monaten verkauft, und mein Bruder zog hierher. Übergangsweise, wie er beteuerte.«

»Er war auf dem Sprung zurück nach Nordafrika?«, fragte Calis.

»Im Geiste war er bereits da«, gab Kreutzer zu. »Mit dem Geld aus dem Hausverkauf und seiner Pension von der Legion hätte er sich den Traum vom Café locker erfüllen können. Aber dann ...«

»Dann traf er die beiden anderen Exlegionäre«, vollendete der Kommissar den Satz. »Die waren abgebrannt, hielten Arbeit für ein Fremdwort und waren auf der Suche nach einem lukrativen Job.«

»Ich hatte Angst, dass Ernst ihnen womöglich aus falsch verstandener Kameradschaft aus der finanziellen Patsche helfen und das Geld danach nie wiedersehen würde«, meinte der Chef düster. »Also habe ich das Sparbuch in Verwahrung genommen und es weggesperrt, als er wieder einmal mit den beiden um die Häuser zog und wie selbstverständlich die Zeche bezahlte. Als er das bemerkt hat, war er stinksauer auf mich. Er kam mehrere Tage nicht nach Hause, meldete sich nicht. Dann stand er plötzlich wieder vor der Halle, holte seinen Opel vom Hof und sagte, er würde nach Berlin fahren. Murmelte etwas von alten Kameraden und verschwand.«

Calis stand auf und wanderte in der kleinen Kaffeeküche auf und ab. »Ihr Bruder ist tatsächlich mit seinen beiden neuen Freunden nach Berlin gefahren. Sie hatten einen Job angenommen, einen, der viel Geld einbringen sollte. Eine halbe Million, um genau zu sein.«

Kreutzer sah den Kommissar mit gerunzelter Stirn an, sagte aber nichts.

»Ihr Auftrag war, in eine Produktionshalle von Siemens einzubrechen. Allerdings mussten sie dazu vorher einem Nachtwächter die Kehle durchschneiden, um an die Schlüssel zu kommen, die Portiersloge zu besetzen und die Überwachungskameras auszutricksen. Nachdem sie dem toten Wachmann die Schlüssel abgenommen hatten, betraten zwei Mann das Gelände, um das zu holen, weswegen sie nach Berlin gekommen waren. Denn ich bin fest davon überzeugt, dass sie etwas mitnahmen. Dann ging es zurück an den Main. Wenig später waren ihr Bruder und seine Freunde tot. In die Luft gesprengt von ihrem Auftraggeber, der so versuchte, alle Spuren zu verwischen. Wohl gemerkt, nachdem er das in Empfang genommen hatte, was ihm die drei aus Berlin mitgebracht hatten.«

Kreutzer räusperte sich und blickte starr auf seine öligen Hände. »War… waren das die Explosionen in der Arolser Straße, von denen die Zeitungen berichtet haben?«

»Ja, das waren sie«, antwortete Calis. »Was wissen Sie von dem Job?«

Kreutzer zuckte die Schultern. »Gar nichts, ehrlich. Ich würde das

Schwein gerne erwischen, das Ernst in die Luft gesprengt hat, glauben Sie mir. Um die beiden anderen ist es nicht schade ...«

»Vielleicht ist es um Ihren Bruder auch nicht schade«, gab der Kommissar ungerührt zurück, stützte sich mit beiden Händen auf den Tisch und fixierte Kreutzer. »Vielleicht war er es ja, der dem Wachmann das Messer in die Kehle gerammt hat, in der alten Tradition des Dschungelkampfes. Lautlos töten. Haben Sie das nicht gelernt? In Brasilien, Surinam, Venezuela, Ecuador oder Kolumbien?«

»Sie sind bemerkenswert gut informiert«, murmelte Kreutzer und erhob sich. »Ich habe Ihnen alles gesagt, was ich weiß. Und jetzt muss ich wieder an die Arbeit. Mein Bruder war Soldat, kein Mörder.«

»In den Augen vieler nur ein marginaler Unterschied«, gab Calis zu bedenken. »Beide befördern andere aus dem Leben in den Tod. Nur über die Rechtmäßigkeit lässt sich streiten.«

Kreutzer drehte sich wortlos um und verließ die Kaffeeküche. Aus der Halle tönten Hammerschläge und das Geräusch eines Kompressors, der ein wenig asthmatisch klang. Dann schloss sich die Tür hinter ihm und der Lärm wurde leiser.

Calis trat ans Fenster zum Hof und lehnte die Stirn gegen die Scheibe. Aus einem VW-Bus, der mit quietschenden Bremsen anhielt, quoll eine türkische Großfamilie, die sich lautstark unterhielt.

Und was jetzt? Doch zurück nach Berlin? Tronheim war tot, sein Mörder ebenfalls, welcher der drei Exlegionäre auch immer den Nachtportier getötet hatte. Nun hatten sie zwar den Namen, ein Leben und wussten über die Vergangenheit von einem der Täter Bescheid, waren aber trotzdem noch keinen Schritt weiter, um Blondschopf wirklich auf die Pelle zu rücken. Keine Verbindung, keine Spuren, nichts.

Sackgasse.

Wie und wo waren Blondschopf und die beiden abgebrannten Exlegionäre zusammengetroffen? Denn eines war so gut wie sicher – Kreutzer hatte den Job weder gebraucht, noch sah es ihm ähnlich, dass er ihn angenommen hatte ... Oder doch? Dachte Calis in die ganz falsche Richtung? War es Kreutzer, der dringend Geld benötigt hatte, weil sein Bruder ihm das Sparbuch vor der Nase weggenommen und in den Safe eingeschlossen hatte? Wollte er das Café in Marrakesch mit Blutgeld finanzieren? Und wie hatte Leutnant Lambert gesagt? »Stellen

Sie sich eine abgezogene Handgranate vor, an der gerade noch jemand den Sicherungshebel drückt.«

Der Kommissar hörte die Tür der Kaffeeküche aufgehen und drehte sich um.

»Ich glaube, ich habe etwas gefunden«, verkündete Martina Trapp siegessicher und hielt triumphierend den Laptop hoch. »Stellen Sie sich vor ...«

»... der Werkstattbesitzer ist der Bruder unseres Ernst Kreutzer«, unterbrach sie Calis und winkte mutlos ab. Der verständnislose Blick, den ihm Trapp zuwarf, ließ ihn jedoch neue Hoffnung schöpfen.

»Nein ... wirklich ... wieso?«, stotterte die Oberkommissarin. Dann schüttelte sie den Kopf und stellte den Computer auf den Tisch. »Ich habe etwas ganz anderes gemeint. Ich habe Blondschopf gefunden.«

Bagram Air Base, nahe Charikar, Provinz Parwan / Afghanistan

Es war fast dunkel geworden auf dem kurzen Flug von der afghanisch-pakistanischen Grenze zur amerikanischen Bagram Air Base, und John Finch war froh über das ausgeklügelte Navigationssystem, das den eingegebenen Zielpunkt mit traumwandlerischer Sicherheit ansteuerte. Die beiden F-15 Eagle waren der Harrier nicht von der Seite gewichen.

Ein atemberaubender Himmel in allen Farben, von tiefblau bis lila, auf dem nach und nach Myriaden von Sternen aufblitzten, erstreckte sich über der Kanzel des Jets. Die Berge des Hindukusch lagen hinter ihnen und versanken langsam in der Dunkelheit, während die Lichter von Kabul immer näher kamen und heller leuchteten.

»Folgen Sie uns für den Landeanflug«, forderte einer seiner beiden Begleiter Finch auf. »Wir haben die Freigabe für Runway Two. Schalten Sie bitte auf Frequenz 122,100 für die genauen Anweisungen vom Tower Bagram.«

»Roger«, antwortete Finch und tippte die Zahlen in das Funkgerät ein. »Tower Bagram, hier spricht der Pilot der Harrier ohne Kennung, Flugroute Hindon Air Base – Chitral – Bagram. Erbitte Landeerlaubnis.«

»Harrier, Sie haben Landeerlaubnis auf Runway Two. Folgen Sie Ihrer Eskorte anschließend zum Hangar der technischen Abteilung.«

Als die Positionslichter der beiden Start- und Landebahnen aufflammten, korrigierte Finch leicht den Kurs und fuhr das Fahrwerk aus. Die amerikanischen Jagdflugzeuge folgten wenige Sekunden später seinem Vorbild.

»Schließen Sie mit Ihrem Oldtimer ruhig dichter auf, Sir«, meinte einer der beiden Piloten der F-15. »Eine saubere Landung im Formationsflug vor dem versammelten Lametta lässt mich die verlorene Wette verschmerzen.«

Finch musste grinsen und rückte näher an die Eagles heran. »Kein Problem. Ich hoffe, der Runway ist breit genug.«

»Bleiben Sie einfach in der Mitte, Sir, wir kümmern uns um den Rest«, versicherte ihm der Pilot mit dem texanischen Akzent. »Ihre Show und Sie haben den Vortritt.« Wie auf ein Kommando schwenkten die F-15 zur Seite, nahmen Gas weg und ließen die Harrier durch, bevor sie hinter Finch erneut ihre Positionen einnahmen.

Die drei Jets schwebten wie in einer perfekten Choreographie ein und landeten gleichzeitig auf Runway Two. Dann gaben die Piloten Gegenschub, bremsten und ließen die Flugzeuge ausrollen.

»Welcome to Bagram Air Base«, hörte Finch über den Bordfunk, »und willkommen in Afghanistan.«

»Mr. Salam?«, wandte sich Finch an seinen schweigsamen Passagier. »Alles o. k.? Gleich können wir uns für eine halbe Stunde die Beine vertreten, bevor es weitergeht.«

»Ich muss gestehen, dass ich den letzten Teil des Fluges etwas mehr genossen habe als den ersten«, gab Salam lächelnd zurück. »Er war weniger ...« Er suchte nach dem passenden Wort.

»Weniger aufregend, meinen Sie?«, kam ihm Finch zu Hilfe und reihte sich hinter den F-15 ein, die nun die Führung übernommen hatten und vom Runway abbogen.

»Ganz genau, weniger Aufregungen«, bestätigte der Chief. »Und

Danke für Ihren Einsatz, Mr. Finch. Ohne Sie wäre ich nicht mehr am Leben.«

»Keine Ursache«, meinte Finch. »Sagen Sie das lieber unserem gemeinsamen Freund, Sie wissen schon, dem mit der ungeheuren Überzeugungskraft und den grenzenlosen Beziehungen. Ohne ihn wäre ich nicht geflogen.«

Für einen Augenblick dachte er an Dr. Mokhtar, die in Alexandria nach dem Attentat um ihr Leben kämpfte, und an Sparrow, den er in der Obhut von Sharif, dem Hotelboy, zurückgelassen hatte und an Fiona, die sicher bereits versucht hatte, ihn zu erreichen. Und da war da noch Inspektor Al Feshawi, der ihn in der Zwischenzeit sicher bereits schmerzlich vermisst hatte ...

Die F-15 hielten am südlichen Ende des Rollfelds vor einem sandfarben gestrichenen Hangar an, dessen Schiebtor zurückglitt und den Blick auf einen hell erleuchteten Innenraum freigab. »TechOps«, sagte einer der Piloten, »rollen Sie ruhig hinein, Sie werden erwartet, Sir. Wir wünschen Ihnen einen guten Weiterflug. Bis demnächst vielleicht.«

Kaum war die Harrier zum Stillstand gekommen und die Turbine verstummt, stürzte sich eine Truppe von Technikern und Mechanikern auf den Jet. Ein Mann im weißen Kittel, ein Klemmbrett unter dem Arm, wartete bereits auf Finch und Salam, als sie ausstiegen.

»Gregory White, derzeitiger Einsatzleiter der TechOps in Bagram und damit zuständig für Ihren Weiterflug«, stellte er sich vor und schüttelte Finchs Hand, als wolle er sie nie wieder loslassen. »Wir haben nicht viel Zeit, Sie sind ein wenig später dran als geplant und viel später als erhofft.«

»Das nächste Mal fliege ich einfach schneller«, grinste Finch mit einem Seitenblick auf Salam, »ohne Zwischenlandung an irgendwelchen Flüssen.« Er deutete auf das zweite Cockpit. »Die Aufkleber liegen neben dem Sitz.«

»Perfekt«, freute sich White. »Geben Sie uns zwanzig Minuten zum Auftanken, für einen kurzen technischen Check, das Aktivieren der Radarkennung und das Einreichen Ihres Flugplans nach Tiflis. Die Überführungsreichweite der Harrier liegt weit über den 2 250 Kilometern bis zum Tbilisi International Airport. Sollte also kein Problem sein. Für die Landung suchen wir um eine Ausnahmegenehmigung an, weil es sich eigentlich um einen zivilen Flughafen handelt. Aber Sie wollen ja Ihren nächsten Flug erreichen ...« Der Techniker lächelte verschmitzt und wies auf eine schmale Tür im Hintergrund der kleinen Halle. »Da drüben haben wir einen kleinen Imbiss für Sie vorbereitet. Gehen Sie ruhig, wir kümmern uns inzwischen um alles.«

»Tiflis?«, fragte Salam überrascht, während er neben Finch durch die Halle lief. »Georgien?«

»Genau, wir nehmen von da den Flug um 05.25 Uhr, British Airways direkt nach Heathrow«, antwortete Finch und stieß die Tür zu einem kleinen Pausenraum auf, in dessen Mitte ein Tisch mit Brötchen und Getränken stand. »Ankunft 10.30 Uhr, schneller und bequemer geht es auch nicht mit der Harrier. Ganz abgesehen von den Zwischenstopps fürs Auftanken und dem endlosen Papierkrieg für die Genehmigungen ... Und jetzt greifen Sie zu.«

Als Finch und Salam fünfzehn Minuten später wieder den Hangar betraten, leuchteten ihnen die Farben der Royal Air Force vom Leitwerk, den Flügeln und dem Rumpf der Harrier entgegen.

»Na also, das sieht ja schon viel besser aus«, murmelte Finch, »was ein paar Abziehbilder doch für eine Wirkung haben. Wir sind wieder legal unterwegs.«

»Das waren also Ihre Aufkleber, die Sie aus Indien mitgebracht haben?«, wunderte sich der Chief. »Und Sie meinen, die fliegen uns nicht beim Start sofort davon?«

»Negativ.« Der Pilot schüttelte den Kopf. »Spezialkleber aus den geheimen Entwicklungslabors der CIA. Geht nie wieder ab.«

White kam ihnen entgegen und machte einen zufriedenen Eindruck. »Wir sind fast fertig und warten nur noch auf die Überfluggenehmigung von Aserbaidschan. Eine reine Formalität.« Er blickte auf seine Liste und hakte einen Punkt nach dem anderen ab. »Die Funkkennung wurde wieder aktiviert, die Radarkennung ebenfalls, Ihre Tanks sind randvoll. Tiflis hat Ihre Landung bewilligt, Turkmenistan Ihren Überflug als unbewaffneter britischer Jet auf einer Überstellungsmission. Der Tower hier hat Ihnen Startpriorität eingeräumt. Die

Flugroute ist in den Rechner der Harrier programmiert, alle Unterlagen dazu sind im Cockpit.«

In diesem Augenblick piepste sein Handy, und White nahm das Gespräch an. »Hervorragend«, sagte er nur, dann legte er auf. »Aserbaidschan hat die Genehmigung erwartungsgemäß erteilt. Damit ist unser Teil der Aufgabe erledigt. Guten Flug, meine Herren!«

Fünfzehn Minuten später donnerte die Harrier den Runway Two hinunter, hob die Nase und stieg wie ein Pfeil in den Nachthimmel über Afghanistan. Finch fuhr das Fahrwerk ein und legte den Jet in eine weite Rechtskurve. Während er auf die Lichter von Kabul in der Ferne schaute, dachte er mit Wehmut daran, dass dies sicher der letzte Flug seines Lebens am Steuerknüppel eines Militärjets sein würde. Ab jetzt wären wohl weniger elitäre Fluggeräte an der Reihe, und der Club der Jetfighter-Pilots würde ein weiteres Mitglied in Pension schicken ...

Aber wenigstens war es ein Abgang mit Stil gewesen, tröstete sich Finch und meldete sich beim Bagram Tower ab. Besser als der Falklandkrieg, erfolgreicher als viele Einsätze, die er geflogen hatte. Dann warf er einen Blick hinauf zu den Sternen, die zum Greifen nah schienen. Trotzdem kam Finch der Himmel endlos vor, und ein Gefühl der Ruhe überkam ihn.

»Ich hoffe, du bist zufrieden, Vater«, murmelte er, »denn so etwas Verrücktes mache ich in nächster Zukunft sicher kein zweites Mal.«

---

29. Juli 1935, Haymarket, City of Westminster, London / England

---

»Sie haben eine beneidenswert gute Aussicht von hier, Sir«, bemerkte Andrew Morgan und lehnte sich über die Brüstung, um besser sehen zu können. Die Fenster der kleinen Wohnung im letzten Stock des gepflegten Altbaus an der Ecke Charles II Street und Haymarket erlaubten einen direkten Blick auf das Theatre Royal mit seinen griechischen Säulen und dem klassizistischen Vorbau. »Wie kommt man als Beamter der Krone zu solch einer Wohnung? Glück oder Intrige?«

»Ich musste nur vergleichsweise wenige umbringen, bevor ich einziehen konnte«, antwortete Majors lächelnd. »Mag die Vergangenheit des Haymarket auch nicht so rosig sein und sein Ruf vor langer Zeit ruiniert, so ist es doch für mich ein perfekter Ort im Herzen der Stadt. Ich war nie ein Landmensch, Gott sei Dank, also fehlt mir hier nichts. Zu viel Grün löst bei mir eine Depression aus. An Dorset denke ich nur mit Schaudern zurück. Wie es Lawrence in diesem Puppenhaus jahrelang aushalten konnte, ist mir ein Rätsel.«

Morgan und der Colonel hatten nach einem kurzen Spaziergang, der großteils schweigend verlaufen war, den Haymarket erreicht und waren die breiten, eleganten Marmortreppen zu Majors Wohnung hinaufgestiegen. Nun standen sie, beide einen Drink in der Hand, vor dem großen Fenster und beobachteten die Passanten, die dem Sommerabend entgegenflanierten. Zwischen den warmen, von der Sonne aufgeheizten Häuserfassaden, zogen Mauersegler ihre Kreise auf der Suche nach Insekten.

»Dieses Cottage war perfekt, um sich vor der Welt zu verstecken«, gab Morgan zu bedenken. »Wo hatte er es nicht überall versucht! In der Air Force, bei den Panzertruppen, auf ständig neuen Reisen, unter immer wechselnden Namen. Er, der ruhmreiche Offizier der Krone, der bei den aufständischen und gegen die Mittelmächte aufgewiegelten Arabern im Hedschas, sowie als Diplomat während der anschließenden Friedenskonferenzen in Paris und Kairo hoch angesehen war. Hat man nicht ihm den maßgeblichen Anteil an der politischen Neuordnung des Nahen Ostens zugeschrieben?«

Majors nahm einen Schluck Sherry, bevor er antwortete. »Und doch war sein Stern bereits 1918 im Sinken begriffen. Nach Kriegsende nahm man ihn im Westen vornehmlich als Araberfreund wahr, während die Araber ihn angesichts der Nachkriegsregelungen für den Nahen Osten und den daraus entstehenden Vorteilen für die Entente als Verräter an der arabischen Sache sahen. Er saß zwischen zwei Stühlen und hatte es doch nur gut gemeint.«

Morgan nickte gedankenverloren. »Er muss politisch ziemlich desillusioniert gewesen sein, als er nach England zurückkehrte. Hat er nicht in seinem Vorwort zur Prachtausgabe von 1926 geschrieben: ›Wäre ich ein aufrichtiger Berater der Araber gewesen, dann hätte ich ihnen geraten, nach Hause zu gehen und nicht ihr Leben für eine solche Gaukelei zu riskieren.‹?«

Majors brummte zustimmend. Er runzelte die Stirn. Der Informationsstand des jungen Geheimdienstmitarbeiters begann, ihm ernsthaft Sorgen zu machen. Wie tief hatte sich Morgan in das Leben des Lawrence of Arabia tatsächlich eingearbeitet? War er vielleicht sogar auf sein Geheimnis gestoßen?

Der Colonel wischte den Gedanken beiseite. Wozu er, Frank Majors, fast zwölf Jahre gebraucht hatte, würde selbst Großhirn, egal wie scharfsinnig er sein mochte, nicht über Nacht entdecken.

»Nun, vielleicht wäre es jetzt an der Zeit, die Katze aus dem Sack zu lassen«, brummte Majors. »Sie wollten mich sprechen? Worum geht es? Und sagen Sie mir nicht, Sie hätten es zwischen Shakespeares Denkmal und Ihrem Drink vergessen.«

Morgan schüttelte den Kopf. »Keineswegs, Sir. Ich wende mich an Sie wegen einer Aufgabe, die ich vor kurzem erhalten habe. Sie erinnern sich an Clouds Hill und die Kisten, die wir mit all den Habseligkeiten von Shaw gefüllt hatten. Nun, die versprochenen Experten, die all das durchsuchen und katalogisieren sollten, wurden rasch wieder abgezogen oder kamen erst gar nicht nach Dorset. Es kam so, wie Sie vorhergesehen hatten. Also transportierte man die Kisten gemeinsam mit den Untersuchungsergebnissen, meinen Fotos und allen Berichten über den Unfall von der Kaserne nach London. Und nun soll ich den Inhalt sortieren und erfassen und danach einen Abschlussbericht schreiben.«

Der Colonel nickte Morgan ermunternd zu. »Eine weitere Sprosse auf Ihrer Karriereleiter, Großhirn. Halte ich für eine ausgezeichnete Idee. Sie werden die Aufgabe bravourös lösen, da bin ich ganz sicher.«

»Ich habe also als Erstes den Inhalt gesichtet«, fuhr Morgan unbeirrt fort, »und dabei festgestellt, dass viele Dinge fehlen, die wir damals in Clouds Hill gefunden und sichergestellt haben.«

Majors sah ihn interessiert an und hoffte gleichzeitig, dass ihm seine Nervosität nicht anzumerken war. »Nämlich?«

»Zum Beispiel die Fotos der Frankreichfahrt mit all den Schlössern und Burgen, die Shaw während seines Studiums mit dem Fahrrad besucht hatte«, zählte Morgan auf. »Oder die Bilder der Reise zu Fuß durch Syrien und Palästina, wie auch seine Tagebücher, die wir in der Bibliothek gefunden hatten oder meine Fotos der griechischen Inschrift über der Tür zum Lesezimmer. Alles verschwunden.«

»Vergessen Sie nicht, Großhirn, dass die Kisten wochenlang in der Kaserne von Bovington herumstanden und auf die Experten warteten, die niemals kamen oder sich mit einer raschen, oberflächlichen Begutachtung begnügten«, wandte der Colonel ein. »Wer weiß, wer in der Special Branch außer uns noch Zugriff auf die Kartons hatte? Für unsere Abteilung war die Angelegenheit erledigt, als die Totengräber den Sarg in die Grube hinabließen. Clouds Hill war sauber wie ein frisch gewaschener Kinderpopo, der Inhalt des Hauses sicher verpackt, der Bewohner des Cottage tot. Special Branch war zufrieden.«

Morgan schaute aus dem Fenster und wippte auf den Zehenspitzen. Er sah ganz und gar nicht überzeugt aus. Majors fragte sich, ob es Angst war, die in den Augen des jungen Geheimdienstmannes aufblitzte.

»Dazu kommt, dass immer mehr Widersprüche auftauchen, je genauer ich hinsehe. Lawrence hat in zwölf Jahren acht neue Brough Superior gekauft. Sie gelten, wie Sie wissen, als zweirädrige Rolls-Royce, die teuersten Motorräder der Welt. Stückpreis zwischen hundertdreißig und hundertachtzig Pfund, das gesamte Jahreseinkommen eines Arbeiters. Trotzdem berichteten die Zeitungen und sein Freundeskreis einhellig davon, dass Lawrence als armer Mann gestorben sei. Er habe bis auf eine kleine Summe sein gesamtes Einkommen militärischen wohltätigen Einrichtungen gespendet. Woher hatte er dann das Geld, um sich stets aufs Neue die teuren Sportmotorräder von George Brough leisten zu können? Zum Zeitpunkt seines Unfalls vor zwei Monaten wurde bereits die neunte Brough in den Ateliers in Nottingham für ihn gebaut. Und ja, er hatte sie bereits bezahlt! Zum vollen Preis.«

Majors horchte auf. »Die Geschichte vom armen Lawrence habe ich auch gehört, aber ich halte sie für ein Gerücht«, sagte er dann entschieden. »Ein weiterer Stein in seiner sorgsam errichteten Fassade. Merken Sie sich eines für Ihre Arbeit mit der Hinterlassenschaft des britischen Beduinenführers, Morgan: Glauben Sie nur das, was Sie sehen und nachprüfen können.«

»Genau das ist ja so schwierig, Sir«, seufzte Morgan. »Heute Morgen ist nämlich eines der verschwundenen Tagebücher von Lawrence wieder aufgetaucht und wurde der Special Branch zugespielt. Das ist auch der eigentliche Grund für meinen Besuch.«

»Umso besser, das sollte Ihre Arbeit erleichtern«, stellte Majors fest und leerte sein Glas.

»Leider ist genau das Gegenteil der Fall«, entgegnete Morgan. »Die wichtigsten Seiten wurden entfernt, sorgsam herausgeschnitten. Der Rest liefert wenige Antworten, sondern wirft über weite Teile nur Fragen auf, beschreibt die Gedanken des Verfassers, aber weniger seine Taten. Es sieht erneut so aus, als sei jemand mit dem Feinkamm durch die Aufzeichnungen gegangen, wie schon bei den Manuskripten der *Sieben Säulen*.«

»Hmm ...«, brummte der Colonel und schenkte Sherry nach. »Würde dem Service ähnlich sehen ... Passen Sie auf, Großhirn, dass Sie nicht zwischen die Fronten geraten.«

Morgans Hand mit dem Glas zitterte leicht, und er fuhr sich nervös mit der Zunge über die Lippen. Dann räusperte er sich, nahm einen Anlauf, räusperte sich nochmals. Endlich entschied er sich dazu, seine Frage zu stellen: »Wer hat Shaw getötet, Sir?«

Der Colonel sagte nichts, trat ans Fenster und blickte hinunter auf die Charles II Street, die nun bereits im Schatten lag. Die ersten Lichter im Theatre Royal gingen an, und zwei große, auf Hochglanz polierte Mercedes-Cabriolets hielten vor den Säulen, um eine Gruppe eleganter Damen mit Stola und Hut aussteigen zu lassen.

»Wenn ich Ihnen das beantworte, dann dürfte ich Sie nicht mehr lebend aus dieser Wohnung lassen«, antwortete Majors schließlich und drehte sich um. Morgan wich seinem Blick aus. »Wie kommen Sie überhaupt darauf?«

Morgan betrachtete angestrengt seine Fußspitzen. »Shaw war ein langjähriger, hervorragender Motorradfahrer und zum Zeitpunkt des Unfalls mit kaum vierzig Meilen auf einer kerzengeraden Straße unterwegs. Das geht aus dem vertraulichen Bericht der Sachverständigen hervor. Die Brough ist bekannt dafür, dass sie knapp zweihundert Spitze läuft. Shaw hätte gar nicht an einem Tag achthundert Kilometer auf englischen Landstraßen zurücklegen können, wenn er nicht schnell gefahren wäre – und die Brough dabei beherrscht hätte. Betrachtet man sich die Schäden am Motorrad, dann sind sie nicht wirklich elementar. Verbogener Lenker, verbeulter Auspuff und Tank, Kratzer und eine verdrehte Felge. Ich habe also keinen Grund, an den vierzig Meilen zu zweifeln. Shaw war für seine Begriffe geradezu gemütlich unterwegs nach Hause, als es geschah. Wegen zwei Radfahrern wäre er nie gestürzt. Also muss jemand nachgeholfen haben.«

»Wenn Sie darüber etwas in Ihrem Bericht schreiben, dann werden Sie nicht lange genug leben, um die Tinte trocknen zu sehen«, stellte Majors mit Nachdruck fest. »Vergessen Sie das alles sofort wieder, wenn es auch gut beobachtet ist und einige der Fakten gewisse Schlussfolgerungen nahelegen. Machen Sie das, was man von Ihnen erwartet – erfassen Sie den Inhalt der Kisten, beschreiben Sie Clouds Hill, aber lassen Sie Ihre literarischen Anwandlungen. Vergessen Sie den Unfall, und hüten Sie sich vor Verdächtigungen, die niemand von Ihnen hören will. Sie sind ein etwas spezieller Buchhalter in diesem Fall, kein Wahrsager oder Detektiv. Lassen Sie niemanden vermuten, dass Sie weiter denken können als bis zum nächsten Zahltag. Sonst findet man in diesem riesigen Empire rascher einen Posten als Fußabstreifer in den Bergen von Burma für Sie, als Sie packen können. Und zwar mit einem One-Way-Ticket.«

Morgan starrte schweigend in den großen Kamin, in dem drei dicke Scheite auf den nächsten Herbst warteten. Schließlich nickte er. »Sie haben sicher recht, Sir, und ich bin Ihnen sehr dankbar für Ihren Rat.« Er verbeugte sich ein wenig linkisch und streckte Majors die Hand hin. »Auf Wiedersehen, Sir, und bitte behalten Sie unsere Unterhaltung für sich. Danke für den Sherry. Ich finde hinaus, bemühen Sie sich nicht.«

Als Majors die Wohnungstür zuschlagen hörte, atmete er auf und lehnte sich gegen das hohe Bücherregal, das bis auf den letzten Zentimeter gefüllt war. Er zog den Webley 38er unter seinem Jackett hervor und legte ihn achtlos auf eine der Bücherreihen ins Regal, bevor er zum Tisch hinüberging und sich eine weitere großzügige Portion Sherry eingoss. Dann prostete er sich im großen, geschliffenen Spiegel schweigend zu. Der gute Morgan ... Schlauer als ein Fuchs, mit einem unbestechlichen Auge für Zusammenhänge.

Und trotzdem – wen kümmerte es schon, wer Shaw zu Boden geschickt hatte?

Die Zeit war knapp geworden, und Special Branch hatte auf eine Lösung gedrängt, vor allem nach Shaws ersten Kontakten mit den englischen Faschisten. Nach dem Anruf des Postbeamten hatte alles schnell gehen müssen. Zum Glück hatte der schwarze Lieferwagen auf dem Kasernenhof in Bovington gestanden, er hatte die Muster neuer Uniformen zur Begutachtung gebracht. Majors musste improvisieren, schnappte sich einen jungen Soldaten und setzte ihn ans Steuer, bevor er selbst auf den Beifahrersitz kletterte. Das Montageeisen lag im Fußraum, und Majors hatte im wahrsten Sinne des Wortes die Gelegenheit ergriffen …

Die Wucht des Schlages aus dem Seitenfenster des schwarzen Lieferwagens auf seinen Kopf musste Shaw die Stirn eingedrückt haben. Majors spürte noch die Knochen splittern, sah ihn fallen, die schwere Maschine über die Straße schlittern, hörte den erschrockenen Aufschrei der beiden radelnden Jungen. »Weiterfahren!«, hatte er den jungen Soldaten angeherrscht, der bremsen und sofort Erste Hilfe leisten wollte. Dann erst war ein bewusster Gedanke durch den Adrenalinnebel in Majors' Hirn aufgetaucht:

Schade um die Brough Superior …

Osteria Safo, Kennedyallee, Sachsenhausen / Frankfurt

»Wir hätten heute Abend einen der Tische auf der Terrasse frei, wenn Sie möchten und es Ihnen nicht zu kühl ist?« Die Kellnerin in ihrer langen weißen Schürze und dem Drei-Knopf-Dekolleté strahlte Calis an wie den heimgekehrten, lange verschollen geglaubten Verlobten. »Ich bediene heute draußen«, ließ sie ihn mit blitzenden Augen wissen, während sie mit der Zunge über ihre Lippen fuhr.

Martina Trapp, die noch den Laptop aus dem Golf geholt hatte und nun neben Calis trat, verdrehte die Augen. »Strengen Sie sich nicht an, der Herr hat andere Vorlieben«, warf sie lächelnd ein. »Wo ist der Tisch?«

Die Kellnerin musterte sie kurz von oben bis unten, zuckte die Schultern, strahlte dann Calis nochmals an und ging schließlich voran.

»Lassen Sie mich nicht vergessen – spätestens mit Dienstschluss muss ich Sie jeden Tag loswerden«, raunte Calis Trapp zu, »sonst sabotieren Sie meine erotischen Abende in Frankfurt, und ich habe nichts zu erzählen, wenn ich nach Hause komme.«

»Wer steht schon auf Dreizeiler?«, raunte Trapp vergnügt zurück. »Wir brauchen für unsere heißen Tänze durch die Nacht keine Berliner Kommissare.«

Die Terrasse war bis auf einen Tisch voll besetzt. Auf zwei vom Flutlicht taghell erleuchteten Tennisplätzen wurden verbissen und lautstark die letzten Bälle eines Matchs geschlagen. Nachdem die Kellnerin die Speisekarten auf den Tisch gelegt und zwei Kerzen angezündet hatte, war sie mit einem verschwörerischen »Bin gleich wieder bei Ihnen« verschwunden.

»Wenn das keine Drohung ist«, schmunzelte Trapp und klappte die Speisekarte auf.

»Sie sind auffallend gut gelaunt, Frau Oberkommissar«, stellte Calis fest und warf der Kellnerin einen letzten Blick hinterher. Süßer Po. Dann blickte er wieder auf Sommersprossen, Stupsnase und in braungrüne Augen, die ihn strafend musterten.

»Tz, tz, tz, wenn ich es nicht besser wüsste«, murmelte Trapp und blätterte auf die Hauptspeisenseite.

»Sie wissen gar nichts«, wehrte Calis ab und vertiefte sich in die Liste der Pastagerichte. »Also, was ist die Veranlassung für den überraschenden Wechsel der Gemütsverfassung? Am Nachmittag klang das noch alles ganz anders.«

»Dass es die Frankfurter Polizei war, die auf Kreutzers Festplatte Blondschopf ausfindig gemacht hat«, grinste Trapp herausfordernd.

»War kein großes Kunststück, nachdem die Berliner Polizei die Schlüssel für die Wohnung und das Passwort beschafft hatte.« Calis schwankte zwischen Tagliatelle con Salmone oder einer Pizza Quattro Stagioni. »Sonst hätten Sie einen Durchsuchungsbefehl gebraucht, den Laptop zu ihren Spezialisten bringen und dann erst mal warten müssen. Lange warten müssen.« Und einen Rotwein, beschloss er, am besten eine Flasche. »Aber ich will ihren Triumph gar nicht schmälern. Wenn das so ist, dann zahlen Sie heute Abend Speis und Trank. Wer den Erfolg hat, gibt eine Runde aus.«

»Ist das eine neue Berliner Regel?«, wunderte sich Trapp. »Bei uns zahlt normalerweise immer der Verlierer.«

»Und bei uns verliert der Zahler«, feixte Calis. »Aber daran soll es nicht scheitern. Über die Rechnung reden wir später. Ich habe Hunger und Durst, und die Kellnerin sieht sehr willig aus, mich aus diesem Dilemma zu befreien.«

»Und noch aus anderen«, bemerkte die Oberkommissarin spitz und blätterte etwas planlos in der Speisekarte.

»Ihre Sommersprossen werden dunkler, wenn Sie sich ärgern«, bemerkte Calis.

»Gar nicht wahr!«, gab Trapp zurück und musste lachen. »So ein Schwachsinn. Sie brauchen eine stärkere Brille. Was nehmen Sie?«

»Das wollte ich auch gerade fragen«, verkündete die Kellnerin, die an ihren Tisch trat und Trapps letzte Worte gehört hatte. »Wir haben auch noch einen Heilbutt, der es nicht bis auf die Karte geschafft hat, weil er so frisch ist, und zarte Kalbsleber mit Rosmarinkartoffeln.«

Calis sah Trapp fragend an. »Kalbsleber ist eine hervorragende Idee, mit den Kartoffeln und einer Insalata Mista«, nickte sie.

»Dann machen Sie zweimal Leber draus und bringen Sie uns dazu eine Flasche Montepulciano und ein großes Mineralwasser«, bestellte Calis, während Trapp den Laptop aufklappte und das System hochfuhr.

»Wie ich Ihnen schon sagte, habe ich mir als Erstes die E-Mails vorgenommen«, begann die Oberkommissarin. »Vielleicht finden wir noch andere Schreiben oder Dokumente auf der Festplatte, aber nachdem ich die gelöschten Mails durchforstet habe, bin ich auf eine Korrespondenz gestoßen, die wenige Tage vor dem Mord in Berlin begann und einen Tag vorher endete. Zu dem Zeitpunkt also, an dem Kreutzer und seine beiden Komplizen bereits auf dem Weg in die Hauptstadt gewesen sein mussten. Der Absender ist ein mysteriöser J. v. S., und der Inhalt ist brisant.« Die Oberkommissarin loggte sich ins System ein und öffnete eine Datei, die sie auf dem Desktop abgelegt hatte. »Ich habe alle Mails zusammengefasst. Es sind fünf insgesamt, und wenn Sie es nicht so eilig gehabt hätten, aus der Werkstatt zu verschwinden, hätte ich Sie Ihnen schon früher gezeigt.«

»Ich habe dem Frieden nicht getraut«, gab Calis zu. »Bruder Kreutzer stand zwar noch unter Schock, aber wahrscheinlich hätte er uns am liebsten Pest und Cholera an den Hals gewünscht und uns den Laptop nie freiwillig mitgegeben. Er wollte den Mörder seines Bruders selbst finden, meinte er. Wie das bei Exlegionären endet, erfordert nicht viel Phantasie.«

»Aber ein netter Abgang für Blondschopf wäre es, geben Sie es zu«, grinste Trapp.

»Ein Zug an Ihnen, der mir Sorgen macht.« Calis schenkte ein Glas Rotwein ein und schob es zu Trapp hinüber. »Sprengung um Sprengung?«

Trapp nickte mit einem schiefen Lächeln, drehte den Bildschirm um und ließ Calis die Mails lesen. »Zusammengefasst geht es um einen Auftrag in B., der mit 500k honoriert werden soll. B ist gleich Berlin, 500 000 Euro, alles passt. Was mich überrascht ist, dass offenbar niemand wusste, wie der Gegenstand aussieht, der aus der Siemens-Turbinenhalle geholt werden sollte.«

»›Was immer sich hinter der Niete befindet, über die wir gesprochen haben‹,«, zitierte Calis während er las. »Das heißt, sie müssen vorher bereits telefoniert oder sich getroffen haben. Nur über die Höhe des Honorars gab es offenbar Diskussionen. ›Mein Auftraggeber hat Ihrer erhöhten Forderung doch zugestimmt‹, schreibt unser J. v. S. hier. Er war also nur ein Mittelsmann, der die Schmutzarbeit in Auftrag gab.« Calis scrollte weiter. »Klingt wie ein normaler Transportauftrag. Genaue Adresse, Termin Ostermontagabend, möglichst rasche Lieferung nach FF.«

»Frankfurt am Main.«

»Ist mir auch klar.« Calis nahm einen großen Schluck Montepulciano. »Übergabe wie vereinbart. Das ist nicht viel, was wir da in der Hand haben.«

»Lesen Sie die letzte Mail, bevor Sie falsche Schlüsse ziehen«, sagte Trapp. »Es sieht ganz so aus, als hätte Kreutzer Erkundigungen über seinen Auftraggeber eingezogen, bevor er sich auf den Weg nach Berlin machte. Eine Art Rückversicherung? Schien ihm das versprochene Honorar dann doch verdächtig hoch für den Job? Wollte er wissen, was genau er aus der Turbinenhalle holen sollte? Oder hatten ihn seine beiden Legionärsfreunde angestiftet, ein wenig mehr über den spendablen Besteller herauszufinden? Wie auch immer, der Ton wurde schärfer. Es passte Blondschopf ganz und gar nicht, dass jemand den Spieß umdrehte und begann, Fragen zu stellen oder sich auf seine Fersen zu heften.«

Calis überflog die letzte Mail, als die Kellnerin mit den Tellern an den Tisch kam. Die gegrillte Leber duftete verführerisch, und der Kommissar schob den Computer zur Seite. »Vielleicht war das auch der Anlass, warum die drei sterben mussten«, schlug er vor.

»Kreutzer traf sich zweimal mit dem geheimnisvollen J. v. S. und fertigte nicht nur ein Gedächtnisprotokoll an, sondern fotografierte ihn sogar einmal aus der Ferne, offenbar vor dem zweiten Treffen«, berichtete Trapp. »Die Aufzeichnungen und Bilder befinden sich im Ordner mit dem Kürzel J. v. S. auf dem Desktop des Computers. Er notierte die Autonummer, selbst die Marke der Armbanduhr. Völlig paranoid.«

»Machen Sie es nicht so spannend, sonst zahlen Sie wirklich«, brummte Calis zwischen zwei Bissen.

»Blondschopf heißt Jannik von Strömborg, Sohn des Besitzers einer der größten europäischen Anlagefirmen«, setzte die Oberkommissarin fort. »Geboren in Schweden, aufgewachsen in Italien und der Schweiz, jetzt wohnhaft in Frankfurt. Die besten Internate waren gerade gut genug, bevor es nach Yale in die USA ging, wo er Wirtschaftswissenschaften studierte. Danach kam er zurück nach Europa und übernahm die deutschsprachigen Kunden der Firma seines Vaters. Nachzulesen bei Kreutzer, scheint aber allgemein bekannt zu sein. Auch er ging nur im Netz auf Recherche.«

»Und die Gedächtnisprotokolle?«

»Die werden Blondschopf das Genick brechen, wenn sie denn das Gericht anerkennt«, antwortete Trapp. »Die Idee mit dem Nachtportier war offenbar seine. Er hatte den gesamten Plan ausgeheckt oder ihn von jemandem vorgekaut bekommen und brauchte nur mehr jemanden, der ihn ausführte.« Sie spießte einige Kartoffelscheiben auf, bevor sie fortfuhr. »Eines ist allerdings etwas seltsam. Aus Kreutzers Aufzeichnungen geht hervor, dass von Strömborg gehörig unter Zeitdruck stand. Er bestand darauf, dass der Einbruch bei Siemens am Ostermontag abends durchgeführt werden musste. Sie hätten bereits zu viel Zeit verloren, sagte er, und Kreutzer gewann den Eindruck, dass die 500 000 zum guten Teil damit zu tun hatten, dass der Auftrag so kurzfristig kam. Von Strömborg brauchte *jetzt* jemanden und keinen einzigen Tag später.«

Calis schaufelte nachdenklich die Leber in sich hinein. »Wir haben aber noch immer keine Ahnung, was Kreutzer da aus der Siemenshalle tatsächlich holte und in Frankfurt ablieferte.«

Trapp schüttelte energisch den Kopf. Ihre hochgesteckten Haare lösten sich und fielen auf ihre Schultern. Sofort griff sie nach der Spange, um sie wieder zu befestigen.

»Lassen Sie«, warf Calis ein, »die langen Haare stehen Ihnen. Sieht nicht so streng aus.«

»War das etwa ein Kompliment?«, fragte Trapp lächelnd nach und nahm die Spange aus dem Haar, bevor sie mit den Fingern durch die Strähnen fuhr und den Kopf schüttelte.

»Eine Feststellung, Frau Oberkommissar«, präzisierte Calis ironisch, »wenn Sie das beruhigt. Und Ihre Sommersprossen werden schon wieder dunkler …«

Trapp knüllte ihre Stoffserviette zusammen und warf sie über den Tisch nach Calis. »Blödmann!«, lachte sie. Dann wurde sie wieder ernst, »Was sich hinter der Niete verbarg, das ist die eine große Frage. Aber woher kannte von Strömborg den genauen Platz? Und wie kommt der schwerreiche Sohn einer wohlhabenden Familie dazu, einen Mord in Auftrag zu geben?«

»Den er dann mit einem dreifachen Mord zu vertuschen versucht«, ergänzte Calis, schob den Teller zurück und griff nach dem Weinglas. Beide schwiegen, und jeder hing seinen Gedanken nach. Das letzte Match auf dem Tennisplatz war zu Ende gegangen, das Flutlicht verlosch und ließ den flackernden Kerzen auf den Tischen den Vortritt. Calis füllte die Gläser nach und nickte der Kellnerin zu, die mit den leeren Tellern und Schüsseln wieder verschwand, nachdem sie ihm einen schelmischen Blick zugeworfen hatte.

»Ich sollte jetzt wirklich gehen«, meinte Trapp, »vielleicht kann sie ja einen erfolgreichen Bekehrungsversuch starten.«

»Da gibt es nichts zu bekehren, ich bin nicht schwul, Herrgott, wie oft soll ich das noch sagen!«, rief Calis verzweifelt und lauter als beabsichtigt. Ein paar der Gäste an den anderen Tischen drehten sich überrascht um. »Nur wegen dieses blöden Schirms ...!«

»Sie meinen ...« Trapp stutzte perplex, überlegte kurz, dann lachte sie lauthals los.

»Danke«, zischte Calis, »wer sich vorher nicht umgedreht hatte, der hängt jetzt auf den Lehnen.«

»Tut mir leid ... ehrlich ...« Trapp konnte sich kaum halten und war ganz außer Atem. »Dann war die Medienkampagne wohl eher ein Rufmord? Und ich hatte Sie schon wegen der großen Resonanz beneidet.«

»Wenn ich den Fotografen zwischen die Finger kriege, dann können Sie mich in Moabit besuchen«, knurrte Calis, »weil ich da länger einsitzen werde.«

Trapp lehnte sich vor, stützte das Kinn auf die Hände und fixierte ihr Gegenüber. »Vielleicht sollte ich dann doch hierbleiben und das Feld nicht kampflos der übrigen Weiblichkeit überlassen.«

Calis schaute sie überrascht an. »Wieso ... ich dachte ...«, stotterte er und kam sich mit einem Mal ziemlich blöd vor. »Ich dachte, Sie wohnen bei Ihrer Freundin ...«

»Ja und? Ist das verboten?«, konterte Trapp. »Mein Freund hat sich von mir getrennt, und weil die Wohnung ihm gehörte, musste ich mir rasch eine vorübergehende Bleibe suchen. Wozu sind Freundinnen da? Daraus wurde ein Jahr.«

Calis fragte sich, ob es am Wein oder an der Überraschung lag, dass ihm keine passende Antwort einfiel.

Selbst nach längerem Nachdenken.

Endlich griff er nach seinem Glas. »Egal. Wie es aussieht, werden wir noch ein paar Tage zusammenarbeiten. Ich heiße Thomas.«

»Das hat sich bis nach Frankfurt herumgesprochen«, kicherte Trapp, »sogar mit Bild. Martina. Und bitte nicht Tina. So hieß meine meistgehasste Tante.«

»Dann weiß ich ja, wie ich dich nennen muss, um dich zu ärgern«, sagte Calis schmunzelnd und stieß mit Trapp an. »Aber zurück zu von

Strömborg und seinem Auftraggeber. Wir werden nur eine einzige Chance bekommen. Machen wir einen Fehler, haben wir eine Legion von Anwälten gegen uns und stehen am Ende mit leeren Händen da. Der schwedische Jungschnösel entwischt uns ans andere der Welt, und an den Empfänger der Ware aus der Siemens Turbinenhalle kommen wir auch nicht ran.«

»Noch weiß von Strömborg nicht, dass wir Kreutzer gefunden haben«, ergänzte Trapp. »Wir können also noch ein wenig überlegen, wie wir ihn festnageln. Und zwar so, dass er uns nicht mehr entwischen kann. Ich werde morgen früh mal mit dem Chef sprechen.« Sie sah Calis an. »Du könntest tatsächlich morgen nach Berlin zurückfahren. Der Mord an Tronheim ist geklärt, die Täter sind tot. Ob es Kreutzer war oder einer seiner beiden Freunde ist für die Akten doch egal.«

»Niemals, ich bleibe hier. Ich habe mit Blondschopf noch eine persönliche Rechnung offen«, erinnerte sie Calis. »Außerdem ...«

»Ja?«

»... außerdem können mir ein paar Tage weit weg von daheim nicht schaden. Ganz im Gegenteil. Aber das erkläre ich dir ein anderes Mal.«

Nachdem Calis die nach drei Grappa etwas angeheiterte Martina Trapp nach Hause gebracht, ihren Satz »ich kann dich leider nicht auf einen Kaffee einladen, du weißt ja, meine Freundin ...« dem Alkohol zugeschrieben und als reine Floskel nicht weiter ernst genommen hatte, machte er sich auf den Weg zu seinem Hotel. Es war eine milde Nacht, und Calis spürte, wie die Müdigkeit sich in seinen Knochen und im Gehirn breitmachte. Der Fahrtwind, der durch die offenen Fenster des Golfs hereinwehte, roch irgendwie nach Ferien und Sommer.

Im Radio sangen BAP »Aff un zo«, und Calis drehte lauter. »Aff un zo ess alles herrlich, aff un zo och janz erbärmlich, aff un zo jeht einfach alles schief.« Irgendwie war in letzter Zeit verdammt viel schiefgegangen, dachte er. Bei seinem Pech mit Frauen und der Liebe müsste er eigentlich schon längst Millionär sein und die Karibik unsicher machen.

Boote, Bars und Bikinis.

Der Golf ruckelte, als er in den vierten Gang schaltete, und Calis fluchte leise auf die Fahrbereitschaft.

So aber hieß es Schrottmühle, Schulden und Schrebergarten. Und zu allem Überdruss ein beschissener Fall, der wie bei einer dieser russischen Puppen immer noch etwas bereithielt, wenn man glaubte, endlich am Ziel angelangt zu sein. An seinen Briefkasten in Berlin voller Rechnungen, der ihn beim Heimkommen erwarten würde, wollte Calis gar nicht denken.

Der Kommissar überlegte für einen Augenblick, einfach in Richtung Süden abzubiegen, die nächste rechts, und immer geradeaus weiterzufahren. Elsass, die Schweiz, das Tessin, Italien, die ligurische Küste oder bis hinunter nach Sizilien, wo schon längst die Zitronen blühten …

Wahrscheinlich würde der Golf noch vor der Grenze schlapp machen.

Der Kommissar fuhr sich müde mit der Hand übers Gesicht und bog in die Bruchfeldstraße ein. Gesichtslose Frankfurter Vorstadt, mit drei- oder vierstöckigen Häusern, die alle miteinander verwandt sein mussten. Zu ebener Erde reihten sich die üblichen Verdächtigen aneinander: ein paar Kneipen, Textildiscounter, Apotheken und Handyshops. Darüber Kleinbürgerlichkeit hinter meist quadratischen, sprossenlosen Fenstern, Leben zwischen Nippes und Fernsehcouch.

Calis blickte an den weißen, lindgrünen oder hellgelben Fassaden hoch. Die meisten Fenster waren bereits dunkel.

Die Ampel an der Kniebisstraße war auf Nachtbetrieb geschaltet und blinkte nur mehr gelb. Von weitem leuchtete die Reklame des Hotels, und so begann Calis, nach einem Parkplatz zu suchen. Vergeblich. Selbst das Halteverbot gegenüber dem Hotel war zugeparkt. Langsam rollte er am Eingang des »Niederrad« vorbei. Die Thaimassage daneben hatte auch nur mehr die Notbeleuchtung im Schaufenster – eine dunkelrote Kugel, die in einem beunruhigenden Rhythmus blinkte und blutige Muster und Reflexe auf den Bürgersteig zeichnete.

In der geklinkerten Hauseinfahrt neben dem Massagesalon stand seltsamerweise ein dunkler Wagen, die Schnauze zur Straße, und blockierte so die gesamte Zufahrt. Wer würde sein Auto so abstellen …? Calis war mit einem Schlag hellwach, duckte sich instinktiv, ließ den

Golf weiterrollen und bog die nächste rechts ab. Hinter einer grünen Obstverkaufsbude parkte er auf dem halb leeren Parkplatz einer Autowerkstatt ein, lief zur Bruchfeldstraße zurück und blickte um die Ecke. Es war niemand zu sehen, das Hotel lag drei Häuser entfernt, und so machte sich Calis nach kurzem Zögern auf den Weg.

Reformhaus, Sanitätshaus, Bestattung.

Kein gutes Omen.

Vielleicht bin ich es, der paranoid ist, und nicht Kreutzer, dachte er, näherte sich vorsichtig der Hauseinfahrt und schaute in die Dunkelheit.

Es war der Bentley.

Er war leer.

Der Kommissar ging zurück auf die Straße und sah sich suchend um. War Blondschopf selbst gekommen, oder hatte er wieder seinen Chauffeur geschickt? Wollte er sich davon überzeugen, dass Calis tatsächlich nach Berlin abgereist war? Oder wollte er ihn diesmal etwas nachdrücklicher zu einem baldigen Abschied überreden?

Plötzlich kam Calis eine Idee. Mit zwei Schritten stand er neben dem Bentley, zog am Türgriff und – die Fahrertür ging auf. Calis rutschte auf den Fahrersitz und sah im Licht der Innenbeleuchtung, dass der Zündschlüssel steckte.

»Wie unvorsichtig. Werden wir langsam sorglos? Nur weil es vielleicht eine Handvoll Bentleys in Frankfurt gibt und niemand ein so auffälliges Auto stiehlt?«, flüsterte er und startete den Bentley. »Merke, Herr von Strömborg – das Böse schläft nie.«

Kaum war der Achtzylinder grollend erwacht, legte Calis den Wählhebel der Automatik auf »D« und beschleunigte mit quietschenden Reifen aus der Einfahrt auf die Bruchfeldstraße. Erst als er in Richtung Innenstadt eingebogen war, schaltete er das Licht ein und beschleunigte. Der schwere Wagen machte einen Satz nach vorn, während die Reifen gequält aufjaulten und versuchten, die immense Kraft auf die Straße zu bringen.

Im Rückspiegel sah er, wie eine Gestalt aus dem Hoteleingang sprang und wie wild gestikulierte. Fröhlich winkte Calis zurück, dann sah er sich im Innenraum des Bentleys um.

»Richtig nett und wohnlich, an dich könnte ich mich gewöhnen«, sagte er grinsend. »Leder, Laster und Luxus. Und jetzt suchen wir zwei uns ein Fünf-Sterne-Hotel. Ich kann mich mit dir ja nicht in der nächstbesten Absteige sehen lassen.«

Er aktivierte die Navigation, die nach einigem Tastendrücken wie selbstverständlich alle First-Class-Hotels in der Umgebung anzeigte. Das erste in der Liste war das Rocco Forte Hotel Villa Kennedy, keine zwei Kilometer entfernt. Parkgarage, Pool, Wellness und die besten Bewertungen.

Die Preise blendete Calis aus.

---

26. August 1936, Zaafarana Palast, Kairo / Ägypten

Es war heiß, unglaublich heiß. Die Sonne brannte gnadenlos vom wolkenlosen Himmel, und ein Gluthauch aus der Hölle wehte von der Wüste her und heizte die Temperaturen zusätzlich an.

Die britischen Gesandten fragten sich, ob nicht wohlkalkulierte Absicht dahintersteckte, den Vertrag in Kairo und nicht in London zu unterzeichnen. Wie sollte man Kairo im Hochsommer schon aushalten, außer man trug einen Burnus und war Araber?

»Für formelle europäische Anzüge mit steifem Kragen ist dies weder der Platz noch die Jahreszeit«, stöhnte Frank Majors, der in der Eingangshalle des Palastes am Fuß der geschwungenen Freitreppe stand, und wischte sich verstohlen mit einem Tuch über die Stirn. »Das hält nur ein Kamel aus.« Tief im Inneren begann er Lawrence zu verstehen, der nach England zurückgekehrt war und sich aus seinem Burnus einen Bademantel hatte nähen lassen.

Selbst der englische Sommer bekam in diesen Breiten seinen ganz eigenen Charme.

Die junge Frau neben ihm, die von der britischen Botschaft als Dolmetscherin abgestellt worden war, lachte und streifte eine winzige, federleichte weiße Blüte von ihrem Rock, die der Wind hereingetragen hatte. »Man gewöhnt sich an alles, glauben Sie mir. Wie ich erfahren habe, werden Sie uns ja nun einige Zeit Gesellschaft leisten, Colonel.«

Majors nickte und warf durch die hohen Fenster einen Blick auf die ersten Wagen, die im Schritttempo die Auffahrt heraufkamen. »Wenn ich mir die Liste der Aufgaben ansehe, die vor mir liegen, dann werde ich England in den kommenden Jahren nur als Heimurlauber sehen«, brummte er. »Wie Sie wissen, wird in diesem Militärabkommen vereinbart, dass die Briten ein exklusives Recht darauf erhalten, das ägyptische Militär auszurüsten und zu trainieren.«

»Ich weiß, ich habe es übersetzt.«

»Das heißt, dass Sie eine ziemlich hohe Geheimhaltungsstufe haben«, stellte der Colonel befriedigt fest. »Was in diesem Vertrag einerseits unseren wirtschaftlichen Interessen entgegenkommt, ist andererseits ein militärisches Fiasko, wenn es um den Suezkanal geht, der fortan von mehr einheimischen als englischen Soldaten bewacht werden soll.«

»Die wir aber erst trainieren müssen«, warf die Dolmetscherin ein.

»Eben, also werden wir uns mit der militärischen Ausbildung etwas zurückhalten, inzwischen jede Menge Luftwaffenstützpunkte in Ägypten errichten und so Prinz Farouk beruhigen, der vor den Italienern in Äthiopien zittert«, erklärte Majors.

»Und Sie?«

»Ich soll den geheimdienstlichen Apparat ausbauen und den Ägyptern beim Spionieren auf die Sprünge helfen.« Majors grinste. »Im Gegenzug dazu habe ich unbeschränkten Zugang zu allen lokalen Dienststellen, Archiven und Ministerien. Was wiederum dem Secret Service und der Special Branch nicht unangenehm ist.« Er schaute die junge Frau neben ihm forschend an. »Ich brauche noch eine fähige und vertrauenswürdige Dolmetscherin, wenn ich darüber nachdenke.« Er streckte seine Hand aus. »Frank Majors.«

»Miranda Taylor«, antwortete die Botschaftssekretärin. »Ich habe schon von Ihnen gehört, Colonel, und ich könnte mir vorstellen, dass mich das interessiert. Sie müssen nur die Botschaft davon überzeugen, mich gehen zu lassen. Im Moment versauere ich hinter Aktenbergen so hoch wie die Pyramiden.«

»Aber hoffentlich nicht so alt ...«

Die ersten Delegierten trafen ein und stürzten sich gierig auf die von weiß gekleideten Dienern dargebotenen Getränke. Die Kühle der Eingangshalle aus rosa und cremefarbenem Marmor lud nach der Hitze des Mittags zum Verweilen ein. Es würde nicht mehr lange dauern bis der ägyptische Regierungsrat, der nach dem Tod von König Fuad I. interimsmäßig für den noch zu jungen Farouk die Amtsgeschäfte übernommen hatte, ebenfalls eintreffen würde.

»Was für ein wunderschönes Haus«, bemerkte Taylor und legte den Kopf zurück, um die reich geschmückten Decken zu bewundern. »Ein luxuriöser und großzügiger Palast im französischen Stil, umringt von sechzehn Hektar Garten. Sein Name kommt von den Safranfeldern, die sich früher hier erstreckten, habe ich gehört. Wo planen Sie sich niederzulassen, Mr. Majors?«

»Ich werde oft in Kairo arbeiten müssen, aber der Service hat auch eine Suite im Hotel Cecil in Alexandria gebucht, und je länger ich darüber nachdenke, umso mehr gefällt mir der Gedanke, aus der heißen Hauptstadt zu verschwinden und eine Außenstelle am Meer zu eröffnen.« Ein Diener trug ein silbernes Tablett mit eisgekühlter Limonade vorbei, und Majors griff rasch zu. Er drückte der jungen Frau eins der Gläser in die Hand. »Die Bahn fährt täglich mehrmals, die Erste Klasse ist überaus komfortabel und die Reisespesen werden bezahlt ...«

»Genug, genug, Sie haben mich so gut wie überredet!«, lachte Taylor. »Zumindest bis nächsten Sommer kann ich noch auf England verzichten.«

»Europa ist im Moment kein guter Ort, um eine Zukunft zu planen«, gab Majors ernst zu bedenken. »Hitler hat den Locarno-Pakt für null und nichtig erklärt und ist vor einem Monat im Rheinland einmarschiert, wenn ich Sie erinnern darf. Und da wird er nicht stehen bleiben. Unser halbherziger Protest beschäftigt ihn nicht einen Augenblick lang, weil man mit Appeasement bei ihm nicht weiterkommt. Hier irrt unser Premier Chamberlain ganz gewaltig, und Außenminister Eden seinerseits ist nicht stark genug, um sich durchzusetzen. Das Einzige, was dieser Herr Hitler versteht, ist Gewalt, Gegendruck und Skrupellosigkeit. Er baut sehr geschickt auf unsere Kriegsmüdigkeit, auch einer der Gründe für dieses Abkommen hier. Nichts soll sich in Afrika ändern, wer weiß, was sonst passiert.«

Ein kurzes Hupsignal kündigte das Eintreffen der ägyptischen Delegation an.

»Schauen Sie genau hin, Miss Taylor. Flying Emilies wohin Sie sehen. Egal, ob Briten oder Ägypter.« Majors lächelte. »Dem Unternehmen Rolls-Royce hat unser Kolonialreich nur zu gut getan. Die Autos aus Manchester stehen inzwischen in den besten Garagen der ganzen Welt, von den Maharadscha-Palästen bis zu den ägyptischen Regierungsstellen.« Majors wischte sich erneut mit dem Tuch über die schweißnasse Stirn. »Gerade der wirtschaftliche Faktor wird in den kommenden Jahren eine steigende Bedeutung haben, und England will nicht zurückstehen. Denken Sie an die Ölvorkommen, die Standard Oil vor kurzem in Saudi-Arabien gefunden hat. Eine Entdeckung, der eine ungeheure politische und strategische Wertung zukommt. Wo gibt es noch schwarzes Gold in Nordafrika? Welche Länder werden für die Amerikaner noch interessant sein? Wenn wir hier verschwinden, dann fällt über kurz oder lang all das entweder Hitler oder den Yankees in die Hände, und das Empire schaut durch die Finger.«

Miranda Taylor beobachtete die Gruppen von Männern im Burnus, die sich sehr selbstbewusst gaben und sich um einen Mann im Anzug scharten. »Ich glaube, ich sollte jetzt meinen Dienst antreten, bevor irgendwer etwas Richtiges sagt, der andere ihn aber falsch versteht. Sie haben Ihre Dolmetscherin gefunden, Mr. Majors. Alexandria reizt mich und die Aufgabe auch. Lassen Sie uns alles andere morgen in der Botschaft besprechen. Cheerioh!«

Sie winkte kurz, stieg die Treppen hinunter und mischte sich unter die Delegierten. Zufrieden sah ihr Majors nach, dann drehte er sich um und ging hinüber in den großen Sitzungssaal, in dem die Unterzeichnung stattfinden würde. Einige Agenten der Sicherheits- und Geheimdienste waren direkt im Saal postiert worden, während die anderen im prallen Sonnenschein im Garten ihre Runden drehen mussten.

Majors lehnte sich an eine der Marmorsäulen und genoss die Kühle des Steins. Als die Special Branch einen Spezialisten für Ägypten und den Aufbau des Geheimdienstnetzes suchte, war die Wahl auf ihn gefallen, und er hatte sofort zugesagt. Auf diese Gelegenheit hatte er lange gewartet, ja darauf hingearbeitet. Und nun? Nun war er da, auf dem Kontinent, der Lawrence zum Schicksal geworden war.

Dieser Träumer, dachte Majors abschätzig, während er durch die Fenster auf die Blumenpracht im Garten schaute. Radelte durch Frankreich auf den Spuren der Templer und glaubte, niemand würde zwei und zwei zusammenzählen, als er später ins Land der Assassinen zog. Archäologische Ausgrabungen, die Museen in Kairo, Reisen durch ganz Nordafrika. Dann, nach der Heimkehr, seine Meldung zur Air Force. Wieder freie Bahn für Erkundungsreisen. War Lawrence da gewesen, an Ort und Stelle? Hatte er sein Ziel der Begierde mit eigenen Augen gesehen, oder immer nur vom Schreibtisch aus gesucht? Hatten seine Recherchen und die historischen Belege ihn an die richtige Stelle gebracht?

Damit er sie dann an Hitler verraten konnte?

Hitler, diese germanische Geißel Europas. Deutsche Gründlichkeit gepaart mit Aggression und Effizienz. Majors schüttelte den Kopf. Vielleicht war Afrika im Moment doch der bessere Platz.

Der Colonel erinnerte sich an das Gespräch mit Andrew Morgan vor fast genau einem Jahr in London. Großhirn hatte sich beklagt, dass Fotos und Aufzeichnungen aus den Kisten nach Shaws Tod verschwunden waren und er sie nicht wiederfinden konnte. »Wie auch«, murmelte der Colonel, »sie waren schon lange in meinen Unterlagen. Wie die meisten anderen wichtigen Dinge seit 1920.« Wie auch die fehlenden Seiten der Tagebücher und die angeblich verloren gegangenen Teile des Originalmanuskripts der *Sieben Säulen* ...

Andrew Morgan war in der Versenkung verschwunden. Seit der Unterhaltung in seiner Wohnung hatte er von Großhirn nichts mehr gehört ...

Stimmen erklangen, und er sah sich um. Die Delegationen zogen von zwei Seiten in den Sitzungssaal ein.

Lächeln, Händeschütteln, politisches Geplänkel. Diplomatischer Alltag. Wie sagte man so schön? Diplomatie hieß jemanden so zur Hölle zu schicken, dass der sich auf die Reise freute.

Egal, dachte sich Majors, die Freiheit, die ihm sein Auftrag hier verschaffte, die Unabhängigkeit und Selbstständigkeit würden ihm genug Freiraum lassen.

Für das Abenteuer seines Lebens.

Die Suche nach den sieben Säulen des Lawrence of Arabia.

Und sein Weg würde ihn nicht nach Jordanien führen, sondern ans andere Ende Afrikas …

> **Merianstraße, Kronberg im Taunus / Deutschland**

Es würde ein strahlend schöner Tag werden. Das Panorama, das sich vom Balkon im ersten Stock der herrschaftlichen Villa in der Merianstraße bot, war atemberaubend. Nicht nur die Skyline von Frankfurt, sondern auch die Höhenzüge des Odenwaldes und des Spessart zeichneten sich im frühen Morgendunst am Horizont ab.

Professor Siegberth lehnte stumm am schmiedeeisernen Geländer und genoss die Aussicht und die frische Luft. Der silberne Mercedes ihres Gastgebers hatte sie pünktlich in ihrem Hotel, der Villa Rothschild, abgeholt und die wenigen Kilometer nach Kronberg gebracht. Konstantinos war trotz der frühen Stunde die Freundlichkeit in Person gewesen. Er hatte sie an der Haustür begrüßt und in ihr Arbeitszimmer geleitet. Der Raum im ersten Stock war eine Bibliothek, mit einem runden Jugendstiltisch der Wiener Werkstätten in der Mitte, altem Stern-Parkettfußboden und einem blauen, mehr als drei Meter langen Teppich, den Siegberth mit Kennerblick sofort als historisches persisches Stück erkannt hatte.

Als sie hörte, wie Konstantinos wieder zurück in die Bibliothek kam, drehte sie sich um und beobachtete ihn. Sie hatte den gestrigen Abend dazu benutzt, Informationen über den schlanken Griechen einzuholen, der sich so katzenhaft bewegte, immer makellos gekleidet war und als einer der reichsten Männer der Welt galt. Er war der einzige Sohn einer griechischen Familie, die sich auf Erdölhandel spezialisiert hatte und eine Reederei besaß, war in London geboren und auf einem der zahlreichen Landsitze seiner Familie in Nottinghamshire aufgewachsen, bevor er nach Oxford ging, sein Studium mit Bestnoten abschloss und sofort begann, seinem bereits kranken Vater in dem weltumspannenden Firmenimperium zur Seite zu stehen. Nach einem nicht mehr rekonstruierbaren Zeitraum von mehreren Jahren, während derer Konstantinos jr. von der Bildfläche verschwunden war, tauchte er knapp vor dem Tod seines Vaters wieder auf. Als Savvas Konstantinos vor sechs Jahren starb, übernahm sein Sohn wie selbstverständlich die Führung des Konzerns, setzte auf Kontinuität und brachte ihn mit einigen geschickten Finanztransaktionen unbeschadet durch die Wirtschaftskrise. Was ihm den Respekt von Ökonomen und der Konkurrenz gleichermaßen bescherte, sein Porträt landete auf dem Titelblatt des *Time*-Magazins, und die Klatschspalten betitelten ihn als den »meistbegehrten Junggesellen«.

»Ich kenne diesen Teppich«, begann Siegberth und ließ Konstantinos, der den Metallzylinder vorsichtig in die Mitte des Tisches platzierte, dabei nicht aus den Augen. »Zufällig interessiere ich mich für historische persische Stücke und blättere oft in Arthur Pope's *Survey of Persian Art*, das Ihnen sicher bekannt ist.«

Konstantinos lächelte dünn und wies dann auf eines der hohen Wandregale, die mit Büchern gefüllt waren. »Sie meinen das sechsbändige Standardwerk für Sammler? Selbstverständlich, es steht da drüben. Mein Vater konnte in London die Erstausgabe erwerben, und ich habe schon als Kind oft darin gelesen.«

»Es ist ein persischer Kerman, ein Vasenteppich aus dem siebzehnten Jahrhundert, der eine Besonderheit hat – es ist keine einzige Vase darauf abgebildet.« Siegberth trat in die Bibliothek und blieb respektvoll neben dem Teppich stehen. »Sie haben ihn bei Christie's im April 2010 ersteigert. Es ging durch alle Medien, allerdings wurde Ihr Name nicht genannt. Man sprach von einem anonymen Bieter aus dem Nahen Osten.«

In den braunen Augen von Konstantinos spiegelte sich Anerkennung, Respekt und zugleich Vorsicht. Die alte Dame durfte man nicht unterschätzen.

»Das Startgebot lag bei 150 000 Pfund, wenn mich mein Gedächtnis nicht im Stich lässt.« Der Tonfall der Wissenschaftlerin machte klar, dass dies wohl nie der Fall war. »Sie ersteigerten den Kemran für die unglaubliche Summe von umgerechnet 7,5 Millionen Euro, was ihn mit einem Schlag zum teuersten Teppich der Welt machte.«

Konstantinos trat neben sie, die Hände in den Hosentaschen, und blickte auf das persische Prachtstück hinab. »Ein Stück Geschichte gepaart mit Schönheit und einem wirtschaftlichen Hintergedanken – dass sich sein Wert jedes Jahr steigert.« Damit machte er einen Schritt nach vorne und stellte sich demonstrativ auf den Teppich. »Und ansonsten – ein Perser wie viele andere.«

»Nur etwas teurer«, meinte Professor Siegberth trocken. Dann wies sie auf den Metallzylinder. »Ich habe meinen Laptop mitgebracht und brauche einen Zugang zu Ihrem Netz. Des weiteren ein gutes Mikroskop, ein Mikrometer, verschiedene Säuren und ein paar Vergrößerungsgläser mit unterschiedlichen Faktoren. Ich habe Ihnen eine Liste vorbereitet.« Sie zog ein weißes Blatt aus ihrer Tasche und reichte es Konstantinos, der es kurz überflog und zu seinem Handy griff.

»Sie bekommen alles in spätestens einer Stunde«, meinte er dann. »Ich habe einen meiner Bediensteten zu Ihrer Verfügung abgestellt. Er wartet vor der Tür. Wenden Sie sich an ihn, sollten Sie etwas benötigen. Darüber hinaus wird er Sie mit Erfrischungen und Mahlzeiten versorgen, wann immer Sie es wünschen.«

»Danke, sehr freundlich, aber ich trinke wenig und esse tagsüber fast nichts«, gab die Wissenschaftlerin zurück. »Ich wüsste allerdings gerne mehr über die Entstehung der Glaspyramide, ihren Ursprung und ihren Zweck. Sie meinten, es handle sich um eine verschlüsselte Nachricht, die es zu dekodieren gilt. Je mehr ich über die Geschichte dahinter erfahren kann, umso schneller werden wir zu einem Resultat kommen.«

»Das ist verständlich, und ich würde vorschlagen, wir setzen uns am frühen Nachmittag zu einem leichten Imbiss zusammen«, erwiderte Konstantinos, »wenn Sie eine Ausnahme machen und ebenfalls eine Kleinigkeit essen. Dann erzähle ich Ihnen gerne mehr über die Hintergründe. Bis dahin können Sie bereits mit grundlegenden Untersuchungen der Pyramide beginnen.«

»Vielleicht hätten Sie besser einen Chemiker beauftragt.« Siegberth nahm den Metallzylinder vom Tisch und wog ihn in der Hand. »Was die Zusammensetzung der Materialien betrifft, so werde ich Ihnen nichts Entscheidendes sagen können.«

Konstantinos schüttelte den Kopf. »Ich bin überzeugt, dass die Pyramide in Deutschland in den letzten Monaten des Krieges, genauer gesagt in Berlin, entstanden ist. Da gab es keine exotischen Möglichkeiten bei der Materialwahl mehr. Ich bin so gut wie sicher, dass es sich um ganz normales Glas und eine Metalllegierung handelt, die damals in der Rüstungsproduktion üblich war. Nein, die Bestandteile werden uns nichts verraten.«

»Gut.« Professor Siegberth stellte ihren Laptop auf den Tisch und klappte es auf. »Dann mache ich mich an die Arbeit. Ich werde unter Umständen einige Kollegen anrufen müssen und interdisziplinär recherchieren. Sie können versichert sein, dass ich dabei die nötige Diskretion walten lasse, schon im Hinblick auf die möglichen wissenschaftlichen Ergebnisse und deren Publikation.«

»Ich bin davon überzeugt und werde sofort Ihre Liste weitergeben. Wir sehen uns um vierzehn Uhr.« Damit verließ Konstantinos die Bibliothek und lief über die Freitreppe ins Erdgeschoss. Als er die Bestellung von Professor Siegberth seinem Chauffeur übergeben hatte, läutete sein Handy.

»Herr von Strömborg, guten Morgen! Was machen Sie schon um diese Zeit am Telefon? Oder mit anderen Worten – wo brennt es?«

»An einer Ecke, die ich nicht vermutet hätte«, antwortete Blondschopf. »Meinem Chauffeur wurde gestern Abend der Bentley gestohlen.«

»Was ich nun nicht als großes Problem einstufen würde.« Konstantinos lächelte. »Entweder die Versicherung ersetzt Ihnen den Schaden, und Sie kaufen sich einen neuen, oder die Polizei wird ihn finden.«

»So wie es aussieht, hat ihn die Polizei bereits gefunden«, gab von Strömborg trocken zurück. »Allem Anschein nach war es der Berliner Kommissar, der den Mordfall Tronheim untersucht, der ihn sich am späten Abend sozusagen unter den Augen meines Chauffeurs für eine Spritztour ausgeborgt hat. Allerdings sind beide bis heute nicht wieder aufgetaucht. Der Kommissar war nicht in seinem Hotel in Sachsenhausen und der Bentley ...«

»... ist ein auffälliges Auto, das man nicht so leicht übersieht«, unterbrach ihn Konstantinos kurz angebunden und sah ungeduldig auf die Uhr. »Ich verstehe nicht, warum der Berliner Kommissar noch immer in Frankfurt ist. Wollten Sie sich nicht um ihn kümmern? Gehen

Sie zur Polizei, melden Sie den Diebstahl, äußern Sie Ihren Verdacht. Vielleicht schlagen Sie damit zwei Fliegen mit einer Klappe. Der Wagen ist wieder da, und der Kommissar wird nach Hause geschickt und suspendiert. Und wir sind ihn los!«

> Rocco Forte Hotel Villa Kennedy,
> Sachsenhausen, Frankfurt / Deutschland

»Du hast *was*?«

Martina Trapp sah Thomas Calis verständnislos an und setzte ihre Kaffeetasse ab. Ein besorgter Kellner eilte herbei und fragte sie, ob mit dem Kaffee etwas nicht in Ordnung sei. Die Oberkommissarin winkte nur sprachlos ab und lehnte sich zu Calis.

»Du hast *was*?«, zischte sie erneut und blickte sich unsicher im Frühstückssaal der Villa Kennedy um.

»Du wiederholst dich«, stellte Calis nüchtern fest. »Genieß das erstklassige Frühstück, das unvergleichliche Ambiente und den Service. Eine eindeutige Verbesserung gegenüber dem Bäcker von gestern früh.«

Trapp war sprachlos und schloss verzweifelt die Augen. »Ich träume ...«, flüsterte sie, »und wache gleich auf. Jeden Moment ...«

»Dein Kaffee wird kalt«, sagte Calis ungerührt. »Da lade ich dich zu einem Frühstück in ein Luxushotel ein, und dann ist es dir auch nicht recht. Und sag mir jetzt nicht, dass dein Exfreund hier einen Stammtisch hatte.«

Martina Trapp schlug die Augen auf und starrte Calis entgeistert an. »Danke für die Einladung, aber bist du auf Drogen?«

»Nur auf legalen«, beruhigte sie der Kommissar. »Ich habe hervorragend geschlafen, nachdem die Rezeption gestern Abend so freundlich war, mich auf eine Junior Suite mit großem Bett upzugraden. Das Bad hat die Ausmaße meiner Wohnung, in der Dusche kann man campen und sogar der Bademantel ist vorgewärmt. Vom Luxusklo gar nicht zu reden.«

Trapp vergaß, ihr Brötchen weiter mit Butter zu bestreichen. »Junior Suite?«, gurgelte sie. »Wie viele Tage kannst du dir von deinem Monatsgehalt hier leisten? Vier?«

»Drei, wenn man das Frühstück und die Parkgarage dazurechnet«, antwortete Calis unbekümmert, »vergiss nicht den Bentley.«

»Ach ja, der Bentley.« Martina Trapp legte das Messer beiseite und stützte den Kopf in ihre Hände. »Habe ich das richtig verstanden, dass du den Wagen einfach mitgenommen hast?«

»Könnte man so sagen.« Calis nickte und schob seinem Gegenüber die Platte mit Lachs und den Pasteten zu. »Iss ordentlich, sonst rentiert sich der Besuch hier nicht. Wegen zwei Tassen Kaffee lade ich dich nicht in die Villa Kennedy zum Frühstücksbüfett ein.«

»Du klingst wie mein Vater …«, murmelte Trapp. Dann versuchte sie es nochmals. »Thomas, du hast einen Wagen gestohlen! Dafür hast du ein Verfahren am Hals, das dich Kopf und Kragen kostet und deine Karriere noch dazu«, ereiferte sie sich.

»Ich habe ihn nicht gestohlen, ich habe ihn sichergestellt«, verbesserte sie Calis. »Kannst du selbst beim Frühstück nur von der Arbeit reden? Kein Wunder, dass dein Ex dich hinauskomplimentiert hat, um wieder in Ruhe seinen Orangensaft zu trinken.«

»Und um seine Zeitung zu lesen«, ergänzte Trapp. »Aber wir schweifen ab. Du kannst doch nicht …«

»Hör zu, Frau Oberschlau«, unterbrach sie Calis. »Vertrau mir einfach und zerbrich dir nicht meinen Kopf. Manchmal hat man Eingebungen, und dann muss man ihnen nachgeben. Und jetzt genieß das Frühstück, sonst hole ich mir eine Zeitung.«

Als Calis und Trapp in die Hotelhalle kamen, stand bereits der Wagenmeister mit den Schlüsseln des Bentleys bereit, verneigte sich leicht und meinte: »Der Wagen ist vorgefahren. Wenn Sie bitte noch für eine Unterschrift an die Rezeption kommen, Herr Calis?«

Martina Trapp schaute so unbeteiligt wie möglich und versuchte, die Unterhaltung zu ignorieren, aber der Kommissar nahm sie am Ellenbogen und zog sie in Richtung Empfang. »Des Planes zweiter Teil«, murmelte er, »schau zu und lerne.«

Die Dame hinter der Rezeption erwartete den Kommissar mit einem herzlichen Lächeln. »Ich hoffe, es war alles zu Ihrer Zufriedenheit, Herr Calis. Würden Sie bitte hier unterschreiben? Wir machen das mit den Geschäftsfreunden von Herrn von Strömborg stets so. Sie brauchen sich um nichts zu kümmern. Die Rechnung geht wie immer an seine Firma.«

Calis nickte und kritzelte eine Unterschrift auf das Formular. »Sie haben ein wunderschönes Haus, und ich habe mich sehr wohlgefühlt. Wir sehen uns sicher wieder!«

»Das würde uns sehr freuen, Herr Calis. Bis zum nächsten Mal und gute Reise!«

Thomas Calis bedankte sich und schob eine völlig perplexe Martina Trapp am Tisch des Concierge vorbei in Richtung Ausgang und Bentley.

»Du hast sie doch nicht alle«, flüsterte sie aufgeregt, »wenn von Strömborg das erfährt, dann ist der auf hundertachtzig.«

»Genau das soll er ja sein«, beruhigte sie Calis, »am liebsten würde ich ihn zur Weißglut bringen.«

Der Wagenmeister hielt Martina Trapp die Tür auf, und sie ließ sich auf den Beifahrersitz gleiten.

»Darf ich vorstellen? Bentley Mulsanne, 2,7 Tonnen schwer, mehr als 500 PS stark und 300 km/h schnell. Preis läppische 300 000 Euro.« Calis drückte den Startknopf, und der Achtzylinder erwachte zum Leben. »Der hohe Preis sichert niedrige Verkaufszahlen, und die garantieren Exklusivität. Was würdest du sagen, wenn man dir so ein Spielzeug wegnimmt?«

»Ich wäre stinksauer«, erwiderte Trapp. »Das ist ein Luxusliner auf Rädern.«

»Genau«, sagte Calis nur und wendete, fuhr durch die Hotelausfahrt und bog auf die Kennedyallee in Richtung Innenstadt ein. »Fahren wir ins Präsidium. Du wolltest mit dem Chef reden.«

»Moment ...«, wandte Martina Trapp ein, »ich glaube, ich beginne langsam zu verstehen. Du willst, dass Blondschopf ausrastet.«

»Aah, der Kaffee kurbelt die grauen Zellen an.« Calis lachte. »Nun, ausrasten wird er nicht, dazu hat er zu viel Geld, aber vielleicht ist er zumindest ärgerlich und ratlos?«

»Und dann?«

»Dann wird er vielleicht einen Fehler machen«, meinte Calis. »Schau, wir können ihn nicht festnageln, ob mit oder ohne Kreutzers Laptop. Er kann alles abstreiten, die Gesprächsprotokolle als Hirngespinst abtun und behaupten, er habe den Exlegionär nie getroffen, geschweige denn ihm einen Mordauftrag gegeben. Das Foto, das Kreutzer aufgenommen hat, beweist gar nichts. Wir haben keine Augenzeugen, und die Tatsache, dass in der Nacht des Anschlags der Bentley in der Arolserstraße war, bestätigt zwar unsere Vermutungen, genügt aber nicht für einen Haftbefehl. Und jetzt bist du dran.«

Trapp schaute aus dem Fenster und schwieg. Als sie über die Friedensbrücke fuhren und den Main überquerten, sagte sie: »Aber deshalb kannst du doch nicht einfach ...«

»... die Dinge etwas in Bewegung bringen?«, unterbrach Calis sie. »Warte ab. Du kennst den zweiten Teil meines Plans noch nicht.«

»Ich weiß nicht, ob ich ihn überhaupt kennenlernen will«, erwiderte Trapp. »Ich sitze in einer gestohlenen Luxuslimousine mit einem ausgeflippten Berliner Kollegen, fahre am helllichten Tag durch die Frankfurter Innenstadt und bin auf dem Weg zur Polizeidirektion, wo der Wagen wahrscheinlich bereits auf der Fahndungsliste steht. Und du hast einen Plan? Der sollte besser verdammt gut sein.«

»Du kannst ja im Ernstfall noch immer behaupten, du warst nicht dabei«, beruhigte Calis sie und beschleunigte die Senkenberganlage nordwärts. Der Zeiger des Tachometers schnellte blitzartig in Richtung der dreistelligen Zahlen, als der rote Blitz einer stationären Verkehrsüberwachungskamera aufleuchtete.

Trapp sah Calis vorwurfsvoll an. »Das hätte sich dann auch erledigt«, fauchte sie. »Zwei Polizeikommissare im gestohlenen Bentley rasen mit hundert durch die Innenstadt. Ich kann mir die Schlagzeilen von morgen in den lebhaftesten Farben ausmalen. Ein gefundenes Fressen für die Lokalpresse. Sag mal, ist das eine fixe Idee von dir? Kannst du ohne Medienrummel nicht leben?«

Die restliche Fahrt in die Adickesallee verlief schweigsam. Als Calis den Bentley im Hof der Polizeidirektion abstellte, sprang Trapp aus dem Wagen und verschwand grußlos in Richtung ihres Büros. Der Kommissar ging zum Empfang, wo ihm ein bekanntes Gesicht entgegenblickte. »Ach, der Kollege aus Berlin, was darf's sein?«, begrüßte ihn der uniformierte Polizist, der ihn bereits vor zwei Tagen empfangen hatte.

»Mehr Geld, mehr Zeit, weniger Probleme«, antwortete Calis. »Wo geht's zur Spurensicherung?«

Der Polizist zog einen Plan aus einer Schublade und malte ein großes X darauf. Dann schob er Calis das Blatt zu. »Hier, damit Sie sich nicht verlaufen in dem Irrgarten. Gefällt's Ihnen bei uns?«

»Ist wie Urlaub, nur ein bisschen anstrengender. Ich freu mich fast schon wieder auf Berlin«, seufzte Calis und machte sich auf den Weg in die oberen Stockwerke.

Flughafen London-Heathrow, London / England

Flug BA8053 der British Airways aus Tiflis war überpünktlich. Genau um 10.21 Uhr landete die Boeing 767-300 auf dem Londoner Flughafen Heathrow, und der Pilot gab Gegenschub. Wenige Minuten später dockte das Flugzeug am Passagierterminal an. Die drei Männer, die über den Ausgang der ersten Klasse den Jet verließen und zur Passkontrolle gingen, schienen alle erleichtert zu sein, endlich das Ende ihrer Reise erreicht zu haben.

»Home sweet home! Die Tatsache, dass ich noch atme, beweist mir, dass ich noch lebe«, stellte John Finch ironisch fest. »Und wenn du wieder eine ähnliche Aufgabe hast, dann wirf meine Telefonnummer weit weg oder verleg sie. Dann treibe ich nämlich auf einer Eisscholle im Atlantik südwärts.«

Major Llewellyn ging neben ihm und schien völlig ungerührt. Er winkte lässig ab. »Das war doch wohl ein Spaziergang für einen altgedienten Piloten, das bisschen Fliegen. Wer hat hier alles vorbereitet?

Ich bin jeder Menge Leute jede Menge schuldig nach dieser Aktion, und du, du hast den ganzen Spaß gehabt.«

»Das meinen Sie aber jetzt nicht ernst«, warf Chief Inspector Salam kopfschüttelnd ein, der nach seinem neuen Pass suchte und das übliche Geplänkel zwischen Finch und Llewellyn nicht kannte. »So dankbar ich Ihnen beiden bin, doch auf die Art von Spaß kann ich in Zukunft leicht verzichten.«

»Es gibt Dinge, die kann man sich leider nicht aussuchen, Phönix«, gab Llewellyn zu bedenken. »Nach dem, was Sie uns auf dem Flug hierher alles erzählt haben, werde ich das dumpfe Gefühl nicht los, dass nicht nur in den Western Territories von Pakistan der Hut brennt. Ich hatte ja schon jede Menge Fragen, als ich mit Ihnen in Tiflis in den Flieger eingestiegen bin. Seltsamerweise habe ich jetzt noch mehr.«

Der Major hatte Finch und Salam am Flughafen Tbilisi erwartet, mit neuen Papieren für den Chief Inspector und drei Erste-Klasse-Tickets nach London in der Tasche. Wenn er erleichtert darüber gewesen war, die beiden heil und gesund zu sehen, dann hatte er es perfekt überspielt.

Der Flug von der Bagram Air Base nach Tiflis war ereignislos verlaufen. Finch hatte die Harrier auf eine Reiseflughöhe von 30 000 Fuß gebracht, war problemlos von einem Luftraum zum nächsten weitergereicht worden und hatte sich ansonsten mit Salam unterhalten, den er von Minute zu Minute mehr schätzen gelernt hatte. Die ruhige und überlegte Art des Pakistanis, der ihm voll und ganz vertraute, hatte Finch beeindruckt.

Die Landung am Flughafen von Tiflis nach dem Überflug über das Kaspische Meer war eine Routineübung gewesen. Finch hatte sich in die Reihe der anfliegenden Jets eingeordnet und angesichts der breiten, langen Landebahn für einen Moment den Eindruck gehabt, er fliege einen Airbus im Liniendienst. Doch nachdem er die Harrier neben einer der riesigen Boeing auf dem Vorfeld abgestellt hatte, waren die Größenverhältnisse wieder zurechtgerückt worden. Der Jäger sah aus wie ein verlassener David in einer Meute von Goliaths, einsam, verletzlich und fragil. Finch hatte es fast leidgetan, ihn zurücklassen zu müssen.

»Wir gehen zu den ePassport-Schleusen«, beschloss Llewellyn angesichts der langen Schlangen bei der konventionellen Passkontrolle. Als er Salams verständnislosen Blick bemerkte, erklärte er ihm das neue System, während sie sich hinter einer Gruppe von englischen Geschäftsleuten anstellten, die offenbar von Verhandlungen aus Russland zurückgekehrt waren. »Man legt seinen Pass, der mit einem elektronischen Chip ausgestattet ist, auf den Scanner, wartet bis das grüne Licht aufleuchtet und stellt sich dann auf die Markierung am Boden. Freundlicher Blick in die Kamera und nach einem digitalen Gesichtsvergleich geht die Tür auf. Schnell, effizient und endlich einmal ein echter Fortschritt in diesem Land.«

»Funktioniert das auch mit meinem neuen Pass?«, erkundigte sich der Chief interessiert. »Woher hatten Sie eigentlich mein Foto?«

»Es ist ein englischer Pass, also ja, selbstverständlich. Und was das Foto betrifft – Sie sind bekannter, als Sie glauben«, wich der Major aus, dann betrat er als Erster die Schleuse. Fünf Minuten später standen alle drei in der Ankunftshalle von Terminal 3.

»Kein Gepäck, keine Blumen, keine freudig hochgestreckten Arme von Angehörigen oder Fans«, brachte es Finch auf den Punkt. »Ich bin wieder in England.«

»Wenn du dich dann besser fühlst, kann ich dich ja umarmen«, konterte Llewellyn ironisch.

»Lieber nicht, womöglich gewöhne ich mich daran«, grinste Finch. »Was nun?«

»Wir haben alle drei einen Termin bei einem alten Freund von mir«, erklärte der Major und blickte auf die Uhr. »Mit dem Taxi etwas mehr als eine halbe Stunde. Perfekt für ein frühes Mittagessen.«

»Ich würde mir lieber ein luxuriöses Hotel suchen, ein langes Bad nehmen und den Rest des Tages verschlafen«, versuchte es Finch.

»Und ich das Nebenzimmer beziehen«, stimmte Salam ihm zu. »Es war ein weiter Weg von Chitral.«

»Das diskutieren wir nach dem Essen«, sagte Llewellyn bestimmt. »Das Treffen ist nicht nur wichtig, es ist unumgänglich. Warum, das erzähle ich euch auf der Fahrt.«

Damit war Llewellyn auch schon auf dem Weg zu den Taxis.

»Sollte ich beim Essen einschlafen, dann wecken Sie mich bitte so dezent wie möglich«, bat Finch Salam. »Sonst nimmt das die Hausfrau womöglich persönlich.« Er schaltete sein Handy ein und wartete, bis es sich in das englische Mobilnetz eingewählt hatte.

Vier Anrufe in Abwesenheit. Vier Mal von Fiona.

Finch wählte die Mobilbox und hörte die Nachrichten ab. Fiona hatte sich ein Ticket für eine Maschine nach Kairo gesichert, Ankunft heute Abend um 22.10 Uhr. Finch überraschte sich dabei, dass er sich freute wie ein Junge auf Weihnachten.

Es dauerte wegen des starken Verkehrs doch mehr als fünfundvierzig Minuten, bis das schwarze Londoner Taxi die drei in der Charlotte Road absetzte. Die Osterdekoration war verschwunden, das Blütenmeer in den Gärten brandete jedoch bis an die Fahrbahn.

Diesmal öffnete Margaret die Tür, bevor Llewellyn den Türklopfer aus Messing überhaupt berührt hatte. Das beantwortete die Frage nach der Überwachungskamera ...

»Llewellyn! Peter wartet bereits auf Sie! Und das Mittagessen ebenfalls.« Sie zwinkerte dem Major zu und wandte sich dann an Finch und Salam. »Schön, Sie in unserem kleinen Haus begrüßen zu können. Mein Name ist Margaret Compton. Treten Sie doch ein!«

»Ich hoffe, wir machen Ihnen nicht zu viele Umstände«, sagte Salam, und Finch ergänzte: »Major Llewellyn hat uns keine andere Wahl gelassen, als einfach mitzukommen. Wir wollten eigentlich ins Hotel ...«

Die Hausfrau unterbrach ihn lächelnd. »Kommt gar nicht infrage. Was sollte ich mit all dem Essen machen, das ich gekocht habe? Von den drei Kuchen ganz zu schweigen. Aber ich nehme an, Sie sind nach der langen Reise froh, sich etwas erfrischen zu können. Unsere beiden Bäder stehen Ihnen selbstverständlich zur Verfügung, Badetücher und Seife liegen bereit. Bitte fühlen Sie sich bei uns wie zu Hause.«

Nachdem Finch und Salam das Angebot dankend angenommen hatten, schob Margaret den Major in Richtung Wohnzimmer.

»Unterhalten Sie den mürrischen alten Spion da drinnen bis zum Mittagessen, Llewellyn. Er hat sich große Sorgen um Sie und den Mann aus Pakistan, Mr. Salam, gemacht. Hoffentlich haben Sie gute Nachrichten mitgebracht, das wird ihn freuen. Ich verschwinde inzwischen in die Küche.«

Llewellyn wollte etwas erwidern, überlegte es sich jedoch und klopfte stattdessen an die schwere Eichentür.

»Komm schon rein, du Sturkopf!«, schallte es von drinnen, und der Major drückte die Tür auf.

»Noch so eine Aktion, und meine restlichen Haare fallen mir aus!« Peter Compton erhob sich aus dem Lehnstuhl und sah Llewellyn tadelnd an. »Ich habe nicht geschlafen, kaum etwas gegessen und sogar vergessen, wohin ich die neue Ausgabe der *Times* gelegt habe.« Er kam auf Llewellyn zu und streckte die Arme zur Begrüßung aus. »Wobei das mit dem Essen nicht so tragisch ist nach der Ostervöllerei.«

»Und in der *Times* stehen die wirklich wichtigen Dinge auch nicht.« Llewellyn grinste und schüttelte Compton die Hand. »Ich habe Finch und Salam gleich mitgebracht. Dann lernst du sie nicht nur kennen, sondern kannst dich auch aus erster Hand informieren.«

»Perfekt«, nickte Compton und wurde ernst. »Ich habe mich in den letzten Tagen seit deinem Besuch ein wenig umgehört …«

»Will heißen, du hast Himmel und Hölle in Bewegung gesetzt, alte Verbindungen nach Deutschland wieder aufleben lassen und den BND angezapft«, zählte Llewellyn auf. »Bevor du in den Akten gekramt und alles über die politische Situation in Pakistans Western Territories und die Kalash herausgesucht hast.«

Compton nahm zwei Gläser und eine Flasche Sherry und hielt sie dem Major hin. »Wenn du meinen besten trinkst, dann kannst du wenigstens die Arbeit des Einschenkens übernehmen«, brummte er. »Ja, sagen wir so, ich habe auf den oberen Ebenen ein paar Bemerkungen fallen lassen, Steine ins Wasser geworfen und den Wellen zugesehen, in halb Europa diskret Erkundigungen eingezogen. Seitdem schlafe ich nicht mehr …«

Llewellyn sah ihn überrascht an und drückte ihm ein Glas Sherry in die Hand. »Wie soll ich das verstehen?«

Der Geheimdienstchef begann, schweigend vor dem Kamin auf und ab zu gehen.

Der Major ließ sich in einen der Ledersessel fallen und beobachtete ihn neugierig. »Lass mich raten«, sagte er schließlich, nachdem er Comptons stummer Wanderung eine Weile zugesehen hatte. »Du überlegst, was und wie viel du mir sagen kannst. Ob meine Geheimhaltungsstufe hoch genug ist, ob ich verlässlich genug bin, ob ich das alles wissen darf. Nun, Peter, ich bin zu alt für solche Spielchen. Ich hab oft genug im letzten Moment für dich und den Dienst die Kastanien aus dem Feuer geholt, hab im letzten Jahr einen Teil meiner Männer aus der Pension reaktiviert und für England nach Südamerika geschickt. Direkt ins Verderben. Drei sind nicht mehr zurückgekommen.«

Llewellyn stand auf und stellte das Glas auf den Spieltisch.

»Phönix ist in Sicherheit, John hat ihn herausgebracht, und er hat es für mich gemacht. Einfach so, in einer Nacht- und Nebelaktion, und das werde ich ihm nie vergessen. Und jetzt, jetzt bin ich draußen, weil mich dieses Taktieren ankotzt, das nie meines war.«

Der Major drehte sich um und ging zur Tür.

»Du mit deinem verdammten walisischen Temperament«, holte ihn die Stimme Comptons ein. »Ich habe überlegt, wie ich mich bei dir entschuldigen kann, ohne ganz mein Gesicht zu verlieren.«

Llewellyn fuhr herum. »Das wäre ja etwas ganz Neues«, knurrte er.

»Du hattest recht, hier stimmt etwas ganz und gar nicht«, fuhr Compton fort. »Und was deine Geheimhaltungsstufe betrifft – wir sind doch beide schon lange draußen, du und ich, oder? Wir haben beide keine mehr. Wir sind Freibeuter in der Welt der ach so geordneten Geheimdienste.«

Compton lachte, und es klang wie zerreißendes Sandpapier.

»Dafür wissen wir mehr, als denen lieb ist ... Setz dich, Llewellyn. Ich gestehe, ich hätte Phönix niemals mit den Leuten des MI6 herausgeholt. Das weißt du. Du kennst meine Vorbehalte, und ich habe sie für absolut triftig gehalten. Bis gestern.«

Der Geheimdienstchef blieb vor einem der zahlreichen Pferdebilder stehen und strich sich gedankenverloren über den Schnurrbart. »Bis gestern, verdammt noch mal.«

»Was ist passiert?«, fragte Llewellyn und blickte auf, als die Tür sich öffnete und Margaret Salam und Finch ins Wohnzimmer schob.

»Nur zu, immer geradeaus. Die beiden retten schon wieder die Welt.« Margaret lächelte. »Die können Hilfe sicher gebrauchen. Ich kümmere mich ums Mittagessen.«

»Gib uns noch zwanzig Minuten«, rief ihr Compton hinterher, bevor er sich seinen Gästen zuwandte. »Meine Herren, ich hätte nicht gedacht, dass wir uns jemals hier treffen würden. Ich habe Major Llewellyns Plan für undurchführbar gehalten, von vornherein zum Scheitern verurteilt. Deshalb freut es mich umso mehr, dass Sie es geschafft haben.« Er schüttelte Finch und Salam die Hände. »Ich gestehe auch, dass ich mich soeben bei Llewellyn entschuldigt habe. Er hat in diesem Fall mehr Weitsicht und Instinkt als ich bewiesen.«

»Und ich bin völlig überzeugt, dass das selten der Fall ist«, warf Finch schmunzelnd ein. »Er hat mir einiges über Sie erzählt, Sir, und nachdem ich der Einzige bin, der hier nicht einem ... nun, einem Dienst angehört, kann ich jederzeit Ihrer Frau in der Küche Gesellschaft leisten.«

Compton sah den Piloten an und schüttelte den Kopf. »Mr. Finch, Sie stellen Ihr Licht unter den Scheffel, und glauben Sie mir bitte, ich würde gerne dem Club angehören, bei dem Sie Mitglied sind. Bei den Jetfighter-Pilots. Sie werden mir hoffentlich verzeihen, dass ich Informationen über Sie eingeholt habe. Alte Gewohnheiten sterben nie.«

Der Geheimdienstchef drückte Salam und Finch jedem ein Glas in die Hand. »Der ist durchaus trinkbar«, sagte er trocken, dann fuhr er an Finch gewandt fort. »Sie hatten ein bewegtes Leben, das sich nicht immer an gängigen Normen orientiert hat, sind stets Ihren eigenen Weg gegangen und haben Ihre Leidenschaft fürs Fliegen von Ihrem Vater geerbt. Ich hätte Sie gerne in meinem Team gehabt, als Sie noch glaubten, den afrikanischen Himmel erobern zu müssen.«

Finch wollte etwas einwerfen, aber Compton hob die Hand. »Ich weiß, ich weiß, England war weit weg für Sie, zu klein und zu bürgerlich. Ich kann es Ihnen nicht verdenken. Wenn ich Ihre außergewöhnliche Begabung gehabt hätte, dann wäre ich wahrscheinlich auch gegangen. Irgendwohin, wo es keine Schranken und Beschränkungen gibt. Ja, ganz sicher sogar.«

Compton nahm seine Wanderung vor dem Kamin wieder auf. »Kommen wir zu Ihrem Einsatz in Pakistan. Wenn Ihnen Major Llewellyn noch nicht gedankt hat, dann lassen Sie mich das machen, auch im Namen von Chief Inspector Salam. Und glauben Sie mir bitte, ich weiß in der Zwischenzeit sehr gut, wovon ich spreche.« Er nahm einen Schluck Sherry. »Was nun Ihre Zugehörigkeit zu einem Dienst oder Ihre Geheimhaltungsstufe betrifft, so kenne ich leider zu viele, die aufgrund ihrer Position eine höhere haben und dabei strohdumm sind. In diesem Raum sind die Regeln andere.«

Er drehte sich zu Finch um, der zum ersten Mal die Härte und Unerbittlichkeit spürte, die in dem alten Geheimdienstchef steckte.

»Hier, Mr. Finch, gelten nur meine Regeln. Deshalb würde es mich freuen, wenn Sie hierbleiben und uns Gesellschaft leisten. So attraktiv die Köstlichkeiten in der Küche auch sind, wie man sieht.« Er klopfte sich seufzend auf den Bauch. »So, und jetzt kommen wir zum Ernst der Lage. Chief Salam, wir haben noch ...«, er blickte auf die Uhr, »... vierzehn Minuten bis zum Lunch und dank Mr. Finch nun den Luxus, Ihren Bericht aus erster Hand zu erhalten. Ich bin äußerst gespannt auf Ihre Informationen.«

9
DIE GROSSE TÄUSCHUNG

> Merianstraße, Kronberg im
> Taunus / Deutschland

Professor Siegberth hatte die Glaspyramide vom Tisch genommen und war auf den Balkon getreten. Vorsichtig hielt sie den perfekten geometrischen Körper gegen das Licht, drehte ihn und stellte ihn schließlich auf einen der Sandsteinpfeiler, der die schmiedeeisernen Balkongitter hielt. Die Pyramide funkelte im Licht der Sonne, warf helle Streifen auf den rauen Stein.

Die Wissenschaftlerin betrachtete das Lichtspiel nachdenklich.

Das Glas war klar, ohne Trübung oder Einschlüsse. Die scharfen Kanten zeugten davon, dass jemand den Körper aus einem größeren Stück Glas geschliffen hatte. Außerdem waren unter dem Vergrößerungsglas leichte Riefen auf den Seitenflächen zu erkennen gewesen. Die Maße waren also Absicht. Es handelte sich nicht einfach um eine x-beliebige Pyramide.

Wer immer sie gefertigt hatte, er wollte sie genau in dieser Form.

Also hatte Siegberth als Erstes die Pyramide vermessen. Sorgfältig und sicherheitshalber zweimal. Es handelte sich um eine sogenannte regelmäßige Pyramide, mit einer quadratischen Grundfläche von 1,5 mal 1,5 Zentimeter. Die Höhe betrug 3,4 Zentimeter, und die Abweichungen waren minimal und fertigungsbedingt, lagen im Bereich der Zehntelmillimeter.

Bedeutungslos.

Nachdem der Mitarbeiter von Konstantinos ihr wie angekündigt ein Mikroskop gebracht und aufgestellt hatte, war Siegberth an die genaue Untersuchung der Oberflächen gegangen. Sie hatte sich Zeit gelassen, immer wieder die Tiefenschärfe verändert, die Pyramide gedreht und gewendet. Nach einer halben Stunde war sie sich sicher: Weder an der Grundfläche, noch an den Seiten waren irgendwelche Zeichen eingraviert oder -geätzt. Es handelte sich um eine makellose Glaspyramide ohne jede Aufschrift. Wenn jemand tatsächlich einen Hinweis versteckt haben sollte, dann musste er ihn anders codiert haben.

Nur wie?

Siegberth erinnerte sich an Konstantinos' Worte: »Die Pyramide entstand in Deutschland in den letzten Monaten des Krieges, genauer gesagt in Berlin. Da gab es keine exotischen Möglichkeiten der Materialwahl mehr. Ich bin so gut wie sicher, dass es sich um ganz normales Glas und eine Metalllegierung handelt, die damals in der Rüstungsproduktion üblich war.«

Die Wissenschaftlerin war geneigt ihm zuzustimmen, was die Materialien betraf. Nach einigen simplen Brechungsindex-Versuchen war auch sie zur Überzeugung gekommen, dass es sich um Glas handelte, allerdings nicht um irgendein Glas. Ein Anruf bei einem ihrer Bekannten am Max-Planck-Institut hatte eine interessante Facette ins Spiel gebracht. »Kein Einschluss?«, hatte der Fachmann nachgefragt. »Selbst unter dem Mikroskop nicht? Dann kann es sich nur um optisches Glas handeln, das extra für die Herstellung von Linsen gefertigt wurde.«

Berlin im letzten Kriegsjahr, wenn man Konstantinos glauben konnte, überlegte Siegberth. Welches Unternehmen hatte in der Hauptstadt noch ein Lager von Linsen und Gläsern gehabt oder diese Teile produziert? War die Pyramide etwa aus dem Teil eines Feldstechers oder einer Zieleinrichtung entstanden? Und wer hatte sie geschliffen? Sie tröstete sich damit, dass sie in wenigen Stunden, nach dem Gespräch mit ihrem Auftraggeber, mehr wissen würde.

Sie nahm die Pyramide von der Balustrade und ging zurück in die Bibliothek. Dann setzte sie sich an ihren Laptop und rief eine Mathematikseite auf, wählte die geometrische Sektion und da wieder den Körper »Pyramide«. Eine Liste von Formeln sprang sie förmlich an: Mantelflächenberechnung, Längenberechnung der Steilkanten, Gesamtkantenlänge, Volumen einer Pyramide. Lösungsgleichungen, Satz des Pythagoras.

Professor Siegberth setzte ein Lesezeichen und lehnte sich zurück. Zahlen als Hinweise? Oder war sie auf einem ganz falschen Weg, und die Pyramide selbst war das Stück eines Puzzles, in das sie sich nahtlos einfügte und so das Bild komplett machte? War der gläserne geometrische Körper nur der Schlussstein einer noch viel größeren Pyramide? Und wenn ja, wo war die zu finden?

Sie stand auf und trat an die Regale der Bibliothek, in denen sich ohne erkennbares System die verschiedensten Werke aneinanderreihten. Seltene Erstausgaben der Werke Molières standen neben alten Michelin-Reiseführern der Schweiz, die gesammelten Romane Maurice Leblancs neben den Novellen und Erzählungen von Arthur Schnitzler. Siegberths Finger strichen über alte Ledereinbände. Je länger sie die Titel und Namen der Autoren las, hin und wieder ein Buch herauszog, um das Ausgabedatum zu kontrollieren, umso deutlicher kristallisierte sich das Bild eines Büchersammlers heraus, der weder Kosten noch Mühen gescheut hatte, um seiner Leidenschaft zu frönen. In einem schmalen Regal waren ausschließlich Tagebücher aufgereiht, Hunderte private Aufzeichnungen prominenter Persönlichkeiten, aber auch Kriegsnotizen und Lebenserinnerungen von Unbekannten.

War Konstantinos selbst Sammler und Jäger kostbarer Bücher? Sein Vater Savvas hatte wohl den Grundstock gelegt, aber Siegberth fragte sich, ob der Sohn die Leidenschaft geerbt und die Bibliothek nicht nur übernommen hatte, sondern den Bestand auch heute noch ständig erweiterte.

Und woher hatte er die seltsame Pyramide?

Die Wissenschaftlerin wandte sich wieder dem Tisch zu, auf dem neben dem geometrischen Glaskörper der mattglänzende Metallzylinder stand. Die Verpackung des Rätsels. Siegberth ergriff ihn und betrachtete ihn unter dem Vergrößerungsglas. Im Gegensatz zur Pyramide war er nicht so genau und makellos gefertigt. An der Außenseite zeugten Spuren der Drehbank davon, dass er wohl aus dem Vollen gefräst worden und nicht sehr sorgfältig versäubert worden war. Ein Einzelstück, ohne Zweifel auf Maß gemacht, um den Glaskörper zu schützen und zu bewahren. Der Schraubverschluss, massiver als nötig, enthielt keine Dichtung. Warum auch, dachte sich Siegberth, Feuchtigkeit kann Glas nichts anhaben. Der Zylinder sollte die Pyramide zweifelsohne vor mechanischer Beschädigung schützen, was ihm wohl auch gelungen war.

Sie blickte hinein. Auch hier ein paar Kratzer, ein wenig Schmutz und Staub. Keine Aufschrift, keine Zeichnung, keine Buchstaben oder

Zahlen. Die Abmessungen des Metallbehälters waren genau auf die der Pyramide abgestimmt. Kein Millimeter war verschenkt worden. Vier Führungsrillen an der Innenseite, in die die Ecken der Pyramide genau passten, sorgten dafür, dass der Glaskörper nicht verrutschen konnte. Eine Aussparung im Deckel nahm die Spitze auf. Genial gelöst, dachte Siegberth, und einwandfrei umgesetzt, angesichts des Zeitdrucks und wohl auch der psychischen Belastung im Berlin der letzten Kriegsmonate. Wer immer Pyramide und Zylinder gefertigt hatte, er musste ein erfahrener Feinmechaniker gewesen sein.

Aber eine verschlüsselte Nachricht in der Pyramide? Hätte es 1945 nicht andere Methoden gegeben, um etwas zu codieren? Verlässlichere, einfacher zu entschlüsselnde?

Die Wissenschaftlerin gab den Begriff »Pyramide« in die Suchmaschine ein und durchforstete die Resultate ohne nennenswerte Erfolge. Nach einem kurzen Anklopfen öffnete sich die Tür, und Konstantinos' Mitarbeiter stellte ein Tablett mit Mineralwasser, verschiedenen Fruchtsäften und Gläsern auf den Tisch. »Wünschen Sie sonst noch etwas? Vielleicht einen kleinen Snack? Herr Konstantinos hat mir mitgeteilt, Sie würden beide um 14.00 Uhr auf der Terrasse einen leichten Lunch einnehmen. Haben Sie irgendwelche Wünsche an die Küche?«

Siegberth schüttelte etwas abwesend den Kopf. »Danke, aber ich bin überzeugt, dass der Koch das Passende zusammenstellen wird. Und bis dahin bin ich bestens versorgt«, meinte sie, wies auf das Tablett und wandte sich wieder dem Laptop zu.

Chinesische Pyramiden, ein bekanntes Thema ... Ein Forscher in Slowenien versuchte gerade, dortige Erhebungen als pyramidales Menschenwerk zu deklarieren, während in Deutschland ein paar Auserwählte versuchten, in drei Bergen Pyramiden zu erkennen. Humbug, dachte die Wissenschaftlerin, fehlen nur noch die Ufo-Landeplätze auf der Spitze ...

Drittes Reich und Pyramiden?

Siegberth tippte die Suchbegriffe ein. Reichsautobahn, verbotene Archäologie, das Geheimnis der inneren Erde. Abstrus. Von den Pyramiden zur Theorie der hohlen Erde war es nur ein kleiner Schritt. Die Eingabe »Glaspyramide« führte nur zu der im Innenhof des Louvres, die inzwischen zu einem Wahrzeichen der Stadt an der Seine geworden war. Dann wieder jede Menge Spinner, die riesige Glaspyramiden am Grund des Meeres entdeckt haben wollten – mit Vorliebe im Bermuda-Dreieck ...

Nein, im Internet würde sie das Rätsel nicht lösen können. Allerdings war ihr auch sonst kein offensichtlicher Zusammenhang zwischen Pyramiden und dem Jahr 1945 oder dem Dritten Reich bekannt. So griff sie zum Telefon und überlegte kurz. Auf Anhieb fielen ihr drei Kollegen ein, alle anerkannte Spezialisten für die Jahre 1933 bis 1945. Sie begann mit dem, der sicherlich die wenigsten Gegenfragen stellen würde.

Nach zehn Minuten wusste die Wissenschaftlerin, dass keiner der drei sich jemals mit Glaspyramiden beschäftigt hatte. Ihr letzter Gesprächspartner regte an, ob es sich bei dem kleinen geometrischen Körper nicht um eine maßstabgetreue Nachbildung einer großen Pyramide handeln könnte. Auf ihren Einwand, dass dann als Material auch Holz gereicht hätte, das einfacher zu bearbeiten gewesen wäre, hatte er keine Antwort mehr gewusst und sich rasch verabschiedet.

Blieb nur noch die Liste mit den Formeln, die sie auf der mathematischen Internetseite gefunden hatte ...

Seufzend zog Siegberth ihren Taschenrechner heraus, schenkte sich ein Glas Karottensaft ein und begann mit den ersten Berechnungen.

**Polizeipräsidium, Adickesallee 70,
Frankfurt am Main / Deutschland**

»Und wessen absolut blödsinnige Idee war das, wenn ich fragen darf?«

Kriminaloberrat Alfons Klapproth stand mit steinerner Miene und verschränkten Armen an seinen Schreibtisch gelehnt und fixierte Martina Trapp, die in ihrem Sessel zu schrumpfen schien wie ein Schneemann in der Frühlingssonne.

»Wenn *ich* Glück habe, dann kann ich die Kollegen von der Verkehrsüberwachung davon überzeugen, das Foto verschwinden zu lassen. Wenn *Sie* Glück haben, dann passiert das, bevor irgendein übereifriger Informant mit der Presse telefoniert und eine Kopie unter der Hand in Richtung Redaktionen verschiebt.«

Die Oberkommissarin schluckte und nickte ergeben.

»Und dann wäre da noch der Diebstahl des Bentleys. Dazu fällt mir nach langem Nachdenken nur eines ein –«

Er beugte sich vor und legte seinen Kopf schräg.

»– wenn Sie beide beim Straßendienst enden, dann kann man das nach dieser Aktion nur noch als Karrieresprung sehen. Ginge es nach mir, würde ich Sie zur Verkehrszählung abkommandieren. Mit Block und Bleistift ...«

Ein schüchternes Klopfen an der Bürotür unterbrach Klapproth.

»Bin ich zu spät?«, fragte Calis unschuldig und schloss die Tür hinter sich. »Hat etwas gedauert ..«

»Aah, unser Medienspezialist aus Berlin, der Dieter Bohlen der Uniformierten.« Der Kriminaloberrat bot Calis keinen Stuhl an. »Wenn Sie in der Hauptstadt rosa Schirme schwingend durch die Sucher der Fotografen hopsen, dann ist das Ihr Vergnügen und das Problem meines geschätzten Kollegen Frank Lindner. Da oben an der Spree ist ja manches anders. Aber hier in Frankfurt halten wir es weniger mit nassen T-Shirts und Fotos in den Klatschspalten, sondern mit Diskretion und Stresemann-Streifen.«

Calis wollte etwas einwerfen, aber Klapproth gab ihm keine Gelegenheit dazu.

»Dass Sie Ihr Faible für effektvolle Auftritte in der Presse nicht verleugnen können, ist auch so eine Sache, mit der die Berliner klarkommen müssen. Aber dass Sie hier innerhalb von achtundvierzig Stunden nach Ihrer Ankunft mit einem gestohlenen Wagen und einer Oberkommissarin auf dem Beifahrersitz mit 100 km/h durch die Frankfurter Innenstadt rasen und sich dabei auch noch fotografieren lassen, das betrifft mich direkt. Herzlichen Dank, wir haben auch sonst schon genug Probleme. Und der Hessische Rundfunk ist keine hundert Meter von hier. Warum gehen Sie nicht einfach hinüber und geben gleich ein Interview?«

Klapproth drehte sich um, tigerte um den riesigen Schreibtisch herum und ließ sich auf seinen Sessel fallen. Dann legte er die Hände flach auf die Tischplatte.

»Was ist Ihnen eingefallen, als Sie den Bentley einfach gestohlen haben?«

»Sichergestellt«, wandte Calis ein.

»Was!?« Klapproths Kopf schoss vor, seine Augen waren kreisrund.

»Sie sollten den Unterschied zwischen Stehlen und Sicherstellen kennen, Kommissar Calis, den gibt es selbst an der Spree. Und nein, ich will gar nicht wissen, was Sie normalerweise sicherstellen. Und wie. Ich werde alles dafür tun, dass genau diese Methoden hier nicht einreißen. Das Verfahren gegen Sie wird Frank Lindner in Berlin einleiten, ich habe darüber bereits mit ihm gesprochen. Wir werden den Bentley mit den gebotenen Entschuldigungen an Herrn von Strömborg retournieren und dafür sorgen, dass diese Geschichte nicht allzu große Kreise zieht. Und Sie, Herr Kollege ...« Klapproths Finger schoss anklagend nach vorne. »... werden so bald wie möglich nach Berlin zurückfahren. Mit anderen Worten – jetzt! Polizeioberrat Lindner wartet geradezu sehnsüchtig auf Sie, und ich sehe Sie mit Freude abreisen. Es gibt nämlich nur mehr eine Seite, die ich von Ihnen sehen möchte – Ihren Rücken, enteilend.«

Martina Trapp saß still in ihrem Sessel und betrachtete eingehend ihre Hände. Von der nahe gelegenen Kirche des Hauptfriedhofs erklang durch das offene Fenster das Ein-Uhr-Läuten.

»Warten Sie ab, auch Sie werden mich noch in Ihr Herz schließen.« Die Stimme von Thomas Calis ließ jede Ironie vermissen. Trapp fuhr auf ihrem Sessel herum und warf ihm einen warnenden Blick zu.

»Ich kann mir nach Jahrzehnten im Polizeidienst sicher viel vorstellen, aber *dazu* fehlt mir ehrlich gestanden die Phantasie«, entgegnete Klapproth kalt.

In diesem Moment klopfte es, und einer der Spurensicherer steckte seinen Kopf durch die Tür, blickte sich kurz um, nickte Klapproth zu und drückte Calis einen Zettel in die Hand. Mit einem lockeren »in zwei Stunden gibt's die restlichen Ergebnisse« verschwand er wieder.

»Was soll das nun wieder?«, erkundigte sich der Kriminaloberrat irritiert und beäugte Calis, der las, was auf dem Zettel stand.

»Polyisobutylen.«

Calis lehnte sich gegen die Wand und studierte den Zettel, als hätte er Klapproth nicht gehört. »Wie unvorsichtig ...« Er grinste wie ein Schulbub nach einem gelungenen Streich. Dann blickte er auf und wiederholte »Polyisobutylen«, als würde das alles erklären. »Haben Sie damals in Chemie gefehlt, Herr Kriminaloberrat? Machen Sie sich nichts draus, dann waren wir zwei. Ich war auch nicht da.«

Calis zwinkerte Trapp zu, die ihn völlig überrascht anstarrte. Klapproth sah aus wie ein Weihnachtskarpfen auf dem Trockenen.

»Polyisobutylen ist ein Bindemittel, das zusammen mit Zitronensäuredibutylester, PETN und Hexogen Semtex ergibt. Detonationsgeschwindigkeit 7400 Meter/Sekunde. Einer der schnellsten Sprengstoffe, die auf dem Markt erhältlich sind.«

Er faltete den Zettel zusammen und steckte ihn in die Tasche seiner Lederjacke. »Transportiert im Kofferraum des Bentleys. Spuren davon haben die Spürnasen in den Ganzkörperkondomen soeben gefunden und sichergestellt. So, und jetzt muss ich mich auf den Weg zu meinem Golf machen, der parkt noch in Sachsenhausen. Berlin und Frank Lindner warten auf mich.«

Calis winkte Trapp zu, drehte sich um und machte sich auf den Weg zur Tür.

»Kommissar Calis!«

Für einen Moment dachte er daran, Klapproth einfach zu ignorieren und tatsächlich nach Berlin zurückzufahren. Er legte die Hand auf die Klinke, dann fielen ihm Blondschopf und Kreutzer ein, und er drehte sich um.

»Herr Kriminaloberrat? Wollen Sie mir gute Reise an die Spree wünschen?« Calis' Stimme hatte jede Verbindlichkeit verloren. »Vielleicht sind meine Methoden nicht die Ihren, aber sie haben sich als zielführend und erfolgreich erwiesen. Unkonventionell, aber oft genug auf den Punkt. In Berlin kommen Sie mit Stresemann und Diskretion nicht weit.« Er trat zu Trapp und legte ihr die Hand auf die Schulter. »Oberkommissarin Trapp hatte keine Ahnung, was ich vorhatte. Sie hat Sie im besten Sinne des Wortes vertreten – moralisch und dienstmäßig. Und jetzt entschuldigen Sie mich bitte. Ich muss mit Frank telefonieren und ihm alles erklären, bevor er das letzte bisschen Glauben an mich verliert.«

Calis ging mit großen Schritten zur Tür.

»Ach ja, noch etwas. Die Kollegen von der Spurensicherung gleichen im Moment die DNA von Kreutzer mit den auf der Rückbank befindlichen Haaren oder Hautschuppen ab. Ich wette, sie finden heraus, dass der Exlegionär neben Blondschopf gesessen hat. Damit haben wir ihn endgültig in der Zange.«

Bevor Klapproth etwas sagen konnte, schlug die Tür hinter dem Kommissar zu.

Martina Trapp saß zuerst wie erstarrt, dann sprang sie auf, warf ihrem Chef einen triumphierenden Blick zu, und eilte Calis hinterher.

> Charlotte Road, Barnes,
> Südwest-London / England

Das Mittagessen war köstlich, aber eine reine Männersache gewesen.

Margaret hatte sich, sobald sie einen weiteren Gang aufgetragen hatte, stets aufs Neue in die Küche zurückgezogen und ihren Mann, Major Llewellyn, John Finch und Chief Inspector Salam im Esszimmer mit den kulinarischen Köstlichkeiten und ihren Problemen alleine gelassen.

Nachdem sich Peter Compton Salams Bericht angehört hatte, war er tief in Gedanken versunken aus dem Wohnzimmer gegangen und hatte den anderen mit einer Handbewegung bedeutet, ihm zu folgen. Beim Essen selbst hatte der Geheimdienstchef seinen Gästen einige Fragen gestellt, einsilbig und fast ein wenig abwesend.

Als Margaret festgestellt hatte »Kuchen und Kaffee gibt's vor dem Kamin« und die benutzten Teller in die Küche brachte, war es Llewellyn gewesen, der das Schweigen am Tisch gebrochen hatte.

»Nun weißt du alles, was sich in Pakistan zugetragen hat, Peter, und zwar aus erster Hand. Phönix ist in Sicherheit und der einzige Beweis für den deutschen Einsatz, das Wrigley's-Kaugummipapier, mit ihm. Und jetzt?«

Compton trommelte mit den Fingern auf das blütenweiße Tischtuch und überlegte.

»Jetzt ist der Zeitpunkt für einige unangenehme Wahrheiten gekommen«, antwortete er schließlich. »Zu viele Ungereimtheiten, wohin ich schaue. Nach der Schilderung von Chief Inspector Salam, an deren Wahrheitsgehalt ich nicht den geringsten Zweifel habe, bin ich überzeugter denn je, dass die Deutschen nichts mit der Aktion im Hindukusch zu tun haben.«

Alle sahen ihn überrascht an.

»Ich habe tatsächlich in den letzten Tagen Erkundigungen eingezogen, alte Verbindungen reaktiviert und mich umgehört«, fuhr Compton fort. »Alle meine Gesprächspartner beim BND waren ehrlich überrascht, als ich sie nach einem SWAT-Team in den Western Territories gefragt habe. Unisono behaupteten sie, dass es keinen deutschen Militäreinsatz in Pakistan gegeben habe. Und zwar seit Menschengedenken.«

Compton blickte ernst von einem zum anderen. »Und ich habe keinen, aber auch gar keinen Anlass, an ihren Angaben zu zweifeln.«

»Aber das Wrigley's ...«, begann Salam und deutete auf den schmalen grünen Papierstreifen.

»Ein Ablenkungsmanöver, vielleicht nicht sehr subtil, aber effektvoll«, antwortete Compton. »Keiner der von mir kontaktierten Geheimdienste hat einen deutschen Kommandoeinsatz bei Chitral überhaupt in Betracht gezogen. Es gibt keinerlei Hinweise dafür zwischen Washington und Moskau. Wir müssen also umdenken, und zwar komplett.«

Der Geheimdienstchef zeichnete mit seinen Fingern ein unsichtbares Geflecht auf das Tischtuch. »Wir werden uns der ganzen Geschichte mit alter, bewährter Logik nähern müssen. Ein betagter Kalaschkünstler wird in seinem Haus umgebracht, und seine Mörder hacken ihm beide Hände ab. Er hat an einer Skulptur gearbeitet, die bei dem Überfall auf ihn komplett zerstört wird. Die Kommandoeinheit fliegt mit einem Helikopter ein und aus, gedeckt von einem der pakistanischen militärischen Geheimdienste, der ISI. Die Einheit wird sogar mit einem Geländewagen der Armee fast bis zum Einsatzort gebracht. Bevor sie wieder verschwinden, platzieren sie ein Kaugummipapier so, dass die untersuchenden Beamten es finden müssen. Dann kommt Chief Inspector Salam, entdeckt die Leiche seines Freundes und beginnt mit den Nachforschungen, stellt unangenehme Fragen, die nie gestellt werden sollten. Die Hölle bricht los. Selbst seine Familie wird Ziel eines Anschlags, sein Haus wird zerstört. Er selbst entgeht nur knapp der Erschießung durch die ISI. Dank der Kalash, Llewellyn und Finch gelingt ihm in letzter Minute die Flucht nach London. Das ist der Status quo, und der wirft eine Reihe von beunruhigenden Fragen auf.«

Compton sah Salam an und begann mit der Aufzählung.

»Warum wird Shah Juan umgebracht? Weshalb werden ihm die Hände abgehackt und die Skulptur zerstört, während alle anderen Holzfiguren unversehrt bleiben? Wieso deckt die ISI das Unternehmen, führt es aber nicht selbst durch? Oder führte sie es doch durch und verschleiert dies mit dem deutschen Kaugummipapier? Wieso reagiert der Geheimdienst so schnell, umfassend und brutal auf Salams Nachforschungen? Was hat er zu verbergen? Die ISI hat bereits in der Vergangenheit ähnliche Aktionen durchgeführt und bei keiner einzigen hatten die Agenten Probleme damit, sich zu den Morden zu bekennen. Mit den üblichen Ausreden – Staatssicherheit, Feinde im Inneren, der andauernde Konflikt mit Indien. Was aber sollte in Chitral nie ans Licht kommen?«

Salam griff in seine Jackentasche und zog ein Stück Stoff hervor, das er vor sich auf den Tisch legte und mit der flachen Hand glatt strich. Die Skizze aus dunklen Strichen schien wie ein Relikt aus fernen Zeiten. »Das ist ein altes Symbol der Kalash, der Beschützer«, erklärte er leise. »Es war im Gebälk jenes Vordachs versteckt, unter dem Juan an seiner letzten Figur arbeitete.«

Alle starrten die Zeichnung an. »Könnte es der Entwurf des Werkes sein, an dem der alte Mann arbeitete?«, fragte Finch in die Runde.

»Oder sollte er ihn vor Unglück und bösen Geistern beschützen?«, wunderte sich Llewellyn. »Dann war er wohl nicht so erfolgreich.«

»Der Beschützer.« Compton zog die Skizze an sich. »Der personifizierte Mythos der Kalash. Er würde über sie wachen, selbst tausend Jahre nach seinem Tod. Eine Mischung aus Gott und Anführer, Krieger und Herrscher.«

»Sie sind gut informiert«, stellte Salam überrascht fest. »Shah Juan war ein Eingeweihter, einflussreich, weise und gütig. Eine politische Kraft, die der Region Stabilität gab. Er kannte alle Geheimnisse der Kalash, ihre Geschichte, die sich im Dunkel der Zeit verliert.«

»Also war es ein politischer Mord?«, fragte Llewellyn.

»Und wenn es einfach eine Verbindung von Machtpolitik, Kräftemessen zwischen den Geheimdiensten und ausländischen Interessen war?« John Finch stand auf und streckte sich. »Tut mir leid, aber ich habe einfach zu lange nicht mehr richtig geschlafen. Daher hier meine Meinung, solange ich noch klar denken kann: Wenn das alles in Afrika stattgefunden hätte, dann würde ich sagen – geschickt eingefädelt. Eine Hand hat die andere gewaschen, und beide sind schmutzig geblieben. Ein Mord, der allen gedient hat.«

Llewellyn und Salam hörten ihm aufmerksam zu, während Compton noch immer mit gesenktem Kopf seine geheimnisvollen Muster auf die Tischdecke zeichnete.

Finch wanderte zum Fenster und blickte hinaus. Doch mit seinen Gedanken war er ganz woanders.

»Gehen wir das Problem von einer neuen Seite an. Was wäre passiert, hätte Llewellyn seinen verrückten Plan nicht so hartnäckig verfolgt und wäre es mir nicht geglückt, den Chief Inspector auszufliegen? Wir hätten keine Ahnung davon, was sich tatsächlich in dem Hochtal bei Chitral ereignet hat. Mr. Salam wäre nicht hier, sondern tot, vom Mord an Shah Juan hätten wir vielleicht nie etwas erfahren. Die ISI hätte die Northwest Territories übernommen, alle Spuren beseitigt, ihre Macht vergrößert und zugleich den Extremisten ein weiteres Aufmarschgebiet in einer instabilen Region geboten. Die Koalition der Gemäßigten wäre früher oder später endgültig zerbrochen, bevor eine Decke des Schweigens über alles gebreitet worden und die Rechtlosigkeit eingezogen wäre. Also stellt sich die Frage – wem hat es genützt, Shah Juan zu ermorden? Waren es möglicherweise zwei Interessensgruppen – einerseits die Auftraggeber des Kommandos und andererseits die ISI? Hat sich hier vielleicht eine Koalition zusammengefunden, die sonst ganz und gar nichts miteinander zu tun hat? Und die sich anschließend entschieden wehrte, als sich herausstellte, dass genau das bekannt werden würde, Dank des persönlichen Einsatzes von Chief Inspector Salam?«

»Wir hätten Sie bereits vor langer Zeit rekrutieren sollen, Mr. Finch«, brummte Peter Compton, ohne vom Tischtuch aufzusehen. »Wenn Sie schon übermüdet solche Überlegungen anstellen, dann würde ich gerne Ihre Analysen im hellwachen Zustand hören. Ich bin im übrigen ganz Ihrer Meinung. Nach meinen Recherchen und Gesprächen mit einigen Informanten kam ich gestern genau zu denselben Schlussfolgerungen. Alles andere ergibt keinen Sinn. Aber genau das macht mir Angst. Deshalb ...«, er hob den Kopf und sah den Major an, »deshalb habe ich nicht mehr geschlafen, Llewellyn. Weil ich einen Verdacht habe ...«

»Was den Auftraggeber des Mordkommandos betrifft?«, wollte der Major wissen. »Eine ausländische Macht, die nicht Deutschland heißt?«

Compton nickte nur stumm. Er wirkte seltsam bedrückt.

»Hier stimmt irgendetwas nicht«, meldete sich Finch plötzlich vom Fenster, und seine Müdigkeit war wie weggeblasen. »Aus einem schwarzen Jaguar mit zwei Aufpassern sind in den letzten Minuten drei geworden, und soeben kommt ein dunkler Van ohne Aufschrift die Straße herauf. Erwarten Sie offiziellen Besuch?«

Llewellyn sprang auf und stand mit zwei großen Schritten neben dem Piloten. »Peter, John hat recht. Wer hat die Kavallerie alarmiert?«

In Comptons Gesicht arbeitete es. Nach einem Blick auf die Charlotte Road murmelte er »also doch« und lief zur Tür des Esszimmers. »Kommt mit, ihr müsst sofort verschwinden. Wir hätten Phönix niemals hierherbringen dürfen. Ich zeige euch den Hinterausgang.«

Die drei Männer stürmten hinter dem Geheimdienstchef her, durch das Wohnzimmer und vorbei am Kamin in das Schlafzimmer der Comptons, von dem eine große Glastür in den Garten führte.

»Lauft bis ans Ende des Grundstückes, steigt über den Zaun und macht keinen Lärm«, stieß Compton hervor und drückte Llewellyn zwei Schlüssel in die Hand. »Der eine öffnet die Tür des nächsten Anwesens, das einem alten Freund gehört. Er ist zurzeit im Ausland. Der zweite startet einen Audi Avant, der in der Garage steht. Nehmt ihn und verschwindet aus London. Keine Telefonate, kein Kontakt, bis ich mich melde.« Damit drehte er sich um und eilte zurück ins Wohnzimmer.

Genau in diesem Moment ertönte die Türglocke. Compton fuhr sich mit den Fingern durch die Haare, zog die Krawatte gerade und durchquerte den kleinen Flur. Er überlegte kurz, dann öffnete er die Tür.

Auf den Stufen stand ein halbes Dutzend entschlossen dreinschauender Männer in Anzügen oder Mänteln, während im Hintergrund der dunkle Van bewaffnete Uniformierte mit schusssicheren Westen und Kampfanzügen ausspie.

Peter Compton zog die Augenbrauen hoch und blickte fragend auf die Gruppe vor ihm. »Und was genau soll das hier werden?«, erkundigte er sich mit einem dünnen Lächeln.

»Sir, wir haben den Hinweis erhalten, dass sich in Ihrem Haus ein international gesuchter Verbrecher versteckt hält. Er ist vor rund zwei Stunden in Heathrow eingereist, gemeinsam mit einem gewissen John Finch.«

»Sie vergessen Major Llewellyn Thomas, ehemaliges Mitglied des Secret Service, der beide begleitet hat«, antwortete Compton kühl. »Ich kann Ihnen versichern, dass sich in meinem Haus kein Verbrecher aufhält. Und wenn ich auch nur den Schatten einer Bedrohung verspüren würde, dann können Sie gewiss sein, dass ich mich sofort an Sie wende. Guten Tag, meine Herren.«

Der Geheimdienstchef wollte die Tür schließen, doch einer der Männer stellte seinen Fuß dazwischen und drängte vorwärts. »Es tut uns leid, Sir, aber wir haben unsere Befehle.«

In diesem Moment kam Margaret mit fliegender Schürze aus der Küche gestürmt, das Telefon am Ohr. »Theresa? Es ist tatsächlich so, wie ich dir sage, auch wenn du es nicht glauben kannst.«

Sie warf den Männern vor der Tür einen kalten Blick zu, dann hielt sie einem von ihnen den Hörer hin. »Die Innenministerin Theresa May für Sie. Und jetzt möchte ich nicht in Ihrer Haut stecken.«

> **Longsdale Road, Barnes,
> Südwest-London / England**

John Finch öffnete das Garagentor und blickte aufmerksam die Longsdale Road hinauf und hinunter. Alles war ruhig, der Verkehr normal, keine verdächtigen Autos parkten in Sichtweite. Also gab er Llewellyn ein Zeichen und der fuhr rasch den Audi A6 aus der Garage auf den kleinen Vorplatz.

»Was sollte das?«, fragte Salam etwas verwirrt, nachdem Finch sich auf dem Beifahrersitz angeschnallt hatte. »Und was meinte Peter Compton mit ›wir hätten Phönix nie hierherbringen dürfen‹?«

Der Major antwortete nicht, bog rechts ab, beschleunigte und lenkte den Audi nordwärts, die Themse entlang. Das große Gelände des Barnes Sports Club erstreckte sich auf der einen Straßenseite, während auf der anderen eine Gruppe junger Mütter Kinderwagen durch die Grünanlagen an der Themse schoben.

Alles sah friedlich aus.

Llewellyn warf misstrauisch einen Blick in den Rückspiegel, konnte aber keine Verfolger entdecken.

»Ich habe ehrlich gesagt keine Ahnung«, antwortete Finch kopfschüttelnd auf Salams Frage. Er hatte im Handschuhfach einen Stadtplan gefunden, schlug ihn auf und fand rasch die Longsdale Road. »Hier braut sich etwas zusammen, und ich bin genauso ratlos wie Sie.«

Llewellyn schwieg weiterhin, überholte einen roten Stadtbus und drei langsam fahrende Lieferwagen, beschleunigte bis weit über die legalen dreißig Meilen pro Stunde und beobachtete aufmerksam, ob ihnen jemand folgte. Doch kein anderes Auto scherte aus, niemand setzte sich an ihre Fersen.

»Falsche Richtung!«, stellte Finch alarmiert fest, nachdem er die Namen der Querstraßen gelesen hatte. »Wenn wir hier weiterfahren, dann kommen wir in die City.«

»Das hoffe ich doch«, knurrte Llewellyn und überholte nochmals, schaltete in den vierten Gang und nutzte die freie Straße, um neuerlich zu beschleunigen.

»Ich dachte, wir sollten so rasch wie möglich raus aus London?« Finch warf dem Major einen fragenden Blick zu. »Und wenn du weiterhin so rast, dann zieht uns die Polizei aus dem Verkehr. In einem Audi, der uns nicht gehört, für den wir keine Papiere haben, sondern nur einen Schlüssel. Apropos – hast du deinen Führerschein dabei?«

»Sogar meinen Waffenpass«, antwortete der Major kurz angebunden, während er nach etwas Ausschau hielt. Plötzlich bremste er und bog ohne zu blinken links ab, rollte durch ein offenes Tor in eine kleine Allee, über der Platanen ein dichtes grünes Dach bildeten. »St Pauls School« und »Colet Court« stand auf einem Schild.

»Ich bin hier ein paar Jahre lang zur Schule gegangen«, erklärte Llewellyn, »und noch immer Mitglied im sogenannten ›Old Pauline Club‹. Zeit für einen Kriegsrat auf sicherem Territorium.«

Am Ende der Allee bog er rechts ab. Hohe graue Gebäude erhoben sich vor ihnen, ein riesiger Komplex, der sich bis zum Ufer der Themse erstreckte und auf beiden Seiten von Wiesen und Sportplätzen eingerahmt war.

Llewellyn fuhr bis an den Rand der Grünfläche, stellte den Audi auf einem gekiesten Parkplatz ab und stieg aus. »Eine der ältesten Schulen Londons, 1509 von John Colet gegründet und ein Symbol für britische Beständigkeit und Tradition.« Er wies auf den von Bäumen gesäumten Rasen, der die Größe von vier oder fünf Fußballfeldern hatte. »Hier sehen wir jeden Verfolger, lange bevor er uns gefährlich werden kann. Kein Lauschangriff, kein überraschender Überfall möglich. Der perfekte Platz. Kommt, gehen wir eine Runde spazieren.«

Er versenkte die Hände in die Taschen seiner Jacke, lehnte sich gegen den Nordwind, der von der Themse her kam, und marschierte los, gefolgt von Salam und Finch.

Drei große Kreise mit einem Durchmesser von je achtzig Meter waren in den Rasen gezogen worden, in deren Mitte sich Kricket-Abschlagplätze befanden. Weit und breit war niemand zu sehen. Nur der Verkehrslärm von der nahen Hammersmith-Brücke tönte bis zu den drei Männern, die, angeführt von Llewellyn, den mittleren Kreis ansteuerten.

»Ab sofort nimmt niemand mehr ein Telefongespräch an, im Gegenteil. Wir schalten alle unsere Handys aus. Jetzt!« Llewellyns Ton duldete keinen Widerspruch.

»Aber Fiona ...«, versuchte Finch einen Einwand.

Der Major schüttelte nur den Kopf. »Wir werden verschwinden, vor den Augen aller, wie damals der große Houdini. Spurlos, unerklärlich.«

»Aber weshalb?« Chief Inspector Salam blickte Llewellyn müde an. »Ich habe Pakistan nicht verlassen, um kurz nach meiner Ankunft erneut auf- und davonzulaufen. Ihr Plan hat funktioniert. Das hier ist London, England. Ich bin erschöpft und hungrig, aber in Sicherheit. Warum fahren wir nicht einfach in ein Hotel und sehen morgen weiter?«

»Weil etwas eingetreten ist, das offenbar weder Peter noch ich bedacht haben«, gab Llewellyn leise zurück. »Es war so unwahrscheinlich, dass wir es nicht einmal im entferntesten in Betracht gezogen haben. Peter Compton hat es geahnt, als die Agenten des Secret Service vor der Tür standen. Tut mir leid, aber wir haben Sie vom Regen in die Traufe gebracht.«

Salam runzelte die Stirn. »Vom Regen in die Traufe?«, wiederholte er ratlos.

Das war der Moment, in dem Finch mit einem Mal verstand. Er hörte wieder die Stimme des alten Mannes in Alexandria, sein eindringliches Flüstern: »Der Teufel lässt dich nicht mehr gehen, wenn er einmal gegen dich verloren hat. Denn am Ende, am Ende gewinnt er immer.«

»Es waren die Engländer«, zischte er und fasste nach Salams Arm. »Natürlich! Der Secret Service war es, der die ISI um Hilfe gebeten hat. Die waren es, die ein Team in den Hindukusch geschickt haben, in ihr altes Kolonialreich. Die waren es auch, die den alten Kalash grausam ermordet haben, bevor jemand auf die gloriose Idee mit dem Kaugummipapier gekommen ist. Und ich habe ...« Finch brach ab und sah den Major wütend an. »Hervorragend, wenn man bedenkt, dass ich Phönix ausgeflogen habe, um ihn direkt in London dem Geheimdienst auf einem Silbertablett zu servieren!«

Salam hatte Llewellyn nicht aus den Augen gelassen. »Ist das wahr?«, fragte er, doch im selben Augenblick erkannte er, dass nur so alle Teile des Puzzles an ihren richtigen Platz fielen. Er nickte langsam, bevor der Major etwas erwidern konnte. »Ja, natürlich ist es wahr. Ich bin dem Fegefeuer entkommen, um in der Hölle zu landen.«

Llewellyn strich sich mit der Hand über die weiß-grauen Haare und stimmte Salam grimmig zu. »Ich kann es mir auch nicht anders erklären und glaubt mir, es tut mir leid«, murmelte er. »Als wir in Heathrow angekommen sind, habe ich uns durch die ePassport-Schleusen gelotst. Damit haben wir dem Secret Service das Foto geliefert, auf das er gewartet hat: Shabbir Salam in Heathrow eingereist.«

»Und die Jungs vor dem Haus von Peter Compton sollten das vollenden, was der ISI in Pakistan nicht gelungen war«, ergänzte Finch. »Sie sollten die Spuren verwischen und den letzten lästigen Polizisten verschwinden lassen. Unbequeme Fragen kann sich auch der britische Geheimdienst nicht leisten, nach einem Einsatz wie diesem. Ganz im Gegenteil. Ich wette, die wollen ganz rasch eine große Decke des Schweigens über die Aktion im Hindukusch breiten, weil unter Umständen nur ein kleiner Teil eingeweiht war. Ich möchte wissen, wer alles in der Hierarchie des MI6 von der Aktion *nichts* gewusst hat.«

Die drei Männer schwiegen betroffen, jeder hing seinen eigenen Gedanken nach.

»Bleibt noch immer die Frage nach dem Warum«, stellte schließlich Salam fest und blickte über den weiten Rasenplatz. »Weshalb hat die Gruppe des Secret Service Shah Juan ermordet? Und warum hat ihn die ISI gedeckt?«

»Das werden wir nur herausfinden, wenn wir am Leben bleiben. Und das wiederum werden wir nur, wenn wir ab sofort strategisch wie Schachspieler denken – stets zwei Züge im voraus.« Llewellyn begann langsam über die Grünfläche in Richtung des geparkten Wagens zu gehen. »Wir haben zwar Pässe, können aber keinesfalls auf offiziellem Weg das Land verlassen. Immerhin fahren wir ein Auto, das dem Service bisher unbekannt und daher unverdächtig ist. Damit könnten wir durch den Gürtel der Verkehrsüberwachungskameras rund um London schlüpfen, wenn alles gut geht und Peter sie hinhält. Aber lange wird uns das Glück nicht hold sein.«

»Wie lautet Ihr Vorschlag?«, wollte Salam wissen.

»Ich könnte die alten Kontakte im Service aktivieren, aber was ist, wenn ich an den Falschen gerate? Zum ersten Mal bin ich in meinem eigenen Land auf der Flucht«, stellte der Major bitter fest. »Aber die goldenen Regeln gelten immer und überall und so auch jetzt: Keine Kreditkarten, kein Geld in Banken oder an irgendwelchen Automaten abheben, keine Telefonate mit Mobiltelefonen, keine Hotels. Zahlungen an Tankstellen oder in Restaurants nur in bar. Wie viel Geld haben wir?«

Der Kassensturz war ernüchternd. Die wenigen Pfund hätten kaum für ein Bahnticket nach Peterborough gereicht.

»Dann müssen wir das Risiko eingehen, in meine Wohnung zu fahren«, entschied Llewellyn. »Ich habe in einem Geheimfach für Notfälle Bargeld zurückgelegt. Und wenn das jetzt kein Notfall ist ...«

»Das ist zu gefährlich. Ich könnte versuchen, mit meiner Kreditkarte Geld abzuheben«, schlug Finch vor, aber der Major blieb hart.

»Dann haben wir die ganze Meute in wenigen Minuten auf dem Hals. Glaub mir, ich kenne das System. Nein, wir fahren zum Haymarket. Damit überraschen wir sie, denn das werden sie nicht vermuten. Für den Geheimdienst sind wir auf der Flucht, und er wird das Übliche veranlassen: Flughäfen informieren, uns auf alle möglichen Listen setzen, die Polizei einschalten. Wenn wir uns strikt an das Kommunikationsverbot halten, dann haben wir noch für ein paar Stunden Ruhe. Sie kennen unser Auto nicht, sie wissen nicht, wohin wir uns wenden. Und dass wir in meine Wohnung fahren, das trauen sie mir nicht zu. Das widerspricht allen Geheimdienstregeln. Also glaube ich nicht, dass der Haymarket ganz oben auf ihrer Prioritätenliste steht. Wollen wir nur hoffen, dass Peter Compton noch ein wenig durchhält.«

Zwanzig Minuten später rollte der Audi zum vierten Mal an der Kreuzung Haymarket und Charles II Street vorüber. Llewellyn beobachtete sorgfältig die Passanten, die wenigen geparkten Fahrzeuge, die Gruppen von Touristen, die sich am Theatre Royal vorbeischoben. Endlich war er zufrieden, hielt den Wagen an und drückte Finch die wenigen Geldscheine in die Hand, die sie zur Verfügung hatten.

»Ihr bleibt hier«, sagte er. »Sollte ich in zehn Minuten nicht wieder zurück sein, dann fahrt los, am besten an die Küste. So weit reicht das Benzin im Tank gerade noch. Versucht ein Boot nach Frankreich zu finden, vielleicht nimmt euch einer der Fischer mit, ohne viel zu fragen. Wartet keine Minute länger auf mich.«

Damit stieg er aus, blickte sich noch einmal auf der Straße um, und als er nichts Verdächtiges entdecken konnte, lief er zum Hauseingang. Weil der Lift besetzt war, nahm Llewellyn die Treppe in den dritten Stock. Als er den Schlüssel ins Schloss seiner Wohnungstür steckte und aufsperrte, war es still im Treppenhaus. Selbst der Aufzug schien an seinem Bestimmungsort angekommen zu sein. Llewellyn hörte nur seinen eigenen Atem, der nach dem raschen Aufstieg stoßweise ging.

Der erste Blick in den kleinen Flur verriet ihm, dass sie bereits da gewesen waren. Bilder lagen zerschnitten auf dem Boden, Tapeten hingen in Fetzen von den Wänden. Umgestürzte Schränke türmten sich zwischen aufgeschlitzten Sesseln und den kümmerlichen Resten seines Sofas. Selbst den alten Kamin hatten sie auseinandergenommen, die Bücher auf einen großen Haufen mitten im Wohnzimmer zusammengeworfen, das Regal zerlegt und die Wand dahinter offenbar mit einem Hammer abgeklopft. Im Schlafzimmer sah es um keinen Deut besser aus.

»Schweine«, zischte Llewellyn und eilte hinüber ins Badezimmer. Nur mühsam drängte er die Wut zurück, die in ihm hochstieg. Hier war der Schaden seltsamerweise geringer. Keine Kachel war zerstört worden, lediglich die Handtücher aus dem kleinen Schränkchen lagen zusammengeknüllt in der Badewanne, die Teile des Deckels der WC-Spülung darunter.

Der Major stellte sich auf die Zehenspitzen und hebelte mit einer raschen Handbewegung ein kleines Lüftungsgitter aus seiner Verankerung.

Der schmale Hohlraum dahinter, dicht mit Spinnweben durchzogen, war leer.

Doch Llewellyn löste die darunterliegende Fliese der nächsten Reihe vorsichtig ab, zog sie aus dem Verbund der anderen. Fugenmasse bröselte in kleinen Stücken heraus und rieselte auf den Boden. In dem quadratischen Loch in der Wand lag ein schmales, aber dickes, in Wachspapier eingewickeltes Päckchen, das Llewellyn in sein Hemd steckte.

Als er sich umdrehte und das Bad verlassen wollte, versperrte ihm plötzlich ein Mann in der Tür den Weg, die Pistole im Anschlag.

»Willkommen zu Hause, Major«, sagte er lächelnd. »Früher oder später mussten Sie ja vorbeischauen. Hatten Sie Lust auf ein Schaumbad?«

Merianstraße, Kronberg im Taunus / Deutschland

Um genau zwei Minuten vor vierzehn Uhr klopfte es an der Tür der Bibliothek, und ein verbindlich lächelnder Gregorios Konstantinos betrat den Raum. Er trug ein hellbraunes Leinenjackett zu einem weißen Hemd und Designerjeans und hatte ein schmales Buch unter den Arm geklemmt.

»Ich hoffe, Sie konnten in Ruhe ein wenig arbeiten«, begrüßte er Professor Siegberth. »Haben Sie inzwischen alles bekommen, was auf der Liste stand?«

Die Wissenschaftlerin schob ein paar dicht beschriebene Seiten zusammen und erhob sich. »Einen Ort wie diesen kann man sich für Forschung und ungestörtes Arbeiten nur wünschen. Ich bin mit allem versorgt worden, danke der Nachfrage. Ich fürchte nur, ich bin noch nicht sehr viel weitergekommen.«

Konstantinos schien davon keineswegs entmutigt. »Mir war von Anfang an klar, dass dieses Rätsel kein leichtes ist«, meinte er und machte eine einladende Handbewegung. »Würden Sie mich zum Mittagessen begleiten? Wir können dabei ein wenig die Hintergründe der Entstehung der Pyramide beleuchten. Vielleicht führt das zu neuen Erkenntnissen und hilft Ihnen bei Ihren Nachforschungen.«

Der Tisch, der auf der großen Gartenterrasse hinter dem Haus gedeckt worden war, hätte jedem Luxusrestaurant zur Ehre gereicht. Unter einem riesigen gelb-weiß gestreiften Sonnenschirm war ein Vorspeisen-Büfett mit Antipasti und Salaten aufgebaut worden. Die hohen Korbsessel mit den dazu passenden gelb-weißen Kissen waren mit Blüten dekoriert und eine Auswahl an Getränken wartete in großen Silberkühlern, die mit Eiswürfeln gefüllt waren. Über allem wölbte sich ein wolkenlos blauer Himmel.

»Ich muss gestehen, dass ich beeindruckt bin«, räumte die alte Dame ein, nachdem sie sich an den Tisch gesetzt und die Aussicht auf den Park mit seinen alten Bäumen und Rosenbeeten bewundert hatte. Zwei Gärtner mit breitkrempigen Sonnenhüten waren damit beschäftigt, neue Spaliere in den Beeten aufzustellen. »Diese Pyramide muss außerordentlich wichtig für Sie sein. Sie widmen ihr und damit auch mir eine Menge Ihrer Zeit.«

»Nicht nur Zeit«, korrigierte sie Konstantinos, »sondern auch eine Menge Geld und Anstrengungen.« Er lächelte kalt. »Aber das ist nicht so wichtig.«

Dann legte er das dünne Buch auf den Tisch und breitete die Damastserviette über seinen Schoß. »Manchmal kommt einem der Zufall im Leben zu Hilfe. So war es auch diesmal. Wie Sie vielleicht in der Bibliothek gesehen haben, war schon mein Vater ein Sammler von Lebenserinnerungen und Tagebüchern. Er kaufte sie aus Nachlässen und ersteigerte sie bei Auktionen, durchstreifte Flohmärkte und ließ Antiquare danach suchen.«

»Gab es einen Grund für diese Leidenschaft?«, fragte Siegberth.

»Er erzählte mir einmal, dass für ihn diese meist handgeschriebenen Berichte die unmittelbarste Form der Teilnahme an fremdem Leben sei«, antwortete der Grieche und schenkte seinem Gast ein Glas Orangensaft ein. »Sie müssen wissen, mein Vater bereute bis zu seinem Tod, nur ein Leben zu haben. Er war ein neugieriger Mensch, wissbegierig und stets auf der Suche nach neuen Erkenntnissen. Obwohl er seltene Bücher liebte und sie wie besessen sammelte, legte er noch größeren Wert auf die Tagebücher. Er las oft wochenlang nichts anderes. Da er acht Sprachen beherrschte, musste er keines der Werke transkribieren lassen. So genoss er, dass wohl die meisten der persönlichen Dinge, die in den Aufzeichnungen standen, keiner außer ihm und dem Verfasser jemals gelesen hatte.«

»Das kann ich verstehen«, gab die Wissenschaftlerin zu, »mir geht es genauso. Es bedeutet, an die Wurzeln der Information zurückzugehen: die ganz persönlichen Erlebnisse.«

»Sie hätten sich gut mit ihm verstanden«, bemerkte Konstantinos. »Wie auch immer, ich habe diese Sammlerleidenschaft nach seinem Tod ganz in seinem Sinne weitergeführt. Wenn es mir auch meine Tätigkeit in den Familienunternehmen nicht erlaubt, nur in persönlichen Aufzeichnungen zu schmökern, so lese ich doch hin und wieder in den Neuerwerbungen, die mir von Antiquaren aus aller Welt zugeschickt werden. So war es auch in diesem Fall. Aber bitte greifen Sie zu.«

Ein Bediensteter hatte eine große Platte mit mehreren Fischspezialitäten in die Mitte des Tisches gestellt, daneben Teller mit Beilagen. Dann hatte er sich wieder zurückgezogen.

»Ich hoffe, es ist in Ihrem Sinne, wenn wir unser Mittagessen ohne ständige Störung durch das Personal genießen«, sagte der Hausherr. »Dann können wir ganz offen sprechen.«

Siegberth neigte gnädig ihr Haupt, und Konstantinos hatte für einen Moment den Eindruck, er diniere mit der englischen Königin. Er wies auf das Buch, das aussah wie ein sehr dickes Schulheft.

»Dieses Tagebuch habe ich von einem Händler erhalten, der bereits meinen Vater gekannt und ihn regelmäßig mit seltenen Büchern und Dokumenten versorgt hat«, fuhr er fort. »Ein kleiner Antiquar aus dem Pariser sechsten Arrondissement, aus St. Germain des Prés. Er schrieb mir eines Tages in einer E-Mail, dass er eine Schachtel mit Fotos, Briefen und Aufzeichnungen bei einer Wohnungsräumung in einem Pariser Vorort gefunden habe. Der Mieter des kleinen Apartments, ein pensionierter Ingenieur und Konstrukteur, der nach dem Krieg bei Peugeot gearbeitet hatte, war hochbetagt gestorben. Er hatte sich bis zuletzt geweigert, in ein Heim zu gehen, und so vermisste den alten Mann niemand, als er friedlich einschlief und nicht mehr aufwachte.«

»Ein Tod, den wir uns alle wünschen«, warf Siegberth ein. »Sie haben die gesamte Schachtel erworben?«

Konstantinos ignorierte die Zwischenfrage geflissentlich. »Man fand ihn erst nach zwei Wochen, und weil es keine Nachkommen oder Verwandte mehr gab, entschied das Amtsgericht, sein Hab und

Gut zu verkaufen und die Wohnung zu räumen. Das Erbe fiel an den französischen Staat.«

»So kamen Sie an seine Aufzeichnungen«, fasste die Wissenschaftlerin zusammen.

»Nicht ganz«, wehrte Konstantinos ab und schob ihr das Tagebuch über den Tisch zu. »Wenn Sie genau hinschauen, dann steht auf dem Umschlag der Vorname ›A. Cannotier‹ und eine römische Drei. Nun, unser Ingenieur hieß aber Bertrand, Bertrand Cannotier. Das erste Rätsel.«

Siegberth schlug das Heft auf. Die Blätter waren an den Schnittkanten ein wenig vergilbt, aber die Schrift regelmäßig und gestochen scharf. Der Verfasser hatte meist mit einem harten Bleistift geschrieben und das linierte Papier bis auf den letzten Millimeter ausgenutzt. Die Zeilen waren gedrängt, und manchmal überlappten die Buchstaben sich sogar. »Der erste Eintrag trägt das Datum 13. September 1944«, murmelte die Wissenschaftlerin, »und ist auf Französisch geschrieben. Allerdings wechselt der Autor nach ein paar Zeilen in eine Sprache, die ich nicht kenne.«

»Das zweite Rätsel, das wir ziemlich rasch lösen konnten. Allerdings haben wir auch ein paar Tage gebraucht, um darauf zu kommen, dass es sich um Wolof handelt, eine Sprache aus der Gruppe der Niger-Kongo-Sprachen«, erklärte Konstantinos. »Wolof wird von achtzig Prozent der senegalesischen Bevölkerung gesprochen und ist Umgangssprache in diesem Land, neben der Amtssprache Französisch.«

Er tranchierte das perfekt auf den Punkt gebratene Lachsfilet und kostete es. Dann nickte er zufrieden.

»Das brachte uns auf den richtigen Weg. Weitere Recherchen ergaben, dass Bertrand Cannotier am 12. Juni 1914 in Dakar geboren wurde, der Hauptstadt des Senegals, als Sohn eines hohen französischen Beamten der Kolonialregierung. Sein Bruder Alphonse kam ein Jahr später zur Welt, danach folgte seine Schwester Marguerite 1918.«

»Dann handelt es sich also um das Tagebuch von Alphonse Cannotier, dem Bruder des verstorbenen Ingenieurs«, stellte Siegberth fest und blätterte interessiert in dem Heft.

»Leider nicht ganz. Es handelt sich um *eines* seiner Tagebücher, und das ist unser größtes Problem«, präzisierte der Hausherr. »Wir wissen nicht, wie viele es tatsächlich gab. Dieses ist das dritte, was dafür spricht, dass es nicht nur ein erstes und zweites, sondern vielleicht sogar ein viertes oder fünftes gab. Aber das ist nur eine Vermutung. Wie Sie sehen, stammt der letzte Eintrag dieses zweiten Bandes aus dem Jahr 1948. Und nicht, weil Cannotier etwas zugestoßen wäre, sondern weil er auf der letzten Seite des Heftes angekommen war.«

»Befanden sich die ersten beiden Tagebücher ebenfalls in der Schachtel?«

Konstantinos schüttelte den Kopf. »Uns liegt leider nur dieser eine Band vor. Alphonse kämpfte auf der Seite der französischen Armee im Zweiten Weltkrieg gegen die Deutschen, wurde gefangen genommen und als Zwangsarbeiter bei mehreren kriegswichtigen Unternehmen eingesetzt. Er muss wohl ebenfalls Ingenieur gewesen sein, wie sein Bruder, aber das ließ sich bisher nicht zweifelsfrei rekonstruieren. In den letzten Kriegsmonaten jedenfalls arbeitete er bei Siemens in Berlin. Er überlebte die Fliegerangriffe und Bombardierungen, hungerte und erfror fast im letzten Kriegswinter in den Baracken bei der Turbinenhalle.«

»Sie dürfen nicht vergessen, dass Ende 1944 rund sechs Millionen Ausländer und zwei Millionen Kriegsgefangene für die deutsche Wirtschaft in mehr als 30 000 Lagern und Betrieben als Zwangsarbeiter beschäftigt waren«, gab Siegberth zu bedenken. »Siemens war nach der Deutschen Reichsbahn der größte Betreiber von solchen Arbeitslagern. Alleine in Berlin betrieb das Unternehmen Hunderte davon.«

Konstantinos schenkte der Wissenschaftlerin nach und reichte ihr eine Schüssel mit grünem Salat. »Wie auch immer, Cannotier überlebte Siemens, die Bombenangriffe, den Zusammenbruch des Dritten Reiches, den Einmarsch der russischen Armee und das Chaos unmittelbar danach. Wie aus der Übersetzung seines Tagebuchs hervorgeht, erhielt er von der russischen Kommandantur ziemlich rasch einen Ausweis ausgestellt, überschritt die Demarkationslinie zu den Amerikanern und schlug sich westwärts durch. Bereits Ende 1945 war er wieder in Südfrankreich, in einem kleinen Ort in der Nähe von Marseille. Er kam bei einem Freund seines Vaters unter und wartete dort auf seinen Bruder Bertrand, der ebenfalls in einem Kriegsgefangenenlager der Deutschen gesessen hatte. Doch Bertrand kam und kam nicht, und ohne ihn wollte Alphonse keinesfalls nach Afrika zurückkehren. Da erreichte ihn ein Brief seiner Schwester Marguerite aus Dakar. Sein Vater war überraschend gestorben, und seine Mutter hatte sich daraufhin zwei Tage später aus Verzweiflung das Leben genommen. Nach dem Begräbnis der Eltern hielt auch Marguerite nichts mehr in Afrika. Sie kehrte nach Frankreich zurück, heiratete 1948 einen Professor von der Sorbonne. Ihre beiden Brüder waren die Trauzeugen bei der Zeremonie in der Pfarrkirche Saint-Sulpice. Damit endet dieses Tagebuch des Alphonse Cannotier.«

»Und die Pyramide?«, hakte Siegberth nach.

»Cannotier erwähnt sie nur ein einziges Mal, in einer Passage, die in Wolof geschrieben ist«, berichtete Konstantinos. »Er notiert, wo er sie versteckt hat und erklärt, dass er sie Ende 1944 angesichts der ständig zunehmenden Luftangriffe anfertigte. Außerdem schreibt er noch einen Satz, der mich unter anderem dazu brachte, nach der Pyramide zu forschen. Vergessen Sie nicht, er ist damals neunundzwanzig Jahre alt: ›Sie ist mein Vermächtnis, das diesen Irrsinn überleben muss. Wer es versteht, sie zu entschlüsseln und den Hinweisen folgt, dem offenbart sie ein geradezu unglaubliches Geheimnis. Denn Terribilis est locus iste.‹«

»Furchtbar ist dieser Ort«, übersetzte Siegberth nachdenklich.

»Der einzige Satz in lateinischer Sprache in seinem Tagebuch«, ergänzte Konstantinos. »Ich wollte, wir hätten die anderen Bände ebenfalls.«

»Sie sprachen von Fotos, Briefen und Aufzeichnungen, die sich mit dem Tagebuch in der Schachtel befanden«, erinnerte ihn die Wissenschaftlerin. »Könnten die uns bei der Suche nach der Lösung des Rätsels der Glaspyramide weiterhelfen?«

Konstantinos zuckte die Schultern. »Die Briefe waren von seinen Geschwistern. Nichts Besonderes. Aus einem davon geht hervor, dass es Marguerite in den achtziger Jahren nicht so gut ging. Sie hatte Krebs, musste ins Krankenhaus. Sie schrieb, sie wäre so gern noch einmal nach Afrika zurückgekehrt. Wenn Sie mich fragen, starb sie wenig später. Doch Alphonse schien nach dem Tod der Eltern und den kriegerischen Ereignissen in Algerien in den sechziger Jahren geradezu eine Aversion gegen Nordafrika entwickelt zu haben. Er fühlte sich in Frankreich wohl, verdiente gut und war andererseits doch nicht mit der Politik in den ehemaligen Protektoraten und Kolonien zufrieden. Die Fotos sind ein Sammelsurium von verschiedenen Postkarten, selbst aufgenommenen Bildern oder Aufnahmen eines Schiffes, die offenbar aus einem Album herausgelöst wurden. Mit einer Ausnahme sind keine Personen auf den Fotos abgebildet, die wir bisher erkennen oder zuordnen konnten.«

Siegberth hob interessiert die Augenbrauen. »Und diese eine Person ist ...?«

Konstantinos blickte seinen Gast an und schien einen Moment mit sich zu kämpfen. Dann antwortete er: »Lawrence of Arabia.«

Haymarket, City of Westminster, London / England

»Was zum Teufel haben Sie hier gesucht?«

Llewellyn stand mitten in seinem Wohnzimmer, das einem Schlachtfeld glich. Er versuchte die Pistole, mit der ihn der Unbekannte bedrohte, schlichtweg zu ignorieren. Innerlich kochte er vor Wut und überlegte fieberhaft, wie er so rasch wie möglich aus der Misere wieder herauskommen konnte. Unten warteten Finch und Salam im Audi.

Aber nicht mehr lange.

»Wer sind Sie überhaupt?«, fuhr Llewellyn den Unbekannten an. »Ein kleiner mieser Räuber, der sich in der Wohnungstür geirrt hat? Dann werden Sie sich gleich wünschen, Sie wären nie hier gewesen.«

»Major Llewellyn Thomas«, stellte der Mann mit der Waffe ruhig fest. »Ehemaliges Mitglied des MI6, offiziell seit vier Jahren pensioniert. Immer wieder für Spezialeinsätze reaktiviert, weil seine langjährige Erfahrung, die meist perfekte Einschätzung der Lage und seine freundschaftlichen Beziehungen zu Peter Compton ihn zu wertvoll machen, um ihn einfach in der Versenkung verschwinden zu lassen. Leistet sich den Luxus, sein altes Team nach wie vor unter Dampf zu halten, wie man bei der Eisenbahn sagen würde.« Der Unbekannte lachte. »Ihr Team der alten Männer hat allerdings im letzten Jahr hohe Verluste erlitten. Südamerika war kein Ruhmesblatt für Sie, Major.«

»Schnösel«, gab Llewellyn zurück. »Warum waren Sie nicht dabei in Medellín? Weil Sie in der Zwischenzeit in aller Ruhe Wohnungen in England ausgeräumt haben? Was für ein gefährlicher Job! Das einzige Risiko besteht darin, dass man die Eingangstür nicht aufbekommt oder sich auf den Finger schlägt, wenn man die Wand abklopft!«

Der Major drehte sich um und ging wie zufällig zum Fenster, legte den Kopf an die Scheibe und schaute hinaus.

Der Audi war noch da.

»Wo sind Ihre Bluthunde?«, fragte er den Mann mit der Waffe, um ihn abzulenken. »Oder hat man Sie alleine losgeschickt? Glaubt der Secret Service, seine Mitarbeiter hätten im Laufe ihrer Karriere so viel Geld verdient, dass sie geheime Verstecke voller Juwelen, Aktien und Geld hätten? Dann muss ich Sie enttäuschen. Es ist nicht viel.« Llewellyn zog das Bündel unter dem Hemd hervor und hielt es dem Mann hin. »Und das hätte ich Ihnen vorher sagen können und Ihnen so die Suche erspart. Und mir die Zerstörung meiner Wohnung.«

Der Unbekannte stieg über einen Stapel zerfledderter Bücher und folgte Llewellyn mit misstrauischem Blick zum Fenster. »Sie nehmen sich zu wichtig, wie alle Rentner«, meinte er ironisch. »Behalten Sie Ihre Kröten, hier geht es um viel mehr.« Er warf aus den Augenwinkeln ebenfalls einen kurzen Blick auf die Straße.

»Wie kommt überhaupt der Dienst auf die grandiose Idee, bei mir einzubrechen und alles zu verwüsten? Das ist eine ehemalige konspirative Wohnung, die vor dreißig Jahren ein Treffpunkt von Informanten und Agenten des Secret Service war«, erinnerte Llewellyn den Geheimdienstmann. »Es gibt keinen Grund, hier alles zu Kleinholz zu machen und die Tapeten von den Wänden zu reißen. Dieses Apartment hat der Schatzmeister der Regierung vor langer Zeit selbst irgendwann einmal angekauft, renoviert und ausgestattet. Wenn Sie Ihre Hausaufgaben gemacht hätten, dann wüssten Sie, dass sogar der Großteil der alten Möbel bereits hier war, als ich eingezogen bin. Ist im Ministerium jemand völlig durchgeknallt?«

»Nicht Ihr Problem«, antwortete der Mann mit der Waffe kalt und schaute auf die Uhr. Erwartete er noch Verstärkung? Was hatte er vor? Llewellyn wurde bewusst, dass die Zeit drängte. Forschend warf er nochmals einen flüchtigen Blick auf die Straße.

Der Audi war weg!

Der Major war nicht einmal überrascht. Finch hatte nur das getan, was ihm Llewellyn aufgetragen hatte. Salam zu retten und aufs Festland zu bringen, weg von England, hatte absolute Priorität. Sonst würden diese Verrückten, die bei Compton vor der Tür campierten, leichtes Spiel und freie Hand haben.

Und es gäbe keinen einzigen Zeugen mehr für die Schweinerei in Pakistan.

Auf der anderen Seite brauchte er, Llewellyn, nun keine Rücksicht mehr zu nehmen. Finch und Salam waren unterwegs zur Küste, und sie würden es schaffen, davon war er überzeugt.

Es war Zeit, sich diesen James-Bond-Verschnitt zur Brust zu nehmen.

»Also dann ...« Die eisgrauen Augen des Majors funkelten, und er setzte sich in Richtung Wohnungstür in Bewegung.

»Hey! Halt! Wo wollen Sie hin?« Der Mann fuchtelte alarmiert mit der Waffe herum.

»Zu deinem Vorgesetzten, Hosenscheißer«, zischte Llewellyn, ohne sich umzudrehen. »Damit Typen wie du aus dem Verkehr gezogen werden und endlich herauskommt, welches kranke Hirn hinter dieser Aktion steckt. Ich wette, dass davon im Innenministerium niemand etwas weiß.«

»Stehenbleiben, oder Sie sind ein toter Mann!«, drohte der Unbekannte und legte den Sicherungshebel der Pistole um. Dann hob er den Arm und visierte Llewellyns breiten Rücken an.

Das metallische Klicken konnte den Major nicht stoppen. Er stapfte wütend und unbeirrt durch den Flur in Richtung Wohnungstür.

»Dann schieß doch und alarmiere die ganze Umgebung«, gab Llewellyn kalt zurück. »Die Station der Metropolitan Police ist keine dreihundert Meter entfernt. Die sind schneller da, als du hustest, und sperren ...«

Plötzlich, mitten im Satz, brach er ab, blieb stehen und fuhr herum.

»Moment mal!«

Llewellyn legte den Kopf schräg und musterte den zunehmend nervösen Agenten nachdenklich. Dann ging er langsam zurück ins Wohnzimmer. »Das hatten wir doch heute schon einmal ...«

»Wie – wie meinen Sie das«, stieß der Unbekannte hervor, dessen Blick nun zwischen dem Major und dem Zifferblatt seiner Armbanduhr hin- und hersprang. Überrascht vom Sinneswandel des Majors ließ er die Pistole sinken.

Llewellyn stieg über die Reste des Sofas, den Kopf vorgestreckt und die Schultern hochgezogen. Mit einem Mal sah er einem angreifenden Stier immer ähnlicher.

»Bleiben Sie, wo Sie sind!«, rief der Mann mit der Waffe, und die Pistole ruckte wieder hoch.

»Dir ist aber auch gar nichts recht!« Der Major grinste ihn an. »Wenn ich gehe, hast du was dagegen, wenn ich hierbleibe, auch ...«

Der Unbekannte wich verwirrt zurück.

»Zum letzten Mal: Was hast du hier gesucht?«, fauchte Llewellyn ihn an. »Heraus mit der Sprache. Und wer hat dich geschickt?«

»Eine Nummer zu groß für Sie«, gab der Mann kopfschüttelnd zur Antwort und ging langsam rückwärts bis zur Wand. Wieder warf er einen raschen Blick auf seine Armbanduhr. »Das Team wird gleich da sein. Vielleicht haben die eine Lösung.«

Der Major versuchte einen Schuss ins Blaue. »Eine Lösung? Wie für den alten Mann in Chitral?«

Der Agent riss die Augen auf und starrte Llewellyn völlig entgeistert an. »Was – was haben Sie da gesagt?«

»Shah Juan, dem ein englisches Einsatzkommando beide Hände abgehackt hat, bevor sie ihn anzündeten«, präzisierte Llewellyn ungerührt. »Ist dir der Hindukusch ein Begriff? Das Aufmarschgebiet der Taliban. Dort würdest du keine zwölf Stunden überleben. Oder –« Sein Blick nagelte den Agenten an der Wand fest. »Oder warst du etwa ebenfalls in dem Hubschrauber? Hast *du* das Kaugummipapier strategisch günstig platziert?«

»Woher wissen Sie davon?«, flüsterte der Unbekannte, der blass und unsicher geworden war, und schüttelte immer wieder den Kopf. »Das – das können Sie gar nicht wissen, das dürfen Sie gar nicht ... das ist unmöglich ...«

»Ich hab mich nie darum geschert, was ich darf und was nicht«, gab der Major zurück. »Das ist der Grund, warum man mich immer wieder holt, wenn Trantüten wie du etwas verpatzt haben. Es ist also tatsächlich wahr. Eine Gruppe des Secret Service steckt hinter der ganzen Kalash-Aktion in Pakistan. Herzlichen Dank für die Bestätigung. Das wird ein Großreinemachen geben vom Feisten, dafür werde ich sorgen. Und ich kenne noch jemanden, der gerade seine Putzbrigade zusammentrommelt.«

Im letzten Moment sah Llewellyn den verzweifelten Ausdruck in den Augen seines Gegenübers, der einen Moment später wilder Entschlossenheit gewichen war. Instinktiv warf sich der Major im letzten Augenblick zur Seite, als der Schuss krachte und an der Einschlagstelle der Kugel der Verputz von der Wand spritzte. Llewellyn rutschte fluchend auf einem Papierstapel aus und stürzte schwer.

Er schlug mit dem Kopf hart gegen die Kante des Sideboards. Sofort wurde es schwarz vor seinen Augen.

Als er wieder zu sich kam, spürte er, wie ihn jemand am Kragen seiner Jacke packte und ihn über den Klinkerboden des Hausflurs zog. Seine Hände waren mit Handschellen auf dem Rücken gefesselt. Er stöhnte, als die Schmerzwellen durch seinen Kopf rasten, und öffnete die Augen.

Die Tür zum altmodischen Lift befand sich genau vor ihm. Sie stand offen.

Doch die Kabine war nicht da!

»Es wird wie ein Unfall aussehen«, schnaufte der Unbekannte, der gesehen hatte, dass Llewellyn wieder bei Bewusstsein war. Er zog den Körper des Majors noch näher zum Fahrstuhlschacht und legte ihn auf den Bauch. Aus einem der unteren Stockwerke wurden Stimmen laut.

»Tut mir leid, nach dem Schuss kann ich beim besten Willen nicht auf das Team warten. Und neugierige Fragen der Metropolitan Police sind das Letzte, was ich jetzt noch brauchen kann.«

Damit ging er um Llewellyn herum, ergriff seine Beine und hob sie an. Der Major, dessen Kopf bereits über der Kante hing, schaute direkt nach unten in den Schacht, vier Stockwerke tief.

Es roch nach Schmieröl und Staub. Weit unten sah der Boden aus wie eine schmutzig-graue Briefmarke aus Beton.

»Ein kleiner Schubs für eine große Reise, Major Thomas«, stellte der Agent befriedigt fest. »Adieu.«

»Lass Gott aus dem Spiel!«

Der Agent sah plötzlich einen Mann neben sich auftauchen, der nicht so klang, als wäre mit ihm zu spaßen. Er war etwa im selben Alter wie der Major, hatte den gleichen militärisch kurzen Haarschnitt, war jedoch bedeutend schlanker. Eine Ray-Ban-Pilotenbrille verdeckte seine Augen.

»Und was genau soll das werden?«, fragte er kalt und deutete auf den Major, dessen Oberkörper bereits halb im Fahrstuhlschacht hing. »Loslassen! Sofort!«

»Mischen Sie sich nicht ein! Verschwinden Sie!«, herrschte ihn der Unbekannte an, ohne Anstalten zu machen, Llewellyns Beine freizugeben. »Britischer Geheimdienst. Das ist eine offizielle Mission.«

»Die hiermit beendet ist«, meinte der Grauhaarige nur kurz angebunden. Seine Hand schoss vor, krallte sich in die Haare des Agenten, riss ihn zurück und schleuderte ihn in einer einzigen, raschen Bewegung gegen die Wand.

Während der Mann benommen in sich zusammensackte, schrie Llewellyn auf, weil der Unbekannte seine Beine losgelassen hatte und er drohte, in den Fahrstuhlschacht zu stürzen. Da spürte er plötzlich, wie eine Hand ihn an seinem Gürtel packte und ihn mit Kraft und Schwung zurück auf festen Boden zog.

»Damit habe ich meine Schuld bezahlt«, sagte Chief Inspector Salam ernst, als er Llewellyn auf die Beine half. »Das war in letzter Sekunde.«

Der Major nickte nur stumm und brachte damit die Sterne vor seinen Augen wieder zum Tanzen. »Danke«, murmelte er benommen und beobachtete wie durch einen Schleier John Finch, der die Taschen des Unbekannten nach den Schlüsseln der Handschellen durchsuchte. »Ich dachte, ihr seid bereits über alle Berge und auf dem Weg an die Küste.«

»Wir haben nur den Audi umgeparkt«, antwortete der Pilot, »der stand etwas auffällig im Halteverbot vor dem Haus. Dann waren die zehn Minuten vorbei, und wir wurden ein wenig ungeduldig. Der Chief Inspector schlug vor, nach dem Rechten zu sehen. Da der Lift nicht funktionierte, nahmen wir die Treppen, bis der Schuss alles ein wenig beschleunigte. Wir konnten uns gerade noch in der Türnische der Nachbarwohnung verstecken, dann verließ ein gewisser Major Llewellyn seine Wohnung auch schon in der Horizontalen.«

Finch schloss die Handschellen auf und zog dann den halb bewusstlosen Agenten hoch. »Und wen haben wir hier?«

»Angeblich ein Mitglied des Secret Service«, brummte der Major, »und ich habe ihn in Verdacht, ebenfalls im Hubschrauber in Chitral unterwegs gewesen zu sein. Aber es bleibt uns nicht viel Zeit, um das herauszufinden. Ein Team ist auf dem Weg hierher. Wenn wir ihn ausfragen wollen, dann jetzt.«

Er schlug dem Unbekannten zweimal mit der flachen Hand ins Gesicht. Aus einer Stirnwunde floss Blut, doch der Mann öffnete stöhnend die Augen.

Die besorgten Stimmen aus dem unteren Stockwerk kamen näher.

»Es ist alles in Ordnung hier oben, machen Sie sich keine Sorgen«, rief Finch und beugte sich über das Geländer. »Hier ist die Polizei. Wir haben die Situation unter Kontrolle! Der Lift wird auch gleich wieder funktionieren! Gehen Sie bitte zurück in Ihre Wohnungen!«

Seine Taktik hatte überraschenderweise Erfolg. Die Schritte entfernten sich, zuerst zaghaft, dann immer schneller, schließlich klapperten Schlüssel in Wohnungstüren, die zugeschlagen wurden.

»Nun also zu uns beiden«, setzte Llewellyn an, aber Salam trat dazwischen und schob den Major kurzerhand zur Seite. Er packte zu und schleifte den Agenten ohne Umschweife zum Fahrstuhlschacht, zwang ihn bis an den Rand und hielt ihn da mit eisernem Griff aufrecht.

»Ich habe meine Familie verloren wegen dieses Einsatzes des Secret Service in meiner Provinz«, sagte er mit gefährlich ruhiger Stimme. »Ich musste die verkohlten Reste meines Freundes Shah Juan identifizieren, der niemandem etwas zuleide getan hatte. Menschen, die mir geholfen haben, die Wahrheit ans Licht zu bringen, sitzen in diesem Moment in den Gefängnissen des übelsten pakistanischen Geheimdienstes oder wurden einfach getötet. Weil sie das hatten, was dir fehlt – Rückgrat und Moral. Schließlich musste ich meine Heimat verlassen, weil sie mich sonst gejagt und erschossen hätten wie einen Hasen. Mir ist nicht nach Scherzen zumute, und ich habe keine Zeit mehr. Meine Gefühle sind aus Eis.«

Der Agent sah ihn mit weit aufgerissenen Augen an. Er stotterte, brachte aber keinen vernünftigen Satz heraus.

»Eine weise Frau der Kalash hat einmal gesagt, Shah Juan habe mit den Bäumen gesprochen, sie hätten ihm sogar ihren Körper für sein Werk gegeben. Er konnte die Vögel verstehen, sie waren seine Augen in der Nacht, wenn sonst niemand mehr sah. Er bannte die Geister und hielt die Schneeleoparden in Schach. Und sogar die Feen ...«

Er brach ab, und zwei Tränen rannen über seine Wangen.

»Dann starb sie, mutig und aufrecht, ermordet von den Handlangern der Schneeleoparden.«

Der Unbekannte starrte ihn verständnislos an, begann unkontrolliert zu zittern. Seine Füße drohten, vom Rand des Schachts abzugleiten.

Salam hielt ihn unerschütterlich über den Abgrund.

»Warst du in dem verdammten Helikopter?«, zischte der Chief Inspector, der sich wieder gefangen hatte. »Bei Gott, warst du ein Mitglied des Kommandos?«

Er sah dem verbissen schweigenden Agenten in die Augen, suchend, lesend. Und mit einem Mal kannte er die Antwort. Er straffte sich.

»Bereite dich vor. Die Feen sind gekommen, um dich zu holen«, sagte er ruhig.

Dann ließ er los.

Mit einem gellenden Schrei verschwand der Mann in der Tiefe.

Ohne einen einzigen Blick zurück drehte sich Salam wortlos um und stieg mit unbewegter Miene die Treppen hinunter.

---

3. September 1939, Hotel Cecil, Alexandria / Ägypten

Frank Majors riss das Telegramm auf, das ihm der Hotelboy soeben ins Zimmer gebracht hatte. Es war kurz nach sieben, und der Colonel blinzelte verschlafen, bevor er nach seiner Brille zu suchen begann. Seit nunmehr drei Jahren unterhielt der britische Geheimdienst eine Suite in dem luxuriösen Hotel, und der Colonel hatte beschlossen, die angrenzenden Zimmer ebenfalls auf Dauer zu buchen. So wohnten er und Miranda Taylor, die vor mehr als einem Jahr seine Freundin geworden war, mit einem atemberaubenden Ausblick aufs Mittelmeer auf Kosten der britischen Steuerzahler.

Seine Aufgaben als Head of Service in Ägypten hatten Majors bisher voll in Anspruch genommen. Was anfangs wie die Hilfestellung einer großzügigen Kolonialmacht an die minderbemittelten ehemaligen Untertanen aussah, war nach den sich überschlagenden Ereignissen in Europa und der Zuspitzung der internationalen Lage zu einem mitunter nervenaufreibenden Wettlauf um die geheimdienstlichen Reviere in Nordafrika geworden. Die beängstigend rasch steigende Zahl deutscher Agenten in den französisch kontrollierten Nachbarländern, ihre Infiltration nach Ägypten und die hinter vorgehaltener Hand kolportierte Begeisterung des jungen Königs Faruq für Hitler und dessen unverfrorene Expansionspläne hatten die frühere gemütliche Kolonialatmosphäre mit Clubnachmittagen und Fünf-Uhr-Tees zu einer verklärten Erinnerung werden lassen.

Auf die anfängliche Begeisterung, nun endlich auf den Spuren von Lawrence unterwegs zu sein und in Ruhe dessen Hinweisen folgen zu können, folgte die Frustration. Majors hatte es unzählige Male bereut, nicht in England geblieben zu sein. Und seinem Ziel, endlich mit der Suche nach dem berühmten Grab zu beginnen, war er keinen Schritt näher gekommen.

Während der Colonel in den letzten drei Jahren auf der einen Seite wie geplant den Ägyptern geholfen hatte, ihren Geheimdienst auszubauen, war auf der anderen eine stetig steigende Anzahl an Aufträgen aus London hinzugekommen, der er mit einem unter chronischem Personalmangel leidenden Büro kaum Herr wurde. Hatte Majors 1936 noch fest daran geglaubt, er würde jede Menge Zeit für seine eigenen Nachforschungen zur Verfügung haben, würde Reisen unternehmen und vom Schreibtischtäter zum wahren Entdecker werden, so hatten ihn der Secret Service, Special Branch und die Tagespolitik eines Besseren belehrt.

Nordafrika war auf dem besten Weg, das Aufmarschgebiet von morgen zu werden und er, Majors, war mittendrin.

Ohne Miranda wäre er zwischen Kairo und Alexandria bereits vor langer Zeit mit wehenden Fahnen untergegangen. Die junge Frau hatte sich als wahres Organisationstalent, vertrauenswürdige Mitarbeiterin und umsichtige Büroleiterin in Personalunion erwiesen. Sie jonglierte mit Terminen, Mitarbeitern und lokalen Informanten, hielt den Kontakt nach London und zu den ägyptischen Stellen, koordinierte die Meldungen aus allen geheimdienstlichen Kanälen, bevor sie dem Colonel die Mappen vorlegte.

Sie hat sich ihren freien Sonntag heute redlich verdient, dachte Majors. Wie lange haben wir keinen Urlaub mehr gemacht? Haben wir überhaupt schon gemeinsam Urlaub gemacht? Endlich fand er seine Brille auf dem Nachtkästchen und setzte sie auf. Verdammte Kurzsichtigkeit.

Das Telegramm war kurz und verschlüsselt. Majors hatte nichts anderes erwartet.

»Ist was, Schatz?«, murmelte die im Bett liegende Miranda mit geschlossenen Augen und zog die dünne Decke über ihre Schultern. Ein kühler Morgenwind wehte vom Mittelmeer durch die offenen Fenster und blähte die Vorhänge auf.

»Schlaf ruhig, nichts Wichtiges«, gab Majors zurück und ging leise in sein Büro nach nebenan. Er schloss vorsichtig die Tür und setzte sich an seinen Schreibtisch, holte die Dechiffrierungstabelle aus der Schublade und machte sich an die Arbeit. Fünf Minuten später hielt er den Klartext in Händen: »DOW TODAY IN BERLIN. CODE RED. MOVE TO FWA DAKAR IMM. NEW HOS ARRIVING CAIRO WED.«

»Scheiße«, flüsterte Majors und ließ den Stift fallen. Dann ergriff er das Telegramm, ließ sein Feuerzeug aufspringen und hielt die Flamme an das Papier. Als die letzten Reste im Aschenbecher verbrannt waren, stand er auf und trat ans Fenster. Das Meer war dunkelblau, nur auf den Kämmen der Wellen bildeten sich die ersten Schaumkronen im auffrischenden Wind.

Majors hörte ein Geräusch und blickte über seine Schulter. Miranda stand nackt in der Tür, die Haare zerzaust und rieb sich die verschlafenen Augen.

»Es tut mir leid, wenn ich dich geweckt habe«, sagte der Colonel und zeigte hinaus auf den Balkon, der die ganze Länge der Suite einnahm. »Wir können heute draußen frühstücken, wenn du möchtest. Für ein Abschiedsessen ist das ein passender Platz.«

»Wieso? Willst du mich verlassen?«, fragte Miranda mit dunkler Stimme und lachte kehlig. »So früh am Tag?«

Majors ging zu ihr hinüber, gab ihr einen Kuss und einen Klaps auf den Po. »Mach dir keine Illusionen, aber wir müssen umziehen. Westwärts.«

»Ich muss mir höchstens etwas anziehen«, konterte Taylor kichernd. Dann wurde sie ernst. »Alexandria gefällt mir viel zu gut, Frank, um irgendwo anders hinzugehen. Das Cecil ist nett, das Gehalt hoch und der Chef sen-sa-tio-nell.«

»Ich habe gerade ein Telegramm aus London erhalten.« Majors begann, den Inhalt seiner Schreibtischschubladen zu durchforsten. »Wir erklären den Deutschen heute den Krieg. Das dementsprechende Schreiben wird in wenigen Stunden an Ribbentrop übergeben.«

»Was?« Miranda war blitzartig munter. »Also doch ...«, sagte sie dann. »Und weiter?«

»Code Red gilt ab sofort. Wir sollen so rasch wie möglich nach Französisch-Westafrika, nach Dakar, und dort, wie vereinbart, das neue Netz aufbauen. Bisher gab es lediglich eine Handvoll freier Mitarbeiter und Informanten, weil die Franzosen ihre Kolonien fest im Griff hatten und außerdem unsere Verbündeten waren. Aber wie lange noch? Der Flughafen Mermoz ist strategisch perfekt gelegen, und wegen der französischen Nachlässigkeit wimmelt es dort nur so von deutschen Agenten, die sich in der Region breitmachen. Vergiss nicht – es wird nur mehr eine Frage von Monaten sein, bis Hitler westwärts schaut und Frankreich ins Visier nimmt. Und was dann?«

»Du meinst ...« Miranda fuhr sich verwirrt mit den Fingern durch die Haare. »Und was wird aus dem Büro hier?«

»Der neue HOS kommt Mittwoch. Bis dahin sollten wir alles gepackt haben und reisefertig sein.« Majors schichtete bereits alle Unterlagen, die er mitnehmen wollte, zu einem großen Stapel.

»Nach Dakar also«, konstatierte Miranda. »Naja, noch etwas weiter weg von Europa und vom Krieg.«

»Oder direkt hinein«, erwiderte Majors düster. »Wenn Nazideutschland Frankreich besetzt, was wird dann aus den Kolonien? Dakar können sie nicht einfach ignorieren, es ist eines der bedeutendsten Tore nach Westafrika. Zu den Hochzeiten des französischen Kolonialreiches war Dakar eine der wichtigen Städte der Grande Nation, vergleichbar mit Hanoi oder Beirut. Viele französische Firmen haben über die Jahrzehnte Außenstellen in Dakar eröffnet, in Industrie und Handel investiert. Vergiss nicht, die Stadt liegt an einem Eisenbahnknotenpunkt, hat einen riesigen Hafen und einen gut funktionierenden Flugplatz. Die Franzosen unterhalten da seit langem eine Marinebasis, haben zuverlässige Postlinien bis Bamako in Mali und darüber hinaus.«

»Du bist wie immer erstklassig informiert«, musste Miranda zugeben. »Wenn man dir zuhört, dann klingt Dakar nach einer wahren Metropole und Kairo wie ein etwas verschlafenes Provinznest.« Sie lachte. »Aber vielleicht ist Dakar einfach nur *französische* Provinz.« Dann wurde sie ernst und trat hinter Majors, legte ihm die Hände auf die Schultern und küsste ihn auf den Kopf. »Ich möchte, dass Dakar unser letzter Einsatz in Afrika wird, Frank. Langsam vermisse ich England, ein geruhsames Leben und Wochenenden, die uns gehören.«

»Ich kann dich verstehen, aber der Krieg hat gerade erst begonnen, und niemand weiß, wie lange er dauern, noch wie er enden wird. Schauen wir also, was die Zukunft bringt. Aber sei versichert, meine letzten Jahre möchte ich auch nicht in Afrika verbringen. Und jetzt geh dich anziehen und fang an zu packen.«

Drei Tage später standen Majors und Taylor auf dem Almaza Airport von Kairo und warteten auf ihren Flug. Der Colonel blätterte in den neuesten Zeitungen und versuchte, die Hitze zu ignorieren. Tags zuvor hatte die RAF den ersten Angriff auf Wilhemshaven an der Nordseeküste geflogen und das Königreich Ägypten die diplomatischen Beziehungen zum Deutschen Reich abgebrochen. Die in Kairo akkreditierten deutschen Diplomaten waren aufgefordert worden, das Land so schnell wie möglich zu verlassen.

Majors schaute auf und blickte sich um. Das deutsch-arabische Sprachengewirr in dem kleinen und überfüllten Abfertigungsgebäude zeugte davon, dass die ersten Gesandten und Attachés bereits ihre Koffer gepackt hatten und die Heimreise ins Reich antraten.

Miranda kontrollierte den dicken braunen Umschlag mit ihren Tickets. Bengasi, Algier, Casablanca, Dakar. Eine Reise ans westliche Ende des Kontinents. Sie wäre lieber mit dem Schiff gefahren und hätte ein paar Tage auf See genossen, aber durch die politische Entwicklung war die Lage im Mittelmeer nicht gerade ideal für eine Kreuzfahrt.

Vom Flugfeld her hörte man das Brummen der Motoren einer näher kommenden Maschine, und Majors schaute demonstrativ auf die Uhr.

»Wenn das unser Flugzeug ist, dann starten wir mit Verspätung«, stellte er fest, stand auf und warf einen Blick auf die Dewoitine D338 der Air Afrique, die vor dem Ankunftsgebäude ausrollte und die Motoren abstellte. Der Krieg in Europa brachte in Afrika die Flugpläne durcheinander, die oft genug auch in Friedenszeiten nur eine indikative Bedeutung hatten.

Seufzend wandte sich Majors wieder den Schlagzeilen der *Egyptian Gazette* und der *Egyptian Mail* zu, die in langen Leitartikeln die außenpolitische Lage kommentierten, als ihm jemand auf die Schulter tippte. Der Colonel blickte hoch und traute seinen Augen kaum.

»Großhirn! Was machen Sie in dieser verdammten Hitze! Sagen Sie nicht, die Pyramiden hätten Sie gerufen.« Majors versuchte erst gar nicht, seine Überraschung zu verbergen. Seine Gedanken überschlugen sich. Was zum Teufel brachte Morgan hierher nach Kairo? Brauchte der Krieg nicht kräftige, junge Männer für die Front?

Andrew Morgan strahlte ihn an wie der Scheinwerfer eines Wolseley. »Sir! Wenigstens sehe ich Sie noch kurz, bevor Sie abreisen! Ich hätte mir so gewünscht, dass wir noch einige Tage gemeinsam für die ordnungsgemäße Übergabe des Büros gehabt hätten, aber der Krieg wirbelt alles durcheinander.«

Majors sah Morgan verständnislos an. Dann dämmerte es ihm. »Sie? Sie sind der neue HOS in Alexandria? Sie treten meine Nachfolge an?«

»Ganz genau, Sir«, nickte Morgan eifrig. »Der SIS hat mich für den Posten ausgewählt. Es hat sich wohl herumgesprochen, dass ich mich in den letzten Jahren intensiv mit der arabischen Welt beschäftigt habe.«

Das glaube ich dir sofort, dachte Majors, du versuchst doch noch immer hinter die Geheimnisse des toten Lawrence zu kommen. Laut sagte er: »Willkommen im Fegefeuer, zumindest was die Temperatur und den Arbeitsaufwand betrifft. Sie werden sich hier nicht langweilen, das kann ich Ihnen nach drei Jahren vor Ort garantieren. Allerdings werden Sie sich eine neue Sekretärin organisieren müssen. Miranda?« Er machte eine einladende Handbewegung und bat die junge Frau zu sich in die kleine Runde. »Darf ich vorstellen? Miranda Taylor, meine rechte Hand, die mich nach Dakar begleitet. Andrew Morgan, ein aufsteigender Stern am Himmel des Service.«

Oder eine Sternschnuppe knapp vor dem Verglühen, wenn es nach mir ginge, fügte er in Gedanken hinzu.

Morgan strahlte nun Miranda an, wischte seine schweißnasse Hand an der Hose ab und streckte sie dann mit einer leichten Verbeugung der jungen Frau entgegen. »Freut mich sehr, Miss Taylor. Wie schade, dass Sie nicht in Alexandria bleiben und mir Starthilfe geben. Ich könnte sicherlich jeden wertvollen Rat von Ihnen gut gebrauchen.«

Darauf wette ich, dachte Majors, das würde dir so passen. Schleimer.

»Ich bin überzeugt, dass die Botschaft sich gern Ihrer annehmen wird.« Miranda lächelte verbindlich. »Und was die wichtigsten Fakten betrifft, so können Sie sich auf Gregory McCormick, den Dienststellenleiter in Kairo und Verbindungsmann zu den ägyptischen Stellen, voll und ganz verlassen. Er freut sich immer über jungen, männlichen Nachwuchs.«

Sie feixte schelmisch, und selbst Majors musste schmunzeln.

»Wie auch immer, Sie werden sich in Alexandria sicher bald heimisch fühlen. Regen gibt es zwar nur ganz selten, aber das Cecil hat Stil und einen ausgezeichneten Fünf-Uhr-Tee. Mr. Morgan?« Miranda hielt ihm die Hand hin und lächelte hinreißend. »Ich möchte Sie nicht aufhalten, der Chauffeur der Botschaft wartet sicher bereits auf Sie. Man sieht sich im Leben immer zweimal, heißt es. Also dann. Bis demnächst!«

Als ein etwas verwirrter Andrew Morgan wenig später in Richtung Zoll- und Passkontrolle verschwand, verfluchte sich Majors für sein Schwäche, den aufsteigenden Stern am Geheimdiensthimmel nicht bereits in London zum Absturz gebracht zu haben. Er hätte Morgan doch einfach erschießen sollen, damals, an jenem Tag im Juli 1935 in London.

Jetzt war es zu spät.

Nun war Morgan in Afrika, die Welt im Umbruch, und der Wettlauf um das Geheimnis von Lawrence hatte endgültig begonnen.

> **Polizeipräsidium, Adickesallee 70, Frankfurt am Main / Deutschland**

Das Telefonat mit Frank Lindner hatte etwas länger gedauert als geplant.

Thomas Calis war im langen Gang der Polizeidirektion auf und ab gewandert, während er seinem Chef erklären musste, warum er den Bentley sichergestellt hatte und was dabei herausgekommen war.

»Damit hast du dich wieder mal nicht gerade beliebt gemacht in der Provinz«, hatte Lindner geseufzt. »Klapproth war auf hundertachtzig. Wie geht es ihm jetzt?«

»Hundertfünfzig und sinkend«, hatte Calis geantwortet. »Frau Oberkommissarin Trapp ist am Herzinfarkt vorbeigeschrappt und wartet nun brav in sicherer Entfernung, bis ich das Telefonat beende. Hier wäre allen wohl leichter ums Herz, wenn ich endlich die Kurve nordwärts kratzte.«

»Und? Was planst du?«

»Kommt darauf an, wie schnell du mich brauchst«, hatte Calis diplomatisch festgestellt, während er in einem der Innenhöfe Kollegen beobachtete, die sich zum Dienst als Zivilstreifen vorbereiteten. »Ich habe mit Blondschopf noch immer eine Rechnung offen. Ich bin felsenfest davon überzeugt, dass er bei dem Mord an Tronheim seine Hand im Spiel hatte. Aber hinter ihm steht noch jemand, das geht aus E-Mails hervor, die wir gefunden haben. Ich möchte also sein Geständnis, weil keiner der drei Mörder noch am Leben ist und aussagen könnte. In seinem Wagen wurde der Sprengstoff transportiert, mit dem die drei ehemaligen Legionäre hier in Frankfurt ins Jenseits gebombt wurden. Wer genau die Ladung angebracht hat, wissen wir noch nicht, aber letztendlich ist das ein Problem der Frankfurter Kollegen. Aber die wichtigste Frage, die nach wie vor offen ist, lautet: Was haben Kreutzer und seine beiden Freunde aus dem Siemenswerk entwendet? Und wer sind die Hintermänner von von Strömborg? Wem hat unser schwedischer Parvenü und Zwischenhändler das, was die drei Legionäre bei Siemens geklaut hatten, weitergegeben?«

Lindner hatte aufmerksam zugehört und Calis schließlich grünes Licht gegeben, noch ein paar Tage in Frankfurt dranzuhängen. »Unter der Voraussetzung, dass du dich nicht völlig zum roten Tuch für die Kollegen da unten machst. Ich hätte den Fall gerne geklärt, ohne Wenn und Aber. Der Innensenator hat dir übrigens eine Einladung für eine seiner nächsten Soireen geschickt, was auch immer das bedeutet. Der längere Einsatz in Frankfurt wäre eine elegante Möglichkeit, sich aus der Affäre zu ziehen. Außer du legst gesteigerten Wert darauf ...«

Daraufhin hatte Calis das Gespräch mit einem »Sag bitte für mich ab!« ziemlich abrupt beendet.

»Es tut mir leid.« Martina Trapp hatte am anderen Ende des Ganges gewartet, bis Calis fertig telefoniert hatte. Nun trat sie neben ihn, offensichtlich von schlechtem Gewissen geplagt. »Ich dachte, du wärst auf deine Medienwirksamkeit aus. Calis immer in den Schlagzeilen und so. Ich hätte mehr Vertrauen zu dir und deinen Methoden haben sollen.«

»Ja, Tina, hättest du«, sagte Calis grinsend und sah, wie sie zusammenzuckte. »Ach was, mach dir nichts draus. Es hätte auch ins Auge gehen können. Jetzt brauchen wir noch die Resultate der DNA-Analyse, und dann schnappen wir uns Blondschopf. Mal schauen, welche Geschichte er uns auftischt.«

»Er wird sicher schon auf der Suche nach dir und seinem Bentley sein«, mutmaßte Trapp. »Spätestens nachdem er die Rechnung der Villa Kennedy mit deinem Namen und deiner Unterschrift bekommen hat, sollte er zum Angriff blasen. Komisch, dass wir bisher noch nichts von ihm gehört haben.«

»Das bringt mich auf eine Idee«, sagte Calis. »Komm mit!« Und schon zog er sie hinter sich her den Gang hinunter.

Kriminaloberrat Klapproth sah aus, als hätte er in eine Zitrone gebissen und müsste sie jetzt auch noch hinunterschlucken. Vor ihm im Besucherstuhl saß ein eleganter, aber äußerst aufgebrachter von Strömborg, der immer wieder über die messerscharfe Bügelfalte seiner Anzughose strich.

»Es besteht gar kein Zweifel, dass dieser Berliner Kriminalbeamte gestern Abend meinen Wagen gestohlen hat, damit in ein Fünf-Sterne-Hotel gefahren ist und auf meine Rechnung da übernachtet hat«, führte von Strömborg aus und legte den Fahrzeugschein des Bentleys auf Klapproths Tisch. Dann entfaltete er ein Fax und strich es glatt. »Hier ist die Rechnung, die Kommissar Calis sogar noch unterschrieben hat. Seltsam ist, dass darauf gleich zweimal Frühstück aufgeführt ist.«

Der Blondschopf reichte den Beleg an den Kriminaloberrat weiter.

»Meine Anwälte bereiten bereits eine Dienstaufsichtsbeschwerde und eine Klage gegen Herrn Calis vor. Ich bin gelinde gesagt sehr erstaunt, dass Sie solche Individuen bei ihrer Tätigkeit auch noch unterstützen. Das ist ein unverzeihliches Vorgehen gegen unbescholtene Bürger und Steuerzahler.«

Klapproth hob abwehrend die Hände. »Ich habe das mit dem Kollegen Calis bereits besprochen und die härteste Vorgehensweise angekündigt. Sein Vorgesetzter in Berlin sieht die Sachlage nicht anders. Es tut mir leid, dass es zu diesem Vorfall gekommen ist. Calis hat Ihren Wagen heute Vormittag im Hof des Polizeipräsidiums abgestellt. Er hat nicht einen Kratzer, davon habe ich mich persönlich überzeugt.«

Der Kriminaloberrat beugte sich vor und zog den Fahrzeugschein zu sich. »Da ist allerdings eine juristische Person als Besitzer eingetragen, ein Trust auf den Cayman Islands mit einer Niederlassung in Frankfurt, soweit ich informiert bin. Sie sind mir nicht böse, Herr von Strömborg, aber welche Funktion haben Sie in dem Trust?«

»Ich sehe wirklich nicht, wieso das hier zur Diskussion steht«, entgegnete Blondschopf gereizt.

»Nun, das erkläre ich Ihnen gerne.« Klapproth lächelte entschuldigend. »Wenn ich Ihnen den Wagen aushändigen soll, dann müssen Sie mir schon nachweisen, dass es sich dabei um Ihr Fahrzeug handelt, beziehungsweise Sie berechtigt sind, über das Fahrzeug zu verfügen.« Er zuckte mit den Schultern. »Sonst könnte ja jeder kommen, den Bentley mitnehmen und in seine Garage stellen.«

»Aber ich bitte Sie, Herr Kriminaloberrat, das ist doch lächerlich. Ich habe diesen Wagen persönlich ausgesucht, bestellt und für den Trust gekauft«, beeilte sich von Strömborg zu versichern. »Das ist alles belegbar, vom Kaufvertrag bis zu der Überweisung der Kaufsumme. Seither bin ich ihn als Einziger gefahren. Besser gesagt, er wurde von mir und meinem Chauffeur gefahren. Alle Benzinrechnungen liegen ebenfalls vor, bezahlt mit meiner Kreditkarte.«

Klapproth lächelte gönnerhaft. »Dann können wir ja vielleicht eine Ausnahme machen«, sagte er und legte die Finger zusammen. »Ich bin überzeugt, dass Ihr Chauffeur bezeugen kann, dass nur Sie mit dem Bentley gefahren sind oder gefahren wurden und wann Sie jeweils damit unterwegs waren?«

»Aber selbstverständlich«, bestätigte von Strömborg eifrig. »Wir führen ein lückenloses Fahrtenbuch, schon wegen der Kontrollgremien des Trusts.«

»Wie schön, wie schön«, ertönte da eine Stimme von der Bürotür her. »Ich liebe ja sorgfältige und gewissenhafte Menschen, sie sind so selten geworden in unserer hektischen und oberflächlichen Zeit. Finden Sie nicht auch, von Strömborg?«

Blondschopf fuhr in seinem Sessel herum. »Calis! Was machen Sie hier? Ich dachte, Sie befinden sich bereits auf dem Weg nach Berlin? Haben Sie noch nicht genug Unfug angestellt?« Er sah Klapproth vorwurfsvoll an. »Sagten Sie nicht ...«

Der Kriminaloberrat lächelte nicht mehr. Er lehnte sich vor und fixierte von Strömborg. »Ich sagte, dass ich das mit dem Kollegen Calis bereits besprochen und die härteste Vorgehensweise angekündigt habe. Gegen Sie nämlich, Herr von Strömborg. Sein Vorgesetzter in Berlin sieht die Sachlage nicht anders. Ganz im Gegenteil. Kriminaloberrat Lindner hat Kommissar Calis aus Berlin geschickt, um einen Mord aufzuklären. Das hat Kollege Calis bisher etwas unkonventionell, aber vorbildlich gemacht. Und wir hier in Frankfurt, wir haben einen dreifachen Mord auf dem Tisch. Seltsam nur, dass in beiden Fällen die Spur der Beweise direkt zu Ihnen führt, Herr von Strömborg!«

Blondschopf war blass geworden. Sein Blick huschte von Klapproth zu Calis und wieder zurück. »Das ist doch Nonsens, Sie reimen sich da was zusammen!«

»Ich sagte weiterhin, dass Kollege Calis Ihren Wagen heute Vormittag im Hof des Polizeipräsidiums abgestellt hat«, fuhr Klapproth unbeeindruckt fort. »Ohne jeden Kratzer, davon habe ich mich persönlich überzeugt. Aber seltsamerweise mit Spuren von Sprengstoff im Kofferraum. Genauer gesagt von Semtex, das mit Ihrem Wagen transportiert wurde. Und wie Sie mir gerade vorhin glaubhaft versichert haben, war niemand außer Ihnen mit dem Bentley unterwegs. Es war also nicht nur Ihr Wagen, mit dem das hochexplosive Gemisch befördert wurde, es waren Sie, die ihn fuhren. Ich habe keinen Anlass, an Ihren Ausführungen zu zweifeln.«

»Das kann nicht sein, das ist völlig unmöglich! Ich möchte sofort meinen Anwalt sprechen! Das ist ein abgekartetes Spiel!« Blondschopf war aufgesprungen, aber Calis drückte ihn wieder auf seinen Stuhl zurück.

»Wir gehen nirgends hin und rufen niemanden an«, stellte er kategorisch fest. »Sie sehen zu viele amerikanische Filme. Außerdem – wenn es unmöglich ist, warum brauchen Sie dann einen Anwalt? Sie sind von ganz alleine zu einer Zeugenvernehmung gekommen. Bei der Gelegenheit wollten Sie gleich Ihren Bentley mitnehmen, den Sie gestern natürlich ebenfalls freiwillig für Untersuchungen zur Verfügung gestellt haben. Schade nur, dass die Spurensicherung hier wirklich gründlich und professionell arbeitet. Die Jungs hängen sich richtig rein. Also Semtex. Aber das fährt ja jeder mit sich herum, früher oder später.«

Calis klopfte von Strömborg auf die Schulter.

»Fürs Extremfischen oder für die Erweiterung der persönlichen Goldmine oder wenn man drei unbequeme Legionäre einfach und schnell in kleine Teile zerlegen will, nicht wahr? Nichts geht über ein Paket Semtex im Kofferraum, gleich neben dem Erste-Hilfe-Kasten. Das ist nichts Besonderes, schon gar nicht für Sie. Aber könnten Sie einen Uneingeweihten wie mich darüber aufklären, was genau *Sie* damit gemacht haben?«

Die ersten Schweißperlen tauchten auf von Strömborgs Stirn auf. Er nagte an der Unterlippe und sagte nichts.

»Seltsam auch, dass die Spurensuche Reste von genau jenem Semtex in der Alroser Straße gefunden haben«, fuhr Calis fort. »An den Teilen der Karosserie des Insignia, an den Leichenteilen. Lückenlose Kette, hmm?«

»Schwachsinn, purer Schwachsinn«, murmelte Blondschopf.

»Ach ja?« Calis versenkte die Hände in den Hosentaschen und begann auf und ab zu gehen. Klapproth ließ von Strömborg nicht aus den Augen. »Wie sind Sie denn an Ernst Kreutzer alias Erneste Lacroix alias der Clown gekommen? Wo haben Sie ihn kennengelernt?« Calis blieb vor Blondschopf stehen. Dann beugte er sich zu ihm herunter. »Ein harter Hund. Hatten Sie Angst vor ihm?«, flüsterte er.

»Ich weiß nicht, wovon Sie reden«, wehrte von Strömborg ab und schüttelte immer wieder den Kopf. »Ich kenne keinen Kreutzer.«

»Sehen Sie, und genau das glaube ich Ihnen nicht«, gab Calis zurück. In diesem Augenblick klopfte es an der Tür, und Martina Trapp betrat das Büro, eine dünne Mappe in der Hand, die sie vor Klapproth auf den Tisch legte.

»Doch wie sagt man so schön? Glauben heißt nicht wissen«, fuhr Calis fort. »Und hier geht es um Wissen.«

Währenddessen blätterte der Kriminaloberrat interessiert in den Unterlagen, die Trapp auf seinem Schreibtisch deponiert hatte. Schließlich seufzte er, klappte die Mappe zu und lehnte sich vor. »Von Strömborg, zum letzten Mal. Kennen Sie Ernst Kreutzer oder nicht?«

»Nein, das habe ich Ihnen doch bereits gesagt! Ich habe diesen Kreutzer nie gesehen!«, schrie Blondschopf.

»Dann würde ich dringend eine Brille empfehlen«, fuhr Klapproth unbeeindruckt fort. »Weil Sie ihn dann übersehen haben müssen, als er neben Ihnen auf der Rückbank Ihres Bentleys saß. Die DNA-Analyse der Spuren aus dem Innenraum des Fahrzeuges hat zweifelsfrei ergeben, dass Kreutzer mit Ihnen unterwegs war. Einer der beiden Legionäre saß auf dem Beifahrersitz, der andere neben Ihnen und Kreutzer. Also rücken Sie besser mit der ganzen Geschichte heraus, bevor ich meine Geduld endgültig verliere. Wir haben jede Menge Fragen, Sie jede Menge Antworten. Ich möchte wissen, wer Ihnen den Auftrag dazu gegeben hat, was es war, das die drei Legionäre bei Siemens gestohlen haben, wann sie es wem übergeben haben. Waren Sie es, der den Mord geplant hat? Fragen über Fragen. Denken Sie gut nach, kramen Sie in Ihrer Erinnerung, legen Sie die Karten auf den Tisch. Vielleicht kommen wir ja am Ende zu einer Übereinkunft. Sonst verbringen Sie Ihr restliches Leben hinter Gittern.«

Haymarket, City of Westminster, London / England

Der Audi stand noch immer da, wo Finch ihn geparkt hatte. Gerade als die drei Männer das Haus am Haymarket verlassen hatten, war ein dunkler Van um die Ecke gerollt, der dem vor Peter Comptons Haus zum Verwechseln ähnlich sah.

»Ich würde zwar zu gerne sehen, wer aussteigt, aber dafür haben wir keine Zeit«, stellte Llewellyn fest. »Von nun an tickt die Uhr, und zwar gegen uns. Der Wettlauf hat begonnen. Wir haben schon viel zu viel Zeit mit der Ratte in meiner Wohnung verbracht. Aber wenigstens sind wir jetzt flüssig.« Er knöpfte sein Hemd auf, zog das Wachstuchpäckchen heraus und rutschte auf den Fahrersitz. »Welchen Hafen steuern wir an?«

»Fahr einfach los, südwärts zum Embankment«, erwiderte Finch, als Llewellyn den Motor startete. Er nahm das Bündel Pfundnoten und stopfte es ins Handschuhfach. »Ich hab eine Idee, aber dafür brauche ich eine Telefonzelle.«

»Keine Namen, kein Gespräch länger als fünf Minuten«, erinnerte ihn der Major.

»Und ich hoffe, Ihre Idee ist besser, als ein langsames und stinkendes Fischerboot zur französischen Küste«, ergänzte Salam von der Rückbank her.

»Viel besser«, versicherte Finch. »Die Frage ist, ob wir Glück haben und einen Flug erwischen.«

»Vergiss es!«, warf Llewellyn ein. »Kein Flughafen, keine Kontrollen, keine Passagierlisten! In letzter Zeit hatten wir ein paar Probleme, was unser Glück betrifft, wenn ich dich erinnern darf ...«

»Lass dich überraschen und mich an der nächsten Telefonzelle aussteigen«, sagte Finch. »Dann gib mir fünf Minuten, und wir wissen Bescheid.«

Der freie Parkplatz am Viktoria Embankment war wie ein Sechser im Lotto. Die leuchtend rote Telefonzelle stand am Eingang zur Temple-Station, und Finch sprang aus dem Audi, noch bevor der Wagen gänzlich zum Stillstand gekommen war.

Misstrauisch kontrollierte Llewellyn im Rückspiegel, ob jemand in zweiter Spur angehalten hatte und darauf wartete, dass der Audi weiterfuhr. Doch der Verkehr rollte gleichmäßig weiter an ihnen vorbei.

»Was auch immer Finch vorhat, was kommt danach?«, erkundigte sich Salam und unterdrückte ein Gähnen. »Wir sind übermüdet, und der britische Geheimdienst ist hinter uns her. Und in Europa wird die Zusammenarbeit der Exekutive immer enger, wie wir bei unserer letzten Konferenz in Wien gelernt haben. Interpol hat aufgerüstet. Wie sollen wir da entkommen?«

»Ich kann mir nicht vorstellen, dass diese Gruppe von Spinnern stellvertretend für den gesamten MI6 steht«, brummte Llewellyn. »Das Theater mit der Amtshilfe können sie vielleicht in Pakistan abziehen, aber in jedem europäischen Land gibt es Kontrollmechanismen, die in so einem Fall greifen. Man kennt sich, man respektiert sich, man telefoniert miteinander. Da haben Alleingänge von Einzelgängern oder kleinen Gruppen eine kurze Lebensdauer.«

»Angesichts der Ereignisse in Peter Comptons Haus muss sich die Gruppe aber verdammt sicher fühlen«, gab Salam zu bedenken.

Darauf wusste auch Llewellyn keine Antwort.

Im stillen musste er dem Chief Inspector beipflichten.

Und genau das machte ihn so nervös.

Als John Finch wieder einstieg, waren kaum sechs Minuten vergangen. Rasch scherte der Major wieder aus dem Parkplatz aus, beschleunigte und fuhr weiter das Embankment hinunter.

»Und?«, fragte er, während er immer wieder einen Blick in den Rückspiegel warf.

»Nächstes Ziel Duxford«, meinte der Pilot. »Wir werden erwartet.«

»Duxford? Der ehemalige Militärflugplatz südlich von Cambridge?«, hakte Llewellyn nach, während Finch bereits die Straßenkarte herausholte.

»Genau«, nickte der Pilot. »Außenstelle des Imperial War Museums, das Mekka von Flugzeugbegeisterten aus aller Welt. Spitfires, Messerschmidts, Hurricanes, Thunderbolts, Mustangs. Die geflügelten Helden des Zweiten Weltkriegs und der Luftschlacht um England. Die meisten flugfähig und perfekt restauriert.«

»Ich ahne Böses«, murmelte Salam in Erinnerung an den Flug mit der Harrier. Laut sagte er: »Vielleicht sollten wir doch darüber nachdenken, mit dem Boot nach Frankreich überzusetzen?«

»Das ist mir auch gerade durch den Kopf gegangen«, gestand Llewellyn. »Willst du uns in einer Thunderbolt außer Landes bringen? Wie unauffällig! Dass ich nicht auf die Idee gekommen bin ...« Er schüttelte den Kopf. »Auch wenn es dir gelingen sollte, in Duxford eine Startgenehmigung zu bekommen, dann stehen unsere Namen immer noch auf allen Listen. Polizeikontrolle beim Abflug, Zoll und Polizei bei der Ankunft.«

»Wart's ab. Und die Thunderbolt ist im übrigen ein Einsitzer«, erinnerte ihn Finch.

»Aber ich dachte, englische Flugplätze wären für uns tabu«, wunderte sich Salam. »Oder was ist dieses Duxford sonst?«

»Ein kleines Nest in East Anglia«, antwortete Finch lächelnd. »Duxford war während des Zweiten Weltkriegs ein wichtiger Stützpunkt für die Royal Air Force. Viele Gebäude sind noch im Originalzustand erhalten, unter anderem auch der Tower. Die ganze Anlage entstand bereits im Oktober 1917 und war nach einem Jahr Bauzeit fertig. Im April 1920 wurde die Flugschule eröffnet, vier Jahre später zogen die Jagdflieger der RAF ein. Im Jahr 1938 kamen die ersten Spitfires nach Duxford. Die legendäre Luftschlacht um England wurde von hier geleitet.«

»Sozusagen historischer Boden ...«, warf Salam ein.

»... und heute ein bemerkenswertes Museum und eine beeindruckende Sammlung«, fuhr Finch fort. »Nachdem die Amerikanische Air Force 1943 gekommen und 1945 wieder abgezogen war, errichtete die RAF Anfang der fünfziger Jahre eine Betonbahn für Starts und Landungen, die heute noch existiert. Doch während des Kalten Krieges verloren die RAF-Stationen in Südengland an Bedeutung, und Duxford wurde 1961 offiziell endgültig geschlossen.«

»Du bist gut informiert«, bemerkte Llewellyn.

»Kein Wunder. Amber, eine meiner ehemaligen Flugzeugmechanikerinnen und Co-Pilotinnen in Kairo, hat ihr Handwerk in Duxford gelernt«, erklärte Finch. »In dem Museum, das heute hier untergebracht ist, kannst du nicht nur die Restaurierung von alten Flugzeugen live miterleben, es haben sich auf dem Flugfeld auch einige Spezialisten angesiedelt, die fliegende Oldtimer warten. Kunden aus aller Welt bringen ihre Schätze vorbei und landen gleich auf einer der beiden Pisten vor dem Hangar.«

»Eine Pilotin?«, fragte Llewellyn erstaunt.

»Also doch ein Flughafen«, tönte es von der Rückbank.

»Aber ein ganz spezieller, ohne regulären Flugbetrieb«, verbesserte Finch Salam. »Zwischen alten Spitfires und Messerschmidts wird uns der MI6 bestimmt nicht suchen.«

Etwas mehr als eine Stunde später rollte der Audi durch das breite Tor des ausgedehnten Museumsgeländes. Der Pförtner hatte sie durchgewinkt, als Finch ihm »ARC, Amber Rains« zugerufen hatte.

»Die nächste links und dann den Pfeilen folgen«, sagte Finch zu Llewellyn. »Ich wusste, dass Amber hier eine Firma eröffnet hat, nachdem sie von Kairo nach England zurückgekehrt war. In der Zwischenzeit ist es zum größten Unternehmen hier in Duxford geworden, das sich mit der Restaurierung von Flugzeugen beschäftigt.«

»Ich sehe noch immer nicht ganz, was wir hier eigentlich machen«, brummte Llewellyn. »Vielleicht nicht gerade die richtige Zeit, um alte Freundinnen zu besuchen und Liebes- oder Fliegergeschichten aufzuwärmen.« Er blickte auf seine Armbanduhr. Es war kurz nach vier

Uhr. »Mir wäre wohler bei dem Gedanken, heute noch nach Frankreich zu kommen.«

»Und mir wäre noch lieber, wieder nach Kairo zu kommen, weil Fiona da auf mich wartet«, warf Finch ein.

Nach der Fahrt vorbei an einer Reihe hellgrün gestrichener, niedriger Baracken, erreichten sie einen riesigen grauen Hangar mit hohen Falttüren.

»Wir müssen auf die Rückseite zum nächsten Gebäude«, wies Finch Llewellyn an. »Rechts ist das Vorfeld mit einigen der Museumsmaschinen.«

»Das ist größer hier, als ich dachte«, meinte der Major und lenkte den Audi entlang penibel kurz geschnittener Grasflächen über die alten Betonstraßen. Irgendwo in der Ferne startete ein Motor, stotterte erst ein wenig und röhrte dann regelmäßig.

»Schräg links!« Finch zeigte auf das weiße »ARC«- Schild, das ihnen den Weg wies. Sie erreichten eine weitere riesige freie Fläche, in deren Mitte sich ein Grasplatz mit Bänken und Tischen erstreckte. An einem dieser Holztische saß eine schlanke, drahtige Frau in Fliegerjacke und Cargo-Hose und blickte dem Audi neugierig entgegen. Als sie Finch auf dem Beifahrersitz erkannte, stand sie auf und winkte.

»Ist das Amber?«, fragte Llewellyn, als er den Wagen neben der Grünfläche anhielt.

»Eine der besten Mechanikerinnen, die ich in Afrika getroffen habe, eine ausgezeichnete Fliegerin und heute unsere Pilotin«, nickte Finch lächelnd. »Denn das Prachtstück da drüben kann man nur zu zweit fliegen.«

Er wies auf einen der großen Hangars mit der Aufschrift »ARC«, dessen Tor sich gerade öffnete. Von einer modernen Zugmaschine gezogen, rollte majestätisch eine grau-grüne Ju52 mit gelbem Seitenruder aus der Halle.

»Darf ich vorstellen? Eine von weltweit acht noch flugfähigen Tante Ju. Eine Legende der Luftfahrt und heute unser ganz persönlicher Linienflug nach Paris.«

10
DIE LEGENDE DER VICTOR SCHOELCHER

> **Merianstraße, Kronberg
> im Taunus / Deutschland**

Das Mittagessen hatte etwas länger gedauert und war nahtlos in einen Nachmittagstee übergegangen. Die beiden Gärtner hatten begonnen, die Rosenranken hochzubinden, und Professor Siegberth wandte sich den Fotos zu, die in der Schachtel gemeinsam mit dem Tagebuch gefunden worden waren. Konstantinos hatte nach einigem Zögern Cannotiers gesamtes Konvolut aus seinem Büro geholt und vor der Wissenschaftlerin deponiert, bevor er sich eine Zigarre angezündet und Siegberth beobachtet hatte, die ein Bild nach dem anderen aufmerksam untersuchte und immer wieder Kommentare oder Anmerkungen zu einzelnen Aufnahmen machte.

»Wissen wir, wie Alphonse Cannotier oder sein Bruder aussahen?«, fragte sie ihren Gastgeber. »Es könnte sich bei einigen dieser Fotos um Familienbilder handeln, und wir wissen es gar nicht.«

»Nein, leider. Wir haben kein Gesicht zum Namen«, meinte Konstantinos bedauernd. »Die Fotos sind aus verschiedenen Zeitabschnitten des letzten Jahrhunderts, das kann man unschwer am Papier der Abzüge und an der Art der Entwicklungen erkennen.«

Siegberth nickte gnädig. Innerlich war sie auf der Hut. Ihr griechischer Auftraggeber war nicht dumm, das war ihr in der Zwischenzeit klar geworden. Er hatte einen scharfen Intellekt und beobachtete genau. Zudem verstand er es zu kombinieren.

Sie nahm ihr Vergrößerungsglas und betrachtete das Schwarz-Weiß-Foto eines Dampfers, ein Handelsschiff mit einem gedrungenen, vermutlich weiß-roten Schornstein, zwei kurzen Masten und niedrigen Aufbauten. Der Name war schwer zu entziffern. Er lief um das kanuartige Heck herum. Lediglich der Vorname »Victor« und die Buchstaben »Sch« waren zu erkennen, und auch sie nur verschwommen.

Auf der bräunlich verfärbten Fotografie lag das Schiff vertäut in einem Hafen, an einem schmalen Kai, der im Hintergrund von einem riesigen Gebäudekomplex beherrscht wurde. Seltsamerweise befand sich auf dem hinteren Deck ein mächtiges Geschütz.

Siegberth überlegte kurz, dann nahm sie den Stapel der bereits gesichteten Aufnahmen nochmals zur Hand und blätterte ihn erneut durch, bis sie gefunden hatte, wonach sie suchte. Ein anderes Bild, das eine Lkw-Kolonne neben einem Schiff zeigte. Ein anderer Hafen, doch dasselbe Schiff, zweifelsfrei. Im Hintergrund Palmen und ein weißes Gebäude, mit einer halb verdeckten Aufschrift.

»…manderie du Po…«, murmelte Siegberth, nachdem sie das Vergrößerungsglas bestimmt zehnmal über das Foto hatte wandern lassen. Dann kam ihr eine Idee. »Lassen Sie uns doch die Bilder ordnen. Nicht nach dem, was sie zeigen, sondern nach der Größe, den Papieren, der Einfärbung. Das macht die Zuordnung am Ende bestimmt leichter.«

Konstantinos nickte und half ihr, die etwa einhundert Fotos dementsprechend zu sortieren. Lawrence of Arabia schlossen sie aus und legten sein Bild zu den verschiedenen Postkarten, die Cannotier wohl im Laufe seines Lebens erhalten und aus sentimentalen Gründen aufgehoben hatte.

Am Ende blieben elf verschiedene Stapel übrig. Einer mit den unterschiedlichsten Fotografien, die sich nicht zuordnen ließen, weil sie alle verschieden waren. Innerhalb der übrigen zehn Stapel wiesen die Bilder eindeutige Gemeinsamkeiten auf.

»Wenn wir annehmen, dass unser Alphonse Cannotier die Pyramide tatsächlich im Winter 1944/45 angefertigt hat, in seiner Zeit bei Siemens, dann haben für mich die Fotos, die vor dieser Zeit entstanden sind, eindeutig Vorrang«, meinte Siegberth. »Und außerdem müssen wir irgendwo beginnen«, setzte sie hinzu. »Also … nehmen wir die Farbfotos aus dem Spiel, genauso wie jene, die in den Fünfzigern und Sechzigern oder noch später entstanden sind. Eindeutig zu erkennen an den Modellen der Autos, an der Mode und anderen Details.«

Sie schob ein halbes Dutzend Stapel zusammen und legte sie in die Schachtel zurück.

»Ordnen wir die verbliebenen ebenfalls nach der Zeit ihrer Entstehung, dann müssen wir mit diesen hier beginnen.« Sie deutete auf einige der am meisten verblichenen Abzüge, die fast alle Straßenszenen in einer eindeutig afrikanischen Stadt zeigten. »Gehen wir davon aus, dass es sich um Dakar handelt, der Geburtsstadt von Cannotier. Die schwarzen Frauen mit ihren traditionellen Gewändern und den Körben auf dem Kopf, die Trikolore auf dem Gebäude im klassizistischen Stil, in dem sein Vater vielleicht als Beamter arbeitete. Dieses hier –«, sie zeigte Konstantinos eine Villa im Gründerzeitstil inmitten eines üppigen Gartens, »könnte sein Elternhaus gewesen sein. Es spricht also alles für Dakar. Wenn wir uns die Autos auf den Straßen ansehen, dann sind die Fotos in den späten zwanziger oder ganz frühen dreißiger Jahren entstanden. Der gute Alphonse muss damals etwa sechzehn, höchstens achtzehn Jahre alt gewesen sein. Vielleicht erhielt er auch eine Kamera zu seinem Geburtstag, wanderte durch die Stadt und probierte sie aus. Interessante Zeitdokumente aus Französisch-Südwestafrika, aber kaum etwas Geheimnisvolles.«

»Zu dieser Ansicht bin ich ebenfalls gelangt«, stimmte ihr Konstantinos zu. »Dasselbe gilt für den nächsten Stapel, der Aufnahmen von Menschengruppen und Porträts enthält. Alle sind weißhäutig, gut gekleidet, schauen in die Kamera. Es sind gestellte Fotos, vielleicht Familie und Freunde, bei Einladungen im Hause Cannotier. Wenn man genau hinsieht, dann könnte der Hintergrund der Garten um die Villa sein.«

»Von der Mode der Frauen her sind wir Mitte der dreißiger Jahre angekommen«, meinte Siegberth und ließ die Aufnahmen kurz Revue passieren. »Obwohl man nicht mit absoluter Sicherheit sagen kann, wie lange die Pariser Modetrends bis nach Dakar gebraucht haben.«

»Bleiben noch drei Stapel.« Der Grieche legte seine Zigarre ab und lehnte sich vor. Dann fächerte er die übrig gebliebenen Bilder auf. »Alle drei sind interessant, aber viel schwieriger einzuordnen. Der eine mit den Aufnahmen des Schiffes, der andere, der ein wenig wie das bebilderte Tagebuch einer Wüstenreise aussieht und schließlich der dritte, der aus nur vier Fotos besteht.«

Siegbert begann mit dem letzten der drei Stapel. Sie legte die vier Fotografien auf dem Tischtuch nebeneinander und ließ ihr Vergrößerungsglas drüberwandern. »Junge Männer auf einem Schiff, aha, ohne

Zweifel auf einem französischen Schiff, sehen Sie die Aufschrift auf der Tür im Hintergrund? »Gilets de Sauvetage«: In dem Raum wurden die Schwimmwesten aufbewahrt. Es spricht viel dafür, dass auf einem dieser Fotos auch Alphonse zu sehen ist, aber wir ihn nicht erkennen. Wenn mich nicht alles täuscht, dann rücken die jungen Männer zur französischen Armee ein. Überfahrt nach Frankreich. Sterben für das Vaterland. Aber für uns bleiben sie anonym.«

Durch die Fotos des zweiten Stapels mit den verschiedenen Ansichten von Dünenlandschaften, vereinzelten Palmen in einer Oase, lebensfeindlichen, schroffen Bergen und eingetrockneten Flussläufen ging Siegbert rasch hinweg. Es waren weder Tier noch Mensch darauf zu sehen. Sie hätten auch vor Tausenden von Jahren aufgenommen worden sein können.

»Tut mir leid, dazu fällt mir gar nichts ein«, meinte die Wissenschaftlerin entschuldigend, bevor sie die Wüstenbilder wieder in die Schachtel legte und nach dem letzten Stapel griff: Sechs bräunlichvergilbte Fotos, alle mit gezacktem Rand, neun mal zwölf Zentimeter groß, keinerlei Notiz auf den Rückseiten, keine Beschriftung.

Siegberth seufzte und legte drei in eine Reihe nebeneinander, dann die restlichen darunter. »Wenn ich mir den Namen des Schiffes ansehe, dann lese ich Victor, mit ›c‹ geschrieben, also eine französische Form. Also auch ein französischer Dampfer? Dann allerdings sind die ersten drei Buchstaben des Nachnamens verwirrend, ›Sch‹ – das gibt es im Französischen nicht, außer …«

Konstantinos sah sie neugierig an.

»Außer wir haben es mit einer Person zu tun, die in Elsass-Lothringen geboren wurde. Da sind deutsche Nachnamen gang und gäbe. Dann widerspräche Victor auch dem Nachnamen mit »Sch« nicht. Erinnern wir uns an Albert Schweitzer …«

»Völlig richtig«, nickte Konstantinos anerkennend. »Daran habe ich nicht gedacht. Wir suchen also eine im französisch-deutschen Grenzgebiet geborene, ziemlich berühmte Persönlichkeit, die einem Schiff ihren Namen gab. Warten Sie bitte kurz, ich hole mein iPad.«

Während ihr Gastgeber eilig im Haus verschwand, ließ Siegberth ihren Blick erneut über die sechs Fotos schweifen. Sie waren nicht gestellt, sahen eher wie Schnappschüsse aus. Niemand schaute in die Kamera, bis auf ein Foto, auf dem ein massiger Mann in kurzer Hose und mit einem breitkrempigen Panamahut überrascht von einer Landkarte aufblickte, die auf der Kühlerhaube eines PKWs, eindeutig eines Citroëns, ausgebreitet hatte.

Siegberth griff erneut zum Vergrößerungsglas.

Der Mann trug eine Waffe am Gürtel. Hinter ihm standen mehrere Lastwagen, dazwischen rannten Männer hin und her, manche waren wegen der Belichtungsdauer leicht verschwommen. Zwei von ihnen trugen eine offenbar schwere Kiste zur Ladefläche eines der Lkws.

Am Citroën, an dessen Kühler der Mann mit dem Panamahut lehnte, war ein schwarzes Nummernschild mit weißen Ziffern montiert. Ein französisches? Die Wissenschaftlerin machte sich im Geist eine Notiz. Sie war keine Expertin für internationale Autokennzeichen.

Auch wenn auf den ersten Blick keine Einheimischen zu sehen waren, die Umgebung jedenfalls, die Vegetation und die Bäume, sprachen für ein heißes, südliches Land.

War das Foto am Kai aufgenommen? Stand die Verladung in irgendeinem Zusammenhang mit dem geheimnisvollen Schiff, das unter Umständen links vom Fotografen, außerhalb des Bildausschnittes, an der Kaimauer vertäut war?

Siegberth hätte zu gerne den Bug gesehen. Da wäre der Name klar und deutlich zu lesen gewesen.

Konstantinos trat wieder auf die Terrasse, seinen Tabletcomputer in der Hand. »Wenn man Victor Sch im Internet sucht, findet man zuerst »Victor Central School District« in den Vereinigten Staaten, dann eine Senior High School, ein Museum Victor Schœlcher auf Guadeloupe, und dann, hmm, einen Victor Schoelcher im französischen Wikipedia.«

Die Wissenschaftlerin horchte auf. »Der Name Schoelcher sagt mir etwas«, murmelte sie. »War das nicht der Politiker, der die Sklaverei in Frankreich abgeschafft hat?«

Der Grieche nickte. »Geboren in Paris 1804, aber seine Eltern stammen aus dem Elsass. Sie hatten also recht. Schoelcher war französischer Staatsmann und Gegner der Sklaverei in den Kolonien. Das erklärt auch das Museum auf Guadeloupe.«

»Also hieß das Schiff ›Victor Schoelcher‹«, meinte Siegberth zufrieden, während Konstantinos bereits den Begriff in die Suchmaschine eingab.

»Es war genauer gesagt ein Hilfskreuzer«, murmelte ihr Gastgeber, »daher das Geschütz auf dem Achterdeck.«

Er öffnete zwei Webseiten und las interessiert. Schließlich ließ er das iPad sinken, nahm die Abzüge mit der Victor Schoelcher zur Hand, sah sie mit ganz neuen Augen. Dann holte er den Bilderstapel mit den Wüstenfotos aus der Schachtel und betrachtete sie schweigend.

Natürlich! Sein Instinkt hatte ihn von Anfang an nicht getrogen. Und Cannotier in seinem Tagebuch nicht gelogen. Konstantinos hatte Siegberth in Wolof aus gutem Grund einige Passagen vorenthalten, auch wenn sie sie nicht lesen konnte. Und jetzt – die Schoelcher und ihre Fracht.

So war es also gewesen. Alphonse Cannotier hatte tatsächlich recht gehabt.

Terribilis est locus iste.

Konstantinos begann langsam die Zusammenhänge zu verstehen ...

**Militärflughafen Duxford,
Imperial War Museum / England**

Die drei Sternmotoren der Ju52 brummten vertrauenseinflößend gleichmäßig.

John Finch saß entspannt im Co-Pilotensitz und ging mit Amber die letzten Punkte des Preflight-Checks durch. Die Frau mit den kurz geschnittenen dunkelblonden Haaren und dem schmalen Gesicht, in dem große braune Augen skeptisch in die Welt blickten, war vor etwas mehr als fünfzig Jahren in London zur Welt gekommen. Ihre Eltern, weitgereiste Diplomaten im Dienst der Krone, hatten es keineswegs lustig gefunden, als sich ihre Tochter lieber einen Werkzeugkasten als ein Puppenhaus zu Weihnachten wünschte und nach der Bescherung

Anstalten machte, den familieneigenen Mini in alle Einzelteile zu zerlegen.

Doch Amber war ein genialer Sturkopf, beendete die Schule ein Jahr früher als vorgesehen und dachte trotzdem nicht daran, sich an der Universität einschreiben zu lassen. Viel lieber trampte sie nach Duxford, sah den alten Mechanikern bei der Restaurierung von Lancaster Bombern und Sternmotoren über die Schulter und war hartnäckig und hübsch genug, um rasch auf die andere Seite der Absperrung zu gelangen. Bald waren ihre Hände schwarz vom Öl, ihre Nägel abgebrochen und sie glücklich.

Anders ihr Vater.

Sir Arthur Rains war »not amused«, drohte mit Enterbung und sprach von Jugendflausen, die er seiner Tochter rasch austreiben würde. Was damit endete, dass Amber ihre Koffer packte, aus dem Haus in Mayfair aus- und in eine kleine Pension in Duxford einzog, jeden Tag an den alten Maschinen schraubte und bald in einem der Restaurierungsbetriebe als Lehrling aufgenommen wurde. Ihr Chef merkte schnell, dass er ein Naturtalent vor sich hatte und unterstützte sie nach allen Kräften. Er zahlte ihr sogar die Pilotenausbildung, die sie in Rekordzeit absolvierte und mit Bravour bestand.

Ihr Vater sprach nicht mehr mit ihr, ihre Mutter versuchte zu verstehen und überwies Amber jeden Monat ein wenig Geld. Als ihre Eltern an die Botschaft nach Algier versetzt wurden, machte Amber ihre Gesellenprüfung und, begabt wie sie war, wenig später ihren Meister.

Dann ging auch sie nach Afrika – einerseits, um mit diesem Schritt ihren Vater zu versöhnen und näher bei ihren Eltern zu sein, andererseits, weil ihr nach einer missglückten Beziehung und den damit verbundenen tränenreichen Szenen ein Ortswechsel reizvoll erschien. So lief eines Tages eine blasse, übernächtigte Amber Rains in Kairo, an der Bar des Savoy-Continental, einem gewissen John Finch über den Weg. Der, nach etlichen Flaschen Sakkara-Bier und einigen Gläsern Single-Malt in leichter Schräglage, suchte für einen Flug tags darauf nach Gabun einen Co-Piloten. Als Amber ihm klarmachte, dass er ihn gerade gefunden hatte, willigte Finch achselzuckend ein. Später behauptete er immer wieder wenig charmant, dass er in diesem promilleträchtigen, illuminierten Zustand selbst einen Gorilla engagiert hätte.

Von da an waren die beiden unzertrennlich, flogen mit einer alten DC3, die Finch gekauft hatte und die Amber in der Luft hielt, bis nach Kapstadt und Tansania, transportierten Waffen und Flüchtlinge, Diamanten und Soldaten, Schmuggelwaren und Hilfsgüter der Vereinten Nationen. Sie waren ein eingespieltes Team, am Boden und in der Luft. Für einige Jahre waren sie ein Paar, doch dann entschloss sich Amber spontan nach einem der unzähligen schiefgegangenen Versuche, sich mit ihrer Familie auszusöhnen, wieder nach Duxford zurückzukehren.

Finch akzeptierte ihren Entschluss und legte ihr nichts in den Weg. Er wusste, wie schwer es war, den Afrikavirus loszuwerden.

Zwölf Monate später, die ein einziges emotionales und wirtschaftliches Fiasko gewesen waren, kehrte auch Finch Afrika den Rücken und ging nach Brasilien. Doch das war nun auch schon ein paar Jahre her.

Die dunkelgrüne, sechzehnsitzige Passagiermaschine der Amicale Jean-Baptiste Salis, an deren Steuer Amber Rains nun saß, war in einem makellosen Zustand. Finch sah sich im Cockpit um und nickte anerkennend.

»So gut wie neu. Besser als bei der Auslieferung durch die Junkers-Werke«, stellte Amber stolz fest, als könne sie Finchs Gedanken lesen. »Wir haben nur das Feintuning der drei BMW-Motoren gemacht, alles andere hat der Verein in jahrelanger Restaurierungsarbeit selbst hinbekommen. Hut ab, die haben ganze Arbeit geleistet.«

Sie löste die Bremsen, und die Ju52 rollte langsam in Richtung Startbahn. »Der Tower ist heute extra für diesen Flug besetzt worden. Ich fliege die Tante Ju zurück nach La Ferté-Alais und schließe gleich einen Kururlaub in Paris an. Louvre und Montmartre, Shopping in den Galeries Lafayette, im Faubourg St. Honoré, das volle Programm.«

Amber Rains lachte. »Braucht man ab und zu, sonst kommt man aus den Tiefen der englischen Provinz niemals zurück ins Leben. Aber wem sag ich das?«

Finch lehnte sich zurück und genoss den Klang der alten Motoren, den Geruch in dem Cockpit und das Gefühl des dünnen Steuerrads in seinen Händen.

»Ich bewundere dich«, sagte er schließlich zu Amber. »Nach meinem Abschied aus England hätte ich um nichts auf der Welt wieder zurückkommen wollen. Und jetzt? Kaum bin ich hier, laufe ich schon wieder davon.«

»Steckt ihr in großen Schwierigkeiten?«, wollte Amber wissen.

»Tiefer als du es jemals erleben möchtest«, antwortete Finch. »Frag lieber nicht. Und – danke für den Flug.«

»Ich hab euch niemals gesehen. Auf jeden Fall stellt hier in Duxford niemand Fragen, und in La Ferté-Alais wird es auch keine geben«, versicherte ihm die Pilotin. »Kein Zoll, keine Polizei. Höchstens ein paar Schaulustige, aber wir landen in Frankreich zur Abendessenszeit auf einer Graspiste in der Provinz. Also werden wahrscheinlich nicht einmal Neugierige kommen.«

Die Ju52 hatte den Beginn der Startbahn erreicht, und der Tower gab kurz angebunden die Startfreigabe und wünschte einen guten Flug über den Kanal. Amber Rains schob die drei Gashebel nach vorne, die Motoren dröhnten auf, und die Junkers setzte sich gemächlich in Bewegung.

»Wir haben rund 430 Kilometer und damit zwei Flugstunden vor uns«, meinte sie lächelnd. »Erwarte keine Geschwindigkeitsrekorde von der alten Dame. Sie hat bereits einige Einsätze auf dem Buckel, ist bis 1976 als Transportflugzeug bei der Spanischen Luftwaffe geflogen. Die Franzosen haben sie 1990 in einem schlechten Zustand gekauft und sofort mit einer Totalrestaurierung begonnen. Über die Jahre haben wir immer wieder mit Rat und ein paar Ersatzteilen ausgeholfen. So lernt man sich kennen.«

Als sie die Junkers bei 120 km/h hochzog, erhob sie sich langsam und behäbig in die Luft. Nach dem Flug mit dem Harrier Jet erschien Finch nun alles in Zeitlupe abzulaufen. Die grünen Quadrate der Wiesen um Duxford wurden nur ganz allmählich kleiner.

»Der Anstrich entspricht den Originalfarben jener Ju5, die 1942 an der Invasion von Kreta beteiligt waren, die drei Motoren sind noch original BMW«, stellte Amber Rains fest. »Jeder von ihnen hat siebenundzwanzig Liter Hubraum und knapp siebenhundert PS. Das genügt für einen Spaziergang durch die Lüfte allemal. Aber Kreta war kein Spaziergang. Von den fünfhundert eingesetzten Ju52 kam nur die Hälfte zurück.«

Finch stellte den Kurs ein, warf einen kurzen Kontrollblick auf die

Instrumente und zweifelte nicht daran, dass die langsamen Transportmaschinen mit ihrer menschlichen Fracht damals ein einfaches und lohnendes Ziel der englischen Flugabwehr gewesen sein mussten.

»Aber die Ju war ja auch nicht für einen Militäreinsatz entworfen worden«, erklärte Amber. »Vor dem Krieg war sie die erste Großserienmaschine, die für den Passagierdienst produziert wurde. Ein Verkaufsschlager. Man exportierte sie in fünfundzwanzig Länder, drei Viertel der Lufthansaflotte bestanden damals aus Ju52, dem sichersten Flugzeug seiner Zeit. Selbst bei Bruchlandungen.«

»Planst du eine?«, fragte Finch grinsend.

»Niemals! Dann bringen mich die Jungs vom Verein auf der Stelle um!«, lachte Amber Rains. »Außerdem bist du ja heute mein Co-Pilot. Was soll da schon groß passieren?«

»Dein Co wird dich jetzt verlassen«, antwortete Finch, »und nach den Passagieren schauen.« Er stand auf und glitt hinter dem Steuerrad hervor. »Du kennst den Weg über den Kanal sicher im Schlaf. Ruf einfach, wenn du mich brauchst.«

Damit verließ er das enge Cockpit und ging nach hinten in den Passagierraum. Salam, der sich einen der bequemen Ledersessel auf der linken Seite ausgesucht hatte, schlief tief und fest. Llewellyn saß weiter hinten im engen Rumpf und betrachtete durch die flachen Seitenscheiben, die ein wenig an Zugfenster erinnerten, die englische Landschaft.

Die Schatten der Hecken und Bäume wurden länger.

»Keine Hektik und kein Gedränge. Das war noch Reisen im besten Sinne«, stellte der Major fest, stand auf und streckte sich vorsichtig, um nicht mit dem Kopf an die Decke der Kabine zu stoßen.

»Diesmal ist es vor allem dezent und unauffällig«, stimmte ihm Finch zu. »Wir sind durch die Netze des MI6 geschlüpft, und wir werden genauso unerkannt in Frankreich ankommen. Aber ich mache mir Gedanken über unseren weiteren Weg. Salam verlässt sich auf uns, und ich habe jenseits des Kanals keinerlei Kontakte. Außerdem ist es für die britischen Agenten nur ein Katzensprung bis auf den Kontinent. Wer immer auch hinter uns her ist, er wird nicht gerade glücklich sein über die Leiche im Liftschacht und seine Anstrengungen verdoppeln. Und was Compton betrifft …«

Llewellyn winkte ab. »Der kann auf sich selbst aufpassen. Peter ist mit den Regierenden in diesem Land per Du. Sie brauchen ihn. Wenn er einmal hustet, dann sorgt sich das halbe Kabinett und bestellt Hustensaft.«

»Das meinte ich nicht«, widersprach Finch. »Compton hat ganz richtig festgestellt, dass wir Salam niemals hätten nach England bringen dürfen. Wir haben ihn aus den Klauen der ISI befreit, um ihn der geheimnisvollen Gruppe innerhalb des MI6 direkt auf einem Tablett zu servieren. Großer Fehler.«

»Den wir gerade dabei sind wiedergutzumachen«, gab Llewellyn zu bedenken.

»Einerseits«, stellte Finch fest. »Andererseits werden wir Antworten auf Fragen finden müssen, wenn es irgendeine Zukunft für Salam geben soll. Er kann nicht sein Leben lang davonlaufen, vor wem auch immer.«

Der Major blickte nachdenklich nach vorn zu dem schlafenden Chief Inspector.

»Welches Interesse hatte die englische Truppe tatsächlich daran, den alten Kalash zu töten?«, fragte Finch. »Dass die ISI gerne aufs Trittbrett gesprungen ist, kann ich verstehen. Politisches Interesse, reines Kalkül. Aber was genau hat die Kommandoeinheit im Hochtal gesucht? Und was hat sie gefunden? Was hat sie von Juan erfahren, bevor er starb? Hat er ihnen erzählt, was sie wissen wollten? Um mit Compton zu sprechen – was ist es, das die Engländer in Chitral interessierte und das nie ans Licht kommen sollte?«

»Wir fragen uns stets dieselben Dinge«, brummte Llewellyn unzufrieden. »Wir sind noch immer keinen Schritt weiter und drehen uns im Kreis. Seit ich euch in Tiflis am Flughafen getroffen habe, ist das Bild immer unschärfer geworden. Selbst Peter war nicht schlauer als wir. Oder er hat sich brillant verstellt.«

»Wenn du jemanden befragst und das erfährst, was dich interessiert, was machst du dann?« Finch sah Llewellyn neugierig an.

Der überlegte keine Sekunde. »Ich nütze die Information und ziehe los, wohin auch immer. Jede weitere Minute mit Warten zu verbringen, wäre eine unnütze Verzögerung.«

»Richtig«, nickte Finch. »Warum dann der Einbruch in deine Wohnung? Warum der Einsatz bei Compton? Wir waren noch keine Stunde bei ihm, da klingelten sie auch schon an der Tür. Wenn nur das Auftauchen von Salam in England der Auslöser gewesen wäre, dann hätten sie ein wenig länger gebraucht. Nachricht, Besprechung, Abwägung, dann erst der Einsatz und Zugriff. Der MI6 ist immer noch ein staatlicher Geheimdienst voller Beamter. Deshalb wette ich, dass sie von unserer Ankunft erst erfahren haben, als sie bereits auf dem Weg in die Charlotte Road waren. Der perfekte Vorwand, um bei Compton zu klingeln und mit der Tür ins Haus zu fallen.«

Llewellyn runzelte die Stirn, kniff die Augen zusammen und musterte Finch aufmerksam. »Peter hat recht. Wir hätten dich schon vor langer Zeit rekrutieren sollen.« Er trommelte mit den Fingern auf die Lehne des Sitzes und überlegte. »Gut, entwickeln wir eine Hypothese. Nehmen wir einmal an, der weise Mann hat nichts verraten, selbst nachdem sie ihm beide Hände abgehackt hatten. Vielleicht wurde er bewusstlos, vielleicht blieb er hart, vielleicht starb er unter ihren Händen. Möglicherweise verfluchte er sie, bevor er die Augen für immer schloss. Wir haben in meinem Stiegenhaus erlebt, dass die Feen auch hier mitten unter uns sind – und sie sind in der Tat gnadenlos.«

Er warf einen respektvollen Blick zu Salam, der nach wie vor fest schlief.

»Frustriert zerstörten sie seine letzte Skulptur, legten einen Brand, um die Spuren zu verwischen und verschwanden wieder. Bevor sie in die wartenden Geländewagen einstiegen, ließen sie das Kaugummipapier zurück. Konnte nichts schaden, wenn es auch nichts nützte. Mission gescheitert, alles umsonst. Zurück nach England.«

»Was die ISI seinerseits nicht viel kümmerte«, setzte Finch fort. »Der Geheimdienst sah seine Chance, die Oberhand in einem Gebiet zu gewinnen, das schon seit langem auf seiner Liste stand: das letzte halbwegs sichere Stück der Grenze zu Afghanistan. Das hat uns Salam eindrucksvoll klargemacht auf dem Flug nach London. Der alte Mann war tot, der Chief Inspector auf der Flucht, der Provinzgouverneur vielleicht ein Sympathisant des Geheimdienstes. Mit allen anderen würde man fertig werden. Dem politischen Erdrutsch in den Northwest Territories stand nichts mehr im Wege.«

»Bisher passt alles zusammen«, gab Llewellyn zu. »Wir kommen den Antworten näher. Die Kommandogruppe kehrt heim nach England, leider ohne Ergebnisse. Die Informationen, die sie im Hochtal bei Chitral gesucht hatten, haben sie nicht gefunden. Sie standen wieder am Anfang.«

»An welchem Anfang?«, warf Finch ein. »Wer oder was hat sie überhaupt dazu bewogen, nach Pakistan zu fliegen? Was immer es war, es müssen verlockende Aussichten gewesen sein.«

»Geld, Macht, Ruhm und Ehre?« Llewellyn wiegte den Kopf. »In einem gottverlassenen Hochtal im Hindukusch? Glaubst du nicht, du übertreibst?«

»Wie auch immer«, meinte Finch. »Gehen wir weiter chronologisch vor. Dieselbe Gruppe bricht kurz nach ihrer Rückkehr in deine Wohnung ein, stellt alles auf den Kopf und sucht ganz klar etwas. Hängt es mit dem missglückten Einsatz im Hindukusch zusammen?«

»Der Typ, der plötzlich bei mir im Bad stand, sagte in etwa ›behalten Sie Ihre Kröten, hier geht es um viel mehr‹«, erinnerte sich der Major. »Er wartete eindeutig auf jemanden, schaute immer wieder auf die Uhr. Wollten die nochmals mit dem Feinkamm durch die Wohnung gehen, nachdem sie beim ersten Mal nichts gefunden hatten?«

»Ziemlich wahrscheinlich, sie waren also noch immer auf der Suche nach den Informationen«, gab Finch zu bedenken. »Was allerdings heißen würde, dass deine Wohnung irgendwie mit dem alten Kalash zusammenhängt.«

»Das ist mir zu abenteuerlich.« Llewellyn schüttelte den Kopf. »Tut mir leid, jetzt hast du mich verloren. Da ein Bildhauer im Norden Pakistans, hier eine Wohnung in Haymarket. Da wäre selbst unser altes Genie Peter Compton überfordert.«

»Und genau das glaube ich nicht«, wandte Finch ein. »Niemand von der Gruppe ahnte, dass Compton über die Vorgänge in Pakistan Bescheid wusste. Der Aufmarsch in der Charlotte Road war scheinbar als offizieller Besuch geplant. Nach dem Prinzip – konsultieren wir die graue Eminenz. Es war Schritt drei auf ihrer Liste. Erst Shah Juan, dann deine Wohnung, dann Compton. Sie hatten zwar beobachtet, dass du bei ihm zu Besuch warst, aber sie wussten nichts von Phönix' Anruf. Also dachten sie, nach der Pleite im Hindukusch und nach der erfolglosen Suche in deiner Wohnung: Vielleicht weiß der alte Fuchs mehr.

Doch dann kamen wir ihnen wieder einmal in die Quere. Plötzlich war klar, dass Compton informiert war und die Gruppe wusste, dass er wusste. Zugzwang. Alles, was ihnen noch blieb, war, rasch einen Van voller Handlanger zu organisieren und Stärke zu demonstrieren.«

Llewellyn pfiff leise durch die Zähne. »Passt alles, nahtlos und ohne Frage. Jetzt sind sie nicht nur ratlos, sondern auch wütend. Haben nichts in meiner Wohnung gefunden, dafür einen Toten im Liftschacht. Haben kein Wort aus Shah Juan herausbekommen, dafür ist Phönix in England. Und der alte Peter würde sich eher die Zunge abbeißen, als ihnen irgendetwas zu verraten. Was bleibt ihnen jetzt noch?«

»Mich umzubringen.«

Finch und Llewellyn fuhren herum. Vor ihnen stand ein müder Shabbir Salam, der sich den Schlaf aus den Augen rieb. »Die können mich nicht leben lassen, ebenso wenig wie die ISI. Ich weiß zu viel. Also werden sie sich an meine Fersen heften. Wenn sie schon nicht gefunden haben, was sie gesucht haben, dann müssen sie jetzt die losen Enden kappen, um die Aktion so gut es geht zu vertuschen.«

»Aber in der Zwischenzeit wissen auch Compton und wir davon«, entgegnete Finch.

»Nur aus meinen Erzählungen«, schränkte Salam ein. »Ich aber war Augenzeuge, vor Ort, und noch dazu in offizieller Mission. Wenn ich nicht mehr lebe, dann haben sie ihr größtes Problem aus der Welt geräumt.«

»Dann werden diese Versager uns beide gleich mit beseitigen müssen, und das wird ihnen nicht gelingen«, brummte Llewellyn. »Aber noch ist es nicht so weit. Nachdem unser Sherlock Holmes der Lüfte hier eine wirklich verblüffende Theorie aufgestellt hat und ich beim besten Willen nicht weiß, was man in meiner Wohnung finden könnte, selbst wenn man in den Abflussrohren nachschaut, bleiben uns vorläufig nur die Kalash. Mit Peter Compton können wir nicht telefonieren, also ...«, er sah den Chief an. »Was könnte Juan gewusst haben?«

»Glauben Sie, darüber hätte ich mir nicht schon Dutzende Male den Kopf zerbrochen?« Salam hielt sich an der Griffstange des Gepäcknetzes fest, als die Ju52 durch einige Turbulenzen flog. John Finch sah aus dem Fenster und erkannte den Küstenstreifen, der unter ihnen hinwegzog.

Sie waren über dem Kanal angelangt.

»Wir haben noch etwas mehr als eine Stunde Flugzeit«, informierte Finch Llewellyn und Salam, »bevor wir auf einem kleinen, privaten Flugfeld landen, ähnlich dem von Duxford. Es ist der Heimatflughafen dieser Ju52 und liegt rund fünfzig Kilometer südlich von Paris. Keine Kontrollen, kein großer Bahnhof, Graspiste. Wir steigen aus, und Amber liefert das Flugzeug bei der Amicale ab. Dann stürzt sie sich in den Pariser Einkaufsstrubel.«

»Beneidenswert«, murmelte der Major. »Sucht sie noch einen Begleiter, der ihr die Pakete und Einkaufstüten trägt auf dem Weg von den Boutiquen zurück ins Hotel?«

»Und wenn ja, dann wäre es vermutlich ein reicher, gut aussehender Flugzeugbesitzer und kein ehemaliger Geheimagent seiner Majestät, der auf der Flucht ist und meist zu Fuß geht«, ätzte Finch. Dann wandte er sich wieder an Salam. »Und was ist bei diesen Überlegungen herausgekommen?«

»Ehrlich gesagt, nichts.« Der Chief zuckte die Schultern. »Vielleicht habe ich etwas völlig Offensichtliches übersehen.«

»Genau das müssen wir herausfinden«, bestätigte Llewellyn grimmig. »Bis zur Landung haben wir noch ein wenig Zeit. Fangen wir also bei den Kalash und Shah Juan an. Er war ein Künstler, der die Legenden und Mythen seines Volkes in seine Werke verpackte. Richtig?«

Salam nickte. »Aber auch ein gemäßigter und liberaler Politiker der Region, ein Fürsprecher der Kalash, ein weltgewandter Redner und guter, verlässlicher Freund.«

»Aber man hat ihm die Hände abgehackt.« Finch dachte laut nach. »Man wollte ihn nicht am Reden hindern, sondern daran, sein aktuelles Werk zu vollenden. Oder ein weiteres zu beginnen.«

»Der Tradition der Kalash nach wird das geheime, höchste Wissen weder niedergeschrieben noch erzählt. Es wird verschlüsselt«, erklärte Salam. »Juan wählte seine Figuren, um so das Wissen der Kalash weiterzugeben. Andere hätten vielleicht Stoffe, Bilder oder Teppiche gewählt.«

»Als wahrer Eingeweihter seines Volkes konnte er also das Geheimnis gar nicht preisgeben«, stellte Llewellyn grimmig fest. »Schon gar nicht an Fremde. Wenn sich diese Ignoranten vorher schlau gemacht hätten, wären sie zu Hause geblieben, anstatt der ISI in die Hände zu spielen und unverrichteter Dinge wieder abzuziehen. Was für eine Blamage. Der Inbegriff einer dilettantischen Aktion!«

»Das kann doch nicht so schwer sein! Es geht um ein paar Hundert Menschen, verteilt auf drei Hochtäler im Hindukusch!« Die Frustration war aus Finchs Stimme klar herauszuhören. »Was um Gottes willen sucht eine Handvoll britischer Geheimdienstagenten so Wichtiges bei denen?«

Er schlug mit der flachen Hand auf die Sitzlehne vor ihm.

Alle drei Männer schwiegen, in Gedanken versunken, während Amber die Ju52 in eine leichte Linkskurve legte. »Wir überfliegen gleich die französische Küste!«, rief sie aus dem Cockpit. »Vor uns liegt Dieppe.«

Das Dröhnen der Motoren der alten Maschine hatte etwas unerhört Beruhigendes. Finch sah aus dem Fenster auf die Hafenstadt mit ihren langgestreckten Docks hinunter, die langsam unter ihnen hinwegglitt. Irgendwo musste es doch eine Lösung geben!

»Unter Umständen hängt es mit der Geschichte der Kalash zusammen, und wir sehen den Wald vor lauter Bäumen nicht«, meinte Salam schließlich leise.

Finch ließ sich in einen der Sitze fallen und seufzte. »Kann ich mir zwar nicht vorstellen, aber lasst es uns versuchen. Juan hat Ihnen immerhin einiges erzählt, also wissen Sie sicher mehr als wir.«

Der Chief Inspector dachte kurz nach, dann begann er zu erzählen. »Die Kalash und ihre Kultur sind einzigartig und unterscheiden sich gänzlich von den verschiedenen ethnischen Gruppen, die rund um sie leben. Sie haben ein polytheistisches Weltsystem aufgebaut, in dem die Natur eine wichtige Rolle spielt. Die noch verbliebenen Kalash leben in drei Hochtälern bei Chitral. Ihre Mythologie und Folklore wurde immer wieder mit der des alten Griechenlands verglichen.«

»Griechenland?« Llewellyn runzelte die Stirn. »Etwas weit hergeholt, scheint mir.«

»Nicht unbedingt«, fuhr Salam fort. »Anthropologen sind von den Wurzeln der Kalash fasziniert. Es gibt in den drei Hochtälern überdurchschnittlich viele Menschen mit blonden Haaren, heller Haut und grünen oder leuchtend blauen Augen. Ihre Sprache gehört zur indoiranischen Sprachgruppe. Den Legenden und ihrer Tradition nach bezeichnen sich die Kalash als Nachfahren von Alexander dem Großen.«

John Finch sah Salam verblüfft an. »Wir reden von *dem* Alexander den Großen? Dem jungen König, genialen Feldherren und Eroberer?«

Der Chief Inspector nickte. »Die Kalash behaupten, sie seien die letzten Nachfahren jener Krieger, die Alexander auf seinem großen Indienfeldzug begleitet hatten, bis in den Punjab vordrangen und in der Stadt Alexandria, die heute Uch Sharif heißt, zurückgelassen wurden. Alexander musste heimkehren, versprach aber seinen Getreuen, wiederzukommen und den Eroberungsfeldzug in Asien weiterzuführen. Doch nur wenig später starb er im Alter von dreiunddreißig Jahren in Babylon, vermutlich wurde er vergiftet.«

»Und kehrte daher nie mehr zurück«, ergänzte Llewellyn ironisch.

»Seine Krieger wanderten mit den Jahrhunderten nordwärts, vielleicht aus politischen Zwängen, angefeindet durch jene Stämme, die sie unterworfen hatten, bis in den abgelegenen und menschenleeren Hindukusch.« Er schüttelte den Kopf. »Eine nette Geschichte, die auf Legenden, Mythen und Märchen basiert. Aber nichts Handfestes.«

»Vielleicht doch nicht ganz«, gab Salam zu bedenken. »2002 fanden Forscher heraus, dass die Beimischung von griechischen Y-Chromosomen bei den Kalash ungewöhnlich hoch war, etwa zwischen zwanzig und vierzig Prozent lag, und dafür konnte bis heute niemand eine Erklärung liefern.«

»Faszinierend. Vielleicht ist also doch etwas Wahres an den Überlieferungen.« Finch putzte gedankenverloren seine Sonnenbrille, bevor er sie wieder aufsetzte. »Und Shah Juan wusste natürlich von den Legenden um den Ursprung der Kalash.«

»Sie waren die Grundlage seines künstlerischen Werks«, bestätigte Salam. »Seine Holzfiguren tragen seltsame phrygische Mützen, sitzen auf Pferden und schwingen altertümliche Waffen.« Er zog das kleine Stück Stoff aus seiner Hemdtasche, das er nahe der Hütte aus dem Gebälk des Vordaches gerettet hatte. »Und dann ist da noch der Beschützer, die legendäre Figur der Kalash. Viele nehmen an, er stelle eigentlich Alexander dar, der für immer über sein verlorenes Volk wacht.«

»Antike griechische Siedler in Pakistan, Alexander der Große und der MI6? Da habt ihr aber einen großen Bogen geschlagen.« Llewellyn schien keineswegs überzeugt.

Das Brummen der Motoren veränderte sich, und Amber rief aus dem Cockpit: »Ich gehe ein wenig tiefer wegen des internationalen Flugverkehrs auf den Pariser Flughäfen. Beginne mit dem Landeanflug in einer halben Stunde!«

»Gibt es sonst irgendetwas Wissenswertes, wenn es um die Kalash geht?«, wollte Finch wissen.

Salam schüttelte den Kopf. »Eine Minorität inmitten einer islamischen Gesellschaft, die sie seit jeher ein wenig herablassend behandelt. Die Kalash haben keine Reichtümer, keine Schrift, keine großen Städte und keinen politischen Einfluss. Sie kämpfen zahlenmäßig ums Überleben, werden immer weniger. Irgendwann werden sie ganz verschwunden sein, aufgegangen in der islamischen Gesellschaft, die sie umgibt.«

»Dann kann es nur die Legende um ihren Ursprung sein, die das Kommandounternehmen in den Hindukusch gebracht hat«, entschied Llewellyn. »Alles andere ergibt keinen Sinn.« Dann fügte er leise dazu: »Das aber auch nicht unbedingt ...«

John Finch erhob sich und trat in den Gang zu den beiden anderen. »Alexander der Große. Fiona kommt nach Kairo, und Sparrow wartet in einem Hotelzimmer in Alexandria auf mich. Wenn das kein Fingerzeig ist. Wir fliegen nach Ägypten.«

»Wie bitte?« Der Major sah ihn verblüfft an. »Was soll das werden? Eine Odyssee?«

»Ich erinnere mich an einen Agenten des Geheimdienstes seiner Majestät, der versprochen hat, mir zu helfen, wenn ich für ihn Phönix aus Pakistan heraushole«, sagte Finch schmunzelnd. »Ich habe meinen Teil des Deals eingehalten, und nun ist es so weit. Phönix ist außer Landes, mit uns auf der Flucht vor dem MI6 und auf der Suche nach einem sicheren Platz für die nächsten Tage. In Alexandria liegt noch immer Amina Mokhtar nach einem unaufgeklärten Anschlag in einer Klinik und kämpft um ihr Leben. Wir könnten also zwei Fliegen mit einer

Klappe schlagen. Ägypten ist fürs Erste weit genug weg von England, und gemeinsam finden wir sicher heraus, was sich in der Bibliotheca Alexandrina tatsächlich abgespielt hat.«

Salam blickte verwirrt von einem zum anderen. »Ägypten? Anschlag?«, murmelte er.

»Mir widerstrebt es, vor diesen Anfängern davonzulaufen«, brummte Llewellyn. »Ich würde sie lieber heute als morgen aufmischen. Vielleicht hat Peter sie ja schon alle aus dem Verkehr ziehen lassen.«

»Vielleicht aber auch nicht«, erwiderte Finch trocken. »Willst du das Risiko eingehen? Dann lebt Phönix unter Umständen nicht mehr lange genug, um mit dem Finger auf die Schuldigen zu zeigen. Was den Anschlag auf Dr. Mokhtar betrifft, so nehme ich ihn persönlich. Aber du kannst gerne das Luxusleben in Paris genießen, Amber wird dich mit Freude mitnehmen. Und den Chief Inspector können wir in der Luftaufsichtsbaracke in La Ferté-Alais unterbringen, bis die Kavallerie aus London unsere Spur aufgenommen hat. Also spätestens morgen, wenn sie zwei und zwei zusammenzählen, bei Compton über den Zaun steigen, dann die Videobilder der Autobahnkameras auswerten und den Audi im Hangar von ARC finden. Denkt drüber nach, ich muss zurück ins Cockpit.«

---

17. Juni 1940, Hafen von Lorient, Bretagne / Frankreich

Die Transporte rollten ununterbrochen, einen ganzen Tag lang und bis spät in die Nacht hinein.

Aus dem alten Arsenal der französischen Hafenstadt brachte ein Dutzend Lkws unter schwerer Bewachung stets neue Kisten an die Docks des Hafens, wo sie unter freiem Himmel gestapelt wurden wie die Klötze eines überdimensionalen Steinbaukastens. Gruppen nervöser Soldaten patrouillierten schwer bewaffnet, sperrten die Kais und beteten zum Himmel, dass sie diesen Einsatz überleben würden.

Doch vom Himmel kam das Verderben.

Die vorrückenden deutschen Truppen, nur mehr weniger als hundert Kilometer entfernt, hatten Rennes eingenommen und flogen immer wieder aufs Neue Angriffe auf den wichtigsten Hafen im Westen Frankreichs. Das Pfeifen der fallenden Bomben, die Explosionen und das Rattern der Maschinengewehre der Stukas untermalten die Transporte, die nur für wenige Minuten ins Stocken gerieten, bevor sie wieder aufgenommen wurden.

Es war keine Zeit zu verlieren.

Fregatten-Kapitän Moevus stand seit Stunden auf der Brücke des Hilfskreuzers Victor Schoelcher und beobachtete den Fortgang der Verladung. Vor einigen Stunden hatte die Nacht endlich gnädig ihr schwarzes Tuch über den Hafen von Lorient gelegt, und die deutschen Luftangriffe hatten aufgehört. Doch die Transporte waren immer weitergegangen, Kiste um Kiste hatte der riesige Kran in den Bauch des Hilfskreuzers gehievt.

Moevus klopfte mit den Handflächen ungeduldig auf die Reling. Er lebte noch, und sein Schiff schwamm noch, doch im Osten würde bald der neue Tag heraufziehen, und dann wären ihre Stunden gezählt.

»Die Deutschen haben die Gewässer vor dem Hafen vermint.« Sein Erster Offizier, eine Liste in der Hand, trat neben ihn und sah auf den Rest des Stapels am Kai, der bis auf ein paar Kisten fast völlig verschwunden war.

»Das war zu erwarten«, antwortete Moevus. »Wir haben viel zu lange geladen. Diese verdammten Kisten wurden und wurden nicht weniger.«

»Bisher mehr als tausend Stück«, murmelte der Erste Offizier und konsultierte seine Listen. »Bleiben noch neun Stück an Land.« Er schaute auf seine Uhr. »Fast zwei Uhr früh. In spätestens einer halben Stunde sollten wir die gesamte Fracht an Bord in den Laderäumen verzurrt haben und können auslaufen.«

»Ihr Wort in Poseidons Ohr.« Moevus spuckte ins Wasser. »Dieses Mal brauchen wir all unser Glück, sonst wird die Schoelcher die Reise nicht überleben. Und wir auch nicht.«

»Hier sind die Unterlagen, gegengezeichnet vom Admiral Penfentenyo, vom Direktor der Bank von Frankreich und dem polnischen

Beauftragten, Herrn Michalski.« Der Erste Offizier hielt Moevus das Dokument und eine Füllfeder hin. »Fehlt nur noch Ihre Unterschrift, Commandant.«

Moevus überflog die Zeilen im Licht der Brückenbeleuchtung. »Stimmt die Anzahl der Kisten?«

»Ja und nein«, gab der Erste Offizier zurück. »Insgesamt sind es 1208 Kisten, die verladen wurden und die in diesem Dokument festgehalten werden. Aber ...«

Der Kapitän blickte auf. »Ja?«

»Ein Lkw brachte am Nachmittag weitere einunddreißig Kisten aus Paris«, informierte der Offizier Moevus. »Zumindest behauptete das sein Fahrer, der die Frachtdokumente vorlegte. Die Anzahl jedenfalls stimmte, was allerdings Paris betrifft ...« Er zuckte mit den Schultern und deutete auf einen Schatten, der unbeweglich auf dem Kai stand und die Schoelcher fixierte. »Dieser Mann da drüben begleitete den Transport. Er hatte einen Brief dabei, den ich Ihnen geben soll.«

»Warum informieren Sie mich erst jetzt davon?« Moevus ergriff das Schreiben und riss das Kuvert auf, ohne seinen Ersten Offizier aus den Augen zu lassen.

»Weil er es mir erst vor wenigen Minuten ausgehändigt hat«, antwortete der Seemann und zuckte mit den Schultern.

»Wo sind die Kisten?«, erkundigte sich Moevus, während er den Brief entfaltete. Ein Siegel ganz oben auf dem Bogen sprang ihm ins Auge, ein Siegel, das ihm bekannt vorkam.

»Bereits verladen«, meldete der Erste Offizier und fügte entschuldigend hinzu: »Der Transportbefehl war ...«

Der Kapitän unterbrach ihn mit einer Handbewegung und bedeutete ihm, still zu sein. Für einen Moment waren nur das Quietschen des Hafenkrans und die Wellen, die gegen die Kaimauer klatschten, zu hören. Moevus las, und las noch einmal. Dann faltete er das Schreiben wieder zusammen und versuchte, mit zusammengekniffenen Augen die Dunkelheit zu durchdringen. Der Schatten stand noch immer bewegungslos am Kai, im gelblichen Licht einer einzelnen Lampe, nahe dem Heck der Victor Schoelcher.

Mit einem seltsamen Ausdruck, den der Erste Offizier nicht deuten konnte, nickte der Kapitän schließlich. »Es ist gut, lassen Sie ihn an

Bord gehen und geben Sie ihm die Gästekabine an Backbord.« Damit drehte er sich um und machte Anstalten, auf die Kommandobrücke zurückzugehen.

»Commandant? Ihre Unterschrift unter das Dokument bitte!«

Moevus kritzelte seine Initialen neben die anderen Unterschriften am Ende des Schreibens und gab es an seinen Ersten Offizier zurück.

»Noch etwas, mon Capitaine. Monsieur Michalski soll aufgrund eines Befehls der Regierung gemeinsam mit seinem Sohn an der Reise teilnehmen und die Ladung begleiten«, sagte der Erste Offizier. »Soll ich ihm die andere Kabine zuteilen?«

»Wenn das so weitergeht, dann können wir gleich eine Kreuzfahrt organisieren«, brummte Moevus ungehalten. »Sonst noch jemand? Die Mädels aus den Folies Bergère? Ein Bordorchester? Vielleicht ein paar Eintänzer?«

Ein Bote mit einer Mitteilung der Hafenkommandantur enthob den Ersten Offizier einer Antwort. Der Kapitän öffnete die Depesche. »Schon passiert«, meinte er missmutig, nachdem der Bote wieder die Brücke verlassen hatte. »Wir dürfen wegen der deutschen Minen nicht auslaufen. Weitere Befehle folgen im Laufe des Vormittags. Schließen Sie das Beladen ab, danach holen Sie sich eine Mütze Schlaf. Und beten Sie, dass uns keine deutsche Bombe auf den Kopf fällt. Lassen Sie vorsichtshalber alle Lampen am Kai löschen. Und bevor Sie in Morpheus Arme sinken, bitten Sie unseren Gast aus Paris in meine Kabine.«

Am Vormittag des 18. Juni war die Situation unverändert schlecht. Nur die Deutschen rückten stets weiter auf Lorient vor, wie die französischen Rundfunkstationen stündlich vermeldeten. Nachdem die Wehrmacht noch in den Nachtstunden Rennes ohne Widerstand eingenommen und die Stadt besetzt hatte, marschierte sie nun ohne Pause weiter westwärts. Nächstes Ziel: Guer, dann Lorient. Dazwischen die Bretagne ohne nennenswerte große Städte oder wichtige Ortschaften. Eine Spazierfahrt für die deutschen Panzer.

Moevus drehte die neueste Depesche des zuständigen Marinekommandanten in den Händen und blickte über den Hafen hinaus aufs Meer, das so ruhig aussah. Dann las er die letzten Zeilen nochmals. »Fluss von Lorient nicht von den Deutschen vermint, nur die Sicherheitszone vor der Mündung und der Insel Groix. Statt zu riskieren, die Victor Schoelcher im Hafen zu versenken und damit den Deutschen Stellen den Zugriff auf die Fracht in wenige Meter tiefen Gewässern zu ermöglichen, schlagen wir vor, auszulaufen und einen ungewöhnlichen Kurs so nahe wie möglich entlang der Küste zu nehmen. Eine andere Möglichkeit erscheint angesichts des überraschend schnellen Vorrückens der Deutschen Wehrmacht nicht realistisch.«

Und nun, dachte sich Moevus. Was nun? Warten und den Deutschen in die Hände fallen oder auslaufen und auf einer Mine nach wenigen Minuten die Fahrt beenden?

Oder gab es eine andere Lösung?

Der Erste Offizier unterbrach seinen Gedankengang. »Stimmt es, dass die Minenleger nur in sicherem Abstand von der Mündung gearbeitet haben?«, fragte er aufgeregt.

Moevus nickte zustimmend und reichte ihm die Depesche.

»Dann müssen wir ganz nah an Larmor-Plage entlang, bei Flut. Dann immer entlang der Küste, bis zum Port Foll. Leicht erkennbar am Leuchtturm von Kerroch, zwei Landzungen weiter. Da drehen wir westwärts aufs offene Meer und haben es geschafft. Dann müssten die verdammten Minen hinter uns liegen.«

Der Erste Offizier sah Moevus herausfordernd an. »Sie wissen, ich bin hier aufgewachsen, an Land und auf dem Wasser. Kein Problem, mon Capitaine. Übergeben Sie mir das Steuer, und ich bringe die Schoelcher sicher aufs offene Meer.«

»Oder geradewegs auf den Grund des Meeres, falls die Deutschen genau das vorhergesehen und die Küstengewässer gleich mit vermint haben«, murmelte Moevus unentschlossen. Er dachte nach. »Wann kommt die Flut?«

»Genau um zwölf Uhr mittags«, antwortete sein Offizier.

Moevus nagte an der Unterlippe. Schließlich nickte er. »Gut, geben Sie dem Marineoberkommando Bescheid, wir laufen um zwölf Uhr aus. Und Gnade uns Gott, Sie irren sich. Unser Leben liegt jetzt in Ihren Händen.«

Die Kirchen von Lorient läuteten die Mittagsstunde, als hinter der Victor Schoelcher das Wasser aufbrodelte und schäumte.

»Alle Leinen los!«, schallte es über den Kai, und die Schiffsdiesel brummten laut auf, während aus dem kurzen Schornstein dunkelgraue Schwaden in den blauen Himmel stiegen. Mit einem kurzen, tiefen Ton aus seinem Horn legte der Hilfskreuzer langsam ab. Niemand am Kai sah ihm nach, niemand winkte. Lorient bereitete sich auf die bevorstehende Ankunft der Deutschen Wehrmacht vor.

Die ersten weißen Fahnen flatterten bereits in den Fenstern.

Nur ein einsamer Beobachter stand an der Reling der Victor Schoelcher und sah nachdenklich auf die leeren Hafenanlagen, die langsam zurückblieben. Das Schiff vibrierte unter der Last der Motoren, und der schmächtige, kleine Mann hielt sich mit einer Hand fest, während die andere unter seinem leichten Sommermantel ein Amulett umklammerte. Besorgt blickte er zum Himmel.

Aus der Ferne ertönte bereits der Motorenlärm der nächsten anfliegenden deutschen Bomberstaffel.

In einer sonoren Klangwolke der drei BMW-Triebwerke schwebte die Ju52 majestätisch über einen kleinen Wald und senkte sich gemächlich auf die Landepiste. Amber zog die drei Gashebel zurück und setzte das historische Flugzeug seidenweich auf die unbeleuchtete Graspiste des Aérodrome Jean-Baptiste Salis.

»Bilderbuchlandung«, beglückwünschte Finch die Pilotin. »Du hättest mich überhaupt nicht gebraucht.«

»War trotzdem schön, wieder mal mit dir zu fliegen«, gab Amber zurück. »Die alten Zeiten sind schon so lange her, dass ich sie fast vergessen habe. Gegen unsere gemeinsamen Abenteuer in Kairo war alles, was danach kam, nur mehr bürgerliche Langeweile.«

»Ich weiß, aber damals haben wir jede Kerze an beiden Enden angezündet«, erinnerte sie Finch. »Wir sind immer am Limit geflogen und manchmal auch drüber hinaus. Und wir hatten verdammt viel Glück, dass es jedes Mal gutgegangen ist. Unser Schutzengel war glücklicherweise immer schneller als wir. Aber einmal, einmal geht es schief, wie du weißt. Du warst oft genug dabei. Wie lange wäre es tatsächlich gutgegangen? Über kurz oder lang wären unsere Namen auf der Liste der in Afrika vermissten Piloten gelandet.«

»Trotzdem war es die glücklichste Zeit meines Lebens«, gab Amber zurück und ließ die Ju52 vor einem der kleinen Hangars ausrollen, bevor sie die Benzinzufuhr kappte und die Zündung abstellte. »Aus unserem kleinen, aber eingeschworenen Haufen von Abenteurern wollte keiner mehr in ein normales Leben zurückkehren.«

»Und die wenigsten gingen tatsächlich zurück. Du warst eine Ausnahme.« Finchs Stimme hatte einen weichen Unterton. Er schnallte sich los. »Das Virus Nordafrika hatte uns gepackt, die Weite der Wüste und die grenzenlosen Möglichkeiten. Die Liebe zur Freiheit und die Unbekümmertheit der Jugend kamen dazu. Wer wollte schon Routine und Alltag? Afrika bot jeden Tag ein neues Abenteuer, und wenn eines vorbei war, dann bog schon das nächste um die Ecke.«

»Manchmal wollte ich, ich wäre geblieben«, meinte die Pilotin leise. »Wegen mir, wegen dir, wegen uns ...«

Finch schaute in die Ferne, in eine Vergangenheit, die nur er sah. Amber und er waren lange Jahre ein Paar gewesen, glücklich zwischen dem Cockpit und einem Hotelzimmer im Continental-Savoy, zwischen einer unsicheren Zukunft und der Verweigerung der Bürgerlichkeit. Doch irgendwann war aus der Liebe Freundschaft geworden, aus der Kür die Pflicht. So hatte Amber eines Tages ihre Koffer gepackt und das afrikanische Abenteuer und damit auch John Finch hinter sich gelassen, war zurück nach England gegangen und hatte versucht zu vergessen.

»Das hättest du wahrscheinlich nicht lange überlebt«, gab Finch schließlich zurück. »Mach dir keine Illusionen. Auch ich bin gegangen, später als du, Amber, aber am Ende doch. Von der alten Clique ist keiner mehr übrig, außer uns beiden. Wer nicht in der Wüste blieb, wer nicht einmal zu oft in Krisenherde flog und dann irgendwo zwischen Casablanca und Kapstadt verschwand, der wurde krank oder brachte sich um. Wieder andere unter uns wechselten in den Revolutionen einmal zu oft die Seiten, fielen Guerillas in die Hände, die ein Flugzeug brauchten und danach die Piloten beseitigten.«

Finch schüttelte den Kopf und fädelte sich aus dem Co-Pilotensitz. »Der Job war lebensgefährlich, auch wenn wir es jeden Tag verdrängt haben. Du hast das einzig Richtige getan.«

»Ich bin zwar zurück nach England gegangen«, meinte Amber und legte Finch ihre Hand auf den Unterarm, »aber je älter ich werde, umso öfter denke ich an damals zurück und frage mich, ob es wirklich der richtige Schritt war. Würde ich heute sterben, woran würden sich die Menschen erinnern, wenn sie an mich denken? An die Geschäftsfrau Amber Rains oder an die fliegende Abenteurerin? Heute leite ich ein Unternehmen, für das ich Tag und Nacht arbeite, hab noch immer keine Familie, dafür ein Haus mit Hypothek, bin endlich etabliert ...«

»... und ich bin auf der Flucht«, fuhr Finch fort. »Was ist besser? Genieß dein Shoppingwochenende in Paris und trink ein Glas auf mich, auf uns, in Erinnerung an die alten Zeiten. Oder besser noch ein paar Gläser.«

In diesem Augenblick klingelte Amber Rains' Handy, und sie zog es aus der Brusttasche. »Siehst du, die Firma ruft«, meinte Amber lakonisch, bevor sie das Gespräch annahm.

Finch ging den schmalen Gang entlang nach hinten zu Llewellyn und Salam und öffnete die Kabinentür, durch die frische, kühle Abendluft hereinströmte. Er atmete tief ein und sprang hinaus auf den weichen Grasboden. Das Flugfeld war menschenleer, nur nebenan im Restaurant *Le petit prince* brannte Licht.

»Willkommen in Frankreich! Ab hier müssen wir improvisieren«, stellte Finch fest. »Aber wir sind immerhin ohne großes Aufsehen eingereist. Und wie es aussieht, gibt es da drüben etwas zu essen.«

Mit einem leisen Quietschen glitt das Tor des Hangars vor der Ju52 zurück, und ein älterer Mann in einem fleckigen Monteuranzug winkte zum Cockpit hinauf. Dann richtete er sich seine Mütze und schlenderte zu den drei Männern herüber, die neben dem Flugzeug standen und ihm entgegensahen.

»Bonsoir Messieurs«, grüßte er freundlich. »Bienvenu à La Ferté-Alais. Vous avez eu un beau vol? Il faisait un temps magnifique aujourd'hui et la vue était formidable.«

»Bonsoir Monsieur«, antwortete Finch. »Un voyage en Junkers c'est en effet toujours une aventure mémorable. Nous attendons notre pilote Amber pour aller dîner.«

»Du sprichst Französisch?«, wunderte sich Llewellyn.

»Wer lange genug in ehemaligen französischen Kolonien unterwegs war, bei dem bleibt ein wenig hängen«, antwortete Finch. »Und die Begrüßung war so nett, dass ich mein altes Französisch auspacken und ihm einfach eine Freude machen wollte.«

»Ahh, Sie sind Engländer«, lächelte der Mechaniker. »Natürlich, das hätte ich mir denken können. Wo war ich nur mit meinen Gedanken? Amber brachte die alte Dame ja aus Duxford zurück. Das kleine Flughafenrestaurant ist übrigens sehr zu empfehlen. Marie kocht mit Hingabe und Leidenschaft.«

»Und mein Magen knurrt«, stellte Salam fest. »Ich freue mich auf ein Abendessen, danach auf eine Mütze Schlaf. Gibt es ein Hotel in der Nähe?«

»Ein sehr schönes sogar«, nickte der Mechaniker. »Keine zehn Kilometer entfernt, das Ile du Saussay. Ein wenig modern für meinen Geschmack, aber ruhig und direkt am Wasser.«

»Perfekt, dann kann ich auch endlich meine Frau in Lahore anrufen.«

»Das glaube ich nicht …«

Alle zuckten zusammen und blickten hinauf zur Ju52. Amber Rains' Gesichtsausdruck verriet nichts Gutes. Sie stand in der offenen Kabinentür und schaute besorgt zu John Finch. »Das war Martin, einer meiner Jungs. Vor zwanzig Minuten stürmten einige sehr entschlossen aussehende Männer in dunklen Anzügen in den ARC-Hangar in Duxford, machten sich wichtig und wedelten mit Regierungsausweisen herum. Sie wollten wissen, wo die Insassen des Audi geblieben wären. Martin hat es ihnen gesagt. Er ist kein Kämpfertyp.«

Finch sah Llewellyn alarmiert an. »Die Versager, wie du sie nennst, sind ganz schön schnell und scheinen Zugriff auf eine Menge Ressourcen zu haben. Langsam fange ich an, mir Sorgen um Compton zu machen.«

»Was ist hier überhaupt los?«, wollte Amber wissen. »Bisher war es mir egal, wovor ihr davongelaufen seid, aber jetzt betrifft es mich genauso. Ich mag es nicht, wenn irgendwelche ominösen Regierungsfuzzis in meinem Unternehmen einen auf starken Mann machen und meine Mitarbeiter unter Druck setzen. Also?«

»Eine lange Geschichte«, wehrte Llewellyn ab, »und wir haben weniger Zeit, als wir gehofft haben. John, Ägypten war doch keine so schlechte Idee. Ich bin dabei.«

»Ägypten?« Die Pilotin blickte von einem zum anderen. »Warum nicht gleich Kapstadt? Ihr seid auf einem französischen Privatflugfeld, da kommt selten ein Linienjumbo vorbei auf seinem Weg nach Kairo.«

»Wo ist der nächste internationale Flughafen?«, wollte Finch wissen.

»In Orly, rund fünfzig Kilometer von hier. Im Süden von Paris.« Der Mechaniker nahm die Mütze ab und kratzte sich am Kopf. »Doch soweit ich weiß, fliegt von Orly keine Linie Nordafrika an. Da müsst ihr nach Charles-de-Gaulle, im Norden. Zwei Stunden Fahrzeit, und dann ist es fraglich, ob heute noch eine Maschine rausgeht und ihr einen Platz bekommt.«

»Das heißt, wir stecken in der Klemme«, zog Salam eine ernüchternde Bilanz. »Die Verfolger sind näher, als wir dachten, und sie wissen, wohin wir geflogen sind. Wenn wir uns hier zu Marie zum Abendessen hinsetzen, dann serviert uns der englische Geheimdienst wahrscheinlich den Nachtisch.«

Er deutete auf die Ju52. »Mit dem fliegenden Oldtimer kommen wir nirgends hin, wir haben kein Auto mehr und sind in der tiefsten Provinz gestrandet. Wenn wir uns offiziell Tickets nach Kairo kaufen, dann können wir gleich am Flughafen ein großes Plakat aufhängen: ›Sie sind *da* lang!‹ Der französische Geheimdienst DCRI wiederum wird nur allzu gerne den britischen Kollegen behilflich sein. Ich erinnere mich an die letzten Konferenzen der IPA, die geprägt waren von ›Miteinander‹ und ›Füreinander‹ und Schulterschluss. Das wird bei den Diensten nicht anders sein. Jetzt ist guter Rat teuer.«

Schweigen senkte sich über die Runde. Vom Restaurant tönte Lachen herüber und der leise Klang von Akkordeonmusik. Irgendwo auf der Straße hupte ein Auto. Llewellyn schaute in den wolkenlosen Abendhimmel, wo ein Jet mit einem kerzengeraden weißen Strich das Blau teilte.

»Frag doch Charly, ob du die 36 haben kannst.«

Die Stimme des Mechanikers überraschte alle und schnitt durch die Ratlosigkeit. Amber sah ihn erst verblüfft an, dann grinste sie lausbübisch.

»Er ist sowieso in dich verschossen«, ergänzte der Mechaniker lächelnd. »Wenn er sie dir nicht gibt, dann gibt er sie niemandem.«

»Du denkst, dass er uns …? Gar keine schlechte Idee, Bastide.« Damit griff Amber zum Telefon, wählte eine Nummer in Paris und sah Finch an, während es am anderen Ende läutete. »Was meinst du, John? Zeigen wir den Jungs in Ägypten noch einmal, wie man fliegt?«

> Librairie LaTour, Saint-Germain-des-Prés, Paris / Frankreich

Die schmale Rue Perronet nahe des Boulevard Saint-Germain war bis auf ein paar Fußgänger, die ihre Einkäufe in Plastiktüten nach Hause trugen, leer. Es gab nur eine Handvoll Geschäfte in der Gasse, die auf ihrer ganzen Länge von gutbürgerlichen, mehrstöckigen Wohnhäusern flankiert wurde. Zwei Bistros hatten ihre Speisetafeln auf dem Gehsteig stehen, waren aber trotz der Abendzeit nur mäßig besucht.

Die angegraute, ehemals dunkelrote Holzfassade des kleinen Ladens im Haus Nummer neun trug keine Aufschrift. Ein paar verstaubte Bücher stapelten sich in der Auslage, ein Plakat aus den fünfziger Jahren machte Werbung für ein Nizza, das es so schon lange nicht mehr gab. Wer durch die leicht milchige Schaufensterscheibe ins Innere schaute, sah außer Bücherregalen, einem kleinen Tisch, auf dem sich Zigarettenpäckchen stapelten, und einem abgewetzten Sessel nichts Interessantes.

Das Geschäft, die Welt von Paul LaTour, gehörte seit mehr als achtzig Jahren zur Rue Perronet wie Pigalle zu Paris. Bereits sein Großvater Albert hatte die Buchhandlung in den Dreißigern gegründet, nachdem dessen Frau in jungen Jahren bei der Geburt ihres Sohnes gestorben war und er es zu Hause nicht mehr aushielt. Der damals noch junge alte LaTour hatte also seinen Job bei der Pariser Métro an den Nagel gehängt, sein gesamtes Geld zusammengekratzt und den kleinen Laden mit der dunkelroten Fassade gemietet. Alten Büchern hatte seit jeher seine Leidenschaft gehört, und so machte er sein Hobby zu seinem Beruf. Sein Sohn Bernard lernte zwischen den Regalen laufen, machte seine Hausaufgaben im Hinterzimmer und hatte dabei keinen weiten Weg zu den Lexika, die damals noch ganze Meter füllten.

Es war nur selbstverständlich, dass die zweite Generation in die Fußstapfen des Vaters trat, und als Paul LaTour schließlich 1953 das Licht der Welt erblickte, war sein erstes Wort »livre«, Buch. In den späten siebziger Jahren, als die letzten Hippies entweder endgültig nach Indien umgezogen waren oder sich die Haare schnitten und von den verbotenen Substanzen auf die erlaubten umstiegen, hatte Paul das Geschäft von seinem Vater übernommen, der für den Rest seines Lebens auf Reisen gehen wollte. Er kam jedoch nur bis Südfrankreich, wo er einen verlassenen Bauernhof kaufte und sich fortan der Zucht von Schafen widmete.

Nachdem er einen Moment lang überlegt hatte, den alten Laden zu renovieren, ließ Paul es dann doch bleiben. Er ließ den durchgesessenen Lehnstuhl neu beziehen, warf eine ganze Menge Ladenhüter kistenweise auf die Flohmärkte von Paris und begann, sich auf Plakate, Biographien, Tagebücher und persönliche Nachlässe zu spezialisieren. Dank seiner Spürnase, seinen internationalen Kontakten, die noch sein Vater geknüpft hatte, und Stammkunden, die ihm ungeachtet aller Moden die Treue hielten, entwickelte sich der kleine Laden prächtig. Paul machte bald zehnmal mehr Umsatz im Versand als im Straßenverkauf und montierte eines Tages das alte Schild »Librairie LaTour« ab, um es im Hinterzimmer zu verstauen. Seine Kunden kannten ihn sowieso, und zufällige Passanten waren in der Rue Perronet selten.

Laufkundschaft störte nur, fand Paul, schenkte sich von da an jeden Morgen einen Pastis ein und stellte eine Kanne Tee daneben.

So hatte er mehr Zeit, um sich in seine Schätze zu vertiefen, ganze Tage zu lesen und Stangen von filterlosen Gauloises zu vernichten. Als eines Tages die Wohnung direkt über dem Laden frei wurde, zog Paul, der nie geheiratet hatte und kinderlos geblieben war, ein. Das ersparte ihm den täglichen Weg ins Geschäft und änderte mit einem Schlag auch seine Kleiderordnung. War er früher stets lässig, aber untadelig gekleidet in den Laden gegangen, so sah man ihn nun an manchen Tagen im Pyjama an dem kleinen Tisch sitzen, versunken in das Studium eines Tagebuchs oder eines Stapels Dokumente. Dann blieb die Tür des kleinen Ladens verschlossen, und ein etwas verknittertes Schild mit der Aufschrift »Bin vielleicht bald wieder da« schreckte unwissende Passanten ab.

Im Gegensatz zu seinem Großvater und seinem Vater hatte es sich Paul zur Angewohnheit gemacht, die Nachlässe, die er meist in und um Paris, manchmal aber auch in der französischen Provinz erwarb, selbst aufzuarbeiten und zu erfassen. Er las fast jeden Brief und jedes Tagebuch und wusste so bald, was genau für welchen potenziellen Kunden in Betracht kam. Damit gelang es ihm, die richtigen Stücke zu Höchstpreisen zu verkaufen, manchmal ans andere Ende der Welt. Er hatte ein untrügliches Gefühl dafür, wer was suchen könnte, welcher Sammler worauf spezialisiert war und hatte auch keinerlei Skrupel, Sammlungen in Einzelteile zu zerlegen, wenn sie dadurch mehr Geld brachten.

Mit den Jahren war Paul LaTour immer kauziger geworden, aber auch stetig reicher. Sein bescheidenes Leben spielte sich großteils in seinem Laden ab. In seine Wohnung stieg er nur mehr hinauf, um zu schlafen. Wenn er allerdings Nachlässe besichtigte, dann wurde aus dem unrasierten, vernachlässigten Bücherwurm ein eleganter, gut gekleideter, aber auch beinharter Geschäftsmann.

So war es auch LaTour gewesen, der für den Nachlass Cannotier dreihundert Euro mehr geboten hatte als alle anderen, und so den Zuschlag bekam. Die nächsten Monate verbrachte er damit, die vier Tagebücher durchzuarbeiten. Weil er die seltsame Sprache, in der Teile der handschriftlichen Aufzeichnungen verfasst waren, nicht beherrschte, widmete er sich den französischen Teilen, dann den Fotos und den Briefen. Schließlich war seine Entscheidung gefallen, und er hatte zum Telefon gegriffen.

Zwei Anrufe später war LaTour um hundertfünfzigtausend Euro reicher.

Er hatte an den richtigen Stellen die richtigen Hinweise fallen lassen. So ging der Nachlass Cannotier per Kurierdienst nach Deutschland und England, Paul widmete sich anderen Dingen, und in dem kleinen Laden kehrte wieder Ruhe ein.

Die Glocken von der nahe gelegenen Kirche Saint Thomas d'Aquin schlugen halb sieben, als ein schweres Motorrad auf dem Behindertenparkplatz vor dem Laden anhielt. Zwei Männer in Lederjacken und schwarzen Vollvisierhelmen stiegen ab, blickten sich rasch um und stießen die Tür zur Librairie LaTour auf. Paul, der gerade in das nahe gelegene kleine Bistro auf einen Imbiss gehen wollte, kam zwischen den hohen Regalen hervor, ein Buch in der Hand, die Brille auf der Nase, und sah unwillig hoch.

»Das Geschäft ist geschlossen!«, rief er. »Kommen Sie nach neun wieder oder noch besser morgen.«

»Wir kommen nur einmal«, stellte der eine Motorradfahrer auf Englisch trocken fest und zog den Helm vom kahl geschorenen Kopf. »Und das ist jetzt.« Sein etwas kleinerer Beifahrer schloss die Ladentür und sperrte ab. Dann nahm auch er den Helm ab. Darunter kam kurz geschnittenes schwarzes Haar zum Vorschein.

»Das wird ein sehr vertrauliches Gespräch, also sollten wir dafür sorgen, dass uns niemand stört, nicht wahr?«, meinte er lächelnd, aber seine Augen fixierten kalt den verwirrt von einem zum anderen blickenden LaTour.

»Was wollen Sie?«, fragte der Antiquar erstaunt und wechselte ein wenig unwillig ebenfalls ins Englische. »Wenn es Geld ist, dann muss ich Sie enttäuschen. Ich habe keine hundert Euro in der Kasse.«

»Sehen wir aus wie Räuber, die einen so netten und friedlichen Buchhändler wie Sie überfallen wollen?«, mokierte sich der Fahrer, strich sich über die Glatze und schüttelte den Kopf. »Tz, tz, machen wir einen so schlechten Eindruck?« Seine Hand schoss vor, vergrub sich in LaTours Haaren und zog den aufstöhnenden Mann zu dem kleinen Tisch. Dann stieß er ihn in den Sessel.

»Wir brauchen nur eine Auskunft, dann sind wir auch schon wieder weg. Das sollte doch nicht zu schwierig sein.«

Doch LaTour dachte nicht daran, klein beizugeben. »Sind sie verrückt?«, stieß er hervor. »So werden Sie sicher keine Informationen von mir erhalten. Verlassen Sie sofort mein Geschäft, oder ich hole die Polizei!«

Der Fahrer zog einen scheckkartengroßen Ausweis aus seiner Lederjacke und hielt ihn dem Antiquar vor die Nase. »Wir sind noch viel besser als die Polizei, Monsieur LaTour, das werden Sie uns doch zugestehen müssen. Vielleicht nicht in unserem heimatlichen Sandkasten, aber Paris ist nicht weit von London, und wir können ja jederzeit um Amtshilfe ansuchen.«

Paul betrachtete alarmiert den Ausweis. »Sie sind vom englischen Geheimdienst? Warum sagen Sie das nicht gleich? Kein Grund, sich so aufzuführen. Ich habe erst vor einigen Wochen drei Tagebücher an Ihre Behörde verkauft.«

»Für eine schöne Stange Geld, und damit sind wir auch schon beim Thema«, der Mann mit den schwarzen Haaren nickte. »Sie wissen, was in den Tagebüchern stand?«

LaTour funkelte den Motorradfahrer an. »Blöde Frage. Sonst hätte ich sie kaum dem MI6 angeboten und sicherlich auch nicht diesen Preis bekommen.«

Die beiden Agenten sahen sich an.

»Sie haben uns drei Tagebücher von Adolphe Cannotier geliefert«, fuhr schließlich der Mann mit der Glatze fort und beugte sich über den Tisch, bis sein Gesicht das von LaTour beinahe berührte. »Nummer eins, zwei und vier. Wo ist das dritte?«

Der Buchhändler zuckte mit den Schultern. »Ebenfalls verkauft«, gab er gleichmütig zurück, »an einen anderen Interessenten.«

»Wie sinnig«, zischte der Motorradfahrer. »Und warum?«

»Weil es darin um etwas ging, das England nicht betraf, sondern Cannotiers Gefangenschaft in Deutschland«, antwortete LaTour. »Der Rest waren Familienfotos und private Briefe.«

Die Hand des Kahlköpfigen schoss erneut vor und krallte sich in den Pullover des Antiquars. Er riss ihn hoch. »Es gab auch Fotos?«, schnauzte er LaTour an. »Wieso erfahren wir das erst jetzt?«

»Weil die nie Teil des Deals waren«, keuchte LaTour und versuchte, sich loszureißen. »Lassen Sie mich los!« Als Antwort landete eine

Faust in seinem Magen und nahm ihm die Luft. Er knickte ein. Doch der Glatzkopf riss ihn wieder hoch.

»Sie Klugscheißer! Nicht Teil des Deals? Sie haben uns nur die drei Bücher angeboten und nichts anderes! Wir hatten nie eine Auswahl!« Zwei Schläge später lag LaTour gekrümmt auf dem Boden und schnappte nach Luft. Der schwarzhaarige Mann ging neben ihm in die Hocke. »Wo ist der Rest des Nachlasses?«, fragte er mit einer gefährlich ruhigen Stimme. »Wo ist der dritte Band der Aufzeichnungen?«

»Verkauft!«, presste LaTour heraus. »An einen Sammler in Deutschland.« Sein Atem ging stoßweise. Kalter Schweiß stand ihm auf der Stirn, und sein Körper schmerzte.

»Genauer!«, forderte der Schwarzhaarige. »Name und Adresse.«

LaTour schüttelte schwach den Kopf. »Das kann ich nicht sagen, unmöglich. Meine Kunden ...« Er brach ab und würgte. »... legen Wert auf Diskretion.«

»Wir auch, mein Freund, wir auch«, seufzte der Beifahrer und stand auf. Dann stellte er mit einer raschen Bewegung seinen Fuß mit dem Motorradstiefel auf den Hals des Antiquars. LaTour röchelte und krümmte sich, versuchte mit beiden Händen, den Fuß wegzustoßen, vergebens.

»Das ist Ihre letzte Chance, Monsieur LaTour«, meinte der Fahrer ironisch. »Sonst müsste ich meinen Freund dazu auffordern, etwas stärker aufzutreten und Ihnen das Genick zu brechen. Also?«

»Konstantin ...«, röchelte der Buchhändler, die Finger um den Stiefel gekrampft. »Konstantinos ... Georgios ... Kronberg im Taunus ... bei Frankfurt.«

»Sieh an, ein Grieche. Sind Sie sicher?«

LaTour nickte krampfhaft, soweit es der Stiefel auf seinem Hals zuließ.

»Sie haben ja so recht, was die Diskretion betrifft, Monsieur LaTour.« Der Schwarzhaarige nahm seinen Fuß weg und half dem Buchhändler aufzustehen. »Man kann einfach nicht vorsichtig genug sein. Haben Sie vielleicht auch die genaue Adresse?«

Widerstandslos schlurfte der Buchhändler zu seinem Tisch und zog die Schublade auf, holte ein Notizbuch heraus und schlug es auf.

Dann zeigte er mit dem Finger stumm auf den Eintrag. Der Schwarzhaarige beugte sich interessiert vor. »Merianstraße 45«, murmelte er.

In diesem Augenblick holte der Fahrer ein dünnes flexibles Elektrokabel aus seiner Lederjacke, schlang es dem Antiquar um den Hals und zog unerbittlich zu. LaTour wurde von der Wucht des Angriffs fast hochgehoben. Verzweifelt versuchte er, Luft zu bekommen, seine Hände krampften sich um seinen Hals, wollten das Seil wegreißen. Wenige Augenblicke später war alles vorbei.

Die beiden Männer setzten ihre Helme wieder auf, ließen den Rollladen vor dem Schaufenster herunter und traten aus dem Geschäft auf die Rue Perronet. Niemand beachtete sie. Nachdem sie sorgsam die Ladentür versperrt hatten, ließen sie auch davor den Rollladen herunter. Dann startete der Fahrer das Motorrad, und sie fuhren los.

Drei Kreuzungen weiter, als der Verkehr vor einer roten Ampel zum Stocken kam, hielten sie direkt über einem Kanalgitter an. Der Beifahrer ließ LaTours Schlüssel einfach fallen. Klimpernd verschwanden sie in der Tiefe der Kanalisation.

In diesem Augenblick klingelte sein Handy. Er tippte dem Fahrer auf die Schulter, der lenkte die Kawasaki rechts an den Straßenrand. Dann nahm der Beifahrer den Helm ab und das Gespräch mit einem »Ja?« an. Er lauschte, und sein Grinsen wurde immer breiter. »La Ferté-Alais, sagst du? Sollte nicht schwer zu finden sein. Wir sind im Herzen von Paris, aber vermutlich mit dem Bike schnell vor Ort. Wenn das tiefste französische Provinz ist, wie du sagst, dann werden sie uns nicht entwischen. Und nachdem wir da aufgeräumt haben, steht Frankfurt auf dem Programm. Wir haben LaTour überreden können, uns den Namen des Käufers zu verraten. Details später!«

Der Fahrer hatte mitgehört und die Navigation der Kawasaki entsprechend programmiert. Er nickte nur stumm, dann reihte er sich geschickt in den Verkehr ein und beschleunigte auf dem Boulevard Raspail Richtung Süden.

Als man die Leiche des Antiquars Paul LaTour neun Monate später durch Zufall fand, war sie in der trockenen Luft des Ladens bereits mumifiziert.

28. Juni 1940, Hafen von Dakar / Französisch-Westafrika

Frank Majors lehnte an einem der schartigen, alten Poller im Hafen, einen Feldstecher in der Hand, und beobachtete aufmerksam den Horizont.

Die kleine Flotte, die im Morgendunst noch kaum zu erkennen war, kam näher und würde in etwa einer Stunde anlegen. Der Colonel sah sich um. Auch die deutschen Aasgeier waren bereits da. In dem kleinen Café mit den rostigen hellblauen Metalltischen saßen zwei junge blonde Männer und spielten Karten. Seit Hitlers Einmarsch in Frankreich wimmelte es in den Kolonien von deutschen Spionen.

Die ruhigen Tage von Alexandria waren wohl endgültig vorbei. In Dakar waren die Geheimdienste aufmarschiert, genau wie in Casablanca oder Algier.

Die Deutschen wollten Afrika.

Als Majors die Entwicklung vor wenigen Wochen erkannt hatte, war er es gewesen, der Miranda nach Alexandria zurückgeschickt hatte. Dort war sie in Sicherheit und konnte andererseits Andrew Morgan auf die Finger schauen. Einen Tag nach ihrer Abreise und dem tränenreichen Abschied war Majors in den Untergrund gegangen. Er hatte die elegante Villa inmitten von Palmen gegen ein schäbiges, stickiges Zimmer zur Untermiete eingetauscht, in dem die Kakerlaken jede Nacht Feste feierten. Aber niemand hatte ihn nach seinen Papieren gefragt, als er ein Bündel Francs auf den Tisch gelegt und das Zimmer für ein halbes Jahr im voraus bezahlt hatte.

Die Zeit in Afrika hatte ihre Spuren hinterlassen. Majors war braun gebrannt, trug eine kurze Hose, ein ehemals weißes Baumwollhemd und einen verschlissenen Panamahut, der ihn ein wenig wie einen Plantagenbesitzer aussehen ließ. An seinem Gürtel hing in einem speckigen, abgegriffenen Holster ein Webley-Revolver, seine einzige Erinnerung an die Tage in England.

Die Zeiten wurden mit jedem Tag unsicherer in den französischen Kolonien. Hitler würfelte Europa durcheinander und mischte damit selbst für Afrika die Karten neu.

Während um ihn herum die Eingeborenen wuselten, Karren mit Kisten und Säcken schoben, niedere Steigen mit Früchten und Ballen von Textilien übereinanderstapelten und sich laut rufend und lachend unterhielten, überschlugen sich in Majors Kopf die Gedanken. Die Fracht im Bauch der Schiffe, die nun auf den Hafen von Dakar zuhielten, war wohl weltweit einmalig. Als er mit London telefoniert hatte, konnte er es gar nicht glauben, dass die Handvoll Schiffe nicht in Casablanca anlegen würden, sondern nach Dakar umgeleitet wurden. Allerdings hatte sich die Situation mit jeder Stunde kompliziert. Die Deutschen mussten wohl ebenfalls Wind von dem Transport erhalten haben, weil mit einem Schlag neue Gesichter in Dakar auftauchten. Hochgewachsene, blasse junge Männer, die versuchten, im Hintergrund zu bleiben und sich doch wie die neuen Herren in Französisch-Westafrika aufführten und mit Geld um sich warfen.

Das Licht lockte die Motten, dachte Majors bitter.

Kein Wunder, angesichts der wertvollen Fracht.

Jetzt stellte sich Majors die Frage, wie er den Deutschen die Suppe versalzen könnte, bevor es zu spät war, ohne dabei selbst enttarnt zu werden. Er war nun seit fast einem Jahr in Dakar, leitete die inoffizielle Außenstelle des Service und saß doch nach den erschreckenden Entwicklungen in Europa auf gepackten Koffern. An manchen Tagen fragte er sich, ob er England jemals wiedersehen würde. Es beruhigte ihn, dass wenigstens Miranda in Sicherheit war. Wie lange es ihm gelingen würde, seine Fassade als umtriebiger Textilkaufmann noch aufrechtzuerhalten, stand in den Sternen.

Obwohl es noch früher Vormittag war, brannte die Sonne vom wolkenlosen Himmel und trieb die Quecksilbersäule des Thermometers an der Commanderie Du Port, der Hafenkommandantur, in die Nähe der Dreißig-Grad-Marke.

Nur die zahlreichen Soldaten, die plötzlich wie aus dem Nichts aufgetaucht waren, sich an den strategisch wichtigen Stellen postiert hatten und nun aufmerksam die Umgebung betrachteten, störten das friedliche und doch geschäftige Bild.

Majors wischte sich mit einem Taschentuch den Schweiß von der Stirn und beobachtete die Uniformierten aus dem Augenwinkel. Seit der Eroberung Frankreichs durch die Deutschen und dem damit verbundenen Regierungswechsel, war er als englischer Staatsbürger Persona non grata in den französischen Kolonien.

Und das war noch maßlos untertrieben.

Lediglich der Tatsache, dass er an den richtigen Stellen die passenden Summen bezahlte und die Franzosen ganz offensichtlich diplomatische Probleme in den politisch plötzlich so instabilen Kolonien vermeiden wollten, war es zu verdanken, dass er noch in Dakar war.

Trotzdem war Majors vorsichtshalber untergetaucht.

Seine offizielle Ausweisung war nur mehr eine Frage der Zeit. Würden ihn die Behörden danach noch hier erwischen, würde er als feindlicher Spion erschossen werden.

Die Zeit zerrann Majors also zwischen den Fingern. Die Geschichte würde ihm keinen Aufschub gewähren, das wusste er. Die Entscheidung in Europa rückte mit dem Fortgang des Krieges und Hitlers Expansionspolitik immer näher. Bald würde England alleine gegen den Rest des Kontinents stehen.

Und jetzt noch diese Schiffe.

Die vergangenen Monate hatte Majors genutzt, um seine Suche nach den Sieben Säulen zu intensivieren. Dank seiner Vorarbeit in Ägypten und der Aufzeichnungen von Shaw hatte er rasch große Fortschritte erzielt und das Gebiet eingegrenzt. Doch er musste sich auch eingestehen, dass er ohne die Hilfe dieses jungen Franzosen, den er eines Tages im Café des Palmiers getroffen hatte, niemals so weit gekommen wäre. Alphonse Cannotier, der trotz seiner fünfundzwanzig Jahre Wolof und noch einige der Eingeborenendialekte sprach, war für den Colonel ein Geschenk des Himmels gewesen. Der junge Mann mit der Kamera, wie ihn Majors getauft hatte, war der Sohn eines der höchsten französischen Verwaltungsbeamten des Landes. Hochgebildet, mit scharfem Geist und einer genialen Auffassungsgabe, war Cannotier nicht nur ein leidenschaftlicher Fotograf, sondern auch ein Kenner der Geschichte Westafrikas. Sein Fernstudium der Sciences techniques an der Universität von Lyon hatte er in Rekordzeit und mit Auszeichnung abgeschlossen.

Majors war stets aufs Neue verwundert, was Cannotier alles wusste.

Dann, eines Tages, hatte dieser ihm gestanden, dass er ein glühender Verehrer von Lawrence of Arabia sei. Von da an war die Zusammenarbeit noch intensiver und erfolgreicher verlaufen. Majors hatte Cannotier ins Vertrauen gezogen, ihm seine gesammelten Aufzeichnungen über T. E. Lawrence zur Verfügung gestellt – die »verschwundenen« Seiten des Manuskripts und der Tagebücher, die Fotos und Untersuchungsergebnisse, alles geheimdienstliche Material, das er über mehr als siebzehn Jahre lang gesammelt hatte.

Cannotier las, folgerte brillant und blitzschnell, legte den Finger auf die richtigen Stellen und spürte zielsicher die weißen Flecken in den Tagebüchern von Lawrence auf.

Wichtiger noch, er füllte sie.

Sein Wissen über die Kultur der Stämme und die Geographie Westafrikas waren unschätzbar wertvoll. Seine Kontakte zu den Einheimischen waren unbezahlbar. Nur eines hatte ihn genauso ratlos grübeln lassen wie Majors – Lawrence' Reise in den Hindukusch. Darauf hatten beide keine Antwort gefunden.

Ein Geräusch holte den Colonel in die Gegenwart zurück: In den Seitenstraßen waren Lkws zu hören, die näher kamen und schließlich vor der Hafenkommandantur anhielten und an den Kais Aufstellung nahmen. Männer sprangen von der Ladefläche, und die Zahl der Soldaten vergrößerte sich von Minute zu Minute. Majors tat so, als würde er sie nicht bemerken und beobachtete unbeirrt durch das Fernglas die näher kommenden Schiffe.

Plötzlich hörte er eine Fahrradklingel und drehte sich um. Cannotier sprang von einem alten Armeefahrrad und lehnte es an den Poller.

»Colonel! Wo hätte ich Sie auch sonst finden sollen als hier im Hafen, im Brennpunkt des Geschehens.« Der junge Mann lächelte und deutete mit dem Kopf auf das Meer. »Schon etwas zu sehen?«

»Sie werden in weniger als einer Stunde einlaufen«, informierte ihn Majors und warf einen demonstrativen Blick in die Runde. »Wenn man sich so umsieht, dann könnte man annehmen, dass jeder verfügbare Soldat in den Hafen abkommandiert wurde.«

»Ist auch so«, meinte Cannotier lakonisch. »Mein Vater sagte, das Gros der Soldaten sei im Hafen, ein kleiner Rest sichere den Bahnhof. Ein Truppenaufmarsch, wie ihn die Kolonie noch nie gesehen hat. Vielleicht wollen sie die Fracht tatsächlich weiter ins Landesinnere bringen. Aus Sicherheitsgründen.«

Majors setzte das Fernglas nicht ab. »Würdest du es so machen?«

»Hmm ... Ich glaube, ich würde erst einmal ein gut bewachtes Lager hier in Dakar suchen. Jeder Kilometer mehr ist mit einem enormen Risiko verbunden«, gab Cannotier zu bedenken. »Außerdem lockt ein Transport noch mehr gierige Schmeißfliegen an.«

Der Colonel musste grinsen. »Du meinst die deutschen Agenten, die bereits mit den Füßen scharren und im Geiste einen Orden nach dem anderen auf ihre Aufschläge gepinnt sehen? Noch ist es nicht so weit.«

»Und am Ende werden die doch bekommen, was sie wollen«, erwiderte Cannotier düster. »Egal wie sehr sich die Verantwortlichen anstrengen. Hitler wird nicht eher ruhen.«

Eine Stunde später machten die drei französischen Schiffe im Hafen von Dakar fest. Kapitän Moevus atmete auf, als die letzten Leinen gelegt waren und er den Befehl geben konnte, die Motoren abzustellen.

»Wann laden wir aus?«, erkundigte sich der Erste Offizier und betrachtete die Hundertschaften von Soldaten, die auf den Kais auf ihr Kommando warteten.

Moevus zuckte die Schultern und wies auf den Kai. »Hoffentlich so bald wie möglich. Die 1208 Kisten werden ja bereits sehnlichst erwartet, wie man unschwer erkennen kann.«

Mit einem Mal stand der schmächtige, kleine Mann aus Lorient in seinem völlig unpassend erscheinenden, dunklen Anzug neben dem Kapitän. »Ich bitte um die Erlaubnis, an Land gehen zu dürfen«, meinte er leise. »Ich möchte mich um den Weitertransport meiner Ladung kümmern, bevor Sie mit dem Ausladen beginnen.«

Moevus nickte. »Die Gangway wird in wenigen Minuten installiert sein.« Mit einem kurzen Gruß verschwand der Mann daraufhin, lautlos wie ein Schatten.

Cannotier und Majors lehnten nebeneinander unter dem Vordach der Hafenkommandantur und ließen die drei Schiffe keinen Moment aus den Augen.

»Eigentlich unvorstellbar«, murmelte der Colonel, »nach meinen letzten Informationen transportiert allein die Victor Schoelcher mehr als siebzig Tonnen Gold der polnischen Zentralbank.«

»Nichts im Vergleich zu den beiden anderen Schiffen«, erwiderte Cannotier. »Mein Vater erhielt eine Aufstellung der Ladung vor drei Tagen, nachdem bekannt wurde, dass der Transport nicht nach Casablanca, sondern nach Dakar gehen würde. Mehr als tausend Tonnen Gold. Die gesamten Reserven der französischen und der belgischen Nationalbank.«

Majors pfiff lautlos durch die Zähne. In diesem Augenblick wurde von der Victor Schoelcher die Gangway ausgebracht, und zwei Polizisten nahmen Aufstellung. Den kleinen Mann im dunklen Anzug, der als Erster das Schiff verließ, befragten sie kurz, kontrollierten seinen Pass und salutierten. Dann wandten sie sich wieder ab. Auch die Soldaten schienen kein besonderes Interesse an dem Neuankömmling zu haben.

»Und wer ist das?«, wunderte sich Majors und hob das Fernglas erneut, um die Gesichtszüge des Fremden besser zu sehen. »Gehört wohl nicht zur offiziellen Begleitung.«

Cannotier stieß sich von der Wand ab. »Das werden wir gleich sehen …«, meinte er und lief los. Majors sah ihm kurz hinterher, dann verschwand er ebenfalls in einer der schmalen Seitenstraßen. Es war an der Zeit, nach London zu telegraphieren.

Die größte Goldflotte der Geschichte war in Afrika angekommen.

> **Merianstraße, Kronberg im Taunus / Deutschland**

Nach einer Unterbrechung der Besprechung auf der Terrasse – Konstantinos hatte sich ziemlich rasch und einsilbig für zwei Stunden entschuldigt und war mit der Pyramide und dem Nachlass von Cannotier in sein Büro verschwunden – war Professor Siegberth in die Bibliothek zurückgekehrt und hatte ihre geometrischen Berechnungen der Pyramide noch einmal überprüft. Zufrieden mit dem Ergebnis und verwirrt darüber, dass der Grieche sie nicht informiert hatte, wann und wohin die Victor Schoelcher unterwegs gewesen war, hatte sich die Wissenschaftlerin an ihren Laptop gesetzt und versucht, im Internet Details über den Dampfer und seine Reise herauszufinden.

Es dauerte nicht lange, und sie stieß auf einige Seiten, die auf das Schiff Bezug nahmen. Die meisten waren auf Französisch und verrieten, dass der Schoelcher kein langes Leben beschieden gewesen war. Der Hilfskreuzer war versenkt worden, keine drei Jahre nach dem Stapellauf.

Einige der Einträge führten sie weiter, verwiesen auf eine unglaubliche Geschichte. Der Hilfskreuzer habe einen Teil des Goldvorrats der französischen Nationalbank an Bord gehabt, behauptete eine Gruppe von Forschern. Siegberth beugte sich vor und las wie gebannt. Nach mehr als einer Stunde griff sie zum Telefon und rief einen alten Bekannten an der Universität Wien an, der sich auf das Vichy-Regime und die politischen Hintergründe in Westeuropa während des Zweiten Weltkriegs spezialisiert hatte. Er schien ein wenig überrascht, Siegberth zu hören und war noch erstaunter, als er den Grund ihres Anrufs erfuhr.

»Meine Liebe, Sie bewegen sich auf dem rutschigen Parkett der französischen Hitler-Sympathisanten. Vichy und sein Gegenspieler de Gaulle prägten über Jahrzehnte hinaus das Verhältnis der Franzosen zu den Deutschen. Dazu die Résistance, jede Menge Animositäten, Kriegsgräuel der Wehrmacht und der Einsatztruppen im besetzten Frankreich. Ich sage nur Klaus Barbie. Und dann noch die keineswegs unumstrittene Rückerstattung von verschiedenstem Staatsbesitz und Kulturgütern nach dem Krieg durch die Sieger. Dünnes Eis, Frau Kollegin. Themen, die größtenteils nie oder nur mangelhaft aufgearbeitet wurden und bis heute für Diskussionen und Verstimmung zwischen den Nationen sorgen. Worum geht es bei diesem Schiff genau?«

Aus irgendeinem unerfindlichen Grund stockte Siegberth, als sie beginnen wollte, den Wiener Professor einzuweihen.

»Ich ... also wissen Sie, ich bin mir nicht ganz sicher ...«, begann sie. Währenddessen dachte sie fieberhaft nach.

Sollte sie den Nachlass erwähnen? Nein.

Cannotier? Nein.

Ihren Auftraggeber? Nein.

Die Pyramide? Niemals.

Und was den Inhalt der Kisten betraf – dafür gab es vorerst keinerlei nachprüfbare Grundlage.

»Was wissen Sie von der Victor Schoelcher?«, fragte sie stattdessen vorsichtig und war sich bewusst, dass dies ein wenig lahm klang.

Der Wiener Historiker schien keinen Verdacht zu schöpfen. »Ehrlich gesagt, sehr wenig«, antwortete er ein bisschen ratlos. »Ich glaube mich dunkel an den Namen des Schiffes zu erinnern, aber mir fehlt der Zusammenhang. Sommer 1940 sagten Sie?«

Siegberth murmelte zustimmend etwas Unverbindliches.

»Ein ereignisreiches Jahr, wie Sie wissen«, antwortete der Historiker. »In zwei schnell aufeinander folgenden Blitzkriegen bringt das Deutsche Reich von April bis Juni Dänemark, Norwegen, Belgien, die Niederlande, Luxemburg und schließlich Frankreich unter seine Herrschaft. Am 10. Mai begann Hitler die Offensive an der Westfront mit dem erklärten Ziel, Frankreich zu besetzen und zu unterwerfen. Kaum einen Monat später, am 5. Juni 1940, beginnt der Vormarsch gegen die Grande Nation und wird ein weiterer Blitzsieg. Schon am 14. Juni marschieren deutsche Truppen in Paris ein, drei Tage später erklärt die französische Regierung die Kapitulation. Der Waffenstillstandsvertrag von Compiègne am 22. Juni schließlich teilt Frankreich in eine besetzte Nord- und eine unbesetzte Südzone auf, die unter der Regierung Marschall Philippe Pétains eng mit dem Reich kooperieren soll.«

»Die Schoelcher lief am 18. Juni aus Lorient aus«, warf Siegberth ein, um den Redefluss des Wiener Kollegen einzudämmen.

»Aah, Lorient, einer der wichtigsten späteren Stützpunkte der Deutschen Wehrmacht an der Atlantikküste.« Die Wissenschaftlerin hörte ihren Kollegen in Österreich blättern. »Sie meinen, das Schiff lief einen Tag vor der Besetzung aus?«

»Und vier Tage vor dem Waffenstillstand«, bestätigte Siegberth.

»Moment, ich sehe gerade in meinen Unterlagen nach«, meldete sich der Historiker aus Wien nach einer Minute des Nachschlagens und Murmelns. »Einer meiner Dissertanten hat über Lorient und die Bedeutung des Hafens für die Deutsche U-Boot-Flotte geschrieben.«

Siegberth hörte Seiten rascheln. Blätterte der Wiener Historiker die gesamte Dissertation durch?, fragte sie sich. »Ich fürchte, ich muss Sie enttäuschen, Frau Kollegin«, meldete sich der Wissenschaftler schließlich wieder zurück. »Ich habe hier eine Notiz gefunden, wonach die Victor Schoelcher bei dem Versuch, den Hafen von Lorient zu verlassen und das offene Meer zu erreichen, auf eine deutsche Mine lief und sank.«

Die Professorin bedankte sich und legte nach ein paar Höflichkeiten rasch auf. Sie wusste nicht, ob sie erleichtert oder verärgert sein sollte. Lag die Schoelcher wirklich auf dem Grund des Atlantiks? Oder irrte sich der Dissertant und mit ihm der Wiener Historiker? Oder hatte Cannotier den Dampfer vor dem 18. Juni 1940 fotografiert und war die Schoelcher tatsächlich vor Lorient gesunken? Doch die französischen Seiten im Internet berichteten etwas ganz anderes.

Andererseits – hatte die Schoelcher etwas mit der Pyramide zu tun, die Konstantinos offenbar so sehr am Herzen lag?

Sie stand auf und trat auf den Balkon der Bibliothek hinaus, blickte über das Maintal, über dem ein leichter Smog aufzog. Was sollte sie von den – zugegebenermaßen teilweise widersprüchlichen – Quellen im Internet halten? Wenn auch nur ansatzweise stimmte, was sie berichteten, dann … In diesem Moment unterbrach das Geräusch einer Tür ihre Überlegungen, und Konstantinos trat ein. Er blickte sich kurz suchend um, entdeckte Siegberth auf dem Balkon und stellte mit ernster Miene die kleine Pyramide auf den runden Tisch.

»Können wir fortfahren?«, meinte er und setzte sich. »Sie haben mir einige Resultate zu dem geometrischen Körper versprochen.«

»Die Victor Schoelcher …«, begann Siegberth, doch Konstantinos winkte ab.

»Vergessen wir das Schiff für einen Moment und widmen wir uns bitte der Pyramide von Cannotier.«

Die Wissenschaftlerin sah ihren Auftraggeber forschend an, zuckte dann mit den Schultern. »Wie Sie wünschen«, sagte sie spitz und zog ihre Aufzeichnungen aus der Mappe. »Es handelt sich bei der Glaspyramide um eine sogenannte regelmäßige Pyramide. Die Grundfläche bildet ein Quadrat von 1,5 mal 1,5 Zentimeter. Jede regelmäßige Pyramide wie diese ist auch gerade, das heißt die Höhenlinie trifft genau im Zentrum auf die Basis. Die Höhe unserer Glaspyramide beträgt exakt 3,4 Zentimeter. Daraus ergeben sich nach den üblichen Formeln folgende Maße.«

Siegberth setzte ihre Brille auf und las vor: »Die Länge der vier Steilkanten beträgt 14.246403 Zentimeter, die Mantelfläche, also die Fläche aller vier Dreiecke, beträgt 11.148542 Quadratzentimeter, die gesamte Oberfläche 13.398542 Quadratzentimeter. Die Berechnung der Gesamtkantenlänge bei einer quadratischen Pyramide ist dann kein Kunststück und ergibt bei dieser hier 20.246403 Zentimeter. Bleibt nur noch das Volumen, der Inhalt: 2,55 Kubikzentimeter.«

Sie schob Konstantinos das Blatt mit den Resultaten zu. »Meine mikroskopische Untersuchung hat ergeben, dass es sich mit allerhöchster Wahrscheinlichkeit nicht um einen industriell gefertigten Körper handelt. Die scharfen Kanten zeugen davon, dass jemand die Pyramide aus einem größeren Stück Glas geschliffen hat, vermutlich aus einem optischen Glas ohne jeden Einschluss.«

»Ihrer Meinung nach spricht vieles für Cannotier, der bei Siemens arbeitete?«, warf Konstantinos ein.

»Ich habe nichts gefunden, was dagegen sprechen würde«, bestätigte ihm Siegberth. »Wer immer die Pyramide herstellte, er hatte nicht nur die richtigen Werkzeuge und den Rohstoff dafür zur Verfügung, er war außerdem ein guter und talentierter Handwerker. Unter dem

Vergrößerungsglas sind leichte Rillen auf den Seitenflächen zu erkennen, ein Beweis dafür, dass die Flächen exakt zugeschliffen, aber nicht völlig auspoliert wurden. Das spricht für eine gewisse Eile in der Fertigung. Die Maße waren allerdings Absicht. Cannotier wollte die Pyramide genau so und nicht anders.«

Der Grieche ließ seine Augen über die Resultate der geometrischen Berechnungen schweifen. »Wenn er etwas versteckte, einen verschlüsselten Hinweis oder eine Nachricht, dann also in den Abmessungen«, murmelte er. »Oder haben Sie noch etwas im Glas gefunden?«

»Das Material an sich ist klar, ohne Einschlüsse, ohne Gravuren, ohne eingeätzte Zeichen oder Buchstaben«, ergänzte Siegberth. »Wenn Sie so wollen, dann ist es eine höchst genau hergestellte, aber ganz simple Pyramide aus Glas. Wie kommen Sie überhaupt darauf, dass Cannotier eine Nachricht in der Pyramide versteckte? Nur wegen dieser Tagebucheintragung?«

»Er schrieb: ›Sie ist mein Vermächtnis, das diesen Irrsinn überleben muss.‹ Und das kann ich nicht anders deuten«, antwortete Konstantinos. »Wer es versteht, sie zu entschlüsseln und den Hinweisen folgt, dem offenbart sie ein geradezu unglaubliches Geheimnis.‹«

»Das kann aber genauso gut die überbordende Phantasie eines in Ägypten und die Zeit der Pharaonen verliebten Franzosen sein, der in die alten Pyramiden mehr hineindichtete, als ihm guttat. Spinner die in allem ein Zeichen Gottes sehen oder dahinter ein unglaubliches Geheimnis vermuten, hat es zu jeder Zeit gegeben«, gab Siegberth zu bedenken. »Eine frühe Verschwörungstheorie? Außerirdische bauten die Pyramiden als Landmarken für ihre Anflüge auf die Erde? Was weiß ich! Setzen Sie lieber nicht zu viel auf diesen Cannotier und vergessen Sie nicht, dass schon Napoleon sich für die alten Ägypter begeistert hat. Es gab Jahre, da schossen in Europa plötzlich Stelen und Obelisken aus dem Boden wie die Pilze. Pyramiden als Grabmale, sogar als Weinkeller. Ägypten war in Mode.«

Konstantinos schüttelte entschieden den Kopf. »Das glaube ich nicht. Cannotier war Ingenieur, ein rationaler Mensch, kein Träumer. Er konnte mit Zahlen und Materialien umgehen, aber ich bezweifle, dass er sehr viel Phantasie besaß. In seinem Tagebuch finden sich keine Träumereien, sondern nur Erlebnisse, scharf beobachtete Ereignisse oder Beschreibungen seiner Gefangenschaft. Im Berlin des Kriegswinters 1944/45 glaubte er nicht mehr daran, dem Grauen zu entkommen. Also schuf er die Pyramide.«

»Denn Terribilis est locus iste«, setzte Siegberth nachdenklich fort.

»Meinte er damit das untergehende, zerstörte und umkämpfte Berlin?«

»Ich habe mich mit dem Satz aus dem Buch Genesis 28:17 beschäftigt, als ich ihn das erste Mal in den Aufzeichnungen Cannotiers gelesen hatte«, meinte der Grieche. »Der volle Wortlaut besagt: Terribilis est locus iste, hic domus Dei est, et porta coeli. Übersetzt heißt es so viel wie: Dieser Ort ist schrecklich, hier ist das Haus Gottes und das Tor zum Himmel. Ich kann mir beim besten Willen nicht vorstellen, wie sich das auf Berlin im Jahr 1945 beziehen soll. Das war damals eher das Tor zur Hölle oder das Reich des Teufels.«

»Also spricht einiges dafür, dass sich das Zitat auf einen anderen Ort bezieht.« Die Wissenschaftlerin war aufgestanden und ging zu dem Regal mit den Tagebüchern. »Auf das angebliche Geheimnis, von dem Cannotier berichtet?«

Konstantinos antwortete nicht. Er war in die Resultate der Berechnungen vertieft, die Siegberth angestellt hatte. »Haben Sie mit Absicht nur sechs Stellen hinter dem Komma gerechnet?«, erkundigte er sich, ohne aufzublicken.

»Halten Sie mich bitte nicht für senil.« Siegberth klang indigniert. »Sollte in dieser Pyramide ein geographischer Hinweis versteckt sein, dann gibt es keine genauere Angabe als insgesamt acht Stellen, wahrscheinlich sind es eher weniger. Selbst der Ingenieur Cannotier wird, meiner Meinung nach, mit vier oder maximal sechs Stellen gearbeitet haben: Grad, Minuten und deren dezimale Unterteilung.«

»Der Inhalt ist die einzige kürzere Zahl in Ihren Berechnungen, insgesamt nur drei Stellen. 2,55.« Konstantinos schien ihren Einwand nicht gehört zu haben.

»Das kann etwas bedeuten, muss es aber nicht«, gab die Wissenschaftlerin etwas ungeduldig zurück, während sie ihren Finger über die Rücken der verschiedenen Einbände gleiten ließ. Sie dachte über die Victor Schoelcher und ihre Fracht nach. Lag darin der wahre Grund für das brennende Interesse des Griechen an der ganzen Sache?

Konstantinos gab sich einen Ruck, griff in seine Tasche und zog den Metallzylinder hervor. Er suchte kurz, bis er das Mikrometer auf dem Tisch fand. Dann maß er den Außendurchmesser der kleinen Dose.

»Wie ich mir dachte. Exakt 2,55 Zentimeter.« Zufrieden drehte er den Behälter in den Fingern. »Der Inhalt der Pyramide verweist auf den Zylinder. Eigentlich logisch. Damit hat uns Cannotier zwei Dinge bestätigt: Er verschlüsselte Hinweise in den Maßen der Pyramide, und er wollte, dass wir uns den Behälter näher ansehen sollen.«

»Das habe ich bereits«, antwortete Siegberth über ihre Schulter, während sie in einer Autobiographie blätterte. »Und Sie haben ihn zuvor ebenfalls untersucht, wenn mich nicht alles täuscht. Keine Aufschrift, keine Zahlen, nichts.«

Konstantinos antwortete nicht und begann, die verschiedenen Materialstärken und Abmessungen des kleinen Metallbehälters zu kontrollieren. »Die Wand hätte nicht so dick sein müssen, aber er wollte auf genau 2,55 Zentimeter kommen«, murmelte er dabei vor sich hin. »Also ebenfalls auf Maß gearbeitet.« Er wog den kleinen Zylinder in seinen Händen. »Kein Aluminium, eher ein Gussmetallblock, der auf die richtige Größe abgedreht wurde. Ebenso wie der Verschluss mit dem Gewinde.«

Der Grieche nahm die solide Kappe in die Hand und setzte das Mikrometer an. Die Seitenwände waren gleichmäßig dick und wiesen keine Anomalien auf. Die Oberseite des Deckels maß allerdings mehr als doppelt so viel. Konstantinos runzelte die Stirn, nahm ein Vergrößerungsglas und untersuchte die Innenseite. Eine haarfeine Linie lief an der Kante entlang. Er nahm ein Skalpell und versuchte, die Spitze in den Spalt zu treiben, doch es gelang ihm nicht. Dann nahm er den Deckel zwischen Daumen und Zeigefinger. Er drückte leicht und drehte dann. Es klickte, und ein rundes Plättchen trennte sich innen vom Verschluss. Dazwischen kam eine dunkelbraune, halb transparente Folie zum Vorschein.

»Willkommen im geheimen Versteck des genialen Adolphe Cannotier«, murmelte Konstantinos triumphierend.

> **La Ferté-Alais – Flughafen Orly,
> südlich von Paris / Frankreich**

Der alte Renault 15 hatte bessere Zeiten gesehen. Aus dem tiefen Rot seiner Lackierung war im Laufe von mehr als dreißig Jahren ein ausgebleichtes, fleckiges Orange geworden, und die Stoßdämpfer waren so ausgeleiert, dass der Aufbau schwankte wie eine topplastige Galeone im Sturm. Von den ursprünglichen neunzig PS waren vielleicht noch etwas mehr als die Hälfte an der Arbeit, doch keiner der vier Insassen beschwerte sich darüber. Im Gegenteil. Amber Rains war Bastide um den Hals gefallen, als er ihnen spontan sein Zweitauto für die Fahrt nach Orly angeboten hatte.

»Lasst die alte Kiste ruhig im Hangar von Charly stehen«, hatte er gemeint und die Mütze wieder ins Gesicht gezogen. »Ich hol sie mir dann irgendwann wieder.«

Charly oder Comte Charles de Sévigny, flugzeugbegeisterter Vorstandsvorsitzender des staatlichen Mineralölkonzerns Elf und Gründungsmitglied der Amicale Jean-Baptiste Salis in La Ferté-Alais, hatte mit Vergnügen seinen Learjet 36 zur Verfügung gestellt, als er erfahren hatte, dass es Amber war, die ihn dringend brauchte.

»Dafür bist du mir aber zumindest ein Abendessen im Le Diane schuldig nach deiner Einkaufsorgie«, hatte Sévigny trocken festgestellt und danach nicht mehr lockergelassen. »Ich zahle, aber du bist ausnahmsweise einmal nicht im Stress und hältst bis zum Dessert durch. Außerdem möchte ich mit dir nächstes Wochenende die Ju52 fliegen. Keine Widerrede! England kann auf dich warten. Und was, um alles in der Welt, machst du in Kairo?«

Nachdem sich Amber mit einer unverbindlichen Floskel aus der Affäre gezogen, einem zufriedenen Charly sein Abendessen versprochen und damit sichergestellt hatte, dass der wiederum nicht weiter auf eine Erklärung für den Kairoflug bestanden hatte, war nur noch das Problem der Fahrt nach Orly geblieben, das Bastide, der Mechaniker, mit seiner großzügigen Geste gelöst hatte.

»Charly reicht für uns den Flugplan ein«, meinte Amber, die den R15 über die Landesstraße 31 nordwärts steuerte. »Der Lear ist voll getankt und hat mehr als genug Reichweite, um uns ohne Zwischenlandung nach Kairo zu bringen.«

»Trügt mich mein Gefühl, oder freust du dich auf ein Wiedersehen mit Afrika?«, lächelte John Finch.

Amber lachte lauthals und nickte begeistert. »Darauf kannst du wetten.«

Die Kawasaki ZX-12R war von der A6, der Autoroute du Soleil, bei Saint-Germain-sur-École abgefahren und raste nun auf der Landesstraße von Osten her auf La Ferté-Alais zu. Der Fahrer kümmerte sich nicht um die Geschwindigkeitsbeschränkungen. Lediglich auf der Autobahn hatte er einmal abgebremst, als ein Kombi der Polizei mit hundertdreißig auf der rechten Spur eine Kontrollfahrt unternommen hatte. Nun wollte er so rasch wie möglich auf das Flugfeld kommen.

Nach dem kleinen Ort Dannemois zeigte die Navigation noch 15,5 Kilometer bis zum Ziel und die Digitalanzeige des Tachometers wanderte über die 180 km / h-Marke. Diesmal würden sie Salam und seine Freunde nicht mehr entkommen lassen.

Ein Blitz von rechts, den er aus den Augenwinkeln gerade noch wahrnahm, irritierte ihn bei der Ortseinfahrt von Violles. Er schaltete herunter, die Geschwindigkeit fiel auf hundertzwanzig, und plötzlich sprang achtzig Meter weiter vorne ein Beamter mit einer roten Kelle von einem Parkplatz auf die Fahrbahn und winkte hektisch.

»Scheiße«, flüsterte der Fahrer und bremste scharf. »Das hat uns gerade noch gefehlt.«

Der Verkehr im Süden von Paris wurde dichter, je näher der alte Renault auf der A6 dem Flughafen kam. Im Radio, das wie die Schallplatte der Woche durch ein altes Wählscheibentelefon klang, sang Francis Cabrel *Les chemins de traverse*.

Llewellyn und Salam, die sich die durchgesessene Rückbank teilten, beobachteten, wie sich Amber geschickt in die rechte Spur einfädelte, wo ein großes Schild ihnen den Weg nach »Rungis, Orly, Créteil« wies.

»Und was nun? Wie schlüpfen wir so elegant wie möglich durch die Kontrollen?«, wollte Salam wissen. »Flughäfen sind heutzutage Hochsicherheitszonen. Wenn der französische Geheimdienst mit den Briten gemeinsame Sache macht, dann weiß ich, wo wir die heutige Nacht verbringen.«

»Ich hab da so eine Idee«, meinte Amber. »Zwei Crews in einem alten Renault sollten nicht auffallen.«

Salam runzelte die Stirn und warf Llewellyn einen fragenden Blick zu, doch der Major zuckte nur mit den Schultern und nickte in Richtung Amber. »Das ist ihr Territorium. Lassen wir unseren Fliegern den Vortritt. Diesmal gibt es keinen Plan B.«

Ob es die Ausweise waren oder die latente Drohung, ihren Vorgesetzten anzurufen und ihn darüber zu informieren, dass zwei französische Polizeibeamte eine internationale Aktion von Geheimdiensten boykottierten – die Uniformierten ließen nach einem Telefongespräch mit der Zentrale die beiden Engländer laufen. Ihre saure Miene sagte deutlich: Besser ihr kommt hier nie wieder vorbei.

Mit einer Verzögerung von nur zehn Minuten röhrte die Kawasaki weiter durch die anbrechende Nacht in Richtung La Ferté-Alais. Als sie wenig später auf dem Flugfeld Aérodrome Jean-Baptiste Salis ankamen und den Motor abstellten, lagen die Hangars und die Piste ruhig und verlassen da. Die beiden Agenten stiegen ab, zogen die Helme vom Kopf und sahen sich um. Von einer Ju52 war weit und breit nichts zu sehen. Nur am anderen Ende eines niedrigen Hauses hinter ihnen verkündete eine Leuchtreklame: Restaurant Le petit prince.

»Die haben hier schon die Bürgersteige hochgeklappt«, brummte der Schwarzhaarige enttäuscht. »Ich weiß zwar nicht, wie sie es angestellt haben, aber wenn Llewellyn, Finch und Salam da waren, dann sind sie bereits über alle Berge.«

»Oder sie sitzen im Restaurant da drüben ...«

»... bei einem Glas Rotwein und einem Teller Pâté«, vollendete der Schwarzhaarige ironisch und zeigte seinem Partner einen Vogel. »So blöd wäre niemand.«

»Gehen wir rüber und finden wir es raus.« Der Glatzkopf setzte sich in Bewegung.

In diesem Moment ging die Tür des Restaurants auf, und ein Mechaniker im fleckigen Blaumann stieg die drei Stufen herunter. Leise Akkordeonmusik und fröhliche Stimmen verklangen, als die Tür wieder hinter ihm zufiel. Er streckte sich, sah dann die beiden Neuankömmlinge und nickte ihnen freundlich zu, bevor er seine Mütze zurechtrückte. Dann wandte er sich zum Gehen.

»Heh! Hallo! Sie da!« Der Schwarzhaarige beschleunigte seine Schritte. »Können Sie uns eine Auskunft geben?«

Bastide drehte sich um und sah ihn überrascht an.

»Je suis français, je ne parle pas anglais«, sagte er und wies mit der ausgestreckten Hand auf die Tür des Petit Prince.

»Was sagt er?«, wollte der Glatzkopf wissen.

»Irgendwas mit Französisch und Englisch«, erwiderte der Schwarzhaarige. »Kann wahrscheinlich kein Wort Englisch. Egal, gehen wir ins Lokal. Irgendeiner der Piloten wird ja noch da sein.«

Als sie die Tür des Petit Prince aufdrückten, schlug ihnen eine Wolke aus Musik, Lachen und Essensgerüchen entgegen. Hinter der Bar stand ein langhaariger junger Mann in Jeans und Pullover und zapfte Bier, während eine hochgewachsene, schlanke Frau einen Stapel Teller balancierend aus der Küche kam, den Stapel auf der polierten Platte der Theke abstellte und sich mit dem Handrücken die Haare aus der Stirn strich.

»Tut mir leid, wir haben heute eine geschlossene Gesellschaft«, sagte sie etwas erschöpft zu den beiden Agenten. Als sie an deren Gesichtsausdruck erkannte, dass die beiden sie nicht verstanden, wechselte sie ins Englische und wiederholte den Satz.

»Kein Problem«, winkte der Schwarzhaarige ab. »Wir suchen die Insassen der Ju52, die heute aus Duxford gekommen ist. Sind die hier?« Er machte eine ausholende Armbewegung.

Die junge Frau schüttelte den Kopf. »Ich habe heute wirklich nicht auf den Flugbetrieb geachtet, mit all den Gästen hier. Es ist selten so viel los bei uns, aber wenn, dann kommt es dick. Ich weiß nur, dass Bastide seinen alten Wagen jemandem geliehen hat, um nach Orly zu fahren. Er bewahrt die Schlüssel immer bei uns auf. Aber warum fragen Sie ihn nicht? Der ist Mechaniker und betreut die Ju52. Sie müssen ihm eigentlich begegnet sein, als Sie kamen. Der Mann in Latzhose und Mütze.«

»Spricht der nicht nur Französisch?«, wunderte sich der Glatzkopf.

»Ach was, der spricht besser Englisch als ich«, lachte die Kellnerin, dann ergriff sie ein Tablett mit Biergläsern und eilte davon.

»Verdammt!«, rief der Schwarzhaarige, nahm seinen Partner am Arm, und beide stürmten aus dem Lokal, die drei Stufen hinunter auf den kleinen Vorplatz und schauten sich hektisch um.

Niemand war zu sehen, keine Schritte waren zu hören.

Die Dunkelheit hatte begonnen, ihr schwarzes Tuch über das Aérodrome zu legen. Die Bäume und Büsche an der anderen Seite des Flugfelds waren nur mehr verschwommene Schemen.

»Egal«, stellte Glatzkopf fest. »Orly hat sie gesagt. Wir haben bereits zu viel Zeit vergeudet. Dir ist ja wohl klar, wer im Wagen saß. Also nichts wie weg, der Flughafen ist nicht weit. Sollten wir sie nochmals verpassen, dann fahren wir gleich weiter nach Frankfurt, und die Kollegen müssen übernehmen.«

Die Kawasaki beschleunigte die Zufahrtsstraße hinunter, als Bastide aus dem Schatten hinter dem Hangar trat und dem schweren Motorrad nachblickte.

Dann griff er zum Telefon.

Die hohen Straßenlaternen warfen ein fahles gelbes Licht auf den hohen Zaun, der das Gelände des Flughafens Orly umgab. Die Route Charles Tillon folgte der Einzäunung. Hangars, Servicebetriebe, Lagerhallen, Depots für Fahrzeuge und Ersatzteile reihten sich aneinander, immer wieder unterbrochen von Einfahrtstoren mit den zugehörigen Wachhäuschen.

Amber ließ den Peugeot langsam den Zaun entlangrollen, auf der Suche nach der richtigen Einfahrt. Dann lenkte sie den alten Wagen plötzlich nach rechts und blieb vor einem rot-weiß gestrichenen Schlagbaum stehen. Das glänzende Metallschild daneben verkündete in zwei Sprachen »Zufahrt nur für autorisierte Personen«.

Ein Wachmann in der blauen Uniform der Security sah gelangweilt auf. Amber ließ das Fenster herunter, streckte ihm einen Ausweis entgegen und rief: »Hi! Special mechanical crew for Atelier Pierre Fontaine!«

Der Mann erkannte die Pilotin, nickte freundlich, öffnete die Schranke und winkte den Renault durch. Dann widmete er sich wieder seinem kleinen Fernseher, der flackernde blaue Schatten auf sein Gesicht zeichnete.

»Wer zum Teufel ist dieser Pierre Fontaine?«, wunderte sich Llewellyn.

»Das ist der Mechaniker, der sich um Charlys Learjet kümmert, sein Bastide sozusagen«, lächelte Amber und folgte den Wegweisern durch das Labyrinth der Hallen.

»Und der Ausweis?«

»Meine Firmenlegitimation für Duxford«, erwiderte Amber trocken. »Der Mann von der Security kennt mich und im übrigen wollte er sich nicht auf eine Diskussion auf Englisch einlassen, wie immer ...«

In diesem Moment läutete ihr Handy, und sie hielt an. Dann suchte sie kurz in ihrer Hose und nahm das Gespräch an.

»Keine Namen!«, warnte die Stimme des Anrufers, die Amber sofort als die von Bastide erkannte. »Ihr habt zwei Verfolger auf einer Kawasaki, Engländer. Ich weiß nicht, wie viel Marie ihnen verraten hat, aber sie sind ziemlich schnell wieder vom Aérodrome verschwunden. Nehmen wir jetzt einmal an mit Ziel Orly.«

Amber fluchte leise, sagte »Danke« und drückte auf die rote Taste und schaute ihre drei Mitfahrer an. »Ihr müsst ziemlich hoch auf der Prioritätenliste des Secret Service stehen. Zwei Männer auf einem Motorrad. Sie waren in La Ferté-Alais und sind nicht weit hinter uns.«

»Wie hast du in London so richtig gesagt?«, wandte sich Finch an Llewellyn. »Wir müssen verschwinden wie ehemals der große Houdini? Dann wäre das jetzt der richtige Moment dafür.«

Amber fuhr wieder an und bog langsam rechts ab, als ihr ein Polizeiwagen entgegenkam. Der Fahrer musterte neugierig die Insassen des Peugeot, blieb aber nicht stehen.

»Am liebsten würde ich auf die beiden Typen warten und sie auseinandernehmen«, knurrte Llewellyn, während er dem Polizeifahrzeug nachsah. »Dieses Davonrennen kotzt mich an.«

»Falsch«, entgegnete Finch. »Nur wenn wir herausfinden, wer diese ganze Geschichte ausgeheckt hat und wozu, können wir die Gruppe von innen her aufrollen. Sonst wird die Jagd nie aufhören. Ich brauche dir doch nichts über den Geheimdienst und sein System zu erzählen. Das funktioniert auf der ganzen Welt gleich. Wir müssen sie irgendwo auf frischer Tat ertappen, sonst werden sie Salam erwischen und umbringen, dann alles leugnen, sollte sie jemand verdächtigen. Danach werden sie ganz still und leise in den Schoß des Service zurückkehren, ihre Spuren verwischen, untertauchen. Kein Kläger, kein Richter. Alles ist gut.«

»Gar nichts ist gut!«, ereiferte sich Llewellyn. »Hören wir auf mit dem Versteckspiel! Ich wette, Peter hat bereits mit der Innenministerin gesprochen und mit all seinen anderen Freunden an den Schaltstellen der Macht.«

»Und wenn nicht?« Salams Frage hing in der Luft wie eine Drohung. »Warum sind die beiden noch immer hinter uns her, wenn Compton bereits alles im Griff und die Lage unter Kontrolle hat? Warum haben wir von ihm noch nichts gehört? Wenn die Bedrohung vorbei wäre, warum ruft er dann nicht einfach an?«

»Weil wir die Handys ausgeschaltet haben«, gab Finch zu bedenken. »Ich sollte auch endlich Fiona anrufen.«

»Dem können wir abhelfen, nichts leichter als das.« Der Major holte sein Mobiltelefon aus der Tasche und schaltete es ein. »Wir sind in Frankreich, das scheint sich ja bereits international herumgesprochen zu haben, noch genauer in Orly, auch das ist kein Geheimnis mehr, also was soll's?« Llewellyns Stimme klang bitter. »In wenigen Sekunden sehen wir jeden Anruf in Abwesenheit, der in den letzten Stunden eingetrudelt ist.«

Er schaute auf das Display und wartete.

Das Handy buchte sich ins Auslandsnetz ein.

Und blieb stumm.

Amber parkte neben einem kleinen Hangar ein, auf dessen Tore ein großes P und ein F gemalt waren. Sie stellte den Motor ab und drehte sich um. »Und?«

Llewellyn schüttelte nur enttäuscht den Kopf. »Nichts. Das gefällt mir gar nicht«, meinte er und schaltete das Handy wieder aus. Als er Finchs erstaunten Blick sah, sagte er: »Sicher ist sicher, und wenn es uns nur einen kleinen Vorsprung bringt. Dein Anruf bei Fiona kann auch noch warten, bis wir in Kairo sind.«

»Und jetzt sollten wir so rasch wie möglich verschwinden«, drängte Salam. »Oder wir werden keine Starterlaubnis mehr bekommen, wenn der französische Geheimdienst Amtshilfe leistet.«

»Ganz richtig, es ist fast acht«, meinte Finch nach einem Blick auf die Uhr. »Und ich weiß nicht, ob wir es schaffen, vor der Ankunft der beiden englischen Agenten am Flughafen den Learjet in der Luft zu haben.«

»Die müssen uns erst einmal finden«, gab Amber zu bedenken und stieg aus.

Llewellyn schüttelte den Kopf und folgte ihr. »Negativ. Die brauchen nur zu den Behörden zu gehen, und schon sitzen wir in der Falle. Die Passagierlisten der Fluggesellschaften haben sie in einer halben Minute durchforstet. Wenn sie da nichts finden, dann verbieten sie vorsichtshalber alle Starts der lokalen Chartergesellschaften oder der Privatflüge. Und dann nutzt uns der schnellste Jet nichts mehr. Dann haben sie uns endgültig.«

11
DER TOD IM SAND

> **28. Juni 1940, Hafen von Dakar / Französisch-Westafrika**

Als Frank Majors in den Hafen zurückkam, war weder von Alphonse Cannotier, noch von dem schmächtigen Unbekannten im dunklen Anzug etwas zu sehen. Vor den drei Gangways standen Dutzende Soldaten unbeweglich Wache, die Gewehre auf der Schulter. Die anderen hatten sich in Gruppen auf den Boden gesetzt, selbst die ersten Zelte waren auf dem Platz vor der Hafenkommandantur bereits errichtet worden. Die Lkws waren wieder abgefahren. Es sah nach einer längeren Wache aus.

Der Colonel hatte ein chiffriertes Telegramm nach London geschickt, war dann kurz nach Hause gegangen, um sich umzuziehen und nahm nun seinen Beobachtungsposten an der Wand der Hafenkommandantur, im Schatten des Vordaches, erneut ein. Durch das Fernglas beobachtete er das Treiben auf den drei Schiffen der Goldflotte. Als sein Blick über die Brücke der Victor Schoelcher schweifte, stutzte er. Da standen Cannotier und der Unbekannte im Gespräch mit einem der Offiziere oder gar dem Kapitän des Schiffes. Hatten sein Name und die Stellung seines Vaters den Jungen an den Soldaten vorbei auf das Schiff gebracht? Majors wunderte sich über den Schachzug des Franzosen. Was genau erhoffte er sich davon? Und wer war der schmächtige Mann in diesem lächerlichen Anzug, der sich gerade angeregt mit dem Schiffsoffizier unterhielt?

Die Sonne stieg höher, und das Quecksilber des alten, riesigen Thermometers unter der Trikolore hatte die 30-Grad-Marke bereits überschritten. Es war später Vormittag, und Majors litt unter der Hitze, an die er sich nie gewöhnt hatte, seit er afrikanischen Boden betreten hatte.

Am Nachmittag würde Dakar zu einem Glutofen werden. Unerträglich heiß, trotz der leichten Brise, die vom Meer her wehte.

Majors unterdrückte den Wunsch, sich in eines der beiden Cafés am Hafen zu setzen und eine eisgekühlte Flasche Bier zu trinken. Die deutschen Agenten hatten nicht nur die besten Plätze bereits besetzt, sie ließen die drei Schiffe ebenfalls nicht aus den Augen. Mit tausend Tonnen Gold würde sich die Kriegsmaschine des Dritten Reichs für lange Zeit erfolgreich betreiben lassen ... Der Colonel schüttelte den Kopf. Besser nicht darüber nachdenken. Noch war die Ladung in Afrika, weit weg von Berlin. In Sicherheit vor Hitlers Zugriff.

Ein Mann mit zwei Koffern kam langsam die Gangway der Victor Schoelcher herunter, ein wenig unsicher, mit fast zögernden Schritten. Auf halbem Weg blieb er stehen, wandte sich um und blickte zum Schiff zurück. Majors erkannte ihn von den Fotografien, die ihm London übermittelt hatte. Es handelte sich um Stefan Michalski, den Abgesandten der polnischen Nationalbank, der die Odyssee der siebzig Tonnen Gold von Warschau über Rumänien und den Hafen Constanza nach Istanbul, Beirut, Toulon, Angoulême und Lorient bis nach Dakar mitgemacht hatte. Er war über ein Jahr mit den Kisten unterwegs gewesen – per Lkw, Zug und schließlich auf dem Schiff.

Und nun, fragte sich der Colonel?

Die Soldaten am Fuß der Gangway waren offensichtlich instruiert worden, salutierten zackig und ignorierten die Papiere des Polen geflissentlich.

Majors überquerte mit großen Schritten den Kai, schlängelte sich zwischen den Gruppen der Soldaten hindurch, bis er neben dem hageren, ein wenig verdrießlich dreinschauenden Mann stand.

»Mr. Michalski?«, fragte er und streckte seine Hand aus. »Colonel Frank Majors. Freut mich, Sie kennenzulernen.«

Der Pole stellte einen der Koffer ab und ergriff die angebotene Hand. »Mr. Majors? Woher kennen Sie meinen Namen? Sind Sie Brite oder Amerikaner?«

»Brite, Sir, und Ihr Name wurde mir von meiner Dienststelle übermittelt«, antwortete der Colonel. »Darf ich Sie auf einen Drink einladen? Nicht hier«, schränkte Majors gleich ein und wies auf die beiden Cafés im Hafen, »da verkehren im Moment Leute, die Sie sicher nicht kennenlernen wollen.« Er zwinkerte dem Beauftragten der Polnischen Nationalbank vertraulich zu, griff dann nach einem der Koffer und machte eine einladende Handbewegung. »Zwei Blocks weiter gibt es ein ruhiges Restaurant, wo wir ungestört sind.«

Michalski zögerte, schaute ein letztes Mal zurück zur Victor Schoelcher, gab sich einen Ruck und nickte Majors zu. »Man hat mich ziemlich rüde vom Schiff komplimentiert«, sagte er und betrachtete die Soldaten, die Zelte und die Ladeflächen der Lkws, die in den Seitenstraßen standen und deren Motorenlärm bis hierher drang. »Ich möchte jedoch um keinen Preis den Abtransport der Ladung verpassen.«

»Keine Angst, Sir, nach meinen Informationen bleiben die Kisten vorläufig da, wo sie sind. In den Laderäumen der Schiffe«, stellte Majors fest. »Wir sollten deshalb auch ein Zimmer in einem der beiden guten Hotels der Stadt für Sie buchen.«

Der Pole blickte den Colonel ein wenig misstrauisch von der Seite an, entschloss sich aber dann doch, ihn zu begleiten. Bald waren die beiden Männer zwischen den Soldaten und Zelten verschwunden.

Kapitän Moevus wurde der junge Cannotier immer sympathischer, je länger er mit ihm sprach. Als der Sohn aus offensichtlich gutem Hause die Brücke betreten hatte, den schweigsamen Passagier im Schlepptau, war Moevus angesichts seiner Ladung zuerst auf der Hut gewesen. Doch Cannotier hatte den Kapitän mit seiner offenen Art und der Einladung in das Haus seines Vaters rasch für sich gewonnen.

»Mein Vater wird außerordentlich interessiert sein, die Geschichte des Goldtransports aus erster Hand zu erfahren«, hatte Cannotier gesagt und Moevus für den Abend zu einem offiziellen Diner mit den Regierungsrepräsentanten der Kolonie eingeladen. »Außerdem wird es wohl einer gemeinsamen Entscheidung bedürfen, was mit der Fracht geschieht und wohin sie transportiert werden soll. Denn für alle Beteiligten steht außer Frage, dass die Goldreserven nicht hier im Hafenbecken von Dakar bleiben können.«

Als Moevus die Einladung erfreut angenommen und versichert hatte, sie auch den beiden anderen Kapitänen zu übermitteln, war Cannotier mit dem schmächtigen Mann im Schlepptau wieder verschwunden. Zwei Decks tiefer, nach einem aufmerksamen Blick in die Runde, hatte der schweigsame Unbekannte den jungen Franzosen beiseitegenommen.

»Ich habe Ihnen bisher weder meinen Namen noch meine Aufgabe genannt, sondern Sie nur beobachtet und Ihnen zugehört«, begann der Mann im Anzug und lehnte sich an die Reling. »Natürlich ist uns Ihr Vater seit langem ein Begriff«, fuhr er fort und strich sich mit den Fingern über seinen Schnurrbart. »Ein verlässlicher, zuverlässiger und umsichtiger Beamter, der die Lage in Französisch-Westafrika entscheidend mitgestaltet hat.«

»Und wer genau ist ›uns‹?«, erkundigte sich Cannotier neugierig.

»Der Nachrichtendienst des Heeres, kurz SR Guerre«, antwortete der Unbekannte.

»Und was genau macht der Heeresnachrichtendienst in Dakar? Er bewacht den Goldtransport?«, fragte Cannotier unbeeindruckt.

Sein Gegenüber schüttelte den Kopf und wies auf die Hundertschaft von Soldaten, die den Kai belagerten. »Das haben schon andere übernommen. Außerdem – vergebliche Liebesmüh, das Gold wird sowieso bald Hitler gehören, egal wohin wir es bringen. Daran glauben allerdings noch nicht alle. Kommt Zeit, kommt die Erkenntnis«, setzte er bitter hinzu, bevor er verstummte. Sein Blick war nachdenklich, als er Cannotier musterte. »Ich habe es im letzten Augenblick auf dieses Schiff geschafft und konnte daher keinerlei Vorbereitungen treffen. So bin ich auf die Hilfe Ihres Vaters angewiesen. Könnten Sie mir zu dem Diner heute Abend ebenfalls eine Einladung verschaffen? Das wäre die perfekte Möglichkeit, gewisse Vorkehrungen mit Ihrem Vater zu besprechen.«

Alphonse Cannotier sah den Unbekannten mit schräg gelegtem Kopf an. »Überzeugen Sie mich«, sagte er nur.

Für einen Augenblick sah es so aus, als würde der schmächtige Mann sich umdrehen und den jungen Franzosen stehen lassen, doch dann holte er ein Tuch aus der Anzugtasche, wischte sich über die Stirn und nickte. »Gut«, meinte er schließlich, »die Situation ist ungewöhnlich und verlangt nach außergewöhnlichen Maßnahmen. Ich werde Sie ins Vertrauen ziehen. Kommen Sie, spazieren wir etwas über das Deck.«

Er nahm Cannotier, der gut einen Kopf größer war, am Arm und zog ihn mit sich. »In Frankreich gab es bis vor kurzem zwei Geheimdienste – das Deuxième Bureau, gegründet 1886 und in der Dreyfus-Affäre in Misskredit geraten. Zuletzt einem sechzigjährigen Infanterieoffizier aus dem Ersten Weltkrieg unterstellt, der die Zeichen der Zeit verkannt hat und deshalb das Bureau in den vergangenen Jahren in eine informationstechnische Sackgasse führte. Der Dienst sammelte zwar sehr erfolgreich militärisch relevante Informationen, da er den verschlüsselten Funkverkehr militärischer und diplomatischer Dienststellen abhörte, Schiffsbewegungen im Atlantik, Pazifik, im Indischen Ozean und im Mittelmeer und deutsche Aufklärungsflugzeuge über französischem, belgischem und niederländischem Territorium beobachtete, war aber nicht in der Lage, diese Informationen auch umzusetzen und in die militärische Planung einfließen zu lassen.«

Der Unbekannte hielt inne und versicherte sich mit einem Seitenblick, dass Cannotier ihm aufmerksam zuhörte.

»Der Nachrichtendienst des Heeres, dem ich angehöre, arbeitet im Kriegsministerium an der Seite des Deuxième Bureau und unterhält seit den dreißiger Jahren ausgedehnte Agentennetze in Deutschland, Italien und der Sowjetunion. Die erzielten Erkenntnisse wurden bis vor kurzem mit dem Secret Intelligence Service geteilt. Die Engländer wiederum ließen uns Informationen zukommen, die wir sonst niemals erhalten hätten. Sehr heikle Informationen, wohlgemerkt. Dann kam der Paukenschlag: Die Niederlage Frankreichs in diesem Monat verändert alles. Während nach dem Einmarsch der Deutschen das Deuxième Bureau offiziell aufgelöst worden ist, betrachtet der Nachrichtendienst des Heeres den Krieg als nur vorübergehend unterbrochen und hat sich geweigert, mit Vichy zusammenzuarbeiten.«

»Sehe ich das richtig, dass der SR Guerre also in den Untergrund gegangen ist, anstatt mit den Deutschen zu kollaborieren?«, fragte Cannotier nach.

Der Unbekannte nickte. »Ein Teil zog unter einem Tarnnamen nach Marseille, der andere ging in den Untergrund. Damit tauchte jedoch ein großes Problem auf: Das riesige Archiv, das seit mehr als fünfzig Jahren angesammelt worden war, musste dem Zugriff der Deutschen entzogen werden. Listen von Agenten, Erkenntnisse aus weltweiten

Aktionen, ganze funktionierende Netzwerke, die nach wie vor bestehen, brisante Berichte über Entwicklungen in Frankreich und in ganz Europa, Analysen und Bewertungen, politische Skandale und ihre oft ausländischen Drahtzieher werden in diesen Archiven genannt. Dazu kommen die Informationen der Briten, die wir im Austausch erhalten haben. Unvorstellbar, was passieren könnte, wenn dieses Archiv in die falschen Hände geriete.«

»Verständlich«, murmelte Cannotier. »Betrachten Sie Ihre Einladung zum Diner meines Vaters heute Abend als verbindlich. Pünktlich um 19.00 Uhr in der Villa Cannotier. Wo befindet sich das Archiv jetzt?«

Nach einem Moment des Zögerns zeigte der Unbekannte mit ausgestrecktem Finger auf die Planken, auf denen er stand. »Genau unter uns. Und danke für die Einladung. Ich werde pünktlich sein.« Damit drehte er sich um und ging ohne sich umzublicken in die entgegengesetzte Richtung davon.

Orly Airport, südlich von Paris / Frankreich

Amber Rains kaute nervös an ihrer Unterlippe und drückte zum fünften Mal die Klingel an der Tür des Hangars.

Nichts. Die Tore des Gebäudes waren fest verschlossen.

Niemand öffnete.

Und Pierre Fontaine war weit und breit nicht zu sehen.

»Ich möchte nicht drängen …«, begann Salam, aber die Pilotin hatte bereits ihr Mobiltelefon aus der Tasche gezogen und wählte die Nummer von Charly.

»Besetzt!«, murmelte sie frustriert und starrte das Handy an, als wolle sie es hypnotisieren. »Jetzt komm schon … Leg auf, Charly!«

Finch blickte durch die Scheiben in ein dunkles, verlassen daliegendes Büro. Llewellyn ging auf und ab wie ein Tiger im Käfig, mit gesenktem Kopf und tief in den Taschen vergrabenen Händen.

Ein startender Jet donnerte genau über sie hinweg und brachte die Luft zum Vibrieren.

Da schoss ein VW-Golf in den Farben des Flughafens um die Ecke und hielt genau vor dem Major an. Der Mann, der heraussprang, trug Jeans und Pullover und hatte eine dünne Mappe unter seinen Arm geklemmt.

»Pierre!« Die Erleichterung war der Pilotin anzuhören. »Endlich! Wo warst du?«

»Amber, ma chère!« Er küsste Rains auf beide Wangen und sah sie forschend an. »Schön, dich zu sehen! Was soll die Eile? Bist du auf der Flucht?«

»Du weißt nicht, wie nahe du der Wahrheit kommst«, entgegnete Amber vorsichtig und blickte sich um. »Wir sollten schon in der Luft sein.«

Pierre runzelte besorgt die Stirn. »Von Eile und Hektik hat Charly aber nichts gesagt. Ich habe dir trotzdem den Lear schon auf Position gestellt. Vorahnung?« Er grinste. »Der Flugplan ist o. k., die Tanks sind randvoll. Wer ist dein Co?«

»Ein alter Freund«, erwiderte Amber und wies auf Finch. »Bringst Du uns zum Jet?«

»Zuerst zur Passkontrolle, dann direkt zur Position«, nickte Fontaine. »Ordnung muss sein. Steigt ein.«

Die Kawasaki schien über die A6 zu fliegen.

Der Fahrer überholte, wo immer sich eine noch so schmale Lücke auftat. Zweimal nahm er den Pannenstreifen, als zwei Lkws in einem quälend langsamen Überholvorgang nicht schnell genug Platz machten. So benötigte er genau achtzehn Minuten für die Strecke von La Ferté-Alais bis zur Autobahnabfahrt in Rungis.

Noch zwei Kilometer bis zum ersten Terminal.

Er überlegte sich, wo er am besten mit seinen Nachforschungen beginnen sollte. Wie würde er es anstellen, um unbemerkt auszufliegen? In diesem Fall waren die großen Airlines keine Option. Zu leicht nachvollziehbar. Einen Jet chartern? Schon eher. Finch war Pilot und diese Amber Rains aus Duxford wohl auch.

Ein Taxi schnitt die Kawasaki, und der Fahrer, in Gedanken vertieft, reagierte einen Augenblick später als erwartet. Für einen Moment sah es so aus, als würde das Motorrad ins Schleudern geraten. Doch im letzten Augenblick gelang es dem Fahrer, die schwere Maschine abzufangen. Er fluchte und gab erneut Gas.

Der Terminal tauchte vor ihm auf.

Wo zum Teufel waren bloß die Büros der Chartergesellschaften?

Der Polizist in dem verrauchten, winzigen Büro strafte das strenge Rauchverbot in Amtsräumen Lügen. Den Aschenbecher, überfüllt mit Kippen, versuchte er gar nicht zu verbergen, als Pierre mit Amber, Salam, Llewellyn und Finch im Schlepptau die Glastür aufstieß.

»Salut, Georges!«, rief Fontaine vergnügt und zog ein Päckchen Gitanes aus der Tasche, das er neben den Aschenbecher legte. »Zwei Crews auf dem Weg nach Kairo mit dem Learjet von Conte Sévigny.« Der Mechaniker legte die vier Pässe neben die Gitanes.

»Visa?«, brummte der Uniformierte und blätterte in den Reisedokumenten.

»Holen wir uns bei der Ankunft«, warf Finch ein.

Der Beamte nickte, überflog die Seiten, bevor er die Pässe wieder zuklappte und sie an Pierre zurückreichte. »Dann guten Flug und bringt besseres Wetter mit auf dem Heimweg. Hier soll eine Kaltfront durchziehen und in diesem Vogelhaus von einem Büro hole ich mir noch den Tod.« Er entließ die Gruppe mit einer Handbewegung und griff zur nächsten Zigarette an.

»Du stirbst höchstens an deinen Glimmstängeln!« Pierre lachte, winkte und zog Amber aus der Räucherkammer ins Freie. Mit einem Schlag wurde er wieder ernst. »So, das wäre erledigt. Und jetzt auf die Position.« Er warf den drei Männern einen schiefen Blick zu. »Nein, und ich möchte gar nicht wissen, was hier los ist.«

»Danke, Pierre«, sagte Finch einfach. »Sie waren eine echte Hilfe.«

»Wir teilen uns auf«, entschied Glatzkopf und wies auf das große Schild mit der Aufschrift »Zolldirektion« in der Eingangshalle des

Flughafens. »Du versuchst es bei denen, und ich gehe zur Einsatzleitung der Flughafenpolizei. Wer als Erster ein brauchbares Resultat hat, ruft den anderen an. Irgendwo müssen sie ja geblieben sein!«

»Oder wir sind auf der falschen Fährte, und sie sind doch nicht hier«, sagte der Schwarzhaarige skeptisch. Dann drehte er sich um und lief los.

»Die sind hier, das rieche ich«, knurrte der Fahrer und hielt Ausschau nach einer der üblichen Polizeipatrouillen. Das würde ihm die Suche nach der Zentrale ersparen.

Der dunkelblaue Learjet stand auf einer Außenposition im Nordosten des Flughafens. Angestrahlt von zwei hohen Bogenlampen glänzte er wie frisch poliert. Am Heck prangten drei verschlungene Buchstaben, C. d. S., das Monogramm des Besitzers, darunter ein kleines Familienwappen.

»Dir brauche ich nichts zu erklären, und dein Co sieht auch nicht so aus, als würde er eine Einweisung benötigen«, meinte Pierre mit einem Seitenblick auf Finch, als er Amber die dünne Mappe mit Flugplan und den notwendigen Unterlagen in die Hand drückte und die zweiteilige Tür der Maschine öffnete. »Pass auf mein Baby auf und gib mir die Autoschlüssel, damit ich Bastides Renault in den Hangar stellen kann.«

Fünf Minuten später ließ Amber die Turbinen des Jets warmlaufen und ging mit Finch die Startroutine durch. Salam und Llewellyn hatten sich in den komfortablen Sitzen angeschnallt und saßen doch auf glühenden Kohlen. Sie erwarteten jeden Moment, eine Kolonne von Einsatzfahrzeugen mit Blaulicht um die Ecke biegen zu sehen, die sich vor den Jet stellen und so den Start verhindern würden.

»Was heißt in einer Besprechung?« Der Glatzkopf schäumte vor Wut und Ungeduld. »Dann holen Sie Ihren Chef einfach raus!«

Während er mit seinem Ausweis vor der Nase eines jungen, völlig unbeeindruckten Polizisten in der Einsatzzentrale von Orly herumwedelte, überlegte er fieberhaft. Wo zum Teufel steckte die Gruppe?

»Unmöglich«, stellte der Uniformierte entschieden fest, ohne sich von dem ausländischen Geheimdienstausweis auch nur im geringsten aus der Ruhe bringen zu lassen. »Sie werden sich schon gedulden müssen, Monsieur. In spätestens dreißig Minuten ist das Meeting zu Ende, und dann werde ich sehen, was ich für Sie tun kann.«

»Aber in dreißig Minuten ist es zu spät!«, rief der Agent entrüstet. »Verstehen Sie das nicht?«

»Sollte ich das?«, gab der Polizist zurück. »Sie stürmen hier herein, erwarten eine Amtshilfe, über die ich nicht entscheiden kann, und wollen andererseits nicht auf meinen Chef warten. Wir sind hier in Frankreich, und Sie werden sich an die hiesigen Gesetze und Vorgehensweisen halten müssen, weil *ich* ganz sicher nicht eigenständig entscheide und mich in die Nesseln setze. Bonsoir.« Damit drehte er sich um und verschwand im nächsten Büro.

Der Glatzkopf schäumte, zog sein Handy aus der Tasche und wählte. »Hast du Neuigkeiten?«, fragte er seinen Kollegen.

»Ja. Ich konnte einen Blick in die offiziellen Passagierlisten von heute Abend werfen. Keiner der vier Namen erscheint darauf. Die Passkontrolle und Zollabfertigung für Charter- und Privatmaschinen ist allerdings – Moment mal, bleib dran!« Stimmengemurmel ertönte im Hintergrund. Dann meldete sich der Schwarzhaarige wieder. »Es gibt nur einen einzigen Learjet, dessen Pilot vor kurzem einen Flugplan nach Kairo eingereicht hat. Startfreigabe voraussichtlich in wenigen Minuten. Die Maschine steht noch auf der Außenposition D23.«

»Kairo? Das sind sie! Das ist Finch, darauf verwette ich meine Pension!« Der Glatzkopf stürmte aus dem Büro der Einsatzzentrale und schrie ins Telefon: »Los! Zum Motorrad! Wir erwischen sie! Wie kommen wir zu der verdammten Position?«

»Kein Problem, ich habe eine Karte! Bin schon unterwegs!«

Die Kawasaki raste mit einer irrwitzigen Geschwindigkeit die Route Charles Tillon entlang. Fast hätte der Fahrer die Einfahrt mit der Schranke verpasst. In letzter Sekunde machte er eine Vollbremsung, riss die schwere Maschine herum und kam direkt vor dem rot-weiß gestrichenen Schlagbaum und dem Wärterhäuschen zu stehen.

Der Wachmann in seiner blauen Uniform der Security runzelte angesichts der beiden Motorradfahrer mit Vollvisierhelmen die Stirn, stand kopfschüttelnd auf und öffnete die Tür.

»Zutritt nur für Flughafenpersonal«, sagte er abwehrend. »Nehmen Sie Ihre Helme ab und zeigen Sie Ihre Ausweise vor.«

Der Beifahrer klappte sein Visier hoch, zog wortlos eine Pistole mit Schalldämpfer aus seiner Lederjacke und schoss sofort. Die beiden Schüsse schleuderten den Wachmann gegen die Glastür, und er ging zu Boden.

»Weiter geradeaus!«, rief der Schwarzhaarige nach einem Blick auf den skizzenhaften Plan. Der Fahrer schlängelte sich geschickt um den Schlagbaum herum und gab Gas. Die Kawasaki sprang nach vorne.

»Nicht so schnell! Die nächste Querfahrbahn muss es sein! Dann links und bis ans Ende!«

Die rote Tafel D23 am Mast der Bogenlampe leuchtete bereits aus der Ferne.

Die Position darunter war leer.

»Learjet Foxtrott Charlie Mike Charlie, Sie haben Starterlaubnis auf Runway 02 / 20. Guten Flug.«

Amber bedankte sich beim Tower und lenkte die sechssitzige Maschine konzentriert an den Hangars der Frachtgesellschaften und der technischen Wartungsbetriebe vorbei, während Finch die Flugroute in den Autopiloten eingab. Dann bog sie auf einen der großen Taxiways ab und reihte sich in die kurze Schlange der wartenden Jets ein.

»Vier Minuten noch, und wir sind airborne und unterwegs nach Kairo«, nickte Amber befriedigt.

Der Fahrer der Kawasaki wollte den Jet um jeden Preis am Start hindern und sei es durch ein paar gezielte Schüsse auf den Piloten. So raste er zwischen den Hallen und Parkplätzen in Richtung Startbahn. Als er die Maschine fluchend an einem Stoppschild anhalten musste, weil jede Menge Busse mit Passagieren querten, scherte plötzlich ein Polizeiwagen aus der Kolonne aus, schaltete das Blaulicht ein und stellte sich quer vor die Kawasaki. Die Beamten stiegen aus und ein Ausdruck völliger Überraschung lag auf ihren Gesichtern.

»Was machen Sie hier mit einem Motorrad? Ihre Papiere, und nehmen Sie sofort die Helme ab!«, rief einer der Uniformierten, während der Fahrer des Einsatzwagens noch auf der Rückbank nach seiner Kappe suchte.

Der Beifahrer auf dem Rücksitz der Kawasaki schoss zweimal und feuerte zwei weitere Schüsse auf den Fahrer des Polizeiwagens ab, als der ahnungslos aus dem Fond wieder auftauchte. Beide Beamte brachen neben dem Einsatzwagen zusammen.

»Jetzt nichts wie weg hier, bevor die gefunden werden und Alarm ausgelöst wird! Dann machen die den Flughafen dicht, und wir kommen nicht mehr raus!«, rief er dem Fahrer zu. »Vergiss den Jet, sollen die Kollegen sich drum kümmern. Wir müssen schnellstens nach Frankfurt! Los!«

Er wendete die Kawasaki, und sie rasten zurück zur Ausfahrt, schlängelten sich erneut an der rot-weißen Schranke vorbei, wo der Security-Mann noch immer neben seinem Wärterhäuschen im Dunkeln lag. Dann bog die Maschine unbehelligt in die Route Charles Tillon ab und reihte sich in den Verkehr ein.

Bis zur Autobahnauffahrt waren es keine fünfhundert Meter, bis nach Kronberg im Taunus keine fünf Stunden Fahrt. Dann würde auch das dritte Tagebuch des Alphonse Cannotier ihnen gehören.

Finch atmete auf, als die Räder des Learjet den Asphalt der Piste verließen und Amber die Nase des schlanken Flugzeugs in den Himmel richtete. Schließlich fuhr sie das Fahrwerk ein und brachte den Jet auf Kurs. In der Passagierkabine lehnte sich Salam in den weichen Sitz und schloss erleichtert die Augen.

Llewellyn griff zum Handy, schaltete es ein, überlegte einen Augenblick und wählte dann eine Nummer in Cambridge.

»Höre ich einen Stein von deinem Herzen fallen?«, fragte Amber ihren Co-Piloten.

»Du hörst richtig«, antwortete Finch, »nicht meinetwegen, aber wegen Salam, dem Polizeichef aus Chitral. Er steht gleich auf zwei Todeslisten ganz oben. Llewellyn und ich setzen alles daran, ihn irgendwo auf dieser Welt in Sicherheit zu bringen. Zuerst war es England, das war ein Reinfall, dann war es Frankreich, was sich auch nicht als so erfolgreich erwiesen hat, und jetzt ist es Ägypten. Drück uns die Daumen, dass wir ab Kairo nicht mehr ständig auf der Flucht sind.«

»Wer jagt ihn?«, wollte Amber wissen.

»Zwei Geheimdienste, und beide hatten es fast schon geschafft, ihn ins Grab zu bringen«, antwortete Finch. »Er hat etwas gesehen, was er nicht hätte sehen dürfen.«

»Genauer?« Amber legte den Jet in eine langgezogene Rechtskurve.

Finch schüttelte den Kopf. »Frag besser nicht. Sonst müsste ich mit den Worten meines neuen Freundes Peter Compton antworten – no need to know.«

»Verstehe«, nickte Amber. »Und in Ägypten?«

»Wartet hoffentlich meine Freundin Fiona im Hotel Cecil in Alexandria auf mich, füttert inzwischen meinen Papagei und gibt uns die Chance, einen Neuanfang zu versuchen.« Finch schaute aus dem Seitenfenster auf die silbrigen Wolkentürme, die vom Mondlicht beschienen wurden. »Außerdem verzehrt sich sicher ein neugieriger Polizeibeamter danach, mich wiederzusehen. Dann wartet da eine alte Bekannte, die schwer verletzt nach einem Mordanschlag im Koma liegt, und es lauert ein Rätsel, das aus einem einzigen Wort besteht: Chinguetti.«

Die Pilotin schaute Finch fragend an. »Ich glaube, du hast eine Menge zu erzählen. Wie wäre es, wenn du einfach irgendwo beginnst und mich einweihst? Wir haben genügend Zeit bis wir in Kairo landen. Fangen wir bei Freundin Fiona an?«

Merianstraße, Kronberg im Taunus / Deutschland

»Haben Sie tatsächlich etwas gefunden?« Professor Siegberth konnte nur schwer ihr Erstaunen verbergen und beugte sich interessiert vor.

»Ich habe Ihnen ja gesagt, die Lösung liegt in der Pyramide«, stellte Konstantinos zufrieden fest, während er die dünne Folie zwischen seinen Fingern drehte und sie gegen das Licht der Schreibtischlampe hielt. »Ein Mikrofilm, wenn mich nicht alles täuscht.« Er überlegte für einen Moment. »Es gibt die verschiedensten Vergrößerungsfaktoren bei Mikrofilmen, und auf den ersten Blick sieht die Folie völlig unbeschrieben aus. Aber das kann täuschen.«

Konstantinos ergriff eines der Vergrößerungsgläser und versuchte, mehr zu entziffern. Siegberth sah ihm über die Schulter.

»Wir sollten es mit dem Mikroskop versuchen«, schlug sie vor. »Was immer Cannotier auch darauf verewigt hat, es ist definitiv sehr klein.«

Der Grieche nickte und schob den kleinen Film unter das Okular. Dann stellte er scharf. Die Nachricht bestand aus zwei Zeilen:

$$K = 4 \left(a + \sqrt{h^2 + \tfrac{a^2}{a}}\right) \quad N + O = a^2 + M \quad W$$

$$64 = +1. + 4. \qquad 13.(-37).(-5)$$

»Cannotier hat eine internationale Botschaft hinterlassen«, murmelte Konstantinos anerkennend. »In jeder Sprache les- und lösbar. Mathematische Formeln.« Er notierte sich die beiden Zeilen auf einem Blatt und tippte mit der Spitze des Kugelschreibers drauf. »Sind Sie diesen Elementen bei Ihrer Pyramidenberechnung begegnet?«

Die Wissenschaftlerin sah ihren Auftraggeber nachdenklich an, dann schlug sie ihr Notizbuch auf und blätterte. »Ganz recht, bei der ersten Zeile handelt sich um die Formeln für die Gesamtkantenlänge und die Oberfläche der Pyramide.«

»Würden Sie die Resultate nochmals vorlesen?«

»Die Gesamtkantenlänge beträgt bei dieser Pyramide 20.246403 Zentimeter, die gesamte Oberfläche 13.398542 Quadratzentimeter«, zitierte Siegberth.

»Dann notieren wir das genauso, wie es Cannotier beabsichtigt hat«, sagte Konstantinos und schrieb:

$$20.246403 \ N + 13.398542 \ W$$

»Für mich ganz klar eine geographische Längen- und Breitenangabe«, fuhr er fort. »Beschränken wir uns auf die ersten vier Stellen nach dem Komma, dann ergibt die erste Zahl 20.2464 und die zweite 13.3985.«

»Und in der ersten Zahl ist eine 64 ...«, wunderte sich Siegberth.

»Genau. Also gehen wir zur zweiten Zeile über. Die lautet: 64 = +1.+4. Das Konzept ist einfach. Aus der 64 machen wir eine 4, dafür rechnen wir an der vorherigen Stelle einen Zähler dazu. Ergibt 20 254 oder als geographische Breite ausgedrückt – 20.25.4 W. Ich wette, die zweite Zahl ist die Länge, und damit ergibt sich ein ganz bestimmter Punkt, den Cannotier uns mitteilen wollte. Nämlich auf 13.02.3 N.« Er schaute Siegberth triumphierend an. »Jetzt müssen wir nur noch herausfinden, wo der furchtbare Ort liegt.«

»Das war also sein Vermächtnis, das den Irrsinn des Zweiten Weltkriegs überleben musste«, stellte die Wissenschaftlerin fest und startete Google Earth. »Ein geographischer Wegweiser, versteckt in der Glaspyramide und der Metallhülle.«

»Genial einfach und doch kompliziert genug für alle, die die Pyramide vielleicht zufällig gefunden hätten«, ergänzte Konstantinos. »Ohne das Tagebuch wäre der Zylinder mit dem geometrischen Körper nutzlos gewesen. Umgekehrt genauso. Ohne Pyramide keine Ortsangabe. Nur wer beides zusammenbringt, wer es versteht, den Hinweisen zu folgen, den bringt sie zu dem, wie er es formulierte, geradezu unglaublichen Geheimnis.«

»Und an den Ort, den er mit dem Satz ›Terribilis est locus iste‹ beschrieb«, setzte Siegberth fort. Dann runzelte sie die Stirn und drehte wortlos den Laptop zu ihrem Auftraggeber.

Konstantinos blickte auf graue Einöde, die nicht von dieser Welt schien. Kein Baum, kein Strauch, kein einziger Grashalm waren zu sehen. Die menschenfeindliche Gegend wurde von ausgetrockneten Flussläufen durchzogen. Pittoreske Gebirgsketten schlängelten sich ohne jede erkennbare Richtung kreuz und quer.

»Nicht gerade die Champs-Élysées«, murmelte Konstantinos. »Wo sind wir hier?«

»In Mauretanien, im Adrar-Gebirge, rund zehn Kilometer südlich von einer Stadt namens Atar. Lebensfeindlich, menschenleer, heiß und trocken.«

Stille senkte sich über die Bibliothek. Konstantinos' Blick irrte zwischen den geometrischen Berechnungen, Cannotiers Formeln und dem Bildschirm des Laptops hin und her. Zum ersten Mal in dieser ganzen Geschichte war er unschlüssig und unsicher.

Waren die Berechnungen korrekt?

Oder hatte der Franzose alle nur an der Nase herumgeführt mit seiner Pyramide und den Tagebüchern?

War er unter Umständen tatsächlich ein Wichtigtuer, wie die Wissenschaftlerin vermutet hatte?

Professor Siegberth riss ihn aus seinen Gedanken. »Ich habe zuvor in einem Gespräch mit einem Wiener Kollegen die Legende der Victor Schoelcher erörtert.« Sie beobachtete den Griechen aufmerksam, aber kein Muskel zuckte in seinem Gesicht. »Das Schiff lief von Lorient in Frankreich aus und transportierte eine unvorstellbar wertvolle Fracht. Mehr als siebzig Tonnen Gold der polnischen Zentralbank sollten in Sicherheit gebracht werden. Erst nach Casablanca, dann nach Dakar.«

Konstantinos sah sie milde interessiert an. »Faszinierend«, war alles, was er sagte.

»Aber das haben Sie sicher bei Ihrer kurzen Recherche im Internet ebenfalls herausgefunden.«

»Ja, ja«, antwortete der Grieche gedankenverloren, während er wieder auf den Bildschirm und das Blatt mit den Formeln starrte, als habe er wichtigere Dinge zu tun.

Die Wissenschaftlerin verstummte verwirrt. Die große Kaminuhr in einem der Buchregale schlug zehnmal, und Siegberth warf einen Blick nach draußen. Es war dunkel geworden, in der Ferne leuchteten die Lichter von Frankfurt und warfen einen hellen Schein auf die Unterseite der Wolken, zwischen denen der Mond heraufstieg.

Als sie sich wieder Konstantinos zuwenden wollte, prallte sie zurück. Er war lautlos näher gekommen, stand plötzlich neben ihr, keine Armlänge entfernt, und sah auf sie herunter.

»Machen Sie mir noch die Freude, einen Cocktail auf der Terrasse mit mir zu trinken, bevor ich Sie in Ihr Hotel zurückbringen lasse?«, lächelte er und streckte die Hand aus. »Dabei könnte ich Ihnen eine Geschichte erzählen, die Sie vermutlich interessieren wird.«

»Aber ich …«, setzte Siegberth an.

»Keine Widerrede«, beharrte Konstantinos. »Umso besser werden Sie nachher schlafen.«

6. Juli 1940, Hafen von Dakar / Französisch-Westafrika

Kapitän Moevus war erleichtert, als er beobachtete, wie die letzte Kiste aus dem Bauch des Hilfskreuzers am Haken des Kranes schwebte und sich langsam auf die Ladefläche des Lkws senkte. Zwei Tage hatte es gedauert, die Goldflotte zu löschen. In aller Eile, unter dem Druck der französischen Admiralität, die jeden Moment einen englischen Angriff befürchtete.

»Hätten sie gestern nicht Gibraltar bombardiert, dann würden sie ruhiger schlafen«, murmelte Moevus und lehnte sich über die Reling der Brücke, um besser sehen zu können. Da kam auch schon das Zeichen aus dem Laderaum, dass die gesamte Fracht gelöscht worden war.

Außer den Kisten des mysteriösen kleinen Mannes im Anzug.

Moevus atmete auf. Einerseits war er froh, das Gold sicher an seinen Bestimmungsort gebracht zu haben, andererseits war ihm klar, dass er für seine nächste Fahrt vor ein Kriegsgericht kommen könnte. Das Urteil würde auf »Tod durch Erschießen« lauten, kein Zweifel.

Und doch …

Die Cannotiers hatten in den vergangenen Tagen den Ausschlag gegeben und ihn überzeugt, das Richtige zu tun. Dakar war kein sicherer Ort, weder für das Gold, noch für die Kisten, die nach wie vor im Bauch der Victor Schoelcher ruhten.

Sein Erster Offizier trat zu ihm, und die beiden Männer blickten auf die abziehenden Soldaten und den letzten Lkw, der in einer Dieselrauchwolke den Kai verließ. Moevus gab sich einen Ruck.

»Wir laufen in zwei Stunden aus«, sagte er ruhig. »Die Reise geht nordwärts, aber nicht weit. Lassen Sie alle Vorbereitungen treffen und schwören Sie die Mannschaft auf Stillschweigen ein. Keiner verlässt das Schiff bis zum Ablegen.«

Bevor sein Erster Offizier etwas erwidern konnte, drehte sich Moevus um und eilte von der Brücke.

Die drei Männer, die am Fuß der Gangway neben einem kleinen Stapel von Koffern auf ihn warteten, hätten unterschiedlicher nicht sein können. Der junge Cannotier in Shorts und einem weiten Hemd, hochgewachsen, schlank und muskulös, mit wachen Augen, die ihm neugierig entgegenblickten. Neben ihm der kleine, schmächtige Mann in seinem Anzug, der nervös und etwas verdrießlich in die Welt schaute und sich immer wieder mit einem Taschentuch den Schweiß von der Stirn wischte. Aber es war der dritte Mann, der Moevus am meisten Sorgen bereitete. Braun gebrannt, mit einem breitkrempigen weißen Strohhut auf den grauen Haaren und einer Ray-Ban-Sonnenbrille auf der Nase, sah er aus wie einer der vielen Emigranten aus dem Mutterland, der sich vor Jahren in Dakar niedergelassen hatte. Doch das war nur Tarnung, wie Moevus in den letzten Tagen erfahren hatte. Colonel Frank Majors vom britischen Geheimdienst war eigentlich der Feind, aber dann doch wieder nicht ...

Verflucht, dachte der Kapitän, wer wusste heutzutage schon, wer Feind und wer Freund war? Die Zeiten hatten sich schlagartig geändert. Alles war komplizierter geworden, unberechenbarer. Wer heute noch der Gegner Frankreichs war, konnte morgen zum Alliierten werden und umgekehrt.

»Messieurs ...«, grüßte Moevus und legte die Hand lässig an die Mütze. »Ich habe das Kommando zum Auslaufen in zwei Stunden gegeben und mich dabei auf das Versprechen von Monsieur Cannotier senior verlassen, dass ich damit das Richtige tue. Wie Sie sicher wissen, ist diese Reise in höchstem Maße illegal. Ohne ausdrücklichen Befehl der Admiralität dürfte ich keine einzige Seemeile zwischen die Victor Schoelcher und Dakar bringen.«

Er sah den kleinen Mann im Anzug forschend an. »Da es ja um Ihre Fracht geht, würde ich die verbleibende Zeit gerne für ein klärendes Gespräch nutzen. Ich werde nämlich ungern für etwas erschossen, über das ich nicht einmal Bescheid weiß.«

»Das ist nur recht und billig«, sagte Majors, und Cannotier stimmte ihm zu. »Lassen Sie uns an Bord gehen. Da werden wir bestimmt ein ruhiges Plätzchen finden«, schlug der junge Franzose vor, der seine Kamera über die Schulter gehängt hatte.

Nach einigem Zögern nickte auch der Unbekannte, steckte das Taschentuch ein und trat direkt vor Moevus. »Seien Sie versichert, Sie werden nicht erschossen werden, Kapitän. Ganz im Gegenteil. Ich weiß jedoch Ihre Entscheidung, aber auch Ihre Bedenken zu schätzen. Colonel Majors und ich stehen auf derselben Seite, selbst wenn die Briten nun offiziell unsere Feinde sind. Das werden Sie gleich verstehen.« Er trat noch näher an den Kapitän heran und raunte ihm ins Ohr: »Sollten Sie allerdings über Einzelheiten dieses Gesprächs an Bord jemals etwas verlauten lassen, dann sorgen er und ich dafür, dass Sie ganz sicher erschossen werden. Wo immer Sie sich auch befinden.«

Damit wandte er sich ab, stieg die Gangway hinauf und ließ Kapitän Moevus, der dem seltsamen Mann nachsah, verblüfft zurück.

Zwei Tage später, in den Morgenstunden des 8. Juli, lag die Victor Schoelcher vor einer Landzunge rund vierhundert Kilometer nördlich von Dakar vor Anker. Der Strand schien zum Greifen nahe, und Moevus ließ drei Beiboote ausbringen, die in der sanften Dünung gemütlich schaukelten.

»Es wäre einfacher gewesen, bis nach Saint-Étienne weiterzufahren, selbst wenn es verdammt nahe an der Grenze zur Westsahara liegt«, stellte der Unbekannte nach einem Blick auf die Boote besorgt fest. Er schaute in die Runde, betrachtete den hohen Himmel und das absolut flache, menschenleere Land. »Warum ausgerechnet hier? Das ist nicht gerade der Nabel der Welt«, murmelte er.

Kapitän Moevus, zufrieden mit der raschen Fahrt nordwärts, der ruhigen See und dem reibungslosen Ankermanöver, brachte es auf den Punkt. »Nouakchott ist eher ein Außenposten der französischen Zivilisation«, stellte er trocken fest. »Der Ort wurde um einen Militärstützpunkt herum gebaut.«

»Nouakchott heißt übersetzt so viel wie ›Platz der Winde‹«, ergänzte Cannotier und schirmte die Augen mit der flachen Hand ab, als suchte er jemanden an Land. » Aus einem alten Nomadenlager ist in der Kolonialzeit ein kleines Dorf entstanden, das sich nach und nach vergrößert hat.« Er sah den kleinen Mann an. »Von Nouakchott aus verläuft die einzige Straße landeinwärts. Eine Piste eher, aber für Lkws durchaus befahrbar.«

»Unsere Straße«, stellte Majors fest, der sich neben dem französischen Geheimdienstmann an die Reling lehnte. Er spürte eine Nervosität aufsteigen, die er sonst nicht kannte.

Noch nie war er seinem Ziel so nahe gewesen wie jetzt. Ob Lawrence jemals so weit gekommen war?

Sein Gedankengang wurde von Moevus unterbrochen, der lautstark den Befehl zum Ausladen gab. Die Kisten aus Lorient wurden eine nach der anderen über die Bordwand in die kleinen Beiboote gehievt und an Land gebracht. Als die Matrosen schließlich die letzte durch das flache Wasser an den Strand gebracht und in den weißen Sand gestellt hatten, wandte sich der Kapitän an seine drei Passagiere.

»Ich warte wie vereinbart fünf Tage hier auf Ihre Rückkehr, aber keine Stunde länger. Sollten Sie bis dahin nicht zurückgekommen sein, laufe ich ohne Sie aus Richtung Dakar.« Dann streckte er ihnen seine Hand hin. »Bonne chance!«

Der Lkw, den Alphonse Cannotiers Vater von Dakar aus organisiert hatte, war überraschenderweise pünktlich zur Stelle, begleitet von einem Citroën mit Chauffeur. Mehrere Männer sprangen sofort von der Ladefläche und begannen eifrig, die Kisten auf den Lastwagen zu verladen, während Majors, der eine Generalstabskarte auf den Kühler des Citroëns gebreitet hatte, ihre Route bis kurz vor Atar berechnete.

Verfahren konnten sie sich nicht. Es gab nur eine einzige Straße, rundherum Wüste und steinige Ödnis.

Als er aufblickte, sah er direkt in Cannotiers Kamera, der ihn fotografierte. »Der berühmte Forscher Professor Majors, für die Nachwelt festgehalten!« Der junge Mann lachte, während Majors unwillig abwinkte und sich wieder der Karte widmete.

Der kleine Mann stand derweil neben der Ladefläche des Lkws in der Sonne und zählte geduldig die Kisten, kontrollierte die daraufgedruckten Nummern und hakte sie auf einer verknitterten Liste ab, die er aus seiner Tasche gezogen hatte. Als das Beladen zu Ende ging, stellte er zufrieden fest, dass keine der einunddreißig Kisten fehlte. Die Ladung war komplett.

»Vierhundertfünfzig Kilometer auf einer unbefestigten Straße«, brummte der Colonel, als Cannotier ihm über die Schulter schaute und den schmalen Strich betrachtete, der sich durch die Wüste wand. »Dann sollten wir unser Ziel erreicht haben. Das Ende einer langen Suche.«

»Die viele Generationen faszinierte und selbst Lawrence keine Ruhe ließ«, warf der junge Franzose ein. »Wenn wir den alten Aufzeichnungen und Legenden der Mauren Glauben schenken, dann war nicht nur zufällig eine der heiligsten Stätten des Islam in der Nähe ...«

»Die sieben Säulen.« Majors fragte sich, ob sie genügend Hinweise gesammelt hatten, um in so kurzer Zeit tatsächlich die richtige Stelle zu finden. Und wenn nicht, dann würde er zurückkehren, nach dem Krieg, wenn alles vorbei war, und eine Expedition ausrüsten.

Vorausgesetzt, dieser Hitler gewann den Krieg nicht und brachte für tausend Jahre eine braune Pest über Europa und Afrika.

»Der Tank ist voll, Monsieur, und Sie haben genügend Reservekanister auf der Ladefläche, um von hier nach Timbuktu zu fahren«, verabschiedete sich der Chauffeur des Citroëns und riss Majors aus seinen Gedanken. »Dazu jede Menge Wasser und ein wenig Proviant. Viel Glück!« Er gab seinen Männern ein Zeichen, sich in den Wagen zu quetschen, startete den Motor, und sie rumpelten davon.

Majors kletterte auf den Fahrersitz des Lastwagens und bedeutete den beiden anderen einzusteigen. In der Kabine des Lkws war es brütend heiß. »Wir haben keine Minute zu verlieren. Ab jetzt sind wir auf uns allein gestellt und die Zeit rieselt durch unsere Finger wie der Sand da draußen.«

Er warf dem französischen Geheimdienstmann, der endlich sein Jackett ausgezogen hatte, bevor er auf die Sitzbank neben dem Colonel geklettert war, einen forschenden Blick zu. »Keine Sorge«, beruhigte Majors ihn, »morgen ist das Archiv in Sicherheit, bewacht von einem der größten Kriegerkönige der Weltgeschichte.«

Der Mann blickte stumm geradeaus durch die zerkratzte Windschutzscheibe auf den endlos scheinenden Sandhorizont.

»Inschallah«, sagte er schließlich leise, lehnte sich zurück und schloss die Augen. Dann ruckte der Lkw an, und die Reise ins Ungewisse begann.

> **Merianstraße, Kronberg im Taunus / Deutschland**

Konstantinos hatte auf der Terrasse seiner Villa Heizstrahler aufstellen lassen und Decken bereitgelegt. Der Sommer war noch einige Wochen entfernt, und so war es nach Einbruch der Dunkelheit empfindlich kühl geworden. Fackeln erleuchteten Teile des Gartens, während auf den Tischen große Kerzenleuchter für ein romantisches Flair sorgten.

Doch Professor Siegberth war keineswegs nach Romantik zumute. Während sie wortkarg an einem alkoholfreien Fruchtcocktail nippte, beobachtete sie ihren Gastgeber, der offenbar in Feierlaune war. Er hatte eine Flasche Dom Pérignon Rosé von 1975 entkorken lassen und der Wissenschaftlerin ein Glas angeboten. Als sie ablehnte, hatte er mit den Schultern gezuckt und bemerkt: »Wie schade, Sie verpassen etwas. Der 75er ist bekanntermaßen der beste Dom Pérignon des vergangenen Jahrhunderts.«

Im Licht der Kerzen öffnete er nun die Schachtel mit dem Nachlass Cannotiers und holte die Fotos aus der Wüste heraus.

»Sagten Sie nicht menschenleer, heiß und trocken?« Seine Augen fixierten Siegberth, und er tippte mit der Fingerspitze auf die Bilder, die er wie die Teile eines Puzzles vor sich auf dem Damasttischtuch ausgebreitet hatte. »Dann würden die perfekt dazu passen, zu diesem gottverdammten Ort mitten im Adrar-Gebirge, zu dem die Pyramide den Weg weist. Doch in der Wüste sieht eine Düne aus wie die nächste und ein Berg wie der andere. So hat Cannotier nichts verraten, indem er die Fotos aufbewahrte. Niemand hätte jemals nur aufgrund einiger vergilbter Aufnahmen den genauen Ort finden können.«

Er drehte den Champagnerkelch zwischen seinen Fingern.
»Nicht ohne die exakten Koordinaten der Pyramide.«

Die Wissenschaftlerin war überzeugt, dass ihr Konstantinos nach wie vor nur einen Teil von dem verraten hatte, was ihn tatsächlich antrieb. Er musste viel mehr wissen, als er preisgab. So beschloss sie, der geheimnisvollen Geschichte der Glaspyramide auf den Grund zu gehen und sich diesmal nicht mit Ausflüchten abspeisen zu lassen.

»Wie sind Sie eigentlich zu der Pyramide gekommen? Und weshalb interessiert Sie Cannotiers Geschichte so sehr?«, fragte sie den Griechen. »War es nicht vielleicht das, was Sie mir erzählen wollten?«

Konstantinos schien nicht im geringsten überrascht. »Ich habe die Frage längst erwartet«, meinte er zustimmend und nahm einen Schluck Dom Pérignon. »Sie sind eine intelligente Frau, und ohne Sie wären wir nicht hinter Cannotiers Geheimnis gekommen. Also haben Sie eine Antwort verdient.« Er dachte kurz nach. »Sagen wir einfach, Freunde haben in meinem Auftrag die Pyramide aus einem Versteck geholt.«

»Ein Versteck, das Cannotier in seinem Tagebuch genannt hat?«, bohrte Siegberth weiter.

Ihr Gastgeber nickte. »In einer Passage, die er auf Wolof geschrieben hat, nennt er den genauen Platz. Ein raffiniertes Versteck, das muss ich zugeben. Und nicht leicht zu erreichen. Es bedurfte schon einer genialen Planung, da es nur einen Tag im Jahr gibt, an dem der Zugriff so diskret wie möglich erfolgen konnte.«

Siegberth runzelte die Stirn und sah Konstantinos fragend an.

»An allen anderen Tagen wird in dieser Halle heute noch gearbeitet«, ergänzte der Grieche versonnen. »Siemens stellt nach wie vor Turbinen her, an genau jenem Platz, an dem Cannotier gearbeitet hat, als er in Berlin Zwangsarbeiter war. Da kann man nicht so einfach hineinspazieren und nach etwas suchen, ohne rasch vom Werkssicherheitsdienst wieder hinauskomplimentiert zu werden.«

»Siemens?«, fragte Siegberth nach. »Sprechen Sie etwa von der alten AEG-Turbinenhalle in der Huttenstraße, dem bekannten Industriedenkmal? Eines der wenigen, das in der Hauptstadt die Bombardierungen unbeschadet überlebt hat?«

»Sehr scharfsinnig«, antwortete Konstantinos, »von genau der spreche ich. Cannotier hatte die Pyramide hinter einer der Blindnieten in den Pfeilern versteckt.«

Die Wissenschaftlerin runzelte die Stirn. »Huttenstraße. Siemens …«, murmelte sie, dann blickte sie alarmiert hoch. »Ostermontag! Haben die Zeitungen nicht über einen grausamen Mord an einem Pförtner berichtet?« Ihre Augen weiteten sich, als sie Konstantinos fixierte. »Sie … Sie waren das … Sie haben die Pyramide aus ihrem Versteck geholt …«, flüsterte sie erschreckt.

Der Grieche legte den Kopf in den Nacken und lachte laut. »Ach, wo denken Sie hin? Ich war nicht einmal in der Nähe von Berlin. Nein, man hat mir die Pyramide frei Haus geliefert, gegen Bezahlung einer substanziellen Summe. Ein Geschäft wie viele andere. Mich interessiert das Resultat, nicht der Weg dahin.«

Seine Augen nahmen einen kalten Ausdruck an, als er fortfuhr.

»Oder interessiert es Sie etwa angesichts eines schönen Kaschmirpullovers, ob Kinderhände ihn gefertigt haben? Trinken Sie Ihren Kaffee oder Tee immer mit dem Hintergedanken, dass bei der Ernte Hungerlöhne gezahlt werden und Menschen bei der Arbeit vor Hunger krepieren? Schalten Sie das Licht ein und überlegen Sie, woher der Strom kommt? Oder kommt er einfach nur aus der Steckdose und das Geld von der Bank? Tanken Sie Ihren Wagen auch mit Biosprit aus Mais und Raps, während ein paar Tausend Kilometer südlich von hier Menschen nichts zu essen haben? Wirtschaftlicher Erfolg in diesem Jahrtausend ist der Sieg des Stärkeren. Und wenn ich ihn nicht anstrebe, dann überlasse ich das Feld der Konkurrenz, denn die wartet nur darauf. Was also wollen Sie mir genau vorwerfen?«

»Den Tod eines Menschen«, gab Siegberth erschüttert zurück. »Für einen simplen Glaskörper, der an einen Ort mitten in der Wüste verweist.«

»Ein Preis, der zu zahlen war«, winkte Konstantinos ab. »Darf ich Sie daran erinnern, dass alle fünf Sekunden auf diesem Planeten ein Kind stirbt, weil es nicht genug zu essen hat? Haben Menschenleben einen unterschiedlichen Wert, nur weil die einen näher und die anderen weiter von uns entfernt sind und sich das für unser Gewissen leichter vereinbaren lässt? Sie heucheln Betroffenheit, Frau Professor. Ich bin wenigstens ehrlich.«

»Nein, Sie sind ein Zyniker«, schüttelte die Wissenschaftlerin den Kopf. »Und das alles für das Gold der Victor Schoelcher?«

»Ach, wo denken Sie hin?«, wehrte Konstantinos ab. »Die Geschichte der Goldodyssee war mir bekannt, seit langem schon. Das belgische, französische und polnische Gold wurde im letzten Moment vor den Deutschen in Sicherheit gebracht. Dachte man erst an ein Versteck in Europa, so war spätestens nach dem Blitzkrieg im Westen allen Beteiligten klar, dass genau das keine Lösung darstellte. Also wohin mit dem Edelmetall? Nach England? Zu nahe am Krisenherd. Nach Amerika oder Kanada? Ein weiter Weg über einen oft trügerischen Ozean.« Der Grieche nahm einen Schluck Champagner, bevor er fortfuhr. »Mir war nur nicht bewusst, dass die Victor Schoelcher damals an dem Transport nach Afrika beteiligt war. Das war mir neu. Und vor allem, dass der Vater von Alphonse Cannotier seine Hände bei dem endgültigen Aufbewahrungsort mit im Spiel hatte.«

Siegberth sagte nichts und schaute in die flackernden Flammen der Kerzen, die im Wind tanzten. Dieser Grieche war ihr nicht geheuer.

»Es gab – und da werde ich Ihnen nichts Neues erzählen – ab 1939 einen Krieg im Krieg«, stellte Konstantinos fest und schob die Wüstenfotos zusammen. »Der eine war die bewaffnete Auseinandersetzung, in der mehr als fünfzig Millionen Menschen ihr Leben lassen mussten. Der andere war ein wirtschaftlicher Krieg, in dessen Mittelpunkt das Gold stand. Hitler brauchte es, denn jeder Tag, den das deutsche Heer Krieg führte, verschlang Unsummen. So erwachte seine unstillbare Gier nach dem gelben Metall. Allein die Bestände der belgischen Nationalbank betrugen vor der Besetzung mehr als 220 Tonnen. Rechnen Sie nun noch das französische Gold hinzu, dann das polnische, dann wissen Sie, dass es um eine ungeheure Menge an Geld und damit auch an Macht ging. Nach der Besetzung der Länder war Hitler überzeugt, dass diese Goldvorräte ihm nun zustünden. Doch das Gold war weg, in Afrika, in den französischen Kolonien. Hitler muss getobt haben, als er es erfuhr. So begann ein erbitterter diplomatischer Grabenkampf um die Rückführung der Tausenden von Barren nach Europa, nach Deutschland.«

Konstantinos streckte die Hand mit dem Champagnerkelch aus und wies nach Westen. »Keine zwanzig Kilometer von hier, in Wiesbaden, kam es zu einer denkwürdigen Sitzung im September 1940 zwischen einer Delegation aus Berlin und dem Inspektor des französischen Finanzministeriums. Der deutsche Delegationsleiter, der Diplomat Johannes Hemmen, ließ keine Zweifel aufkommen, wer nun das Sagen hatte. Er stellte in einem äußerst herrischen Ton fest, dass die Deutschen Belgien erobert hätten und nun die Befehle gäben. Alle Rechte, auch die der belgischen Nationalbank, seien auf Deutschland übergegangen. Dann gab er den Befehl, das belgische Gold schnellstens aus Afrika zurückzubringen.«

»Sie haben sich ausführlich mit der Materie befasst«, musste Siegberth zugeben.

»Wenn ich etwas mache, dann mache ich es gründlich«, sagte der Grieche kategorisch. »Zwei Monate später begann einer der abenteuerlichsten Goldtransporte der Geschichte. Die Verwaltung in Französisch-Westafrika erhielt den Auftrag, die belgischen Kisten unter Bewachung quer durch teilweise unwegsames Gebiet bis an die Mittelmeerküste zu befördern. Erst auf Lkws, dann per Eisenbahn, nach erneutem Umladen wieder auf Lastwagen, schließlich auf Kamelen. Als alles nichts mehr half, wurden die Kisten auf Boote geladen und über den Fluss Niger bis nach Timbuktu geschifft. Doch damit war die Odyssee noch lange nicht zu Ende. Nach Wochen, in denen die Kisten im Wüstensand lagen, bewacht von müden und ausgemergelten Soldaten, die in der Hitze und nach der Anstrengung des ersten Teils der Reise starben wie die Fliegen, wurden endlich Lastwagen aufgetrieben, die das Gold nach Gao, eine heilige Stätte des Islam, brachten. Was für ein Abenteuer!«

Konstantinos schüttelte den Kopf und schenkte sich nach, bevor er fortfuhr. Ein Hauch von Respekt schwang in seiner Stimme mit.

»Die gefährlichste Strecke jedoch lag noch vor ihnen – mehr als 1700 Kilometer durch die Sahara. Karawanen aus Hunderten von Kamelen wurden zusammengestellt, die Kisten auf die Rücken der Tiere geschnürt, dann ging es los. Nach unbeschreiblichen Strapazen erreichte der Transport endlich Colomb-Béchar, die algerische Provinzhauptstadt, wo das Gold in Güterzüge verladen wurde und Tage später endlich den Mittelmeerhafen Algier erreichte. Wieder wurde umgeladen. Dann übernahmen französische Transportflugzeuge es, in Nachteinsätzen das Gold nach Marseille zu fliegen, wo deutsche Soldaten den riesigen Goldschatz beschlagnahmten und ihn nach Berlin brachten. Hitler hatte einen Teilsieg errungen. Im Mai 1942 waren auch die letzten belgischen Goldkisten bei der deutschen Reichsbank in Berlin angekommen. Die mit belgischen Hoheitszeichen versehenen Barren wurden eingeschmolzen, neue Barren gegossen und mit dem Reichsadler versehen. Das belgische Gold hatte aufgehört zu existieren.«

»Ich vermute, es ging den üblichen Weg?«, warf Siegberth ein.

»Selbstverständlich.« Konstantinos nickte. »Die Barren wurden als deutsche Vorkriegsbestände ausgegeben, etwas später in die Schweiz gebracht, wo die eidgenössischen Banken nicht viel fragten. Sie tauschten die dubiose Lieferung in gute, ehrliche Devisen um, in neutrale Geldscheine ohne Vergangenheit, wie all die anderen Jahre auch.«

»Sagen wir, die Banken arbeiteten damals Hand in Hand«, ergänzte die Wissenschaftlerin. »Wenn ich mich recht erinnere, stellte die Reichsbank Schatzanweisungen zugunsten der belgischen Nationalbank in Höhe von mehr als achthundert Millionen Reichsmark aus.«

»Papiere, die nichts wert waren«, erwiderte der Grieche. »Die Belgier konnten niemals über diese Summe verfügen. Eine staatliche Augenwischerei, wie so oft.«

»Das belgische Gold war also aus Afrika verschwunden«, fasste Siegberth zusammen. »Die Übergabe des französischen und des polnischen Staatsschatzes wurde durch die Invasion der Amerikaner 1942 in Nordafrika verhindert.«

»Ja, er lag bis zum Kriegsende in Kayes, einer Garnisonsstadt nahe der Grenze, im heutigen Mali, an der Bahnlinie Dakar-Niger.« Konstantinos legte die Fingerspitzen zusammen und schaute über den Tisch der alten Wissenschaftlerin direkt in die Augen. Sein Blick war abschätzend und ein wenig spöttisch. Im Hintergrund zischten die Heizlampen wie eine Handvoll kleiner, aufgeregter Schlangen. »Danach wurde es an die rechtmäßigen Besitzerstaaten zurückgegeben. Es fehlte kein einziger Barren. Und nun sind Sie ratlos, nicht wahr? Ihre schöne Theorie des goldgierigen Geschäftsmanns ist gerade in sich zusammengebrochen.«

Siegberth wusste nicht, was sie sagen sollte. Sie versuchte, Konstantinos' Blick standzuhalten, aber es gelang ihr nicht.

»Verehrte Frau Professor, es geht um viel mehr in dieser Geschichte, als Sie glauben«, stellte der Grieche fest. »Der Nachtwächter von Siemens war nur ein kleines Opfer auf dem Weg zu Ruhm, Ehre und Macht. Macht – und vor allem Ruhm ist das, was mich antreibt. Geld? Bedeutungslos, wenn man es hat. Macht? Die Motivation von Politikern seit Tausenden von Jahren. Es ist wie eine Sucht, man kann nie genug davon haben. Doch sie ist vergänglich. Der Ruhm jedoch, der währt ewig.«

Er machte eine weitausholende Armbewegung. »Ein Grundstück in bester Lage, Millionen wert. Aber wie lange wird es mir gehören? Noch vierzig Jahre oder fünfzig. Und dann? Dann kommt der nächste und danach wieder jemand, und so geht es weiter. Ein Stück Erde, das wir vorübergehend besitzen. Aber Ruhm lebt noch länger als Besitz, Reichtum und Macht. Ist es bei Ihrem Ruf als Wissenschaftlerin nicht ebenso? Sollten Sie heute sterben, dann wird man sich trotzdem noch in zwanzig Jahren an Sie erinnern. Sie können also beruhigt abtreten.«

Er leerte seinen Champagnerkelch auf einen Zug, drehte ihn zwischen seinen Fingern und warf ihn schließlich mit aller Kraft auf die Stufen der Terrasse. Sein Lachen mischte sich in das Geräusch des zersplitternden Glases. »Cannotier hat das verstanden. Er hinterließ eine Botschaft für die Ewigkeit, doch wir haben sie entschlüsselt. Jetzt ist es an uns, das Beste daraus zu machen. Egal, ob es das Leben eines Nachtwächters, Ihres oder meines kostet. Und egal, was tatsächlich dahintersteckt.«

In diesem Augenblick hatte Siegberth zum ersten Mal tatsächlich Angst vor Konstantinos.

Und vor dem Tod.

9. Juli 1940, Adrar-Plateau / Französisch-Westafrika

Sie hatten dreiundzwanzig Stunden für die Strecke bis aufs Adrar-Plateau gebraucht, weniger, als Majors befürchtet hatte. Allerdings waren sie auch ununterbrochen gefahren, selbst bei Nacht, und hatten lediglich zwischendurch kurze Pausen eingelegt. Trinken, essen, weiter.

Nun, am frühen Vormittag, erstreckte sich rund um sie die steinige Einsamkeit des Gebirges, so weit ihr Blick reichte. Nur vereinzelte Bäume oder Sträucher waren zu sehen, schmutzig-braun wie der Boden und der Sand. Das Rot-grau der Steinlandschaft wirkte abweisend, bedrohlich, lebensfeindlich.

Hier waren Menschen nicht erwünscht, nicht einmal geduldet. Im Adrar-Gebirge herrschten die Sonne und die sengende Hitze, der Wind und die Trockenheit. Seit Jahrtausenden hatte sich in dieser Landschaft nichts verändert.

Hier war nicht die Pforte zur Hölle, hier war die Hölle.

Selbst in den Nachtstunden war kein Tier zu sehen gewesen. Die Piste, die der Lkw entlanggerattert war, befand sich in einem überraschend guten Zustand. Keine Felsen auf der Straße, keine tiefen Schlaglöcher, keine Sandverwehungen. Es war alles glattgegangen, zu glatt für den Geschmack des Colonels. Der Unbekannte, der zwischen ihm und Cannotier saß, war schweigsam gewesen, hatte durch die Windschutzscheibe auf das Stück Straße gestarrt, das der Lichtkegel der Nacht entriss. Nun, im Tageslicht, sah er ungläubig auf die Szenerie, die vorüberzog.

»Sind Sie sicher, dass Sie wissen, was Sie tun?«, hatte er in den Morgenstunden gemurmelt, nachdem eine rot glühende Sonne über dem Plateau in den Himmel gestiegen war und die Einsamkeit und Kargheit aus der Dunkelheit geschält hatte. »Hierher verirrt sich nicht einmal jemand aus Zufall. Hier ist das Ende der Welt.«

»Perfekt für das Archiv, finden Sie nicht auch?«, hatte Majors gefragt. »Oder hätten Sie die Kisten lieber in Dakar untergestellt, gleich neben dem Café, und auf die Deutschen gewartet?«

Der kleine Mann hatte nicht geantwortet, starr geradeaus geblickt und geschwiegen. Eine halbe Stunde später hatte er gemurmelt: »Vielleicht haben Sie recht.«

Zwei Stunden später waren sie am Ziel angelangt. Oder zumindest da, wo Cannotier und Majors ihr Ziel vermuteten. Nach einigen Peilungen mit Kompass und Sextant, die der junge Franzose von seinem Vater erhalten hatte, nickte er schließlich Majors zu: »Hier müssen wir von der Straße runter. Den Legenden der Eingeborenen nach liegen die sieben Säulen keine fünf Kilometer östlich von hier.«

»Sieben Säulen?«, wunderte sich der französische Geheimdienstmann. »Welche sieben Säulen?«

»Eine Felsformation im Adrar-Gebirge«, erklärte Cannotier kurz angebunden. »Hier in den Bergen gibt es einige wenige Höhlen, die von seit langem versickerten Flussläufen gegraben wurden. Zehn Kilometer nördlich von hier liegt Atar, eine uralte Handelsstadt, an der Kreuzung von zwei Karawanenrouten. Wir sind mitten in jahrtausendealtem Kulturland, auch wenn es tatsächlich nicht danach aussieht. Und doch weit genug entfernt von jeder westlichen Zivilisation.«

Das Misstrauen stand dem Franzosen ins Gesicht geschrieben. Er kniff die Augen zusammen und musterte zuerst Majors, dann Cannotier. »Sie haben also nach einem ganz bestimmten Platz gesucht«, stellte er fest. »Warum dieser und kein anderer?«

»Warum wird wohl das Gold dreier Staaten in diesen Teil Afrikas gebracht«, fragte ihn Majors. »Weil hier niemand danach suchen wird. Sehen Sie sich um! Was wünschen Sie sich noch für das Archiv des französischen Geheimdienstes? Einen Safe?«

Der Unbekannte schien nicht wirklich überzeugt und blickte grübelnd auf Cannotier, der wieder eine Messung mit dem Sextanten vornahm.

Vorsichtig bogen sie mit dem Lkw in ein ausgetrocknetes Flussbett ab, das rechtwinkelig von der Piste nach Osten abzweigte und von niedrigen, verkrüppelten Bäumen gesäumt war.

»Ich habe keine Ahnung, wie weit wir kommen, aber jeder Meter ist ein Gewinn«, murmelte Majors und versuchte, den größten Steinen auszuweichen.

Die Sonne stieg höher und brannte unbarmherzig auf die versteinerte Landschaft. Kein Schatten weit und breit. Selbst die wenigen niedrigen Sträucher hatten die Farbe der Felsen angenommen und sahen aus wie versteinert.

Die Welt schien auf Felsen, Sand und Hitze reduziert.

Der Lkw schaukelte über die Schotterhalden. Cannotier versuchte nicht daran zu denken, welche Folgen ein Reifenplatzer haben würde. Es gab Dinge, die malte man sich nicht aus.

Dann war die Fahrt zu Ende. Am Fuße eines Berges, der aus sieben kleineren Formationen bestand, stieg Cannotier aus und nahm eine letzte Peilung. Dann nickte er befriedigt und lehnte sich ins Innere des Lastwagens. »Von hier geht es zu Fuß weiter«, sagte er, zog ein Tuch aus der Tasche, das er sich um den Kopf band und stülpte einen breitkrempigen Hut darüber. »Wir sind weniger als einen Steinwurf vom Grab entfernt, wenn die Aufzeichnungen von Lawrence und die Legenden der Bidhan stimmen.«

Während Majors vom Fahrersitz rutschte und aus dem Lkw sprang, blickte der Unbekannte von einem zum anderen. »Grab? Lawrence? Legenden?« Er kletterte hastig aus dem Wagen und sah Majors und Cannotier hinterher, die begannen, einen kurzen, sanften Abhang zur nächsten Felswand hinaufzusteigen, ausgerüstet mit Kompass, Generalstabskarte und Rucksäcken.

»Halt! Wo wollen Sie hin?«, rief er alarmiert.

Majors wandte sich um. »Wir brauchen einen geschützten Platz für Ihre Kisten, oder? Kommen Sie schon und helfen Sie uns suchen. In den Felsen da vorne gibt es angeblich Höhlen, die schon in der Frühzeit der Menschheit bewohnt waren. Mit Malereien und den Überresten längst vergangener Kulturen. Und eine mit einem berühmten Grab.« Dann stieg er weiter bergan. Er dachte überhaupt nicht daran, dem kleinen Franzosen die Wahrheit auf die Nase zu binden.

Wenig später standen sie am Fuß der Felswand und hatten hinter einem großen Felsen den Eingang einer ersten Höhle gefunden. Cannotier nahm erneut eine Peilung vor, während Majors einige Schritte in die kühle Dunkelheit machte, bevor er seine Taschenlampe einschaltete. Die Höhle war nicht tief, vielleicht zwanzig Meter, und verlief nach einer Biegung gerade in den Fels hinein, bis sie unvermittelt endete.

Rasch stellte sich heraus, dass sie völlig leer war, die Wände roh und unbearbeitet. Enttäuscht drehte Majors wieder um und lief in den kleinen Mann hinein, der sich ihm beim Eingang in den Weg stellte. Er hatte die Hände in die Seiten gestemmt und sah ungeduldig aus.

»Ich weiß nicht, wonach Sie hier eigentlich tatsächlich suchen, und es ist mir auch egal«, stellte er mit gefährlich leiser Stimme fest. »Doch zuerst kommen die Kisten in Sicherheit, dann können Sie von mir aus Schätzen oder Gräbern nachlaufen.«

Majors sah Cannotier an, der nachdenklich mit der Hand über die Wände strich. Der junge Franzose zuckte mit den Schultern. Schließlich nickte der Colonel. »Gut, machen wir es so. Und besser Sie helfen uns dabei, weil sonst keiner Ihre verdammten Papiere bis hierher trägt.«

»Wir bauen einfach aus den Bordwänden des Lkws einen Schlitten und ziehen sie die paar Meter herauf«, gab der kleine Mann ungerührt zurück. »Lassen Sie uns besser rasch beginnen auszuladen. Die Victor Schoelcher wartet nicht ewig.«

Vier Stunden später waren die einunddreißig Kisten an der Rückwand der Höhle gestapelt und die drei Männer ausgelaugt und völlig erschöpft. Sie hatten aus einigen Holzbrettern der Ladebordwand und dem Gestänge der Plane tatsächlich einen provisorischen Schlitten gebaut und so jeweils zwei Kisten über den sanften Abhang zur Höhle gezogen. Doch die Arbeit in der unerträglichen Hitze war mörderisch gewesen und der Wasservorrat bedenklich geschrumpft.

Selbst der junge Cannotier war am Ende seiner Kräfte und lag schwer atmend auf dem Boden der Höhle. Majors lehnte an der Felswand und verfluchte den hartnäckigen kleinen Franzosen, der nur mehr Hose und Hemd trug und ebenfalls völlig verschwitzt war. Nun, wo er endlich seinem Ziel so nahe schien, schleppte er stundenlang blödsinnige Kisten voller Akten durch die Hitze der Wüste! Der Colonel schüttelte frustriert den Kopf, während ihm der Schweiß von der Nase tropfte. Andererseits war die Versuchung, wieder in die gleißende Sonne hinauszugehen und weiterzuklettern angesichts seiner Erschöpfung nicht gerade überwältigend.

Vielleicht war die nächste Höhle die richtige, vielleicht auch nicht ...

Vielleicht gab es hier Hunderte von Höhlen, und sie konnten suchen bis zum Jüngsten Tag.

War dies der Grund, warum niemals jemand das Grab gefunden hatte, auch nicht Lawrence? Hatte er es geahnt und war deshalb tatsächlich nie hierhergekommen und auf die Suche gegangen? Weil er Angst vor einem erneuten Scheitern gehabt hatte? Oder war er doch da gewesen, unerkannt, unbemerkt, und hatte den Sarkophag selbst gesehen, die Malereien und die goldene Rüstung, die unschätzbaren Grabbeigaben, den unermesslich großen Schatz und die Wächter?

Lawrence, dieser Mythos, rann Majors selbst nach dem Tod noch immer durch die Finger wie der Sand der Sahara.

Nicht zu greifen, immer in Bewegung ...

Da hörte der Colonel ein Geräusch. Er hob den Kopf, öffnete die Augen und schaute in den Lauf einer Pistole.

Polizeipräsidium, Adickesallee 70, Frankfurt am Main / Deutschland

Die E-Mails auf Kreutzers Rechner hatten nach stundenlanger Vernehmung und Taktiererei schließlich den Ausschlag gegeben. Thomas Calis hatte den Bildschirm des Laptops aufgeklappt und ihn einfach in von Strömborgs Richtung gedreht. Dann hatte er die Mails aufgerufen und war seiner Aversion gegen das gepanschte chemische Gebräu zum Trotz zum Kaffeeautomaten gepilgert, um sich einen angeblich doppelten Espresso zu holen und es Kriminalrat Klapproth zu überlassen, den Punkt zu machen.

Als er zurückgekommen war, einen bitteren Geschmack im Mund, der eher dubiosen als bohnentechnischen Ursprungs war, hatte von Strömborg resigniert. Kreutzers Aufzeichnungen, die Fotos, das

Kennzeichen des Bentleys, das der Legionär notiert hatte ... In Verbindung mit den DNA-Analysen und dem chemischen Gutachten war die Beweiskette erdrückend. Kreutzers Gedächtnisprotokolle von den beiden Besprechungen vor dem Auftragsmord hatten schließlich den Ausschlag gegeben: Von Strömborg hatte nach einem Telefonat mit seinen Anwälten und auf deren Anraten zugestimmt, mit der Polizei zusammenzuarbeiten.

Nach einer Pause von einer Stunde waren Trapp, Klapproth und Calis zur Vernehmung von von Strömborg erschienen. Nachdem Calis dem nun äußerst gesprächigen Schweden mehr als eine halbe Stunde zugehört hatte, ohne ihn zu unterbrechen, war er aufgestanden, hatte Trapp ein Zeichen gegeben, dem Kriminalrat zugenickt und das Büro verlassen. Augenblicke später stand die Oberkommissarin neben ihm auf dem Flur.

»Machen wir uns gleich auf den Weg?«, fragte sie, »oder holen wir uns noch einen Haftbefehl?«

Calis schüttelte den Kopf. »Keine Umwege. Womöglich riecht unsere Zielperson Lunte, und wir stehen vor verschlossenen Türen und einem leeren Haus. Wir nehmen unsere Waffen mit und fahren gleich. Ich will kein Risiko eingehen.«

Als sie an dem Kollegen am Empfang vorbeieilten, rief der ihnen nach. »Ich habe hier Autoschlüssel für Sie! Von der Spurensicherung. Die brauchen den Bentley nicht mehr. Was soll ich ...«

»Immer nur her damit«, unterbrach ihn Calis und schnappte sich die Schlüssel, bevor Trapp etwas sagen konnte. »Ob wir noch eine Runde damit drehen oder er gleich ins Depot geht, ist auch schon egal. Die Spuren sind bereits ausgewertet, also was soll's?«

Ohne auf den alarmierten Gesichtsausdruck der Oberkommissarin zu achten, die zu Protest ansetzen wollte, eilte Calis mit einem verschmitzten Grinsen zu der Limousine und ließ sich in die Polster des Fahrersitzes gleiten. Als Trapp einstieg und die Beifahrertür zuzog, sagte Calis: »Willkommen im Club der schnellen Ledersessel. Und immer schön lächeln, wenn es blitzt. Klapproth kommt dann sicher einfacher damit klar.«

Leise lachend startete er den Bentley, schaltete die Scheinwerfer ein und rollte aus dem Hof des Polizeipräsidiums. Die Oberkommissarin überlegte kurz, schmunzelte dann und lehnte sich in ihren Sitz zurück.

»An bestimmte Dinge wird er sich gewöhnen müssen«, meinte sie dann leichthin. »Du hast recht, man sollte ihn nicht zu sehr verwöhnen.«

»Dann habe ich diesmal dein Einverständnis für eine zügige Fahrweise?«, erkundigte sich Calis mit einem lausbübischen Grinsen.

Trapp nickte. »Eile ist geboten, Herr Kollege, wir sollten also nicht trödeln.«

»Dachte ich mir's doch«, gab Calis zurück und drückte aufs Gas. Der Bentley machte einen Satz nach vorne wie eine hungrige Raubkatze und brauste los.

Der Fahrer der Kawasaki war seit Paris nur auf der linken Spur der Autobahn gefahren. Wann immer es der Verkehr zuließ, hatte er die Geschwindigkeitsbegrenzungen ignoriert. Zweimal war er in eine Radarfalle geraten, hatte die roten Blitze in Kauf genommen, weiter beschleunigt und nur zum Tanken angehalten.

Das Autobahnkreuz Alzey flog an ihm vorüber. Dank der späten Stunde nahm der Verkehr ab, obwohl die ersten deutschen Großstädte immer näher kamen. Mainz, Wiesbaden, Frankfurt – sie hatten das dicht besiedelte Rhein-Main-Gebiet erreicht. Zwei Lkws trugen auf einem kerzengeraden Teilstück ein Elefantenrennen aus, und anstatt das Tempo zu drosseln, schoss die Kawasaki nach kurzem Abbremsen zwischen den beiden Lastern hindurch, und der Fahrer gab wieder Gas. Das Manöver brachte ihm ein anerkennendes Schulterklopfen von seinem Beifahrer ein. Mit etwas Glück würden sie einen neuen inoffiziellen Rekord für die Strecke Paris-Frankfurt aufstellen.

Drei Kilometer weiter war ihr Glück zu Ende. Flackerndes Blaulicht am Horizont, zahllose Warnblinkanlagen und Einsatzfahrzeuge der Feuerwehr am Straßenrand verhießen nichts Gutes. Der Fahrer scherte auf den Pannenstreifen aus und fuhr langsam weiter. Zweihundert Meter vor ihnen blockierten quer stehende Polizeiwagen die Fahrbahnen. Von irgendwo näherte sich ein Helikopter, dessen Scheinwerfer über die Autobahn irrlichterte. Im Schein des Lichtkegels erkannte der Fahrer der Kawasaki eine schmale Zufahrtsstraße, die mit einer

Schranke abgesperrt war. Rasch scherte er aus, rollte unbemerkt von der Autobahn, schlängelte sich geschickt an der Schranke vorbei und beobachtete die Navigation, die sofort die Route neu berechnete. Die Bundesstraße, an der er anhielt, lag dunkel und verlassen da.
Kein Wegweiser, keine Hinweisschilder.
Und die Navigation rechnete noch immer ...

Die Merianstraße lag ruhig und verlassen da, als Calis den Bentley im Standgas die hohen Mauern und millimetergenau getrimmten Hecken entlanggleiten ließ. Hie und da parkte ein Auto, doch Parkplatznot war etwas, was man in diesem Teil von Kronberg im Taunus definitiv nicht kannte. Die Garagen am Ende mancher Einfahrt waren größer als die Einfamilienhäuser in ärmeren Gefilden der Bundesrepublik.
Hier hatte man Geld und nichts dagegen, es zu zeigen.
»Wenigstens sind wir angemessen motorisiert, wenn wir schon in Jeans und Lederjacke hier unterwegs sind«, bemerkte Calis, nachdem er die Minderwertigkeitskomplexe zurückgedrängt hatte, die angesichts des demonstrativen Wohlstands bei ihm aufgekommen waren. Ein Wohlstand, der von sensorgesteuerten Scheinwerfern aus der Dunkelheit gerissen wurde, bevor er wieder hinter dem Bentley in der Nacht versank.
»Hier ist auch nicht alles Gold, was glänzt«, versuchte es Trapp.
»Aber das meiste, und der Rest ist Platin«, gab Calis zurück und versuchte, einen Blick auf die nächste Hausnummer zu erhaschen. In der indirekten Beleuchtung glänzte ein Messingschild neben einem hohen, zweiflügeligen modern designten Edelstahltor. »Die 43. Das nächste Anwesen ist unseres.«
Die Einfahrt zum Haus Merianstraße 45 war ein altertümliches schmiedeeisernes Tor, das fast drei Meter in die Höhe reichte. »Aus welchem französischen Schloss wurde das gestohlen?«, wunderte sich Calis, nachdem er den Bentley direkt davor auf der Auffahrt geparkt hatte und nach dem Klingelknopf suchte.
»Erworben, Kommissar Calis, erworben«, ergänzte Trapp und fuhr mit der Hand bewundernd über das Metall. Stilisierte Schlingpflanzen rankten sich die Gitterstäbe empor.

Oder …?
Die Oberkommissarin fuhr zurück.
Schlangen. Überall Schlangen …
Im bläulichen Scheinwerferlicht des Bentleys schienen sie zu leben, zu züngeln, sich zu winden und die Köpfe zusammenzustecken.
Aufgerissene Fänge.
Trapp bildete sich ein, das Fauchen der erbosten Schlangen zu hören.
Sie bewegten sich tatsächlich!
Trapp prallte zurück, stieß an den Kühler des Bentleys, stürzte fast. Entsetzt betrachtete sie das Schattenspiel, als das Tor sich leise zischend öffnete.
»Ohne Nachfrage?«, wunderte sich Calis, blickte hoch zur Sicherheitskamera und kratzte sich am Kopf. »Der Bentley ist wohl die Eintrittskarte in den Palast. Wer außer von Strömborg sollte schon damit fahren? Vielleicht wechseln die Chauffeure, aber der Mann auf der Rückbank nicht.«
Trapp rappelte sich hoch und sah die dunkle Auffahrt hinauf, die sich hinter Bäumen verlor. Theatralisch ging eine Lampe nach der anderen an, Lichtinseln entstanden und zeichneten Muster auf den Kies.
»Wenn jetzt noch der Donauwalzer erklingt, erstarre ich vor Bewunderung«, ätzte Calis und stieg wieder in den Bentley. »Nehmen Sie Platz, Madame, nur die Dienstboten gehen bis zur Villa zu Fuß. Wir fahren standesgemäß vor.«

Mit den Worten »Kommen Sie, ich zeige Ihnen etwas von meiner geheimen Leidenschaft, bevor ich Sie wieder ins Hotel zurückbringen lasse« hatte Konstantinos die etwas widerwillige Professor Siegberth elegant und weltmännisch, aber bestimmt am Arm genommen, ins Haus geleitet und die breiten Treppen nach oben geführt. Als die ersten seltsamen Dschungelgeräusche aus den Lautsprechern ertönten, sah sich Siegberth misstrauisch um.
»Was ist hier los?«, erkundigte sie sich bei Konstantinos, doch ihr Gastgeber antwortete nicht und bedeutete ihr nur, ihm zu folgen.

Sie spürte, wie es wärmer wurde, die Luftfeuchtigkeit stieg. Hatte der Grieche hier unter dem Dach eine Voliere mit seltenen Vögeln?

»Kennen Sie die Figur des Schlangenträgers?« Konstantinos war stehengeblieben und funkelte Siegberth an. »Das unbekannte dreizehnte Sternzeichen?«

Die Wissenschaftlerin sah sich unbehaglich in dem breiten Gang um, der nirgendwohin zu führen schien. »Ich verstehe wenig von Astronomie und halte nichts von Astrologie«, antwortete sie. »Ist das Ihre Leidenschaft? Ein Planetarium auf dem Dach?«

Der Grieche schien ihren Einwurf überhört zu haben. »Der Schlangenträger gehört seit mehr als zweitausend Jahren zu den Tierkreissternbildern der Astronomen, nicht aber zu den Tierkreissternzeichen der Astrologen. Er reiht sich zwischen Skorpion und Schütze ein. Der mächtige Schlangenträger hält Schlangen in beiden Händen und wird mit Äskulap, dem griechischen und römischen Gott der Heilkunst in Verbindung gebracht. Kommen Sie her, und sehen Sie selbst!« Konstantinos zeigte nach oben, durch ein großes Fenster, das einen Ausblick auf den wolkenlosen Nachthimmel bot. »Da oben können Sie ihn sehen. Die Schlange in seinen Händen hat ihren Kopf aufgerichtet, ist zum Angriff bereit.«

Siegberths Blick folgte seiner Hand. Sie erblickte Myriaden von Sternen und sah doch nichts.

»Der Name des Sternenträgers lautet Ophiuchus oder auch Asklepios, der Gott der Heilkunst. Daher ist die Schlange in Verbindung mit dem Äskulapstab auch das moderne Zeichen für Medizin.« Konstantinos' Augen leuchteten, als er Siegberths ratlosen Blick sah. »Von einer Schlange soll er das Wissen über die verschiedenen Kräuter erlernt haben. Mit der Zeit verfeinerte er seine Heilkunst immer mehr.« Er beugte sich über den Retina-Scanner neben der fast unsichtbaren Tür in der Holzverkleidung.

Eine Sekunde später sprang die Vertäfelung mit einem leisen Klick einen Spalt weit auf, und der Grieche wandte sich wieder seiner Besucherin zu:

»Und eines Tages war er Herr über Leben und Tod.«

> 9. Juli 1940, Adrar-Plateau /
> Französisch-Westafrika

Der Lauf der Pistole zitterte nicht. Er zeigte genau auf Majors' Stirn, knapp über der Nasenwurzel.

»Was soll das?«, stieß der Colonel unwillig hervor. »Ihre Akten sind in Sicherheit, und alles andere kann Ihnen doch egal sein!«

»Alles andere? Sie meinen das berühmte Grab, Lawrence of Arabia und sein Tod, die Legenden um die sieben Säulen?« Der Unbekannte trat einen Schritt zurück und überzeugte sich, dass der junge Cannotier einen sicheren Abstand hielt. »Sie vergessen, Colonel Majors, dass die in Sicherheit gebrachten Akten bei weitem nicht nur französische Ereignisse, sondern auch britische betreffen. Mehr als ein Viertel der Kisten da hinten an der Wand enthält brisantes Material der letzten zwanzig Jahre, von Ihren eigenen Geheimdiensten aufbereitet und Zug um Zug nach Paris geliefert.«

In Majors' Kopf begann irgendwo eine Alarmglocke zu schrillen ...

Cannotier, der aufspringen wollte, überlegte es sich und lehnte sich stattdessen an die Felswand. »Reden Sie weiter«, forderte er den Unbekannten auf.

Der kleine Franzose nickte abwesend. Er ließ Majors nicht aus den Augen. »Nur zu gerne. Der Austausch von Informationen zwischen dem Secret Intelligence Service und den französischen Diensten hat eine lange Tradition und wurde nach dem Ersten Weltkrieg noch einmal intensiviert. Angesichts von Hitlers Aufstieg seit den späten zwanziger Jahren waren es vor allem die Aktivitäten seiner Anhänger in den beiden Ländern, die im Mittelpunkt des geheimdienstlichen Dialogs standen. Oder, weniger umständlich ausgedrückt, wir teilten uns die Beobachtung der hitlerfreundlichen Elemente diesseits und jenseits des Kanals. Nicht wahr, Colonel? Sagt Ihnen der Name Andrew Morgan etwas?«

Majors fluchte unhörbar.
Cannotier war ganz Ohr.
Der Pistolenlauf bewegte sich keinen Millimeter.
»Doch bevor wir in medias res gehen, sollte ich mich vielleicht vorstellen. Mein Name ist Paul Rivière, Oberst in der französischen Armee und stellvertretender Leiter des SR Guerre. Meine Aufgabe war es, das Archiv in letzter Minute vor den Deutschen in Sicherheit zu bringen. Hätte ich die Schoelcher verpasst, dann wären die Unterlagen entweder den Deutschen in die Hand gefallen oder in Rauch aufgegangen und für immer verloren gewesen.«
Majors fragte sich, warum in der Tat niemand ein Streichholz unter die Kisten gehalten hatte.
»Warum ein Versteck so weit von Paris entfernt?«, wollte Cannotier wissen.
»Weil in Afrika niemand nach den Aufzeichnungen suchen wird«, gab Rivière zurück, ohne sich umzudrehen und den Colonel aus den Augen zu lassen. »Warum, glauben Sie, hat man das Gold hierhergebracht? Weil Hitler unter Umständen nicht so schnell aufzuhalten ist und seinen Eroberungsfeldzug fortsetzt. Aber bis hierher, mitten in die Steinwüste, wird er wohl kaum vordringen ...«
»Nehmen Sie die Waffe herunter, wir stehen auf derselben Seite«, ließ der Colonel unwillig vernehmen. »Schon wegen dieses Hitlers müssen wir zusammenhalten.«
»Sie stehen auf keiner Seite, Majors, außer auf Ihrer eigenen«, erwiderte Rivière bitter. »Die Cleaners waren Ihre Idee, weil Sie so stets an der vordersten Front waren, alle Erkenntnisse als Erster auswerten konnten und vor allem auch selektieren. So war es doch? Wie etwa bei Shaw oder Ross oder wie immer Sie Lawrence of Arabia nennen wollen ... Aber in seinem Fall war Ihnen das nicht genug. Wie aus Morgans Berichten hervorgeht, waren Sie besessen von seinen Aufzeichnungen, seinen Entdeckungen und seinem Geheimnis. Sie sammelten alles, was Ihnen in die Finger kam. Und was Ihnen nicht in die Finger kam, das stahlen Sie. Wo haben Sie denn Ihr Archiv versteckt?«
Der Colonel wollte etwas sagen, besann sich aber dann eines Besseren und schwieg.
Rivière lächelte dünn. »Und dann kam Hitler an die Macht, und

Lawrence schien nicht mehr kontrollierbar. Aber nicht für den Service, der machte sich keine Sorgen, aber für Sie. Wollte er sein Geheimnis an Hitler verraten? Sollte er tatsächlich Hitlers Statthalter in England werden oder gar doch in die Dienste Himmlers und der deutschen Propaganda treten? Also zogen Sie einen Strich unter sein Leben, bevor er womöglich nach Berlin und damit außer Reichweite verschwinden konnte.«

Cannotier hatte stirnrunzelnd zugehört. Jetzt erhob er sich langsam und kam näher. Auf seinem Gesicht lag ein ungläubiger Ausdruck.

»Sie fädelten alles sehr geschickt ein«, fuhr Rivière fort. »Jahrzehntelang hatten Sie ja bereits alles zusammengetragen, was Ihnen wichtig erschien. Dann drängte plötzlich die Zeit, nicht wahr? Also brachten Sie Lawrence eiskalt um, blieben bis zuletzt an seinem Krankenbett, um sicherzustellen, dass er nichts mehr sagen konnte. Aber Sie hatten nicht mit Morgan gerechnet.«

»Sie ... Sie haben ihn umgebracht? Den großen Lawrence of Arabia?« Cannotier konnte es nicht fassen. Er trat neben Rivière und starrte auf Majors hinab.

»Andrew Morgan schrieb einen Bericht nach dem anderen, formulierte seinen Verdacht, begann auf eigene Faust Nachforschungen anzustellen. Aber über kurz oder lang landete er stets bei Ihnen. Sie hatten ja alle Unterlagen sichergestellt.« Rivière legte den Kopf schief. »Irgendwo müssen Sie sich ein Versteck eingerichtet haben für das geheime Lawrence-Archiv. In Ihrer Wohnung? Oder in einem abgelegenen Haus auf dem Land? Geschickt gaben Sie immer wieder häppchenweise Informationen an den SIS weiter, zerstreuten eventuelle Verdachtsmomente gegen Sie. Doch Morgan wurde mit der Zeit immer paranoider, er traute weder Ihnen noch dem Service. Also verschickte er all seine Reports doppelt – eine Ausfertigung schickte er an seinen Chef in London, eine an uns. Wussten Sie, dass er seit drei Jahren einer der Verbindungsleute zu uns war?«

»Großhirn ...«, stieß Majors zwischen den Zähnen hervor. »Und jetzt sitzt er in Kairo wie die Made im Speck.«

»Ist es wahr? Sie haben Lawrence tatsächlich ermordet?« Cannotier konnte es nicht glauben. Er war vor Majors in die Hocke gegangen und in die Ungläubigkeit mischte sich Zorn. »Wie konnten Sie nur! Einer der prächtigsten Männer dieses Jahrhunderts ...« Dem jungen Franzosen fehlten die Worte. Er schluckte.

»Und das alles nur wegen einer fixen Idee«, ergänzte Rivière. »*Die sieben Säulen der Weisheit* ist Ihrer Meinung nach ein Wegweiser zum Grab Alexander des Großen.«

»Das nennen Sie eine fixe Idee?«, eiferte sich Majors und wollte aufspringen, aber die Hand mit der Pistole schoss vor, und Rivière zog mit dem Lauf eine blutige Spur über die Stirn des Colonels.

»Sitzen bleiben!«, herrschte Rivière Majors an. »Sie haben niemals einen schlüssigen Beweis für Ihre Theorie gefunden. Das Grab Alexanders kann überall in Nordafrika sein. Hier, in Alexandria, in der Oase Shiwa, wo immer auch. Es ist seit mehr als 1600 Jahren verschwunden.«

»Lawrence wusste genau, wo es war. Sie haben seine Aufzeichnungen nie gelesen, ich schon.« Majors wischte sich mit dem linken Handrücken über die Stirn, bevor ihm das Blut in die Augen rann. So rasch würde er nicht aufgeben. »Er wollte das Geheimnis an Hitler verschachern, dieser schwule Schwächling, aber ich bin ihm zuvorgekommen. Sie sollten mir danken!«

Cannotier sah Majors entsetzt an, wie einen Geist, dem er niemals hatte begegnen wollen. Dann wich er zurück, stolperte, fing sich wieder und prallte gegen die gegenüberliegende Felswand. Rivière drehte den Kopf, warf ihm einen kurzen Blick zu, und der Colonel nutzte seine Chance. In genau diesem Moment riss er seine rechte Hand hoch, feuerte die Webley schon aus der Hüfte ab. Der erste Schuss ging fehl, riss Splitter aus der Steinwand und jaulte als Querschläger davon.

Rivière reagierte sofort, drückte ab und traf den Colonel in die Brust. Majors' zweiter Schuss riss den kleinen Franzosen von den Beinen.

Mit schmerzverzerrtem Gesicht fiel der Colonel auf die Seite, rollte sich stöhnend auf den Bauch und robbte einen Meter vor.

Rivière lag bewusstlos genau vor ihm.

Majors streckte die Hand aus, setzte die Pistole auf Rivières Schläfe und drückte ab.

Blut und Gehirn spritzten durch die Höhle. Auf den Boden, die Steinwand und auf Cannotier, der wie gelähmt mit offenem Mund an einem Felsen lehnte.

Dann hob sich der Lauf der Webley und zielte genau auf Cannotier.

»Tut ... tut mir leid ...«, hustete Majors, und ein Strom von Blut rann aus seinem Mundwinkel. »Wir beide hätten ... hätten das Grab ... sicher gefunden ...« Sein Zeigefinger krümmte sich, und Cannotier erwachte aus seiner Erstarrung.

Er hechtete nach vorn. Die Kugel verfehlte ihn um Haaresbreite.

Cannotier riss die Pistole des toten Rivière an sich und feuerte angsterfüllt, Schuss auf Schuss.

So lange, bis das Magazin leer war.

Dann ließ er die Waffe fallen und sackte mit einem Gurgeln zu Boden. Der Anblick des toten englischen Geheimdienstmannes war furchtbar. Die Kugeln hatten Majors das halbe Gesicht weggerissen.

Cannotier schluchzte, ein Weinkrampf schüttelte ihn. Endlich raffte er sich auf und hastete ohne einen Blick zurückzuwerfen aus der Höhle, rutschte, lief und stolperte den Abhang hinunter zum Lkw. Als er einsteigen wollte, prallte er zurück.

Alle vier Reifen waren platt. Zerstochen.

Hastig warf er einen Blick in die Fahrerkabine.

Der Zündschlüssel fehlte.

Dann eilte er zur Ladefläche.

Alle Wasserkanister waren umgeworfen oder durch Messerstiche zerstört worden. War es Rivière oder Majors gewesen?

Cannotier fühlte die Panik in sich aufsteigen. Fünf Kilometer bis zur Piste, dann zehn weitere bis nach Atar, und die Nachmittagssonne brannte unerbittlich auf die Berge des Adrar-Plateaus ...

Das würde er ohne Wasser niemals schaffen.

Wir waren alle zum Sterben verurteilt, von Anfang an, dachte er verzweifelt. Seit Beginn dieser verfluchten Reise hatte die Uhr getickt. Er blickte ein letztes Mal hinauf zum Eingang der Höhle. Dieser Ort war furchtbar, und der Tod bewachte das Grab Alexanders des Großen gut, wo immer es war.

Keiner würde von hier entkommen.

Irgendetwas in ihm lehnte sich trotzdem auf, und so griff er nach seiner geliebten Kamera, dem einzigen Besitz, der ihm noch geblieben war, wie nach einem rettenden Strohhalm. Dann taumelte er los, instinktiv nordwärts, entlang der staubigen Büsche, über die Schotterhalden und durch ausgetrocknete Flussläufe.

Nur weg von hier. Nur weg von hier. Nur weg von hier, hämmerte es in seinem Hirn. Mit jedem Schritt, den er zwischen sich und die Höhle brachte, fühlte er sich freier. Je weiter er lief, umso öfter taumelte und fiel er. Die Steine waren glühend heiß, und die Luft flirrte über den aufgeheizten Geröllfeldern. Der Schweiß rann ihm in die Augen und brannte, gaukelte ihm Bilder vor, die zehn Schritte später wieder zerflossen.

Wenn ich Glück habe, dann erreiche ich die Piste, dachte er jedes Mal, wenn er sich wieder aufrappelte und weiterstolperte, keuchend und taumelnd. Aber vielleicht hatten ja Majors und Rivière bereits alles Glück aufgebraucht.

Als sie schnell gestorben waren ...

Während Cannotier weiterlief, geschah in der Höhle etwas Seltsames. Aus zwei Löchern im Fels tauchten Hunderte Skorpione auf, krabbelten in Richtung der Leichen, so als wollten sie sich überzeugen, ob Majors und Rivière tatsächlich tot waren.

Kairo International Airport / Ägypten

Die Landung auf der kürzesten der drei Pisten des internationalen Flughafens von Kairo war sanft und wie aus dem Bilderbuch. John Finch bremste den Learjet auf 50 km/h herunter und nahm dann die erste Ausfahrt in Richtung Business Terminal.

»Willkommen in Ägypten!«, sagte Amber Rains lächelnd, unterdrückte ein Gähnen und warf einen kurzen Blick nach hinten in die Passagierkabine. Salam und Llewellyn streckten sich auf ihren Sitzen und schnallten sich los. »Gut geschlafen?«

»Ihr seid überaus behutsam geflogen«, brummte Llewellyn verdrießlich. »Bis auf die magenerschütternden Turbulenzen über der

Schweiz, die Löcher in der Straße nach Bologna und die hohen Seen in der Adria war es sozusagen ein seidenweicher Spaziergang durch die Lüfte. Ich habe allerhöchstens zehn Minuten geschlafen.«

»Wenn er schlecht aufgelegt ist, dann ist er meist in Hochform«, erklärte Finch grinsend. »Dann hat er entweder einen unfehlbaren Plan, oder er kennt jemanden, der unter Umständen einen haben könnte. Doch der redet seit Jahren nicht mehr mit ihm ...«

»Hören Sie ihm nicht zu, diesem Flugsaurier«, ätzte der Major aus der Kabine, »und schauen Sie ihm lieber auf die Finger, sonst parkt er noch vor den Pyramiden ein. Wir brauchen ein Hotel, und zwar rasch, sonst schlafe ich im Stehen ein. Und der Chief Inspector hat auch schon mal frischer ausgesehen.«

»Ich habe bemerkenswert gut geschlummert«, gähnte Salam und blickte dankbar zu Amber. »Respekt für den glatten Flug und die sanfte Landung. Aber in einem Punkt hat der Major recht. Ein Hotelbett wäre nach der langen Reise schön. Dazu ein Telefon, um endlich meine Frau anzurufen.«

»Ich glaube, wir haben alle ein wenig Schlaf nötig«, nickte Amber. »Auch das Cockpitpersonal ist bereits länger unterwegs.«

»Es gibt ein sehr gutes Radisson Blu Hotel in der Nähe des Flughafens«, erinnerte sich Finch, »und für die Weiterreise nach Alexandria ist es sowieso definitiv zu spät. Deshalb würde ich vorschlagen, wir bleiben hier.«

Er ließ den Learjet auf dem vom Tower angegebenen Stellplatz ausrollen und fuhr die Turbinen herunter.

»Einstimmig angenommen«, stimmte Llewellyn zu. »Morgen sehen wir weiter. Dr. Mokhtar ist in den besten Händen, und dein Polizist in Alexandria wird auch noch einen Tag länger auf dich warten können.« Er griff in seine Tasche und holte sein Handy heraus. »Nachdem wir glücklich in Ägypten gelandet sind, ist Schluss mit der Isolation. Hier wird keiner versuchen, uns zu orten. Außerdem muss ich wissen, ob Peter Compton sich gemeldet hat.«

Doch außer Fiona, die versucht hatte, Finch zu erreichen, gab es bei keinem Anrufe in Abwesenheit.

Amber bestellte einen Wagen, der sie zum Terminal bringen würde und klappte dann die Gangway aus. Die warme Nachtluft strömte ins

Flugzeug, es roch nach Kerosin, als ein junger Mechaniker den Kopf hereinsteckte. »Guten Abend! Pierre Fontaine hat mich angerufen«, rief er in Richtung Cockpit, wo Amber und Finch die Systeme herunterfuhren und die Unterlagen und Dokumente zusammenpackten. »Ich übernehme den Jet ab hier und lasse ihn zur Durchsicht in den Hangar bringen. Sie brauchen sich um nichts weiter zu kümmern.«

Der Fahrer der Limousine, der sie abholte und zum Business Terminal brachte, war von der schweigsamen Sorte. Er trug trotz der Nachtstunden eine Sonnenbrille und kaute auf einem Zahnstocher herum. Mit einem gnädigen Kopfnicken entließ er sie vor den verspiegelten Glastüren, auf denen in großen Buchstaben »Private Charter Guests Only« stand.

»Visum?« Llewellyn sah Finch fragend an.

»Kein Problem, ich habe hier einen alten Freund bei der Grenzpolizei, der hilft uns sicher«, antwortete Finch und wartete, bis die Glastüren zurückgeglitten waren. Ein langer Gang erstreckte sich vor ihnen, in dem offenbar einige Neonröhren ausgefallen waren. Das Schild »Passport Control« wies auf jeden Fall geradeaus, direkt ins Halbdunkel.

»Sparen die hier Strom während der Nachtstunden?«, wunderte sich Salam und betrachtete ungeduldig das Display seines Handys, das sich noch immer nicht in ein ägyptisches GSM-Netz eingebucht hatte.

Genau in diesem Moment erloschen bis auf eine weit entfernte Neonröhre alle Lichtquellen in dem Gang.

In seinem sparsam möblierten Büro saß Major Aziz Ben Assaid im Schein einer Schreibtischlampe und schaute auf die Uhr. Er hatte Nachtdienst, und bis zur Ablösung fehlten noch ein paar Stunden. Also beugte er sich wieder über die Sicherheitsberichte, die er in regelmäßigen Abständen an das Innenministerium schicken musste. Öde Routine, dachte Assaid und seufzte. Wahrscheinlich würden sie direkt in die große Ablage gehen, bevor irgendwer sie lesen konnte.

Der Panoramablick auf das Vorfeld zeigte nur mehr wenig Aktivität. Hie und da rollte ein Bus über die Fahrbahnen zu einer Außenposition, Kolonnen leerer Gepäckwagen wurden an andere Plätze verschoben. Die starken gelben Leuchten ertränkten alles in einem curryfarbenen Licht.

Der Major griff nach seinem Wasserglas und stellte fest, dass es leer war. Er strich sich mit der Hand über seine Glatze und stand auf, ging hinüber zum Kühlschrank und fand außer einer halb vollen Cola nur mehr ein paar Flaschen Sakkara-Bier.

Die Wahl fiel ihm nicht schwer. Mit einer beschlagenen Bierflasche in der Hand machte sich Assaid auf den Rückweg zu seinem hypermodernen Schreibtisch, der auf dem Cover eines New Yorker Einrichtungsmagazins eine hervorragende Figur gemacht hätte. Auf der Monitorwand dahinter wechselten kaleidoskopartig die Ansichten aus der Ankunftshalle und den wichtigsten sicherheitsrelevanten Punkten des Flughafens. Assaid legte den Kopf in den Nacken und nahm einen tiefen Zug. Dabei fiel sein Blick auf die Monitore, und er stutzte.

War eine der Kameras ausgefallen?

Er umrundete seinen Schreibtisch und trat näher an den schwarzen Bildschirm. Der Ankunftsbereich der Privatjets, dachte er, nicht gerade elementar wichtig um diese Zeit. Im Geiste machte er sich eine Notiz, morgen den technischen Dienst zu verständigen. »Die sollen die Kamera kontrollieren«, murmelte er und wollte sich wieder seinem Bericht zuwenden, als er eine Bewegung auf dem Monitor ausmachte. Es war, als würden sich dunkle Schatten, verwischte Schemen durch das Schwarz bewegen. Ein elektronisches Geisterbild, eine Rückkopplung von einem anderen Schirm? Rasch überflog Assaid mit geschultem Blick die anderen Flachbildschirme.

Nichts, was dem ähnelte – und der Schirm blieb dunkel.

Was war hier los?

Der Major überlegte kurz. Dann griff er zum Telefon, während er misstrauisch den Monitor nicht aus den Augen ließ.

»Hier stimmt etwas nicht«, raunte Llewellyn und schob Salam in eine Nische bei den Toiletten. Hinter ihnen glitt die Glastür zum Flugfeld leise zischend wieder zu. Dann war es still.

Und blieb dunkel.

Finchs und Ambers Schritte waren ebenfalls verstummt. Im Schein der letzten verbliebenen Neonröhre am Ende des Ganges konnte Llewellyn keine Spur von den beiden entdecken. Es war, als hätten sie sich in Luft aufgelöst.

Plötzlich öffnete sich mit einem leisen Quietschen die Tür der Damentoilette hinter dem Chief Inspector. »Wo ist Finch?«, zischte eine Stimme so nah an Salams Ohr, dass der zusammenzuckte.

Llewellyn fuhr herum. Die Silhouette einer Frau zeichnete sich im Dunkel ab. Oder war es ein schmächtiger Mann? Der Major verfluchte den Stromausfall. Er kam sich vor wie auf dem Präsentierteller.

»Wer sind Sie? Was geht hier vor?«, flüsterte er.

»Wo ist Finch?«, wiederholte die Stimme fordernd.

»Hier …«, kam es leise aus der Dunkelheit. Plötzlich stand der Pilot neben Llewellyn und Salam und schnupperte. »Ich erkenne das Parfüm. Sind Sie die Tochter von Amina Mokhtar?«

»Richtig, Sabina Mokhtar«, flüsterte der Schatten. »Folgen Sie mir und keine Fragen. Zuerst müssen wir hier so schnell wie möglich raus.«

Sie lief los, den Gang hinunter, in Richtung des Neonlichts. Doch bereits nach fünfzig Metern blieb sie stehen, zog einen Ausweis aus der Tasche und legte ihn auf ein Kennfeld neben einer Glastür. Mit einem Klick sprang die Tür auf, und Sabina Mokhtar winkte die vier rasch durch. Dann drückte sie die Tür zu. Im nächsten Augenblick gingen im Gang hinter ihnen die Neonröhren wieder an.

»Geben Sie mir Ihre Pässe«, raunte die junge Frau und streckte ihre Hand aus. Als sie die zweifelnden Blicke sah, schaute sie Finch an. »Mr. Finch, bitte!«

»Gebt ihr die Pässe, los!«, forderte der die anderen auf. Als Sabina Mokhtar die Dokumente in ihrer Hand hielt, eilte sie einfach weiter, ohne auf die fragenden Blicke von Llewellyn, Salam und Amber Rains zu achten.

Der Einsatzwagen der Flughafenpolizei hielt vor dem Eingang des Business Terminals, und die beiden Beamten sprangen aus dem Wagen. Mit großen Schritten liefen sie zur Glastür, die sich zischend öffnete. Der hell erleuchtete Gang lag vor ihnen.

Menschenleer.

Achselzuckend griff einer der Polizisten zum Funksprechgerät.

»Major, hier ist alles normal. Beleuchtung funktioniert, keine Röhre ausgefallen.« Er ging zu den Toiletten, warf einen Blick hinein und machte auf dem Absatz wieder kehrt. »Keine Seele weit und breit.«

Aus dem Ton seines Untergebenen konnte Assaid heraushören, was der von ihm dachte.

»Ist gut, fahrt zurück auf euren Posten«, befahl der Major kurz angebunden. Er trommelte mit den Fingern auf die Schreibtischunterlage.

Irgendetwas ging hier vor …

Der Polizist sah stumm seinen Kollegen an, tippte sich mit dem Zeigefinger auf die Stirn, kehrte kopfschüttelnd wieder zum Einsatzwagen zurück und setzte sich ans Steuer. »Der Alte spinnt mal wieder. Voll im Sicherheitsdusel.«

»Wer immer zuletzt hier war, hatte ein teures Parfum«, antwortete sein Kollege.

»Kein Wunder«, antwortete der Fahrer und startete den Polizeiwagen. »Das ist das Terminal für Reiche. Nichts für arme Schweine wie uns.«

Das kleine Büro, das Sabina Mokhtar aufschloss, roch seltsamerweise nach Mottenkugeln. »Rasch, alle hier hinein. Der Letzte schließt die Tür.« Sie setzte sich an den Schreibtisch und holte Stempel aus der Schublade. Dann schlug sie die Pässe auf.

»Mr. Finch, ich wollte mich bei Ihnen dafür bedanken, dass Sie meine Mutter in eine Privatklinik verlegen ließen. Und weil Sie von der Polizei gesucht werden, Major Assaid nicht gerade Ihr größter Fan ist und Sie sicher kein zweites Mal hätte einreisen lassen, dachte ich mir, dass Ihnen zu diesem Zeitpunkt mit einer unbemerkten Ankunft und einem Visum am meisten geholfen wäre.« Sie blickte auf. »Ihnen und Ihren Freunden.«

Finch sah sie aufmerksam an. »Wie geht es Ihrer Mutter?«

»Den Umständen entsprechend. Sie ist noch nicht aus dem Koma erwacht, aber die Ärzte meinen, sie wird durchkommen.«

Finch atmete auf. Dann nickte er in Richtung von Salam, Llewellyn und Amber. »Drei Freunde von mir, zwei Kollegen von Ihnen. Vertrauen gegen Vertrauen. Darf ich vorstellen? Chief Inspector Shabbir Salam, Leiter der Grenzpolizei in Chitral, Pakistan. Major Llewellyn Thomas, ehemaliger Angehöriger des britischen Geheimdienstes. Wobei das ›ehemalig‹ nicht so ernst zu nehmen ist.« Dann wies er auf Amber. »Meine langjährige Freundin und Co-Pilotin Amber Rains, die schon während meiner Zeit in Ägypten mit mir geflogen ist.«

Sabina Mokhtar sah einen nach dem anderen mit gerunzelter Stirn an, bevor ihr Blick an Finch hängen blieb. »Warum sind Sie zurückgekommen, Mr. Finch? Der ermittelnde Kriminalbeamte in Alexandria sucht Sie fieberhaft. Er besteht darauf, dass Sie die Stadt nicht hätten verlassen dürfen. Wahrscheinlich ist ein Haftbefehl bereits unterwegs. Mein Chef wiederum möchte Sie lieber heute als morgen außer Landes wissen. Und jetzt sind Sie mit einem Mal wieder da, in Begleitung eines pakistanischen Polizeichefs und eines Agenten des Secret Service. Erklärung?«

Sie stempelte rasch die Pässe, einen nach dem anderen, und erteilte die Visa, während Finch überlegte. »Sagt Ihnen der Name Chinguetti etwas?«, fragte er die junge Frau schließlich.

Sabina Mokhtar blickte auf und sah ihn verwirrt an. »Chinguetti? Nie gehört.« Sie schüttelte den Kopf. »Wer soll das sein?«

»Ihre Mutter nannte den Namen, bevor sie bewusstlos wurde. Sie sagte ›suchen Sie Chinguetti‹, und nun frage ich mich, ob sie den irgendwann im Gespräch mit Ihnen einmal erwähnt hat«, erklärte Finch.

Die junge Frau schüttelte den Kopf. »Sagt mir gar nichts. Hat sie unter Umständen ihren Angreifer erkannt?« Sie schlug die Pässe wieder zu und stand auf. »Haben Sie das Inspektor Al Feshawi gesagt?«

Finch schüttelte den Kopf.

»Und deshalb sind Sie hier? Wegen dieses Chinguetti?« Sabina Mokhtar ging zu einer anderen Tür und zog sie auf. Sie schaute hinaus auf den nächsten Gang und versicherte sich, dass er leer war.

»Nicht nur«, wich Finch einsilbig aus.

Die junge Frau wandte sich um und funkelte ihn an. »Sie trauen mir noch immer nicht, Mr. Finch. Ich riskiere hier meinen Job für den

Mann, der meiner Mutter zweimal das Leben gerettet hat. Dafür könnten Sie wenigstens aufrichtig sein.«

»Je länger er mit mir zu tun hat, umso vorsichtiger wird er«, kam ihm Llewellyn zu Hilfe. »Sie müssen schon entschuldigen, aber nach einer Jagd um die halbe Welt kann ihm das niemand verdenken. Er ist nicht nur wegen Chinguetti hier, sondern auch wegen eines plappernden Papageis, einer Frau aus Südamerika, eines geheimnisvollen Dokuments und nicht zuletzt wegen Ihrer Mutter. Und wegen Chief Inspector Salam, der hoffentlich ab sofort in Sicherheit ist.«

Sabina Mokhtar sah den Major nachdenklich an. Dann drehte sie sich abrupt um, trat in den Gang und gab der Gruppe ein Zeichen. »Los, immer hinter mir her. Ich bringe Sie an den Kameras vorbei hinaus vor das Terminal 1.«

Major Assaid saß auf seinem Schreibtisch und starrte auf die Wand aus Monitoren. Alles schien wieder normal, keine Ausfälle, keine schwarzen Schirme. Er zuckte mit den Schultern und wollte sich gerade wieder umdrehen, da fiel ihm eine Gruppe auf, die aus einem für Passagiere gesperrten Sicherheits- und Bürobereich kam. An ihrer Spitze ging Sabina Mokhtar, das erkannte er sofort. Und hinter ihr?

»Finch, John Finch«, flüsterte Assaid und ballte die Faust. Er riss seine Uniformjacke vom Sessel und stürmte aus dem Büro.

Wenige Minuten später durchquerte er Terminal 1 und erreichte den Vorplatz, drängte sich durch Trauben von Reisenden und sah sich suchend um. Taxis und Busse warteten auf Fahrgäste, Koffer wurden verladen, und Männer riefen durcheinander.

Finch und seine Begleiter waren nirgends zu sehen.

Wutentbrannt rannte der Major zurück in die Abflughalle. Im Laufen zog er sein Handy aus der Tasche und wählte. »Wann hat Sabina Mokhtar heute Dienstschluss?«, bellte er ins Telefon. Er hörte Papier rascheln, als seine Sekretärin die Dienstlisten durchblätterte.

»Die hatte bereits vor zwei Stunden Feierabend und hat außerdem heute ihren Urlaub angetreten«, kam die präzise Antwort. »Einen zweiwöchigen Urlaub, um genau zu sein.«

Wortlos trennte Assaid die Verbindung. Nachdem er einen Moment überlegt hatte, wählte er erneut. Diesmal würde Afrika für John Finch endgültig zum Schicksal werden, dachte er grimmig.

Oder besser noch zum Grab.

12

DER FLUCH VON CHINGUETTI

> **Merianstraße, Kronberg
> im Taunus / Deutschland**

Martha Siegberth war starr vor Angst.

Sie fühlte sich wie ein Kaninchen, das hypnotisiert und völlig unbeweglich vor der Schlange saß.

Nur dass es hier nicht eine, sondern Hunderte von Schlangen waren.

Konstantinos schien ihre Panik zu genießen. Stolz zeigte er ihr ein Terrarium nach dem anderen, erzählte von den jeweiligen Schlangen, die er mit lebenden Mäusen anlockte, pries ihre Schönheit und schilderte ausführlich die Wirkung der Gifte.

Die Schlagen züngelten nervös. Schnappten gierig nach der Beute, verschlangen sie hastig.

Die Wissenschaftlerin wollte nur hinaus, hinaus aus diesem Albtraum.

Der schwüle, feuchte Raum, in dem es nach Dschungel und modrigem Moos roch, kam ihr vor wie eine Brutstation von unkontrollierbaren, angriffslustigen Bestien, die von Konstantinos offenbar mit voller Absicht zusätzlich gereizt wurden.

»Ich würde jetzt lieber in meine Hotel …«, begann sie und sah sich nach der Tür um, die jedoch fest verschlossen war.

»Aber meine Liebe, genießen Sie doch das Schauspiel nach getaner Arbeit«, wehrte Konstantinos ab. »Schlangen sind die schönsten und elegantesten Tiere der Welt. Lautlos, schnell, tödlich. Sie schlagen nur zu, um sich zu verteidigen oder um ihre Beute zu erlegen. Sie töten nie um des Tötens willen. Darin sind wir uns ähnlich.«

Der Grieche zog sie weiter, vor ein riesiges Terrarium, in dem ein halbes Dutzend grüner faszinierend gemusterter Schlangen an Ästen hingen oder unter Blättern lauerten.

»Einer meiner Lieblinge, die Hundskopfboa. Obwohl sie in ihrem natürlichen Lebensraum vom Aussterben bedroht ist, ist es mir gelungen, die Art seit einigen Jahren zu züchten«, erklärte Konstantinos stolz. »Keine einfache Schlange, im Gegenteil. Sie hat den Ruf, sehr schwer zu halten, sensibel und äußerst angriffslustig zu sein. Dazu kommen die langen Zähne, die tiefe Wunden hinterlassen können. Als Vogelfresser besitzt sie nämlich sehr kräftige Vorderzähne, um das Gefieder der Beute durchdringen zu können.«

Siegberth hörte kaum mehr zu. Der Schweiß rann ihr in Strömen über den Rücken, und ihre Hände hatten begonnen zu zittern.

»Man nennt mich auch den Schlangenträger«, fuhr Konstantinos fort, ohne auf die panische Angst seiner Besucherin zu achten. »Weil ich schneller, härter und noch kompromissloser bin, als alles, was hier kriecht und züngelt, zischt und rasselt. Ich bin ihr Bändiger und Meister, der Herr über Leben und Tod.« Er sah Siegberth starr an. »Ich bin ihr schlimmster Feind, aber auch die Hand, die sie füttert.«

Konstantinos schob den Glasdeckel des Terrariums zur Seite und griff seelenruhig hinein. Auf den letzten dreißig Zentimetern beschleunigte er seine Hand, und er packte eine der grünen Schlangen direkt hinter dem Kopf, bevor die richtig reagieren konnte. Dann nahm er sie vorsichtig und hielt sie Siegberth hin.

Die Wissenschaftlerin wich entsetzt zwei Schritte zurück.

»Keine Angst, sie ist nicht giftig, der Biss schmerzt nur«, beruhigte Konstantinos sie und streichelte mit einem Finger der Boa über den Kopf. »Eine hat mich vor Jahren einmal gebissen, als ich nicht darauf vorbereitet war. Das war unvorsichtig von ihr. Ich habe ihr daraufhin den Kopf abgebissen. Zur Strafe.«

Siegberth wich noch weiter zurück. Sie wusste nicht, wovor sie sich mehr fürchten sollte – vor dem Mann, der sich Schlangenträger nannte, oder vor der Schlange in seiner Hand.

Konstantinos schien es nicht zu bemerken und präsentierte die grüne Schlange wie ein kostbares Juwel bei einer Vernissage. »Schauen Sie die wunderbare Zeichnung an, das intensive Grün, den harmonischen Kopf.«

Die Boa wand sich um seinen Arm und versuchte vergeblich, sich zu befreien.

»Wie Sie sehen, ist sie eine wahre Diva, launisch und unberechenbar«, lachte der Grieche. »Außerdem fällt sie unter das Artenschutzgesetz. Also besser, wir setzen sie wieder ins Terrarium, sonst habe ich am Ende noch die Behörden am Hals.« Er gluckste, während die Wissenschaftlerin schluckte. Erleichtert sah sie, wie Konstantinos geschickt das Tier auf einen Ast fallen ließ.

»Aber so kommen Sie doch wieder näher, meine Verehrte, die Führung ist noch lange nicht zu Ende«, schmeichelte Konstantinos. »Das Beste kommt doch erst. Ich habe so viele Schätze in diesem Raum, Sie werden sehen!«

Wenn der Bentley die Eintrittskarte für die Villa an der Merianstraße gewesen war, so war seine Macht bald an ihre Grenzen gekommen, als der Butler und Leibwächter von Konstantinos entdecken musste, dass keineswegs von Strömborg, sondern zwei Unbekannte der auffälligen Limousine entstiegen.

»Wo ... ich meine ...«, begann der ehemalige Bodybuilder verwirrt zu stottern, als Calis und Trapp aus dem Mulsanne kletterten. »Sind Sie Freunde von Herrn von Strömborg? Haben Sie einen Termin mit Herrn Konstantinos?«

»Sie sind zu neugierig«, stellte Thomas Calis fest und hielt ihm seinen Ausweis vor die Nase. »Wo ist der Hausherr?«

»Im Ausland, auf Reisen«, kam es ein wenig zu prompt zurück. »Verlassen Sie sofort das Grundstück. Oder haben Sie einen Hausdurchsuchungsbefehl?«

Martina Trapp musterte den muskulösen Mann von oben bis unten. »Ein kleiner Schlaumeier? Ihren Ausweis, aber pronto.«

Der Leibwächter schüttelte verärgert den Kopf. »Wer immer Sie auch sein mögen, Sie befinden sich nicht nur auf einem Privatgrundstück, sondern auf einem Anwesen mit besonderen Rechten.« Sein Gesicht nahm einen triumphierenden Ausdruck an, als er auf ein kleines Schild neben dem Eingang wies. »Darf ich Sie an einen kleinen Passus erinnern, der Gebäude von Botschaften oder Konsulaten betrifft? Das Gelände, auf welchem sich eine Botschaft oder ein Konsulat befindet, steht unter einem besonderen völkerrechtlichen Schutz. Organe des Gastgeberlandes dürfen das Grundstück und die Gebäude nicht ohne

Einwilligung des Missionschefs betreten, durchsuchen bzw. Beschlagnahmungen oder Festnahmen durchführen.«

»Schalten Sie den Klugscheissermodus wieder aus«, knurrte Calis.

Doch der Leibwächter ließ sich nicht beirren. »Die Botschaft und ihre Diplomaten genießen besonderen Schutz und Vorrechte. Schon mal was von diplomatischer Immunität gehört?«

Martina Trapp sah Calis an und dann wieder den Leibwächter, der keine Anstalten machte, sie ins Haus zu bitten. Er wandte sich um und meinte etwas herablassend über die Schulter: »Soviel ich weiß, wurden Sie nicht eingeladen. Also darf ich Sie auffordern, das Grundstück wieder zu verlassen, bevor Sie verklagt werden. Und zwar jetzt sofort! Und was meine Papiere betrifft, so können Sie sich die …«

Mit zwei großen Schritten stand die Oberkommissarin hinter ihm und drückte ihm ihre Pistole in die Nieren. »Sprechen Sie nur weiter, und ich provoziere mit Leidenschaft einen diplomatischen Zwischenfall. Und betrete die Villa über Ihre Leiche. Ich hab die Nase voll von Leuten, die mir in den letzten Tagen ununterbrochen sagen wollen, was ich darf und was nicht.«

Der Leibwächter erstarrte, und Calis schnalzte anerkennend mit der Zunge. »Hätte von mir kommen können, Frau Kollegin«, lächelte er. »Du lernst schnell.« Dann holte er die Handschellen vom Gürtel und fesselte den erstaunten Mann an das massive Gitter der Eingangstür.

»Vom Leibwächter zum Türwächter, nicht gerade ein Karrieresprung«, stellte der Kommissar trocken fest und holte nach kurzer Suche eine Glock-Pistole aus dem Schulterhalfter des Bodybuilders. »Halten Sie uns den Rücken frei«, meinte Calis gönnerhaft »und rufen Sie laut, wenn Besuch kommt. Sie können aber auch jodeln, ganz wie Sie mögen. Wir sehen uns so lange um …«

»Das kostet Sie Ihren Job«, fauchte der Mann.

»Ach was, auch das ist nichts Neues«, konterte Trapp ungerührt, steckte ihre Waffe ein und schob ihn beiseite, »daran schrammen wir bereits seit Tagen vorbei. Wo ist der Hausherr genau?«

Die Verwünschung des Leibwächters war an Genauigkeit nicht zu übertreffen.

Die Schiersteiner Brücke über den Rhein war dank der Nachtstunden fast leer. Wo sich tagsüber Kolonnen sowohl in Richtung Mainz als auch nach Wiesbaden stauten, rollten nur ein paar Lkws und eine Handvoll Autos über die unebene Fahrbahn.

Der Fahrer der Kawasaki ignorierte die Geschwindigkeitsbegrenzung wegen der Bauarbeiten an der Brücke großzügig und schaltete bei hundertfünfzig in den vierten Gang. Die Navigation zeigte noch 39,8 Kilometer und 29 Minuten Fahrtzeit bis zum Ziel. Der rote Blitz der Radaranlage am Ende der Brücke leuchtete ihm direkt ins Gesicht.

»Machen wir daraus zwanzig Minuten«, murmelte der Fahrer ärgerlich in seinen Helm, bog auf die A66 in Richtung Frankfurt ein und beschleunigte auf knapp 200 km/h. »Und dann gehört das Tagebuch endlich uns.«

Radisson Blu Hotel, Heliopolis Distrikt / Kairo

Während sich Sabina Mokhtar vor dem Radisson Blu Hotel mit einem »Bis morgen!« verabschiedet und dem Taxifahrer eine neue Adresse genannt hatte, waren Amber Rains, Salam, Llewellyn und Finch trotz der späten Stunde rasch eingecheckt worden.

»Ein Willkommenstrunk und ein später Gruß aus der Küche sind unterwegs«, hatte der Concierge lächelnd gesagt und dann ein »Ich hoffe, Sie fühlen sich bei uns wohl!« hinterhergeschickt.

Die vier Zimmer in der siebten Etage lagen nebeneinander. Der Gang war effektvoll beleuchtet und mit ägyptischen Museumskopien dekoriert.

»Und morgen wann?« Llewellyn gähnte.

»Der Erste, der wach ist, klopft die anderen aus dem Bett«, gab Amber zurück. »Alexandria wartet!« Damit verschwand sie winkend in ihrem Zimmer.

»Wird dieser Wirbelwind jemals müde?«, wunderte sich Salam

kopfschüttelnd. Aber es schwang doch eine ganze Menge Respekt mit. »Ich werde noch versuchen, meine Frau zu erreichen, und dann falle ich in tiefe Bewusstlosigkeit. Gute Nacht!«

»Ebenfalls. Und sanfte Landung …«, wünschte ihm Finch, bevor er seine Tür aufschloss und die Schlüsselkarte in das Terminal schob, woraufhin eine gedämpfte Beleuchtung aufflammte. Das Zimmer war kühl, sauber und sehr modern eingerichtet. Ein großer Strauß frischer Blumen auf dem niedrigen Couchtisch verbreitete einen süßen Duft.

Finch hatte sich gerade aufs Bett fallen lassen, als auch schon der Zimmerservice dezent klopfte und ein großes Tablett mit einem Fruchtcocktail und einer Platte mit kalten Köstlichkeiten abstellte. Lautlos verschwand er wieder aus dem Zimmer. Die Tür klickte leise, und Finch fielen die Augen zu. Halt, dachte er, ich muss noch Fiona anrufen. Zu spät, sagte eine Stimme in seinem Kopf, aber er tastete trotzdem nach seinem Mobiltelefon und drückte die Kurzwahltaste.

»Ja?«, meldete sich eine verschlafene Stimme, die wie Zarah Leander klang.

»Ich bin's. Tut mir leid, wenn ich dich geweckt habe, aber ich wollte mich zurückmelden.« Finch schaltete die Beleuchtung im Zimmer aus. Durch die elegant gestreiften Gardinen fiel das Mondlicht in schmalen Bahnen in den Raum.

»Zurück?«, fragte Fiona irritiert. »Wo bist du?«

»In Kairo«, antwortete Finch leise. »Wieder in Kairo. Nach Indien, Pakistan, Georgien, England und Frankreich. Eine Tour de Force.«

»Warum bist du nicht hier bei mir?«, murmelte Fiona. »Und warum hast du dich nicht eher gemeldet?«

»Das ist eine lange Geschichte«, wehrte Finch ab. »Aber es ist schön, dass du nach Alexandria gekommen bist. Sparrow wird sich gefreut haben.« Finch machte eine Pause. »Und wenn nicht, dann freue ich mich zumindest …«

»Ach, dieser verrückte Papagei.« Fiona gluckste im Halbschlaf. »Genauso durchgeknallt wie sein Besitzer. Du fehlst mir, Cowboy.«

»Du mir auch …« Finch schloss die Augen und spürte, wie er in den Schlaf sank. Auf dem nahe gelegenen Flughafen landete eine Maschine, und der Turbinenlärm überwand sogar die Isolierglasscheiben.

Fionas Stimme drang wieder an sein Ohr. »Meinst du wir haben noch eine Chance? Einen zweiten Anlauf?«

»Ich würde es mir wünschen«, erwiderte Finch. »Nein, ich würde es *uns* wünschen ...«

»Ist viel passiert seit letztem Jahr«, murmelte sie. »Die Stiftung hat mehr Zeit geschluckt, als ich gedacht hatte, und mehr Verantwortung mit sich gebracht, als mir oft lieb war. Der Auftrag der vier alten Männer ...«

»Ich weiß – du warst viel unterwegs und ich wahrscheinlich noch mehr«, gab Finch zu. »Beziehungen um den halben Erdball sind vielleicht heftig, funktionieren aber offenbar nur kurz.«

»Jetzt musst du nur mehr die letzten hundert Kilometer bis nach Alexandria schaffen.« Fionas Stimme klang, als ob sie genau daran zweifeln würde.

»Morgen«, versicherte ihr Finch, »morgen bin ich wieder bei dir.«

»Und für wie lange?«

Die Stille dehnte sich, breitete sich aus wie der Flusslauf des Rio Negro nach tropischen Regenfällen.

»Ach John, du bist ein geborener Reisender. Ein Zigeuner mit Flügeln. Du kannst nicht ruhig bleiben, bist schon wieder fort, selbst wenn du noch da bist. Irgendetwas ruft dich immer, treibt dich hinaus.«

»Wahrscheinlich bin ich noch nie irgendwo angekommen«, murmelte Finch. »Heimat ist genau da, wo ich gerade bin. Wo jemand mich mag oder braucht, schätzt oder liebt. Afrika ist ein Zuhause, aber meine Heimat ist überall. Welche Antwort erwartest du? Ich werde mich nicht mehr ändern, dazu kenne ich mich zu gut. Bleib also weg von mir, wenn du jemanden suchst, der mit dir in Brasilien für den Rest seiner Jahre den Garten pflegt oder in der Schweiz Anlagemöglichkeiten für die Milliarden sucht und in einer Villa am Genfer See residiert. Das bin ich nicht.«

Fiona schwieg, und Finch fragte sich, ob sie eingeschlafen war. Wirklich kein guter Zeitpunkt für eine Beziehungsdiskussion, dachte er.

»Nein, das bist du nicht«, antwortete Fiona schließlich, und es klang resigniert. »Du bist der Mann, vor denen mich meine Eltern immer gewarnt haben. Nur mein Großvater hielt große Stücke auf dich.«

»Ganz und gar nicht gut für kleine Mädchen«, ergänzte Finch, und die Augen fielen ihm zu. »Dein Großvater war ein starrsinniger, geduldiger alter Mann, den man nur schwer beeindrucken konnte. Er hatte in seinem Leben bereits alles gesehen, war in seiner Jugend durch die Hölle gegangen und hatte keinen Schritt vergessen. Er saß zwar im Rollstuhl, aber er war zäh. Er hat sich nicht einmal erlaubt zu sterben, bevor die Taube landete. Aber das ist eine andere Geschichte ...«

»Ja, und es kommt mir vor wie ein anderes Leben«, erwiderte Fiona leise. »Dabei ist er erst seit einem Jahr tot.«

»Und doch haben die vier alten Männer selbst aus dem Grab heraus noch unser Leben beeinflusst und das von vielen anderen. Mit ihrer Stiftung werden sie es noch für Generationen.« Finch konnte seinen Respekt für den Plan, der nach mehr als sechzig Jahren aufgegangen war, nicht verhehlen. »Aber darum geht es nicht ...«

»Nein, darum geht es nicht«, wiederholte Fiona müde. »Komm heim, Cowboy, egal, wie lange du bleibst. Vielleicht werde ich dich irgendwann nicht mehr vermissen, wenn du wieder einmal auf der anderen Seite der Welt bist. Dann wirst du woanders zu Hause sein und nicht mehr in meinen Träumen. Aber bis dahin ...«

»Wir sehen uns morgen«, versicherte ihr Finch. »Außerdem könnten wir noch ein paar Tage im Cecil bleiben, es ist ein schönes Haus. Ich muss nur noch ...«

»... ich will es gar nicht wissen«, unterbrach ihn Fiona im Halbschlaf. »Lass uns morgen darüber reden. Gute Nacht.«

Finch ließ das Telefon neben sich auf die Decke fallen und streckte sich aus. Dann spürte er, wie der Schlaf sich wie eine federleichte Decke über ihn legte.

Die vier Männer, die in diesem Moment wie Schatten über den Hotelflur huschten, waren eindeutig Profis. Sie wichen geschickt den Lichtinseln der Deckenstrahler aus, klebten rasch einen schwarzen Kartonstreifen über das Objektiv der Überwachungskamera und kontrollierten die Zimmernummern. Schließlich eilten sie bis ans Ende des Ganges und überzeugten sich davon, dass sie allein auf der Etage waren. Wortlos teilte der Anführer, ein großer, athletischer Mann mit militärisch kurz geschnittenen grauen Haaren, die anderen mit sparsamen Gesten ein, wies jedem ein Zimmer zu. Als er zufrieden war und die Männer Aufstellung genommen hatten, blickte er auf die Uhr.

Sie waren noch rechtzeitig gekommen, ihr Flug aus London war vor einer halben Stunde pünktlich gelandet.

Vorsichtig legte er sein Ohr an die Tür und lauschte. Kein Laut war zu vernehmen. Bestimmt schliefen Finch, Llewellyn, Salam und die Pilotin schon. Er nickte und atmete auf.

Nun konnte nichts mehr schiefgehen.

Merianstraße, Kronberg im Taunus / Deutschland

Professor Siegberth war schweißüberströmt. Sie zitterte am ganzen Körper und hatte seit Minuten keinen anderen Gedanken mehr gehabt, als lebend aus diesem riesigen Terrarium herauszukommen. Die Glaswände um sie herum verschwommen vor ihren Augen, und das Kreischen der virtuellen Dschungelvögel ging der Wissenschaftlerin durch Mark und Bein. Noch nie in ihrem Leben hatte sie solche Angst verspürt. Wo sie auch hinblickte, züngelten, krochen und schlängelten sich endlose Körper, schienen sich auf sie zuzubewegen.

Wer war auf welcher Seite des Glases?

War es Siegberth, die als Besucherin gekommen war, oder waren es die Schlagen, die sie als Eindringling in ihr Reich sahen und sie vernichten würden?

Wer war der Gefangene und wer der Wächter, wer der Jäger und wer das Opfer?

Konstantinos schien seine Rolle zu genießen. Mit der triumphierenden Sicherheit, dass nun das Rätsel des Alphonse Cannotier gelöst war und er nur mehr zugreifen brauchte auf diesen ›locus terribilis‹, auf diesen schrecklichen Ort mit all seinen wunderbaren Reichtümern, zerrte er die widerstrebende Wissenschaftlerin von einer Schlangenart zur nächsten, erklärte, schwärmte, schilderte und spielte sowohl mit den Tieren als auch mit Professor Siegberth.

Die schwüle Hitze wurde immer drückender, so schien es Siegberth, und die Rufe der Vögel aus den versteckten Lautsprechern immer schriller und kreischender. Dem Griechen machte das offenbar nichts aus. Er wirkte in seinem Anzug noch immer wie aus dem Ei gepellt, nur ein paar verschwitzte Haarsträhnen und vereinzelte Schweißtropfen auf seiner Stirn verrieten, dass auch er das tropische Klima spürte.

»Sie haben nun fast alle meiner Schätze gesehen«, sagte er mit einem Lächeln und ließ wie beiläufig eine lebende weiße Maus in das Terrarium der Königskobras fallen. Siegberth schloss die Augen, als panisches Quieken ertönte und schließlich wieder verstummte.

»Natürlich habe ich mir als aufmerksamer Gastgeber das Beste für den Schluss aufgehoben«, stellte der Grieche derweil gönnerhaft fest und fasste die Wissenschaftlerin an den Schultern, drehte sie um und schob sie vorwärts. Als Siegberth verwirrt blinzelte und ihre Augen wieder öffnete, stand sie vor etwas, das einem übergroßen Sandkasten glich. Unregelmäßig geformt, mit einer kniehohen Umrandung aus Natursteinen. Die Wissenschaftlerin runzelte die Stirn, als sie vorsichtig näher trat. Als Erstes bemerkte sie ein großes, feinmaschiges Gitter, das sich von Rand zu Rand erstreckte und den gesamten Kasten bedeckte. Doch war es ein Kasten?, dachte sie verwirrt. Sie trat noch näher und sah Felsbrocken, Baumstämme, eine Landschaft aus trockenen Gräsern, die im Halbdunkel lagen. Doch mit einem Mal wurde es hell. Konstantinos hatte wie ein Filmregisseur nur den richtigen Zeitpunkt abgewartet, um die effektvoll platzierten Punktstrahler einzuschalten.

Es war, als hätten die Bewohner des Terrariums nur darauf gewartet. Mit einem Rascheln erwachte das aufwendig gestaltete Gelände, das zuvor verlassen ausgesehen hatte, zum Leben.

»Mein ganzer Stolz«, verkündete der Grieche und trat neben Siegberth. »Ich habe ihren natürlichen Wohnraum in freier Natur nachbauen lassen, mit versteckten Wärmelampen und Höhlen, Wasserstellen und der typischen Bepflanzung, verbunden mit dem auf die Minute exakt kreierten Rhythmus von Tag und Nacht.« Er ging in die

Knie und klopfte mit der flachen Hand auf das Netz. »Wo seid ihr?«, zischte er. Dann wurde seine Stimme schmeichelnd. »Meine verwöhnten, tödlichen Lieblinge. Zeit für die Fütterung ...«

Trockenes Gras raschelte und knisterte, bevor das charakteristische Geräusch der Schwanzrasseln ertönte und den Raum erfüllte.

Siegberth prallte zurück.

Im Licht der Scheinwerfer kroch ein Dutzend Klapperschlagen, aufgeregt und angriffsbereit, hinter den Steinen hervor und kam auf sie zu.

Dann tat Konstantinos etwas Unerhörtes. Bevor die Wissenschaftlerin auch nur ein einziges Wort herausbringen konnte, umrundete er mit großen Schritten das Terrarium und riss mit einer einzigen Handbewegung das Gitter von der Natursteinumrandung.

»Sie haben doch nicht angenommen, diesen Raum jemals lebend zu verlassen, nicht wahr?«, sagte Konstantinos kalt. »Ihre Hilfe war mir sehr willkommen, doch nun wissen Sie zu viel, das ist Ihnen wohl klar? Aber trösten Sie sich. Das Gift der Crotalus adamanteus wirkt schnell und zuverlässig. Und bei der Anzahl der Bisse, die Sie zu erwarten haben, wird es sehr rasch gehen.«

In diesem Moment hämmerte jemand gegen die Tür, und der Grieche fuhr herum.

Der Fahrer ließ die Kawasaki im Leerlauf und mit abgeschaltetem Scheinwerfer die leicht abschüssige Merianstraße hinunterrollen. Im Licht der Straßenlampen kontrollierte er die Hausnummern, zählte herunter. Er hatte das Visier des Helms hinaufgeklappt und war mehr als erstaunt, als das große schmiedeeiserne Tor der Villa in sein Blickfeld kam.

Es stand sperrangelweit offen ...

Misstrauisch schaute er nochmals auf die Hausnummer, dann hielt er an.

»Was soll das?«, fragte er seinen Kollegen auf dem Rücksitz. »Es ist mitten in der Nacht. Haben die hier Tag der offenen Tür?«

»Oder sie feiern, und die Party ist noch nicht zu Ende.« Der Beifahrer stieg ab, sah sich um und zog die Pistole aus der Lederjacke. »Umso besser. Angetrunken, unvorsichtig, tot. Ich gehe, du fährst vor.« Damit rannte er los. Als er durch das Tor lief, gingen die Strahler an und erloschen schließlich wieder hinter ihm.

Nichts geschah. Keine Gegensprechanlage quäkte, keine Alarmklingel ertönte. Alles blieb ruhig. Achselzuckend legte der Fahrer den ersten Gang ein und fuhr durch das Tor, die Auffahrt hinauf, überholte seinen Kollegen, der sich im Schatten der Bäume entlang der gepflasterten Wege hielt und stoppte die Kawasaki unverfroren vor dem Haupteingang.

Als der Vierzylinder erstarb, zog er den Helm vom Kopf und lauschte.

Kein Laut war zu hören. Nur das abkühlende Motorrad knackte und knisterte unter ihm.

»Was ist hier los?«, flüsterte der andere Agent, der inzwischen neben der Kawasaki in die Knie gegangen war und die gekieste Auffahrt sicherte. »Außer dem Bentley da drüben keine Wagen, keine Chauffeure, keine Party. Alles ist dunkel und verlassen.« Er wies auf die Fassade. »Selbst die Fenster sind unbeleuchtet.«

Der Fahrer schaute angestrengt zur Eingangstür, versuchte das Halbdunkel zu durchdringen. Standen die Flügel offen, oder täuschte er sich?

Er legte den Finger auf die Lippen und gab seinem Begleiter ein Zeichen, ihm zu folgen. Dann eilte er über den Kies und lief die drei Stufen zur Haustür hoch.

Die Tür stand tatsächlich einen Spalt offen! Er drückte dagegen, spürte einen Widerstand, drückte stärker. Der Türflügel schwang fast lautlos auf, und er machte einen Schritt in den dunklen Vorraum. Doch in diesem Augenblick traf ihn der zuschwingende Türflügel mit voller Wucht an der rechten Schulter und schleuderte ihn zur Seite. Mit einem überraschten »Was zum ...« stolperte er ins Dunkel, fiel und rutschte über den Steinboden.

Der andere Agent fackelte nicht lange. Er trat mit voller Kraft gegen die Tür, und als ein Schmerzensschrei ertönte, trat er nochmals nach. Es gab einen dumpfen Schlag, und dann war der Mann auch schon um den Türflügel herum und sah eine regungslose, dunkle Gestalt auf dem Boden liegen.

»Wen haben wir denn da?«, raunte er und bückte sich. »Und noch dazu gefesselt … Ein seltsamer Türöffner.«

Sein Partner hielt sich die Schulter und gab dem am Boden liegenden Mann einen brutalen Tritt. Der ächzte auf.

»Kurze Fragen, kurze Antworten«, zischte der Agent und ging neben dem verwirrten Leibwächter in die Knie. »Was ist hier los?«, fragte er ihn.

»Sind Sie von der Polizei?«, kam die Gegenfrage in akzentfreiem Englisch.

»Ich sagte Antworten, um die Fragen kümmere ich mich.«

Eine Pistole mit Schalldämpfer schob sich in das Blickfeld des Leibwächters. Der Lauf zielte genau auf sein rechtes Auge. »Wir haben's eilig und kommen auch ohne dich klar«, stellte der Fahrer kalt fest. »Liegt an dir.« Dann schwenkte die Pistole nach unten, und der Fahrer drückte ab, schoss ihm seelenruhig ins Bein.

Der Leibwächter stöhnte auf und krümmte sich vor Schmerzen.

»Die Polizei …«, keuchte er.

»Wo?«

»Oben im Haus.«

»Wie viele?«

»Zwei, ein Mann und eine Frau von der Kripo.«

»Hat der Hausherr Probleme?« Der Kahlkopf grinste. »Georgios Konstantinos und die Polizei? Ich bin überrascht. Wer ist noch da?«

»Niemand«, presste der Leibwächter hervor.

»Ach ja? Und der Bentley gehört den lokalen Einsatzkräften? Die Kühlerhaube ist noch warm. Ist der reiche Pinkel so spät von der letzten Party heimgekommen?«

Der Verwundete schüttelte den Kopf. »Die Polizei ist damit …«

»Aber klar doch, du Blödmann«, unterbrach ihn der Schwarzhaarige und richtete sich auf. »Neues Dienstfahrzeug.« Er legte die Pistole an und drückte ab. Es machte »Plopp«. Blut und Gehirn spritzten auf den Boden.

»Zwei Polizisten und Konstantinos. Nur mehr drei Zielpersonen im Haus«, stellte der Fahrer trocken fest und zeigte auf den toten Leibwächter, »und eine Leiche. Tendenz steigend. Gefällt mir.«

»Polizei! Öffnen Sie sofort die Tür!«

Calis hämmerte gegen das Holz, das ganz und gar nicht hohl und dünn klang, sondern ungewöhnlich massiv. Martina Trapp und er hatten auf ihrem Weg in den obersten Stock jede Tür geöffnet, die Räume dahinter kontrolliert, niemanden angetroffen und waren dann weitergeeilt. Nun standen sie vor der ersten verschlossenen Tür. Aus versteckten Lautsprechern klangen seltsame Laute, die Calis an seinen letzten Besuch im Berliner Zoo erinnerten.

Trapp stand vor dem Retina-Scanner und überlegte kurz. Dann meinte sie: »Den knacken wir nicht so einfach. Spezialseminar zum Thema Sonderschlösser. Das Innenleben ist zu kompliziert, und um das Ding kurzzuschließen fehlt uns die Zeit. Inzwischen könnte Konstantinos bereits über alle Berge sein. Also aufgeben und zum nächsten Raum ...«

»... oder die klassische Methode«, grinste Calis, zog die Pistole und setzte da an, wo er das Schloss vermutete. »Was immer durch einen Retina-Scanner gesichert wird, ist zu wichtig, um es links liegen zu lassen.«

Dann drückte er dreimal ab und versetzte der Tür einen Tritt.

Mit dem Ergebnis, dass die Tür sich keinen Zentimeter bewegte.

»Hilfe!!!«

Professor Siegberth schrie so laut sie konnte und ließ dabei die Klapperschlangen keine Sekunde aus den Augen. Die schlängelten aufgeregt zwischen Steinen und Grasbüscheln, züngelten und rasselten mit den Schwanzenden. Zwei hatten sich aufgerichtet und schoben ihre Köpfe über die Umrandung.

Konstantinos kümmerte sich weder um den Lärm an der Tür, noch um die Wissenschaftlerin, die sich die Seele aus dem Leib schrie. »Der Schlangenträger ist da«, flüsterte er immer wieder, »kommt zu ihm und fürchtet euch nicht. Denn er ist einer von euch ...«

Wie in Trance trat er näher an die Umrandung heran, breitete die Arme aus.

Immer mehr Schlangen kamen aus ihren Löchern gekrochen, züngelten und schienen irritiert über die beiden Menschen neben dem

Terrarium. Doch keine der Klapperschlangen wich zurück. Im Gegenteil. Die meisten gingen sofort in Angriffsstellung.

Lautes Rasseln erfüllte den Raum, brachte die Luft zum Vibrieren.

Professor Siegberth erwachte endlich aus ihrer Erstarrung. Langsam, wie in Zeitlupe, trat sie vorsichtig einen, dann zwei Schritte zurück, dann noch einen. Ihr hoffnungsvoller Blick war auf die Tür gerichtet, während Konstantinos noch immer wie ein Abbild der Jesusstatue in Rio bewegungslos verharrte und die nervösen Schlangen zu hypnotisieren schien.

Die drei Schüsse holten Konstantinos aus seiner Trance. Er blickte auf, sah Siegberth auf dem Weg zur Tür und reagierte blitzschnell. Mit einem Griff riss er einen der zahlreichen kleinen Feuerlöscher von der Wand und schleuderte ihn gegen die riesige Scheibe eines der größten Terrarien im Raum, schräg vor der Wissenschaftlerin. Mit einem Knall zersprang das Glas, die Splitter fielen klirrend auf den Boden, während der rote Behälter durch das Terrarium rumpelte, über Steine kullerte und schließlich liegenblieb.

Siegberth versuchte verzweifelt, das Messingschild unter der zersplitterten Scheibe zu entziffern. Da erschien auch schon eine der Schlangen und hob züngelnd den Kopf.

»Königsnattern«, ertönte es von der anderen Seite des Raumes, »acht Königsnattern. Leicht reizbare Tiere. Aber Sie haben die Wahl, Frau Professor, wie immer im Leben … Klapperschlangen oder Königsnattern.«

»Seit wann ballert die deutsche Polizei in Privathäusern herum?«, flüsterte der Fahrer dem anderen Agenten zu. »Hier stimmt etwas ganz und gar nicht, und ich möchte keinesfalls zwischen die Fronten kommen. Also Vorsicht. Wer weiß, was sich dieser Trottel an der Tür zusammengelogen hat und wer da oben auf uns wartet. Wir brauchen das Tagebuch, alles andere geht uns nichts an. Wenn Konstantinos Probleme hat, dann soll er sie alleine lösen.«

Siegberth kullerten vor Verzweiflung die Tränen über die Wangen, während Konstantinos ohne Eile und etwas geistesabwesend um das

Gehege der Klapperschlangen herum schlenderte. Er schien zu überlegen. Dem Lärm vor der Tür schenkte er noch immer keine Aufmerksamkeit.

»Eine Metalltür«, dozierte er wie nebenbei, »gesichert durch ein elektronisches Schloss. Uneinnehmbar wie eine Festung. Es sei denn …« In diesem Moment erloschen alle Lichter im Raum, und es wurde stockdunkel.

»Es sei denn, es gibt einen Kurzschluss«, keuchte Konstantinos, und zum ersten Mal klang seine Stimme besorgt. In diesem Augenblick dröhnten drei weitere Schüsse, die Kugeln durchschlugen das Schloss, und eine Sekunde später sprang die Tür mit einem lauten Krachen auf.

Außer dem Kreischen der Vögel und dem Rasseln der Klapperschlangen war nichts zu hören. Siegberth wagte es nicht, sich zu rühren. Sie meinte bereits, die schuppigen Körper an ihren Füssen zu spüren, gleichzeitig sah sie nicht einmal die Hand vor Augen.

Wo war Konstantinos?

Wer war an der Tür?

Und wo waren die Schlangen?

Privatklinik Docteur Alexandre Massoud, Alexandria / Ägypten

Amina Mokhtar hatte das Gefühl, aus einem tiefen, kalten See aufzutauchen. Je näher sie der Wasseroberfläche kam, umso heller und wärmer wurde es. Sie ließ die eisige Kälte in der Tiefe zurück, das Verwirrspiel der ständig wechselnden Bilder, die gefrorenen Gefühle, die unsichere Schwerelosigkeit. Als sie ihren Körper wieder spürte, den Schmerz in der Brust und die Nadeln mit den Schläuchen in ihren Armbeugen, die Schwere ihrer Beine und das kühle Betttuch, wollte sie vor Glück aufschreien.

Es wurde ein missglücktes Krächzen.

Doch sofort fühlte sie eine Hand auf ihrem Arm, warm und sanft. Sie schlug die Augen auf und erblickte ihre Tochter Sabina, die sich tränenüberströmt, aber glücklich strahlend vorbeugte und flüsterte: »Du bist wieder da ... Gott sei Dank!«

Amina Mokhtar versuchte ein Lächeln. Ihre Augen irrten durch den Raum.

»Man hat dich in eine Privatklinik verlegt«, erklärte ihr Sabina und drückte ihre Hand ganz fest. »In die beste der ganzen Stadt. John Finch hat alles eingefädelt und seine Beziehungen spielen lassen.«

»John ...«, flüsterte Amina Mokhtar und merkte, wie trocken ihr Mund war. Sie warf einen sehnsüchtigen Blick in Richtung der Tasse auf ihrem Nachttisch. Während ihre Tochter ihr schluckweise etwas Tee einflößte und sie in wenigen Sätzen auf den letzten Stand brachte, öffnete sich die Tür, und die Nachtschwester steckte ihren Kopf herein. Als sie sah, dass die Patientin wach war, lächelte sie erfreut und verschwand mit einem »ich hole den Doktor, bin gleich wieder da!«.

»Jetzt wird alles gut«, beruhigte Sabina Mokhtar ihre Mutter, füllte die Tasse erneut aus einer großen Kanne und berichtete von der Ankunft von Finch und seinen Freunden in Kairo.

Die Schwester hastete den Gang hinunter, doch bevor sie um die Ecke bog, trat ein Mann aus einer Nische, winkte sie näher und wechselte einige Worte mit ihr. Er war grauhaarig, untersetzt und sah aus wie ein pensionierter Arzt, allerdings ohne weißen Kittel. Als er die neueste Information hörte, nickte er zufrieden, und während die Schwester weitereilte, gab er seinem Kollegen hinter ihm ein Zeichen.

»Es wird Zeit«, murmelte er. »Sie ist wach.«

Rasch holten beide schwarze Kommandomesser aus Keramik aus ihren Rucksäcken und steckten sie an die Gürtel. Die schmalen Pistolen, die sie durchluden und entsicherten, waren Spezialanfertigungen aus Kunststoff, die Geschosse das Ergebnis geheimer Entwicklungsprojekte aus den Labors des MI6. Die Waffen würden in keinem Sicherheitsscanner einen Alarm auslösen.

Als sie bereit waren, löschten sie die gesamte Beleuchtung im Korridor. Nur eine einzelne Lampe spendete noch ein gelbliches Licht.

Wortlos huschten sie in Richtung des Krankenzimmers von Amina Mokhtar, mit einer Agilität und Schnelligkeit, die man den alten Herren nicht zugetraut hätte ...

»Wer ist dieser Chinguetti?« Sabina Mokhtar sah ihre Mutter fragend an. »Hat er etwas mit dem Attentat auf dich zu tun? War er es, der dich in der Bibliothek überfallen hat? John hat mir den Namen genannt ...«

Amina Mokhtar versuchte, den Kopf zu schütteln, gab es jedoch gleich wieder auf. Das Zimmer begann sich zu drehen, und ein flaues Gefühl machte sich in ihrem Magen breit.

»Nein, nein ...«, flüsterte sie und schloss die Augen. Das war alles so kompliziert, und sie hatte ihre Gedanken noch nicht beisammen. »Chinguetti ist kein Mensch ... ein Ort, es ist ein Ort ... die Bibliotheken in der Wüste ... das Manuskript ...«

Sie brach ab, als es leise an der Tür klopfte. Ein Arzt im weißen Kittel, das Stethoskop um den Hals, trat ins Krankenzimmer und blinzelte überrascht, als er Sabina Mokhtar am Bett der Patientin sitzen sah. Dann lächelte er jedoch freundlich.

»Ich nehme an, Sie sind die Tochter von Dr. Mokhtar? Schön, dass Sie gekommen sind, vielleicht hat es ja dazu beigetragen, dass Ihre Mutter endlich aufgewacht ist. Ich möchte Sie aber trotzdem ersuchen, draußen zu warten, bis ich mit meiner Untersuchung fertig bin.«

Sabina nickte ihrer Mutter zu und ließ ihre Hand los. »Bin gleich wieder da. Du bist in den besten Händen.«

Als sie auf den Gang hinaus trat, wunderte sie sich darüber, dass nur eine einzige Lampe brannte. Naja, Nachtstunden, dachte sie sich und ließ sich auf einen der leeren Stühle sinken. In diesem Moment bog die Nachtschwester in Begleitung eines Arztes um die Ecke.

»Haben Sie Ihre Mutter alleingelassen?«, wunderte sich die Schwester. »Wollten Sie nicht mehr bei ihr bleiben?«

»Wieso ... der Arzt ... ich meine ... «, stotterte Sabina. Ihr Blick ging zwischen der jungen Frau und dem Arzt hin und her.

Die zwei Schatten schienen aus dem Nirgendwo aufzutauchen. Sie stießen den Arzt beiseite, hielten sich nicht mit der Tür des Krankenzimmers auf, sondern traten sie kurzerhand ein. Glas splitterte, Holz zerbarst, und die Türangeln gaben nach. Aber da standen die zwei alten Männer bereits neben dem Bett von Dr. Mokhtar.

Einer der beiden – der grauhaarige untersetzte Mann – war mit einem großen Schritt hinter den Arzt getreten, der gerade die Nadel einer Spritze an den Arm der Patientin setzte. Die Hand mit dem Kommandomesser schnellte hoch, die Spitze grub sich genau auf der Höhe der Schlagader in den Hals des Mannes im weißen Kittel.

Mit einem Mal schien alles stillzustehen, eingefroren wie im Standbild eines Films. Die Zeit hielt den Atem an.

»Noch einen Millimeter weiter, und wir können hier in Ihrem Blut planschen«, stellte der Grauhaarige leise fest, und der Blick in seinen Augen ließ keinen Zweifel aufkommen, dass er es ernst meinte. »Legen Sie die Spritze weg. Jetzt!«

»Aber ... ich bin Arzt, hier muss eine Verwechslung vorliegen«, versuchte es der Mann im Kittel, hütete sich aber davor, auch nur die kleinste Bewegung zu machen. »Das ist ein reines Vitaminpräparat, völlig ungefährlich, zur Stärkung des Körpers nach dem Koma.«

»Aber sicher doch, und ich bin der ägyptische Osterhase«, zischte der Untersetzte. »Weglegen!«

Der zweite Bewaffnete, ein kleiner, drahtiger und fast kahlköpfiger Mann mit flinken, unruhigen Augen, trat hinzu und nahm dem Mann die Spritze aus der Hand. Er hielt sie gegen das Licht, während Amina Mokhtar ihn mit schreckgeweiteten Augen fixierte. Dann lächelte er grausam und stieß die Nadel blitzschnell durch den Kittel in den Oberarm des Mannes.

»Ein Vitaminpräparat? Dann wird es Ihnen sicher nicht schaden. Sie sehen etwas müde aus.«

Der Mann im weißen Kittel starrte ihn entsetzt an. Doch bevor er reagieren konnte, drückte der Unbekannte den gesamten Inhalt der Kanüle in dessen Bizeps. Dann trat er zurück, legte den Kopf schief und wartete. »Ach, so ein Vitamincocktail ist doch die wahre Freude ...«

Der vermeintliche Arzt wollte etwas erwidern, versuchte zu sprechen, öffnete den Mund wie ein Karpfen auf dem Trockenen, aber aus seiner Kehle kam kein Ton. Krampfhaft versuchte er, Luft zu holen und schaffte es doch nicht. Verzweifelt griff er sich an den Hals, krümmte sich und brach schließlich mit Schaum vor dem Mund neben dem Bett von Amina Mokhtar zusammen.

Der Grauhaarige steckte das Kampfmesser ein und lächelte aufmunternd der Patientin zu, die der Panik nahe war. »Es tut uns leid, wir waren ein wenig spät dran. Aber machen Sie sich bitte keine Sorgen, es kann Ihnen nichts mehr passieren, Dr. Mokhtar. Wir sind zu Ihrer Sicherheit abkommandiert worden, um genau solche Anschläge zu verhindern. Und wir machen selten Fehler.« Es klang keineswegs überheblich, eher auf selbstbewusste Weise professionell.

Der Arzt und die Nachtschwester betraten langsam das Zimmer, stiegen über die Reste der Tür, und während die Schwester Amina Mokhtar beruhigte, bückte sich der Mediziner hinunter zu dem Mann in Weiß, der zusammengekrümmt auf dem Boden lag. Er legte seinen Finger auf die Halsschlagader und versuchte, den Herzschlag zu ertasten. Nach einigen Sekunden schüttelte er den Kopf. »Tot.«

»Sicher eine Überdosis Vitamine«, meinte der Kahlköpfige kalt. Dann ging er neben dem falschen Arzt in die Knie und begann, den Toten zu durchsuchen. Neben dem üblichen Kleingeld, einem Autoschlüssel und einer Hotelkarte fand er in einer der großen Hemdtaschen ein zusammengelegtes, dickes Blatt Papier. Neugierig entfaltete er es. Die alte Handschrift war fast verblasst, aber noch leserlich. Sowohl die Schrift, als auch die Sprache, in der es verfasst war, waren dem schmächtigen Mann unbekannt.

Als Amina Mokhtar das Manuskript mit den Stockflecken und den eingerissenen Kanten erblickte, streckte sie ihre Hand aus. »Geben Sie mir das«, flüsterte sie mit großen Augen. »Bitte …«

Sie überflog die Zeilen, betrachtete den Papierbogen, fühlte seine Konsistenz, nickte schließlich unmerklich und ließ ihren Kopf in die Kissen zurücksinken. Als Sabina sich zu ihrer Mutter hinunterbeugte, sagte die nur ein Wort:

»Chinguetti.«

> Merianstraße, Kronberg
> im Taunus / Deutschland

»Das mit dem Kurzschluss war brillant, aber nun sehen wir gar nichts mehr«, zischte Trapp Thomas Calis ins Ohr. »Die Tür ist zwar offen, doch dieses seltsame Rasseln jagt mir kalte Schauer über den Rücken. Was ist das?«

»Hoffentlich nicht das, was ich befürchte«, murmelte der Kommissar. Plötzlich ertönte ein Schluchzen aus der Dunkelheit.

»Wer ist da?«, rief Trapp laut, beugte sich vor und lauschte angestrengt.

»Der Hausherr«, schallte es ungeduldig und ärgerlich aus der Dunkelheit zurück. »Was fällt Ihnen ein, hier einzudringen und alles zu verwüsten? Schalten Sie sofort den Strom wieder ein! Der Sicherungskasten befindet sich links hinter der Schwingtür. Und dann verlassen Sie umgehend mein Haus!«

»Also sind mindestens zwei Personen im Raum«, flüsterte Calis. »Konstantinos ist sicher nicht der weinerliche Typ. Legst du den Sicherungsschalter um? Mir gefällt dieses Rasseln ganz und gar nicht.«

Während Trapp sich den vertäfelten Gang entlang zur Schwingtür und damit zum Sicherungskasten vortastete, wechselte Calis das Magazin der Pistole und zog sich von der demolierten Tür zurück. Das seltsame Rasseln und die Schreie der Vögel zerrten an seinen Nerven. Wer hatte in dem Raum geschluchzt, fragte er sich? Und wozu diese Inszenierung? Die feuchte Luft und dieser seltsame Geruch, der aus dem Dunkel hinaus auf den Gang drang, machten ihn nervös. Er atmete tief durch. Worauf wartete Trapp, um endlich den Schalter umzulegen?

In diesem Moment wurde es hell, die indirekte Beleuchtung im Gang flammte mit einem Klicken auf, während irgendwo im Hintergrund summend ein Luftbefeuchter ansprang. Noch bevor Calis seinen Kopf um die Ecke des Türrahmens schieben konnte, ertönte ein Schrei aus dem Raum. Der Kommissar fasste die Pistole fester und schnellte aus der Deckung. Der Anblick, der sich ihm bot, ließ ihn erstarren.

Schlangen.

Überall Schlangen.

Auf dem spiegelblanken Boden des Raumes wanden sich unzählige Schlagen in allen Größen. Dazwischen eine alte, zerbrechlich wirkende Frau, vor deren Füßen sich eine Klapperschlange zusammengerollt hatte, bereit zum Zustoßen.

Calis schluckte, seine Gedanken rasten. Was tun?

Mit einem Ohr hörte er Trapp durch den Gang zurücklaufen und hob die Hand, bedeutete ihr stehenzubleiben.

Nur keine hastigen Bewegungen jetzt …

Da trat plötzlich ein Mann hinter der schief in den Angeln hängenden Tür hervor und in das Blickfeld des Kommissars.

Konstantinos! Natürlich, wie hatte er den vergessen können? Calis wollte etwas sagen, doch dann beobachtete er fasziniert, wie der Grieche langsam auf die Klapperschlange zuging, sich vorbeugte und einen Augenblick innehielt. Es schien dem Kommissar, als spreche er mit der Schlange, doch Calis konnte kein Wort verstehen.

Dann schnellte Konstantinos' Hand vor, packte die Schlange hinter dem Kopf, riss sie hoch und hielt sie triumphierend fest.

Calis stieß den Atem aus, den er angehalten hatte: »Das war knapp …«

Doch als Konstantinos sich umwandte, einen irren Blick in seinen blitzenden Augen, da wusste Calis, dass alles ganz anders war, als es schien. Mit einer einzigen wütenden Handbewegung schleuderte Konstantinos die Klapperschlange durch die Luft Richtung Tür.

Wie in Zeitlupe sah Calis den sich windenden Körper auf sich zu segeln.

»Beweg dich! Jetzt!«, schrie sein Unterbewusstsein, doch es schien ihm, als sei er in zähem Sirup gefangen, wate durch dicken Matsch und komme nicht vom Fleck. Erst in letzter Sekunde gelang es ihm, seinen Oberkörper zurückzureißen, und so flog die Schlange nur Zentimeter an seinem Kopf entfernt vorbei, durch die Tür hinaus auf den Gang, und prallte gegen die Wand, bevor sie auf den Teppichboden fiel.

Nun ertönte das gefährliche Rasseln von beiden Seiten – vor und hinter Calis.

»Jetzt ist sie richtig ärgerlich.« Konstantinos grinste schadenfroh. Da donnerte ein Schuss durch den Korridor. Die Kugel riss der Schlange glatt den Kopf ab. Der Körper zuckte noch kurz, dann lag er still.

»Jetzt ist sie richtig tot«, gab Trapp trocken zurück, als sie neben Calis trat, die Pistole noch im Anschlag. »Kripo Frankfurt. Besser, Sie nehmen die Hände hoch und kommen langsam raus aus diesem Albtraum.«

Professor Siegberth schien zur Steinsäule erstarrt zu sein, Konstantinos wiederum hatte Trapp offenbar nicht einmal zugehört. Unbeeindruckt packte er die Wissenschaftlerin an der Schulter, schob sie wie ein Schutzschild vor sich und wies mit der linken Hand auf die Klapperschlangen, die eine nach der anderen über die Umrandung krochen.

»Verlassen Sie sofort mein Haus, dann passiert niemandem etwas«, forderte er Trapp und Calis auf. »Sie haben gesehen, dass nur ich mit den Schlangen umgehen kann. Wenn nicht, dann …« Er gab Siegberth demonstrativ einen Stoß, ließ sie einen Schritt nach vorn stolpern, bevor er sie wieder zurückriss.

Die Klapperschlangen hoben nervös die Köpfe und gingen in Angriffsstellung.

Das Rasseln wurde lauter, bedrohlicher.

Aus dem zerstörten Terrarium wanden sich zudem mehr und mehr hungrige Königsnattern, schlängelten sich über das Metallgestell hinunter auf den Boden und erkundeten das unbekannte Territorium. In wenigen Minuten würden sie auf die Klapperschlangen treffen …

»Warum lassen Sie die Frau nicht gehen, dann können wir über alles reden«, versuchte es Calis.

»Keine Option«, stellte Konstantinos kategorisch fest. »Wenn Sie nicht umgehend das Haus verlassen, dann stirbt sie.«

»Und wenn wir gehen, auch«, gab Trapp zurück, ohne die Pistole herunterzunehmen. »Sieht so aus, als wären wir an einem toten Punkt angelangt.«

Die Dunkelheit hatte die beiden Agenten auf einer der Treppen des riesigen Hauses überrascht. Nach den Schüssen, die in der Eingangshalle nur gedämpft zu hören gewesen waren, hatten sie beschlossen, vorsichtig in den ersten Stock vorzudringen, um nicht versehentlich in die Schusslinie zu geraten. Zwei Absätze später war das Licht dann schlagartig verloschen.

»Warum geht heute einfach alles schief?«, raunte der Fahrer und lehnte sich gegen die Wand. »Erst entwischen uns Finch und seine Freunde in London, dann auf diesem verdammten französischen Flugfeld, dann in Orly. Und jetzt ist hier mitten in der Nacht der Teufel los. In einer Prunkvilla im Nobelort!«

»Wir brauchen dieses Tagebuch, koste es was es wolle«, erinnerte ihn der Schwarzhaarige. »Vielleicht gibt es hier so etwas wie eine Bibliothek? Mit etwas Glück finden wir es da und sind wieder verschwunden, bevor jemand etwas bemerkt.«

»Und Weihnachten und Ostern fallen auf denselben Tag«, knurrte der Fahrer abschätzig. Er überlegte. Die Geräusche aus den oberen Stockwerken klangen gedämpfter. Plötzlich flammte das Licht wieder auf.

»Also gut, versuchen wir es«, entschied er schließlich. »Los jetzt!«

»Toter Punkt?« Konstantinos zog die Augenbrauen hoch und sah Trapp herablassend an. »Für Sie mit Sicherheit, für mich kaum. Ich habe diese Schlangen schneller wieder in ihren Terrarien, als Sie schauen können. Sie gehorchen mir und fürchten mich. Ich bin ihr Meister, der Herr über Leben und Tod. Der Schlangenträger. Schauen Sie an klaren Nächten zum Himmel, da können Sie mich sehen ...«

»Der hat ordentlich einen an der Waffel«, raunte Calis Trapp zu.

»Umso schlimmer«, gab sie leise zurück, ohne Konstantinos aus den Augen zu lassen.

Die Klapperschlangen schienen die Gegenwart der Königsnattern zu spüren, die zuerst nur zögernd, dann immer mutiger auf Entdeckungsreise gingen. Sie begannen sich zurückzuziehen, Distanz zwischen sich und die Nattern zu bringen. So war eine schmale Gasse entstanden, die sich von Professor Siegberth zur Tür erstreckte, ein verlockend schlangenfreier Raum. Die Wissenschaftlerin erwachte aus ihrer Erstarrung, gab sich einen Ruck. Mit voller Kraft stampfte sie mit ihrem Absatz auf den Fuß von Konstantinos, der sie von hinten festhielt.

Es war weniger der Schmerz als die Überraschung, die den Griechen zurückweichen und stolpern ließ. Siegberth versuchte sich loszureißen, durch die schmale Gasse die Tür zu erreichen.

Bei der instinktiven Bewegung, den zwei Schritten nach hinten, war Konstantinos auf eine der Klapperschlangen getreten, die sofort zubiss. Er schrie auf, sein Gesicht wutverzerrt, ließ Siegberth los und knickte ein, strauchelte bei dem Versuch, die Schlange abzustreifen. Dabei stieß er gegen die Umrandung und verlor endgültig das Gleichgewicht, stürzte schwer gegen die Steinbrocken im Terrarium.

Es war, als hätten die Klapperschlangen nur darauf gewartet. Drei der Tiere in unmittelbarer Nähe schnellten auf den benommenen Konstantinos zu, ihre Köpfe schossen vor, und sie vergruben ihre Zähne in den Körper des Schlangenträgers.

Der Kommissar wollte vorstürzen, der Frau helfen, die noch immer zögernd inmitten der Schlangen stand, doch die Gasse hatte sich nach Konstantinos' Fall wieder geschlossen. Es war zu spät ...

Da sah er aus dem Augenwinkel, wie Trapp etwas von der Wand riss, kurz zielte und dann schoss ein starker weißer Strahl durch den Raum, fegte die Schlangen hinweg, schleuderte sie unter Terrarien und in die Zimmerecken, bedeckte alles mit dickem Schaum.

Siegberth sah atemlos zu, wie der Weg vor ihr frei gefegt wurde. Sofort lief sie los, zuerst zögernd, dann immer rascher und fiel schließlich in die Arme von Thomas Calis, der sie sofort in den Gang hinauszerrte. Weg von den Schlangen und weg von Konstantinos, der bewegungslos zwischen den aufgeregt rasselnden Klapperschlangen lag. Die alte Frau klammerte sich zitternd an ihn, als wolle sie Calis nie wieder loslassen.

»Ich habe mir den frommen Samariter immer irgendwie anders vorgestellt«, erklang da eine spöttische Stimme von der Schwingtür her. »Und vor allem die gerettete Jungfrau etwas jünger.«

Calis blickte alarmiert hoch und sah zwei schwarz gekleidete Männer am Ende des Korridors stehen, die Waffen im Anschlag.

»Wir stören sicher nicht lange die Idylle, aber wir hätten gerne den Hausherrn in einer wichtigen Angelegenheit gesprochen«, meinte einer der beiden im Plauderton. »Sind Sie das?«

Calis schüttelte den Kopf. »Zu spät, Konstantinos kann Ihnen nicht mehr antworten. Er hat die letzte Unterhaltung mit seinen Haustieren nicht überlebt. Und wer sind Sie?« Er lockerte den Griff um Siegberth.

»Tut nichts zur Sache«, winkte der größere der beiden ab. »Wir suchen etwas, das uns gehört und das sich Herr Konstantinos angeeignet hat. Ein Tagebuch. Dann sind wir auch schon wieder weg.«

Calis spürte, wie Siegberths Körper sich anspannte. »Ein Tagebuch?«, fragte sie mit heiserer Stimme. Sie löste sich von ihm und trat einen Schritt vor, in Richtung der beiden Unbekannten. »Vielleicht kann ich Ihnen weiterhelfen. Ich habe für Herrn Konstantinos vor kurzem ein Tagebuch transkribiert.«

Die Pistole des Unbekannten ruckte hoch. »So? Haben Sie? Sehr gut, dann brauchen wir ja den Samariter nicht mehr.« Damit streckte er den Arm aus und zielte auf Calis. »Keine Zeugen, keine Fragen, keine Probleme. Bon voyage.«

Bevor er jedoch abdrücken konnte, hechtete Trapp in den Gang und feuerte noch im Fallen auf die beiden Männer in Schwarz. Sie prallte gegen Calis, riss ihn von den Beinen und stieß ihn mit dem Kopf an die Wand, während die beiden Bewaffneten gegen die Schwingtür geschleudert wurden und zusammenbrachen.

Calis richtete sich benommen auf. Das Kreischen der Vögel aus den versteckten Lautsprechern drang misstönend in sein Bewusstsein. Dann streckte er die Hand aus und zog Trapp hoch, die ein wenig zitterte und unsicher auf den Beinen stand.

»Danke. Das war in letzter Sekunde«, murmelte er und schloss Martina Trapp in die Arme, drückte ihr impulsiv einen Kuss auf die Wange. »Und jetzt sollten wir die Schlangengrube wieder schließen.«

Als er sich umdrehen wollte, um die Metalltür ins zerschossene Schloss zu ziehen, hörte er einen gellenden Warnschrei.

Er fuhr herum.

Es machte zweimal »Plopp«, und Trapp wurde nach vorn geschleudert, einen überraschten und zugleich entsetzten Ausdruck auf ihrem

Gesicht. Sie schlug hart auf dem Boden auf, lag direkt vor seinen Füßen.

Das Blut quoll aus ihrem Rücken wie dicker roter Sirup.

Einer der am Boden liegenden Männer grinste triumphierend, während der Lauf seiner Waffe herumschwenkte, auf die Wissenschaftlerin zielte. Calis riss die Pistole aus dem Halfter, legte an und feuerte das Magazin leer, immer in Richtung der Schwingtür, einen Schuss nach dem anderen, bis der Schlitten offen blieb, während Siegberth mit den Vögeln um die Wette kreischte, die Hände krampfhaft auf ihre Ohren gepresst.

> **Radisson Blu Hotel,**
> **Heliopolis Distrikt / Kairo**

Es kam Finch vor, als sei er gerade erst eingedöst, als ihn ein Klopfen an der Tür aus einem Schlaf, so tief wie der Marianengraben holte. Völlig desorientiert tastete er nach seiner Uhr.

Wer war er, wo war er, und wieso war er noch da?

Und wie spät war es überhaupt?

Auf jeden Fall war es draußen noch dunkel, dachte er verwirrt. Seine Uhr lag nicht auf dem Nachttisch, und er gab die Suche auf.

Dafür wurde das Stakkato von Klopfgeräuschen intensiver.

»Amber«, murmelte Finch, »geh schlafen! Du bist zu früh dran.« Leise fluchend schwang er sich aus dem Bett, stolperte über seine Schuhe, die irgendwo auf dem Boden standen und tastete sich im bläulichen Halbdunkel zur Zimmertür.

»Ja!«, rief er, »ja, ich bin ja schon da. Hör auf mit dem Hämmern, du weckst noch das halbe Hotel auf, verdammt noch mal!«

Doch entweder hatte Amber genau das vor, oder sie war überzeugt, dass sie Finch nur durch hartnäckiges Klopfen zu dieser Stunde aus dem Bett werfen konnte. Jedenfalls legte sie keine Pause ein, nicht einmal nach den lauten Flüchen des Piloten.

»Amber, zum Teufel …«, setzte er an und riss die Zimmertür auf. Er blickte hoch und brach ab. Ein breitschultriger, groß gewachsener Mann in Jeans und kurzärmeligem weißen Hemd stand vor ihm und musterte ihn mit einem stechenden Blick. Trotz seines Alters – Finch schätzte ihn auf knappe siebzig – hielt er sich kerzengerade.

Finch schüttelte müde den Kopf. »Sie haben sich im Zimmer geirrt, alter Junge. Wen immer Sie suchen, er wohnt nicht hier. Gute Nacht.« Dann wollte er die Tür wieder schließen.

»Ich irre mich sehr selten, Mr. Finch«, ertönte die ruhige Stimme durch den Spalt. »Amber Rains, Chief Salam und Major Llewellyn schlafen noch tief. Ich wollte sie nicht wecken. Mein Auftrag lautet, Sie zu einer alten Freundin zu bringen. Dr. Amina Mokhtar.«

Finch war mit einem Mal hellwach. Er öffnete die Tür wieder. Der Mann stand noch immer da wie zuvor, unbeweglich, massiv wie eine Eichenwand.

»Wer sind Sie?«, fragte Finch misstrauisch. »Und was wissen Sie von Dr. Mokhtar?«

»Sie ist aus dem Koma erwacht und möchte Sie sehen«, antwortete der Mann. »Zwei meiner Männer haben vor kurzem ihre Posten im Spital bezogen. Keine Minute zu früh.«

Finch runzelte die Stirn und versuchte, die Information in die richtige Schublade zu stecken. Der Schlaf hing noch wie dichte Spinnweben in seinem Gehirn.

»Wer sind Sie?«, wiederholte er.

»Seit dreißig Jahren die rechte Hand von Major Llewellyn, Captain Alex Beaulieu«, erklärte der Grauhaarige und streckte Finch seine Hand hin. »Offiziell in Pension, aber wenn der Major ruft …« Ein dünnes Lächeln spielte um seine Lippen, als er Finchs Hand schüttelte. »Sie wissen ja, wie überzeugend er sein kann.«

»Oh ja«, seufzte Finch und fuhr sich verschlafen mit der Hand über sein Gesicht, »oh ja, das weiß ich. Hat er Sie gerufen? Verdammt, ich habe es gar nicht gemerkt.«

»Wir sollten uns auf den Weg machen«, sagte Beaulieu. »Es wird bald hell, und ich möchte kein Risiko eingehen.«

Finch schluckte die Nachfrage »welches Risiko?« hinunter und zog sich rasch an. Angesichts der vielen Fragen, die durch seinen Kopf schwirrten, kam es auf eine mehr oder weniger auch nicht mehr an. Dann zog er seine Zimmertür zu und folgte dem Captain, der den Lifts zustrebte. Wie nebenbei machte Beaulieu ein Zeichen mit der Hand, das Finch nicht deuten konnte. »Es bleiben noch drei meiner Männer auf dem Flur«, informierte der Captain ihn leise. »Zur Sicherheit.«

»Sie wollen kein Risiko eingehen«, wiederholte Finch, »wie auch immer das aussieht.«

»Ganz genau«, war alles, was er damit dem pensionierten Agenten als Antwort entlocken konnte.

Die Klinik, in die Llewellyn Amina Mokhtar hatte bringen lassen, lag in einem der besten und exklusivsten Viertel von Alexandria. Selbst im Morgengrauen vermittelten die riesigen gepflegten Grünanlagen vor beeindruckend ausladenden Villen eine Ahnung vom gut gefüllten Bankkonto ihrer Besitzer. Die blitzsaubere Auffahrt zwischen zwei Grundstücken, von einem ferngesteuerten Gittertor verschlossen, ließ bis auf eine kleine Messingtafel neben dem Klingelknopf nicht vermuten, dass sie zu einer exklusiven Privatklinik gehörte.

Das Tor schwang auf, und Beaulieu steuerte den gemieteten Mercedes schweigsam durch eine Allee aus Palmen und blühenden Oleanderbüschen. Der Captain war offenbar kein Mann vieler Worte. Er hatte seit dem Radisson Hotel keine fünf Sätze gesprochen. Das ließ Finch Zeit, seine Gedanken zu ordnen und seine Fragen zu formulieren. Immer noch vorausgesetzt, Amina Mokhtar war überhaupt gesundheitlich in der Lage, sie zu beantworten.

Die Männer auf dem Gang vor dem Krankenzimmer hätte Finch glatt übersehen, wenn der Captain nicht unvermittelt in eine der dunklen Nischen getreten wäre und ein paar Worte mit ihnen gewechselt hätte.

»Gehen Sie ruhig hinein, Mr. Finch«, sagte Beaulieu über die Schulter zu Finch. »Dr. Mokhtar wird sich freuen, Sie zu sehen. Ich komme dann später nach, wenn Sie möchten. So lange …«

»… minimieren Sie hier das Risiko«, unterbrach ihn Finch und stieß die Tür zum Krankenzimmer auf. Am Kopfende des Bettes von Dr. Mokhtar brannte eine einzelne Lampe, die ein gemütliches Licht verbreitete. Eine Sitzgarnitur, niedrige Tische mit Hochglanzmagazinen und modern gestylte Kleiderschränke vermittelten den Eindruck eines Luxushotels mit Zimmerservice. Auf der Couch lag Sabina Mokhtar, den Arm unter dem Kopf, und schlief.

»Lassen Sie sie schlafen«, kam eine schwache Stimme vom Bett. »Ich wollte, dass sie endlich nach Hause geht, aber sie war ein Sturkopf, wie immer. Sie wollte auf Sie warten.«

Finch trat neben die schmale Gestalt von Amina Mokhtar und legte die Hand auf ihre. »Es ist gut, dass Sie zurückgekommen sind aus dem Dunkel«, sagte er. »Ohne die richtigen Spezialisten wäre es vielleicht schlimm ausgegangen. Aber Llewellyn hat Wort gehalten.«

Als er den fragenden Blick der Patientin sah, winkte er ab. »Das erzähle ich Ihnen ein anderes Mal. Es sind seine Männer vor der Tür, die auf Sie aufpassen. Ich könnte mir keine besseren wünschen.«

»Die haben mir heute bereits einmal das Leben gerettet«, flüsterte Dr. Mokhtar und schloss die Augen. »Es war verdammt knapp. Und das alles nur wegen eines Manuskripts.«

Finch zog einen Stuhl ans Bett und setzte sich. »Chinguetti«, sagte er leise.

Dr. Mokhtar nickte fast unmerklich. »Ja, Chinguetti. Die alte Karawanen-Stadt in der Wüste, die gerade vom Sand verschluckt wird. Unaufhaltsam.«

Sie holte tief Luft und hob ihre Hand, als sie merkte, dass Finch eine Frage stellen wollte. »Lassen Sie mich einfach erzählen, dann werden Sie alles verstehen. Deshalb habe ich Sie hergebeten. Das wollte ich Ihnen bereits an unserem ersten Abend …« Sie brach ab und sah ihn hilflos an.

»Ist schon gut, ich höre zu«, beruhigte Finch sie. »Strengen Sie sich nicht zu sehr an.«

»Die Oase von Chinguetti in Mauretanien war seit jeher ein Karawanenzentrum, ein Handelsposten in der Sahara«, begann sie. »Hier sammelten sich die Pilger vor und nach ihrer gemeinsamen Reise nach Mekka. Für die Mauren war und ist Chinguetti die siebte heilige Stadt des Islams. Deshalb brachten Gläubige über Jahrhunderte hinweg besonders wichtige Schriften, die sie auf ihren Reisen erworben hatten, in die Stadt, füllten siebzehn Bibliotheken mitten in der Wüste.

So entstand über Generationen eine Sammlung, die ihresgleichen sucht. Allerdings bunt gemischt: Neben einem mehr als tausend Jahre alten Manuskript über die fünf Säulen des Islam, auf Gazellenhaut geschrieben, stehen seltene Bücher, die von den Mauren aus Spanien mitgebracht wurden, oder Manuskripte, die man längst verschollen glaubte. Über die Jahrhunderte wurde der Bestand der Bibliotheken von Chinguetti immer größer. Durch die Lage am Rande des Adrar-Gebirges gab es keine Plünderungen, es verschwand nichts. Was einmal in den staubigen Regalen landete, war an einem sicheren Ort. Es blieb da für immer.«

Dr. Mokhtar griff unter das Kopfkissen und zog ein zusammengefaltetes Blatt Papier hervor. Sie legte es auf die Bettdecke und faltete ihre Hände darüber.

»Chinguetti wurde im zwölften Jahrhundert gegründet und wuchs rasch. Seine Bedeutung als Oase in einer unwirtlichen Gegend stieg mit der Anzahl der Pilger nach Mekka. Rasch wurde der kleine Handelsposten zu einer Stadt mit Moscheen und Minaretten, mit Unterkünften für die Reisenden. Die heutige Ansiedlung ist nur ein Schatten der florierenden Metropolis, die Chinguetti einmal war. Karawanen mit mehreren Tausend Tieren machten hier halt, sie transportierten Wolle, Datteln und Weihrauch in den Süden und kamen mit Elfenbein, Straußenfedern, Gold und Sklaven beladen wieder zurück. Mehr als zwanzigtausend Menschen lebten und arbeiteten in Chinguetti, viele islamische Gelehrte und Schriftsteller ließen sich hier nieder, in der Stadt der siebzehn Bibliotheken – mehr als irgendwo sonst in Afrika.«

Amina Mokhtar entfaltete das einzelne Blatt und strich es auf der Bettdecke glatt. »So kam Anfang des vierzehnten Jahrhunderts eines Abends auch ein Assassine in die Stadt. Wir kennen seinen Namen nicht, er erachtete ihn nicht für so wichtig. Er brachte ein Dokument mit, von weit, weit her, aus Frankreich, um es in einer der Bibliotheken zu deponieren. Woher wir das wissen? Nun, es steht auf diesem Blatt Papier, das in einem alten arabischen Dialekt verfasst wurde. Es gelangte aus reinem Zufall auf meinen Tisch. Es lag in einem Buch, das dem Handschriften-Museum gespendet worden war, und fiel mir im wahrsten Sinne des Wortes in den Schoß. Das ist der Grund, warum man versucht hat, mich umzubringen, der Grund, warum ich Sie bereits vor Tagen sehen wollte und eine Nachricht ins Cecil schickte.«

Sie machte eine Pause. »Der Grund, warum der Täter heute sein Werk vollenden wollte. Als Arzt verkleidet und mit gefärbten Haaren, glatt rasiert und mit Brille. Ich habe ihn nicht erkannt, bis …« Sie brach ab und rang um Fassung.

Finch schwirrten hundert Fragen durch den Kopf, doch er wartete. Die beruhigend gleichmäßigen Atemzüge Sabina Mokhtars verrieten, dass die junge Frau tief schlief.

»Der Assassine kam im Auftrag des Templerordens in die Wüste. Angesichts der drohenden Auslöschung des Ordens hatten sich wohl einige der Oberen an ihre ehemaligen Feinde gewandt, die sie stets respektiert hatten. Der Araber brachte ein Dokument mit in die Wüste, das zu den großen Geheimnissen des Ordens gehörte, jenem Ritterorden, der vom französischen König Philipp dem Schönen verfolgt, vernichtet und enteignet wurde. Nachdem die letzten Großmeister verbrannt worden waren, erfüllte sich der Fluch, mit dem die Templer den König und den Papst belegt hatten: Beide starben innerhalb eines Jahres nach der Zerschlagung des Ordens. Das Archiv der Templer jedoch blieb bis heute verschwunden.«

Dr. Mokhtar lächelte, als sie Finchs fragenden Blick sah.

»Nein, das Archiv liegt nicht in Chinguetti, natürlich nicht. Aber ein einzelnes Dokument gelangte in eine der Bibliotheken der Oase. Sicher aufgehoben inmitten der Wüste, weit weg von Europa: das Wissen um den exakten Platz der Grabstätte Alexanders des Großen, des begehrtesten archäologischen Fundes der Neuzeit. Der Assassine scheute keine Mühen und Strapazen, bis er mit dem Dokument sicher in Chinguetti angekommen war. Ob er es selbst in eines der Regale einreihte oder es dem damaligen Bibliothekar anvertraute, wissen wir nicht. Fest steht, dass er jede Spur konsequent verwischt hat. Er tötete den Bibliothekar zwischen den staubigen Regalen und verließ noch in der Nacht die Stadt. Man fand am nächsten Tag seine Fußspuren, die geradewegs in die Wüste führten, aber niemand wollte ihnen folgen.«

»Und wer hat das aufgeschrieben?«, fragte Finch und deutete auf das Blatt Papier in Amina Mokhtars Händen.

»Der Sohn des Bibliothekars, der ein kleiner Junge war, als ein fremder Mann seinen Vater ermordete. Er stand hinter einem Vorhang, beobachtete alles und blieb ganz still, aus Angst, der Assassine würde auch ihn töten. Später übernahm er traditionsgemäß die Leitung der Bibliothek und schrieb seine Erinnerung auf.«

»Alexander der Große – also doch …«, murmelte Finch, dachte an die Kalash und den Mord an Shah Juan, den Krieg der Geheimdienste und an Chief Inspector Salam.

»Ein Sarkophag aus Glas oder Kristall, bis zum Rand gefüllt mit Honig, in dem der einbalsamierte Leichnam des Kriegerkönigs schwimmt«, zitierte Dr. Mokhtar. »Verschwunden im Dunkel der Zeit, bereits nach dem Besuch Cäsars. Fast zwei Jahrtausende hat ihn niemand gefunden, obwohl viele ihr Leben lang danach gesucht haben. Aber der Körper Alexanders, sein Sarkophag sind nicht alles. Die Legenden sprechen von einem ungeheuren Schatz, unvorstellbare Mengen an Gold, Silber und Edelsteinen, die dem Makedonier mit ins Grab gegeben wurden.«

»Ruhm, Macht und Ehre – Geld, Gold und Einfluss«, raunte Finch und begann zu verstehen. »Und das ist der Wegweiser zu der Stelle, wo Alexander begraben liegt?«, fuhr er fort und deutete auf das zerknitterte Blatt.

»Nein, so einfach ist es nicht«, widersprach Dr. Mokhtar, »auch wenn das offenbar einige glauben. Die Aufzeichnung leitet uns in die richtige der siebzehn Bibliotheken von Chinguetti. Bleibt noch, das französische Manuskript zu finden, zu entziffern und vielleicht zu entschlüsseln. Erst dann hält man das Wissen der Templer in der Hand.«

»Und das war es, was Sie mir mitteilen wollten, bei unserem Abendessen?«, fragte Finch. »Sollte ich auf die Suche nach dem Manuskript gehen, nach Chinguetti, die Spur zu Alexanders Grab finden?«

Amina Mokhtar nickte stumm. »Doch dann kam alles ganz anders …«, meinte sie leise und sah Finch forschend an. »Wer steckt hinter den Anschlägen auf mich, hinter dem Diebstahl dieses Blatt Papiers?«

»Wahrscheinlich ein ausländischer Geheimdienst«, antwortete Finch ausweichend, »der mit allen Mitteln versucht hat, an Informationen über die letzte Ruhestätte Alexanders zu gelangen. Wem haben Sie von dem Dokument erzählt?«

Die Bibliothekarin verzog das Gesicht. »Anlässlich der bevorstehenden Konferenz wurde ein Empfang für europäische Diplomaten gegeben. Unser Direktor, immer auf der Suche nach Geldgebern, forderte alle Abteilungen auf, Neues und Ungewöhnliches für diesen Anlass beizusteuern. Weil niemand mit zündenden Ideen oder interessanten Funden aufwarten konnte, blieb das hier übrig. Alle waren begeistert. So hielt ich einen kurzen Vortrag darüber«, sie deutete auf das Blatt Papier auf der Bettdecke, »als Anreiz für Sponsoren.«

»Das erklärt jede Menge«, nickte Finch, »aber nicht alles.« Dann erzählte er Amina Mokhtar von den Kalash und dem Anschlag auf Shah Juan, von der Rolle Salams und dessen Rettung aus dem Hindukusch. »Das muss lang vor Ihrem Vortrag geplant worden sein, aufgrund anderer Erkenntnisse oder Entdeckungen. Je länger ich darüber nachdenke, umso mehr bin ich davon überzeugt, dass der alte Mann in Pakistan wusste, wo Alexanders Grab lag. Er hat es aber nicht verraten. Also kehrte die Kommandotruppe unverrichteter Dinge wieder zurück nach England.«

»England?«, hakte Dr. Mokhtar überrascht nach. »Die Engländer ...?«

»Das haben Sie nie gehört«, grinste Finch und fuhr fort: »Dann wurde es eng, zeitlich und geheimdienstlich gesehen. Der Mord im Hindukusch drohte einen Flächenbrand zu entfachen, eine Welle der Gewalt schwappte über die Region, und nach der Flucht Salams und den darauffolgenden Untersuchungen hatte die erfolglose Gruppe von Agenten die Enttarnung zu befürchten. Sie hofften, die Informationen über Alexanders Grab schneller anderswo zu finden, bevor die gesamte Situation ihren Händen entglitt. Da kam Ihr Vortrag natürlich wie ein von Gott gesandtes Geschenk. In dem meist wenig besuchten Manuskriptenmuseum war der Anschlag keine große Aktion. Ein Mann mit groben Ortskenntnissen reichte dafür vollauf aus. Sie bekamen das Manuskript in ihre Hände, doch dann kam wieder etwas dazwischen. Ich war in Alexandria, drängte auf die beste Behandlung und Llewellyn fädelte Ihre Überstellung in diese Privatklinik ein. Sie wachten entgegen aller Erwartungen wieder aus dem Koma auf, und es bestand die Gefahr, dass Sie reden, Ihren Angreifer beschreiben und zwei und zwei zusammenzählen würden.«

»Daher der neuerliche Anschlag heute«, flüsterte Amina Mokhtar, »natürlich …«

»Die Gruppe hatte gar keine Zeit, das Blatt transkribieren zu lassen. Das heißt, dass es abgesehen von dem Manuskript in Chinguetti noch eine andere verlässliche Quelle geben muss, die der Gruppe vorher in die Hand fiel«, überlegte Finch laut. »Abgesehen von der archäologischen Sensation kam der menschlichste aller Faktoren ins Spiel – die Gier. Geheimdienste werden über weite Strecken mit sogenannten schwarzen Budgets finanziert. Mehr Geld bedeutet mehr Einfluss, mehr Macht, mehr Kontrolle. Ein verlockender Gedanke in Zeiten, wo die Regierungen in Europa jeden Euro zweimal umdrehen, bevor sie ihn dann doch nicht ausgeben.«

»Referierst du gerade über die Geheimdienste in Zeiten der Eurokrise und des internationalen Rettungsschirms? Hören Sie ihm gut zu, er weiß, wovon er spricht.«

Finch fuhr herum und sah einen verschlafenen Llewellyn in der Tür stehen, die Hände in den Hosentaschen, ein Gähnen unterdrückend.

»Konntest du auch nicht schlafen?«, grinste der Pilot, was ihm einen mörderischen Blick von Llewellyn eintrug. »Wann hast du die Infanterie einfliegen lassen, ohne mir etwas zu sagen?«

»Mit der Nachtmaschine aus London«, gab Llewellyn kurz angebunden zurück. »Es war an der Zeit, unsere Chancen zu verbessern. Außerdem rosten die alten Jungs sonst ein.«

»Die alten Jungs, wie du sie nennst, schauen bemerkenswert fit aus.« Finch lud Llewellyn mit einer Handbewegung ans Bett ein. »Darf ich vorstellen? Dr. Amina Mokhtar, Leiterin des Manuskriptenmuseums in der Bibliotheca Alexandrina. Und hier ist das Manuskript aus Chinguetti, um das es geht.«

Seltsamerweise blieb Llewellyn, wo er war. »Später«, brummte er grimmig und fixierte Finch. »Wir haben ein Problem. Sie haben Fiona entführt. Und sie wollen Salam und das Manuskript im Austausch.«

> **Merianstraße, Kronberg
> im Taunus / Deutschland**

Die Villa in der Merianstraße wimmelte nur so von Menschen. Die Fahrzeuge der Spurensicherung waren kurzerhand auf dem Rasen geparkt worden, während die Auffahrten durch Einsatzfahrzeuge mit rotierenden Blaulichtern blockiert waren. Rot-weißes Absperrungsband flatterte in der Morgenbrise, Uniformierte bewachten das Tor und die Einfahrt zum Grundstück.

Reptilienspezialisten des Frankfurter Zoos waren aus ihren Betten geholt worden und kümmerten sich um die Schlangen, von denen einige im Schaum des Feuerlöschers verendet waren. Es würde noch einige Zeit dauern, bis auch die letzte Schlange wieder sicher in ihrem Terrarium untergebracht war. Bis dahin blieb Konstantinos' Leiche da, wo sie lag.

Ärzte und Rettungsleute warteten auf ihren Einsatz oder kamen der Spurensicherung in die Quere, Reporter der Lokalpresse versuchten, die letzten Neuigkeiten zu erfahren oder ein sensationelles Foto zu ergattern. Fernsehteams bauten Scheinwerfer auf und warteten ungeduldig vor dem Eingang auf ein Statement.

Kriminaloberrat Alfons Klapproth sah müde und übernächtigt aus, als er langsam die Treppen aus der Empfangshalle nach oben stieg, sein Mobiltelefon am Ohr. Er hörte zu, nickte stumm, sagte schließlich »Danke« und legte auf. Dann war er am ersten Absatz angelangt, wo ein uniformierter Polizist an einer hohen Doppeltür den Zugang zu den Räumen kontrollierte.

»Wo ist er?«, fragte Klapproth den Beamten.

»In der Bibliothek, dritte Tür links«, antwortete der Uniformierte und wies den Gang hinunter.

Klapproth senkte den Kopf. »Kein Zutritt, ausnahmslos, außer für die Spurensicherung«, ordnete er an. Der Beamte salutierte, und

Klapproth schob sich an ihm vorbei durch die Tür. Es war, als würde er eine Insel der Ruhe betreten. Die Hektik und das Stimmengewirr blieben zurück, wurden leiser, verklangen.

In der Bibliothek brannte eine einsame Leseleuchte. Sie warf ein Rechteck aus Licht auf die polierte Tischplatte eines runden Schreibtisches, auf der Bücher, Notizen und Fotos verstreut waren.

Daneben lag eine Pistole mit offenem Schlitten.

Vor dem dunklen Fenster, mit dem Rücken zum Raum, stand unbeweglich ein Mann und starrte in den anbrechenden Morgen.

Klapproth trat an den Schreibtisch und überflog wortlos das Durcheinander an Dokumenten und Bildern. Dann blieb sein Blick an der Pistole hängen. Er wollte etwas sagen, überlegte es sich jedoch im letzten Moment und ging mit gesenktem Kopf zu dem Mann ans Fenster, stellte sich neben ihn. Die Lichter der Einsatzwagen flackerten gespenstisch, während der Himmel sich grau färbte.

Minutenlang standen Klapproth und Calis nebeneinander. Stumm und regungslos, während jeder seinen eigenen Gedanken nachhing. Schließlich holte der Kriminaloberrat tief Luft.

»Die gute Nachricht zuerst. Trapp geht es den Umständen entsprechend gut, die Klinik hat mich gerade angerufen. Sie hat Glück gehabt, verdammtes Glück. Ein paar Zentimeter weiter links ...« Klapproth brach ab.

Calis schloss die Augen. Ein Stein fiel ihm vom Herzen. »Danke«, sagte er nur.

»Die schlechte Nachricht als nächstes«, fuhr Klapproth fort. »Die beiden Männer, die Sie erschossen haben, waren Agenten des englischen Geheimdienstes MI6. Wir haben ihre Ausweise gefunden. In diesem Moment läuten wahrscheinlich zwischen London und Berlin alle diplomatischen Alarmglocken und reißen die Entscheidungsträger aus dem Schlaf. Dann werden die Leitungen heiß laufen, Erklärungsversuche erwogen. Sensible und schlechte Nachrichten, selbst in einem vereinten Europa.« Er räusperte sich, bevor er fortfuhr, wippte kurz auf den Schuhspitzen. »Neun Schuss sind nicht wenig. Für missgünstige Beobachter könnte es nach einer Hinrichtung aussehen ...«

»Für alle anderen nach Selbstverteidigung«, gab Calis zurück. »Die wollten mich kaltblütig erschießen, bevor Martina, ich meine Oberkommissarin Trapp, eingriff. Dann schossen sie ihr einfach in den Rücken. Die alte Dame, Professor Siegberth, wäre die Nächste gewesen. Dann wahrscheinlich ich ...«

Klapproth nickte nachdenklich. »Einiges ist tatsächlich seltsam an dem ganzen Fall. Zwei schießwütige englische Agenten, ausgerüstet mit Pistolen mit Schalldämpfern, dringen in eine Villa in Kronberg ein, erschießen den Butler ...«

»... und feuern auf alles andere, was ihnen vor den Lauf kommt«, unterbrach ihn Calis. »Die hätten nur Leichen zurückgelassen und wären wieder verschwunden, wenn ich sie nicht gestoppt hätte.«

»Was wollten die hier bei Konstantinos?«

»Einer der beiden sagte etwas von einem Tagebuch, das der Hausherr sich angeeignet habe«, erinnerte sich Calis. »Siegberth jedenfalls wusste sofort, worum es sich handelte.«

Klapproth zog einen schmalen Block aus seiner Tasche und machte sich eine Notiz. »Ein Tagebuch, hmm ...«

Der Himmel nahm eine schmutziggraue Farbe an. Es würde kein schöner Tag werden.

Klapproth drehte sich um und ging zurück zum Schreibtisch. Er griff nach dem einzigen Buch, das aussah wie ein sehr dickes Schulheft und das zwischen den verstreuten Fotos lag. Auf dem Umschlag stand »A. Cannotier« und eine römische Drei. Klapproth schlug es auf und überflog die Zeilen. Der Text war auf Französisch geschrieben, bevor der Verfasser in eine unbekannte Sprache wechselte, bemerkte er.

»Ich denke, wir sollten dringend mit Dr. Siegberth sprechen.« Als er sich umdrehte, wischte er mit seinem Jackett ein Foto vom Tisch. Klapproth bückte sich und hob es auf. Dann stutzte er. »Ist das nicht Lawrence of Arabia?«

Calis trat neben ihn und warf einen Blick auf die vergilbte Aufnahme. »Ja, das ist er, der echte Lawrence. Nicht Peter O'Toole.«

In diesem Moment klingelte Klapproths Handy. Der zog es aus der Tasche, warf einen Blick auf das Display, auf dem »Unbekannt« stand und zeigte es Calis.

»Es geht schon los«, seufzte er und nahm das Gespräch an. Für einen langen Moment lauschte Klapproth stumm, dann sagte er mit einem etwas mulmigen Gefühl:

»Good morning, Mr. Compton.«

Zwanzig Minuten später stürmte Thomas Calis aus der Bibliothek, lud im Laufen seine Pistole nach, sicherte sie und steckte sie ein. Die Treppe in den zweiten Stock der Villa war bevölkert wie eine Fußgängerzone zu Schlussverkaufszeiten. Der Kommissar drängte sich an Rot-Kreuz-Männern vorbei und versuchte sich zu erinnern, wo Konstantinos' Schlafzimmer gewesen war. Trapp und er hatten einen Blick hineingeworfen, bevor sie auf den Retina-Scanner und die verschlossene Tür zu den Terrarien gestoßen waren und das Unglück seinen Lauf genommen hatte.

An der Schwingtür war die Spurensicherung voll beschäftigt, und Calis lief zum Treppenabsatz auf der anderen Seite des Flurs, von dem ein mit Spannteppich ausgelegter Gang zu den Privaträumen des Millionärs führte. Der Kommissar zeigte dem Uniformierten, der die doppelflügelige Holztür bewachte, seinen Ausweis und eilte weiter.

Links? Rechts?

Auf gut Glück stieß er eine der Türen auf und landete in einem Fitnessraum. War da nicht ein Ankleidezimmer gewesen? Er schlängelte sich zwischen den Geräten durch, öffnete die nächste Tür.

Bingo!

Reihen von Anzügen, säuberlich nach Farben geordnet, bedeckten drei Seiten eines Raumes, der mindestens so groß war wie Calis' Wohnzimmer. Auf den Regalen darüber lagen Stapel von Hemden, Pullover, Jacken und T-Shirts. Rasch durchsuchte Calis die Hemden, dann die T-Shirts.

Nichts.

Er drehte sich um. In einer Ecke des Ankleidezimmers stand ein einzelner schmaler Schrank. Der Kommissar ging hinüber, rüttelte am Griff.

Abgeschlossen.

Calis tastete auf dem Schrank nach einem Schlüssel, fand aber keinen. Hätte ja sein können, dachte er sich und überlegte. Einer plötzlichen Eingebung folgend schob er den schmalen Schrank von der Wand, warf einen Blick dahinter. An der Rückwand, fixiert mit einem Streifen Klebeband, glänzte ihm der Schlüssel entgegen.

Hastig schloss Calis auf. Zwei Uniformen hingen nebeneinander, unter durchsichtigen Kleiderhüllen konserviert. Darüber die passenden Hemden in einem Regal, makellos sauber, gebügelt und perfekt gefaltet.

»Hab ich dich«, flüsterte der Kommissar und zog das oberste Hemd heraus. Die Abzeichen auf den Ärmeln leuchteten wie neu. Neben einem Tigerkopf auf gelb-grauem Grund mit den Buchstaben »CIGS« darüber und den Worten »Operações na selva« darunter, prangten die Spangen mit demselben Motiv, einem Zähne fletschenden Tiger, eingerahmt von Lorbeerranken.

»Danke, Mr. Compton, woher immer auch Sie Ihre Informationen beziehen«, sagte Calis und warf sich das Hemd mit den Abzeichen über die Schulter. Dann durchsuchte er den gesamten Schrank gründlich von oben bis unten. In einem doppelten Boden fand er ein Notizbuch, ein Fotoalbum und ein Tagebuch, außerdem drei Pistolen und jede Menge Munition.

»Legio patria nostra« stand in großen Lettern auf dem Umschlag des Tagebuchs. Darunter erkannte Calis die Umrisse Afrikas. Er setzte sich auf den Boden, lehnte sich an die Wand und begann zu lesen.

Bibliotheca Alexandrina, La Corniche, Alexandria / Ägypten

Der Tag neigte sich dem Ende zu, und der schräg stehende Diskus der Bibliotheca Alexandrina färbte sich in der untergehenden Sonne tiefrot. John Finch hatte jedoch nur Augen für die dunkelgraue, von blauen Lichtlinien durchzogene Kugel, die so seltsam aus dem Boden aufzusteigen schien, als sei es eine schwarze Sonne, aus Stein geboren. Salam, der neben ihm ging, blickte sich fasziniert um.

»Was für ein Kontrast!«, bemerkte er bewundernd und vergaß für einen Augenblick alle Probleme, angesichts des weitläufigen, hypermodern gestalteten Komplexes. »Das Meer und das Wissen, die ursprüngliche Natur, aus der das Leben entstand, und jahrtausendealte Schriften.«

Finch, dessen Gedanken bei Fiona waren, hörte ihm nur mit halbem Ohr zu und wies nervös auf die glänzende Metalltafel, auf der in mehreren Sprachen »Planetarium« geschrieben stand. »Das ist der Treffpunkt. In der grauen Kugel da unten.«

Der Chief Inspector nickte stumm und blickte in eine Art Lichthof hinab, aus dessen Mitte das bizarre Objekt emporwuchs. Kleine Kinder tobten über den Platz hinter ihnen, junge Paare saßen am Rand des riesigen Wasserbeckens und betrachteten den Sonnenuntergang. Auf einer der niedrigen Mauern kauerten ein paar Männer im Burnus und spielten Backgammon.

»Das Tagungs- und Konferenzzentrum liegt hinter uns. Es ist durch einen unterirdischen Gang mit der Bibliothek verbunden«, erklärte Finch. »Das Planetarium ist allerdings nur über eine einzige Treppe erreichbar. Jede Stunde eine Vorführung, viel Publikum. Wahrscheinlich haben sie es deshalb ausgesucht.«

»Wir haben noch ein paar Trümpfe im Ärmel«, beruhigte ihn Salam.

»Mir gefällt es ganz und gar nicht, dass ich Sie alleine da runtergehen lassen soll«, ärgerte sich Finch. »Llewellyns Plan hat mehr Löcher als ein Sieb. Wir wissen nicht mal, wie viele es sind, die da unten auf Sie warten.«

Salam ergriff ihn am Arm. »Mr. Finch, ich bin auf der Flucht, weit weg von zu Hause. Meine gesamte Familie ist tot, einzig meine Frau lebt noch, hat sich bei ihrer Schwester versteckt. Ich habe kein Heim mehr, meine Freunde sitzen in Gefängnissen, wurden umgebracht oder sind in die Berge gegangen. Alles, was ich noch besitze, trage ich am Leib. Die Wüste mag ein Ort ohne Erwartungen sein, der Hindukusch jedoch ist ein Ort ohne Gnade. Wenn ich hier und jetzt sterben werde, dann ist es Allahs Entscheidung. Ich habe nichts mehr zu verlieren.«

Er sah nach Westen, wo sich die Sonne anschickte, glutrot im Meer zu versinken. »Man kann nicht unentwegt davonrennen. Sie haben mich gerettet, dafür werde ich Ihnen den Rest meines Lebens dankbar sein. Aber irgendwann wird die Zeit kommen, wieder heimzukehren, auch wenn es kein Heim mehr gibt. Oder zu sterben. Wir Menschen der Berge sind einfach gestrickt.«

Salam zuckte die Schultern und blickte sich um, sah die Kinder herumtoben. »Wir haben einen Auftrag erhalten, als wir auf diese Welt kamen. Sie zu beschützen, zu erhalten und sie an die nächste Generation weiterzugeben. Ich habe meinen Teil dazugetan.«

»Das sind keine Humanisten, die da unten warten«, murmelte Finch ärgerlich. »Die haben nur ein Ziel: Sie in ihre Gewalt zu bekommen, dann umzubringen und das Manuskript frei Haus geliefert zu bekommen. Zwei Fliegen mit einer Klappe.«

Salams Augen wurden hart. »Ich bin nicht unter Humanisten aufgewachsen, Mr. Finch, sondern zwischen Terroristengruppen, Unabhängigkeitskämpfern, Extremisten und religiösen Fanatikern, Bombenlegern und Selbstmordattentätern. Gerade deswegen bin ich zu dem geworden, der ich heute bin. Aber versprechen Sie mir eines – stellen Sie sich mir nicht in den Weg, wenn ich die Angehörigen des Kommandos in die Finger bekomme. Weil ich Sie sonst töten müsste.«

Damit wandte sich Salam abrupt um und stieg die Treppen zum Eingang des Planetariums hinunter.

Finch griff zum Telefon, wählte und sagte: »Er ist auf dem Weg.« Dann legte er auf, lehnte sich ans Geländer und warf einen langen Blick über den großen, mit Steinplatten ausgelegten Platz mit seinen Spaziergängern, den flanierenden Pärchen und den alten Männern beim Backgammon.

Alles schien ruhig und friedlich.

In diesem Moment klingelte sein Handy. Mit einem ungeduldigen »Ja?« nahm Finch das Gespräch an.

»Wir wollten nur kontrollieren, ob der Paki allein zum Treffpunkt unterwegs ist. Sie haben doch nicht wirklich angenommen, der Austausch würde in einer Kugel mit nur einem Ausgang stattfinden?« Der Anrufer gluckste. »Drehen Sie sich um, Mr. Finch, und schauen Sie nach Westen, quer über die Bucht und den Hafen. Dann sehen Sie den neuen Treffpunkt: die Zitadelle von Qaitbay. Bringen Sie Salam dahin, dann können Sie gleich Ihre Freundin in Empfang nehmen. Rechts von der Burg führt eine Stiege vom großen Vorplatz hinauf auf die Mauern. Wir warten oben. Und sollten wir Major Llewellyn oder seine Rentner-Rambos irgendwo in der Nähe sehen, dann lernt Ihre Braut fliegen. Direttissima runter auf die vorgelagerten Felsen.« Er lachte und legte auf.

Finch ließ das Handy sinken. Als Salam ratlos die Treppen wieder hochgelaufen kam und ihn fragend ansah, zeigte Finch stumm über die Bucht.

»Sie haben den Ablauf geändert. Wir müssen auf die Zitadelle am anderen Ende der Bucht. Das Planetarium war nur eine Finte.«

Salam kniff die Augen zusammen und betrachtete die majestätische Silhouette des Forts, das als wichtigste und bedeutendste Verteidigungsanlage entlang der afrikanischen Mittelmeerküste galt. »Ein perfekter Platz, das muss ich zugeben«, meinte er schließlich. »Weitläufig, mit zahllosen Gängen und Treppen, Nischen und Kellern, hohen und breiten Mauerkronen, die alle begehbar sind. Auf den Ruinen des berühmten Leuchtturms erbaut. Ich war vor Jahren einmal dort, während eines Polizeikongresses in Kairo. Das übliche Besuchsprogramm: Pyramiden, Nil, Alexandria.«

»Damit ist Llewellyns Plan endgültig Makulatur«, stellte Finch lakonisch fest und zog Salam mit sich auf der Suche nach einem Taxi.

»Also Zeit für Phase zwei«, lächelte der Chief Inspector.

Finch sah ihn verwirrt an. »Was zum Teufel ist Phase zwei?«

»Improvisation«, gab Salam zurück und stürzte sich todesmutig in den Verkehr der Corniche, als er auf der anderen Straßenseite ein freies Taxi erblickte.

Der riesige Vorplatz der Zitadelle mit seinen alten Kanonen und der etwas schütteren, von der Sonne ausgedörrten Rasenfläche, war noch immer gut besucht, als Finch und Salam auf die Burg zuliefen. Gruppen von Touristen flanierten über die Wege, stiegen auf die breiten Mauern und genossen die Aussicht auf das abendliche Alexandria. Als die Scheinwerfer angingen und die gesamte Zitadelle wie bei einer Filminszenierung schlagartig in ein weiches Licht getaucht wurde, erklang ein kollektives »Aahh!«.

»Da drüben ist die Treppe!« Finch wich einer Gruppe von Japanern aus, die einer Fremdenführerin mit einer hochgehaltenen Papierpalme folgte. Die Burg mit ihren Türmen und Zinnen erhob sich mächtig und ehrfurchtgebietend in den Abendhimmel, wie ein wehrhafter, uneinnehmbarer Monolith. Überall leuchteten die Blitzlichter der Kameras auf.

Auf den untersten Stufen saßen ein paar Teenager, ihre Rucksäcke zu einem Berg geschichtet, und unterhielten sich lachend. Während er neben Salam die Treppe hinauf zu den Festungsmauern stieg, kontrollierte Finch sein Handy.

Nichts.

Keine Nachricht, kein Anruf. Sie waren auf sich selbst gestellt.

Oben angekommen, blieben Finch und Salam kurz stehen und blickten sich um. Einige Touristen lehnten an der Brüstung und bewunderten den Ausblick aufs Mittelmeer. Weiter vorne hatte eine Familie ein große Decke auf dem warmen Steinboden ausgebreitet. Die Kinder tollten herum, während die Erwachsenen rauchten und plauderten. Eine verschleierte alte Frau im Rollstuhl wurde von ihrem gebeugten Begleiter durch die spielende Kinderschar geschoben.

»Und nun?« Salam suchte aufmerksam die Umgebung ab. »Wieder der falsche Treffpunkt?«

Plötzlich hörte Finch ein Flügelschlagen, und in der einbrechenden Dunkelheit kam ein Schatten auf ihn zugeflogen.

»Lichtet den Anker!«, krächzte Sparrow, »alle Mann in die Wanten!« Dann landete er in einer eleganten Kurve auf Finchs Schulter und trippelte aufgeregt hin und her, bevor er seinen Kopf kurz an der Wange des Piloten rieb und rief: »Frauen und Kinder von Bord!«

»Hier sind wir goldrichtig«, raunte Finch dem überraschten Salam zu. Die Kinder lachten und zeigten auf den Papagei auf seiner Schulter. Neugierig kamen sie näher. Auch der Rollstuhl mit der alten Frau war fast auf ihrer Höhe, als der gebeugte Mann sich plötzlich aufrichtete, dem Gefährt einen festen Stoß gab und es in Richtung der Treppe lenkte. Die alte Frau schien offenbar zu schlafen, sie hatte sich nicht gerührt. Ihr Kopf pendelte leicht von links nach rechts unter dem Schleier.

»Heh!«, rief Finch und stürmte los. Sparrow flog mit einem Protestschrei auf und flatterte aufgeregt kreischend zwischen den Spaziergängern herum. Die Kinder blieben wie erstarrt stehen.

Als die Vorderräder des Rollstuhls über die oberste Stufe der steilen Treppe sprangen und das Gefährt nach vorn kippte, riss Finch in letzter Sekunde die Frau aus dem Sitz. Krachend verschwand der Rollstuhl in der Tiefe, überschlug sich auf seinem Weg nach unten. Die Teenager am Fuß der Treppe sprangen schreiend auf und stoben auseinander.

Finch hielt die Frau fest, als ihn ein Stöhnen stutzig machte. Zögernd zog er ihr den Schleier vom Gesicht. Fionas Augen flatterten, sie war blass und schien wie betäubt. Ihre Hände lagen gefesselt in ihrem Schoß, ein Knebel steckte in ihrem Mund. Vorsichtig ließ Finch sie auf den Boden gleiten und lehnte sie an die Brüstung. Dann richtete er sich auf und sah sich um.

Salam war verschwunden!

Und mit ihm der Mann, der den Rollstuhl geschoben hatte.

»Scheiße«, fluchte Finch und rannte los, im Zickzack durch die Besuchergruppen, an den Kindern vorbei, die ihm mit offenem Mund nachschauten, und ihren Eltern, die kopfschüttelnd ihre Unterhaltung unterbrochen hatten. Mit einem Mal hörte er Sparrow kreischen, schräg links vor ihm. Die Mauerkrone machte zwar einen Knick nach rechts, aber Finch folgte der Außenmauer und kam durch einen schmalen Durchlass auf einen kleinen Vorsprung über den Uferfelsen. Hier mussten einmal Kanonen den Eingang der Bucht bewacht haben. Nun waren davon nur mehr Mauerreste der Fundamente übrig.

Salam stand mit dem Rücken zur Festung, und es sah so aus, als blicke er übers Meer und bewundere den Abendhimmel. Doch der Mann, der hinter ihm stand, hielt eine Pistole an seinen Kopf. In seiner Linken sah Finch ein zusammengefaltetes Blatt.

»Zeit, Abschied zu nehmen, Salam«, sagte der Mann. »Eigentlich hätten Sie es nie bis hierher schaffen dürfen. Aber auf die ISI war noch nie Verlass. Alles Stümper und Möchtegerns.« Er schüttelte bedauernd den Kopf und der Lauf der Pistole beschrieb einen großen Bogen. »Was für ein Panorama für den letzten Gang!«

Finch wollte hinunter auf den Vorsprung, Salam helfen, aber eine

Stimme hinter ihm und der Druck einer Waffe in seinem Genick stoppte ihn. »Keine Bewegung. Sonst sterben hier zwei, und danach jage ich deiner Freundin mit Vergnügen eine Kugel in den Kopf.«

»Das wird nicht passieren«, zischte Finch. »Du kommst hier niemals lebend raus.«

»Ach ja? Das würde mich wundern.«

Ein lautes Krächzen, das durch Mark und Bein ging, ertönte in diesem Augenblick genau über ihren Köpfen und lenkte den Bewaffneten ab. Er blickte verwirrt nach oben, und dann kam Sparrow angesegelt, flatterte vor seinem Gesicht herum, während er versuchte, auf Finchs Schulter zu landen. Der holte aus und schlug dem Angreifer mit voller Wucht in die Magengrube. Dann setzte er noch zwei weitere Schläge nach. Der Mann stöhnte auf, sein Oberkörper ruckte vor, die Pistole rutschte klappernd über den Boden. Finch griff zu. Er packte den Schwankenden und schleuderte ihn hinunter auf den schmalen Vorsprung.

Salam hatte das Krächzen und die Kampfgeräusche gehört und wandte sich um. Sein Angreifer blickte ebenso verwirrt über die Schulter zurück, hinauf zu dem Durchlass, als über die wenigen Stufen durch das Halbdunkel ein Körper auf ihn zustürzte.

»Was …?«, stieß er verwirrt hervor, dann wandte er sich hektisch wieder Salam zu und hob die Waffe.

Die lange schwarze Klinge des Kommandomessers in Salams Hand ruckte vor, drang von unten in den Brustraum. Der Mann riss die Wucht des Stichs fast von den Füßen. Er ließ die Waffe sinken und starrte entsetzt und überrascht an sich herab. Dann kippte er kraftlos nach vorn und lehnte sich gegen Salams Schulter. Die Pistole entglitt seiner Hand.

»Geh nicht hinauf in die Berge, wo die Feen dich holen werden«, zischte der Chief Inspector in sein Ohr. »Denn die Feen sind die Kriegerinnen der Götter, und ihre Rache ist furchtbar.« Damit zog er das Messer heraus und trat zur Seite. Lautlos kippte der Mann nach vorn, über die Kante des Vorsprungs, und verschwand in der Tiefe.

Salam wandte sich dem zweiten Mann zu, der stöhnend versuchte, nach den Schlägen und dem Sturz wieder auf die Beine zu kommen. Dahinter stand Finch und sah den Chief Inspector ernst an. Er wollte etwas sagen, doch als er Salams warnenden Blick sah, presste er die Lippen zusammen.

Salam bückte sich und zog den Mann hoch, riss ihn nach vorne an den Abgrund. Von weit unten hörte man das Rauschen der Wellen. Die Spitze der Klinge drückte gegen den Hals des Mannes, der voll Panik mit weit geöffneten Augen in den Himmel starrte.

»Shah Juan hatte niemandem etwas getan. Er war ein friedliebender, weiser Mann, der in seinem ganzen Leben nur Gutes im Sinn hatte.« Salams Stimme klang rau. »Und ihr habt ihn abgeschlachtet wie ein Tier.«

Der Mann begann zu zittern.

Da spürte Salam eine Hand auf seiner Schulter.

»Es ist gut, Shabbir, es ist gut.« Finch neigte den Kopf. »Juan konnte mit den Feen sprechen und mit den Tieren, mit dem Wind und den Bäumen. Hast du mir nicht gesagt, die Rache der Götter trifft alle, die an einem Krieg teilnehmen? Es ist genug Blut geflossen. Beende den Krieg, Shabbir. Lass die Feen zurückkehren in die Berge.«

Er riss die Arme des Mannes nach hinten und fesselte ihn mit seinem Gürtel. Dann drehte er sich um und ging wortlos davon.

Salam ließ das Messer sinken und sah ihm nach. Schließlich zog auch er seinen Gürtel aus den Jeans, fesselte die Beine des Mannes und stieß ihn zu Boden. Dann trat er an die Kante des Vorsprungs und blickte über die Wellen, die im Mondlicht glänzten.

Mit einer weit ausholenden Handbewegung warf er das Messer ins Meer. Ein Windstoß fegte über die Zitadelle. Salam meinte, eine Eule schreien zu hören, aber es war wohl nur Sparrow, der in der Ferne kreischte.

»Gute Nacht, Juan, wo immer du auch bist«, murmelte er. »Die Feen sind in ihr Reich zurückgekehrt. Die Tage der Schneeleoparden sind gezählt.«

Dann stieg er tief in Gedanken versunken wieder zu den Festungsmauern hinauf.

> **Borkwalde, Mark Brandenburg,
> vor den Toren Berlins / Deutschland**

Die Humboldstraße hatte sich seit dem letzten Besuch von Thomas Calis nicht verändert. Die ausgefahrenen Rinnen in der Fahrbahn waren vielleicht ein wenig tiefer geworden, die Blätter an den Bäumen ein wenig dunkelgrüner. Doch weder der Verkehr noch die Zahl der Spaziergänger hatte merklich zugenommen. So rollte Calis in seinem ruckelnden Golf über leere Sandpisten durch die Wälder, an schmucken Wohnhäusern vorbei und über Lichtungen, die als gemeinsamer Grillplatz dienten. In manchen Gärten gingen bereits die Lichter an, und der Kommissar musste an die Arbeit denken, die in der Kleingartenanlage »Sonntagsfrieden« auf ihn wartete.

Tante Louise sei Dank ...

Nach seinem langen Telefonat mit Frank Lindner fühlte sich Calis besser. Er hatte das Fenster heruntergelassen und genoss den Geruch nach Gras und Wald und die kühle Abendluft. Langsam ließen der Schock und der Stress nach.

Als er über den Wipfeln der Bäume nach der Trikolore an ihrem weißen Holzmast Ausschau hielt, sah er die ersten Sterne blinken. An einer Weggabelung parkte er den Golf und ging den Rest des Weges zu Fuß. Das niedrige, langgezogene Holzhaus machte einen verlassenen Eindruck. Die Fenster waren dunkel, kein Wagen zu sehen. Auch die Scheune und die Garage mit den grünen Toren schienen verwaist.

Vor der rot-weißen Schranke, die die Zufahrt versperrte, blieb Calis stehen und lehnte sich an den runden, frisch gestrichenen Holzbalken.

Nichts geschah.

Doch der Kommissar blieb stehen, beobachtete die Veranda und wartete. Täuschte er sich, oder leuchtete im Dunkel unter dem Vordach immer wieder der rote Punkt einer Zigarettenglut auf? Nach einigen Minuten bückte sich Calis, schlüpfte unter der Schranke durch und ging aufs Haus zu.

Lieutenant-Colonel Maurice Lambert saß in einem der Rattan-Sessel und sah ihm ruhig entgegen. Er trug eine makellos sitzende Uniform und drückte die Zigarette aus, die er gerade geraucht hatte.

»Guten Abend, Kommissar Calis.« Der Legionär machte eine einladende Handbewegung. »Nehmen Sie Platz und leisten Sie mir ein wenig Gesellschaft. Der Abend ist lau und der Eistee kalt.« Er wies auf einen vollen Krug mit Gläsern.

»Haben Sie mich erwartet?«, erkundigte sich Calis und setzte sich.

Lambert legte die Fingerspitzen aneinander und blickte darüber hinweg in die Ferne. Nach einem Moment antwortete er: »Irgendwann würden Sie wohl wiederkommen, so oder so.«

»Richtig«, nickte Calis. »So oder so.«

Er griff in seine Lederjacke und zog das khakifarbene Hemd mit den Abzeichen heraus, breitete es aus und legte es auf den niedrigen Tisch. »Georgios Konstantinos. Ehemaliger Elitesoldat der Fremdenlegion. Letzter Einsatz im Tschad. Kommandokurs in Manaus, Ausbildung im Amazonas-Dschungel. Wie Sie sehen, habe ich meine Hausaufgaben gemacht.«

Der Offizier sagte nichts und blickte starr geradeaus.

»Einer von den ›Besten der Besten‹. Hart, brutal, ein Ausnahmesoldat. War es nicht Teil der Ausbildung, giftigen Schlangen den Kopf abzubeißen?« Calis nahm einen Schluck Eistee. »Nun, Konstantinos konnte nicht von ihnen lassen. Er hielt Dutzende von ihnen in Terrarien. Vielleicht wollte er im Training bleiben. An der letzten hat er sich verschluckt.«

»Der Schlangenträger«, murmelte Lambert schließlich wie abwesend. »Konstantinos machte eine kurze, aber steile Karriere bei der Legion. Er hatte seine eigenen Vorstellungen von Tradition und Kameradschaft, hasste Tattoos, war ein Einzelgänger, eckte überall an. Aber er war gut, sehr gut sogar. Als er nach neun Jahren austrat, weil er das Imperium seines Vaters übernehmen sollte, war für ihn das Kapitel Legion erledigt.«

»Ich habe es heute früh in seiner Villa wiederentdeckt«, warf Calis ein und deutete auf das Hemd. »Und einiges mehr.«

Lambert drehte den Kopf und sah den Kommissar forschend an. »Dann ist er tot«, sagte er nach einer Weile.

»Elendig krepiert«, nickte Calis. »Die Klapperschlangen waren diesmal schneller als er.«

Der Legionär blickte wieder in die Ferne und schwieg.

»Konstantinos war Grieche mit Leib und Seele, auch wenn er das hinter der Fassade des smarten, reichen internationalen Geschäftsmannes perfekt versteckte«, fuhr Calis fort. »Als Elitesoldat bewunderte er Alexander den Großen. Ich habe heute Morgen sein Tagebuch gelesen. Und nun kommt die Ironie der Geschichte. Als ihm plötzlich durch Zufall ein Nachlass von einem Pariser Antiquar angeboten wurde, hatte er keine Ahnung, worum es eigentlich ging. Er kaufte das Konvolut. Erst als er das darin enthaltene Tagebuch übersetzen ließ, war seine Neugier geweckt. Der Verfasser hatte etwas Wichtiges versteckt, in der Turbinenhalle von Siemens in Berlin. Was genau war es? Niemand wusste es. Worum ging es überhaupt? Keiner ahnte es. Doch was immer es war, Konstantinos wollte es haben, so rasch wie möglich. Denn es waren die Fotos aus dem Nachlass, die ihn beunruhigt hatten. Er, der selbst jahrelang in Afrika im Einsatz gewesen war, forschte auf eigene Faust nach, entwickelte Theorien, stellte Zusammenhänge her, und egal wie er es drehte und wendete – es ging um Gold, viel Geld und damit um Macht.«

Lambert starrte noch immer in den Abend.

»Doch Konstantinos hatte nur einen Teil des Nachlasses erworben. Das Tagebuch trug die römische Ziffer III, und schnell wurde ihm klar, dass es noch andere gab. Eine Nachfrage bei dem Antiquar in Paris bestätigte dies. Aber die anderen Bücher waren bereits verkauft, weg, außer Reichweite. Jetzt brannte Konstantinos die Zeit unter den Nägeln. Was, wenn in den anderen Aufzeichnungen ebenfalls Hinweise auf Siemens und das Versteck in der Turbinenhalle existierten? Wenn andere ebenfalls bereits auf der Suche waren, nicht nur er? Also wandte er sich an Sie.«

»Warum hätte er das tun sollen?« Lamberts Stimme war ausdruckslos.

»Weil er mit seiner Zeit bei der Legion abgeschlossen hatte, niemanden mehr kannte oder kennen wollte und keine Beziehungen zu den sogenannten ›Anciens‹ mehr hatte. Außer zu Ihnen …« Calis griff in die Lederjacke und zog Konstantinos' Tagebuch heraus, legte es auf das Hemd.

In Lamberts Gesicht zuckte ein Muskel. Die roten Umrisse Afrikas auf dem Einband schienen im Dunkel zu leuchten.

»Konstantinos diente jahrelang in Ihrem Zug, natürlich unter einem anderen Namen«, fuhr Calis fort. »Sie beide freundeten sich an. Er, der renitente, unzufriedene Aufrührer, Sie, der disziplinierte und verantwortungsvolle Offizier. Sie waren es, der ihn nach Manaus schickte, zum Kommandokurs, für ihn eintrat, sich einsetzte. Das hat er Ihnen nie vergessen.«

Der Kommissar griff erneut in seine Jacke und legte Konstantinos' Notizbuch neben die Abzeichen.

»Also rief Konstantinos Sie an und berichtete von dem Tagebuch, von Siemens und der Turbinenhalle, von dem Versteck und dem Zeitdruck. Er notierte fein säuberlich jedes Telefonat. Und Sie hatten eine Idee. Um jeden Verdacht einer Verbindung zwischen Ihnen und Konstantinos von vornherein auszuschalten, lief alles über von Strömborg, einen Geschäftspartner. Der sagte rasch zu, wohl aus Geltungssucht, aber sicher auch, weil er es sich mit Konstantinos nicht verderben wollte. Dann trieben Sie drei Exlegionäre auf, die dringend Geld brauchten. Waren Sie zur Sicherheit auch vor Ort, als Tronheim ermordet wurde? Haben Sie sein Fahrrad mitgenommen, als Trophäe? Zugesehen, aus sicherer Entfernung, wie man ihm den Hals durchschnitt? Als Erinnerung an den Tschad oder Afghanistan, an Algerien oder den Kosovo?«

Der Offizier schloss die Augen und schwieg.

»Doch dann war es an der Zeit, die Zeugen zu beseitigen. Drei ehemalige Legionäre, und alle kannten Sie, Lambert, der sie angeheuert hatte! Für den gründlichen und stets vorausdenkenden Offizier Lambert ein unhaltbarer Zustand. Also brachten Sie die Sprengsätze, die von Strömborg eilfertig beschafft hatte, in den frühen Morgenstunden in der Arolser Straße an dem Opel Insignia an und machten sie scharf. Alles verlief wie geplant. Es krachte – und dann gab es keine Zeugen mehr, alles war in Ordnung. Doch dann tauchte ich auf der Bildfläche auf. Sie waren keine halbe Stunde zuvor aus Frankfurt zurückgekehrt, nicht wahr? Als ich Sie anrief, saßen Sie noch im Auto. Und wenig später stand ich hier auf der Matte und stellte Fragen zur Legion, zum Clown und hatte doch keine Ahnung.« Calis schüttelte den Kopf. »Dabei war ich so knapp dran.«

Er nahm noch einen großen Schluck Eistee, bevor er fortfuhr. »Doch mit einem Mal gab es ein unvorhergesehenes Problem. Konstantinos erhielt wie bestellt den geheimnisvollen Gegenstand aus der Turbinenhalle von von Strömborg ausgehändigt – und konnte nichts damit anfangen. Eine simple Glaspyramide! Er rief Sie an, ratlos und wohl auch ein wenig enttäuscht. War alles umsonst gewesen? Nur der schlechte Scherz eines Kriegsgefangenen? Doch das war nicht mehr Ihre Sorge.«

»Nein, das war es nicht mehr«, war alles, was Lambert sagte. Dann griff er in die Tasche und zog eine schwarze kleine Fernbedienung heraus. »Es ist besser, wenn Sie jetzt gehen, Kommissar. Ich öffne die Schranke für Sie.«

Calis runzelte die Stirn.

Da griff Lambert neben sich und hängte einen Wimpel an den Pfosten, der das Vordach der Veranda trug. »Sie erinnern sich? Die Farben der Legion …«

Calis sah genauer hin. Grün, Rot … »Blut auf dem Land«, flüsterte er.

Der Offizier nickte. »Legio patria nostra.«

Wie ein Glühwürmchen bewegte sich plötzlich ein roter Punkt über die Holzbretter der Veranda, stieg an Lamberts Hosenbeinen hoch und kam auf seiner Brust in Höhe des Herzens zum Stillstand.

»Sie haben Ihre Truppen bereits in Stellung gebracht, Kommissar«, sagte Lambert. »Sehr geschickt, aber nicht nötig. Wir kämpfen vielleicht bis zum letzten Mann, bis zur letzten Patrone, bis zum letzten Atemzug. Aber gegen Soldaten, nicht gegen Zivilisten.«

Er setzte sich das Barett auf, rückte es zurecht und sah den Kommissar an. »Bitte gehen Sie jetzt, Kommissar Calis. Erfüllen Sie mir diesen Wunsch.«

Der rote Punkt stand nun genau zwischen den Augen des Offiziers.

Calis erhob sich schweigend, nahm das Hemd, das Notiz- und das

Tagebuch und trat hinaus auf die weite Grünfläche. Er atmete durch, spürte die Kühle des Waldes und sah kurz hinauf zu den ersten Sternbildern, die am schwarzblauen Himmel erschienen. Dann ging er los, geradeaus, immer weiter, auf die rot-weiße Schranke zu. Als er bereits fast davor stand, öffnete sich der Schlagbaum, ruckte hoch und dann zerriss eine ungeheure Detonation die Luft. Calis wurde von der Druckwelle unter der Schranke hindurchgeschleudert, über die Fahrbahn und in den gegenüberliegenden Graben. Die Luft blieb ihm weg, vor seinen Augen tanzten rote Spiralen. Dann folgten auch schon die nächste Explosionen und noch weitere.

Als der Kommissar benommen den Kopf hob, standen die Überreste sämtlicher Gebäude in Flammen.

Männer in Schwarz rannten über die verwüstete Grünfläche, riefen durcheinander, telefonierten hektisch. Ein Schatten stürzte auf ihn zu, beugte sich besorgt zu ihm herunter.

»Alles o. k., Thomas?« Frank Lindner ließ sich neben ihm ins Gras fallen. »Was für ein Feuerwerk! War der irre?«

Calis schüttelte stumm den Kopf. »Ehemaliger Offizier der Fremdenlegion.« Mit fahrigen Bewegungen streifte er sich das Laub aus den Haaren, dann reichte er Lindner Konstantinos' Hemd und die Aufzeichnungen. »Geblieben ist die Härte gegen sich selbst und andere, die Disziplin und der Teamgeist, Elitedenken und der ungebrochene Kampfwille. Zitat Ende.«

Es war fast Mitternacht, als Calis den Golf in der Wallenbergstraße unter den Laternen parkte und ausstieg. Er streckte sich und hatte das Gefühl, jeder einzelne seiner Muskeln schmerzte.

»Je später der Abend, umso komischer die Jäste«, tönte es von der Gartentür, und Gustav kicherte schadenfroh, als der Kommissar überrascht herumfuhr. »Machen Se een uff Vogelscheuche oder is det die neue Clubmode?«

»Ick wollte dir noch besuchen, uff dem Weg ins Bett«, lächelte Calis müde. »Siehst jut aus.«

»Ach wat, is viel zu dunkel, aber danke für die Lüje«, nuschelte Gustav. »Komme rin, könnse rausschaun. Die Bar is offen.«

Die schmächtige Figur mit den hängenden Schultern trottete voran, und Calis folgte ihm durch den dunklen Garten, der nur hin und wieder von kleinen Laternen notdürftig erleuchtet wurde.

»Wollnse ins Separée oder nach Hollywood?«, erkundigte sich Gustav gut gelaunt. »Nur wejen der Jetränke ...«

»Die Schaukel tut's auch«, entschied sich Calis und dachte mit Grausen an die muffige Hütte hinter den Fliederbüschen. »Wo ist das Schlabbermonster?«

»Attila? Der überschwemmt gerade die Büsche.« Gustav bog nach links ein. Als er zwischen den niedrigen Sträuchern auf die kleine Wiese hinaustrat, gingen wie von Geisterhand versteckte Scheinwerfer an und tauchten ein elegantes Gartenzelt mit passender Sitzgarnitur, einen riesigen Grill und einen Kühlschrank Marke XXL in dezentes orangefarbenes Licht.

Calis blieb der Mund offen stehen.

Gustav wies stolz nacheinander auf den Grill, den Kühlschrank und das Zelt. »Essen, Trinken, Chillen – sagt man heute doch so, nich?« Dabei kicherte er vor sich hin.

Calis pfiff beeindruckt durch die Zähne.

»Alter Verwalter, hat dich die Lottofee geküsst? Ist deine Erbtante abgetreten, oder hast du den großen Coup gelandet? Leg besser gleich eine Beichte ab, Gustav.«

»Sind Se im Nebenberuf ooch Pfarrer?«, konterte Gustav trocken. »Naja, würde ja passen ... «

»*Gustav!*«, stoppte ihn Calis noch rechtzeitig.

»Is ja jut, wie Se meenen ... Bier oder Korn, Wein oder Schampus?« Mit einer großzügigen Geste, ganz der stolze Hausherr, öffnete Gustav die Doppeltür des Kühlschranks. Eine Kathedrale des Alkohols, wohlgefüllt bis in die letzten Ecken, erstrahlte in reinem Weiß. Misstrauisch musterte der Kommissar die makellose Sitzgarnitur, den glänzenden Grill und die Stapel frischer Teller auf dem langen Tisch mit den Kerzen. Gustav holte inzwischen zwei Flaschen Bier aus dem Kühlschrank und machte sie auf, bevor er Calis eine davon in die Hand drückte. »Mit irjendwat muss man ja anfangen... und Prost!«, griente er.

»Nur zum Mitschreiben«, stieß Calis nach. »Woher hast du die Kröten?«

Bevor Gustav antworten konnte, schoss Attila um die Ecke, stürmte über die Wiese, rannte den Kommissar fast über den Haufen, jaulte vor Freude, sprang an ihm hoch und schleckte ihn hingebungsvoll ab.

»Der mag Se echt«, lachte Gustav. »Is nich bei jedem so.«

Der Kommissar beruhigte den Dobermann mühsam, der schließlich von ihm abließ und sich begeistert über eine riesige Schüssel Fleisch hermachte. Aufatmend ließ sich Calis in einen der bequemen Sessel fallen. »Also, Gustav, bei welchem Bruch warst du dabei?«

»Bei jar keem, ehrlich, det war Zufall.«

»Und ich bekomme jedes Jahr eine Gehaltserhöhung«, entgegnete Calis spöttisch. »Wer's glaubt ...«

»Da stand eener plötzlich bei mir im Jarten, vor'n paar Tagen«, begann Gustav, und seine Augen blitzten vergnügt. »So'n Pomadeheini. Hat jedacht, er macht eenen uff böse. Hat mit 'ner Kanone herumjefuchtelt, irjendwat von 'nem Exempel jefaselt. Det mochte Attila jar nich. Kam durch die Büsche wie'n Jüterzug. Die Hand hat danach echt schlimm ausjesehen. Ach ja, die Pistole von dem Typ geb ick Ihnen nachher noch mit ...«

»Und weiter?«

Gustav zuckte mit den Schultern und gluckste vor sich hin. »War wohl nich so hart, wie er dachte. Als ihm Attila an die Gurjel wollte, hat er uffjejeben.«

Calis nahm einen Zug aus der Bierflasche. »Aahh, das zischt den ganzen Weg runter. Und was ist dann passiert?«

»Ick hab dann mit meenen Beziehungen zu die Bullen anjejeben«, kicherte Gustav. »Se sind ja jetzt bekannt wie 'n bunter Hund. Det kommt jut.« Er wischte sich mit dem Handrücken über den Mund. »Da hat er jemeent, wir könnten det vielleicht unter uns und so, während ihm det Blut aus der Hand jeloofen is. Attila hat ihn ständig anjeglotzt wie 'ne Jause für zwischendurch. Hat also zwanzich Scheine abjedrückt und is wieder abjezogen.«

»Und du hast nicht vielleicht ein wenig nachgeholfen?«, wollte Calis wissen.

»Pfff ...«, machte Gustav und blies mit unschuldigem Blick die Backen auf. »Noch'n Bier? Man jönnt sich ja sonst nüscht.«

Zwei Stunden später trat Calis leicht schwankend auf die menschenleere Wallenbergstraße und zog leise das Gartentor hinter sich zu. In einem der großen Plattenbauten stritt sich ein Paar lautstark bei offenem Fenster. Klang nach Trennung, dachte der Kommissar, und schob den Gedanken an kurz berockte Juristinnen beiseite.

Gustav war wohl in seinem neuen Gartenpavillon eingeschlafen. Calis konnte sein Schnarchen bis auf die Straße hören. Nach kurzem Überlegen sperrte er die Beifahrertür des Golfs auf und ließ sich auf den Sitz gleiten. Dann kippte er die Rückenlehne nach hinten und suchte nach der richtigen Schlafposition. Bevor er die Augen schloss, sah er durch das Seitenfenster hinauf zu einer der Gaslaternen.

Ihr gelbes Licht hatte noch immer etwas Versöhnliches.

EPILOGE

I. Chitral

Die Wachen vor der Polizeistation salutierten zackig, als Shabbir Salam aus dem Jeep sprang und sich auf den Weg in sein Büro machte. Doch anstatt die wenigen Stufen zum Eingang hochzulaufen, blieb er bei den Uniformierten stehen, die strammstanden, aber über das ganze Gesicht strahlten. Er zupfte der Form halber an einer der Jacken, dann schüttelte er den beiden Männern die Hände.

»Es ist schön, dass Sie wieder hier sind, Chief«, sagte eine der Wachen und legte nach alter Tradition die Hand auf Stirn und Herz. »Es waren keine guten Tage.«

Salam nickte schweigend und klopfte dem Mann auf die Schulter. Dann stieg er die Treppe hinauf und stieß die Glastür auf. Im großen, hellen Vorraum des blau gestrichenen Funktionsbaus bot sich ihm das gewohnte Bild. Es tummelten sich zwar keine Touristen, die auf ihre Papiere warteten, doch jede Menge Einheimischer drängten sich vor den Bürotüren, riefen durcheinander oder standen in dichten Trauben beisammen. Der Chief Inspector sah sich um und genoss das Schauspiel. Es tat gut, wieder nach Hause zu kommen …

Dann geschah etwas, das Salam tief berührte. In einem Eck der Halle begannen einige der Bauern zu applaudieren, als sie ihn sahen. Immer mehr der Männer fielen ein, und schließlich brandete der Applaus wie eine Woge durch den großen Raum. Der Chief Inspector winkte kurz in die Runde, senkte dann verlegen den Kopf und lief die Treppe hinauf ins Obergeschoss.

Aus seinem Büro ertönten laute Stimmen. Salam schmunzelte, als er die energische Stimme von Kala hörte, die sich unüberhörbar beschwerte. »Das ist das totale Chaos hier! Ein völliges Durcheinander! Alle meine Unterlagen liegen irgendwo verstreut! Ich finde überhaupt nichts mehr!«

Er atmete tief durch, dann stieß er die Tür auf und sah vor sich Aktenberge – auf dem Boden, aufgeschichtet zwischen den beiden Schreibtischen, in den Ecken des Raumes, auf den Fensterbänken. Dazwischen versuchte Kala hektisch, System in die Unordnung zu bringen.

»Ist das ein neues Ablagesystem, von dem ich nichts weiß?«, rief Salam und stemmte die Hände in die Hüften. »Kaum ist man ein paar Tage verreist, geht es hier drunter und drüber!«

Kala fuhr herum, erkannte den Chief Inspector, flog auf ihn zu und fiel ihm um den Hals. Von ihrer eigenen Courage überrascht, ließ sie ihn schnell wieder los und trat einen Schritt zurück, senkte den Kopf und stotterte »Es ... tut mir leid ... ich ...«

»Kala?« Salam hob ihr Kinn mit einem Finger an und schaute ihr in die Augen. Die junge Frau hatte blaue Flecken im Gesicht, Schrammen liefen über die rechte Wange, und die geplatzte Oberlippe war nur notdürftig genäht. Da breitete Salam die Arme aus, zog Kala an sich und drückte die junge Frau ganz fest. Sie schluchzte auf und klammerte sich an ihn.

»Alles wird gut, Kala, alles wird gut«, murmelte Salam und strich ihr über die Haare. »So leicht geben wir nicht auf, oder?«

Kala schüttelte stumm den Kopf, während ihr die Tränen herunterliefen.

»Wie geht es Ihrem Vater?«, wollte Salam wissen.

Die junge Frau schniefte und lächelte scheu. »Er ist heute wieder in die Bank gegangen, zum ersten Mal nach ...« Sie brach ab. »Die paar gebrochenen Rippen werden bald wieder verheilt sein.«

»Bitte richten Sie ihm aus, ich möchte ihn gerne treffen, um mich bei ihm zu bedanken«, sagte Salam und schaute sich um. »Vergessen Sie das Chaos hier, gehen Sie jetzt erst einmal zum Arzt. Ihre Lippe muss versorgt werden, und ich möchte, dass Sie ein paar Tage Urlaub machen.«

Energisch schüttelte Kala den Kopf und schnäuzte sich. »Ich bleibe hier, Chief. Bis zum Termin heute Abend bei Dr. Naziri kann ich genauso gut aufräumen. Sie sind ja auch im Büro.« Damit wandte sie sich ihrem Schreibtisch zu und fuhr den Computer hoch. »Und was die Unterlagen und die Bewerbungen für die Rekrutierungsaktion betrifft, so liegen sie bereits in Ihrem Büro.« Damit war für Salams Sekretärin die Diskussion beendet.

Der Chief Inspector lächelte, wollte etwas sagen, überlegte es sich dann doch und suchte sich einen Weg durch die Papierstapel in sein Büro.

»Ach ja, Chief«, holte ihn Kalas Stimme ein. »Raza und Arheem haben sich vor zwei Stunden zurück zum Dienst gemeldet. Sie kamen direkt aus Peschawar, nachdem sie gehört hatten, dass der Geheimdienst wieder abgezogen ist und wollten Sie sprechen. Sie meinten, sie hätten eine Nachricht für Sie.«

»Dann immer herein mit den beiden«, antwortete Salam und ließ sich in seinen Sessel fallen. Sein Büro sah überraschend aufgeräumt aus. Als er die Schubladen aufzog, musste er sich korrigieren – es war nicht aufgeräumt, es war ausgeräumt.

Alle Schubladen waren leer.

Nur die Wand mit den gerahmten Fotos, Auszeichnungen und Diplomen, Konferenzprogrammen und der großen Landkarte des Distrikts Chitral schien unberührt.

Kopfschüttelnd zog er sein Notizbuch aus der Uniformtasche und löste das Gummiband. In diesem Moment klingelte sein Telefon.

»Salam«, meldete er sich geistesabwesend, klemmte den Hörer zwischen Ohr und Schulter, während er weiter nach der codierten Seite suchte.

»Der Phönix ist also wieder im Nest gelandet«, ertönte eine zufrieden klingende Tenorstimme.

»… und sichtet das Chaos, das die ISI hinterlassen hat«, antwortete Salam grimmig. »Wann sind diese Verbrecher abgezogen?«

»Sie wurden zurückgepfiffen, von ganz oben«, erwiderte sein Gesprächspartner. »Es gab offenbar Kontakte auf höchster Ebene zwischen unserer und der englischen Regierung. Dann schalteten sich auch noch die Amerikaner ein und zogen die Daumenschrauben an. Gegen die waren die Engländer geradezu verbindlich. Kannst du mir sagen, was die Briten mit der ganzen Geschichte zu tun haben?«

Salam ging nicht auf die Frage ein. »Was nun?«

»Es gab einen Unfall«, gab der Tenor zurück. »Das Flugzeug, das die Gruppe der ISI aus Chitral ausgeflogen hat, ist aus unbekannter

Ursache über einer Bergkette explodiert. Die Trümmer und Leichen wurden über ein Schneefeld von mehr als einem Kilometer verstreut. Keiner der Passagiere hat überlebt.«

»Geh nicht in die Berge, steig nicht hinauf, wo die Feen dich holen werden«, flüsterte Salam und sah die alte Kalash-Frau vor sich. »Du wirst es erleben ...«

»Wie bitte?«

»Vergiss es, du würdest es sowieso nicht verstehen«, gab Salam zurück.

Es klopfte an seiner Tür und ohne eine Antwort abzuwarten, drängten Raza und Arheem ins Büro. Doch dahinter stand noch eine hochgewachsene Figur, die nur zögernd den beiden Beamten folgte.

Zeyshan.

»Ich muss aufhören«, sagte Salam schnell und legte auf. Dann kam er um den Schreibtisch herum und schloss Raza und Arheem in die Arme.

»Es tut gut, euch zu sehen«, murmelte er bewegt. »Wartet bitte einen Moment draußen, ich möchte zuerst mit Zeyshan reden.«

Der junge Pakistani lehnte an der Wand und schaute Salam unverwandt an. Dann lächelte er und streckte seine Hand aus. »Willkommen zu Hause, Chief«, sagte er leise. »Das Gewitter ist vorüber.«

»Aber die Opfer sind zu groß gewesen«, antwortete Salam betrübt. »Es tut mir so leid um deinen Vater. Er war ein tapferer Mann und eine verlässliche Stütze in all den Jahren. Ich trauere mit dir.«

»Wir werden allen ein würdiges Begräbnis bereiten«, erwiderte Zeyshan. »Ihrer Familie und meinem Vater, Shah Juan und der alten Kalash-Frau. Sie haben mich in den Bergen versteckt, als die Not am größten war. Ich bin den Feen begegnet, da oben, Chief, ganz hoch oben ...«

Salam nickte. »Ich weiß«, sagte er nur, bevor er in die Tasche griff und ein Stück Stoff auf den Schreibtisch legte. Die skizzierte Figur darauf schien zu leuchten.

»Das möchte ich gerne Shah Juan ins Grab mitgeben«, meinte er dann und zog Zeyshan näher. »Er wird ihn beschützen auf dem Weg durch das Dunkel, wie er mich beschützt hat. Und er wird ihn sicher auf die andere Seite bringen.«

»Wollen Sie mir nicht die ganze Geschichte erzählen?«, fragte der junge Mann.

Salam sah durch die Scheiben seiner Bürotür nach draußen, wo Kala, Raza und Arheem tief im Gespräch vertieft waren. »Ja«, nickte er, »euch allen. Das ist das Geringste, was ich tun kann. Aber es wird eine lange Geschichte ...«

II. Berlin

In der Kleingartenanlage »Sonntagsfrieden« wurden nach und nach die Rasenmäher in ihren mikroskopisch kleinen Verschlägen verstaut, die Säcke mit der Grillkohle vorbereitet und die Tische gedeckt. Es war Samstagabend, und einem kulinarischen und alkoholischen Rutsch in den Sonntag stand nichts mehr im Wege.

Hauptsache, man unternahm ihn kollektiv.

Aus manchen der kleinen Häuschen drang die Stimme von Tagesschau-Sprecherin Judith Rakers, die erfolgreich versuchte, den neuesten wirtschaftlichen Schreckensnachrichten zumindest einen hübschen Anstrich zu verpassen.

Im Garten mit der Nummer 9/54 verstaute Thomas Calis völlig verschwitzt Schaufel, Säge und Harke und überlegte, wie er so schnell wie möglich diese unglückselige Erbschaft von Tante Louise loswerden könnte. Ein Aushang auf dem Suche/Biete-Brett in der Mitte des kleinen Hauptplatzes der Laubenpieper-Kolonie? Danach würde niemand mehr mit ihm reden. Wahrscheinlich würden alle ihren Müll in den Garten des Abtrünnigen kippen und die Hunde seine Hecke zu Tode pinkeln.

Calis stutzte. Er hatte soeben »meine Hecke« gedacht?

Das Virus war übergesprungen.

Der Kommissar schüttelte sich, holte sich eine eisgekühlte Flasche Bier aus dem kleinen Kühlschrank und suchte in den Schubladen der winzigen Küche nach dem Öffner. Wie in einem TV-Sketch hörte er das Ploppen der Bierflaschen von den Nachbargrundstücken. Dann ließ er seinen Kronenkorken knallen und sank ermattet ins Gras.

Seit heute Morgen hatte er versucht, den frühlingsbedingten Wildwuchs nach seiner Abwesenheit in den Griff zu bekommen. Selbstverständlich beobachtet und überwacht vom Triumvirat des hohen Gremiums der Laubenpieper, die immer wieder auf einem Kontrollgang wie zufällig vorbeihumpelten und über die Fliederhecke lugten. Am Nachmittag hatte Calis das Eisentor neu ausgerichtet, grün gestrichen und dann auch gleich noch den Zaun hinterher. Der Versuchung, die Gartenzwerge seines Nachbarn ebenfalls in die Farbe der Hoffnung zu tauchen, hatte er gerade noch widerstehen können. Dafür warf er wie nebenbei einen dicken Ast auf die Gleise der Modelleisenbahn Spurweite O und bereitete sich hämisch feixend auf die Entgleisung vor.

»Terrorist«, hatte sein japanischer Nachbar auf der anderen Seite grinsend angemerkt und war kurz darauf mit einer vollen Flasche Sake und zwei Gläsern aufgetaucht.

»Bruderschaft, Mastel Blastel!«

So war ihm am späten Nachmittag leicht beduselt die Gartenarbeit wie im Fluge vergangen, und das kalte Bier würde nun das letzte Kopfweh Made in Japan vertreiben.

Alles war gut im besten aller Gärten.

Naja, vielleicht nicht *alles*.

In den anderen Parzellen gingen die Lichter an, und der Duft marinierter Rückensteaks von Aldi schwängerte die Abendluft. Geschirr klapperte, und Gläser klirrten. Rauchzeichen stiegen aus glühenden Grillwannen.

Die Kleingärtner waren auf dem samstäglichen Kriegspfad. Die totale Fleischvernichtung stand bevor.

Alice hatte sich nie wieder gemeldet, dafür Calis' Sachen in einem Karton mit der Aufschrift »Pampers Babywindeln« vor seine Wohnungstür gestellt. Mit dickem Filzstift hatte jemand groß »Schwein« darauf gemalt.

Danke, Tante Louise!

Seufzend nahm Calis noch einen tiefen Zug. Irgendetwas roch hier streng, stellte er dabei fest und setzte die Flasche ab. Er schnüffelte testweise in Richtung Achseln, verzog die Nase und ließ es gleich wieder bleiben. Spätestens jetzt wäre Frau Anwältin in einer Wolke von Chanel 5 entschwebt, mit entsetztem Gesichtsausdruck und zugehaltener Nase.

Immer noch Schnepfe!

Calis ließ sich einfach ins weiche Gras nach hinten fallen. Über ihm leuchteten die ersten Sterne am Hauptstadthimmel auf. Ein Kissen aus rosa, violett und dunkelblau mit silbernen Knöpfen. Oder eine gigantische Kuppel, atemberaubend bemalt, unter der die Schwalben die ersten Kreise zogen.

Für einen Moment überlegte er, so einzuschlafen. Der Boden war noch warm, und ein Grashüpfer legte in drei kühnen Sprüngen die Distanz rechter Arm, Brust, Blumenbeet zurück.

Beim Versuch, im Liegen die Bierflasche zu leeren, ging dann so ziemlich alles schief. Calis prustete und hustete, schnaufte und verschluckte sich, und als er die Augen wieder öffnete, war der Abendhimmel hinter einer völlig bekleckerten Brille unscharf geworden und die Sterne verschwunden.

So weit zur Romantik im Mai, dachte er und musste lachen. Er versuchte, immer noch auf dem Rücken liegend, mit einem halbwegs sauberen Zipfel seines T-Shirts die Brille zu putzen, deren Gläser sich daraufhin in Milchglasscheiben verwandelten.

Das war der Augenblick, in dem sich ein dunkler Schatten in sein Blickfeld schob.

Calis stutzte. Gärtnernder Modellbahnbetreiber mit Rachegedanken oder die japanische Saufnase mit Nachschub?

Er setzte die Brille auf, aber das machte es auch nicht besser. Ein Schmutz- und Biernebel nahm ihm die Sicht.

»Wir geben nichts«, murmelte er unverbindlich und fühlte sich wie ein überraschter Maulwurf, der aus Versehen aufgetaucht war.

»Von dir würde ich auch nichts nehmen, so wie du aussiehst.« Die helle Stimme klang schwach, aber der neckische Unterton war unverkennbar. Calis fuhr hoch.

»Martina! Was machst du hier?«

Oberkommissarin Trapp trug einen Verband um die Schulter und einen Arm in der Schlinge. Die tiefen Ringe unter den Augen waren selbst in der Abenddämmerung unübersehbar.

»Dir beim Gärtnern helfen.« Trapp lächelte müde. »Aber ich glaube, in meinem Zustand bin ich keine große Hilfe. Lädst du mich ins Gras ein? Frank Lindner hat mir verraten, wo ich dich am Wochenende finde. Ich hab es in der Klinik nicht mehr ausgehalten.«

Sie setzte sich neben Calis und verzog ein wenig das Gesicht. »Tut nur noch weh, wenn ich lache«, meinte sie.

Calis sah sie schweigend an. Dann griff er nach der Haarspange und löste ihre rotblonden Haare. »Es ist schön, dass du gekommen bist«, sagte er leise. »Wir können essen gehen, wenn du willst.«

Trapp blickte sich um, strich gedankenverloren mit der Hand durchs Gras und lächelte. »Später vielleicht.« Dann ließ sie sich vorsichtig neben Calis auf die Wiese sinken, legte sich auf den Rücken und atmete tief ein.

»Es riecht nach Sommer.« Sie schaute hinauf in den dunkelblauen Abend. »Einem geschenkten Sommer …« Dabei fuhr sie mit der Hand vorsichtig über den Verband.

Calis stützte sich auf den Ellbogen und sah sie an. »Deine Sommersprossen sind ganz blass«, bemerkte er und zeichnete mit seinem Zeigefinger zärtlich unsichtbare Linien auf ihre Nase.

»Vielleicht solltest du mich ärgern …«, erwiderte sie leise und schloss die Augen. Tränen zogen eine silberne Bahn aus ihren Augenwinkeln über die Wangen und ertränkten die Sommersprossen.

»Da gibt's bestimmt noch andere Möglichkeiten, Frau Oberkommissar«, flüsterte Calis ihr ins Ohr. »Möglicherweise nicht ganz öffentlichkeitstauglich …«

Martina Trapp musste lachen und schniefte. »Gleich hier?«

»Sicher der beste Weg, aus dem Kleingartenverein in hohem Bogen rauszufliegen«, musste Calis zugeben. »Und davon träume ich seit Wochen.«

»Worauf wartest du dann noch?«, raunte Trapp, griff in die strubbeligen blonden Haare und zog sein Gesicht näher. »Hast du die Fotografen bestellt?«

III. London

Als Llewellyn in die Charlotte Road abbog, war alles so wie immer.

Fast so wie immer ...

Vor einem der Einfamilienhäuser schob ein älterer Mann einen Rasenmäher über ein Grün, das bereits makellos kurz war. An einem anderen Beet kniete ein Gärtner und jätete Unkraut, das nur er sah.

Die schwarzen Wagen vor dem Haus der Comptons jedoch waren verschwunden.

Der Major suchte vergeblich einen Parkplatz für den Audi. Schließlich entschloss er sich dazu, vor der Einfahrt der Comptons stehenzubleiben und stieg aus. Es roch nach einem ersten zaghaften Sommerbeginn und geschnittenem Gras in der Sackgasse. Vom Hockeyfeld des Barnes Sports Club schallten Rufe und Lachen herüber.

Der kleine Garten, den Llewellyn durchquerte, war wie immer wie aus dem Ei gepellt und hätte bei jedem Nachbarschaftswettbewerb zum Thema »Gescheitelter Rasen« den ersten Platz belegt. Geschnitzte und bemalte Sonnenblumen auf der obersten Stufe der kleinen Treppe kontrastierten mit einem Gartenzwerg, der seltsamerweise einen schwarzen Anzug trug.

Aus seinem Rücken ragte der Griff eines Messers.

Bevor Llewellyn den Messingtürklopfer anheben konnte, schwang die grüne Tür auch schon auf, und Margaret zwinkerte dem Major zu. »Schön, dass Sie an den Audi gedacht haben, Mr. Llewellyn, und willkommen im skurrilen Haus der Familie Compton«, lächelte sie. »Der Gartenzwerg war Peters Idee. Fragen Sie mich nicht, was er sich dabei dachte.«

Sie wischte sich die Hände an der obligaten blumigen Küchenschürze ab und winkte ihren Besuch herein. »Kommen Sie schon und lassen Sie sich nicht lange bitten, der Fünf-Uhr-Tee wartet. Und der alte Mann vor dem Kamin ebenfalls. Es geht ihm allerdings heute nicht so gut.«

»Kein Wunder«, antwortete Llewellyn enigmatisch und drückte der Hausfrau die Autoschlüssel in die Hand. »Seit wann haben Peters Bewacher eine Gärtnerausbildung gemacht?« Ohne die Antwort abzuwarten, durchquerte er zielstrebig den kleinen Vorraum, während ihm Margaret etwas verwundert hinterhersah und dann in der Küche verschwand.

Als der Major die Tür zum Salon aufstieß, fand er Compton vornübergebeugt, im Kamin rumorend. Sein Kopf und Oberkörper verschwanden in der großen, ausladenden Feuerstelle. Neben ihm lag ein Stapel Holzscheite und eine Schachtel mit langen Streichhölzern.

»Du willst doch hoffentlich nicht dem Weihnachtsmann Konkurrenz machen«, wunderte sich Llewellyn. »Falsche Jahreszeit und vor allem falsche Seite des Kamins.«

Compton richtete sich auf, legte eine Hand auf seine Hüfte und stöhnte leise. »Kannst du dir mich als Santa Claus vorstellen?«, fragte er bissig. »Na eben. So viel kann ich nicht zunehmen, nicht mal durch Margarets kulinarische Breitseiten. Ich habe dich übrigens bereits erwartet. Der Audi?«

»Steht vor der Tür«, gab Llewellyn zurück. »Du kannst ihn also wieder in die Garage stellen. In deine Garage.«

Compton warf dem Major einen schrägen Blick zu. »Du weißt also ...«

»... dass dir das Nachbarhaus zur Nebenstraße ebenfalls gehört? Das erforderte nur eine kurze Recherche. Du hast uns von *deinem* Haus auf *dein* anderes Grundstück geschickt und uns die Schlüssel zu *deinem* Audi in die Hand gedrückt. So weit zum Mythos des Nachbarn, der gerade im Urlaub ist.« Llewellyn versenkte die Hände tief in den Taschen seiner Jeans und sah plötzlich wie ein Stier in Sichtweite eines roten Tuchs aus.

»Hmm, hmm«, machte Compton unverbindlich und griff nach den Streichhölzern.

»Das ist mir zu wenig.« Die Stimme des Majors klang keineswegs nach einem Nachmittagsplausch. »Viel zu wenig.«

Compton entzündete ein Streichholz und warf es in hohem Bogen in den Kamin. »Manchmal kann man in unserem Beruf nicht alle Karten auf den Tisch legen«, versuchte er es unverbindlich.

»Aber man sollte seinen Mitspielern zumindest verraten, wie das Spiel heißt«, gab Llewellyn verärgert zurück. »Und vergiss heute am besten die Allgemeinplätze, Peter. Ich möchte Fakten!«

Die ersten Flammen züngelten hoch, und Compton kehrte zu seinem Lehnstuhl zurück. »Was willst du wissen?«

»Du bist ein begnadeter Schauspieler, alter Mann«, brummte Llewellyn, nahm zwei Gläser und füllte sie mit Sherry. »Fast möchte ich sagen, du hast deinen Beruf verfehlt, aber wir beide wissen, dass das nicht stimmt.«

Er drückte Compton eines der Gläser in die Hand und ließ sich in den Lehnstuhl gegenüber fallen. »Gehen wir einfach hundert Jahre zurück und fangen wir am Beginn dieser Geschichte an. Bei Lawrence of Arabia.«

Compton nickte stumm. »Lawrence«, meinte er dann, »oder besser der Schatten des großen Lawrence. Er und seine Papiere, damit begann das Fiasko.« Er seufzte. »Dieser Colonel Ross oder Shaw oder Lawrence – oder wie immer du willst – hatte jahrelang Fakten gesammelt. Es war der Archäologe und nicht der Stratege Shaw, der interessant war. Auch für den Service. Nicht der Lawrence, der im flatternden weißen Burnus durch die Wüste ritt und von braunen Beduinenkörpern träumte, nein, der Forscher war das Problem. Politisch war er trotz seines prominenten Status bald kaltgestellt. Als er sich dann auch noch zur Armee meldete, meinte der SIS, alles sei gut.«

Compton nahm einen großen Schluck und blickte Llewellyn unglücklich an. »Aber gar nichts war gut, überhaupt nichts.«

Der Major machte ihm nicht die Freude, nachzufragen oder etwas einzuwerfen, um dem pensionierten Geheimdienstchef die Situation zu erleichtern. Er wartete. Diesmal würde es für Compton keinen einfachen Weg aus der Affäre geben. Nur einen steinigen.

»Alle glaubten, er wolle von der Bildfläche verschwinden, indem er in der Armee untertauchte«, fuhr der alte Mann im Morgenmantel schließlich etwas widerwillig fort. »Doch Lawrence wollte einfach ungestört sein, unbeobachtet seiner Wege gehen. Wer sollte dem prominenten Soldaten, dem britischen Helden Arabiens, schon etwas abschlagen? So konnte er selbst in den Hindukusch reisen und die Kalash besuchen.«

»Während er behauptete, dort Homer zu übersetzen«, warf Llewellyn ein.

»Du bist gut informiert«, gab Compton zu. »Ist es nicht seltsam, dass genau jener Brief gefunden und veröffentlicht wurde? Wie auch immer, unser Held sprach mit den Kalash, hörte ihren Erzählungen und Legenden zu, verbrachte Nächte im Kreise der Ältesten. Und verwob seine Forschungen mit ihren Mythen. Alexander der Große. War ihm nicht gelungen, was Lawrence so sehr anstrebte? Eine Vereinigung von vielen Staaten unter einer einzigen Herrschaft? Wenn auch mit dem Schwert erobert und mit harter Hand regiert, aber doch ein riesiges Reich, das von Indien bis an die Ufer des Mittelmeeres reichte?«

»Weit hergeholt«, stellte Llewellyn fest. »Was hat den Service davon abgehalten, Lawrence zu stoppen oder seine Forschungen nach dem Grab Alexanders einfach zu konfiszieren? Es wäre nicht das erste Mal gewesen.«

Compton sah verärgert aus, als er antwortete: »Und genau da entstand unser Problem. Es war ein Zusammentreffen von verschiedenen Faktoren, aber vor allem lag es an einem einzigen Mann: Frank Majors, Leiter einer Abteilung, die sich ›Cleaners‹ nannte. Er war von Lawrence besessen. Er war sein Schatten und sein Mörder, sein Verfolger und sein Nachlassverwalter. Allerdings wusste das damals niemand. Majors fütterte seine Vorgesetzten mit kleinen Informationshäppchen, die er vorsichtig selektiert und aufbereitet hatte. So schöpfte keiner Verdacht. Dazu kamen der Aufstieg Hitlers, die rechten Parteien in England, die instabile politische Lage in Europa. Der Dienst hatte alle Hände voll zu tun und keine Zeit für alte Helden. Oder für tote alte Helden.«

»Und dieser Majors?« Das Feuer im Kamin entwickelte sich nur schwer und rauchte. Ein beißender Geruch durchzog den Salon.

»Es hatte wohl lange gedauert, bis sich aus den anfangs spärlichen Informationen ein Bild entwickelt hatte. Erst nur skizzenhaft, dann unscharf, doch schließlich waren die Teile des Puzzles immer öfter an die richtige Stelle gefallen, je länger sich Majors mit Lawrence' Vergangenheit und seinen Aktivitäten beschäftigt hatte. Also ließ Majors nicht locker, machte weiter, teils aufgrund von geheimdienstlichen

Aufträgen, teils aus persönlicher Neugier. War es sein Drang, hinter die Fassade von Lawrence zu schauen? Oder die Angst, dass der in den unruhigen Zeiten sein Wissen zu politischen Zwecken missbrauchen könnte?«

Compton zuckte mit den Schultern und nahm einen Schluck.

»Wie auch immer, Majors begann, ein eigenes Archiv anzulegen. Er war es, der während der Zugfahrt von Oxford nach London das Manuskript der *Sieben Säulen der Weisheit* stahl. Und der nach seiner Versetzung nach Afrika selbst auf die Suche nach dem Grab Alexanders des Großen ging.«

»Woher weißt du das?«

»Ach, es gibt da in Berlin einen sehr intelligenten Kommissar, Thomas Calis«, bemerkte Compton wie nebenbei. »Der löste einen schwierigen Fall und fand dabei das Tagebuch eines französischen Kriegsgefangenen. Calis war so freundlich, es mir per Diplomatenpost zu schicken. Mit einigen geographischen Hinweisen.«

»Woher kennt dich ein deutscher Kriminalbeamter?«, fragte Llewellyn verwundert.

Compton betrachtete eingehend seine Fingernägel. »Sagen wir so – er stand in meiner Schuld und ich in seiner. So haben wir uns gegenseitig geholfen. Ich habe meine Kontakte beim BND aktiviert, von unserer Seite her die geheimdienstlichen Ermittlungen wegen eines Schusswechsels mit Todesfolge einstellen lassen, in den zwei britische Agenten verwickelt waren. Wir haben gemeinsam mit der Polizei, der Politik und den Geheimdiensten das Tuch des Vergessens über die ganze Angelegenheit gebreitet, wie schon so oft. War nicht wirklich schwierig im vereinten Europa.«

»Warum habe ich dieses blöde Gefühl im Magen, dass dir das sehr gelegen kam«, wunderte sich Llewellyn. »Und die beiden Agenten?«

»Ach, die haben es leider nicht überlebt«, sagte Compton leichthin. »Calis wiederum war nicht nur sehr kooperativ, er vermittelte mir auch den Kontakt zu einer deutschen Historikerin ... Egal, jedenfalls landete das Tagebuch bei mir.«

»Lass mich raten«, warf Llewellyn spöttisch ein. »Die beiden erschossenen Agenten in Deutschland gehörten zu der Gruppe, die in Pakistan den alten Mann umgebracht hat.«

Compton blickte auf, sah den Major an, und seine Augen waren mit einem Mal hart. »So ist es. Mit dem Toten im Aufzugsschacht, den zwei toten Entführern von Fiona in Ägypten, dem vergifteten Attentäter von Amina Mokhtar und den beiden Erschossenen in Kronberg haben wir fast die gesamte Gruppe liquidiert.«

»Zwei tote Entführer in Ägypten?«, entfuhr es Llewellyn überrascht. »Ich dachte, es sei nur einer gewesen, den Salam über die Klippen geschickt hat.«

»Unfälle geschehen«, antwortete Compton kalt. »Er hat sich in seiner Zelle erhängt. Damit war fast die gesamte Gruppe erledigt.«

»Fast?« Llewellyn ließ nicht locker,

Compton versuchte geschickt, sich um die Antwort zu drücken. »Sie wollten nicht nur in die Fußstapfen von Colonel Majors und Lawrence treten und das Grab Alexanders finden, sondern auch noch brisante Aufzeichnungen aus der Zwischenkriegszeit, die der französische Geheimdienst auf dem Adrar-Plateau versteckt hat, als die Deutschen in Frankreich einmarschiert sind. Darin sind wahre Schätze, glaube mir ...«

Compton stand auf und stocherte in dem schwelenden Feuer, das langsam an Intensität gewann.

»Und Majors' Archiv?« Llewellyn roch an dem Portwein und nickte anerkennend.

»Das war und blieb für alle verschwunden«, gab Compton zurück und setzte sich wieder. »Als der Gruppe die Tagebücher dieses Franzosen, dieses Cannotier, von einem Pariser Antiquar angeboten wurden, griffen sie gierig zu. Nachdem sie die Tagebücher studiert hatten, versuchten sie zwar fieberhaft, Majors' Archiv zu finden, doch ohne Erfolg. Warum brauchten sie das Archiv? Aus mehreren Gründen. So fehlte ein Band in der Reihe der Aufzeichnungen, ausgerechnet der wichtigste, der die geographischen Hinweise enthielt. Also versuchten sie es wie Lawrence bei den Kalash, folterten und ermordeten den alten Mann, ohne auch nur einen Schritt weiterzukommen. Dann stellten sie deine Wohnung auf den Kopf, weil sie vermuteten, Majors habe die Unterlagen dort versteckt. Deine Wohnung war vor dem zweiten Weltkrieg nämlich seine Wohnung.«

Wenn Llewellyn überrascht war, so zeigte er es nicht. Es war an der Zeit, reinen Tisch zu machen. »Peter! Wo ist der Rest der Gruppe?«

Der Geheimdienstchef legte die Fingerspitzen aneinander und blickte stumm in die hochzüngelnden Flammen. Die Minuten vergingen, und keiner sprach ein Wort.

Endlich stand Llewellyn auf und ging zur Tür.

»Schon gut, bleib da und setz dich wieder.« Müde fuhr sich Compton mit der Hand übers Gesicht. »Es gab eine interne Säuberungsaktion. Sehr effektiv und gründlich. Ich hatte sie mit dem fehlenden Band der Tagebücher geködert. Die Leichen haben wir in einer Londoner Müllverbrennungsanlage entsorgt.«

»Du wusstest von Anfang an von der Gruppe?« Llewellyn ließ sich wieder in den Lehnsessel fallen.

»Kalt, ganz kalt.« Der alte Geheimdienstchef schüttelte den Kopf. »Zu meiner Schande muss ich gestehen, dass ich von der Gruppe innerhalb des MI6 keine Ahnung hatte.«

»Aber nur, bis du einen persönlichen Auftrag von der Innenministerin erhalten hast«, führte Llewellyn weiter aus. »Lass mich raten. Sie berichtete dir von ihrem Verdacht, dass es innerhalb des MI6 eine Handvoll Männer gibt, die sich geschickt im Dunkel hielt, ihr eigenes Spiel spielte, unkontrollierbar agierte, versuchte, an Geldmittel heranzukommen und die hinter einem Geheimnis her war, das keiner kannte. Auf der Suche nach einem schwarzen Budget, das keiner kontrollieren konnte. Spielgeld für die schmutzigen Aktionen. So war es doch …«

Compton neigte den Kopf und schwieg.

»Während John und ich versuchten, Chief Inspector Salam in Sicherheit zu bringen, wusstest du längst, wer den Einsatz in den Bergen Pakistans auf dem Gewissen hatte, und das hat dich zutiefst beunruhigt«, fuhr Llewellyn fort. »Als ich das erste Mal hier eintrudelte und Phönix um jeden Preis herausholen wollte, warst du bereits am Strippenziehen.«

»Schon wärmer«, nickte Compton und stand auf. Er trat an den Kamin und wärmte seine Hände am Feuer.

Seltsam, dachte der Major, stand auf und folgte ihm. Eigentlich war es einer der ersten richtigen Frühsommertage und zu warm, um den

Kamin anzuheizen. Dann blickte er ins Feuer, das gerade einen großen Packen Manuskripte verschlang.

Fotos von Burgen, davor junge Leute auf Fahrrädern.

Buchrücken mit gekreuzten Schwertern.

Fotos eines kleinen weißen Hauses zwischen hohen Rhododendron-Büschen.

Die Tinte der handschriftlichen Aufzeichnungen wurde tiefschwarz, bevor die Seiten in Flammen aufgingen.

Mit einem Mal wurde Llewellyn alles klar.

»Phönix hat dich angerufen«, flüsterte er entgeistert und fixierte Compton, dessen hageres Gesicht vom flackernden Feuer gespenstisch erleuchtet wurde. »Er hat als Allererstes mit dir telefoniert, noch bevor er mich kontaktiert hat. Du warst es! Du hast alles eingefädelt – ihm geraten, doch den alten, starrköpfigen Major Llewellyn anzurufen, deinen besten Mann. Nicht mehr aktiv, daher vertrauenswürdig, absolut verlässlich. Der konnte nicht zu der ominösen Gruppe gehören und würde andererseits anspringen wie ein Bluthund auf die Fährte, nicht locker lassen und Tod und Teufel mobilisieren. Am Ende würde er die Kastanien aus dem Feuer holen: Finch alarmieren, Phönix außer Landes bringen, alle Aufmerksamkeit auf sich ziehen bei einer Flucht um den halben Globus.«

»Noch viel wärmer«, gestand Compton, und ein Lächeln spielte um seine Lippen.

»Und so konntest du die Mitglieder der geheimnisvollen Gruppe innerhalb des Dienstes dazu zwingen, aktiv zu werden, aus ihrer Deckung zu kommen, sich zu erkennen zu geben. Nach dem Fiasko in Pakistan, dem Schweigen des alten Künstlers im Hindukusch, dem Misserfolg in meiner Wohnung bei der Suche nach Majors' Papieren, brannte deren Hut lichterloh. Du wiederum konntest das Problem, das dir die Innenministerin auf die Türschwelle gelegt hatte, nur auf eine einzige Art lösen: Du musstest die geheimnisvolle, unkontrollierbare Gruppe im Service, die euch immer wieder durch die Finger glitt, auf frischer Tat ertappen, um sie so festzunageln. Sie mussten alle ans Tageslicht gelockt werden, ohne Ausnahme, weil du keine Ahnung hattest, wer genau dazugehörte. Und dann landete das Tagebuch bei dir und du ...«

Margaret betrat den Raum, und Llewellyn brach ab. Sie stellte ein Tablett mit Tee und einem Berg Plätzchen auf den kleinen Tisch. Dann blickte sie von Llewellyn zu Compton, sah das Feuer im Kamin und verließ lächelnd wieder den Salon.

»… und du hast es als Lockvogel benutzt, bevor du es Majors' Archiv einverleibt hast, das schon immer in deinem Besitz war, und das du gerade im Kamin verbrennst«, fuhr Llewellyn fort. »Die Gruppe konnte das ominöse Archiv des Colonels gar nicht finden, weil es von Anfang an …«

Er unterbrach sich, überlegte kurz, dann lachte er.

»War es etwa in deinem anderen Haus versteckt, in einem der Schränke deines nicht existierenden Nachbarn?«

Compton hatte den Major nicht aus den Augen gelassen. Ein triumphierender Ausdruck lag auf seinen Zügen, und die Augen des alten Mannes blitzten im Schein der Flammen. Dann sagte er nur ein Wort:

»Heiß.«

NACHWORT

Ich liebe alte Archive.

Der gelbliche Schein der Lampen, der Staub der Jahre und Jahrzehnte, die alten verblichenen Kennkärtchen auf den Regalen, Karteikästen mit klemmenden Schubladen – sie alle erzählen ihre ganz eigene Geschichte von Vergehen und Vergessen. Als ich als junger Reporter das erste Mal in Niederösterreich eher durch Zufall in eines jener alten, fast unbekannten Archive geriet, das von einem pensionierten Lehrer betreut wurde, da eröffnete sich mir eine neue Welt. Der Charme, die Stille und die Faszination der fleckigen braunen Boxen auf den alten Brettern, der Reihen von ledergebundenen Büchern und Aktenstapel werden mir immer in Erinnerung bleiben. Der Professor in der Kleinstadt im Norden Österreichs wurde zu einem Freund. Vielleicht spürte er instinktiv meine Leidenschaft für Erinnerungen und schätzte meine Behutsamkeit im Umgang mit den Dokumenten, Bildern und Plakaten. Eines Tages, als er krank im Bett lag und ich wieder einmal vor der Tür stand, um etwas zu recherchieren, drückte er mir den Schlüssel in die Hand. »Du kennst dich sowieso schon aus«, meinte er und nickte gedankenverloren, wie zu seiner eigenen Bestätigung. Für mich hatte das mehr Bedeutung als ein Ritterschlag. Deshalb erinnere ich mich heute noch daran.

Die paar Räume, deren Fenster auf den kleinen Hauptplatz und eine kaum befahrene Gasse gingen, waren ruhig und kühl. Es roch nach Papier und Staub, der Boden knarrte. In einer Ecke, die ich vorher nie betreten hatte, stand eine schwarze Jugendstil-Sitzgarnitur der Wiener Werkstätten. Wie sie hierhergekommen war, das blieb für immer ein Rätsel. Ich traute mich nicht, mich auf die alte Bank zu setzen, aus Respekt und aus Vorsicht. Nachdem ich bald jene Plakate gefunden hatte, die es sonst in Österreich nicht mehr gab, stellte ich gewissenhaft alles wieder an seinen Platz, rückte selbst den Sessel vor dem alten Schulschreibtisch wieder zurecht, kontrollierte die Lage der Bleistifte und Notizzettel. Nichts sollte an den Eindringling erinnern, die alte Ordnung bewahrt werden.

Es gibt Dinge, die verändert man nicht, sie verändern einen ...

Alte Archive ... sie bringen irgendetwas in mir zum Klingen, erschaffen Bilder und Gefühle, erwecken die Sehnsucht danach, die brüchigen Deckel zu heben und in Leben zu schauen, die lange abgeschlossen sind. Vielleicht warten viele dieser oft vergessenen Kleinode auch nur darauf, endlich wieder zum Leben erweckt zu werden. So war es auch mit den Ereignissen in diesem Buch. Viele Schicksale, die aufregender sind, als man es je erfinden könnte, liegen im Verborgenen, drohen dem Vergessen anheimzufallen. Ihre Entdeckung ist meine Passion, ihnen nochmals Farben zu geben, eine Persönlichkeit und ihre Geschichte zu erzählen meine Aufgabe.

Lange Gänge mit Neonröhren und summenden Klimaanlagen, lückenlosen Verzeichnissen und straff organisierten Besuchszeiten sind nicht mein Fall. So wichtig sie sind, so effizient sich darin arbeiten lässt, so fehlt ihnen doch die Atmosphäre, die mich motiviert. Vielleicht brauche ich das Flair des Geheimnisses und des Abenteuers der Suche nach Dingen, die noch nicht erfasst sind, noch nicht katalogisiert, noch nicht abgehakt.

So wird mich mein Weg auch in Zukunft immer wieder abseits der ausgetretenen Pfade führen, weg von der Hauptstraße, hinein in die Nebengassen der Erinnerung. Die Idee zu diesem Buch ist auch auf einem dieser Spaziergänge entstanden, als ich zufällig eines späten Sommernachmittags in Berlin vor einer riesigen Halle stand, die ich noch nie vorher wahrgenommen hatte. Ich schrieb gerade an *Falsch*, fast vierzehn Stunden täglich, und musste mich zwingen, den PC und den Schreibtisch zu verlassen und die Stadt zu erkunden, um mir die Füße zu vertreten und frische Luft zu tanken. So kam ich zur großen Turbinenhalle der ehemaligen AEG-Werke, die wundersamerweise die Luftangriffe des Zweiten Weltkriegs unbeschadet überstanden hatte. Die beiden Pförtner waren äußerst hilfsbereit und überreichten mir nach einigem Suchen die dünne, farbige Broschüre zur Geschichte der Stahlkonstruktion.

Am selben Abend noch setzte ich mich hin und brachte die ersten Seiten dieses Buches zu Papier. Damit war beschlossen, dass die Geschichte um John Finch und die Oase von Chinguetti, die Mauren und die Volksgruppe der Kalash, den Sarg Alexanders des Großen, das Staatsgold Polens und die unruhigen Zeiten in Nordafrika nach dem Zweiten Weltkrieg erzählt werden wollte. Das Resultat halten Sie nun in Händen, und mir bleibt nur zu hoffen, dass es Ihnen gefallen hat.

Heiß ist nach *Falsch* das zweite Abenteuer von John Finch und Major Llewellyn Thomas. Zu Beginn des ersten Buches war keineswegs abzusehen, ob die beiden auch weiterhin gemeinsam Abenteuer bestehen oder jeder seiner Wege gehen würde. Sie waren nicht wirklich auf derselben Seite gestartet und kamen erst spät im Verlauf der Jagd nach dem Geheimnis der vier alten Männer darauf, dass sie einen gemeinsamen Gegner hatten. Diesmal war es nicht der MI5, der Llewellyn ins Rennen gegen die Zeit schickte, sondern Phönix, der seine Hilfe benötigte. Und damit kam wiederum John Finch ins Spiel, der in den Hindukusch flog und so das Unmögliche möglich machte. Lassen wir uns überraschen, was die nächste Geschichte für die beiden bereithält und wohin sie den Piloten und den Geheimdienstmann führen wird.

Zum Schluss bleibt mir nur, wie bei allen meinen Büchern, allen jenen zu danken, die ihren Teil dazu beigetragen haben, dass *Heiß* Wirklichkeit wurde. Auch wenn auf dem Cover nur mein Name steht, so ist es doch das Resultat einer Zusammenarbeit von begeisterungsfähigen Idealisten – von der Agentur über den Lektor und den Verleger bis zum Graphiker sind alle in dem Bestreben vereint, ein gutes Buch zu machen. Ohne sie wäre ich nicht hier, und *Heiß* läge nicht vor Ihnen.

Im Laufe der Recherchen trifft man viele, viele Menschen, die ganz spontan helfen, ihre Zeit opfern, ihre Erinnerungen hervorkramen, Sammlungen öffnen oder einfach nur die Nachforschungen erleichtern, indem sie bürokratische Hürden beiseiteräumen. Ihnen möchte ich diesmal ganz speziell danken. Sie haben an meine Geschichten geglaubt, mir zugehört und dann oft die richtigen Puzzle-Steinchen hervorgezogen, um sie an den vorbestimmten Platz fallen zu lassen. Sie erwarteten weder eine Erwähnung noch Dank, weder Ruhm noch

Geld. Sie waren, wie ich, fasziniert von den Zusammenhängen, von dem unglaublichen Abenteuer, von den möglichen Querverbindungen der historischen Fakten. Auch wenn mein Vorgehen oft nicht wissenschaftlich war, so haben sie mir doch geduldig Rede und Antwort gestanden, in Archiven und Museen, in Wohnzimmern und Cafés, in Universitätsinstituten oder unter freiem Himmel bei einem Spaziergang. Sie haben mich in meiner Meinung bestärkt, dass alle nach wie vor gerne den Geschichtenerzählern zuhören. Denn trotz all der elektronischen Medien, dem immer oberflächlicher werdenden Fernsehen mit seinen täglich neuen Katastrophenmeldungen und der Anonymität des Internets – eine Geschichte erzählt zu bekommen, von einem Menschen aus Fleisch und Blut, mit dem Gespür für Spannung und Dramaturgie, das ist noch immer tief bewegend. Das ermöglicht uns, in unsere eigene Phantasie zu blicken, Bilder zu erschaffen, Gefühle und Abenteuer zu erleben. Ohne Strom, ohne Kabelanschluss, ohne Elektronik, wie vor Jahrtausenden. Oft sind mir deshalb die Karawanenstraßen näher als die großen Boulevards der Städte, ein Wald in den Bergen lieber als ein eleganter Salon in einer Metropole.

Geschichten findet man überall. Es genügt, die Augen zu öffnen und genau hinzusehen, vielleicht hinter die Fassade zu blicken, hinein in die Wohnungen, in die Kirchen, die Museen und die alten Hotels, in denen sich viele Lebenslinien kreuzten. Wenn es mir gelungen ist, das zu vermitteln, dann bin ich zufrieden.

Mehr kann sich ein Geschichtenerzähler nicht wünschen.

Gerd Schilddorfer
Im Mai 2013

This book is dedicated to all the ...

*Poets and Pirates,
Lovers and Losers,
Drunks and Dreamers,
Friends and Fighters,
Buccaneers and Believers,
Fairies and Fools*

... out there.